U0118988

中

红楼续书

红流三部曲

桃叶渡

杨　勤　著

天津社会科学院出版社

借胎红楼，自铸传奇。

辛丑功

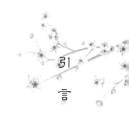

训有方，保不定日后做强梁。择膏粱，谁承望流落在烟花巷。

——甲戌本《脂砚斋重评石头记》第一回

目　录

目录

桃叶渡

第一回

剑隐西山

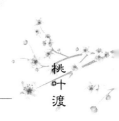

那日尤三姐横剑自刎后，柳湘莲离开尤家，浑浑噩噩，一缕魂魄不灭，僵直的身躯被风刮着，像一段枯干的树枝，四处飘荡。

我是谁？这人间我到底来做什么？这两个问题像蜘蛛网一样，在狂乱的时间里跳出来缠绕，箍得他喘不过气来。被压抑了多少年的疑问，如今变成了太行王屋两座大山，压在心头。大街小巷的路人惊诧，看着一个腰悬长剑脚步趔趄的长发公子癫狂过市，又惧又奇，停步之余纷纷让道。有还不懂得怕的小孩子，手握拨浪鼓，前后远远跟着，不时欢闹嚷嚷："看疯子喽，看疯子喽！"

柳湘莲癫狂的心尚存一丝清明。他看着眼前越走越荒芜，人烟越来越少。肿痛的脚拉着他一路狂奔，终于不支，将他支离的躯体抛到地上。这跌倒的一痛让他清醒了几分。用手臂支撑着立起沉重的脑袋，眼前一个褴褛的老道士，靠着一堵年久失修的旧房残基，正用一双昏花的眼睛俯瞰着他。

"你是谁？"湘莲喃喃问。

"连我也不知道自己是谁。不过是在此暂歇而已。"老道士移开了目光，边翻开衣襟的边缝掐虱子，边说。

老道士的话如醍醐灌顶。柳湘莲不知哪里来的力气，一下站将起来。他眼前身穿灰布破袍的老道士，此刻在他眼中，幻化成了来指点他的太乙、姜尚。他长啸一声，拔出腰间佩剑，抓起头发，凭空削去，一头青丝纷纷落地；又捡起老道身旁的褡裢，甩在自己肩上，扶起老道说：走吧！便往前一脚一脚行去。全不管前边衰草寒烟。

一路不舍跟着他的仨俩小孩，看着这一幕，目瞪口呆。自他们留头起，早被灌输了"身体发肤受之父母，不可有伤"的观念，看见一个大人挥剑，砍的却是自己的头发，他们理解不了，遂心下怕起来，转头便走，一哄而散。从此京城中关于宁国府、关于柳湘莲的谣诼纷纭，有道柳湘莲逼死贾府人命的；有知道一点内情的，便说尤小妹耻情归地府，是以血洗清女儿声名。关于柳湘莲的结局，最离奇的便是"一阵大风，就把一个人渡了去"的说法。柳湘莲无亲无故，只有贾宝玉、薛蟠几个派过小厮四处打听他的下落，但都空手而回。这些，就不是柳湘莲所在意、所知道的了。

却说湘莲心中如同一腔火熊熊燃烧，被老道一兜清凉浇下来，遂觉一震。他扶起老道走的时候，没有思维，没有目标。他只知道走，不辨方向地走。

秋天，京城的郊外如此凄清。夜幕降临，柳湘莲的汗水泪水浸湿的袍子渐渐变得沉重寒冷。他的头沉沉如铁，老道士脚步蹒跚，被他一路搀着行。终于，体力耗尽，寒气袭来，二人跌坐在路边，草地上早降未融的薄薄一层霜，将他们的衣衫打得更湿。

"后生，你要带我去哪里呀？"老道终于开口了，一路上，他一直没有出声，任由柳湘莲架着他往前走。

一日之间遭遇重大变故，只想离世的冷郎君，听闻此语，小吃一惊："师父，您是上天派来指点我的，我跟您走的呀。"柳湘莲摇摇脑袋，看看眼前正在罩下来的夜色，觉得眼前所闻所见都不像是真的。

老道士笑了，在暮色里，他的老眼不再是朦胧昏花，甚至闪着几点微光："那就既来之，则安之吧。"他拿下湘莲肩上的褡裢，打开封口，拿出一个干冷的馍馍，掰开一半，递给湘莲，自己三口两口吃完另一半，腰旁解下葫芦，咕噜噜喝了几口水，也一并递给湘莲，然后一侧身，靠着身旁的一块石头睡去了。

湘莲的肠胃被眼前的半个馍馍刺激得叫唤起来。挥剑斩情丝之时，他是决绝的；跟随老道走的时候，他是清醒的。可是，只要人在世上，就得食、就得衣，犹如此刻。那么，超脱在哪里？离世，怎么离？

身边的老道士响响地睡着了，睡梦中还不忘拉扯下衣服，裹紧自己的身子。寒风吹着柳湘莲的额头，他开始冷静下来。老道士不是仙人，他也要吃馍馍，也畏寒；即使老道士勘破红尘，可是在人间，他就得吃喝，就得生存。那么，即使老道是高人，又能高到餐风饮露去？湘莲的额头滚烫，肚子狂叫，脑子又一片迷糊。

树上的鸟儿此起彼伏开始叫早，正是卯时。周围的树影渐次明晰起来。湘莲看看四周，身旁丢着葫芦，道士不知道哪里去了，低头看看，手里捏着没吃过半口的馍馍。他的身体如此沉重，恍然想不起自己都经历了些什么。

尤三姐？是的，昨天，她就自刎在自己面前。她闭上眼睛的时候，那双眼的星光，直看到他心里去。

这么多年，自己蝇营狗苟，在世间浮尸一般活着。自己究竟在干什么？父母留下的万贯家业，被他挥霍得一干二净。功名么？十七岁时，他也曾遵循父母遗命考过一次。什么起题、破题、策论，什么圣人之道，什么朱熹，他满心里鄙弃这些东西。因为圣人语录，没有哪一条回答得了他的问题：我是谁？我来人间做什么？有的只是规矩，弥天盖地的规矩。一个人活着，存在的道理都没想明白，就一跤跌进规矩里，这岂不是可笑之至？

一次不中，湘莲再无意愿进考场。以后的人生如何度过呢？他不知道，海棠胡同逛过、戏子扮过、朋友也交过，花街柳巷，纸醉金迷，可没有一种人生值得他羡慕，值得他作为目标去追寻，去拥有。直到年纪大了。一日，平安州的姑妈捎来信件，提醒他不要断了柳家香火，他这才有了一个目标，也许，娶妻生子，就能将烦扰多年的各种问题抛在脑后，不再问自己那些谁也说不上来的问题。他下定决心的那天，看着镜子里自己入鬓剑眉，朗星双目，下定决心，如果非要娶妻，就得配得上自己这身皮囊。入世，就入个彻底。

他的朋友不多，也就宝玉、冯紫英几个。当贾琏在路上追到他，要将姨妹许给他时，他是看在宝玉分上答应的。朋友的姻亲，推托不仗义。可是，后来，他知道了。未婚妻，那是宁国府的人，那也意味着，是贾珍玩剩下的。他堂堂丈夫，岂能受这个羞辱。再后来，尤三姐倒在了他的面前，脖颈上横过他的鸳鸯剑。血洗清了他的眼睛，原来世间还真有面如桃花心底干净的姑娘。而他，把这样一位可堪为妻的奇女子给错过了，给害死了。

柳湘莲的回忆碎片纷至沓来。他用拳头打自己的额头，为什么还记得这些？为什么老道士指点了他之后，又不带他走？他再看看天，看看地，灰色的天空覆盖着有气无力的衰草，一切都是衰败的样子。除了那个葫芦，没有什么可以证明，那个老道士曾经存在过。

他不知道，不远处的大树之后，有两双眼睛，盯着他看了好一阵子。

天色渐渐亮起来了。太阳照在柳湘莲的对面，一条小河闪着银色的光芒。常走江湖道的他知道，太阳升起的是东方，那么他面前的就是京城的西边方向。小河闪着银色的光，小路中间草叶稀疏，显然常有人走，但四围不见村落，想必这是群山之中的一条道路。他解下佩剑，拄在地上支撑身体，站了起来。这柄祖传的鸳鸯剑本应放在尤三姐的棺里，随她去另一个世界，但剑是他与往事唯一联系的旧物，是祖先留给他的，不能舍弃，遂割发一缕放置三姐身边，随她而去。想到这些，他心中难受，但昨日种种譬如昨日死，他，柳湘莲，权当自己死了一回。

桃叶渡

第二回

红尘难逃

湘莲躺了一夜的山间小路所在之处，离京城不远，正是西山余脉与京城的结合处。

两个猎户清早起来，扛上自制弓箭、手弩，手上握了刀斧，准备山林中打些野味，给家里添点荤腥。纵然离天子脚下如此之近，山间生活还是艰苦异常。不料出得门来，半个时辰不到，就看见平常走的小道边半躺着一个人，头发散乱披着，目不聚焦，神情癫狂；看其衣着，似乎上品，便生了相欺之心：想必此等人物，身畔总有几两银子。

他俩是兄弟，哥哥陈虎，弟弟陈豹，父母在堂，已垂垂老矣。一家子在山谷间开垦出几亩薄田，平时种些高粱、粟米，还有玉米、薯类、大豆，平素又打猎，在林中下套子捉黄鼠狼野兔狐狸这些，有好皮子便攒起来。猎到獐鹿便是好活，只要皮毛没大坏，便也都留着；还有蛇，碗口粗细的，抓住可以卖个好价钱。进城时，把老母收的山枣还有平常采集的药材并一起，高低卖了，换些食盐面粉，打上几桶油，挑回家供给老父老母食用。

据父亲陈阿大说，他们是南方来的。陈阿大年轻时会些拳脚弓马，老家得罪了人，担心好汉敌不过人多，家人被暗算，便一路投奔远亲来到京城；不料亲戚早已不知到了哪里。城里立脚不住，才搬来山里，找了个废弃的无主草房，安定了下来。因为附近的村落排挤外人，因此老两口带着俩儿子，也不求别念，就修修补补住了下来，不再图融进村子。老汉靠带来的积蓄进城，买些生活必需品，又和老伴两儿勤恳开荒，就近砍些木头，搭着旧房盖了几间房屋，这才挨了下来。好在俩儿子长得壮实，长大之后有使不完的力气，老两口也不求别的，只求两儿可以娶亲，延续香火。无奈村里人虽然相邻多年，偶尔山道相遇，也不再那么排斥他们，但嫁闺女给不明不白的外乡人，还是不肯的。

陈虎陈豹的亲事成了全家人一块心病。被老父老母说得多了，两兄弟心里焦躁。他俩年轻，便归之于家里太穷，娶不了亲。今日见柳湘莲形单影只，便有了趁火打劫的意思。两人躲在大树后，琢磨着什么时候动手合适。眼见那癫狂公子四处顾望，眼见着离清醒不远，便对一个眼色；两人一手持斧，一人持砍柴开路的厚背短刀，一起从树后跳将出来。

柳湘莲头脑发烫，正在苦苦思索自己为何半世荒唐，退亲，逼死了未婚妻；投师，投到了山道上。正迷惘间，忽见树后出来这俩货，心中不由一悲，又不由得一嘲：自己当自个儿出家了，可是还被剪径的毛贼惦记着，真是一个天大的玩笑。他扯扯嘴角，奋力拔出剑来，剑鞘顺手扔在地上，跟跟跄跄迎上前去。

剑光在清晨的光线里闪着霜雪寒意，陈虎一见，便知好物，那地上的剑鞘穗子拴着的坠子，一瞥之下，看着像是玉的，想必所值也不菲。他望向弟弟，点点头，便对了柳湘莲喊话："老兄，我们两个，你一个，识相的，便放下手中剑走吧。我们不伤你性命。"

柳湘莲平生走南闯北，三五人的盗贼伙也见了几茬，一人敌几人稀松平常之至。此刻受辱，他的双眼赤红："狗奴才！敢惦记小爷的东西。看剑！"便抢上前去。不料一日一夜摧心肝，又发烧几个时辰，剑锋早已没有准头，一剑刺个空，随着身体便是一个跟跄。

陈虎陈豹本想取了剑就走，奈何此人虽然像是大病缠身，但那把剑好像不是轻易取得的。便踌躇在那里。

柳湘莲一剑不中，再刺一剑，陈虎陈豹退后跳躲，只想趁机打落他的长剑。无奈二人都是短兵器。俗话说，一寸短一寸险，刀斧怕还递不进长剑的圈子，自家就被这疯子乱刺个对穿，那不成了偷鸡不成蚀把米。两兄弟心下清明，两边跳跃，暗暗寻找时机，看着疯子一样的眼前人，思量着，他体力肯定挺不了太久。

果然几剑刺空，湘莲脚步越发虚浮，陈豹瞅个冷，抢入剑圈，手中短刀直砍下去。只听"呛"地一声，湘莲手中长剑拿捏不住，被打落在地。他心中万念俱灰，闭眼引颈受戮，心中感念自己苦命，不及自戕，今日居然命丧毛贼之手。

这边厢陈虎见陈豹得手，大喜，直奔过来相助弟弟。忽然手中斧头被横空抢了去，正愕然间，看看眼前的弟弟手中短刀也没了，正站着发愣。他心下发寒，转头看看，身后大树那头，稀疏的枝叶之下，站着一个道士。脚下扔着的，正是他哥俩刚才握在手中的兵器。

这一惊非同小可。陈虎陈豹自幼习武，知道这电光火石之间兵器被夺，意味着什么。看来这老道轻功硬功都到了他哥俩没见识过的高度。陈虎脑子转得快,赶紧向着老道跪下。陈豹见哥哥认栽,不觉一怔,也只得跟着哥哥跪下。

"你俩人怎么说?"那边老道的声音传来。

柳湘莲正闭目待死,听到变故已生,忙睁开眼睛。一看,这不就是昨天度他的老道么?一觉安全便绷不住,眼前天旋地转,不由倒了下去。

陈虎陈豹来不及回答老道的话,赶紧爬过去柳湘莲那边,两人合力扶起湘莲。他们只想抢几个钱,倒不敢弄出人命。陈豹采药草最多,粗识寻常病症,一摸湘莲额头热得烫手,便喊起来:"这客官病了,头烧得厉害。"

老道看眼前两贼人急切之心甚真,便放下一半心。他走过来蹲下,手一探过去,柳湘莲的额头火炭一样。呼吸粗重,口半张着,气息浑浊发臭。他知此时不是与两毛贼认真理会之时,便命令道:"背上他,上山。"

陈虎遵命,蹲下身来,陈豹将弓箭等物从哥哥的肩背上取下,斜挎上自己肩头,又将湘莲扶上哥哥的背。陈虎起身开步走,陈豹一旁扶着,怕湘莲滑下来。老道捡起地上的葫芦,又将湘莲的剑插入剑鞘,拴在腰上,走在后边出声指点路径。草丛中不时弯腰摘几叶、捏几片喂入柳湘莲口中;拔起整株的草,便顺手放进肩头挂着的褡裢里。

走了一段,陈豹见哥哥累,便自己替上一程,背上柳湘莲再走。两兄弟自随父亲练武,今儿算开了眼界,知道遇见高人了,便服服帖帖地,不敢生异心。

太阳越来越亮,道路越走越光明。几人越爬越高,后来便是贴着山脊线走。阳光打在两兄弟背上,暖暖的。山林青翠色,再抹上金黄,顿觉无限生机。雀鸟叫得更欢了,松鼠在头顶的树枝上窜来窜去。两兄弟额头冒汗,来不及擦拭,只顾埋头前行。路时隐时现,有时候完全看不到,全靠老道东一指西一戳地指点。也不知翻过了几道山梁,终于,在山道尽头,看到了一方似乎被造物主用倚天剑削过的平整山坪。坪上孤零零一处残破的道观,墙上画着模糊不清的太极图;山门前的影壁,只剩下一大块土疙瘩卧在那里。道观旁边还有一个狭长的野生池子,上边起着雾;池里一丛又一丛的蒹葭。坪的四周围着高大的桑木、侧柏、油松、国槐,另外还有几株榆树、酸枣、白皮松、桧柏。大树参天,底下灌木自然很少。

目前正是深秋,远处有几棵槭树红叶似火,地上野草延伸进深林,阳光照耀得碧绿。真好个所在!陈虎紧了紧柳湘莲悬在腰间的双腿,陈豹扶着他的双手,让他抱紧哥哥的脖颈。两兄弟眼神对视。枉一家子在这一带居住多年,居然不知道有这样的地方。

老道将两兄弟的神情看在眼里，他瞅瞅柳湘莲没有血色的脸，对两兄弟简单地说："背他进去。"陈虎陈豹遵命，背着柳湘莲踏进道观。

与四围生机勃勃的美景相比，这道观显然已残损多年了。观门上的匾额木材朽烂，写着的是真武庙还是上清观，笔画残缺得厉害，只有几痕，已经看不清了，两进院落，前边正中立着蛛网缠绕的真武大帝塑像，色彩灰扑扑的，基本看不清本来面目，绕过塑像，后边便是夯土平整的小小院子，满是尘土，一棵年代久远的梨树立在风里。两侧厢房，俱残旧不堪。走进院子细看，倒是正殿屋子有些人气，两级台阶之侧堆着柴火，柴火旁的老君炉里有些木柴残烬。

老道示意两兄弟将柳湘莲背到屋角一堆干草里躺下。柳湘莲一路昏睡，老道喂给他的草药，他含在嘴里，也没有嚼咽。老道掰开他的口看看，然后转头命令："这几日，你两人不拘什么，送些吃的来。送足一月，这剑上的玉佩归你俩。"

老道的声音声调不高，有些沙哑，但命令下得干净利落。两兄弟力气此时差不多耗尽，全身而退已是目标，现在听闻老道言语，也不敢相信，只好胡乱点头。老道又出声："现在，去生火，烧一盆水来。殿左那屋有些杂物，找个炉子，再找出个茶壶来，说不定还有茶饼。煮一壶茶。"

陈虎陈豹着声不得。他俩劫道劫成脚夫，累得半死，至此再没有半分火气，也不敢再生事端，抗这老道的命。陈豹心里只嘀咕，听那不断下命令的口吻，哪像出家人。陈虎也这么想。哥俩对视一眼，双双垂下脑袋，一人去生火，一人走下台阶，推开灰尘飞舞的侧屋门，去找家伙什。

第三回

唯有道者

柳湘莲俊俏的脸，在火盆的映照下红润起来。老道其实没那么老，他蓬乱的头发、褴褛的衣服让他在人群中褴褛萧瑟，但在火盆边，他动作敏捷，目光炯炯。这个道观他曾来歇足过。毕竟遮风挡雨，人世间需要有一落脚之处。这个地方，现下是柳湘莲的避难所。

褡裢是老道的百宝箱。人食五谷，哪有不病的道理，修道之人也不能免于疾病侵袭。他从中掏出油纸包着的一块药饼，托起柳湘莲的头，喂进他的口中，又用烧开又凉下来的水灌了下去。又掏出一块卷着的羊羔皮，边缘处已是发黑，里边是一排银针。他抽出一根，在火上烫了烫，往柳湘莲的风池穴扎了下去。

陈虎陈豹在老道驱使下忙东忙西，烧了水，沏了茶，又找来几个或整或缺的粗碗放下，老道打发他哥俩走了。此时太阳已过当顶，显然午时已过。哥哥陈虎一路上不怎么说话，他上山时细心记了来时路，东一拐西一弯，毕竟猎户，竟然没错路。

弟弟陈豹见哥哥不语，便搭话：“哥，今天可真倒霉，瞎耽误工夫，没有打到猎物，还被牛鼻子老道使唤了半天。”

“弟弟，我倒在想今天这事，倒是个奇遇。你想啊，爹娘躲仇家躲到这里来这么多年，你我兄弟一身力气，但费尽力气，也就那么几间破屋子，连媳妇都娶不起。我总觉着咱家的命数不对。今天这老道亮了一手，我才知道，天外有天。我俩没出息去劫道，劫出这结果来，我不怨。但如果我俩有老道功夫的一两成，当个镖师或者干点啥，把爹娘接到城里住，倒是正经事。”

陈豹听了，也是，这老道士手脚那么快，一打二，自家连还手机会都没有，明摆的名师在这里。他试探地问陈虎：“哥，你的意思，是跟着老道学几手？”

陈虎笑了，他厚实的肩背不时擦过灌木丛。下山的道路，矮小的树种逐渐多了起来。“老道士不是让我们给送吃的吗？他给不给玉佩，咱们都给送，猎物一份放家里，一份送给他们；家里米粮还有一些，也送一些去。说不定他一高兴,指点咱几招。你想啊,那客官看起来跟他都不是一路,一个肯为陌生人出头的老道,心地应该不差吧?"

陈豹同意哥哥的话。那客官衣着华丽,与老道看上去都不是一路。边说边行,他俩脚步轻捷,半个多时辰,便下山到了大清早打劫的地方。好在这里地广人稀,今日还好,尚无人经过,斧头和短刀还在大树脚。两兄弟相视一眼,各捡起自己的趁手兵器,猎也不打,转回家了。跟爹娘说起两手空空的缘故,略去了艺不如人打劫受制这一节,只说帮助一个老道,救助了一位年轻的客官。又说起山顶的道观。

陈老汉倒是没起疑心。听说老道需要食物救助那个落难的年轻人,又听两兄弟说起,今日那老道走路轻飘飘衣襟带风,好像是个高人,便吩咐两兄弟,家中尚有米粮,分一些去救急。隔日进回城,把存下的山货带去卖了,换成食物,也送过去一些。又说起武艺,老汉知道儿子们想什么,便嘱咐,人家道长如果肯教就好好学,不教,也当积个善。他边说,老伴在旁边点头称是。

两兄弟见老父老母胸襟如此,倒有些愧疚上来。家风清白,怎出了他俩打劫之人。幸好爹娘不知他哥俩今日之事。这一时糊涂,就只好埋在肚里了。次日兄弟二人便分工,一人送食物上山顶,一人打猎进城卖野货。渐渐地,二人的足迹在山里踩出了一条来去明白的小路。

却说柳湘莲得道士治疗,慢慢醒转。他本洒脱之人,身体渐渐复原,只是心头疑问甚多,起初几日不言不语。每日晨风起,他便出得观门,去池子边静坐。雾起时分的池子迷迷蒙蒙,水不知何处来,静听,远处似有流水声。老道也不管他,自个儿在观里踏八卦练步。偶尔出得观门,与湘莲同看漫山秋色。

山顶的夜晚离星辰很近,银河冥冥渺渺,横曳过头顶。山风起时,四下皆空,天地间仿佛只有风的运行。空气清冷,但湘莲的头脑没有哪一个时刻有这样的安静清明。

天一日一日寒下来。好在陈家兄弟信守承诺,送了整袋米面,平常打些野鸡兔子,也送过来。柳湘莲记得他俩打劫自己的事,但经过昏迷与苏醒,他好像很多事都看淡了。两兄弟每日上山送物的行径,他理解为改过。至于老道出手慑服陈家兄弟之事,他不知道,也懒得想。老道也不提。

湘莲知道两兄弟上山辛苦,也不言语,一日将宝剑上悬挂的玉佩解下来,递给陈虎。这是他身上唯一值钱的东西,是当年挥金如土时,花两百两银子在琉璃厂买下的上好羊脂玉。上边雕着精细的螭龙纹,全器以一首尾相接的龙圈曲两周，小螭缠绕龙身。据古董店的老板说，是件汉代的古东西。陈虎见湘莲递过来，也不推辞，拿了之后，进城时找家古董店卖了，换回冬衣粮油盐巴。一半留在家里，一半搬到了道观，剩下银两交给老娘收着。道观，已经成为他两兄弟时常来的地方。

一日朝阳起，湘莲在坪上水边静坐，老道不言不语，来到他的身后。湘莲回头，他的双眼灼灼发亮："师父，请您告诉我，人在世间，究竟来干什么？"

老道士默默看着湘莲，他从一开始就知道，这个年轻人有心结，但不催他。今日见湘莲开口，知道时候到了。

"后生，你是谁？"

柳湘莲没想到老道士一开口，便问的是这个问题。这不正是他问老道的话，被老道三言两语说凉了心的那一问吗？

"我……我不知道自己是谁。"

"你不必追问自己是谁。没有人能够回答这个问题。你只需要知道，你，是天地间的一个人，一个生命，父母生你养你，因此你能够来到世间，就够了。"

"每个人都是来人间暂时歇足的，对吗？那活着有何意义？"湘莲记得老道士靠着断墙时，对他说的话。

"后生，我见你眼神清明，想必读过这几句话，今日我就说给你听听。"他坐了下来，眼看着池塘里苍苍的蒹葭在风中起伏，声音清亮："天之道，损有余而补不足；人之道，损不足以奉有余。孰能有余以奉天下，唯有道者。"

这是老子的《道德经》，湘莲当然通读过。他静听老道。旁边坐着的这位，与他最先看到的那个捉虱子的肮脏道士，是一个人，又像是另一个人，似乎都不重要了。

老道继续说，花白的胡须在风中微微飘着："后生，老天造万物，为的是什么呢？你看山间，这每一棵树，都是生灵。它们，问老天，自己为何站在山梁上了吗？天道不是问出来的，它们只管生长就是了。也许哪一日，山民需要砍棵树去做房梁，去做橼子，它们的命运便成了房梁，便成了橼子。如果没人砍，那就一直站在这里，做一棵树，就好了。"

湘莲若有所悟。他问："那么，人道呢？"

老道笑了："人道，就在我前边说的几句话里。去年我云游时路过江淮，正遇上洪水泛滥，淹没了许多庄稼。当地官府奉了朝廷命令，开仓放粮赈济灾民。可是，经手的那些衙门官吏，勾结豪绅，以次充好，一层一层地盘剥克扣，到了灾民手中，不过十之二三，多者也不及半。据我所见，神州大地，多半这样。富的越来越富，贫的越来越贫，这就是人间。损不足以奉有余，这就是人道。"

柳湘莲心智大开，他望着老道深邃的目光，决心请教到底："师父，您的意思是，这样的人道不符合天道，对吗？

老道笑了："人间痛苦的根源正在于此。"

湘莲知道问到了紧要处，他紧追不放："那该如何做，才能减少烦恼痛苦呢？"

"天生万物，皆有所养，皆有所用。不必自甘沦落，也不必清高自持。在人间，就做人间的事。遇到难处，比如父母亲人离世，该苦就苦，该哭就哭。哭完了，继续自己的生活，而不是自戕。因为这不符合天道。符合天道者，顺势而为。你看这些树长得茁壮，因为这里有水。你看，解生存之忧，也是天道。人道符合天道之时，痛苦就没了，空了。只要牢牢记着这句话：孰能有余以奉天下，唯有道者。"

柳湘莲半生漂泊，从未听过这样明澈的话。他若有所思，咀嚼着这句话。

"师父，我懂了。"

"不要叫我师父。我们都在人间。我就当你是我的一个红尘小友吧。"道士平和地说。

"是，道长。"湘莲改口。

"想想你该做什么，想做什么，心中多装着别人，少装些自己，烦恼会少许多。但一样，少装些自己，也不是把自己弄丢了。不能失了自己的本性。不要负了上天好生之德。"

湘莲知道，眼前的道长，就是上天派来度他的。他听说过吕洞宾人间度人的传说。他本练武之人，心神一定，眼神便渐渐热烈起来："道长，您每天踏的八卦，可以给我讲讲吗？"

道长呵呵一笑："那我先问你一个问题。你叫我道长，那么，什么是道士？"

湘莲默默想着这个问题。他从熟读的书中知晓"道士"这称呼的来历。人行大道，号为道士。身心顺理，唯道是从，从道为事，故称道士。嗯，他知道了，要害就在于唯道是从四字。

老道看着湘莲神色的变化。他似乎看透了湘莲，知道湘莲明白这个问题的涵义。他抖了抖道袍的下摆，站了起来："既然你已经知道，那么，人世间该行何道，该也知道了。走吧后生，我们到院子里去，我就给你这位小友，讲一讲八卦。"

第四回

驭剑授徒

道士在道观盘桓了差不多两个月，在绵绵群山飘雪的第一天，不知所踪。

这两个月里，湘莲跟着他打坐吐纳，踏八卦驭剑，初窥八卦剑门径。

八卦乃是远古圣人，仰观天文俯察地理所得。八卦图最早出自伏羲所创的先天八卦。其用阴爻和阳爻的组合来阐述天地中八种最原始的物质。后世道教将伏羲供奉为神。老道教他时，告知这是先天八卦剑。湘莲知道，这正是纯粹的道家功夫。

读过书应过试的湘莲熟知，世俗所传八卦分先天、后天。先天出自伏羲，后天八卦则出自周文王。他也询问过老道，老道便点拨了几句，告知湘莲，后天八卦只是和伏羲的先天八卦位置不同，其实含义不变。孔子创立儒家，将周文王的《易经》收录为儒家经典。宋代邵雍理论经朱熹传播以来，伏羲氏所绘先天八卦，以及周文王所绘的后天八卦普遍为后人所熟知。《周易·说卦传》："天地定位，山泽通气，雷风相薄，水火不相射。八卦相错，数往者顺，知来者逆，是故易逆数也"。老道虽是随口一讲，但听在湘莲耳中，他便了然，这段话的前二十九字，便是老道所教八卦剑的宗旨。

《周易》既属儒家典籍，湘莲当然读过，自不陌生。但八卦所蕴含的天地人文至理，以至于衍化而来的武功心法，还是从老道这里开始了解。此前柳湘莲和贾宝玉一道，痛恨应试八股文章，顺带厌憎应试典籍，遂养成个非古薄今的癫狂性格。但自习练八卦剑，又听老道逐次讲解之后，自此收了小觑古人之心。小子狂妄，不知数千年前即有如此厚重深邃包涵天地宇宙人心之雄文。去了反感排斥之魔障，心便沉静下来，日日晨起，无论艳阳朗照，还是雨雾漫天，都在观前池塘边打坐练气。然后在院子中老道用足尖画成的八卦图上练剑，练至兴起，飘然空中，可以挽几个剑花，遂知自己进益不小。

陈虎陈豹进观见了，二人深知这是一生中不可多得的奇遇，也不吱声，就近找了两根木棍，在院子的角落里默默学招，老道讲剑法讲易经时，便听在耳中，懂与不懂，死命记住。老道见两兄弟学招听讲，也不制止。

湘莲灵台清明，悟性奇高。弃世之心既歇，便一头扎入武功。他领略到，术乃其次，功在意先。老道见自己度来此等良材美质，自习八卦剑后，目凝神止，习练不辍，显是人生有了新的追求，心中喜慰。须知任何一门学问，入门勤习者，便有无穷乐趣。湘莲此人，正是失了人生方向，才魂魄不聚，茕茕孑立。老道上手一教，便知湘莲根基不弱。他所长者既是一身武艺，从此度他，正是捷径。至于未来造诣如何，就要看习者如何了。

老道知道，他所停留的时间，无需再多了。那日见湘莲神情散乱，又削发跟随，心中有所动。夜宿旷野，湿露沾襟，见湘莲并不退却，遂心有所感。晨见湘莲面红目赤，正是最为羸弱之时，便入林采几味沾露草药拟为其医治。返回时见二陈剪径，一发救了湘莲。如今，观中劫道之人，被劫之人，皆在八卦炉中冶炼，老道心下自思，可为行走人间一功德。

正午时分，湘莲在院子里自行练习，老道步出观外，看着门上残破的观匾，笑了一笑。道家多年沦落，内塑真武大帝，中置炼丹炉，外悬上清匾额，不伦不类可见一斑。天下还有几人真懂道乎！由此观之布置，便可知晓道家之式微。道士少见而术士遍地，也难怪世人弃道。

转念一想，道者，本该无门派之别。《道德经》云：人法地，地法天，天法道，道法自然。无论是先天八卦顺应天时，还是后天八卦顺应地利、人和，终不出"道法自然"四字真谛。想及自己今日生出此念，亦为进境，不觉捻须微笑。

大雪飘飘扬扬洒下来，天地间一片银白。瑞雪降下，是离开的时候了。

湘莲雪中练完剑。四周清静，雪落无声。他见房中多了一袭道袍，老道不知所踪，心中不奇。师父领进门，修炼靠个人，师父虽然不与他定师徒名分，但他的新生，确由这位奇人引领而来。师父离开了，也就意味着，师父认为已经是离开的时候。湘莲站在池塘边，遥遥望着山舞银蛇。雪花铺满了他的肩头，但湘莲心境寥廓，与初来时大异。老道离开，何尝不是对于他的信任，知道他至此可以走出本我，走出一条道来。

老道去后，陈虎陈豹依然勤谨，送食送衣。湘莲不念旧恶，想及老道教导自己学艺之德，便将这两兄弟做了传承之人。丹炉之旁，八卦之上，将老道教的倾囊以授。三人在山顶破旧的道观中日益精进。二陈师从湘莲，一身蛮力似乎被有序引导提升，上山下山所需时辰也缩短不少。两兄弟知这是身法日益轻灵所致。

练武间隙，湘莲不谈往事家世，有时候讲些《道德经》中浅显的句子给二陈听。二人听了，心胸大开，天下竟然有这样的道理，而自己闻所未闻，以往真是坐井观天。想起数月前还有剪径发财的想头，心下汗颜不已。二人复感湘莲磊落，私下商量了，叫湘莲"师父"。湘莲不受，二陈便称"道长"，湘莲含笑不语。从此就这么叫着了。

两位儿子的变化，如何瞒得过父母。二陈回禀父母习道之事，老人家也欣喜不已。男儿立世，首先有本事。见儿子自道观往返数月，气色身法皆有进境，谈吐语调也似乎斯文了许多，老两口飘零半世，略有见识。不知二儿曾有盗跖之举，只知两兄弟遇到高人，心中喜悦。

湘莲见山中物资辗转困难，猎获不易，想及老道说的"生存也是天道"，便和二陈砍了棵粗壮的山毛榉自制弓箭，供射猎之用。这树木质密实，轻重正好。三人便斧砍刀削剑劈，制成一弓，二陈将家中带来的弓弦绷上，木材其他部分，便削成木箭。湘莲本有根底，习剑之余时时练习。二陈此道甚精，也有所教。湘莲内功灌注之处，木箭与铁箭，相差已无太多。

两兄弟到山顶之日，三人出猎，有一日遭遇野猪，合力杀之，八卦炉旁生起火烤熟，三人围坐啖食，几日方食尽，剥下的野猪皮由二人带回硝了，由老母衬上棉布作里，捎回观中送给湘莲作御寒之被。湘莲不意半生飘浮，如今宿在道观，日踏八卦图，夜覆野猪皮，不由得大笑。至此三人情谊日密。

冬去春来，漫山野花开遍。湘莲夜看星象，晨起练剑，并无入世之心。偶尔想及京城，一念甫起，一念荡开，一颗心活泼泼地，再无缠绕郁结。导致他上山的尤三姐伏剑而死的身影，也从心上渐渐化开。

他虽重情之人，但与三姐不过一面。他心伤的是自己人世间孤独一人多时，不知何往，见一人可谓良伴，不料见面之日，便是三姐伏剑之时。自己的孟浪了结了一条生命，愧疚复自伤，这沉重冲击再也当不得。削发出家，固然因心冷意冷，亦是心中素日积累的绝大伤痛受刺激之后的反应。湘莲想起前向恍惚之时三姐曾托梦，言其奉警幻仙子之命，前往太虚幻境一事，心中一宽：原来此女子终非人间常住客，既已上天列了仙班，不溯可也。至此，三姐因他而死的阴影渐次散去。

陈家兄弟未上山之日，湘莲便携了剑，背了弓，入林打猎。一日晨，湘莲出观，见一梅花鹿悠然在池畔喝水，橙色皮毛上雪花点点，煞是美丽。雾气升腾中隐隐约约如同梦幻，一对骄傲的犄角指向太阳初升的天空。湘莲被这一幕惊呆,他慢慢靠近,想看清这头鹿。不料这精灵十分警觉,扭头见湘莲靠近,便飞快扬起四蹄,往深林中轻捷跑去。湘莲童心顿起,随之猛追,跳跃纵飞,居然也勉强跟得上,心中不由一喜。师父授予的内功心法,原来功力如此不凡。

一鹿跑,一人追。鹿蹄飞快,湘莲边追,边持剑砍开障碍的树枝、缠绊的野草,不由得慢了下来。开始还见橙色鹿影在前,翻了几个山岭之后,便在深林中失了目标。他停下脚步四下打量,眼前只有一个低平的山坳,横长着几棵白皮松,哪里有鹿了。正琢磨着鹿的去向,松树之间,一个舞动的身影吸引了他的目光。

那是一个女子在练剑!

那女子显然没有鹿的警觉,远处有人,她并未察知,只顾刺、劈、撩、挂、点、抹、托、架、扫、截、扎、推、化,一招一式练去。湘莲出家前剑术本不弱,是自幼父亲请了名师教出来的,经道士点化,剑法之道突飞猛进。以他此刻的眼光看来,此女习练虽然熟稔,但技艺算不得高明。但清晨时分深山老林之间,一个村姑打扮的女子独自练剑,本身就是稀罕事。便看住了。

他不愿走近,免得惊扰这女子。但有人注视良久,这女子终于发觉。她抬头定睛一看,山坡上树林疏阔处,有一道士背弓引剑,正目光炯炯看着她。虽然相隔不近,但从这个人的身姿上,凝视的眼神中,并未看出邪意。

这个女子,便是化名吕四娘的秦可卿了。

自从来到松柏引庄子,托庇冯家父子门下,可卿的生命中只余一件事,便是报父母之仇,补前半生荒唐之过。如何接近仇人尚未想好,但苦练杀敌武艺,则是必需的。因此冯紫英来庄时,便郑重请求紫英教其剑法。冯家自冯知章起,一门三代,为了这个女婴的可怜,已经保守秘密二十几年,见孤女终是无依,自是怜惜感叹;又见可卿发愿一洗前耻,虽然她的仇人是当世最大的主子,报仇实属天上摘星一般。但不忍灭了可卿心中盼头,因此紫英慨然答应;来庄时,便循序教可卿基本的剑术和几套剑法。可卿在庄上一住几年,一身富贵脂粉气早已洗尽,脱胎换骨,下得田,栽得苗;进得厨房,摘得草药。自冯紫英教其习武起,便自律自强,每日清早,便躲到山中独自练剑;只是身边少了教习实时教导,进境甚慢。

白皮松山坳四围幽深,谷底平坦,平时无人打扰,正是练剑之所。可卿找到这地方,平时不见一人。今日既然发现有人看到,又见是道士,便在谷底行了一万福,算是给远处的观剑者行礼。柳湘莲本不是唐突之人,被发现后本拟离开，见人行礼，便也收住剑锋，抱拳为礼。

可卿见道士不行道家礼，颇为诧异。然而她自经风霜，万事淡然。见道士收剑并无敌意，便放下心来。天色已大亮，该是回庄的时候了。她敛衽再行一礼，不待坡上人反应，便自顾自回头，转过坡脚去了。

柳湘莲望着人影渐渐远去，终于被丛林掩住了身影，消失在视野中，心下有些惶惑。清早练剑，村姑打扮而又礼数周全，本就是罕事儿，从容进退也就罢了，面目虽然看得不是很清楚，但眉目如画，似乎是见过的。湘莲百思不得其解，深山之中，哪来的故人呢？

第五回

风萧水寒

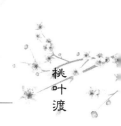

风继续吹。云雾飘来荡去，总在观前聚散。柳湘莲转眼在此峰顶住了一年。他的剑眉朗目，漆黑鬓角，戏台扮相，洒脱身姿，曾经是多少人梦中星辰。薛蟠缠过他，挨了一顿老拳；尤三姐恋过他，香消玉殒。他曾经为此烦恼不休。如今，都已远去了。

他学习老道的样子，头顶挽个发髻，插个自削的木簪子固定，头发渐长，顺其自然披在后背。他的双眼依旧乌黑，眉目依旧英俊，但在蓄起的胡须间，早已不显山露水。他，确已不是当年翩翩浊世佳公子。再也不用午夜扪心自问，别人看重他，是因为他的内在，还是外表了。

湘莲每日练功、打猎。陈家兄弟来时，有时也带一壶酒，就一只山鸡，或者野兔，火上烤熟了，三人幕天席地，喝酒吃肉。湘莲深受老道影响。大道既无涯，心中自有道，人世则不必自设藩篱。因此也不管全真派的规矩还是正一派的道术，一概不学不理；不管道观拜真武还是崇上清，一概不追不究。他打定主意，行止但凭心而去，凭良知而去。

湘莲常常面壁。既在道观，对人世的道教以及各番规矩自有所思。他想得很清楚，教规不是道规。各门派分了多少彼此，衍了多少支派，立了多少规矩，世间从道之人多起来了吗？显然不是。与佛教的民间日益崇隆比起来，道教的传播早已如观前木匾，风雨侵蚀，不堪一析。很简单，道岂有规，人又岂能为天地之道定规。规矩一立，少了自然之气，离"道"就愈远。佛家立规矩，但那是入世的教派，且教义怎么说？"一切善法皆是佛法。"多大气。道教如此自限，其规矩，守来作甚？

湘莲记得老道对他说的话：莫问来处，只求自度。湘莲对此话深以为然。如何自度？法道，法自然。每一个生命既然皆是自然之子，那么来到人世，自我超拔，过好这一生，不也符合自然之理，不也是修道？

想通此节之日，他心内大畅。心安乐处，身也安乐。他心无旁骛，剑艺越来越精，知到此境，师父传的吐纳之法助力最多；夜晚入睡时呼吸悠长，正是明证。寒冬不甚冷，盛夏不甚热，无病无忧，此为身心平衡上佳之象。

陈家兄弟因为尚需耕耘田亩、照顾父母，农忙时来得没有此前频繁，但总有来。有时二子齐至，有时一人登顶。三人一起打猎，便有无穷乐事。随着武艺渐高，捕猎越来越顺手，以至于周围的山麓飞禽走兽都少了许多，打猎必得多翻几道山梁。但所打到的猎物尽有盈余，故陈家兄弟买了一匹马，入京城出货换货方便。老父母看二子练功耕作打猎辛苦，便说田亩活计不算多，平时自家还可应付，让两兄弟多上观，紧跟山顶道士，与高人多些商量，求个指点，搏个他日发迹发家，也不枉来人世一趟。这些话听在陈虎陈豹耳中，觉得有道理。这日上山顶前，陈虎与兄弟在家商量：

"你看，道长会在这里住几时？不会也像老道士一样说走就走吧？"

陈豹思考这个问题也已好久了。兄弟俩自跟老道和湘莲学艺，不知不觉间，田舍郎、打猎人的习性之外，自己觉着多了一些东西。自家也说不清道不明。山顶与道长喝酒吃肉，快意之余，感觉道长那双悠远的双目中，藏着一个他们所不了解，但深觉吸引的世界。他不会意识到自家是受到了一种精神世界的吸引，而把这一切归结于一个具体的人，就是他们两兄弟的道长师父。

"哥，我觉得，爹娘辛苦一辈子，有了我们两兄弟。如果永远在土里找吃的，山里与禽兽为伍，即使将来你我二人娶了妻，后代还是会重复我们的生活。"陈豹停下手中收拾米粮袋子的手，对哥哥说，"既然遇到了高人，我们是不是该听爹的话，请问下道长，讨个后半生改运的主意。"

陈虎当然听懂了。"我看，这位道长是在这里疗伤的。记得吗？我们去年识得他时，那样憔悴，那样失魂落魄。现在看看，每日神清气爽。我觉得，他这样的人物，终有一日是要走的。弟弟，你的意思是，我们去跟道长明说，如果他要走天下，我俩就跟他去历练历练？"

陈豹点点头："是这个意思。但是，不是随他当道士，而是跟着他见世面，江湖闯荡闯荡，闯荡一阵就回来，图个见识，说不定也能改改我陈家的运道。我们三人打猎那么久，合在一起，路上歹人估计也不能相欺。"他停下，想起一年前，自家两兄弟差不多也做了歹人一回，有些不好意思。摸摸脑袋，他接着说下去："他收不收我们再说。可有一点，就是父母在堂。即使他同意了，我俩也得留一个顾家。"

陈虎听了点头。他收拢手中杂物，将给湘莲买的青色道袍包起来，放进背囊，将弓箭背上肩，对弟弟说："走吧，拎上一葫芦酒。找个他心情好的时候，先探探道长口风再说。"

果然，当天三人打猎回观，酒喝了半葫芦之后，陈虎小心翼翼地细诉了两兄弟的焦虑和期盼。

要是往日在京城，湘莲虽不一定勃然大怒，但心下不爽是肯定的。他岂是一个作稻粱谋之俗人。但自到观上，由老道煨水喂药，由陈家兄弟送衣送粮，猎物剥皮，由他俩拿去卖，再换回粮食……桩桩件件，无不跟生存有关。往日清高洒脱，落得个家财散尽，家徒四壁。他柳湘莲有今日身心轩敞，靠的是老道指点，以及两兄弟的生存本事。是的，他们教会了他生存。一箪食一瓢饮，人在世间就得讨生活，自食其力并不丢人。相反，吃着自己射下的野鸡野兔，盖着捕猎而来的野猪皮，那种踏实与满足，那种香甜，与天地自然连在一起的感觉，与从前一掷千金的生活直有云泥之别。他尊重这种生活。因此，听完陈虎的话之后，湘莲稍稍思考了下，首次仔仔细细问了陈家兄弟的情况。

"二位兄弟，"他郑重一开口，陈虎陈豹赶紧站起来乱摇手："道长，当不得当不得。就叫我们名字就好。"

湘莲手心向下压了压，两兄弟这才坐下。观里的这块平整地，每日湘莲自己扫得干干净净，地上丢了几个草团子，三人随时席地而坐。此时日头已偏西，温热的阳光洒在山顶。

"那好吧。我明白你两兄弟的意思。只是我此刻，并无离观的想法。"湘莲先回答两兄弟跟着他闯荡江湖的问题。他拿起葫芦来喝了一口，递给陈虎，自己接着说："至于令高堂年老，你俩今后如何自处之事，就当我帮着参详一二吧。"他顿了顿，接着说："你们经常进城，城南那里有个天桥，知道吧？"

"知道。"陈豹抢着说，"我总去那里卖山货，只是提不起价。收货的店家看我们山里来，总是压着价收。"这个问题，两兄弟已苦恼多时了。因为这种问题不上台面，故从来在湘莲面前不提。今日既已说到，顺便一吐苦水。

"你们附近有村子吗？"

"有。"

"卖山货的人家有吗？"

"我们不怎么往来……他们一直当我们是外人。但山里人家，肯定卖的都是这些。"

湘莲点了点头："山里药材值钱，果子可以新鲜卖，也可以做成蜜饯。还有平时打下的猎物。这些都算是靠山吃山。你们可以到天桥，想法子打听着，盘下一个铺子，一个可以在那里收与卖，一个在山里联络村里人家，收了他们的货物，拉到城里去。这样，成本就下来了。你们识货，卖出去的也是好货，货源稳定，价格再多降下来一些，这样，可以立定脚跟。经营个两三年，令父母接进城去，不失人子之道。"

这些买卖的学问，还是柳湘莲当年平安州救了薛蟠，二人一同进京途中，薛家老管家一路闲聊唠叨，湘莲听在耳中的。商人没地位，但货物流通靠的又是商人，确实，里边也有学问。湘莲当时不屑一顾，这些话也是顺耳一听，到现在可以用上，给两兄弟具体的建议，倒是始料未及。他心中一动，想起自家过往：平素要留心这些生存、经济之道，何至于家道中落。

陈虎陈豹两人互相看看，都觉可行。是啊，年年日日窝在这里，父母连说话的人都不多一个，年长了进城养老，也是儿子的孝敬。他俩一身力气一身武艺，受了城里人欺负也不怕。

陈豹心里还有个江湖梦，便问："道长，那您……会一直住在这里吗？"

湘莲哈哈一笑，站了起来。"我在此地还有些事儿要办。"陈家兄弟一听倒奇，但不敢问。今日斗胆问策，得到指点，已经够他们消化半天了。二人想想，神色间已是跃跃欲试。至于跟随道长走江湖之事，想来不急，以后再说。三人酒饮毕，太阳也快落了，二陈下山，跟父母禀报去了。

柳湘莲说给两兄弟的有事要办，倒不是虚的。

自那日白皮松山坳见秦可卿之后，因觉眼熟，湘莲一直觉疑惑。他尊重女子，故也不向陈家兄弟说起那村姑的行踪。过得数日，他一早出门打猎，不知不觉，又来到了山坳。果然，那女子已在练剑。看来上次的遇见并未给她带来困扰。湘莲看在眼中，觉其剑术略有进步。他驻足看了看，正想离开，忽听谷底有个清亮的声音唤："那位道长请留步！既是剑道中人，何妨移步，请来指点几招如何？"

湘莲听了，正是那村姑模样的女子对他说话。想了想，自己一个道士，与女子说话，也不至于毁人名节。不去反倒像心底藏了私一般。便拱手行礼，走下山坡来。

走得相距数尺，湘莲停步问安。

"小女子四娘，家姓吕，在此练剑多时，因自家愚钝，始终未得真进益。恳请指教。"可卿拢起剑锋，剑尖朝下，抱拳为礼。

离得近，湘莲看得更清。这眼前之人，像极了宁国府小蓉奶奶。他曾经应贾珍之邀去串过戏。宁国府最没规矩，他是知道的，也因此他得以看到台下听戏的珍大奶奶、小蓉奶奶，还有贾珍的几房姬妾。小蓉奶奶长得那样美，任谁都一眼难忘。只是前几年，小蓉奶奶不是死了吗？这个吕四娘，跟她长得一模一样；声调谈吐，也不像乡下姑娘。湘莲的疑问浮上心来。他决定问一问，不是身份，而是练剑之由。这姑娘如果不吐实，也就罢了。

"四娘，敢问练剑何为？"

"报仇。"四娘略一踌躇，还是回答。她的眼神坚定，甚至压过了本来有的柔和妩媚。眼前道士长须散发，但眼神安静深沉。

"报什么仇？"

"父母之仇。"

这个答案让湘莲动容。不管她是谁，世间没有拿父母开玩笑的，父母之仇不共戴天，他明白。湘莲决定不再追问。此人身份与他有何关系呢？如没有深仇大恨，一个女子，不去相夫教子，而在这独自练剑？

不问因果。世间既有好儿女，那就成全吧。何况，剑，终究是握在人的手里。习剑本身并不代表什么，他拔出了鞘中剑，说："指教不敢。就当切磋吧。"

湘莲起剑，山谷中随意击发，身姿翩飞，飞花摘叶，看得可卿心驰神往。可卿口中的指教，原本可以理解成比试武艺，现在看湘莲身形一动，她就知道，自己遇到大师了。而这位道长，压根儿没想着跟她比剑。

湘莲舞剑一停，可卿立即下跪，恳请教剑。

倪二盗墓、可卿墓空这些，在京城早已传得沸沸扬扬。湘莲因在江南日久，并未听闻。倒是平安州一路，隐隐听得薛蟠与老管家谈论过几句。他向来不喜这些豪门是非，故未往心里去。现在像极小蓉奶奶的人就在眼前，那些片段传言遂飘来脑际。再看得几眼，他几乎可以断定，这个改头换面的女子，就是当年的朱门红楼人。

想起老道度自己，也没问自己出身，又为何癫狂。可见世间有许多不能言也不需言的事。一念释然，湘莲决定教上几招。

因了此故，隔上十天半个月，湘莲便来到山坳，口授吐纳要义，又教剑招。可卿像一张吸墨纸，将湘莲所教一一记下，日常苦练，到约好的见面日，便一一展示。湘莲随演随教，可卿得此强助，身躯日益轻盈，进展飞速。她有时带了袖中连弩来练习，以大树为靶，找个石头在树上画个圈，当作靶心；发送的准头、腕劲的生发，也得湘莲指点。这门技艺，正是他从陈家兄弟发连弩射猎时悟出来的。

如此一教，便是三年。可卿谨守对道长的承诺，庄上从不泄露有人教剑之事。冯紫英来庄时，有时背了人，观可卿舞剑，觉其飘逸劲道，隐隐然似在他这个师傅之上。紫英本倜傥之人，不疑其另有师从，还道可卿天资过人，一心苦练所致。

一日，湘莲来到白皮松山坳，见四娘手中无剑，已立等在那里。他知定有缘故。便静静等候。

一见湘莲立定，可卿便拜下去："多谢道长教导之恩。四娘习剑，无论成与不成，都需上路了。就此拜别道长。"说时，直磕下头去。

湘莲知道了，这是壮士一去不回头的荆轲聂政。他坦然受了这个头，让她安心上路，去做自己必做之事吧。他不问四娘的仇人是谁，只看到眼前的弱女子一脸风霜，一脸决然。头顶树叶轻轻摇动，果然风萧萧兮易水寒。

红楼续书·红流三部曲（中）

第六回

虎豹出山

　　湘莲教剑的三年里,陈家兄弟按照湘莲的提点,与父母商量后,便一一着手实施。

　　他们所在的山村,当地人称涌泉村,离开潭柘寺不远,就隔着几座山。只是山路险峻,少有人知。来得最早的几户居民起初是避明末战乱,胡乱往深山里搬,见有一处有水涌出,便即安顿下来,后来子孙后代繁衍,遂成一个村落。离开了京城,再返还就难了,村民遂自行在略为平坦处开荒,地熟后种些庄稼,平常以打猎、采草药为生。因为地处深山,又值自明代以来实行的里甲制度衰败,遂也无人来管;生活清贫是真,倒也避开了徭役杂税。

　　且说陈氏兄弟得到父母首肯,便从老母处取来卖柳湘莲羊脂玉佩剩余的银两,进城探路。陈老汉和老伴便拎着自制的山果蜜饯,到村里挨家挨户送礼,又赔笑脸闲话。这户人家平常对村民不侵不扰,此地住了多年,敌意早不若先时,见老人家如此厚道,礼数又至,便也接纳说话。

　　陈虎陈豹兄弟在京城找个陋巷里的小小客栈,一住就是一月,每日到天桥杂耍药行一带探视,看地段看门面看人流。有一日,终于找到一家老板回南,愿意转手的铺面。两兄弟好说歹说,把价格谈了下来,签了契约,遂请旁边摆摊代人写家书的先生,写了几个字做成匾。两兄弟高高兴兴,择个吉日,在铺面前头挂上"虎豹山货"的牌子。店铺前铺后仓,还可以铺个褥子住人兼看货。

　　住店买铺面开铺子,如此一来,湘莲处来的银子也花得差不多了。陈家兄弟倒不以银两短缺而沮丧。看看万事俱备,两兄弟商量了,陈豹守着铺面,陈虎骑马回了山村。回家前他没忘给道长买些米粮油盐,一并带回。陈虎心中想着,这些东西,不也是道长给的东西换来的吗?

　　识得道长这些年,两兄弟最大的变化就是,与城里人打交道,有了底气,不论是一身功夫,还是言谈举止,都不是当日的吴下阿蒙可比,甚至口音之中都带了京味儿。陈虎陈豹卖货多年,知道别小瞧了口音这东西。京城最是嫌贫爱富，除此之外，城里人也常以口音定人高下，买卖货物时报的价甚至都时有不同，他俩此前没少吃亏。

陈虎归来，陈家老两口便按照儿子吩咐，实施下一步的计划。这段时间，偶尔也有村民提两只斑鸠、半袋小米来回访，老两口便尽心接待。陈家门前用篱笆隔出来的院子，晒满了山里摘的板栗、地里收的花生；至于林子里摘来的各色鲜果，晒干后，便用糖浆腌透，上边撒上糖粉，太阳好时，用大簸箕盛着晾晒。来访的村民一见，深觉这是生财之道。陈老汉便把儿子进城开山货铺子的事儿说了。

村民心下活动。陈家兄弟进城卖货卖不上好价钱的事，村民们也差不多都遇上过。现在看陈家儿子出息了，便商量着，以后的山货，是不是就可以卖给陈家，也免了城里城外的跑。陈家银钱不够周转的话，货卖了再结账也行。

这正是柳湘莲指点陈虎陈豹两兄弟时说起的货源。村民愿意赊账，倒比预料的更好。老两口满心欢喜，田里喊来做活的儿子，陈虎自然满口答应。两兄弟转圈看铺面时，也细看山货行，打听到的价格早已一一记在心中。他报出来的价格自然比村民自卖的公道。村民听了满意。陈老汉夫妇本是南边人，做蜜饯的法子好，回去也传了。涌泉村里大部分人家沾亲带故，听闻划算，差不多山货都愿意卖给陈家。从此陈虎专门运山货进城，陈豹那边按照道长指点，标的价格都比其他同类铺子低两成。他牢牢记住道长叮嘱的话：先立定脚跟，再求盈利。

可卿剑术受教于湘莲的日子，陈家兄弟的虎豹行在天桥站稳了脚跟，开始盈利。果然兄弟同心，其利断金。两兄弟边经营铺子，遇有机会便收转手的铺面，又开了一间山果蜜饯行。因为陈家老两口挑选的尽是个大完好的果子，制作也精细，村民们交来的，老两口也细心挑选，因此那蜜饯也被来天桥逛的小童们喜爱，大人给买上一包，人群里走着，吃得津津有味。

销路最好的依然是山里的药材，全是钟天地灵气长出来的佳物，质地纯，药效好。甘草、黄芪、柴胡、黄芩、山药、白芷、秦艽、黄柏、地黄、枸杞、蒲公英、败酱草、木贼、五味子、半夏、牛蒡子、紫苏、防风、藁本、威灵仙、葛根、薏苡仁、茵陈、猪苓、泽泻、车前子、瞿麦、扁蓄、地肤子、知母、青葙子、夏枯草、地丁、决明子、苍术、苦参、丹参、白茅根、玫瑰花、远志、酸枣仁、灵芝、何首乌、补骨脂、杜仲、旱莲草、菟丝子、桑螵蛸等，客人买货时，他俩说来如数家珍。也有郎中开了药方，指点病人专门来这里配药的。毕竟郎中再高明，也得有好药草才能治病。

陈家铺子渐渐小有名气，京城有几家药行听说了，见虎豹兄弟的货物价格低这么多，质地又好，完全可以免了药行每年四处派人收购这些药材之苦，遂派人来接洽，一年四季定时收购。虎豹山货有了稳定的主顾，两兄弟本想直接带人进山运货，考虑到不能泄露药材来源，便多雇了一个伙计看店，大批量出货时，两兄弟便租辆大车，赶到山脚下，再牵马运货下山。

山货行所在的天桥龙蛇混杂。也有嫉妒两兄弟抢饭碗的同行；但陈家兄弟每日晨起练剑的身姿，街坊们都是见过的，口耳相传，知道两兄弟了得，遂轻易不敢来招惹。据天桥耍把式的卖艺师傅说，那像是先天八卦剑，江湖上失传已久，不知是也不是。这位老江湖评论，两兄弟的剑术造诣已是不低。

如此一来，两兄弟在天桥一带名声大振。这里最是人流混杂流动所在，商铺伙计都知道虎豹山货行有两位身手了得的兄弟。铺子也得了这个力，名号越来越响。上门买药材的客人，也有为了图个好口彩的：病人吃了虎豹药，没准生龙活虎，转头病就好了。

两兄弟忙得衣襟带风，整日手脚不停。一晚盘货毕，陈豹跟哥哥商量，想跟哥哥换一换。他回去跑一阵运货，哥哥看铺子。

"怎么？想爹娘了？"陈虎问。

"是。也想去看看道长。"陈豹答。

陈虎知道弟弟的心思。"你还惦记着跟他走江湖？"

陈豹垂下眼睛，又抬起来看着哥哥："哥，我们兄弟开店差不多三年，铺面好在是立起来了。可是我总觉着不死心，还是想四处去看看。我琢磨着去听听道长意思。如果他有一天要走，又愿意我跟着，我就走个三年五年。到时候再回京城，成家立业，心也就踏实了。"

陈虎知道，弟弟比起自己，有一颗不安定的心。不去折腾一番，弟弟是不肯甘心的。当个山货行东家，听起来不错，但涌泉村的货源一年就这么些，再扩大也有限。既是要去，连着此事问一问看，也行。如果弟弟要走，门面立起来了，自己一人也撑得住。再盘个小院子，把父母接过来就近照顾，似乎也是水到渠成。

见哥哥点了头，陈豹心中高兴。山货行的成功给了他信心。天桥说书人曾经说过一句话："王侯将相，宁有种乎？"激发了他潜藏的雄心。打劫道长之时，他两兄弟有啥前途，娶妻都娶不起，破罐子破摔急功近利，才动了那没面目的心思；可是后来听道长各种讲解教导，新的大门似乎向他打开了。特别是道长指点几句，他两兄弟便能从山里来到城里立足，这是此前连想都不敢想的事。前朝听说有个叫刘伯温啥的高人，想必就是这一类。道长要修道也好，成仙也罢，自己不走这条路就是了，关键是，道长的指点，可以帮助他们陈家改运，也许，将来可以帮助他陈豹在天地间有一番作为。

一夜没有好生睡得。次日一早，陈豹打马出城上山，一路想着该如何向道长讨教。到家卸下给爹娘带的物件，便直奔道观。

终于爬到峰顶，熟悉的池塘映入眼帘，好久没来，这里一草一木似乎都在向他招手。陈豹心中有所感，也许，这里才是他真正的力量源泉。跨进观门前，他脚步停了一停，很是诧异，因为门前正中的空地上，不知何时搁了一旧几案，上有一香炉，炉内燃着香烛，旁边还有黄表等物。

陈豹跨步进院，只见湘莲在殿内，正拿着一块布擦拭剑刃。他见陈豹进来，只淡淡地说："来了？ 也好。"

陈豹躬身行礼。不知如何，道长安静时总有一股气场，让人不能擅自接近。行完礼，他赶紧问："道长，门外的香烛是怎么回事？"

湘莲将剑插入剑鞘，随手一指蒲团："坐。"他边说，自己也坐下来。

陈豹依言坐下。双眼望着湘莲。

湘莲开口："这里既然出现香烛黄表，我也就该离开了。"他停了停，又说："你来了也好。相识一场，就在这里道个别吧。"

陈豹一听急了，忙问："道长，您要到哪里？"

湘莲一笑。已经过去了几年，他还是要面临同样的问题。不过，今时不同往日，他的心，在他自己的胸腔里。

陈豹见道长不答，自觉冒昧，便将自己的心思和盘道出："道长，昨晚我跟哥哥说好了。无论您到哪里，我都想跟着道长，闯荡一番，长些见识；若有一日倦了，不想折腾了，再回京城，也是好的。"

湘莲抬眼看了看陈豹："我虽入道，但不是世俗礼法中的那种道士。你跟着哥哥做生意就好，跟着我一个似道非道的人，有啥意思？"

陈豹听湘莲语气中有拒绝之意，便赶着把自己所思所想搬了出来。道长教他兄弟练剑几年所带来的改变：京城的铺子如道长所说，开得不错；哥哥会接爹娘到城里，等等。他说得杂乱，但湘莲听懂了。他两兄弟出了山，能在京城立足下来，让他生出许多感慨。

他入山之前，与京城纨绔子弟为伍，飞马走猎，吹拉弹唱，诗词应答，乃至于花街柳巷，以为这些才是风雅之事，谈及仕途经济之道的，都是禄蠹。仕途也就罢了，八股取士，害了多少儒门子弟，皓首穷经，耗损生命，这确是逆道而行，这观点至今并未改变。倒因了生存所需，对经济之道有了新的看法。以往厌弃这些东西，是因为他和他的朋友们，从来不曾经历被生活践踏的境遇。宝玉出身钟鸣鼎食之家；就连秦钟，家有薄产，也不曾困顿到活不下去的程度。陈家兄弟从后来的秉性上来看，心并不坏；可是，当初就能为了贪图钱财，向他这个素昧平生的人下手，这为的什么？

柳湘莲此刻当然知道，这是因为贫穷，因为无望。如果不是老道救了他，指点了他，也就没有他柳湘莲今日之豁然开朗。两兄弟受了老道教诲，后来自己也就随口点拨了几句，这几年来，两兄弟居然也就把日子过得像模像样。湘莲也清楚，这陈豹跟着自己，倒并非为了报恩，他们的交往是相互的；应是看到了世间也许还有另外的活法，把自己当作了引路人。

柳湘莲自嘲地笑笑。他的改变，确是无声无息。陈家兄弟从他这里得到的指点，正是他当初所鄙弃的。自己由生到死，又由死而生，恍若一梦。陈家兄弟以盗贼起心，现却因自食其力，致富可期，不亦如一梦？

衣食足而知荣辱，诚如是。圣贤的话，也不是全无道理。陈豹当自己引路人也好，攀高的梯子也罢，都无所谓。自度度人之道，哪有一定之规。就当他承了老道的衣钵，见一人度一人罢。至于陈豹，待他想回就回，对于自己，这功德也就传下去了。

想到此，湘莲便点点头："你既有此心，愿跟随我，可以。想回时，直接告知我即可，不必羁縻。如此方不负你我几年交情。"

陈豹大喜，忙跪下给湘莲磕头。湘莲受了。这半师之谊，他与陈家两兄弟之间还是有的。

陈豹想起哥哥之托，问起山货行做大之事。湘莲听了，这两兄弟还真把自己当指路神仙了，心中道了一声惭愧。他面上本冷，便淡淡地说："不急。根基当立定。循序渐进就好。"陈豹听在耳中，如纶音玉旨一般。当日便下观告知父母。陈老汉见儿子不以传宗接代为意，开始颇有为难，后想想大丈夫只愁碌碌无为，何患无妻，这个儿子在京城历练多时，既然还有此志气，就成全他，走走江湖也是好的。再说还有长子在旁，也足够了。便与老妻商量，点了头。

陈豹深知穷家富路、出行无银子之难，便当日飞马下山，到店里跟哥哥说知。又取了三十两散银，抓了几把铜板，包了几件衣物在行囊里。次日便到马市买了两匹口外好马，自己骑了一匹，牵了一匹，上山回家住了一晚。次日一早，便上观去候湘莲。

湘莲走出观之时，只见红日甫出，云霞满天。他看看观前几案，案上香炉，不由微笑。人间总有愚人，以为供炉香，燃个黄表，心意便可到达天听，然后就能心想事成。天下哪有如此简单的事！又想，有人发现了这观，故来敬香，说不定把自己当了神仙也未可知。想到此节，不觉莞尔。

陈豹上山时也想到了香炉之事。他看看眼前哥哥和自己这几年踏过的小径，深林中如此清晰，想来应是有人发现了，便沿着这条路，发现了那座与世隔绝的道观。道长喜清静，他要走，看来也是时候了。

他到达峰顶的坪地时，看见道长正负手站在水池边，腰悬长剑，一袭青衫，前边是莽莽群峰。那背影如此挺拔洒脱。山风起处，布袍的衣襟微微飘动。陈豹看在眼中，心里对自己说："听说古代有仙剑奇侠，如果有，该是道长这样儿的吧？"

第七回

大厦将倾

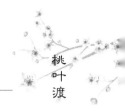

　　柳湘莲在城外峰顶练剑传艺的数年间，京城内人事已大变。钟鸣鼎食之家，如贾府，纷纷败落。小史侯自受了皇上斥责后，闭门不出，不一日得了急病，也死了。家下人口分家分得大打出手，斯文全无，京城内传成笑谈，史湘云跟着婶婶，在京城几乎立足不住。那贾家自贾珍被褫夺爵位之后，贾赦因其屡次行为不检治家不严，复接旨时藐视皇威，被下刑部大狱，长房被抄个干净，贾政因元春故蒙外放，本有机会维持荣国府不坠不倒，又因其不通政务，贬谪回京。一时贾府诸多亲贵故旧纷纷躲避，不再上门。贾母不一日仙逝了，拢住大家族的最后一道亲缘血脉也不复存在。贾政一房还好，但长房中人都暗存了各种思量，都知道各自须寻各自门，大厦倾颓之日不远了。

　　贾府明面上门楣仍在，暗地里上下早失了秩序约束。原二三线不长进的奴才小子们，见主家不行了，便动了活脑筋，甚于监守自盗，为自己未来搂些财物；只因惧着天子脚下，京兆尹府查案得力，还好只限于零敲碎打。家下财物被动手脚，贾府倒并非无人察觉，王夫人处早已获报几起，奈何理家无方，竟禁不住。白日还好，夜晚，大观园中早已不安生，丫鬟们紧蹙眉头，知危机四伏，只在旦夕之间。

　　黛玉日日卧病，王夫人处发话，请安免了，又下令宝玉迁出大观园。潇湘馆失了贾母庇荫，整日闭门，上下人等轻易不出外。惜春此前因厌了兄长种种不堪，在尤氏处发了若干狠话，故贾珍南下也不曾带她走。惜春叙齿年幼，向来有自己心思，旁人也懂不了这位宁府姑娘。她见迎春出嫁不久蹉跎死去，探春远嫁，不长的时间，园中贾氏姐妹只剩她一个，不免心中感叹。一介弱女子，见家事如此，又有何办法？只有日日去佛经中找安慰，偶尔在栊翠庵与妙玉下棋，兼谈论因果，度一日是一日罢了。家中度支甚巨，盗事纷传，贾政王夫人早已左支右绌，谁还顾得上大观园剩下的几个。

　　且说这妙玉也妙，与贾府非亲非故，安心一住就是多年。她本是元春省亲建大观园时，经林之孝的推荐，由王夫人下帖请来当栊翠庵住持的。按说元春自省亲一回后数年未奉旨还家，又遭削去封号，栊翠庵恐再无皇家拈香人，本该自请离府；但妙玉在京城再无去处，见王夫人并未开言，心想主家如此，自己一走，反落了个势利眼，不是素日为人，遂也抱着无可无不可的心思，把花木已萧疏的大观园，当了自己躲避世人的武陵源。

贾府有个不长进的小厮柱儿，当年得了其母来旺媳妇是王熙凤陪房之力，强娶了王夫人身边大丫鬟彩霞。不料这彩霞与贾环有旧，又嫌弃柱儿又赌又嫖，不情不愿嫁了过去之后，日日以泪洗面。柱儿把人娶到手之后，不过几日，便丢在脑后头，后见贾环被贾母撵出去，去了族名，便心中冷笑。与彩霞不见面便罢，一见面，便借贾环之事各种冷言冷语，多嫌着彩霞。他原来的想头，是娶个王夫人身边的贴身大丫鬟给自家脸上贴金的，后见贾府江河如下，便觉亏了，对彩霞各种凌虐，彩霞郁结在心，不一日死了。柱儿也不伤心，整日与几个赌友在外混，思量着如何从贾府分一杯羹。

宁荣后街开了个暗赌坊。老板姓何，遇见柱儿便是笑脸相迎，让来玩儿。柱儿便把这里当了家中，起初屡赢，柱儿自以为此地是自己福窝，便时时来赌。一日，柱儿手气开始走背，抛骰子还是赌牌九，居然赢不了一回，柱儿不忿，继续押注。如此一来，不唯将手中银钱输了个干净，不多时又将借赌坊老板翻盘的银子全输了出去。借来的十几两银还不上，老板也不再借钱与他。柱儿正想走路，被赌坊内名为伙计实则打手的几个人堵在房中，一丝缝儿没有，横竖出不去。

柱儿平常没见过这阵仗，脸都白了。他不知道的是，今日手气差到如此，倒不仅是不走运，这赌坊老板今日是请了老千，专门来打他的埋伏的。

见柱儿死鱼一般瘫在凳子上，老板知时候到了。

"小爷，今儿个不说个准话，您是回不去了。您看，借您老这么多钱，您输个干净，让兄弟我怎么做？"赌坊老板不愧为京城胡同出身之人，话说得狠，语气还是抑扬顿挫，不落礼数。

柱儿没法，知道还不上钱，自家哪一日被卸了一手一脚，都有可能。往日做稳了宁荣府里奴才，外边一走，周边的路人都得让着，没想到主子家一落，自己就被平日看不上的家伙给踩到如此境地。他看了看这姓何的老板，收起平日骄横，低声下去地说："何叔，我家里还有一处房子，我今儿个出去后把它卖了，给您老送来。"

何叔今日既是有备，自是知道来旺家的房子，早被柱儿背着娘老子悄摸着典当出去了。这小子死到临头，还来混他呢。他决定摊牌，不怕这小子不上套：

"小爷，您家那几间屋子，不是早被您给当了么？没听说赎回来了呀。"他停了停，看看柱儿脸色，又说："其实呢，也不一定非要您老今日就还钱。"他这一说，柱儿的眼睛亮了，赶紧静听下文。"您老守着一富矿，要拿钱，也就一句话的事儿。"

柱儿似乎明白了什么。平日横行霸道，哪靠的是自家本事，乃是因为自己是荣国府的鸡犬。这一节，他还是有自知之明的。略想了想，便接下了话："何叔，只要您今日放我出门，有何吩咐，我不敢不听。"

老板听了，知道入港，便往旁边使了个眼色。伙计推开里边的门，两个彪形大汉走了出来。一见这样的人物现身，屋子里剩余的赌客忙着抓起台上银钱，一哄作鸟兽散，何叔也不拦着。柱儿看这势头，知道今日逃不过去，打定主意，啥都依着，他就一条赖命，还怕怎么着。

那两大汉坐下来，挽起手袖，一个左手臂文着一只螃蟹，另外一个右手背上文着一只像鱼的刺青，鱼下边还有两道，像是水。柱儿一看，也不知什么路数。这两人这么一分坐，柱儿残余的气势就被彻底压下去了。

"听说荣府家产，一大半是皇上赏的，都是好东西，是吧？"左边的大汉说，声音不高。

"大爷饶命！我只是个奴才，不知道这些啊。"柱儿听了这口气，知来者不善，赶紧撇清。

右边的大汉伸出手，捏住柱儿的一只手腕，才一用力，这小子便哎哟不停。他头上青筋根根打横，声音森然："好好想想，再回我兄弟的话。"

何叔在旁边做好做歹，赶紧来劝："小爷，到这个地步，我也不瞒您。您这钱还不上呢，只有您主家来还，是不是这个理呀？"

文着螃蟹的汉子便接话："我们兄弟也不为难你，你今日就把贵府里几处房子馆舍给说一说，要紧是库房在哪，还有那些值钱的金玉古玩都在哪里，说给咱兄弟知道。说得好，今日就放了你。何老板也会宽限你几日，如何？"到京数日，这汉子也学会了几句京片儿。

柱儿揉着手腕，哪有抗拒的份。他也犯不着保谁。此前还抱怨着因为荣国府倒霉，连带着他这做奴才的也不再吃香。现见有脱身机会，便把荣国府、宁国府各处知道的房舍说了个干干净净。但小厮进不了二门，他说的，只限于外围所见,里边的房屋布置,都住着谁,也就是听他娘说过一些,此时也一发竹筒倒豆子。

何叔拿过一张纸,一方砚台,里边是磨得满满的墨汁,还有一支笔,让柱儿画。柱儿至此,方明白今日人家是早已算计好了的。到此地步,悔也无益。只是他平生没有动过笔墨,只得几个手指抓了毛笔,胡乱画了个大概。大观园的方位他是知道的,便在房舍中圈了出来。

两大汉见一个这么大的园子,料想以贾府今日境地,不可能有人好好守夜,即使有,也定不多,便对视了下眼光,让详细讲。柱儿所知不多,讲了个大概。

柱儿生怕讲得不细,正惴惴不安,没想到螃蟹和大鱼两汉子倒是满意,拿起纸来吹了吹墨,放在一边晾着。螃蟹大汉放缓了脸色,把一只毛茸茸大手放在柱儿肩上说:"兄弟,有劳你。这是你自家画的,敢出去说一声,莫怪兄弟不客气。"话说得缓,听在柱儿耳边,便是惊雷一样。他连忙鸡啄米般点头:"我懂我懂,拔了舌头也不敢说。"

何叔使了一个眼色,门口的打手让开条道,让柱儿去了。见留得一命,一出门,柱儿便是抱头鼠窜。

这两大汉一名应大山,一名韩驹子,山东人氏,本是草寇。早年在平安州山势险恶之处打劫过往客商,屡次得手。当年劫薛蟠的,就是他们一伙,只不过当时是小喽啰,湘莲擒贼擒王,未认真打量过。后被打得灰头土脸之后,想想头儿技不如人,道上混不下去,便两人结伴南下到了江宁,又到杭州。在妓院娼寮赌场这些下九流的地方混了数天,听闻江浙临海一带,因前朝靖海之故,百姓艰难,多有投奔海盗的。二人活络,便动了心思。又细打听到杭州外海有海盗船出没,便昼伏夜出,避了兵丁,在听说的海盗几处补粮草转运处等。

还真让这两人等着了。

江浙一带海面,自明代以来海盗络绎不绝。明代的大海盗汪直被总督胡宗宪拿住正法之后,其手下残存的海盗四散。这伙人哪管换了天日,只管海上抢劫。康熙朝整顿海防还好,这数年来,巡海武备不行,致使海盗死灰复燃,四五艘船,便敢海面立威,打劫过往船只。从广东福建北上的商船图个海运便宜,冒着风险行船,遇到海盗,便缴纳路费,由此便成了例。海盗不愿绝了财路,见乖乖交费的,便放过;碰到硬气的,就强抢。当地驻的水师战船陈旧,久已不出海巡航。既不敢出海与海盗搏命,便干脆睁只眼闭只眼,遂使这些海上草寇南来北往,成了气候。因了禁海令时张时弛,沿海一带渔民重迁不能安土,又见官军剿匪不力,活不下去时,便有狠绝的,干脆入伙。运货的海船本就不少是偷运的,不敢报官,多花钱了事;也有偶尔报的,官府也出动过几次剿匪,只是隔着海水,哪缉得着。只有加强海禁四处出巡一法,对需要补给的海盗尚有威慑力。

这些情形,应大山和韩驹子一路打听个饱。他俩带足干粮,沿着浙江海岸线走了一路,后商量了,专在一个临海叫作海田村的地方等。上岸筹粮草补充淡水的海盗上得岸来,见两人来投,料想绿营兵丁无此胆色来做细作,又见二人眉宇凶狠,是个盗贼的样子,便收了。一开始两兄弟上船,海浪拍击,直晕得七荤八素,苦胆水都吐过几回,挨了几个月才适应。

二人此次来京,倒是海盗头领派来的。这头领原是大头领之子,是后来加入船队照顾父亲的,平时替父亲传传话,因此众人也存一个敬字。大头领一日醉酒坠海,众人救起已是无气,之后便由他领了船队。此人年轻读过书,练过剑,有些头脑,本不愿接老父的班。奈何因大头领没了,众人乱局中谁也不服,眼看要内讧,便折中一下,表态只跟少当家的,那郑家公子只得依了。众人见几件事情下来,其人处事颇有条理,也公道,各人少了争竞之心,便也听命行事。海盗们此前叫他郑公子,现在只知叫他"头领",其真名倒无人知晓。海上经营又是数年,年轻头领与老父不同,他深知自家几艘船只能小打小闹,真惹急了朝廷,大肆围剿,便没有安身之处。自领群盗后,因留了个心眼,处处存了不斩尽杀绝之念,又暗存上岸之心。如此一来,果然与官府相安无事,海禁也松弛了些,但劫海的收入也随之锐减,群盗隐有不满。

这些情绪他早已心知肚明。也想着有条出路。想着那些海商,即便冒了被打劫之险,也要做生意走海道,可见海运盈利之丰。海运怕什么?怕海盗。而他们就是海盗。如果他们做海运生意,武力护航,将江浙一带蚕丝,还有织成的丝绸卖到黄海、渤海以北,甚至出关,倒不失是桩正经生意。将来朝廷腾出手来剿匪,自己早赚钱早上岸,弟兄们也免了风险。但苦于只是做货运正经生意,本钱不够,要护航,船只火器料也不够,考虑到近来过海的商船大为减少,便动了陆上觅食打劫大户的主意。听闻手下收了两个陆路贼人入伙,便找了来商量。应大山和韩驹子到过京城,这两贼人吹嘘自己见多识广,便把天子脚下如何富庶,大户人家如何遍地金银吹了一通。

这头领是南方人,未到过北方,听了心动。海盗做久了,贼心便大。想着自家弟兄多是南方人,面生,进京做一两票捞钱便走,官府未必能缉拿得到。心下计议已定，便派了两人和着这两山贼来京，要求干几票大的，快去快回。派出同行之人，自然是其亲信，手上有血债，倒不怕倒戈，派了同行，便是负责监督两人的。

话说京城宁荣两府百年富贵，近年来走了背字，先是宁国府贾蓉和父亲贾珍分家，后遣了不少老仆出来；接着是荣国府贾赦一门抄家。这些事儿京城早传了个沸沸扬扬。四人进京，茶馆酒肆坐了几日，早已听得。四人找到宁府后街，几处走动，便与赌坊老何对上了眼，这几人认定是既然荣府贾政这房没动，那贾政夫人是金陵王家小姐，贾府财物留下的不定还有多少。这种没了威势只剩空架子的人家下手最是适宜。遂设计，以老何引诱柱儿来赌，设了此局，将荣国府人口、居所、房屋位置弄了个大概。

应大山和韩驹子对那不成器的柱儿发威时，另外两海盗也在场。柱儿既已离开，四人与赌场老何便计划起来，约定窝点就在赌坊，下月初一，天黑无月，就是动手之日。那赌场老何本不是旧街坊，来开赌坊，为的也是收贾府奴才偷来的东西，赌桌上好三文不值两文的销赃。此人既敢开赌坊，自然也是狠辣一路。他想好了，不能坐等分成。眼前的贼人动手之日，他也派自家亲侄，在店里做伙计的和另一个伙计一起加入，捞到一票后便远走高飞。那四名盗伙即使有几下身手，毕竟是外地人，图上的地形摸得再熟，也是不敢丢开他这地头蛇单干的。

第八回

欲洁何洁

妙玉在疼痛中醒来，她的手臂被绑着，嘴巴塞着难闻的烂布头，头晕得厉害。此前的十二个时辰，她一直昏沉沉任人折腾。她的眼睛被一条黑布蒙着，扭头挣扎了几下，眼角处松了一点，光线照了进来。在努力聚焦之下，她看到了不远处丢着的绳索、昏黄的斗笠、破旧的矮桌板、肮脏的竹席，头上是拱形的棚顶。她努力抬起身体，看见正前方，一幅泛着油光的竹帘摇动着，在船舱四壁留下了巨大的阴影。她的身下晃晃悠悠，耳边似有水声，风声。

她的思维跟不上眼角所见。自己这是在哪儿？周围的一切，于她而言，见所未见。竹帘漏光之处，传来猜拳声，粗俗的笑闹声，碗筷碰击声。妙玉试图动一下身子，发现她指挥不了哪怕一条手臂，胳膊处被捆得严严实实，手指都是麻的。她的足踝处火辣辣地疼。试图抬一下，还好，脚还可以动弹。

有摇橹声传来，一下又一下。妙玉渐渐清醒，自己这是在船上。四周暗黑，只有灯光处明亮一些。她明白了，那是外舱。小时候，她的父母曾经抱着她上船，走过苏州的河道，去往虎丘。她记得船在水面上晃荡的感觉。父母带着下人在外头看风景吃点心，她就穿得暖暖的，就由贴身嬷嬷抱着坐在里舱，怕风吹着。饶是这样，差不多过一会儿，母亲就会掀开帘子进里舱来，用手背试试她的额头，担心她又病了。

母亲的手，在哪里呢？

恍惚中，记忆如碎片一般出现在她的脑海。栊翠庵。贾府大小姐元春忽然殁了，贾府把正堂改成了灵堂，她带着庵里的两个尼姑，去念了一日的经，超度亡灵。尽管只见过贤德妃一面，但毕竟，没有她的省亲，自己不会来到贾府。师傅在日曾说，心有挂碍，所以众生皆苦。那么，贾家大小姐这是脱离苦海去了。是的，即使超脱如自己，也从大观园丫鬟们的口中，辗转得知元春被削去封号之后，有所感慨。记得当时内心还冷冷一笑，一切有为法，如梦幻泡影。登高跌重，不足为奇。

贾府外头请了和尚道士，挤在一堆作法超度。妙玉记得，王夫人眼泪就没干过，一直在用手帕子擦眼睛，她眼前放着木鱼，也不用别人，自己亲自来敲，边敲边念佛，念几声，哭几声。一大家子人男男女女跪在元春的灵牌前，如丧考妣。没有人跟自己说过一句话。自己也懂的，贾府自老太太、元春一去，再没有一根柱梁撑起屋顶。贾府的男人不是色鬼，就是懦夫，只有贾母王夫人的掌上明珠宝玉还像个明白人，但此刻，看着他跪在母亲旁，那种茫然，眼神连瞧也不往自己这边瞧，妙玉心中，一丝不屑前所未有地泛上来。

妙玉静静神，念了几回《大般若经》《地藏菩萨本愿经》《般若波罗蜜多心经》之后，又念了几品《金刚经》。见天色已晚，并无人理会自己，便双手合十，向元春牌位行了礼，自个儿回大观园去。路上渐黑，园子里人也没有遇到一个。在妙玉眼中，这赫赫国公府邸，仿佛空了一般。

平日里叶带软风水流烁金的园子，这几个月来，只剩下几个看屋的，妙玉不是不知。白日还不觉，今日回得晚了，只觉四周怪石嵯岣，风声幽咽。那两个年轻尼姑原是侍候她的小丫头子，此刻也怕，扶着她的手微微颤抖。这少见多怪的小样儿，妙玉最看不得，呵斥了几声方好些。

贾府长女元春生在初一，今儿也是初一。天上没有一丝亮色。妙玉一早就去念经，灯笼也没提得一只，现下只得凭着印象一步一步往前挪。好容易曲曲拐拐，高一脚低一脚到了，小丫头敲开门，心下略慰。打发小丫头子和老嬷嬷睡去后，妙玉灯下盘算着，只怕到了自己离开贾府的时候。

然后……然后就是昏昏然。醒来就在船上了。

妙玉本姑苏人士，乃是自幼娇养惯了的，漫说平生从没受过粗鲁对待，就连高声大气的说话都没听过。因自小生病，名医看遍皆束手。父母无可奈何，不知听了个过路和尚说的甚话，替她买了许多替身出家，都不得好，最后只得舍了，把她送入蟠香寺。与古墓为邻，清静足有，病不治而愈。平素有两个嬷嬷和小丫鬟供使唤，她依旧读书识字，冬日雪下赏梅，夏日万峰山上俯瞰吴中，享受清风驶荡。来寺里上香打醮的施主，有闻她的名想见一面的，说不见就不见。即使入贾府，也是王夫人拿诰命夫人帖子请来的。

如今却被绑成个粽子，扔在船舱里。

外头的喧哗在水中哗哗响，碰杯的声音刺耳得如同蟠香寺旁那粗粝嶙峋的大石头。这个玉为名花为肠雪为肤的女子，此刻方知恐惧是什么样的滋味。自己好好在庵中，这是被搬到哪里来了？又为何在船上？老嬷嬷呢？还有，外头那些喝酒猜拳的，是贼子么？他们……把自己怎样了？

水风吹了进来，妙玉瑟瑟发抖。外头的声响仿佛小了些，少顷，妙玉看见竹帘子被一只大手拨开，油灯的光泄了进来。妙玉分明看见，那只手，臂上老大一块乌青，那是一只文上的螃蟹，正举着螯。

桃叶渡

第九回

引狼入室

那一把将妙玉扯入地狱的罪恶，正是起源于宁荣后街的阴谋。这伙盗贼约定的晚上，正是天赐良机。贾府因元春去世，在家中大举做法事，门口各处只留了仨俩看门的，其余都在正堂内外守灵。赌坊老板在后街住了不短时间，又得柱儿细说贾府位置，对照着方位图，大致了然。当晚月黑风高，四个海盗和着赌坊的两个伙计，携带短梯，从人迹几无的宁国府侧翻墙而入，继而长驱直入，进了大观园。

大观园建园之初，本就是两府的花园打通了，由山子野统筹布局的，故两府都开有园门，只是宁府中人向来少进。宁府贾珍被褫夺爵位，贾母叫来说破贾家处境之后，贾珍悚然，平生唯一一次听人言，从了老太君的建议，带了尤氏南下。其后偌大个宁府，只有管家和几房家生子留守，一到夜晚，灯都没有点上几盏，更是没有人出来。六个贼人进了园子，赌坊伙计按着地形图方位，直奔大观园通往内宅的正门，他们要掳掠的，是荣府上房。那柱儿不知库房所在，所以王夫人居所荣禧堂就成为他们寻觅目标。一伙人本来前后脚一道走的，后看园子中有人走动，便分别躲向道旁树林密实处。待来人一过，赌坊伙计已经不见踪影。

应大山和韩驹子两人平日最是狠毒，又兼好色，入海盗伙之前，在平安州干了不少奸淫掳掠之事。他俩见从他们藏身之处走过的是三个年轻女子，听其路上说话，是一主二仆，便动了歪心思。两人对视一眼，出来说与同伙，道是大观园中住着的都是贾府姑娘，贾家明珠二爷宝玉此前也住园子里，想必好东西不少，他俩留在园中见机行事。同伙见说，起初踌躇，四人一起，碰到上夜的家丁，也尽可拿下，且他俩受命，需得监视这入伙不久的二人。后来一想，荣国府空荡如此，都是做贼的，此刻还要互相使绊子，没有这个道理，便点头答应；约定了他两人继续往园门走找正堂，应大山和韩驹子看方便洗劫园子，又约定了务必赌坊聚齐后离京。

应大山和韩驹子见说服二人，心下窃喜。便掉转方向，往刚才那主仆去的方向跟去。道路幽深，二人路径不熟，脸上倒被树枝刮了几条痕。好在不久后便追上了前边的三名女子，又见有人开门接了入内。两人山贼做惯了的，便在栊翠庵所在小山脚下藏身，单等夜深人静。不久后见隐隐只剩微光，二人怕耽搁太久，便决定动手。

栊翠庵小小庵堂，又在园内，围墙几乎不到一人高，两贼翻墙不费吹灰之力。蹑手蹑脚进了庵堂内小小院子，往微光处靠近，手指点上唾沫沾湿窗纸，轻轻一戳往内一看，顿时魂飞天外。二人平生尽在污泥里打滚，从未见过庵堂之内如此美艳动人的女子，那低眉坐着的侧影，就着灯光，更是柔和曼妙至极。

他们看到的人，便是妙玉了。

此刻老嬷嬷与丫鬟已被妙玉打发去睡觉。观音像前，她在蒲团上静静坐着，回想自己来时路，又想着贾府眼见已败，自己当往何处去。两盗贼见并无人发现自己，便大了胆子。应大山摸出身边小囊，取出迷魂香，韩驹子心领神会，蹲下摸出火石小心打着，应大山便把香往窗洞里伸去。妙玉浑然不觉。

庵堂门窗坐南朝北，当晚的风正是西北风。一缕缕香被风灌了进去，一支手指粗的香燃完，眼见堂中女子昏昏然侧面倒地，二人大喜。掏开窗洞，打开门闩，长驱直入。韩驹子四周看看，并无人察觉，遂拿起菩萨面前烛台，轻手轻脚四处看。长廊左侧房屋门关着，想是丫鬟嬷嬷住所，右侧两间房屋开着门，一间卧室，一间茶室兼书房。茶室几上放着的几件茶具，灯光下一看，即使以韩驹子的眼光来看，都是值钱物事。便书架上随手扯了几页书，将房间内看着眼热的东西尽皆包了，放入褡裢；又屉中发现几张银票几块碎银，也一起拿了。待他出来，看到应大山一只大手，贪婪地在倒地的尼姑脸上摩挲蹭，便使个脸色，催小心着。

这应大山一见妙玉，那心中野火便按捺不住。怕其喊叫，早在这女子嘴里塞了布团。此刻见同伙提醒，遂收起心猿意马。但如此妙人不得沾，心实不甘。他狠了狠心，找了个剪烛花的剪子，将庵堂垂着的幔帐剪了一大段下来。抬头看看，菩萨塑像上边的"苦海慈航"四字匾金光闪闪，他嘴角咧了一下，菩萨怕正是送他个美貌娘子度他呢。转念又想亵渎了，倒双手合了个十当做行礼。他怕药力不够，看看地上斜躺着的女子，便展开巨灵之掌，两只手按着那女子的太阳穴拼命挤压。可怜妙玉初受药力昏沉，脑袋被重力按压之后，身体一动，眼睛睁开，看见眼前这一切，几乎吓了一个死，还以为是梦魇，尚未清楚发生何事，脑袋便挨了一拳，直接晕了过去。房中丫鬟老嬷嬷睡得深沉，并未听得。

应大山见事不宜迟，便掏出绳索，绑住妙玉，再拿过剪下的布幔，将人上下裹了个囫囵。韩驹子一见他动手，就知道葫芦里卖什么药，便也过来帮忙，又帮着应大山把妙玉扛上肩膀，从大门出去。此时韩驹子不知道卷来的财物值多少钱，但既掳了人，便不能再久留，其他地方说不得，只得弃了。二人出得庵堂院子，开了大门，直接原路返回宁国府，再从留有短梯的地方，一人扛一人撑，将妙玉像个包裹一般，移出了宁府。

赌坊老何在后街负责接应，听到拍门声，赶紧开门。见二人掳了个活人来，昏黄的灯下，脸都白了。他看看二人脸色凶狠，便不敢多说。一直待了一个半时辰，方听到再有人来拍门，是伙计和另两个盗贼回来了。

掌了油灯，拿灯罩罩了，众人盘点自家收获。此行就金银而言算不得丰厚，但所掳来的器件不少，钗环首饰灯下看看，都是见所未见之物；摆件非金即玉，料想贵妃娘家盗来的东西，不可能卖不出好价钱来。后回来的伙计贼子，见妙玉地上躺着，这应韩二贼不偷东西只顾着偷人，实乃泼天麻烦，心下恨恨。此时不是较真时候，老何和伙计自顾自检点东西，准备天一亮，城门开了就混了逃走。按照原先安排，老何此前已拿了一块银子，定下了通惠河一条走私船，本想几个人一起逃离京城的。现在看看，贼子改不了本性，偷东西还带抢人，风险不小，便临时改了主意，决定自己和伙计另行从城门离开。四名贼人知道老何心思，见船留给他们，正中下怀。商量一定，便将后院准备好的马车拖出，槽上牵了马挽上，又给马戴上马嚼子，防着叫唤。妙玉被扛上马车，四人收拢物件，便打马直奔他们此前已去踩过点的河边码头。老何和伙计待四人离开，赶忙上好门板，一夜惴惴，天一有亮色，便忙了离开这是非之地。

且说天色一明，栊翠庵丫鬟醒来，一看妙玉不见了，吓得死命推醒老嬷嬷。看到剪了一半的幔帐，不见了的古玩，开口的屉子，吓得腿都软了。老嬷嬷看着，丫鬟魂飞魄散，飞奔出了园子，来正堂与王夫人报讯。甫一到，见荣禧堂留守丫鬟跟跟跄跄跑来，说是昨夜遭贼，自己被塞了麻核，捆了一夜，换班的来了才解，赶紧来给主子报讯。守了一夜灵的王夫人听了，气得直抖，连声叫管事的，叫上夜诸人来明白回话。贾政这边早派了小厮，拿了自家名帖，直奔京兆尹府报官。

待京兆尹府的差役到来勘察时，应大山四人已离岸登船，直奔通州去了。

老何就没那么好命，他带伙计一早出城，老何面色自若，眼看过了门洞，就可出得京城，无奈伙计中一人因做下如此大案，脸上阴晴不定，见守门小吏拿眼看来，不自觉生惊惶之色。小吏有了疑心，便呵止三人，几名全身甲胄的守门士兵也围了过来。三人的包袱被打开，一看金玉之物若干，草草包了塞得满满，便扣下了，一面派人飞报京兆尹府。

忠顺王府的程詹事此时已是郑长史得力助手，正在值宿，见有盗案来报，又有城门查获盗贼的消息，便亲自一一讯问。那何叔三人何等狡诈，坚不吐实，每人被打了一二十棍，最后只招认，借住自家的客人一早仓皇离开，囊中物件是他们收漏了留下的。三人头铁，就是不说入宁荣二府之事。詹事又问逃走的贼人共有几人，姓名为何，身形怎样，三人又是胡乱海扯，说的话都对不上。

老何不招出盗贼，倒不是讲义气。他有个想头，这四个贼心狠手辣，如果说出来，自己即使从官府逃得性命，将来说不定也要被这伙贼盗找到灭口报复。两个伙计也是一样想。

詹事听了一通胡扯，自然不信，见这三人狡诈无赖，一时暂不理会，吩咐枷了扔入大牢，待日后细细审。堪堪忙过，此时已是正午，便带了缴获物事，到荣国府辨认。

贾府对于京兆尹府，向来是恨声不绝。远的，掘贾家墓地，宁国府罢黜；近的，宝玉之被打，全是因当日忠顺王找个自家逃走的戏子而起。桩桩件件，贾政心中岂无挂碍。此时报官乃是无奈之举，财物还好，问题是客居家中的女尼被掳走了，人命关天，不能不报。见这么快就有回音，心头方觉一点安慰。奈何拿来物事一一对应，只将荣禧堂首饰古董失物找回部分，其余物件，还有栊翠庵丢失的东西，影踪全无，妙玉本人更是杳无音讯。

程詹事知道，那些东西就在逃走的人手上。现在最重要的是找人，便叫了栊翠庵中人过来，一一询问妙玉着装、长相、身量等。王夫人本回避在里屋，听得问这些，便派了小丫头子请贾政入内。贾政屋中出来后，告知詹事，找人之事宜快，但不宜大张旗鼓，因妙玉乃女尼，又是当年贵妃省亲时拈香过的庵堂住持，传出去恐有碍皇家体面。詹事心中明白，这是不想再次惹恼了皇帝，又复受满城讥嘲之意。想想政老爹也为难，将带来辨认的缴获物件交付了，让画个押，自己带人走了，再去审那三个泼皮。

妙玉丫鬟在旁边听得，这是不找了的意思，掩了袖子哭个不住，但满堂主子奴才，并无人理她。无奈之下，她一面抹泪，一面折回园子，去找妙玉的奶娘嬷嬷拿主意。

桃叶渡

贵妃刚不明不白逝去，家中尚有上下人等若干，居然让了盗贼大摇大摆入来，盗了物件，还掳了人去，贾府还有何脸面！贾政脸上两行清泪流了下来。自己在外不管事，这家中，自己夫人是怎么管的？老太君一走，就没个体统了吗？贾家运数如此，除了这个理由，他还能说什么呢？

第十回

阿鼻地狱

看着船舱侧照进来的光线，妙玉心中默默地记下："十六天了。"她在人间度过差不多二十年，命运最终被这短而漫长的十六天所改变。平日的诗书、品节、高傲，那些以霜雪梅花为伴的生涯，被碾压得粉碎。

她成为了海盗们的玩物。她是物，被日以继夜肆意地侵犯、使用。是的，被使用。肮脏的手，肮脏的身体，从她身上取乐。她未曾知道，原来对一个女子最深的伤害和羞辱，是如此直接。船舱成为了海盗们扭曲的乐园，却是妙玉日夜不尽的地狱。

她像被一股阴间的火燎着，痛得无以复加，但是被堵着的嘴，除了偶尔进些饭食，不曾有机会开口。即使在那时，她的脖颈上，也架着明晃晃的钢刀。茫茫水波，鱼虾也不曾听到她内心的呜咽；江河茫茫，没有一片陆地可以支撑她的身躯。她是一片被世界遗弃的破布，被拾荒的贼子拿来反复揩擦。十几个日夜，她的心脏多少次曾跳出胸腔，可是，求生不得求死不能。她早已不是自己的主人。

船舱里弥漫着腥味，饭菜的馊味，还有其他难以名状的混杂气味。身下垫的竹席，已经满是硌进她血肉的片片利刃。是的，她不再完整。

在被摆布的时间里，她脑子里闪过许多往昔画面。大观园的四时风物，栊翠庵的冬雪红梅，夏天沁芳闸的流水，池子里的荷花；宝玉、黛玉和宝钗曾经来喝过她的私房茶；红泥小火炉，邢岫烟曾来对弈；惜春曾来谈因果。最后是师父临终前的吩咐：在此地，必有你的结果。

这是什么结果！

虎狼陛于阶而尚谈因果！

多么荒唐，又是多么傲慢。本以为岁月尽可以如此安然地度过。她不想明天，但明天的太阳照样升起；她躲进花木深处许多年，但是自己的身体却被掳掠到一条船上，不知向何处去。她还有使用价值，所以强盗还留着她一条命，什么时候价值归零，就是她葬身的时刻。茫茫水域，夜晚无人处一扔，了无痕迹。想到此处，妙玉不禁战栗。她不甘心这样死去。这样卑微，这样被侮辱与被损害之后，她怎能就此死去。

作为人，怎么可以有这样的遭遇？这不是她认识的人间。她的人间是由经卷、古玩，老嬷嬷、丫鬟组成的，无论在哪里，她都被保护得好好的。而现在，世间所有的保护都消失了，只有孤零零一个。她第一次认识到，自己是孤儿。没有人知道她在何方。既然一大个园子她都能被掳出来，那么，还有哪种力量能够救她于水火之中？

痛悔自己的麻木，也痛悔自己的傲慢。向来认为不幸是别人的事，那些悲伤、眼泪，以为轮不到自己。现在，何止于被命运打脸。她是被命运彻底丢弃，丢出了她原本的世界。

经卷？念破千重经，又有何用？庵堂的菩萨受了自己无数香火，可曾保佑她一分一毫？二十来年人生，确是虚度了。没有人告诉她女子的宿命，没人告诉她世间有这样的恶。她日日祈祷的神佛也没告诉她，待在高墙里无欲无求，却有被扛出来挪出来，在一条不知何名的江河里做强盗们下酒菜的一天。

妙玉的头脑凌乱得像要爆炸。如何救自己？自己救得了自己吗？以往饭来张口衣来伸手的生活，无非是寄生虫罢了。那袅袅升起的檀香炉，只是命运的装饰。也或者，她从来也不曾理解佛说的"众生皆苦"，神佛报应了。可是，究竟她作过什么恶，会得到这样的报应？

众生皆苦。苦，是的，她是落到苦海里了。可是，那些强盗不曾苦。他们以她的苦为乐。按照因果，他们怎么可以？可是，他们就是这样肆无忌惮，不怕官府，不怕公侯，他们就这么干了，还干成了。

如果能够出声，她灵魂的呼叫，不知是否能够叫得醒满天神佛，救她一救。可是，她发不出声音。

妙玉被捆被扔的这艘船，她甚至没有见过全部的船身。这是一艘中型船，扮成商船的样子。船家收了钱，又被强盗们警告过，自然不敢则声。可是眼睁睁听到后舱的乱，想象着几条大汉在后舱欺负一个弱女子，心下未尝没有悲悯。在强盗们扛着一个人扔在船舱那一刻起，他一直栗栗危惧，只是挣一份船费，现在牵涉进了人命，这可如何是好？到岸上补给粮食蔬菜时，也曾想过弃了船只逃命，但总有一个强盗跟着他。到这个地步，逃也逃不了，他只得认命。他那两个伙计正血气方刚，遇上这种事，倒没有老板想得那么多，但心中滋味，那是十五只水桶七上八下，有的是了。

看看船行了十五六天，他忍不住叫住前舱坐着吃喝的强盗："请问大爷，前边就是镇江府了。爷们是在哪里下船？小的们好拢岸。"他说的是实情，镇江是扬子江和大运河的汇合处，客商多有此地下船，转租马车沿着扬子江岸前往南京的。

这几天，这几个盗贼胡天胡地，早忘了还有靠岸之事。但内心也有隐隐担心，贾府丢了人，肯定得报官。如果那赌馆老何顺利出城还好，如果被捉住了，供出他们，那么，海捕文书就会下发到各地。这船可是老何租的，他只要说了船家是谁，顺藤摸瓜，一查，肯定起底。

韩驹子拉开隔开两个舱的帘子，叫出在里舱又要胡来的应大山："差不多得了，你是马是驴啊？也玩不腻。出来商量一下。"

另外的两人，入伙时便被吩咐了，一直就是五爷、六爷的叫着，韩驹子也不知道他们的真名。既然一起做下这等事，四人也算是同流合污，命也拴在一起了。三人吃着船家上岸在码头刚买来的热腾腾包子，等着应大山出来。

应大山听到同伙喊，这才不情不愿地提溜起早已辨不清颜色的裤子，胡乱把腰间的麻绳打了个结。他掀了门帘出来，大大咧咧地说："这尼姑细皮白肉，你在娘胎里见过半个么？不好好消受，岂不是负了上天好生之德？"

韩驹子回："还好生之德，罢哟，当心菩萨降罪。"

老五噗嗤一笑："菩萨都保佑不了这小尼姑，还能降什么罪？"老六也笑了。

应大山从竹笼里拿出一个包子，一口咬下半个："要我说，我们到镇江渡口下吧。那里热闹，我们货物一销，清清爽爽走人。"

韩驹子头往里舱一歪："这娘们怎么办？"

应大山浑不在意："今晚扔江里，一干二净。"

船家扯上帆，正顺流划船。他听得客人这么说，吓了一跳。赶忙放下手中橹交给伙计，进舱来陪话："大爷，小的有句话说。小的只是卖个力气行个船，可不敢惹上人命官司。请大爷包涵。"一面又打躬作揖。

老五老六出门时，头领叮嘱过，不要惹出大事来。如今在运河上，船来船往，万一船家和伙计喊叫起来，或者干脆直接跳水，便是一件天大的事儿。见船家这么一说，也觉倒也不一定非要了这尼姑的命不可。老五看看老六，试探着问："兄弟，你说咋办？"

"量此女子，也逃不到哪里去，干脆，卖到勾栏里去，还能换出银子来。如何？"老六擦擦嘴，船遇到河里的漩涡，说话时正好歪斜了一下，他的脑袋差点撞上舱壁。

"卖了之后，她逃出来报官，怎么办？"老五有顾虑。

"让勾栏老鸨看紧了她。这种女子待不住那种地方的，不几日就死了。即使她命好逃得出去，又说得上啥？"老六回。

几个贼人从上船起，老五老六就喊应大山老七，韩驹子老八，因此，倒不怕谁识得他们本名。做的就是无本钱生意，到得老巢，那就天高皇帝远了。谁又会怕呢。

应大山想了一想，人是他掳来的，将来如果落网，那他就是首犯。但这罪名显然比不过海盗，重罪都不怕，还怕怎的。他转了下眼珠，招了招手，让另外三人聚拢来，低声说："要不，就送给船家，当个遮口费得了。由他卖到哪儿去。"

他这一开口，三个贼人拍腿赞妙。这样一来，也就不怕船家举报官府啥的了。赃物在他手上出落，他就是唯一会被牵连的人。

四人计较已定，便喊进船家来。说要在镇江下船。

此时正是深秋，江南一带已是草木萧瑟。船家正眼望岸边田亩，远处青山，思量着如何打发这一票阎王。见群盗叫自己，便让伙计把着舵，自己走进来说话。听闻到镇江即可脱了这干系，离了这拨阎王，不觉大喜，连连道"是"，心中老大一颗心放下。

镇江乃大运河上一等一的码头。南来北往，此地最是人聚之地。船家和伙计加紧划船，再行得大半日，眼看红日平西，焦山在望，心下松了一口气。船家不敢到码头停船，远远在偏僻处落了帆，靠了岸。待暮色四合，抛了锚，搭上上岸的木板。四名盗贼拎着他们满满当当沉甸甸的褡裢，踏上木板。最后一个是应大山，他走过船家身边，又倒回来，手掌竖起遮住口鼻，对船家说："船上那尼姑，送给你去卖几个钱吧。"不待船家回话，应大山鼻腔里淫笑一声，踏过木板，上岸去了。船家还没有反应过来，那四人步子大，在岸边树丛里转了转，灰暗的江边转瞬不见了踪影。

第十一回

金玉入泥

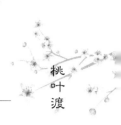

桃
叶
渡

自六朝始，位于金陵城南边的秦淮河，便弥漫着挥之不去的金粉气息。隋唐之后，一度冷落，明清再度繁华。这里富贾云集，青楼林立，画舫凌波，江南风流云集。一条秦淮河，十里烟花地。碧河涨腻，弃脂水也；绿云扰扰，梳晓鬟也，最是金陵少年流连忘返之处。

秦淮河由两条河汇流而成，北源句容河，南源溧水河，汇流之后自东南向西北，流进扬子江。干流支流河道纵横，中段当地人唤作老门东的地方，有一个古渡大大有名，叫"桃叶渡"，前临秦淮干流，侧邻青溪水道，两侧都可通扬子江南岸，出行最是方便。自东晋大书法家王献之为歌姬爱妾桃叶题诗以来，渡口即以桃叶为名。

话说此地有一家寻春之所"碧桃苑"，老板姓令，大名安游，乃是当初掘秦可卿墓逃出京城的倪二化名。倪二原在京城开大车店，迎来送往，沙里淘金之事没少做；看人眼色随菜就碟，更是手到擒来。开过店，盗过墓，又见过天子脚下大场面大阵仗，熟知上下人等心中的小九九，来开妓院便驾轻就熟。娶了陶家寡妇做老鸨，专管勾栏莺莺燕燕；儿子兴儿改了大名令兴家，领了一堆打手看家护院。院子开得红火，父子俩又盘下隔壁的房子，打通了另开酒肆，整日价迎来送往，酒钱嫖资两处钱一起赚。数年来经营得当，倒成了金陵城下九流中的一朵灿灿桃花。

倪二刚来金陵时，便打定主意，强龙不压地头蛇，故做生意能屈能伸。遇到官爷便装来，便安排妥帖不张扬，收费便意思意思。小吏职位不高，出的资财有限，但此类人所知不少，位置多有要紧处，便专务巴结，遇到青涩少年来开眼的，那就看荷包鼓不鼓，有点钱财的，敲骨吸髓也要榨出油来才放手。如此长袖善舞，软硬兼施，不但当地无赖轻易不敢来招惹，两父子的酒肆勾栏，甚至成为各色人等以酒色遮面、交换信息密谈的场所。

倪二父子经营的院子，原来取的是"寻得桃源好避秦"，取谐音名"碧桃

049

院"。后账房先生专务迎合倪二，说"院"字俗了，秦淮河边用的也太滥，不配老爷大名，改个"苑"字便清雅许多，又可以吸引来隔壁江南贡院参加乡试的读书人。果然六朝烟水气，倪二浸淫日久，也知雅俗之分；一听大喜，请账房先生一发写了，刻成木匾，上了绿漆，即日就换上，从此更名碧桃苑。这碧桃苑经两父子多年规整，前门临水，有桥相接，船只亦可近苑靠岸；侧面有青溪河通扬子江，宽窄处可行船，隐秘客人从此登陆、离开；倪二又专设了一条花木繁密，外边轻易看不透的甬道，可后门通水巷入青溪，甚是隐秘方便。

这日晚上，碧桃苑照旧歌舞风流不歇。正值月末，倪二在账房里听账房先生报数，忽看门小厮找了过来，说后门有船靠近，船家说有事要见令老板。小厮说完，躬身奉上一块木牌。倪二一看，上边刻着一个"令"字，分明是自己给出去的牌子，便让小厮把人悄悄领进来。

原来倪二知道烟花业这行饭吃的就是新鲜，这几年断断续续，派了几个与自己有旧的船家，吩咐了，在行船中靠岸也好，怎样也罢，看到有人家过不下去插草标卖女儿的，姿色好的就直接代他收了，送过来领钱。这木牌就是表记。倪二深知内当家的陶氏是调教人的好手，无论送来什么样的女子，她用药也罢，皮鞭也罢，洗脑也罢，总能让这些苦命女子乖乖听命。这几年来一直有持表记的送人过来，经陶氏整治调教，好几个姑娘已经成为摇钱树。今日一见木牌，心中一喜，知道又有货到了。

来的船家，正是把妙玉从北方拉到南方的那位。他当日见四名盗贼丢下尼姑扬长而去，心下倒也不慌。由镇江到南京，扬子江是逆流而上，船行不便，故决意走陆路。他吩咐了一名伙计看船，带着另一名伙计，雇了一辆马车，趁着当晚乌云罩顶，把妙玉抬了下来，把双足也捆住了，塞进马车。两人连夜赶路。今日到了金陵城外，悄悄雇了相熟的小船，靠近碧桃苑拢岸，出货来了。

倪二平时在酒家后头的小院与账房理账，干脆这里就当了他说事的地方，平常多在这边盘桓。那船家被带了进来见着倪二，因着担心妙玉来历不清，便吞吞吐吐说了个大概。他不敢说此女子乃被绑架至此之事，只说一伙客人好怪，带了名女子上船，下船时扔在船中便走了，告知他这是贴补船钱。自己担心令老板不收，所以先细说，人还在外头船中，等示下。倪二听完，大致猜到了此女来路不正。他沉吟一下问："就你看来，这女子长得如何？何方人氏？"

船家把妙玉搬来搬去之时，看了个大概。他想起那最霸蛮粗鲁的老七说过船中女子细皮白肉的话，便照直说了。京城来的，也没隐瞒。不料倪二听了大感兴趣。看来这拐来的女子有来头，说不定调教一番，将来可以撑持门面做个碧桃苑花魁。他本胆大包天之人，即便知道有风险，又怎在意，便转头令账房，让支五两银子给船家。

这船家又惊又喜，本以为不好脱手的，没想到令老板做事就是大方，人都不看，就直接给钱。他哈着腰连声道谢。账房和小厮和他一起出去，把人顺着后门的隐秘甬道扛了进来。他们知道程序首尾，当夜便把妙玉送过隔壁给老板娘调教。

妙玉被扔进陶氏老鸨专门治新人的屋子时，已经奄奄一息。她嘴上的破布被取出，但她已经发不出声音；她的手脚捆着的绳，已经把手腕足踝处磨得血肉模糊，血痂一块一块粘着绳子落下来。包着身体的幔布一扯去，原来的衣衫已然破碎，衣不蔽体。老鸨骂骂咧咧，骂着倪二做赔钱生意，收了这么一个快死之人来。又心疼付出的钱，便吩咐了小厮去提满大缸水，把妙玉扔了进去，让小丫头子来清洗。妙玉受冷水一冰，捞起来时，已是冻晕了过去。

两边后院子有门相通。倪二这边听见陶氏后院子骂街，走过去看了一看，见几件破衣服裹着一个人，虽憔悴得已不成样子，脸部浮肿变形，但细细端详五官，依稀可以看出几分原来的样貌。显然这是个美人坯子无疑。他才不在乎陶氏说什么，看了看地上扔着的几乎碎成条的袍子，显然像是僧尼穿的，倒是愣了一下。但一想，既然人都来了，船家也走了，反悔也无甚意思。便让账房请相熟的大夫来，把这女子手脚处的伤给治好了。在他眼中，人活着，皮相才是重要的。

由此，妙玉出了魔窟，又进火坑。她连发了几日烧，还好大夫针灸驱寒，又灌了汤药，脑门慢慢退了热；手脚和背部敷了药，过得几天，差不多已慢慢愈合。老鸨偶尔来看看，看人还是起不来，便指着鼻子就是一通大骂，骂妙玉还不起来挣钱，是个"赔钱货"。妙玉看看墙上的皮鞭，混乱的脑袋终于清醒，自己到了什么所在。

可是，这骂人的吴侬软语多么熟悉啊！这老鸨，难不成是来自于她的家乡苏州？

"是……苏州？"她颤抖着问。太久时间说不出话，声音是沙哑的。

"呸呸，小样儿，这里是金陵城。"老板娘一脸不屑，扬扬手绢走了。姑苏城虽好，到底小了点，来到这金陵城，才知气派。她可一直以此自得。边往前边楼头走，她脑子边盘算着，这几日看郎中买药草，费的钱不少，这僧不僧俗不俗的小西娘首次接客，得狠狠地要一笔，先把她的身价银子揣带着药费赚回来。

妙玉一身支离破碎。她从太湖边上的苏州到北京，现在又回到南方，被贼子掳来的。一路走的水道，她明白了，是大运河。当年她和师父北上时，走的也是这条运河。她的人生，拐了一个弯，又回到了起点。命运与她，开了多大一个玩笑。

在四面无窗的黑屋里，妙玉由生到死，又由死到生，她的身体和灵魂彻底被颠覆。从一个丫鬟嬷嬷簇拥的人，变成了贼子口中的货，变成了贼子使用的物。那个手臂上有螃蟹的人，那淫笑声，把她扔进江水一了百了的打算，她到死也忘不了。一定要活下去！她对自己下了一个可怕的决心。是的，要不惜代价活下去，要用尽哪怕自己每一根头发丝的气力，用尽她人生的每一寸光阴，去找出她的仇人来，吃他的血，喝他的肉。那个手臂上文着螃蟹的人，那个手背上文着一条鱼和水波纹的人。这是她唯一看到过的记认，她要凭此找出他们来。她要报仇。

她是落到火坑里了，那就带着火坑里的火焰，无论燃烧多久，无论把自己的骨头怎样烧成灰，她也要打听出他们。她要从茫茫人海中找出他们。

妙玉虚弱的身体里燃着熊熊的火焰，她的头脑因激荡而发热。她对自己发誓，无论自己如何身在地狱，她也绝不放弃自己的记忆。她的人生，从此刻起，将为复仇而活。

在黑暗中，她握紧的手松了又握，握了又放，指甲掐痛了皮肤，把手腕上的痂几乎挣裂。门外有人看守，她逃不出去，她知道，天明，那一口乡音的老鸨肯定又要来逼她。

第十二回

秦楼花魁

无需皮鞭，妙玉已经屈服；无需伎俩，妙玉已经放弃抵抗。在陶老鸨看来，这天外飞来的女子，已经成为她最响亮的招牌。此女姿色绝佳，身姿婀娜，谈吐高雅，正是金陵士子们最喜欢的风流调调。老鸨从一开始痛骂倪二花五两银子买了块烂木头，转头变成了盛赞自家相公有眼光，捡到一块宝贝。倪二得这风流寡妇称赞，内心也得意。

老鸨也曾琢磨过妙玉来时所穿的袍子，像是出家人装扮，但她问了几次，妙玉坚不吐实，甚至她的本名也守口如瓶。妙玉知道，即使说出了京城荣国府，说出自己的名字，命运也不会有丝毫改变，更有甚者，因涉及碧桃苑藏匿被绑架人口，继而逼良为娼，有可能直接被妓院老板灭了口。她记得那个手臂上有螃蟹的人说的："扔到江里一干二净。"也记得那淫邪的声音。是的，人心险恶，没有被营救的机会，她只能是一个谜。老鸨见她横竖不说，开始恼怒，后来看银子滚滚而来，也就罢了。

被践踏被侮辱的命运，给了妙玉从未有过的市井智慧。自尊算了什么？她的自尊已经在船上被糟蹋个干净。身份算什么？她只是行货，被转手卖来卖去。心比天高身为下贱，这是她的命。是的，自己如今，就是一个水牌上被写成"妙姬"的青楼下贱女子。这个花名，她甚至不知道是谁给她起的，居然与她的原名同个"妙"字。果然绝妙，她冷冷地自嘲。

妙玉也曾想过传递消息给苏州的父母。经年不通音讯，不知二老是否安好？往年在京，妙玉因着渐渐长大，内心恨着父母狠心，把她自小送入空门。从嬷嬷那里，她固然知道自己是因久病不愈才被送入尼庵的，但内心深处，花朵一般的年华常伴孤灯，内心没有怨愤是不可能的。但现在，四周豺狼，父母是唯一会疼惜援救她的人。想到父母，妙玉有些后悔，进京之后因着心里的怨恨，没有给父母写过一封书信。国公府里，她的父母即使想她念她，也不知她在哪里，断然寄不了书信来的。现在，她就是断了线的风筝。她要传递消息，又怎能够?

　　和碧桃苑的其他姑娘一样,她的房门,走马灯地换着寻欢作乐的人。她没有灵魂地支应着。嫖客们无论挂着读书人的面纱,还是揣着经商的铜板,无一例外,都为她的美色、年轻、气质、韵味而来。她是消费品。好容易独自一人的时候,她的门外总站着看院子的伙计。妙玉瞧那身板,当然知道那是打手,提防的就是碧桃苑的姑娘逃走。像她这样来路不明的女子,尤其是一刻不能放松看管的对象。

　　转眼冬去春来,秦淮河桃花开得灼灼。一湾青溪,满江桃花,画舫来来往往,众芳争艳,香气飘满金陵城。每年三月十五,正是一年一度的斗花魁的日子。秦淮河上各院子的青楼女,在这一日要决出四大花魁,即金陵城的四大青楼头牌。这是自宋室南渡之后形成的花市争霸赛,对于青楼妓馆来说,最是难得的机会。谁家的姑娘夺得花魁,不但她本人身价倍增,所在的院子名声也会随之水涨船高。

　　一个月前,秦淮河东西两岸十里青楼即已张灯结彩,各个有名的院子纷纷派出采买的小厮使女婆子,到处探听各家院子派出的姑娘芳名,才艺姿色如何。碧桃苑此前只管闷声发财,也参与过几次,但派出的姑娘有容貌出众奈何不通诗书败下阵来的;也有弹得一手好琵琶奈何气质不佳空手而归的。一来二去,倪二心也淡了,倒是陶老鸨还是各种不服气。自来了妙姬,老鸨沉寂已久的心思活络起来,如碧桃苑派出这妙人儿,断然不会四个角儿一个位分都拿不到。问题是,这个姑娘艳若桃李冷若冰霜,该如何说得她动呢?

　　这日,老鸨从水牌上摘下妙姬的名字,不让人打扰,又让厨房做了几个好菜,配了一壶绍兴黄酒,让婆子端了送到妙玉房中来。妙玉冷冷地看着这一切。自打成为碧桃苑的摇钱树来,她逐渐意识到,她的一点一滴权利,全来自于她自己的争取。无论是自救,还是复仇,她必须要利用好自己的身体。

　　"哎呀,儿啊,今天娘炒了几个菜,跟你说说家常话。"一段甜腻的假寒暄过去,老鸨让了妙玉坐,自己坐在对面,给妙玉满上酒。见妙玉不动酒菜,便拉下笑脸,把让妙玉争花魁之事说了。老鸨看看桌上的菜饭,她当然不会告诉眼前的人,此前她的饮食里,早已被日复一日下了药。

　　妙玉此时的着装,已经是江南女子的穿着,丝绸衣裙,裘皮坎肩,头挽乌云,簪环叮当。在老鸨看来,包装得漂亮,才能卖得出好价,妙玉则毫无波动,无人知道她想些什么。此刻她听完老鸨的话,思索了一下说:"要我争花魁,倒也不难。但有两个条件，请允可。"她拈起裙子旁的流苏，一边低头玩弄，一边说。

老鸨本来想着可能直接就吃个闭门羹的，没想到有戏。心下大喜，赶紧接话："我的儿，有什么条件但管说。要珍珠翡翠还是什么，只管告诉娘。"妓院老鸨都管自己叫娘，妙玉每次听见，都是一身鸡皮疙瘩。

"我的条件很奇，我说了，妈妈可不要问我为什么。"妙玉想好了以进为退，先封住老鸨的口。往日的尼姑身影远去了，现在坐在碧桃苑的，是青楼女子。她告诫自己，一言一行，都得符合这个烟花业的规矩，所以一口一个"妈妈"的叫着。每次这个词到喉咙，都是一阵难以名状的恶心。

老鸨赶紧答应："我的儿，你尽管说。我不问理由就是。"

妙玉压抑住内心的翻腾，抬起面前的酒，敬老鸨："如此，我说了？"

"说吧，娘听着呢。"

吴侬软语出自眼前这徐娘老鸨，妙玉说不出的厌憎。她再次平顺自己的呼吸："那我说了。第一，以后客人，由我写诗挑选，和上来，又中我意的，我才见。"老鸨一听，又惊又喜，这妙人儿还会写诗？金陵这地方，不缺的就是读书人，那贡院乡试的考棚绵绵不绝，考完了不都散到秦楼楚馆来？能读书的人家多半殷实，妙姬这是给碧桃苑提了个身份拓了个财源呀！她答应得痛快："第一条，娘依了。第二呢？"

"第二，除了第一类人，身上文有文身的，我也见。比如说，手上臂膀上。"

老鸨刚才还在庆幸，自己简直中了头彩，现在又直坠迷雾。金陵地面自古风流，秦淮河的姑娘们不少识文断字，填词写曲绘画乐器样样在行的姑娘大有人在。碧桃苑正是因为当家的粗俗，自家胸无点墨，院子里出不了雅妓，才累被同行又嫉妒又看不起，背地里没少踩踏名声。这眼前的女子写诗从雅走了一路，回头又找有文身的粗人，这什么路数？她想起自己刚才的承诺，方把疑问咽了下去。

老鸨思想了一遍，这要求怪是怪，但也没大毛病，不耽误她赚钱就行；手上有文身，倒省事了，举手投足间多半看得见，便应了："如此这样就定了。可是得跟你说个明白，要是夺不得花魁，老娘让你见谁就是谁。"她的笑容逐渐冰冷，看着眼前的妙人儿。

妙玉把面前酒盅抬起一口抿完，杯底照给老鸨看："如此，就依妈妈。"老鸨把自己面前的一杯也一口干了，就此成交。

春风绿遍江南岸，展眼三月十五到了，柳丝飘拂，空气中都是甜软。十里秦淮，一溜的青楼纷纷将临水的厅堂隔扇打开。按照旧规矩，夺花魁的姑娘就在厅堂里亮相表演才艺，供来赏玩的公子哥儿、油腻中年、饕餮老者评鉴。靠水的小小台阶上方搁着一个拴上红绸的大竹篓。各条水路小码头早安置了人给上船之人派发彩球。自命风流的金陵王孙乘画舫一路赏完，看中谁家姑娘，便将彩球投进谁家门前的竹篓里。申时末，参与夺花魁的青楼院子会各自派出一名清点的伙计，由西向东一溜儿数去。彩球最多的四位，就是花魁。结果出来后，这花魁娘子便学着进士及第的状元榜眼探花骑马夸街一般，上画舫一路撒花，答谢恩主。次日，花魁娘子的名声便会从秦淮河传向江南。

这烟花三月夸烟花，赢的头牌固然是喜气洋洋，输的姑娘也多有被客人赏识看中，所以数百年来秦淮河青楼妓馆乐此不疲。此地离京城远，又是金陵城一赏心乐事，俨然成为此地招牌。选花魁日，多有各地客人乃至贩夫走卒专程来看热闹。人流云集，底层卖糖卖玩意儿的纷纷指望从中挣几个闲钱。既是上下人等乐见，又可博诗酒风流之雅名，故官府也不管。

这日一早，碧桃苑门口披红挂彩，铺设锦绣。倪二接手这院子时，让大门退后了些，临水这块留了块空地，方便人来人往。此时正好大派用场，一人多高的牌子立了好几个，上书碧桃苑大名还有妙姬名号，牌子两旁挂上了流苏；又搬出几盆长得精神的迎春花来，一色黄灿灿的，分列大门两旁，船上客人一见，不觉眼前一亮。太阳升起，照了波光粼粼秦淮河上，柳絮随风飘来，又落在水中，和着两岸桃花，一色的朦胧，一色的轻盈曼妙。时辰到了，盛装之下的妙玉由小丫头子搀扶，步入临水厅，就听得外边喝了一声彩，原来倪二早安排了相熟的画舫前来捧场。厅的正中，依着妙玉放了一张古琴，妙玉向外行礼毕，款款坐下，先奏了一曲《高山流水》，再奏一曲《春江花月夜》。外头画舫中有识货的，听琴声行云流水，看佳人粉面桃腮，忍不住叫好。

琴声袅袅，荡漾在碧波中，众人有的听得痴了。船停了河面，仿佛也被无边春色牵绊。妙玉浅浅一笑，命撤琴铺案。宣纸墨砚摆放齐备，妙玉悬腕，手写一段诗句，道是：

> 振林千树鸟，啼谷一声猿。
>
> 歧熟焉忘径，泉知不问源。
>
> 钟鸣栊翠寺，鸡唱稻香村。
>
> 有兴悲何继，无愁意岂烦。
>
> 芳情只自遣，雅趣向谁言。

其书法师从怀素，草书笔酣墨饱，枯瘦相宜。写完，两个小丫头子吹了吹墨，两头举着，跨过木门槛，贴在外头的立牌上。外头又是一片哄叫声："妙啊！"爱赶这风流场的，多为江南人氏。此本文昌之地，每届乡试皆是才子们的盛会，会试考罢中进士的，十之六七又出自江南。故天下文气，实积金陵，读书人们识得妙玉诗之深浅。虽然这首诗无头有尾，料想乃青楼调调，其中必有深意存焉，故也不问。远远看着佳人身姿窈窕如画，拢船近了，发现更是肤光胜雪，鲜妍明媚，尤其是一双盈盈水波眼，眉似远山长，气韵之中又隐隐藏着一抹忧愁，半段诗意。众人体会那"芳情""雅趣"四字，更是挠得心痒痒的。这首诗未咀嚼完，下一首诗又贴了出来。

喝彩声一阵接一阵，看那妙姬水畔行礼，袅娜得像春天的柳枝。一首诗一段琴，秦淮水中横，婉转掌中身。这才是花魁的派头。

船越聚越多，喊声越大。不唯年轻士子，花白头发尚自命风流的老翁也多有喝彩，庆幸今日可以得见如此形神俱佳诗琴俱妙的娘子。

只因金陵自命风流文章甲天下，故只靠皮相的姑娘不能得读书人的心，门前水路寥落，另几间有雅妓的院子，和碧桃苑一样，门前的竹篓被彩球掷满。碧桃苑尤其得意，装了三大篓，门边水中，还有浮着飘着来不及捡拾的。

热闹了一天。眼看太阳开始西斜，点数的时候到了。众家派出的伙计同坐一艘船一路清点过去，碧桃苑的妙姬夺了花魁头名。消息传进碧桃苑，老鸨和倪二父子自然是喜气盈腮，赶忙打发人给妙姬补妆换衣，沿河答谢各路恩客。

妙玉换上纯白的衣衫，头顶只用了一只金簪挽住长发，手握一支桃花上了备好的画舫，一路向西跨船而去。两位小丫头子守着一竹筐的鲜花，见画舫便抛上一枝。民间有云："若要俏，披重孝。"船头妙玉白衣飘飘，皓腕胜雪，暮色中，隐约如踏波而行。据近看的人后来传扬说，如果不是花魁娘子手握的那枝桃花，看上去，简直就是观音娘娘下凡。

妙玉站在画舫船头，盈盈水波，拍击的是她的心房。青灯古佛，护不住她一个世外女子；青楼艳帜，反倒众人追捧。这个世界，真得颠倒了看。她知道，从今日起，随着花魁娘子声名远播，她的爹娘，即使将来见到了她，也永不会再认她，因为她玷辱了自家门楣，无论她遭遇了什么。她指望的是，自己从《右中秋夜大观园即景联句三十五韵》中摘来的诗句，能够经由风流士子们传到京城，透露她在此地的消息。她不求能够重回原来的生活，今生今世是不可能了，但自己被掳走，贾府肯定得报案。官府有了线索，也许，会有将令老板、老鸨拿下的一天。拿下了他们，顺藤摸瓜，也许，可以找到把她掳掠至此的仇人。这一节，早在她答应夺花魁的时候，就想到了。

妙玉迎风站着，向两岸挥动她手中的桃花。河里的风吹过来，桃花一片一片飘落，和着河里的桃叶，在水中那样的凄美。是的，她就是那沦落水中的花瓣；是的，她记得那两个仇人的文身。如果官府指望不上，她得靠自己，打听出这两个人来。尤其是那条手背上的奇怪的鱼，那么特别，也许是某种标记。

第十三回

替天行道

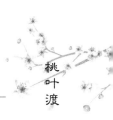

这座城尽管历史上有诸多称谓，冶城、越城、金陵、秣陵、石头城、建业、建邺、建康、白下、上元、升州，现在的名称叫作江宁，但草民们还是喜欢金陵这个称呼。帝王气象在兹，明太祖陵阙在兹，撑得草民们脊梁笔直。这里是天下粮仓，这里是斯文之邦，生长在此地，就当浮生若梦，饮酒当歌。

此时已是雍正十三年，在朝在野，早已淡忘了扬州血痕，嘉定涂炭。歌舞升平，青楼客满；秦淮夜月，笙歌不歇。紫金山幽深翠径千重绿，玄武湖日照龙鳞万点金，端的是人间富贵地，花柳繁盛天。

秦淮河畔朝天宫，这日来了一位道士，带了一个长随。此人身材颀长，气宇轩昂，一旁的长随挎着褡裢，腰悬长剑。负责接待的道士请问客人从何处来、名姓、法派、辈分、师父名讳等，这位道士只报了京城真武庙，不平道长，俗家姓萧，就不再开口。那长随早托了一块银子递过来。道士知道，这是北方的道长到此地挂单来了，只是带长随的道人，还真不常见。袖子里掂掂掌中银两，便生出满面春风，把这两人往大成殿侧后面的上等客房里引，又殷勤问过饭否。客人不答，道士识趣，这是不欲人打扰的意思。便笑一笑，引领二人便行。

这二位，就是迤逦南下的柳湘莲与陈豹了。

湘莲不愿还俗打扮，尤其是剃头打辫子，便还是道士模样。二人装扮一道一俗，路上说好陈豹扮长随，旁人问起也好说的，至于道士带长随怪不怪，则不是湘莲在意之事。自离京城，湘莲和陈豹信马由缰，先到山东，登崂山，观沧海；又到邹城，拜亚圣庙。两人周游多日，早已不拘形迹，市井混得，名胜观得；山川风物尽入眼帘，心情大畅。

柳湘莲入道之前，原本是个贪玩会玩爱玩之人，食不厌精脍不厌细，在山顶道观待了数年，一变而为至简人物，食宿不挑不拣。路途中免不了与人见礼，他把自家姓氏隐了，只自称贫道萧不平，倒也没有人听出其中意思来。陈豹自是隐约明白，这道长一身本事出山，怕是要踏入江湖了。

“道长，为何到了山东地面，不拜孔圣人，拜孟子呢？”陈豹忍不住问。圣人大名，陈豹还是知道的。

湘莲笑了一笑。当时他俩正立马微山湖，春风吹来，正是适意之时。远处有农人在插秧。他指着苍绿大地、湖水清波说："孔圣人一生立的是规矩，君臣规矩，父子规矩，兄弟规矩，他哪一句说到了人世间的苦痛？你看这山河，依的什么规矩？"他拿过马鞍旁的皮囊，解开喝了一口水，接着说道："孟圣人就不一样。他说什么呢？民为重，社稷次之，君为轻。不知贩夫走卒劳作终年的苦痛，不知农人侍候田亩的辛劳，不可能说出这样的话来。这，就是我拜他的原因。孟圣人值得我萧不平一拜。"

山水之间一走，柳湘莲原本的洒脱气度倒回来了几分。他指点江山的样子，让陈豹好生羡慕。道长说的话，无论听懂听不懂，听在耳中都像是至理。自己两兄弟没读得甚书，难怪一身腱子肉，终归在山里打滚，道长随口点拨，便化腐朽为神奇。他满心满意跟着道长，决定一言一行都学来，学好了不能再学了，再回京城，就当自己补不曾读书的缺憾罢，一定亏不了。看道长骑马意气风发的侧影，陈豹又觉着，自己一辈子也不能有那个气象。

一路谈谈说说，二人转道运河，沿着河岸道路徐徐策马南下，过泗阳、宿迁，便是重镇淮安了。越接近淮安，运河水道越是拥挤。这里是漕运总督驻跸之所，向朝廷缴交的盐粮银在此交集；又有精细的南方丝瓷，一船船由大运河运往北边。北面来的货船，有的拉着山西河北产的炭，南下供冶铁或取暖之用，有的来自京津两地各种时尚玩意，同样密密叠叠，千帆竞渡，热闹非常。南来北往的商旅，皆云集于码头候渡或觅转道的车船。两岸拉纤的，船上升帆划桨的，驾车拉货的，春夏秋三季，只要有身力气，在码头市集等活干，不愁捞不到差事。辛苦钱虽然微薄，总是个生计。冬季因为大运河部分河段封冻，比如山东境内的韩庄闸，那南来北往的生意自然差些。船工车把式纤夫们懂得这个道理，他们便要在天暖之时把钱挣出来，好给家人买炭买粮过冬。

且说柳湘莲二人到得淮安，盘桓数日，市集中早已听得漕运总督衙门姓蔡的监兑为人凶狠，多年任职媚上压下，贪婪无度。不但自己家族连营接片兼并房产，又利用职务之便吃拿卡要，守着朝廷的常盈仓、常平仓两处大肆贪腐。民间传的更过分的是，大钱要，小钱也不放过，其家人把持岸边市集，船工伙计挑夫纤夫要干活的，须得交了份子钱，才准接活。湘莲一路行一路听来，心中暗怒，便动了心思。晚间归来客栈歇了，待隔壁陈豹睡下，便直奔白日打听好的蔡家而去，天明即回，继续睡觉。待日头高起，便叫醒陈豹，扬鞭骑马下瓜洲。

陈豹在隔壁安稳睡了一觉，并不知湘莲夜晚去而复回之事。次日启程，行到日中，湘莲方将一小袋银两扔给陈豹做盘缠。陈豹不敢问来历，心中暗暗揣摩，不得要领。他不知头晚湘莲换了夜行衣，蒙面去了蔡家；以他身手，分花拂柳找到内宅，拿住了正独自在书房记账的蔡监兑。几条罪状一说，这贪官看着明晃晃青锋剑，知好汉不吃眼前亏，忙颤巍巍捧出银票，湘莲摇头，那蔡监醒目，又从书柜后头捧出原本藏着的一大袋银两保命，一声不敢向外吱。湘莲提了银两，褡裢中拿出绳索，把此人绑在椅子上，嘴里塞了这贪官袖子中拿出来的手绢。既跳出高墙，湘莲在僻静处牵出备好的马，又乘夜去了南城贫民区，这是他白天看过的。此地名姚村，住的尽是苦寒人。因了残破肮脏，衙役等除了收税粮轻易不来，当晚巡夜团丁也无一个。湘莲夜色里往每户人家院子扔上一锭银；没院子的，便裹了挂在门上。穷人家早起，想必拿得到。他做事利落，一人一马，扔完即走。

南城归来，湘莲又将早已写好的一封信，绑上石头，等在总督衙门院墙外隐蔽处。前府后院，柳湘莲知道衙门规矩。他待夜巡士兵一过，便扬手扔进后院里。

次日湘莲叫醒陈豹起程。他去往瓜洲的路上时，新上任的总督顾琮正拿着信发呆。院里守夜的兵丁捡到信，没敢拆开，连着石头一起直接呈到他手里。总督打开初初一看，倒不是想象中的绑架勒索信，心中便长舒一口气，仔细看来。信不长，上边写着四行字："漕粮百姓所种，岂容蠹虫吞腐。蔡监多行不法，替天行道。"这位漕运总督乃去年自刑部右侍郎升迁而来，因初上任，尚不谙漕运事务。春季收税，一些府县以粮折银交至淮安；这收与折，皆仰赖于蔡监兑和他手下一帮子衙役。顾琮深知盘根错节之处，自己甫上任，也只有这种地头蛇暂时可以分忧，故一应职位未动。看看手中的无头帖，分明写着此人不法行状，且已被教训。至于怎么个替天行道，顾总督心中有数，给他抛无头贴之人，多半未必会杀人。此人心思，要的是蔡监兑贪腐的罪行公诸天下。

顾总督决定撇开其他冗务，专等蔡监，或者其下属来报此事。可是日上三竿，也不见人，便派了左右去看。回说此人照常理事，只是气色不好。顾琮心中有数。堪堪一日过去，还不见报，便知帖上之事多半实了。他心中有个计较，蔡监兑吃了亏不敢报，只能有一个原因，那就是心中有鬼。既如此，那就彻底查；不查这种人，自家终将被此人害了前程。

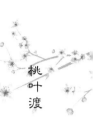

桃叶渡

自该日起，顾琮便留了心，以粮食折税的账本让账房拿来，自己一册册过目；又秘密遣人去各州县对账查底联。查了三个月，总共查出粮本与归仓的数量不符者，几占一半。不用说，少入仓的粮食就被这蠹虫贪了。时间一长，估计到时无人查便可，有人查，便报多些仓储亏损，以此掩混过关。顾琮本刑部出身，此时物证在手，便令下了蔡监兑顶戴，人拿下交理刑去审；又派人去蔡监兑家宅中搜得银票巨款。总督各方证据在手，便具折上奏参此蔡监兑贪墨。新上任的总督有此手段，衙门上下顿时一震，各司各吏赶着收敛了好些；蔡监兑所重用之人，一概被罢黜不用。

这些，都是柳湘莲去后之事了。

陈豹跟随湘莲多时，知凡事多看少问，湘莲于他有半师之分，他心中有敬有惧。一路行来，自觉眼界大开，自家懂事多了，连言辞都雅了好些，颇为自得：近朱者赤，果然如此。二人扬州瘦西湖游玩了几日，又牵马从瓜洲渡口渡江，到了镇江码头下船。看水陆交会处车船密织，人流熙攘，大道通衢，陈豹便请问湘莲，下一步往哪里去。

湘莲心情正好，吟道："如何四纪为天子，不及卢家有莫愁。"他扭头看陈豹，问着他："听过这句诗么？"

陈豹摸摸耳朵，脸红了上来。他老实回答："俺上哪儿听去？道长，刚才您说莫愁，莫愁是个啥？"

湘莲大笑，笑自己问道于盲。笑完，便扬鞭向西一指："莫愁是一名女子。咱俩这就看她去！"陈豹知湘莲笑自己，并不含恶意，便不好意思一笑。见道长已经向前，便赶紧夹马追了上去。次日将晚未晚之时，两人已穿过金陵城闹市，置身于朝天宫门前。这朝天宫庞大建筑的对面，正是金陵人常去泛舟游玩的莫愁湖。

第十四回

莫愁对弈

却说应大山、韩驹子和半同伙半负责监视的两名海盗，离了镇江之后，连夜租车，携了赃赃回去复命。头领乃识货之人，看到四人带回物件，虽然尺寸皆不大，但无一不是古色古香之物，掳来的钗环首饰也都做工精细用料考究，一看就知出于豪门府邸，心下满意；给一行四人记了功。

统率盗贼，自当明功赏罚，头领心下知道。劫到货物银钱，按照规矩，由有功之人先挑。积功多了，座次也依次递升。四人此行未空手，又享了艳福，复受嘉奖，心下得意。至于掳人千里南下之事，四人自不会说。

这头领姓郑名直，祖父原来系东去台湾岛的郑氏家丁。郑氏过海时，因伤病未能跟随渡海东行，遂留在福建。后清廷于康熙二十二年派福建水师提督施琅平了澎湖、台湾，周围岛屿悉收归中华版图，老郑叹息之余，便准备安心做良民。但因沿海各地巡抚明松暗紧，奉密旨搜索当年郑家余孽，以防其零星旧部又聚起兴事，老郑因此为避祸端，自福建走来浙江。不敢入杭州，只在沿海一带觅地安居。无奈浙江山多粮少，一个外乡人再有力气，竟然立足不住，子孙生计堪虞。故把脚一跺，北行至清江浦，在偏僻乡里安置好老母妻子儿媳孙子，自己带着儿子重操旧业，出海收了五六艘零星劫海道的匪徒。郑家祖父识海路，懂风向，天生有领袖力，又一身功夫，众人皆奉其为头领。待年高，传与郑直之父，自己秘密归清江浦，死于家人怀抱，也算善终。郑父领海盗伙期间，多次被官兵围剿，幸逃得命。岁月荏苒，想自家垂垂老矣，密招来已长大的儿子辅佐。有一日意外酒后坠海，未来得及安排团伙事务即去世。郑直受了众人推拥，只得经营起海上生涯。

郑直在船上辅佐父亲的时间里，关起门来时，父亲除了手把手教看罗盘、海图，又授统率部属之要诀，更将自己手抄的明代汪直《自明疏》拿来勉励儿子。他告诉儿子，如果当时朝廷不斩了明朝海盗汪直，而是采纳其建议，放开海禁，大明朝不至于最后收不起税来，直到山穷水尽。郑直至此方知自己的名，寄托了做了半生海盗的父亲内心的想法。他懂得父亲说的这一切。但凡有安居乐业觅利商海的可能，谁又想海上漂泊，刀口浪尖上讨生活呢？

郑直知道家族秘史，也知道自己一帮子人家底：几艘船早已残破不堪，炮也无一门，全仗十几支火铳。此等武力，对待落单过路客商尚有余，碰到聘请了护镖的船主硬茬子，不能连发的火铳便成了烧火棍，还得靠近船肉搏，只是这一来死伤太大。此时收了应大山等人带来物件，又加上前几次掠得的古玩珍奇，便决意亲自出马，一为销赃，二为亲自接触江南市场。目前驻扎浙江的绿营水师底细，如果了解得到一二，倒是紧要之务。他知道既入了这一行，迟早有一日，朝廷容不了他们这帮子海寇。不摸深浅，自己和一帮兄弟将来怎么死的都不知道。

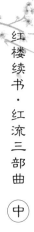

交代了二当家的统率船队避于涂岛一带避风，一个月后来他们的秘密据点渔村接应，郑直便带着老三董青山及两船丁，趁夜上岸，不一日到了杭州。老三与头领相契，乃郑直心腹之人，头领逛宝石山，登保俶塔，游山玩水之时，他静悄悄带人把货物零碎低价出销了，又化零为整，换了八千两银票藏了袖中，回交头领。郑直见杭州事毕，便带了老三还有两位船丁沿了大运河，来到金陵销金窟，也来领略六朝烟水。

已是夏初，此日天有微雨，莫愁湖垂柳清新，早开的荷花朵朵清丽，风过送香。这座以嫁到金陵的洛阳姑娘莫愁命名的湖，晴日湖光潋滟，雨天长廊清幽，不唯景色绝佳，光这个美丽的名字，就吸引得历朝历代书生商旅，到金陵必来此一游。郑直进金陵前早已听得莫愁大名，进得城来，先逛了紫金山，看过无梁殿、梅花山，又到灵谷寺随喜。这日准备城里活动，他学着当地人的样子，撑着油纸伞，在街巷中用过早餐；见烟柳满金陵，更觉兴致盎然，带上老三一路行来领略莫愁烟雨。

此前原本四人同行的，因今日城里流连，郑直担心两名船丁匪气外露，热闹处惹出是非不妥，便交代了二人回客栈等候，自己带了董青山出来。果然一见莫愁愁自消，郑直心情大畅。

湖岸边有一小小酒肆兼卖茶水的凉亭，被避雨的客人挤得座满，分外热闹。郑直斜雨微风中喝了两杯青梅酒，见座中热闹得不堪，便起身向外走。老三跟着，见头领沿着小小指路牌，前往的正是有名的胜棋楼。

"老三，知道胜棋楼的典故吗？"

"大哥，是不是前明太祖皇帝与他手下爱将徐达下棋的地方？"

郑直笑看了老三一眼，他心情确好："是啊，谁赢了知道吗？"

"这个就不用考了，胜棋嘛，肯定是皇帝赢了呀。谁敢赢皇帝不是？"

郑直哈哈一笑："要是皇帝赢了，还需要起座楼纪念哪？告诉你小子，是徐达赢了。"

"徐达敢赢皇帝的棋？"老三真的惊讶了。

"那要看怎么下的棋呀。徐达赢的不是棋。他下了大半盘，把棋子布成了万岁二字，太祖一高兴，秦淮河这一带，全赏了徐达。"郑直伸直胳膊，对着湖的方向向外画了一大圈。莫愁湖在秦淮河西边不远，确实，明朝开国时，这一大片都是徐家的，而且是御赐，一时光耀无两。

老三董青山二十来岁年纪，六岁开蒙，读过几年私塾，又会拳脚；行事敏捷可靠，闲时不脱活泼，故郑直深喜之，海盗伙里一路提拔。此时老三听头领那么一说，便伸了伸舌头："这徐达，守了君臣之礼，赏赐还轻松到手，下棋水平定不低于太祖。他还真是赢了呀。"

这下轮到郑直小小惊讶了一回。他曲起食指敲了下老三的脑袋："可以啊老三，你懂徐达。能排兵布阵，还能进退不失据，那肯定高明啊。"

二人边说边聊，来到绿荫深处，看到一座二层楼掩映在紫薇花树之中，门首果然挂着遒劲的三个大字："胜棋楼"。旁边一副对联：粉黛江山，留得半湖烟雨，王侯事业，都如一局棋枰。郑直看了看，觉撰此联的人也一般；便跨过门槛踏入天井，幽深气息扑面而来。这里头比外头果然清净多了。

提袍上楼，古老的楼梯吱呀作响。二楼因为雨雾的关系，光线黯淡。郑直见四壁挂着历代名人题咏，也有画轴夹在其间，需要靠近才能看清。楼中只有一人，站在一幅舞剑图前，长身挺拔，道士打扮，正背着手对着画看得入神。

忽听楼梯响，一名长随模样的男子拎着一葫芦酒噔噔噔跑上楼，在道士侧后立定，恭恭敬敬，双手把拴着红穗子的葫芦递给那道士："道长，酒来了。"

老三在楼梯响的时候，往下一眼便看见此人腰悬长剑，遂本能上前挡住郑直；见此人并非奔郑直而来，方才轻轻闪开，行动不着痕迹。郑直一笑。他见那长随腰间的长剑，剑鞘斑驳隐有铜绿，便知是古物。此人奉那道长如此恭敬，想来剑的主人是那道长，他就是一背剑的马前张保马后王横。

郑直看了一路书画，看见俯瞰天井的座位旁，摆着一张棋盘，上边密密麻麻已经黑白子布了许多，便不由自主坐了下来，多看了几眼。老三侍立在旁，也歪着头看。

那道长便是柳湘莲了。他进金陵城时，许诺陈豹看莫愁姑娘，今日乃是践约。陈豹来到莫愁湖，方知这位名莫愁的姑娘不是本朝人氏，是见不着了，但见湖景安静，隐着芳菲翠雾，空气湿润，花香渡水而来，与北国风光大不相同，又觉此趟来得颇有收获。思着将来回到京城，定要把南北风物差异细细说给哥哥听。湘莲看了湖景，伫立了好一会，又进胜棋楼，看那舞剑图画得灵动，想起老道传授他八卦剑的日子，不觉心神飘逸。陈豹知道此时的道长定然想酒，便自己下楼找酒家去了。

湘莲与陈豹相处日久，观剑觉酒意，便见葫芦来，觉二人默契日胜一日，倒是难得。他接过葫芦，一口喝了，抹抹嘴，便递在陈豹手中。陈豹接过，也是一仰脖。

郑直观棋盘，眼角余光可没闲着；觉这道长二人初像主仆，再看相处却又像兄弟，有趣，他微笑了下，从棋盒中拈起一枚黑子，准备走走这副残棋。

"这位仁兄请了！在下有幸，冒昧陪弈一局如何？"

郑直抬头，眼前男子剑眉入鬓，眼神湛然生光，正是方才观剑图之人，正棋盘旁拱手施礼。这位道长不称贫道，而称"在下"，听来更是有趣。他连忙站起来还礼，摆手请湘莲坐对面："如此甚好，仁兄请。"

第十五回

碧桃寻花

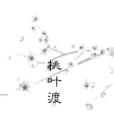

柳湘莲和郑直二人胸有丘壑，手上快捷，棋盘上杀得个难解难分。争中原腹地，争边陲地角，不知不觉，一个时辰过去了。最后一数子，湘莲赢一目。郑直自幼学棋，下海为盗后许久不下，今日棋逢对手，顿觉酣畅。自己输了，浑不在意，笑声朗朗："仁兄，再来一盘如何？"湘莲见此人棋力，知确与自己伯仲之间；见其人输了不怨不悔云淡风轻，要求再下，岂有不允之理？便含笑答应。陈豹打来的一葫芦酒早已喝了个底朝天。陈豹和老三在旁，老三看得半懂不懂，陈豹却是一窍不通，他眼中看去，棋盘上黑白子犹如兵士缠斗，一团一团，彼此犬牙交错。观了一阵，倒有些想法上来。

湘莲和郑直接着又下。陈豹看得倦了，便在旁边靠着椅背睡了过去。胜棋楼外雨丝渐停，楼上时有人来，看画观景一番，又下楼去，也有人留意到对弈的两人，站一会儿看棋，不耐到终局，也离开了。胜棋楼上谁胜棋，只有湘莲和郑直两人投入。这一局湘莲执白，后发先至，略占优势，但边上一个劫数，却是难以逆料。两人在棋局开始之时，还说说笑笑几句，又不时称赞对方一手棋神来之笔；这一块棋开始角逐，便谁也不再分心。两人潜心运力，谁也不肯放弃，最后郑直"倒脱靴"，把自家黑棋连上做活，至此一局棋胜负已分。

老三初见湘莲一葫芦酒喝得酣畅，本想下楼也去打一角酒给老大，又担心自己离去，老大身边便无人，便忍住了。看看天色不知不觉已向晚，不觉长舒一口气。老大平日在船上，或者率队上岸补充粮草，均谨慎低调，不在同一个地方耽搁太长时间，没想到今日在胜棋楼一耽便是两三个时辰。

他目光从楼外转向棋盘，看到二人已在收子，郑直面露喜色，知这一局，老大扳回来了。

郑直确如老三判断，赢了柳湘莲，他心中知道自家棋力，也怀疑湘莲在有意容让。无论如何，在部下面前不失面子，是他的目标。他笑哈哈地站起来，向湘莲施了一礼：

"这位兄台，刚才侥幸，这才平了棋局。有幸对弈，幸何如之。"

湘莲站起还礼，太阳最后的光线落在他脸上，长长的胡须上，条缕生光。楼外的天井吹来凉风，他宽大的道袍衣摆微微飘动："哪里哪里，是仁兄棋力悠长，在下不敌。"

二人哈哈一笑。湘莲扭头见陈豹在旁呼呼酣睡，便走近轻拍，叫醒陈豹。四人联袂下楼。此时已是游人渐疏。莫愁湖暗香花影，葱茏翠烟，映照着粼粼金波，又是另一番景象。

分手在即，郑直不舍，他立定了向着湘莲自报家门："鄙姓郑，今日有幸遇兄台，又手谈两局，也是有缘。此时近晚，不知是否赏光，去秦淮河寻个座子，喝上两盅如何？"

湘莲因有淮安的案子在身，路途中本不愿与人深交，后一想，秦淮风月绝佳，喝上两盅亦是快事，便笑回："在下俗家姓萧。既如此，恭敬不如从命。"

二人出得园门。陈豹、老三在后跟随，彼此也通了姓氏，老三警惕，随便报了一个。园门外招了一干净宽大车辆，往不远处的秦淮河而去。

四人均初到金陵，并无熟识的秦淮酒馆，便问车夫。车夫就近报了一家"得月楼"，说那里的糟红板鸭最好下酒，四人点头。到了离夫子庙不远的一个临水酒馆，喝了一顿酒，发现被车夫骗了。

那车夫报出得月楼，却是得了得月楼店家的好处，专拉外地口音的客人去的。湘莲、郑直都是走过江湖来的，几样下酒菜入肚，便知车夫夸大其词。可气的是，菜勉强尚可，酒却是兑了水的。郑直饮上一口，就知酒里乾坤。他邀请道长来，本是一番结交棋友的豪兴，现在酒不好，拂了面子，心下不悦，他在外脾性收敛，遂也不发作。吃了几筷菜，侧耳听得邻座谈起秦淮今年花魁，有一名冷艳的女子，出自碧桃苑，那家院子生意好，开的酒馆也火，飨客的女儿红也是正经好酒。郑直一一听在耳中，不觉与湘莲对了一个眼神，二人哈哈一笑，莫逆于心，站起走人。

老三见老大站起便会意，赶着与酒保结了账。一出门，便是溶溶月色的秦淮河，一艘艘小船像梭子一般在河上灵活穿渡。陈豹不熟南人习俗，遂也不出头，老三走前几步，在岸边挥了挥手，一艘不大不小的船荡开水波，飞快划来。四人打听碧桃苑，那艄公自是熟门熟路，答了声"好嘞"，让四人进船舱坐定，船头挂上刚点好的灯笼，桨声灯影里直奔桃叶渡。

自从妙姬得了花魁头名，倪二高兴之下，重赏了当日在水榭吹拉弹唱一整天的戏班子，又拿出银子请了工匠，刷了粉墙，换了帷幕，把个碧桃苑里外翻了个新，院子里各个姑娘也添了见客的衣裳。这一波操作下来，银子下去不少，陶家老鸨心疼钱，抱怨了几句，倪二也不往心里去。他知道羊毛出自羊身上，这些都是小钱，收回来费不了多少时间。果然因了这场花魁争霸赛，碧桃苑的名头被喜谈金陵风月的嫖客酒客传了个遍，酒馆生意受着照顾，更是杯中酒常满，座上人不空。菜金不提价，酒钱倒悄咪咪提了一成两成，酒鬼们也不在意。倪二专营酒馆，常在馆里坐地看场，儿子兴儿便带了打手两边护院。自做无本钱生意盗墓掘得第一桶金，碧桃苑经营到此，算得上红得发紫。

这日正是月圆之夜，天上浮云犹如薄纱，月亮在其中穿行，影影绰绰，煞是好看。肯爱千金轻一笑的采花郎君混世魔王，碧桃苑里不知今夕何夕，隔壁酒馆人来人往，猜拳行令之声直扑水面。负责揽客的小二见水面又有客人到，便赶忙去了台阶小码头迎着，弯了腰连声请。郑直见这酒馆热闹，心下满意，便与湘莲谦让一番，次第下船。

这酒馆座子不少，人坐了个密密实实。刚好走空了一桌，小二带路，殷勤给四人布座，茶酒菜肴流水般上来。湘莲出家之前本洒脱不羁出入秦楼楚馆之人，遭了变故，又在山间数年，早把人间看淡，此番到他往日常出入之所，倒有些感慨，觉从前时光恍如一梦。四人素昧平生，因了胜棋楼一番斗棋，生了不少亲近，但说话均有分寸，并不谈及各自生计家业之事，只把衣冠南渡，小杜的烟笼寒水月笼沙之类感叹了一番。这本也是金陵地面最流行的谈资，六朝兴亡，留下挥不尽的江山更迭人世无常之慨。就拿此地来说，三国时的东吴，其后的东晋、南朝的宋、齐、梁、陈相继在此建都，故有六朝古都之称，秣陵、建康、建业、金陵都是这座城市的曾用名，明太祖在此登基，后来城头变幻大王旗，此城又成为前明陪都、南直隶首府，到得现在不也降格，改成了江南省的江宁府了么？

郑直喝到半酣，留意周边人物，见座中有客商模样的，也有面孔机警孔武有力像是黑白道上人，有文弱书生，也有小吏模样的，心下满意。鱼龙混杂，最是上好的藏身之所。座中客喧喧嚷嚷，啥谈资都来入酒，大多不离酒色二字。不远处雅座间隔着帘子，倒像是有人谈事的地方。看来这酒馆经营得颇有门道，各色人等在这里出没，皆可各安其事。

郑直看到的，湘莲也看到了。他所满意的是，自己道士打扮，竟也没人多留意一眼。

湘莲与郑直二人谈谈说说，两人皆虚虚实实，只拣着路途中的风景见到的有趣人物说来下酒。陈豹老三两人也自谈天说地。四人直喝了一坛子女儿红，方才觉得尽兴。陈豹赶着会了酒账，四人出得酒馆，隔壁便是碧桃苑正门。看到灯笼打得红艳艳明晃晃的，门前悬着的对联，湘莲看了倒是一呆：假作真来真亦假，无为有处有还无。假，贾。他想起了遥远的京城，他曾与贾宝玉拍马西市的时光，又想起冯紫英、秦钟等人，物是人非，心中感伤：人生就是如此，有时无味得紧。他抑住心中思绪，拱拱手与郑直告辞，带着陈豹上了门前候客的小船，向青溪方向去了。

郑直以为道士不沾风月，见湘莲不解释便匆匆离开，倒不以为意。本是萍水相逢他乡之客，兴起而聚，兴落而散，正是江湖人的做派。他看看门前的水牌，见没有众人口中的花魁娘子妙姬名号在上头，不觉纳闷。此时，院子里老鸨带着几个姑娘，早已迎了出来。

这水牌写名号，是倪二从戏园子里抄来的。京城名角唱戏，戏园子会早早将角儿还有戏名写在牌子上，挂在园子门口，供招揽客人之用。倪二才不管戏园子还是窑子，他觉得这种挂牌的方式好，便不客气地拿来用了。妙姬的名儿不在牌子上有个缘故，那就是妙姬本人与碧桃苑的约定。自夺得花魁之后，慕名而来的客人倍增，其实她的名字上不上榜、名写与不写并无分别。妙姬的对诗与刺青之约，尤其是后者，只能靠观察，不能行之于牌子，因此，只有非见妙姬者，才会有当日考题呈上来。而点名要见妙姬的，光通名费也就是请求题试的费用就要送上二两银子。这也是倪二花了心思琢磨出的经营之道。他深知，把妙姬抬得越高，越难以得到，妙姬的神秘性也就始终都在。客人对不上诗，见不得妙姬，便退而求其次，碧桃苑里其他没那么有名的姑娘身价，也因此水涨船高。坊间传妙姬诗名，愈发隆盛。倪二得其所哉，自是得意。他心里，妙姬既是摇钱树，这棵树，岂是寻常客人可以接近的？

第十六回

臂上刺青

郑直和老三被一堆莺莺燕燕簇拥着往碧桃苑里走，只见宽大的院子里立着几棵百年老树，树上一串串挂下大红灯笼，照得院子又喜庆又亮堂。正前面的大屋子高三层，雕梁画栋，灯火通明，笙歌悠扬响彻河畔。里头笑语喧哗，显然来买欢的客人不少。

老三知道大哥在船上过的什么日子，既然到这销魂窟，也不用学那读书人酸文假醋，便从袖子里摸出约摸五两银子，悄悄递与老鸨。果然老鸨眉开眼笑，拥着郑直两人直往里，穿过大堂，直领到二楼雅座看茶，又让姑娘们重新行礼，让客人挑陪酒的姑娘。

郑直作为头儿，跟海盗兄弟伙儿的德性还有些差别。他来此，是因为听了花魁娘子的名儿，过来一见，想看看金陵城最美貌的娘子啥模样。老三在他身边，见他看着弯身行礼的一排姑娘微笑不语，便知道他内心所想，让老鸨请头牌来见。

这种话，陶家老鸨一天要听不知多少次，她应付得嘴都麻了："哎哟客官，论理说二位这么大方，老身不能驳回。可是小女妙姬见人有个规矩，不能不说；可是说了，又怕二位见怪。"她边说边蹙眉头，这又笑又嗔的表情于她是做惯了的。

郑直对这一套内心毫无波澜。老鸨不矫情，还能开院子吗？如此这般说，自是想抬高姑娘身价罢了。他看了一眼老三，老三接口："说吧，请这位姑娘来陪酒，要多少钱？"

这老鸨看这二人说话爽快，出手又大方，但眼神不错一步地直盯着她，看上去有点不好惹。她头脑里转了转，忙亲手倒了茶，放在郑直面前，低声说：

"不是老身卖乖，实在是这个妙姬，嗯，见客有条件。"她不挤眉弄眼，说话便显得实在多了。郑直听在耳中，来了兴趣，便开口："什么条件，说来听听。"

"嗯，要对上她的诗。"

"对诗？那谁评判？"郑直接着问。

"她自己。"

郑直笑了，知道这就是传说中的雅妓。他在杂书上看过，唐朝有个女子命运挺惨，一身诗情画意，偏偏所托非人。后来一怒之下，自立门户当了个女道士，心情好的时候写首诗，夹在道观的门缝里。登徒子们来揭诗帖，写好了放在原处。那女道士的侍女来取回，看中诗句的，便让侍女开门引进观里相会。看来，这碧桃苑的妙姬也是那唐朝的鱼玄机一流的了。

算了，这样矫情的女子，不见也罢。郑直打定主意，喝杯茶润润喉咙就走。

他左手抬起杯，喝了一口。因为刚喝过酒的缘故，还真是渴了，这茶便喝得大口。衣袖随着手臂上举滑了上去。在旁的老鸨一心想做成这单生意，一直在旁边殷勤侍候；她眼角余光瞥见这位客人的手臂，似乎隐隐有刺青，心下顿时大喜。

"我说这位爷，我家妙姬说不定不对诗，也愿意陪爷喝酒呢。要不您坐一会儿，我去问问她。"老鸨心中高兴，客官秒变"爷"。她不待郑直回答，便吩咐旁边的姑娘来给二位斟酒，自己抽身往三楼，兴冲冲去找妙姬。

老鸨知道花魁娘子这头牌的价值，也知道花无百日红。明年如果选出了新的花魁，妙姬就不值钱了。她不甘心碧桃苑折腾半天出了个凤凰，只是赚一次二两银子的通名费；无奈那妙姬有言在先，又冷艳，又决绝。自夺魁以来，都不曾见过几个客人。老鸨向倪二抱怨，要用家法让妙姬低头接客，无奈倪二不肯，反倒笑话她头发长见识短。今天来的人看来囊中有钱，手也松，手臂既见刺青，放跑了岂不可惜？

妙玉在房中，正俯窗恍惚看着这个世界。她自救的一切努力，迄今为止，并未有丝毫回响。她写的大观楼联句，本来就是透露她自己的来处，在挑选客人时，她把在贾府时所作的诗稿拆散了，一句句抛出来，期待有一天能传至京城宝玉耳边。在遥远的京城记忆里，妙玉心中，只有宝玉一人是尊重她，懂得她的。这也就是宝玉生日时，妙玉会送帖子的原因。众人皆当她是出家人，只有宝玉，当她是一名女子来尊敬。他当她是一个清洁的女儿，和黛玉宝钗湘云一样的。为此，她感激他一辈子。大观园的姑娘们出不了门，在外头的只可能是宝玉；如果说世间还有人凭诗认得出她的手笔，那就是他了。

妙玉也知道，那宝玉除了贾母的溺爱之外，什么能耐也没有，但他是妙玉逃脱樊笼唯一的指望。他那么爱玩，说不定会遇到朋友，谈论起自己写的诗，知道自己在这儿，然后再去报官……想到此，妙玉忽然意识到，自己这个愿望多半是梦幻泡影。可能此时，贾府也大厦将倾了。如果不是走入末世，她又怎么可能在贾府里好端端的，被贼人掳掠到这里来？即使宝玉听到了她写的诗，只怕也没有什么力量来救她了。

一想起贼人，妙玉眼前又出现船上被践踏被蹂躏的那些日夜，那一双双手如何一寸寸揉捏她的皮肤，身底下的破席戳出来的篾片是怎样扎进她的血肉……她一阵寒颤，恐惧像寒风一样扫过她的身体。那是她此生醒不过来的噩梦。她没死，她活了下来，然而有家难回，有仇难报，在夜夜笙歌里被待价而沽，就是她的命运。她知道老鸨的耐心是有限的，眼前的一点自由很快也会失去——哪有什么道理，强权就是道理。想到黑沉沉的未来，想到这样的世间，妙玉心中无数遍问着她早逝的师父：我前世究竟作了什么孽？这不是人间地狱又是什么？

一阵风吹动帘子，惊醒了沉思的妙玉。她掐了自己一把，提醒自己当初立下的誓言。她不能白白就这样死去。哪怕等到白头，熬到油干灯尽，也不能放弃找出贼子报仇的念头。天可怜见，如果找到了，就是拼了命也要把贼子戳上几个透明窟窿。

妙玉用剪刀挑了挑眼前的灯芯。门吱呀一声被大力推开，妙玉知道，是可憎的老鸨又来了。

老鸨的嘴脸今日倒没那么讨厌，因为她带来了一个消息，那就是：今天的客人，手臂上有刺青。

妙玉听闻，抑制住内心的激荡。她告诉自己，身上有刺青的人可能不少，不一定通往她所寻找的人，但她仍然忍不住地激动，含辛茹苦几个月来，终于有了第一个方向。

要隐藏好自己，像乌云隐藏着雷声，要记住自己复仇的誓言，要不放过任何一个机会。妙玉叮嘱自己。她缓缓站了起来："妈妈，这客人我愿意见。劳烦妈妈前头引路。"

当妙玉从三楼宽阔的楼梯上冉冉走下的时候，郑直不觉看呆了。白衣胜雪，眉目如画；星眸闪耀，纤腰一束，二楼的窗户开着，秦淮河的夜风吹进来，那女子的衣袂飘飘，深潭一样的眼睛里像笼着一层薄雾。青楼女子居然有如此仙气，真是令人大开眼界。

妙玉决定见客之前，早存了心要套牢手臂有刺青的人。从下楼起，她便注意自己的一颦一笑。她看着脚底仰望着她的男人，心中涌动着鄙视又仇恨的波澜。楼梯十几级，她走得很慢，每一步，她都重复着一句话：要隐忍。

老鸨看二人对视神情，知道妙玉已经大杀四方。娼门居然有妙姬此等货色，那些有钱有见识的，从此还能看得上别家院子的姑娘？她笑吟吟地张罗着，唤过刚总角的小丫头子，重置杯盘到妙姬的房中，送一壶好酒，几色夜宵。小丫头子忙乎的间隙，老三看到自家老大像被下降头一样，目光转也不转，脚步全凭本能，迎向那个白衣女子，二人对视着又携手上楼。他的老大，完全忘却了他的存在。

待二人在三楼拐角处双双消失，老鸨笑容略收走近老三，把手一伸："拿来！

迷瞪瞪的老三还没转过神来："什么？"

"五十两银子。"老鸨白胖的手一直伸着。她吃定了这钱，此二人出得起。

老三吓了一跳。他知道，五十两银子相当于一个千总一年的俸禄。这娼家，真是令人千金散尽的销金窟。他笑了笑，又摇了摇头，从褡裢里拿出一锭元宝，递给老鸨。

老鸨把元宝一把攥住，顿时眉开眼笑。她识相，沉甸甸银子既已到手，便乐得大方一回。她捏着手绢的胖手招了招，不远处立着听命的姑娘低眉顺眼过来。老鸨把这姑娘推到老三身边："九香，今儿你就侍候这位爷。"

第十七回

柔乡翠雾

海盗郑直不承想，自己逛秦淮河，会逛出真正的迷恋来。

他自小被父亲安置在清江浦郊外一个村子。六岁时家里就用父亲偶尔回家带回来的银两，聘请了附近村里苦未中举、家境贫寒的秀才给他开蒙。稍大时，父亲又轮番派了两个拳脚师傅来教他武艺，其中一人还会使剑。乡野之间，对外都说亲戚来短住，倒也没有人细究。这师傅各自教上三五个月便告辞，嘱郑直自己在家练习。

父亲一两年间来一次，差不多总是夜里来，夜里去；但在家的日子，总忘不了叮嘱他要练好拳剑，保护祖母、母亲。问他功课之时，有时兴致好，便会说些更远的东西，嘱他有能力之时，要学孟子有大胸襟，知道民生疾苦。他听得总是似懂非懂，不知道父亲为何强调这个。偶尔父亲多住几天，也是足不出户，行动总不出家里的院子。有时候没头没脑，说些前不沾天后不着地的话，郑直记得最清楚的，是父亲说，凡人做事有错有对，错了就要认，绝对不能诿过他人，错了就要改，要有男子汉的担当。

祖母去世后，父亲在一个夜里带着人带着马车来，连夜搬家，将居住了多年的家从偏僻村子搬到了清江浦一处前院后屋的宅子。那宅子离运河的河湾不远，就在造船厂旁边，父亲说是看了又看买下来的。郑直记得，父亲像往常一样，家搬完，趁夜带人走了。家里添了两个童仆，郑直只管读书练武，母亲管家中大小事儿。当地里正清查人口，将他家登记为流户，就是外地来的。郑直记得登记的籍地是山东。这是他第一个疑问……母亲告诉过他，他们的老家是福建。他心中还有一个疑问，那就是，登记时母亲就报了一户两人，告诉里正，说郑直的父亲已经故去，生前是个木匠，开着一个作坊。娘母子无依无靠，带着积蓄来到清江浦投亲不遇，路途遥远回不了原籍，就留下来了。

郑直不懂母亲为什么说谎，也不懂父亲为何不在家中长住，每次回家皆是黑夜匆匆来去，还有就是，父亲到底是做什么的。年少时间，母亲不答，也不曾让他走读书人的应考之路。十六岁那年，有一日，接到父亲派人送来的书信，他跟来人骑马奔驰了几天几夜来到海边，又上了船，见到了躺在榻上病弱的父亲。他终于明白了，父亲为什么每次回家都那么谨慎，他究竟是干什么的。

父亲一一告知他，为何不能安然在陆地生活。因为姓郑，因为前朝的国姓爷，他总是活在会牵累家小的阴影里。而现在，又丢不了这伙手下的兄弟——这些人中，固然有抢劫行商的惯偷强盗，但也有途中遇见无家可归的可怜人，更有的是背负了血仇，见不得光，只有在海盗船上苟活的流民。

"你要选择自己的路。我走后，你不必上岸安葬我，把我放进大海就可以了。照料你的母亲。"父亲曾这样说。坠海之后，待众人把他从海中捞起来，没有一句话就走了。不久前当作平常闲聊时说给他听的这句话，他当时觉得不吉，现在知道了，那是父亲预感存年不久，在交代后事。

郑直记住了。当父亲身上覆盖着船布，在已割断了几条绳子的小小木筏上，随海浪飘走之后，他感到了天地间从此无依无靠的沧桑。再后来海盗们内讧，有人推举他出来当大哥，接替他的父亲拢住大伙时，仿佛命里注定，他没有推辞。父亲的死冲击着他。既然自己的血管里流着郑家的血，那就接受父辈的命运罢，或者说责任。也许，他可以担起这副担子；也许，有朝一日，他可以带领大家脱离海上漂流靠打劫客商生存的命运，在太阳底下顶天立地坦然做人。但在此之前，他得保证大伙儿能够活下去。

老三董青山就是那个来清江浦接郑直的人。郑直因此知道，父亲派他来，就一定对这个人有绝对的信任。这次和老三出来，本准备金陵的事一了，便回清江浦一趟。没想到在金陵，喝一顿酒，一念好奇，就此一脚踏进了碧桃苑。

妙玉自楼梯下来，走向那个手臂有刺青之人的时候，就已下定决心。她的下楼，她的接客，无一不是出自于她付出全部并想有所获的决定。青楼生涯，能把节烈女子变成荡妇，能把仙女变成夜叉，只要甘心堕落，或者听天由命。她，一个尼姑，一个出家人，如今迈不出院子半步。所得的选择人的自由，实质上是出卖自己的自由——向谁卖，这一丁点的挑选权利，还来自于她最原始的本钱：她的身体。妙玉不怀疑，她侍奉的神佛，早已抛弃了她，或者说，神佛从来不曾在她身边存在过。既然不甘堕落，既然不甘听天由命，那么，就保留那么一丁点属于自己的意志罢。

夜晚的秦淮河琴笙悠扬，桃叶渡口水急，流水哗哗响，远处传来唱戏声，衬得水更幽深。更多的是笑声，夸张的，得意的，尖利的，粗野的，从开向水面的楼里窗户里传出来，一叠一叠，推得水波摇荡。秦淮河像黑暗的深渊，它的波纹里，千百年来收纳了醉生梦死的人们多少及时行乐的声响。那些供人取乐的女子，是人还是物件，又有什么区别呢？除了秦淮河，谁又记得她们？

妙玉将自己交出去，交给那个买她一夜的男人。她任他腾挪，任他驰骋，她甚至用偶尔一现的笑容来鼓励。郑直从小到大，从未有过此刻的销魂体验。他指挥船队，远离海岸航行，寻找客商，劫掠结束，他会允许一艘船上岸，周围市集里悄悄接几个土娼上船。这是海盗们的生活方式，他也得遵从。他只守住了一条底线：绝不允许掳掠良家女子。

因为沿海水师官军的渐渐懈怠不作为，几年来，他们不曾遭遇过大规模的围剿。但他不敢心存侥幸。海盗们与银子买来的女子，有时上孤岛，有时就在船上，其行为之不堪，像猪狗一般令他作呕。他曾无数次想逃离海盗船，又无数次告诉自己，上了贼船的人，轻易下不来，自己必须及早止住这个荒唐的念头。

遇到妙姬，他仿佛在大海漂泊了许久之后，找到了春天的桃花岛。那白得发光的肌肤，那双黑水晶一样的眼睛，那份骨子里的优雅仪态，甚至那份欲说还休的沉默，都将这名女子与曾经相识的庸俗脂粉全然隔开来。他甚至忘记了，老鸨曾经向他说过，这名花魁是不轻易见客的，要见，也得过她的关口：对上她的诗句，而且得她喜欢。

红烛渐渐灭下去，夏天的荷花香气随着夜风飘了进来。妙玉在渐渐黑下去的空洞里，睁着眼睛，看着淡金色的帷帐渐渐模糊。她看到了。这位自称姓郑的人，手臂外侧靠近手腕的地方，刺眼地刺着一枚海螺。妙玉联想起运河的船上，绑住她双眼的布条斜歪之时，她所看到的螃蟹刺青，还有怪鱼。现在，同一个地方，她看到了海螺。

三个刺青，都与水里的东西有关！妙玉没有见过海，但她知道螃蟹，也知道海螺。她未离家时，记得家里有好几件家具，面板上都镶着螺钿。她的母亲曾用毛笔画过海螺的样子给她看，外边一层一层螺旋形纹路，然后在螺尾收住。母亲告诉她，这种叫海螺的物事，放到耳边，可以听得见海的声音，而海的尽头，就是观音菩萨居住的南海普陀，那是神仙之地。她的母亲还告诉她，那海螺的内层晶莹闪亮，像玉石，镶嵌在首饰盒盖、大一些的桌面上，磨平了，很好看。

"母亲，你见过南海吗？"

"没有。但母亲曾经在街市上见到过卖海螺——一个个地排着，在摊子上。

据卖海螺的人说，是从海里打捞起来的。"母亲回应，"这些海里的故事，都是他说的。"

母亲的声音言犹在耳。那个画海螺给她看的母亲，如果知道她心爱的女儿在这里，她会怎样？妙玉的眼泪无声地流了下来。她侧头望着身边那个业已睡去的陌生男子，前所未有地意识到，自被父母送到玄墓蟠香寺那一日，她就成为了一个孤儿。尘世容不了她，所以她得了治不好的病，父母这才送她出家。佛堂显然也容不了她，把她又推回到了尘世。那么，僧俗两边，她究竟是哪一界的人呢？既然都不是，她又是什么？

自己是没有出路的人了。那也无需再问来路。既然上天有好生之德，让她存活人间二十载，那就不能白来。她不相信，摧毁她是上天的旨意。因为，摧毁她，将她拖入苦海的，是活生生的人，是那些手臂上有刺青的人。与此刻身边的这个人一样。他们的刺青如此不同，又如此相似，其间必有关联。

第十八回

复仇之念

碧桃苑经营红火，除了不择手段充填年轻貌美的女子之外，另有一套理念。倪二出身贫寒，自小最在意的是吃饱，等长大有点钱在手，又在意吃好，最好再加瓶酒。在他的主导之下，来碧桃苑的客人所喝的茶随行就市，春饮新茶，冬喝乌龙、滇红；所食之物，也是料足味醇，客人无不满意。不但自有好厨师，卖进饮食的商家，倪二都是亲自挑选过的。等闲铺子倪二还看不上眼。

且说郑直一晚缱绻，清晨从天光中醒来，就闻到一股甜香。原来小丫头子已经把金陵有名的小吃整整齐齐放在托盘里，早端了来。有桂花蜜汁藕、梅花糕、赤豆酒酿小圆子、桂花糖芋苗，还有金龙蟹黄汤包，就放在床前小几上。

食物香气虽然诱人，郑直最先找的却是昨晚的妙人儿。他半坐起身子，看到不远处靠窗的梳妆镜前，那妙姬正在梳理她长长的乌发。漆黑光亮如同瀑布一般的头发长及腰肢，手像脂玉一般，正握着木梳一下一下梳理。郑直看得眼睛眨也不眨，这么美的画面，自他出了娘胎，就没见过半个。

他三下两下穿好衣裳，终于想起来，这是他昨晚寻芳的青楼。他明白了，难怪古往今来那么多人，为着有名的青楼女子一掷千金：世间真有苏小小，真有薛涛。还未开言，那妙人儿回眸，对了他淡淡一笑：

"公子醒了？一夜安好？"声音那样轻柔好听。

郑直这才想起自己嫖客的身份。面对如此斯文丽人，他有点尴尬，雅了不好，俗了也不好。他搔了搔头，竟然无话可对。

那丽人不再说话，把自己的头发松松地挽了一个家常髻，用一根玉色的簪子簪住，然后站起身来，盈盈走近他的身边。

"公子吃早餐吧。来，我来陪你。"

她把托盘轻轻抬起，放到屋子中间的红木桌上，抬手招唤郑直过来。

这么一唤，郑直的神智恢复不少。他谴责自己，怎能在一个青楼女子前失了分寸。从容整理好衣服，走过去拿起匙羹，享受金陵城的家常小吃。果然细

桃叶渡

巧甜香。

那丽人拿过筷子，给他的碗里夹蟹黄包。郑直恬淡地感受着，这一切是他从未经历过的。说话是安静的，食物是精美的，眼前的丽人是仙女一样的。刘阮天台遇仙，大概就是他这样的心境吧。他笑笑，又看看眼前的丽人，腹中找寻合适的词语。

妙姬坐在郑直左侧的圆凳上。她把自己的手轻轻覆在郑直的左臂上，悠悠开口："郑公子，你家兄弟手臂上，都刺了纹吧？"妙玉自顾自说，"昨晚，我看到了公子的手上也有。我猜是个记号。"

一句话让郑直清醒起来。她为什么说起这个？

那美人继续说："嗯，我遇见过一个手上刺了螃蟹的，还有一个，手背上有条怪鱼。都是令人难忘的两位爷。公子手臂上的，是一枚海螺。真是很有意思呢。"

郑直正吃着圆子，听到此，手中匙羹一滞："妙姑娘，你问这个干什么？"

妙玉要的就是看他的反应。流水般的客人，没有把握下次还见到，她也不是一个说话习惯婉转的人。即使在这种地方待了那么久。

"是了，是公子认识的，对吧？下次公子来，可以带他们一起来逛逛。我自小与家人失散了，早些时候，见过有两个手上文着鱼蟹的人，他们与我家有些渊源，我一直希望再见到他们。真希望公子认识，好带来给我认认是也不是。"妙姬抽回手，绕着手帕，声调又婉转又好听。

"妙姑娘，你可能弄错了。我是独子，家母只生我一个，所以没有兄弟。"郑直先回答第一个问题。昨晚的枕边人，现在说话内容这么奇怪，话语又那么斯文，郑直不好要粗，回应也不觉收拾起平日的豪气。

"是吗？"妙玉自顾自站起，嫣然一笑，站到郑直身边给他打扇。妙姬身体的香气随着团扇一阵一阵袭来，郑直头昏目眩，本已浇灭的心火又重新熊熊燃烧起来。自己是海盗！学那士子扭扭捏捏作甚，他对自己说。不自觉地，他的手扶上了妙姬的腰肢："不说这些了。唔……你那么美，我们……"他忍不住了，一下横抱起妙姬，大步走向床榻，她的肌肤隔着薄薄的纱裙，在他手下微微颤抖，刺激得他兴致愈发高昂。他已迫不及待。是的，说什么都多余。这里，才是他此刻向往的战场。

老三董青山一直候了三日，才见到大哥。他的眼睛似乎黑了一圈，但好像整个人重生了一样，全身上下闪耀着光，跟船上那个面色灰扑扑又常皱着眉的人不一样了。"糟了，大哥迷上那妙姬了。"这是他心中浮上来的第一句话。此前，他让侍候他的九香去妙姬房前看了好几回，回来都说门关着，见不到。今日终于见着了，但大哥似乎变了。

此地不能多说，大哥肯离开就是万幸。老三到了楼下，跟老鸨会了账：三百两银子。他没讲价，从褡裢里拿出银票给了，又在老鸨的千恩万谢中，和大哥出了碧桃苑。

"大哥，兄弟有一句话，不知当讲不当讲。"

"别说了兄弟，我知道。我们打劫人的，现在还被人打劫了，是不是这样？"郑直自嘲地说，声音压得很低。

"大哥明白就好。"

"老三，我从来没有尝过这样的滋味。这样一个人，即使不说话，你也会觉得拥有一整个世界，不想离开……这才是人生的滋味呀！"郑直跟他信任的老三，是可以说实话的。说之时，他脑子隐隐掠过妙姬说过的，螃蟹，怪鱼。嗯。他知道螃蟹谁的手上有，但不知是不是妙姬说的那一只；怪鱼倒不知道怎么个怪法。郑直心中忽然涌起一股不舒服的感觉，仿佛属于自己的宝贝，被肮脏的其他人的手摸过了。

老三点点头，他赶紧接上："大哥，客栈里的兄弟可能等急了。我们赶紧回吧，时间紧了，还要去清江浦呢。"

老三好容易把大哥催了出来，固然考虑到客栈的伙伴，等不到他们说不定会折腾出什么事儿来，更重要的是，他们与船上的兄弟是约定了时间汇合的。他们还要到清江浦，一是大哥探家，二是订两条船。这又得有几天的耽搁。而且，他不可避免地心中藏了个埋怨：这三天花的银子，差不多都够小半条新船下水了。老三扶着郑直下船，吩咐了船家走青溪，准备水路上找个码头上岸，雇车再回客栈去。至于付出去的银两其中也有他的花费，还有那个侍候了他三天的九香，早就被他忘到九霄云外去了。

那与郑直下棋后，喝了一场酒，拱手作别的柳湘莲，在这三天，和陈豹打马走过金陵城的东西南北。这座中心繁华的城市，同样在不引人注意的城边，生活着挣扎在温饱线上的下九流们。唱戏的，拉车的，做微不足道小买卖的，卖艺的，讨饭的……他们每日赚几个铜板，然后回到高楼华厦的边上茅屋里、毡房里，往往一碗粥一个馒头一碟咸菜，就是一餐。他们赚来的钱本就微薄，要积攒起来付房租，有家小的还要分出来一份养活妻儿老小。湘莲一路走，一路看，心中一团迷雾。眼前贫富差别那么大，两种人的生活，像是隔着鸿沟似的。

在淮安拿到的蔡监兑的银两，虽然小部分做了盘缠，大部分给了贫民，可是，对于贫民们终究是偶然的事儿。他此举救得了几户一时的饥寒，但救不了更多。钱花完之后，那些人家，是不是又会重新回到赤贫？他们的后代是不是也将重复一样的日子？他苦苦思索着。

从淮安来到金陵，这里同样是华厦与陋屋、豪富与贫穷、衣冠锦绣和流离失所同处的一城，与京城也没什么两样。看来神州大地，到处都是分层的。在最底下的贫民、贱民，无指望地做着那些一天只能挣几个铜板的苦力活计，又何时是个头呢。

柳湘莲想想自个儿，在京城不也经常典当东西换钱吗？父母留给他的基业，不也是不多时被他吃干当尽家徒四壁了吗？他也是贫民。现在只是抱了一个想头，做一个无法无天劫富济贫的强盗而已。

湘莲本来想在金陵再干一票的。一路上他打听了，上一任的应天知府是个旗人，来此地做了三年地方官，顿成巨富，离任时家产装了好几条船，不问而知财从何来。现任知府刚上任，为官还不知如何，看来也少不了成为一丘之貉。这仅仅是人的问题吗？想到了贫穷的源头，湘莲心中一阵堵，决定先按下此事。他问自己，对这个社会，除了劫富济贫这条路，还能做些什么？自己只有一个人，天底下贫穷之人那么多，到底也帮不了多少。何况，他一路强盗做下去，即使自己身法高明，但终究有一天，会惹来官府的注意。

他和陈豹回到朝天宫，用过观里的晚饭。油灯下，他第一次把陈豹当成可以谈心事的伙伴，谈世间的贫富不均。

陈豹早已想与湘莲探讨这个问题。"道长，我其实也一直在想，我和哥哥还有爹娘，一家四口一年劳作，为何日子过得还是紧紧巴巴？在山里躲人头税，躲徭役，这些纵然躲了，可是为何还过不上好一点的日子？直到道长您指点了我们。中间究竟是什么道理？"

柳湘莲对于陈豹有这样的想法，很是高兴。几个月来的游历，他倒也不是一味以道长面目示人。"人尽其力，地尽其利，货畅其流，我觉得是根本。"湘莲看着灯盏对面的陈豹，继续说："这么说吧：一个地方出产富余的东西，可以运到另一个地方，那里需要，就可以通过买卖换出钱来。相反，如果一个地方富余的东西，还在同一个地方出售，那这地方家家户户都不缺，也就不会买，即使买了价格也肯定高不了。那么，这些东西在本地就没有价值。但换个地方，同样的物事，值的银子就大不相同。你看是不是这样？"

陈豹的眼睛闪出火花，他想起了京城的货栈，想到了那些山里采来的药草，干果水果，后来一点点扩大规模所带来的盈利，还真和道长说的一样。"道长，我明白了。以前我总觉得，人有一双手，但让家人过不上好日子，只能怪自己笨。现在我懂了，仅仅会劳作、会采集是不够的，还要让东西流通到需要的地方去。这个过程，便可以生出钱来。"

湘莲道："是这个道理。但你看看金陵城，为什么有那么多人穿锦绣衣服，吃山珍海味，而有的人破衣烂衫，吃馒头就稀粥呢？他们都在同一个城里，有同样的机会呀！"

"他们家世不同。有人生来就在福窝里，有人生来就在穷人家。"陈豹沿着自己的思路回答。

"还有呢？"

"他们赚钱的能力不同。有些勤快的，赚得多一些；懒的，就少一些。"

"还有呢？"

"有的人节约勤俭，有的人花钱如流水。"

"很好。还有么？"湘莲继续问。

"穷人可以做的活计少，只有几样，差不多都是卖苦力的，卖艺的。归根结底还是卖自己，卖力气，卖嗓子，卖手艺。同样是卖，卖货卖东西的赚得就要多些。如果卖盐，那就是暴利。我知道江南最有钱的就是盐商。"

"那为什么不人人都去卖盐呢？"

陈豹笑了："道长，这个我就回答不上来了。"

湘莲点点头。他挑了挑灯烛，让它亮一些。他问自己，也问陈豹："你看，金陵城被一条扬子江穿过，扬子江又连着大运河，大运河北边是我们来的京城，南边连着杭州。而杭州的东边，据说是大海。我有一个想法，似乎由南到北，穷人们都在陆地上折腾讨生活。江湖里有鱼虾，那大海应该是很大吧？那海鱼海虾应该也有吧？那得有多少？如果组织人把鱼虾捞上岸，可以让多少人吃饱？吃不完的，卖到这热闹的金陵城，你说，是不是可以赚不少钱？"湘莲越说越兴奋。

陈豹跟着湘莲的思路走，听到这里，他眼睛亮了，随后又黯淡下去："道长，这个我知道。我家祖上是从南边逃到北边的，据我爹说，浙江、福建这些沿海的地方，早已不准渔民出海打鱼，说是朝廷海禁。渔村、渔船、渔网这些都荒废了。还有，海边住的人全部被命令后撤二十里。出海捞鱼虾、以海为生这条路，现在走不通了。"

湘莲想不到陈豹居然知道这么多，他不知道的事儿。兴趣上来，便接着问："那为什么海禁呢？海里有鳄鱼么？"他想起了韩愈曾经在广东潮州府向鳄鱼宣战。《祭鳄鱼文》，读书人都读过的。

陈豹挠挠头，不好意思："这个我可说不好。我爹倒说过，老一辈人曾经闲聊，说本朝康熙爷时，郑家在福建跟朝廷闹对立，官军一到，郑家的船就跑到海上去，官军无奈何。后来郑家又去了台湾，留下了一帮子人，便一直在峡湾里折腾。有跟官军作对的，也有当了海盗的。官军的水师新建的，下海打仗不行，那怎么办？康熙爷就下令禁止渔民出海，又让渔村搬迁内地。那在海上的船，要上岸补充淡水，还有食物，渔村没了，他们又不敢深入腹地，就渐渐地灭了。说起来，这海禁真的厉害。"

柳湘莲听得津津有味。这些本来就不是他，一个曾经的京城公子哥儿此前所愿意了解的。是他抛弃了世界，又被老道士捡回一条命，观里岁月，再把他的心胸打开。体会与以往不一样的人生，削去眼中的人间不平，是他踏回红尘的信念。一直苦于没有什么好办法，今晚听了陈豹一席话，倒是顿开茅塞。

他忽然一念生起："你刚才说，现在没有海盗了？"

陈豹："应该没有了吧。在淮安，我听到馆子里有人叫标总、千总什么的，朝廷好像有水师在那儿驻扎。如果没有海盗了，那就不知道水师准备对付谁。"

柳湘莲脑子里想起了大运河，扬子江。既然大运河从南到北开通之后，从此商旅不再如古时候的骑马赶路，上京赶考都需要半年几个月。那么，大海岂不是天然的、无需开凿的大运河？大海有多大，自古到今，没有人说得清。海运！这得有多大的运力，又有多大的潜能啊。他想起了庄子的《逍遥游》。鲲之大，不知其几千里也。嗯，有这样的鲲，当然大海就得是无边无涯呀。

他的眼睛熠熠发光："豹子，我们过两天，去看看海，如何？"私下，湘莲就是这么叫陈豹的。

"好啊！"陈豹一拍大腿。他终于知道了自己的内心，清楚知道自己为什么要丢下父母兄长，跟随道长闯天涯了。因为和道长在一起，生活会精彩许多，你永远想不到，道长明天会蹦出个什么主意。也许自己，也是不甘于守着一处铺面过日子的吧。

他笑得像个孩子，眼睛热烈地看着柳湘莲："那道长，我们去哪里看海呢？"

"不是说杭州东边接着海吗？我们去杭州！"

第十九回

南船北马

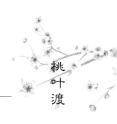

漕运总督顾琮自拿下蔡监兑之后，衙门整肃了好些。他深知今上最恶贪官污吏，因此借着这股风，一一查账。连根带蔓扯出来好些。顾琮又将有资质接任的官吏一一约见，定出名单，派了上任。这一降一升，升者感激总督提拔青眼之德，从此便紧跟总督；降者未来得及串通，即被拿下或解职交与审问，完全溃不成军。总督威信就此立起。但顾琮知道，他用来破局的信息来自于无头帖，而发无头帖之人，却是不折不扣的无法无天。因此他交代了审讯之人，务必问出线索。

那蔡监兑见湘莲之日，只听其声，未见其面，因此只供出，来者一口京腔，身材修长，手中剑似乎是一把古剑。其他说不出什么。淮安乃漕运总督府所在，治安亦由总督辖治，因此，总督密派衙门捕快，在辖区内梳理外来人口，找寻线索，均无果，倒是南门贫民无端得银一事民间传扬开来。顾总督判断，一边窃银，一边得银，多半二者相连。这窃银动机，在"替天行道"四字中已说得明明白白。他也不派人追回贫民手中银，无头帖之事只放在心头。

那郑直与老三去的清江浦正是淮安属下地盘，位于大运河中枢位置，有南船北马、天下粮仓之称。明清两代极盛，与扬州、苏州、杭州并称运河四大都市。这地方如此出名，不唯地理位置，还因此地建有官营造船厂。围绕船厂，又衍生出冶铁厂、铁钉厂、木材厂、帆布厂等，下又衍生出若干手工作坊。造船是大工程，用工甚广，不少务农贫民农闲时来此做活。有木工、铁匠技能的薪酬高一点，无技术有蛮力的也尽有活可揽，因此清江浦日益兴旺，周围竟发展出一个完整的市集。郑直离家三年，回来见清江浦变了模样，倒与老三感叹了一番。

二人先投客栈。天黑，才从位于城边的客栈出门，骑马去了郑母所在的街巷。郑母持家有方，天色一晚，便让小仆关门。郑直到了之后，拍门拍了一会，方才得进。郑母见儿子回家，喜不自胜。她对郑家父子俩所做事隐隐了解，但守着在家从夫、夫死从子的妇道，从来不问。见儿子带人回家，便忙着做饭做菜,转眼端上来,又看着儿子大口大口吃下去,心中说不出的慰藉。

待儿子饭毕,她告诉儿子,这一年来街巷里正查人口甚勤,近来尤其频繁,她一概都报了儿子在外经商。

"儿子,我这样说,没问题吧?"

"娘说啥就是啥,没问题。"

"我琢磨着里正老来查,是不是要拉儿服役。如果是,那怎么办?"郑母不自觉地皱了眉头。

"娘不用担心,儿子用银子抵役就是。"郑直对此早有准备。他看看老三,老三连忙身边掏出银票,双手递过一张五百两的给郑母。郑母看看儿子,便收下了。

郑直与老三在郑家老宅美美睡了一觉,次日一早天蒙蒙亮,便起身往造船厂而去。在周围盘桓了两天,又问讯又悄悄发送银钱,如此辗转多番,这日晚间,他们终于约到了船厂主事到一家僻静的小酒馆;又要了个隔座,好酒好菜地款待。

酒过三巡。看看气氛差不多了,老三拿出几张银票,直接放到主事面前桌上:"这点意思,主事先收着。"

面对一次送上的三张一百两银票,主事眼睛亮了。

主事姓何,在船厂任职多年,人又精明,见来人如此大礼,自然知道有所求。当时朝廷造船由兵部管,由于二三十年来并无海上战事,故督办船厂之事,便多有松懈,里头主事、工匠偷工减料的多有。他猜想何事需要送这么大份礼,但想来想去想不出来。

"二位公子,能否告知所为何来?"

"我两兄弟想订做条船,运河里运货,做些买卖。"

何主事思考了一会,与郑直商量:"公子您看这样如何?材料,我用官船一样品质的;造船,则放在隔壁河湾里一个小厂,我表弟开的;师傅么,我让他们下工或者轮班时去做,可以放心。"

郑直知道,这意思就是会用官方的材料和师傅,来造自己船的意思。他很满意:"有劳!这是图纸。"

老三听了,忙展开早已画好的图样,恭敬呈给主事。

主事接过图纸看了,眉头不觉皱了起来。

"可是,公子,这是两层船啊!"他的牙齿磕巴起来。两层,一般用作战船,而不是货船。他被自己的念头吓了一跳，银票在手中捏得紧紧的。

"是的，下边运货，上边载人，这样人货分开，运的东西多，雇船的人也会多些。"郑直笑着说，"而且，我们要两艘。"

老三看主事犹豫，便按照原来计议好的，递上一千两银票："这是定金。三个月后，我们兄弟会带人来，到时候把剩下的一千两付清。您看如何？"

这主事脑子飞快地运转。两艘船加一起，又是两层，尽用官方木料、铁料肯定不行，大头还得在市集上买。这样下来，两艘船的毛利大约有五百两；派给工匠们的工钱顶破了天也就二百两，自己和表弟每人至少一百五十两入袋。当然，这还不包括现在自己手中的这三百两。

想想自己一年十二两银子的俸禄，他下了决心："两位公子，一般货船只一层，这两层船么，冒的风险会大一些，这一层意思必须先跟二位说明。既然两位公子如此慷慨大方，我就应了。"

老三从褡裢中掏出笔墨纸砚，轻手快脚，现场倒了茶水在砚中，一支墨磨得墨池饱满，请主事写个收据。他边递笔边说："主事大人一看就是做大事的。帮助我兄弟，情谊记住了，这就请画个押。"

那主事被称"大人"，心下欢喜。他再看看手中图纸，那底层的窗户似乎多了点，船身尺寸大，想想也没啥，便没提。立字据之事，他想了想，拿了人家那么多银子，不写收据别人也不放心，也不合理，心下想定，便提笔写了。约定八月十五后三日内交船，地点就在表弟私开的船厂所在河湾，地点也详细说了。

约主事之前，郑直与老三详细打听了，这何主事还算敦厚，说话算数，平常也还照应船工们。既是朝廷船厂的主事，虽然没有品级，那也是在册之人，不怕他携银跑了。二人见此行顺利，便收了字据，又和主事喝了杯成交酒，各自告别。

订船之事，郑直盘算已久。既然办妥，便让老三回客栈，他要回家陪伴母亲一晚。头一天为着不惊动邻里，他们都是回的客栈。用的当然是假名。

提船的日期正好，郑直一路想着，那妙姬与他缠绵多时，情浓时说她生在中秋佳节，八月十五月正圆的时候；她又在他的耳边说不舍得他，能否在她生日那天来为她做一个生日会。郑直一一听在耳中。为一个烟花女子过生日，郑直不会，但如果日期与提船的接近，那打马去一趟倒也无妨。他忘不了那娇艳的面容，细腻的肌肤，柔滑的腰肢，以及无尽的低语呢喃，还有贴在他身底下，令他飞魂摄魄的所有感觉。郑直想起碧桃苑的三天，嘴角微笑。生而为人，食色性也，孔老夫子早已明白，人，总是离不开这些的。这些年，自己也是束缚自个儿太久了。

令他不可思议的是，透过妙姬，他居然觉着了二十来年所未品尝过的生命的甜。作为海盗，他以为自己和父亲一样，所品尝的只配是腥咸的海风，相伴的只得是亡命之徒，还有海里的鱼虾贝蟹。他问自己，这甜蜜回味，仅仅来自于一个男人的一次寻芳之行么？是，也不是。因了妙姬这个女子，他触到了天堂。这女子是如何来到青楼的，他管不着，也无需问；他只是感受到了身体的巨大满足，还有灵魂飞升的刹那，那种类似幻灭又升天入地的感觉，他更是第一次感到，人似乎是有灵魂的。在他们合二为一的时间里，她的灵魂，是贴着他的。她使他强大，她使他圆满。

此刻，郑直脑海里闪过的妙玉，正在参加老鸨要求她出席的晚宴。

自直觉告诉她，手臂上有海螺的客人，与螃蟹、怪鱼应有牵连之后，妙玉说服自己，要当那个有廉耻、有仇恨的自己不存在。她派给自己的任务，就是要牢牢吸引住那位姓郑的，尽管妙玉中心猜测，这"公子"多半不是什么良人。为此，她以海螺客之喜为喜，以其乐为乐，刻意逢迎，配合他上九霄，也配合他平沙落雁。在难得的闲暇，她为他抚琴，没忘却适时地回眸一笑；她在铺榻之上抚琴一样抚遍他全身，只为他从此迷醉。她把自己投身于熊熊烈火，只为了能使他离开后多想她一秒。

她要羁绊住他。

她，一个弱女子，一个世上无依无靠之人，除了自己业已破败的身体，还有什么倚仗？世上没有人惦记她、救她出火坑，那就干脆灭了这个念想。她不止一次告诉自己，存在只有一个意义，那就是复仇，那掳走她人生的强盗如此轻蔑，把自己踏于足底。如果不是那伙人一念之贪，还惦记着她还可以抵作几文船资，自己早已冤死在大运河底，无声无息。

这是一个多么残酷的世界。如果知道自己身有此劫，她又何必留在人世受此摧残羞辱损害？去它的观音菩萨，去它的佛祖，这些神仙肯定不在人世。他们看不见罪恶。或者，他们看见了罪恶，却保持了最可鄙的沉默。

陶家老鸨三天得了三百两银子后，终日眉欢眼笑。这才是碧桃苑花魁的身价。她得陇望蜀，希望妙姬多见一些客人。本以为妙姬会像从前一样一口回绝，结果，妙姬言语之间有了松动，同意见客，但说得坚决，告诉老鸨，是否留宿客人，她自己做主。老鸨听闻妙玉同意见客，心中已是大喜，因为她每一次见客人，院子肯定有进账，好过镇日只管对诗，十天半个月不见一个人的清汤寡淡。想起这是一棵不可多得的摇钱树，她叫进一个刚买的留头小丫鬟椿儿，派给妙姬作使唤丫鬟。妙姬受了，说了院子里给她的胭脂水粉甚不合意，椿儿可以替她出门采买，至于脂粉钱，妈妈看着给。

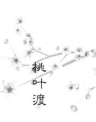

老鸨面上点头，心下暗笑。来之时那么三贞九烈，自己差点动了皮鞭；最后虽然让了步，见个客人还要对诗挑剔；现在却挑剔起了胭脂水粉。老鸨得意于自己手腕，自信自家训人无数，还没有拿不下来的雌儿。这妙姬既然入了这个行当，认命也只是迟早之事。训服此女，只是多费了番工夫而已。

派小丫鬟椿儿之事，在老鸨心中，也是不说破的一桩交易：妙姬让了步，她当然也应有所表示。放得长线，钓得大鱼。她从自己第二任丈夫身上，也学到了一些。自派了椿儿起，妙姬房门口的家丁打手也撤了，不再整日盯着。老鸨只是叫了兴儿来，命她这个继子，大门口守好了，一定不能让妙姬出去。当然，椿儿处，老鸨早私下狠霸霸地命令：看住妙姑娘，如果有个差池，定揭了她的皮。

妙玉没挑诗也没提刺青所见的第一个客人，正是苏州来的客商。妙玉还在玄墓蟠香寺出家之时，他进香时见过她。此客商多年前闻听妙玉被师父带了去北京，后听说被请去荣国府，酒宴之中认出，因此诧异此女为何会来到这里。后又想，如这烟花女子真是那蟠香寺的妙玉，应不愿家乡人知晓其沦落至此，便当了面也不询问提起。

妙玉自不认得客商。她只是听到乡音，内心翻滚。那客商借碧桃苑宴请朋友，花了五两银子由头牌陪坐，只是抬高宴客规格而已，对她倒无其他要求。妙玉抚琴一曲毕，像棵花树端坐一旁；隔座射覆行令，热闹不堪，并不曾入她的耳。她听着客商柔糯的苏白，百感交集，脑子里不断闪出儿时记忆。姑苏，那里是她已回不去的故乡。

第二十回

改劫为商

郑直清江浦之行，是漂泊生涯的短暂放松。当母亲感叹自己眼睛花了，腰身也不再灵便，问他何时能够再回家之时，作为儿子心中歉疚，一脱口便告诉母亲，八月十五前后还会回来团聚，而以往，他是不会说这么具体的事儿的。郑母听完微露笑容，转头又叹一声，不知何时可以看得儿子成家。这下郑直沉默了。母亲身处市井之中，儿子神龙不见首尾，邻居们难免疑惑，纵然吃喝不愁，终究还是孤单。他心里想，如果按照他的思路，带着弟兄们上岸，也许会是个两全其美的主意。这事不是一天两天能办成的，也许是时候给母亲挪个窝了，毕竟自己此前干的事，可能给母亲带来天大的风险。

辗转反侧了一夜，郑直一早出门，去客栈与老三汇合。离约定的江村接应时间，刨去必需的路程，日子也差不多了。此行令他丰沛，也令他不安；有期许，也有忐忑，但更多的是实践自家计划的跃跃欲试。

郑直与老三策马沿大运河南行，夏天将尽，金风送爽，有树叶被风吹了，袅袅娜娜飘在马前马后。他不知道的是，自己前脚离家，后脚里正就进了家门。

原来郑直两晚住在家中，虽是晚上，但邻居听到了马嘶声，开门关门的声音。次日一早遇到了郑家雇的小厮，知道了郑家儿子回来之事。清江浦街市嘈杂，人来来往往平常，本不以为意，正好遇上了里正拿着账簿又来核对人口，有人随口说及。里正便顺脚走到郑家查问。

康熙时期，因为朝廷四处用兵不歇，统查户籍之事没法那么严谨。雍正皇帝上位最初几年，也为了应付内忧外患，人口计税之事上上下下空隙很大。执政后期，颁布了摊丁入亩、士绅一体当差一体纳粮，以及火耗归公政令之后，下一步就是彻查人口以定税基。因为这个国策，上千年的贱民制度就此摆上了台面。雍正采取的是满汉分开，一方面保留了八旗制度，允许继续存在主奴关系；另一方面，从推动社会稳定繁荣着眼，决定废除贱籍。

雍正颁布的这一项法令俗称废奴令，实际上废除的是存在了一两千年，自明成祖以来异常严厉的贱籍制度。以往乐户、匠户、仵作、牙人等，他们的贱籍世代相传不能改变，贱民不能当官、不能科举、不能跟普通人通婚，他们的子女也同样是贱民。废除贱籍后，这些人以及他们的后代可以参加科考，可以跃升阶级，成为大清子民。也就是说，匠户们和农民一样，可以自由迁徙，出卖劳动力和技艺。

此举在民间赢得了仁政的名声。然而，既然贱民脱了籍，有了权利，那就有了服徭役和交税的义务。因此，各市集各村落最基层的乡官里正，他们清查辖区人口，比废奴令颁布之前严整规肃多了。郑家住清江浦北边儿，这里的里正上任三年有余，家家户户走遍，故其知道郑母素日一主二仆在家，其子从未露面。今日既听得消息，便上门查问。

郑母见里正到，迎了进里屋，又忙着提了茶壶，亲自倒了杯茶放在桌上，请里正饮茶。见里正一脸和气，心下稍安。

"听说令郎回来了？能否见见？"里正是个有涵养的人，他待寒暄毕，方问郑母。

"我儿回来过，又走了。"郑母见官老爷上门，心下便惴惴。

"令郎不知在何处做事？"

"我儿郑直在杭州做生意。"郑母按照郑直教给她的说与里正。

"做什么生意呢？"

"这个……贩些丝绸茶器，沿运河一路做些小买卖。"

里正翻了翻此前的记录，又问："尊夫来清江浦前，是做木匠的，是吗？"

郑母赶紧答："是的。开有一间木匠铺。"

"现在朝廷废了贱籍，木匠的后人可以不做木匠，但和其他子民一样，要服徭役，修桥、铺路这些，朝廷也需要人手。令郎回来须来我处登记，等待官府征召。"

郑母连声答应："我儿晓得。他留下了银钱，说是按朝廷制度，可以以银代役。"

里正见郑家母子早有准备，便让郑母改日去其办公所在交银，又再次确认郑家是否有田产，郑母赶紧告知，实无田产。里正登记了，这才起身。

走过天井，里正闲闲地问："令郎孝顺，这中秋节万家团圆，该会回来吧？"

这句话问得突然，郑母不防，只好回答："我儿说回来的。"

里正点点头，这才迈出大门，自行离去。人虽然离了郑家门，心上却是存疑。按照郑家邻居的说法，郑家儿子几年不回，这次是晚上回的家，似乎待了不止一日，然而白天并无一人见过此人，也未与周围邻居走动。按理说长期在外，拜托在其不在家时左邻右舍照顾老母才是，可见于情于理不合。至于贩卖丝绸茶器之说，郑母一身布衣，儿子既是孝顺，为何不为母亲做几身丝绸衣服？虽说可能郑母俭朴，但既然雇得了小厮，又是家里生意，这行当里的顺手之事，如何不做？衣服也就罢了，那桌上茶具，尽是粗瓷，也不太像做瓷器生意之家。

这些落在里正眼中的破绽，倒还真是郑直的布置。郑母俭朴，不愿着缎，郑直觉得不招人注意也好，故随了母亲，至于喝茶用何等茶具，郑直本身就不曾在意过，母亲用惯了的东西，粗瓷细瓷，又有何区别？教母亲说做生意贩丝绸瓷器这些，也是因为江南做这些的最多，故顺口告诉母亲。没想到郑母照样一说，倒被里正留意上了。

这郑家儿子还真是神龙不见首尾呢。里正脑子里也是一转念，平常也就罢了，他多想这么多，是因为此前总督府的捕快班头曾秘密告知辖地各府，又由各府一级级转达了最底层的里正，说是辖区内出现了飞贼，专对官宦人家下手。如发现可疑之人，须严加注意，一有动静，立即报官。他想着自己辖区一百来户人家，恐怕只有这郑家有些疑点罢了，也未必真有事儿。话虽如此，他还是决定中秋前后再来一趟，亲眼见见郑直，自家心里也踏实。

想到此，他折转方向，走向郑家左邻。进门后，方告知来意，要这户邻居如知道郑家儿子再回，定要前来告知。

于这里的平民而言，里正便是管他们的地方官，邻居如何不答应？早诺诺连声，恭而敬之送出了里正。

郑直自然不知里正察访之事。他与老三一路打马直往杭州湾畔江村。此前带来的两伙伴，在他们去清江浦前已经先遣了回。虽然与船上各人约定了碰头日期，但旅途变数多，早一日晚一日的正常，派两人提前守候，如遇官军巡查，也可岸上海上两边示警。还好一路顺利，不一日到了江村。

江村不大，本来人家也就二三十户。有一条发源于附近山峦的小河在此流进大海，原本是宜居之地。渔村因着禁海令，在康熙朝后退迁移二十里，因此村上人家为之一空，四周都是荒芜的田亩，风景倒是宜人。村民们打下的水井还可用得，更因此地三围青山，一湾碧水，比别处隐蔽得多，因此成为海盗们常取水之处。平常偷偷送人上岸深入市集买的粮食衣物等必需品，也化整为零买来屯在此处。村子虽荒废，空屋子尽有，聚在此地倒是安全。

此地被选中还有一个更重要的理由。这里的海湾因山势阻挡，风缓水平，沙滩平整，水中并未发现暗流，船只靠岸安全，因此被郑直看中。他带老三出发之前早已交代，让海盗们一起来此聚齐。

郑直作为下辖九十来人的海盗头儿，一直为群盗此前管束松散，略放松些便肆意杀戮而头疼。他深知海上做无本钱买卖，这些亡命之徒，才是他真正的战斗力，另外那些被生活所迫加入海盗的，听命则可，但行动中往往遇事拖延靠后，少了股狠劲儿，事倍功半常有的事。郑直与老三商量了对群盗进行整顿，故安排了群盗上岸。现在资金充裕，尚无需打劫度日，正可展开计划。

郑直与老三到得江村，会上了先派回来的两人。正午，远远看见蓝色海面，一座小岛背后，转出了四五条船，桅杆上绑着一条白色的布，正迎风招展。船只越驶越近，白布上隐隐可见蓝色海豚形状。知道是兄弟们如期来到。

这海豚，就是妙玉看到的怪鱼了。

福建一带，渔民们不知何时产生了一种奇异的信仰，认为出海所见的海豚是保佑渔民可以安全回来的妈祖化身。这个风俗北传到浙江与福建相接地方，又沿着海岸线传开来。海盗中有人提过，海上最大的敌人不是官军，其实是飓风，挂个海豚旗子可以保佑大伙儿。茫茫大海，任谁都免不了有无助之时，有个寄托也是好的，故郑直父亲在世时，从安定人心计，接受了这个说法。他令人找了块白色阔幅布，根据那提供信息的海盗所说，用靛青绘了第一面海豚旗。后来几艘船都挂了，两条水纹之上，一条弯弯的海豚正在跃起。这面旗帜，海盗们都喜欢。平时群盗聚一起时，旗子落下，遇到打劫目标时，便统一挂上，以资彼此辨认，接战时亦可助声威。

郑直不在期间，船队由老二常天柱统领。这二当家的身材彪悍，不爱用火器，只爱耍大刀，外加海上掷飞镖，眼神好，准头足，因此一直是郑家父子左右手。郑父当家时，此人带了十几人来入伙，这些人自然顺理成章听命于他，因此，常天柱虽不足以领袖群盗，但辅佐郑父及郑直，却是一股稳定的力量。

太阳升到头顶，海边天气炎热，郑直带着老三几个，在树下边议事边等群盗上岸。空屋里找出的陶罐碗碟，盛放着刚从井里打起来的水，郑直们边喝水边望向蔚蓝大海，白云悠悠，帆船点点，一时间心旷神怡。

船只一一接近岸边，群盗下了锚，涉过浅滩的水，一一向头领见过礼。郑直让群盗先搬屯好的物资上船，边叫过老二常天柱来，与他商量自己的计划。

那常天柱起初颇有想不通之处，郑直一一说明。二人争论了不少时间，后常天柱想想，从长远看，老大说的也在理，便点头依了。

隔着一大片水面搬运一袋袋粮食、一罐罐淡水虽是不易，但群盗是做惯了的，倒也没花多少时间。堪堪忙完，郑直招呼了大伙儿一块围着圈子坐地。

郑直说与群盗的是，他决定改劫为商。是的。他与大伙儿商量的是，以现有的武装力量，自己护自己的商队，南北贩运。那福建武夷山的茶，更南边听说广东有外边来的稀罕钟表等，可以运来杭州湾，沿大运河北上一路行销；或者，干脆北上到黄海、渤海沿岸。大海那么大，只有不遇飓风，他们的船队便是安全的。规模可以先不大，可以走走看，试试路子。

头领这一说，海盗们一下哄然。劫道的变商人，这是他们这帮子亡命之徒想都不曾想过的。

"头领，那我们还是海盗吗？不做海盗做良民，那当初俺投奔来做甚？"一名海盗直接站起来发问。

郑直站了起来："兄弟们，那我们想想，当初为什么做海盗？不就是陆地上过不下去了吗？如果可以做生意赚钱，何必一定要抢别人？现在朝廷还没有对付我们，但终有一日，官军水师会海上围剿，大伙儿信不信？"

"官军来就是了，也不怕他们。弟兄们烂命一条，怕的不是好汉。"另一海盗也站起来说。此言一出，周围四五个人齐喝彩。

郑直知道，海盗们手上尽有沾过血的。这些人的顾虑是，一旦去当良民，便失去了对于仇家的威慑力。但海盗船上，也还有许多手上没有血债的，他们欢迎这个新策。而这些人，正是郑直争取的对象。此前他反复告诉自己，话要说透，人心要尽可能地争取。

郑直双手抬起，往下压了压，示意说话的两人坐下。

"老头领在日曾告诉我，他听说东北方有个扶桑国，最喜欢我们的丝绸、茶叶和瓷器，那边的价格是我们产地的五六倍甚至十倍以上。我的意思是，等我们准备好了，壮大起来，也许可以春夏两季顺着风望北边走，秋冬两季，则把北边的东西乘风贩来南方。船上物资如果一路卖得好价钱，那不比抢人的风险小很多？"郑直继续说，"前三月抢福建的那艘货船，遇到了硬爪子护镖的，不是还折了几个弟兄吗？"

海盗们想起三个月前的那场血战。海盗们靠近货船，跳船过去与镖师、水手搏斗，虽然最终抢得不少货物，但凶险程度确实令人心有余悸。那些被抢过的货船一旦都请了海上镖师，或者下次专程来报复，那么海盗伙将会一直减员。这一年来陆上生活安定了好些，几乎没有人再来投。海盗这边则减一个是一个，也许无人再来投奔也未可知。如头领所说，待官军得了朝廷命令决心剿匪，终有一日，这支人马会灰飞烟灭，像海上的浪花一样消逝无踪。

郑直又抛出他的第二条计划。"这次我到了清江浦，订了两条大船，比平常货船要高，有两层，帆也是新式的，双桅帆。弟兄们想想意味着什么？意味着我们在海上可以取得高度优势、速度优势。这是为了防着不测才订的。因为浙江驻有水师，我们的船只太旧了，吃不了多久风浪。怎么办呢？我的意见是，这几天趁着这里安静，大伙儿就在这里训练，弓箭、火器、飞镖、刀剑，都要练。这方面，老二负责训练大家。我们的力量强，计划才行得通。古人说过居安思危，这个道理是没错的。"

群盗这才听明白，不是要放弃海盗船，而是要以海上本事做护卫本领，到扶桑国赚大钱去。当然他们也知道扶桑国指的是什么。群盗一个个交头接耳，意有所动。特别是船只老旧，确实是现实问题，这次来江村的只有五艘，还有一艘在出发之前，发现船舱木板扭曲漏水，只好报废。入伙三两年还年轻的海盗，想着可以南来北往看看大千世界，又有盼头过安生日子，甚至娶妻生子也有可能，眼睛里便冒出光来。

常天柱见火候差不多了，便站了起来，声明支持头领决定。他为人粗豪，他带来的一支人马又是人数最多的，既然他不反对，其他人心里还有嘀咕的，便闭嘴不再吭声。

因为怕招来意外，群盗不能长时间在岸上，郑直便以五日为期，分了十八人一组习练武艺，各组分了小头目，由老二统一训练。老三细心，补充了几句，各组派人每日轮番做饭，他又担心生火冒烟引来意外，又在通往村落的大路上设了暗哨。巡哨之人如见有生人接近，便来报讯。

诸事安排完毕，群盗在老二常天柱的组织下开始统一习练。郑直则带着老三董青山四处巡看。火器金贵，也因弹药补充不易，陆地上也不能发出大声响，这次便不在练习之列。每组人飞镖的飞镖，射箭的射箭，舞刀的舞刀，各人需熟练一门功夫，至于练什么，则可按自己的臂力眼力还有各自喜好自己选。郑直与老二、老三商量过，练习不求精度，只求人人臂力增进身子灵活，飞镖射箭的准头以后可以再练。只要大伙儿都有意识地练习，组合起来，战斗力应该可以得到增强。大伙儿有了尚武精神，自会习练，这样也好过遇事总是几个人打头阵，分赃时又总是有吵嚷。

一时间，江村海滩一片闹腾。众人脱了上衫，光着上身习练。刀剑对招时会伤人，便削根木棍替代。

这是海盗们头一次有组织、有目标的练武，众人有新鲜感，又有比拼武艺炫耀的意思，各人练得起劲。他们的手臂上，大大小小，都文着海里的物事，每人一个，但纹路绝不重样。这是郑直之父早先立下的规矩，入伙之人先文身，这是预着有人脱离叛变。海盗们入伙时皆发过誓，与其他兄弟互相救护，永不出卖背叛组织。他们知道，如果有背誓行为，凭着手臂上印记，即使逃到天涯海角，终有一日也会被执行家法。

第二十一回

杭城青衫

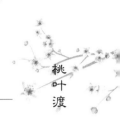

郑直练兵的江村，在宁波南面约百里临海处。江村对面，是茫茫大海，还有星罗棋布时隐时现的大小岛屿。阳光通透时，大的岛屿郁郁葱葱，肉眼可见；小的岛屿像一尾鱼，静悄悄立在海面上。早晚有雾，或者海上起风时，便像海市蜃楼一般，真假莫辨。他的海豚船队，因为舟山大大小小的岛屿众多，容易藏匿，故此常隐藏在某个小岛附近，且时常换地方。现在从海岸望过去，只见大海茫茫，大岛小岛，都只是视野中大大小小的点而已。

海禁与迁海令开始于顺治。康熙在朝时，借收复台湾之机，沿海贸易曾经短暂开禁，后因自南洋来的高大货船源源不绝，康熙担心数千人在海上，不知何时就会登岸停靠，酿成不可控的乱局，又再次叫停。雍正五年为沿海渔民生计，还有海关税收的考量，再次开南洋海禁，浙江、江苏沿海严格说来一直未开，但原先设立的闽、粤、江、浙四大海关一直未裁撤，浙江宁波府一直收税，因了浙江杂税少，收税比粤海关要精简，不少南洋来的货船纷纷避开粤地，前来宁波报关。因担心朝廷海贸政策又改，因此船只比起鼎盛之时已是少了许多。

朝禁了又开，开了又禁，时开时禁，于底层的关口税吏看来，朝廷也就是像睁只眼闭只眼，或者打定主意看看再说，故来报关的，也就登记了。

郑直船队此前伏击的正是来报关的独立货船。他知道自家轻重，成群的船队是不敢硬碰硬的。被洗劫的货船到岸后向官府报案，但因朝廷水师多年不用兵，船只陈旧，兵不习战，因此按下了。但郑直知道，这种海上打劫的黄金时代不会太久了，他的忧患意识自此而来。好在郑父在生时管理得法，海盗伙约束得住，至今尚无船上弟兄叛变情事，因此海豚船队得以岸上补水补粮食，喘息至今。

今次清江浦一行，见母亲腰弯了，眼神也迷蒙了许多，知道母亲老了。遂下定决心，无论千难万难，必须得带领海盗船拐弯，转为自己护航的商队。为此布局可能还需要不少时间，但既开始了，好歹也要坚持下去，终得一日，可以奉养老母，承欢膝下。那老三本浙江乡民，颇识得几个字，因得罪当地豪绅，当地过不下去之后，因了一个机缘方才入的海盗船。这次出来销赃订船，与头领情谊更深了一层，得知了头领想法后，他心头倒是一宽，觉得民间秩序渐安，既然世道变了，那么走入正途确是正理，遂支持头领决定。

老三知道，哪怕宋朝的水泊梁山，那样掀天彻地，也有被招安的一天。远的不讲，单说康熙爷在朝时，就是接收了郑成功原手下施琅投诚，这才有了康熙二十二年攻台的主将。施琅获侯爵封赏，其子施世纶为官清廉，身故后朝廷钦赐祭葬，备极哀荣。可见有本事的人，转过身来，也未必没有饭吃，没有路走。今上雍正帝铁腕人物，招安不太可能。老三觉得，终有一日朝廷会调兵遣将，对海盗海上围剿，不止他们面临此局，北方听闻尚有小团伙倭寇南下抢劫，一旦海防提上日程，免不了哪一日就灰飞烟灭。弟兄们趁此时转弯，也算明智。老三想得清楚，便跟着郑直的思路，一路上细细筹划了。江村练兵，郑直公布群盗转商，就是他们路途中所议的第一项。照目前来看，实施顺利。

"老二，老三，我们来计划下一步怎么办。"看着海滩上兄弟伙在认真练习，往临时搭起的标靶射箭，掷飞镖，又长树短枝的模拟刀剑对攻，郑直满意，便让老三找来正在各个组督练的老二，三人树下坐了细谈。

老三知道头领意思，他先开言："二位哥哥，以武护商，现在船是现成的，武是现成的，现在该考虑的，就是商该如何经营了。"

"老三说得不错。有什么想法说来听听？"

"我们若到市场上买丝绸这些，价格加了丝绸商一道，不划算。现在海上贸易没有敞开，陆地上运费贵，时日久，民间生丝价低，桑民们都不爱种桑养蚕了；织丝绸的织机，应该也吃不饱。我的意思是，能不能直接到乡，收生丝、收织机织出来的布，这样成本可以低很多。"

老二听了，觉老三脑子活络："老三说得是。但收生丝、收丝绸，得有固定的人、开辟固定的货源，这样比较稳。但这个需要时间，可以先筹划。我们第一次往北边走，路子生，不能走太远，要不，先在市镇上派人收上几拨，试试贩丝贩布的利润大概有多少？南边嘛，我琢磨着也值得一试。我们遇到的商船，大多数是南方来的，我觉着商贸会发达一些，可以先去探个路。"

郑直听了二人说话，心下宽慰："老二、老三说得没错。那些客商明知有我们，有倭寇，还冒风险运货北上，利润一定很可观。既然我们要与他们抢饭吃，就要清楚我们吃这行饭的有利之处。我们有人有刀枪，护航足矣。但贩卖货物，需要收购价尽可能地低，还不能影响成色。至于上岸收货与销售，需要网点，也涉及买货的银两，需要筹算。这样，老三估个费用，再挑几个人，先在太湖一带收丝绸，还有生丝。第一次规模无需太大。我们北边先到渤海湾一带，南边可以选个可靠的人，由他自主，到泉州还是广州都可以，销一趟试试？"

老三望望老二，见老二缓缓点头，便答应下来，自去挑帮手。他知道进货的要挑什么人，最好是种过桑树养过蚕，见过织机、知丝绸质地之人，还有一条是最紧要的，那就是手上没有人命，讲义气，不能太奸猾。

"如果我们海上走镖，是不是也是一桩好生意？"老二常天柱突然说。

郑直哈哈大笑："我说老二，海盗成保镖，谁能放心？只要运货被劫过的船上，任何一人认出我们兄弟，那不就暴露了？报告了官府，那我们无异于自投罗网。"

常天柱不好意思，也笑起来。

郑直整顿人马之时，柳湘莲和陈豹正在杭州宝石山顶，俯瞰整个西湖。西湖满池秀水，波光粼粼，曲院风荷、三潭印月一带，有游船在阳光下游弋；苏堤白堤像一长一短两条线，将西湖水面优雅地隔开。对面赭色的雷峰塔，太阳下像镀了一层金。康熙帝南巡时题额"雷峰夕照"，果然佳湖名景。湘莲远看过去，塔高耸于山石之上，倒像守望这一汪碧水的灯塔。

来到杭州多日，湘莲沉醉于此地秀美，一连数日，四处流连。这是白居易、苏东坡居住过、建设过、题过诗、打过马，留下长堤的地方啊！还有梅妻鹤子的孤山林逋，夜行筛酒游西湖的张岱。这些前辈高人，他们清亮的灵魂似乎留下了一部分在西湖，让湖面盛开的荷花摇曳生姿，朵朵风情，似有所诉。

湘莲和陈豹照老规矩，在道观挂单。西湖边最有名的就是葛岭抱朴道院，上接初阳台，与宝石山、栖霞岭连成一片，成为西湖北部屏障。看着脚下这座钟天地灵气的富庶城市，湘莲想着，如果天下之富如同杭州一般，该有多好。

湘莲数日来走街串巷，像以往一样，看一座城市，不单要看繁华之地，更要看城市的贫民生活如何。流连烟霞之余，湘莲打马走了东西南北城市的角落，他发现，此地虽然也有贫民，但显然没有淮安一地那样多那样密集，也远比京城南边那些流民生活得要好。着装上就能看得出，这里着布衣的，都洗得干干净净；穿绸着缎的比比皆是，且颜色鲜活，衣服式样也新。不愧上有天堂下有苏杭。湘莲注意到，这里商铺密集，餐馆食肆密布。显然，这座城市的商业活跃程度远胜其他地方。

湘莲看看太阳偏西，和陈豹谈笑一番，下得山来，准备去夜市晚餐。众安桥一带，自宋代以来一直是最热闹之处，这里不只是吃饭，瓦舍勾栏百戏竞技都有。百姓们晚间闲了，常来看百戏蹭热闹，小吃摊档随处是人来人往，喧闹得紧。二人今日来的就是众安桥，他俩准备看中哪家就在哪家，随心意而定。如此悠闲有味的生活，湘莲好久未曾体会了。

正在逛逛看看、饶有兴致之时，二人忽听得年轻女子尖利的哭喊声："军爷，我不去，求求你。"顺着声音看去，有两个军士打扮的人，正当街一边一个，拖着喊叫的女子臂弯往前走；那女子半坐在地上，旁边有一打翻的木桶，水流得遍地，桶里头的荷花莲蓬早已撒了一路。女子右手一直狂乱地空中乱抓，像是试图抓住什么东西以阻止自己被拖走，可惜身边不要说柱子石块，连个可以抓手的东西都没有。

一时间人人驻足了看。那两名军士中一名高个儿的，把眼往四周一瞪："看什么看？爷们出了钱，让这小女子去唱戏的。现在还反悔了。反了你！"最后三字是对那女子说的。

女子见到有人围观，又听得如此说，边哭边挣扎："各位爷，我卖花，不是卖唱的。军爷不能啊！"

四周围观的人见军士瞪眼，心中早已发毛。这里是杭州将军驻地，军士如此当街拖人，谁敢出头？遂纷纷转过眼睛，当没看见；部分胆小的赶紧散了，急急离开这是非之地。

湘莲驻足看着，想着那女子与军士说法不一，该有长官来管一管吧。可是，那女子已经被拖拽得半离地面，远看就要被拉进旁边的窄巷，便忍不住了。

"军爷请了！不知道这女子犯了什么错，二位又要带她去哪里？"湘莲越众而出。

两位军士今天逢了军营假期，出来喝酒，喝得多了邪性上头，见到街上的卖花女长得水灵，便上前挑逗；见卖花女不理，二人恼羞成怒，干脆拖了走。不远处有一巷子，军士想的就是把那卖花女拖了入去。现在见有人来搅其好事，顿时大怒。高个子放掉那女子手臂，横着眼睛看着湘莲："一个道士，管什么闲事？"

"天子地面，太平盛世，二位军爷如此强拖民女，贫道路过问上一问，都不能吗？"

那矮个军士见状，舍了卖花女，也来帮腔："她欠了我兄弟的钱！唱个戏还债，这还冤了她不成？"

"军爷说这女子欠债，可否让贫道看看借据？"湘莲见高矮军士前后说法都不一样，心下雪亮，便一步不让。

"凭你是谁，也敢管我兄弟的事？活得不耐烦了，是吧？"那高个子见湘莲不惧，便上前一步，挺着胸膛，要逼退湘莲。

一旁的陈豹心怦怦跳。他不曾想到要得罪官府军营之人。见道长为一个陌生女子出头，他逃也不是，干站着也不是。正在踌躇间，那矮个子忽然看见了他腰间悬着的剑："瞧这两个反贼，太平盛世还敢佩剑行凶，我兄弟拿了你两个去请功。"边说边往陈豹扑来。

陈豹自然而然身躯一转一让，那矮个子扑了个空。吃了酒的人，控制不住情绪，拿不下人，顿觉丢脸。时势所逼，也不能认栽，便又扑过来。

街上看热闹的越聚越多，那卖花女看看众人目光皆在道士和伴当身上，赶紧爬了起来，掩面边哭边跑。高个子看见，刚想去拦，抬头却见道士一袭青衫挡在面前。原来湘莲步快，早已横在那女子与军士之间，掩护她逃走。

怕引来巡逻官兵，湘莲决定速战速决。他忽地跃起，在高个子左肩上飞踢了一脚，转瞬移到矮个子面前，正面对着肩臂又是一脚，快如飞鸟。他身形落定，那两名军士已躺倒地上，两个人的手臂都已抬不起来。

这两名军士知遇到了高人，显然这位道长脚下留情。如果对了他们的脑袋踢来，想必自己脸上要开杂酱铺。他俩不及喊痛，对视一眼，赶忙爬了起来，拨开人群，一溜烟跑了。

街上围观的众人，下场救人不敢；但对道长两脚解决嚣张军士，佩服得五体投地。胆大的情不自禁鼓起掌来。湘莲知道自己今日未蒙面，这街上众人都看到了自己出手救人，那两名军士回去叫帮手也大有可能，此地不能久留。他看了看陈豹。陈豹会意，两人向周围人略拱一拱手，便从与军士逃走的相反方向离开了。

第二十二回

剑削不平

回到道观，四周已经沉寂。山中天黑得早，观中道士已各自回屋。

"豹子，你回京城吧。"湘莲进屋点上灯，拉开凳子坐了，倒了杯壶中冷茶喝了，对陈豹说。

"道长，那些军士不一定会找来。"陈豹知道湘莲为他着想。

"听我说。我的打扮惹眼，今天打了军士，说不定明天就引来灾祸。你和你哥哥，还有父母，好不容易过上好一点的日子，不必为了我冒这样的风险。"

"道长，那你身边没有人，平常没个照应，怎么办？还有，您要去哪里？"

湘莲听完苦笑了一下。当街打了军士，打就打了，没什么可犹豫的，他怕的是麻烦本身。倒是陈豹问他要到何处去，倒让他沉吟了一下。嗯，天下之大，人终归还是要有个去处。

"按原来的计划，我会去海边。我想看看大海。"湘莲决定了。

陈豹眼睛亮了："道长，我也想看大海呢。"

湘莲笑了，为陈豹语气里的天真。他坐了下来，想着两人折腾一个晚上，还没吃上饭，不觉有点好笑。

收了收心，湘莲指了指桌对面的椅子，让陈豹坐下来说话。

"豹子，你先回京，当避避风头吧。我一个人哪里都去得。在杭州，我也还有一些事要办。"湘莲没有告诉过他给漕运总督留帖子之事，今晚他也准备这么干。朝廷养的军士居然当街可以抢民女，他不能无所作为地离开。

来去明白，为人当如此。他接着说："你把你的短刀拿出来，替我剃发。然后你就离开，到城边找间客栈住一晚，最迟明儿一早，就要离开杭州。或者直接去运河码头，找个看上去可靠的船家，今晚就让开船走，但切记：路上小心，不可大意。"陈豹担心的是湘莲，湘莲倒担心陈豹一个人乘船的安全。

"道长，那你得便了就给我和我哥捎封信来，可好？"陈豹知道道长主意拿定便不可更改，便接受了提议；但他还是觉得自己就这么走了，似乎有些不仗义。与道长一路同行，一路多少风光入眼，又有多少打马烟尘的笑声。

"嗯，或许呢。"湘莲听完，微微笑着，"京城里还有惦记的人，于我何尝不是一桩幸事。豹子，放心吧，我记得你说过的虎豹兄弟铺。"

陈豹听得，很是欣慰。道长很少流露这一面呢。他放了心，从靴筒里拔出短匕首，拿块布擦了，要给湘莲剃发。这把短刀刀刃薄，锋利得出奇，是临行前父亲特意找了出来交给他一路防身的。

湘莲站起，找出一块包袱皮，围在自己颈项上，背转向了陈豹。

"来吧。"他简短地说。

这完全信任的举动，差点让陈豹改变心意。这么一个纵横来去仙侠一路的人，对他如此信任，而自己却要一个人回转了。他定了定神，未再多说，去盥洗架上拿了毛巾，还有半块杭州产的皂胰子，又打了碗水来放在桌上，开始给湘莲净面剃须，又剃了发。道长的头发乌黑发亮，剃了一半，另一半还是那么浓密。陈豹又帮道长编好大清朝除了僧道之外，人人都必须留的辫子。

陈豹习剑多时，手脚灵便，一把短刀被他当剃刀使，居然得心应手。虽然手艺不及街面上的剃头匠，但一番整顿下来，湘莲确已变了模样。一双剑眉，一双明眸，脸颊棱角分明，哪里还是胡子老长看不清模样的道长。眼前所见，正是一个五官精致气质优雅的公子哥儿。陈豹想起了劫道时。不过那时道长还不是道长，自己如今只记得他憔悴至极。其后相处的日子，道长都是道士打扮，仿佛天生下来就是道士。陈豹如不是今天帮着剃头净面，早把从前出现在山道中的那个人忘记了。

湘莲待陈豹忙活完，又撤围脖又清理满地的头发，心中自嘲了一下。心中有道，无谓外表。道长也只是一个身份而已。人在尘世，大可不必被身份拘泥。屋中没有镜子，他拿过陈豹放在桌上的剑，"噌"地一声，剑锋出鞘。

这把鸳鸯剑，尤三姐曾为之送过命来。剑上的血痕早无，但伏剑身亡的这个人，此时又浮上心头。

湘莲抑住自家感受，将雌锋插入剑鞘，手中持雄锋，锋刃朝上，往面孔一照，顿觉一股寒气袭来。这把剑，是湘莲唯一留下的家世印记。"起剑把示君，谁有不平事？"他记得父亲为他咏过这首诗。可是，人间的不平，岂能是一把剑削得平的。而且，时代在变，听说现在的军营里，都已装备洋枪洋炮了。这剑，也说不定终有空悬的一天。

湘莲摇摇头，重新聚拢自己的思绪。他对着窄窄的剑刃照了照模样，嗯，还有几处胡茬没有刮净。不过，也难为陈豹了。再看看，剑中人的五官还跟以前一样，但不知怎的，湘莲看自己，跟以前就是不一样。至于哪里不一样，一时间也说不上来。

"道长，可还使得？"陈豹看着道长对剑锋好一阵端详，心中忐忑。

"嗯，你兄弟除了卖山货、卖药材，我看还可以在天桥开一个剃头铺子。"

陈豹知道道长在开玩笑，心中快乐。他忽然想起一事："道长，你现在不做道长了，那我兄弟称呼您什么？"无论哥哥在不在，陈豹心中，哥俩与道长，都是在一起的。

"我痴长几岁，如愿意，可称我萧大哥，如何？"

陈豹点头："好！萧大哥，那我就走了。我知道您要做的是大事，您不说，我也猜到一二。我只说一句：大哥如有驱驰，一纸书信来，我弟兄一定赴命。"他低了头，想起湘莲饶过了他们打劫，又尽心传授武艺，再教他们走出大山在京城站稳脚跟，桩桩件件如在眼前。他心中涌起一股感激，还有自信终有一日可以报答的豪情。他复抬起头："知过能改，善莫大焉。道长，不，萧大哥，您曾经给我兄弟讲过这句话，我俩都记得。这份恩德，我兄弟二人不会忘记。萧大哥保重！"

陈豹恭敬地给湘莲鞠了个躬，直起身来，双手又抱拳行了一礼。湘莲受了。陈豹便把围脖的包袱皮卷了削下来的头发，提在手中，拉开门，便走进夜色中去。他知道，萧大哥待他走远，一定有所作为。他此时能够做的，就是不耽搁道长。是的，他的心中，这个自己追随了几年的人，是引领他走阳光大道的起点，还有定心石。

湘莲看着陈豹干脆利落地离开，心中倒涌上了一丝不舍。这个年轻人成长的速度超过了他的预期。豹子，一路上是一个好伙伴呢。他目光转到桌上，油灯下放着几张银票和几两碎银。陈豹分明是在他亮剑照剑时，将二人财物拿了出来。显然，留给了他大部分。

桌上还有一套陈豹的衣服，那是给他换下道袍的着装。

湘莲看看夜色渐浓，便也不再耽搁。打了两个不守规矩的军士是小事，但此事牵连着朝廷驻军的颜面，何况这两人回去胡乱一说，便有前来搜索报复的可能性，故今夜不能不走。人若陷于无聊的自辩中，甚至为此陷入更深的麻烦，可不是明智之举。

湘莲早已想好。他拿过屋子里现成的笔墨纸砚，用端方的颜体在纸上写了几行字，吹干了叠好。湘莲轻手轻脚将道舍收拾干净，留了块碎银在桌上。四周看看没啥遗留物件，湘莲最后换上陈豹的衣服，将换下的道袍装进褡裢背上，拿上剑掩门离开。行到山脚，在寄放马匹的马店牵上马，趁夜色离开了道院。

夜晚的西湖温润迷人，荷花荷叶的香气随着风裹上身来。这么美好的城市，却有如此嚣张霸凌之事，真如美玉蒙尘。湘莲知道，自己遇到的只是偶然一桩事而已；看不到的，不知又有多少！那高个子军士在街上眼睛一横一扫，周围平民们便噤若寒蝉，可见军士们平日如何跋扈。

湘莲到处踏勘这座城市时，知道朝廷派驻的杭州将军府在城中凤凰寺一带，便骑马一路去。此前漕运总督衙门一行，走的是后院围墙，这次也一样。只不过将军府巡夜的军士更多。当晚湘莲等到半夜才瞅到机会，将帖子用布条绑上石头，扔进了将军府后院。

湘莲深知，他扔进的不是帖子，而是会溅起波浪的石头。自围墙外一扔进去，就听得里头喧嚷，显然，里头的士兵发现了。这在他的预料之中，毕竟直接带兵的将军，守卫的军士不会像总督府那般松散。趁守卫将军府的兵士还没有反应过来，湘莲趁了黑漆漆夜色飞马离开，他知此时城门已关，出不了城，便往雷峰塔一带去，湘莲记得那里有几家客栈。准备投宿安睡一晚，次日城门一开，就离了杭州。

如他预料，杭州将军天庆当晚就收到了这块石头帖。展开帖子，上边是四行字：

> 军士跋扈，
>
> 当街抢人；
>
> 朝廷法度，
>
> 岂容儿戏？

帖子上没有抬头，没有落款。

杭州将军品级高，既有陆上，也有海防之责，位置重要，因此向来由旗人任此职。将军驻防杭州已久，还从未遇见自己府中被扔无头帖如此之事。他看完之后大怒，二话不说，让人把当值的侍卫队长、副队长直接拿下，各打二十军棍，扔进号子，又重新换人当值。待怒气发过，这才重新拾起帖子，研究里边的内容。

帖子上的字体任何一个读书人都可写得，并无可究，然而字迹谨严，显然功力不弱。一个读书人可以写一手好字，但绝无办法把一个帖子扔进护卫森严的将军府。如果是一人写，一人扔，不论筹划之人，那么有两个人做这件事。如果写与扔都出自一个人，那么，可以判断来者文武兼资，身手不弱，且胆大心细。嘿嘿，敢接近将军府衙的，还能是平常人吗？天庆冷笑着。

再低头细究内容，似乎是发生了军士不轨强抢平民之事。抢的什么人？帖子上没说。至于后两句，显然是指责自己这个军事主官驭下不严了。

确凿无疑，这是挑战朝廷权威的反贼！天庆迅速得出了自己的结论。

他有他的判断依据。江南是朝廷赋税重地，虽说经过康熙、雍正两代皇帝剿抚并用，江南日靖，但入关之后拿下江南留下的血腥与仇恨，说不定过了几代人，还流淌在江南人的血液里。正因如此，康熙爷定下来杭州将军品级高配，辖浙江，为的正是必要时将军府可以迅速调动全省兵马。天庆想着，圣祖爷英明至极。

天庆六十来岁，虽年高，尚未致仕，一直受朝廷倚重。责罚了护卫后，他冷静了一些，叫来手下守备林强，让他派人去查这件事。

那林守备精明强干，领命之后漏夜不停，四处查今日休沐外出惹事之人。各营营官奉命，一哨一哨查去，先查外出的。那抢人的两军士不知营官巡查，刚还在营房里煽动熟识之人，第二日要想办法出营去，四处找道观，务必将那无法无天的道士找出来打死。说了一通，也有几名相好军士应和，二人心下自得，正盘算着次日怎么复仇。刚刚歇下，便被揪了起来审。

两军士开始还想抵赖，后被守备派人扇了几个耳光，这才老实，吞吞吐吐把在众安桥被一个道士打了一事说了出来；至于强抢民女之事，挨不住打，也半遮半掩交代了。两人怎么也想不通，这平常之事，怎么上司就会来追究呢？一直以来，不都是这样的么？

次日一早，守备便捆了这两倒霉蛋，让亲兵押着，跪在将军府前等发落，自己入内禀报。天庆很快作出处理：穿箭贯耳，游营三日，然后开革。守备领了命出来，提这两人回营，贯耳示众，三日之后除名，轰出了军营。

林强知道，此事其实小而又小。将军如此大动肝火，正是因为那无头贴损了将军府威名之故。故处置了军士之后，林强暗地里分头派人去访杭州城内有名道观。他审问之时，曾细细问了那道士形容，那高个军士哪说得清楚，再问也只是说，道士就是道士的样子，长须长髯，束着长发，着蓝色道士布袍，好像旁边还有个伴当，腰悬一把剑。

　　倒是那矮个子在旁眼珠子乱转，补充提供了一点信息，说那道士不是本地口音，字正腔圆，鼻音有点重，好像是北方的，飞腿踢人，武功是极高的。他说到道士武功时，高个子连连点头，也吹道士武功，仿佛说得越厉害，他俩耍横还挨打的丑事也尽可遮掩一样。

桃叶渡

第二十三回

翰墨乡音

　　且说妙玉自郑直走后,对诗对出的名气日渐高涨。不但本地的秀才、举子闻其才名,纷纷来赋一曲风流佳话,外地士人来金陵的,也纷纷上门。虽则往往败下阵来,但这些文人墨客不以为忤,反认为秦淮艳姝本应如此。有进京的,同道相聚,便有不少人把这段经历拿来炫耀。至于妙姬身段相貌,更是说得天花乱坠,天上绝无人间仅有。有人记得妙姬诗篇,酒到酣处,便索了纸笔写下,问京城诸公,北地胭脂可有此等风流妙人?说的人口若悬河,听的人艳羡不已,只道江南水好,诗文气息至今不歇,连那里的青楼女子都不同凡响。

　　这帮登徒子哪里知道,他们口中的妙人,写的诗多是旧句,是妙玉身在大观园时自己写的,也有从宝玉处听得的姑娘们的好诗。史湘云咏柳絮的小令,黛玉的桃花诗,薛宝钗翻的柳絮词,其中几句精彩的,妙玉都还记得,于是被她巧妙地镶嵌进了她的诗里。宝玉如果听闻了她有心传出来的诗,一定生疑,因为闺阁笔墨是不传于外的。此前他写过几首给冯紫英他们看,回来一说,差点被姐妹们责死。既然这些只有大观园姐妹们知道的诗出现在秦淮河,那么他定能猜到自己的下落。

　　碧桃苑生意红火远胜同行,且文人雅士纷纷登门,无形之中抬高了碧桃苑的地位。粗俗的客人少了,清雅有礼之客多了,这些人没有那么计较钱财,老鸨即便收见面银就收得盘满钵满。妙姬愿意见的客人多了,老鸨的笑脸自然也多了不少。这桃叶渡地段绝佳,船只往来不止一个停靠口,宾客四面八方而来,又日日笙歌不绝,往来多文士少白丁,一时妙姬艳帜大张。

　　老鸨派给妙姬的丫鬟椿儿是个苦人家的孩子,父母养了一串女儿,一个接一个,只为了添个男丁延续香火,不达目的,便不停地生。家中薄田两亩,所产早已不敷使用,故典了给村中富户,自己为富户种田,平时打些零工贴补家用,人多粥少,只得清汤寡水度日。待最后一个婴儿落地,一看是个男孩儿,两夫妇心愿已足。家口众多,实在养不活,便狠了心,将几个女娃儿发卖。椿儿貌陋，卖不出钱来，被专门为倪二收人的贩子三文不值两文地买来。因了相貌，也因年小，便一直派在碧桃苑厨下做杂活。

妙玉自遭横祸，心气变了许多。在碧桃苑做了男人玩物，仇恨藏心，便刻意改变当年高冷，凭借平生聪慧，生出若干计较。自椿儿派来身边之后，梳洗收拾，皆一一教她。问她年岁，可怜这女娃，连自己真实年龄也记不太清了，直说是八九岁这样子。妙玉想及自己幼年被送入寺院当尼姑，比这椿儿还要小上许多，一念之怜，便多有和气，椿儿做了错事，妙玉也不肯苛责一声。

因了妙玉这棵摇钱树，院子中的形形色色莺莺燕燕，做稳了青楼女子的，不甘于落入火坑的，对妙姬生出若干想法，或嫉妒，或艳羡，或自伤。但纵各有所思，面上均保持了友善，对椿儿也偶尔赏个笑脸。妙玉要买点外头的物事，椿儿报告了老鸨，也能出院。妙玉知道，这是她与外界唯一的联系渠道，故对椿儿既有怜惜，也有刻意笼络。

这椿儿从小到大，从没有人正眼看过她，浑浑噩噩被父母卖到这种地方，除了自叹命苦，其他别无怨尤。现有个长得天仙一样的头牌姑娘，和气对她说话，教她做事，有一回失手砸了头油瓶子，姑娘也不曾出言说过她一句，故她小小心灵实在感激。

她不想念父母，因为他们不曾爱过她；她也不知何处去，因为她的命运就是被卖，区别也许也只是卖得出去卖不出去。她感激妙姬带给她的稍有尊严的日子。这日，妙姑娘派她出去夫子庙一带买上好的徽墨和宣纸，她接过钱，禀报过老鸨，便搭了门前的小划子顺水往西边行，心中钦佩妙姑娘。椿儿想着，那么好看的人，还会写字，可惜落在窑子里。自己就是命苦，将来也脱不了这命运，可是那妙姑娘，她不该是在这里的呀。一程水路不远，很快就到，椿儿按照妙姬的吩咐买来。二十个钱没花完，椿儿交回，妙玉让她自己留着。

妙玉心中知道，她出不了碧桃苑的大门和院墙，能救她出来的只能是官府。逼良为娼这是大罪，但金陵的官府衙门往哪里开，她两眼一抹黑。她派椿儿从买合意的胭脂水粉开始，渐次到买笔墨纸，是有考虑的。卖文房四宝的店家多识字，也许将来哪一天，她可以将求救的字条交椿儿带出去。但是，没有谋过面的文房四宝店家，又如何会帮她呢？她不知道。妙玉眼前只有一个想法，先与店家建立起熟客关系，这总是一条路子。因此，她隔三岔五派椿儿出外，又叮嘱她，此前买的纸墨好，以后都在同一家买。她又指着墨上刻着的阳文"翰墨"二字给椿儿看，让她留意，以后就买这家的。椿儿记了，一一照办。

下回去买之时，看看那家铺子上头的匾，果然写了两个字，笔画跟买来的墨上刻的一模一样。

老鸨开始也觉妙姬买纸笔墨太勤了些，但妙姬见客人次数多，银子收得也多，这些小节便不在她意中，也就任由她去。老鸨心情好时，也偶尔大方，拿三二两银子给妙姬，让她交椿儿买喜欢的果子回来吃。

那认出妙玉的苏州客商后来还来过碧桃苑几次，每次都点了妙姬陪酒奏琴；妙姬记得他的苏白，也每次都答应出来见客。宴席间偶尔观察妙玉，这客商总觉这妙姬虽是秀丽绝尘，但天生的气质清冷，出现在这里，总是一件匪夷所思的事儿。他来的回数虽多，但一方面想为妙玉留体面，一方面宴客之时众人在座，也不好问得。

客商本家姓魏，早年读了不少书。人到中年，看看屡考屡败，连个秀才都考不上，估计今生没有科场的命，便一跺脚，接手了家里的水果生意。白沙枇杷、凤凰水蜜桃、洞庭湖杨梅这些苏州特产，他收了之后雇了船，一船船运往金陵。金陵乃江南中心，这里的太太小姐们爱吃个新鲜，因此市面上颇为走俏。只有一点，就是如果分销不及时，那些娇嫩水果不几日就坏。因此他来金陵，一一联络城中有名的水果行，就是希望达成稳定的合作关系。这样，他的水果运到金陵，便可在这些分布全城的水果行里迅速上市。这买卖于双方都是有利的。只是具体的利润比例还没谈妥，眼看就要到秋天大量水果上市的季节，魏老板便频频来金陵，为的就是早日达成合约。

七月末的一天，他再次来到碧桃苑。时辰还早，邀请的客人还没到。

"哎呀，魏老板，您来了，我可早盼着您哪！"老鸨见是熟客到，眉开眼笑，带了几个姑娘出来，下了台阶到院里迎接。她一边把魏老板往楼里让，一边问："还是在这边儿？还是妙姑娘陪？"

"是的，老板娘费心了。"魏老板不是皮肉客，他不愿像其他人一样叫老鸨"妈妈"，那太恶心。他可以在妓院里摆酒请客，但骨子里还残留有读书人的清高在。

老鸨这样问，是有时魏老板请的客人少，就会在隔壁的酒馆摆酒待客，也谈事。老鸨是知道的。今天来碧桃苑这边，那就是款待好几位客人了。

妙姬正在写字，得报魏老板来，心下一动。她唤椿儿出去打水，说要梳洗见客。待椿儿出外，妙玉赶忙在桌上裁了张纸条，悬腕写下：

本是姑苏人，奈何故乡事。误落尘网中，昼夜苦迟迟。

君子自端方，冒昧求济世。千言诉难尽，密语人不知。

刚写完，听见楼梯沉重响起，知道打水的椿儿快进来，便忙忙将纸条吹了几口气，看看快干，便轻轻叠好放进手帕，收进袖中。

妙玉梳洗毕，来到客人饮宴的阁楼中，向魏老板行礼毕，便按照老规矩，坐在琴凳上抚起琴来，第一支曲子便是《高山流水》。

第二十四回

蓝海逍遥

当晚碧桃苑的饮宴极尽欢娱。菜金给得足，故菜式烧得地道，酒是上好的女儿红。魏老板与分销的水果行老板们借了酒意，敲定了最后的合约细节。此前的数次接触中，魏老板已经把自舟车运输而产生的损耗全部算作自己的，今晚更让一点，送至各水果行的货，二成的比例算合理损耗，也算自己的。也就是说，分销的店家只负责卖新鲜不坏的水果，然后才与魏老板结账。约定了一个月一结。水果行老板们不用掐指头也能算得出来，这个条件实在是很优惠了。这意味着魏老板作为供货的商人，他的收货价得非常低才行，而且，老板们无需垫付进货的资金。这货价、运费、占用资金里外一算，这魏老板哪里是跟他们做生意，这是给自家送礼啊。

屏风隔开了一个空间，好让客人谈事儿。在席的店家拢共八位，都在金陵经营日久，各自名下也不止一家铺面。这些人在本地本行的声名，魏老板此前早已派各路伙计调查明白，其所开店铺都是有口碑的，这才下了决心与他们做生意，又给出这么优惠的条件。在座的都知道，长远来看，建立稳定的供货、销售渠道，对于双方都是好事。故魏老板让一起参加饮宴的牙行老板，拿出准备好的合约，请各位店家签名之时，众人欣然答应。

妙玉今日盛装而来，一改往日素白为主的风格，穿了一袭时下金陵城流行的淡粉云锦薄衫，长发绾起，弯眉如月，雪肤花貌，不外如是。她与客人见过礼之后，便一直在旁抚琴。在栊翠庵时自谱的一曲《夏日长河》，本是她回忆家乡时闲来消遣之作，今日席间也奏了。她一直关注席间动静。见魏老板与客人们准备签约，心中知道，这位同乡谈了多时的合约即将达成，便换了个热闹的曲子在旁助兴。各位店家此前在外听说，平常这妙姬等闲人不见，只有这位魏老板格外有面，来了定请得动。今日见妙姬略施粉黛，眼盼神飞，算得上是十分姿色，心中不乏自得；明日见了购货的客人，也可海吹一番。也有眼睛尽着往妙姬身上看，想着找个时间私自来会会的。

魏老板考秀才不行，做生意的天分倒算得上天生，自接手家中生意后，局面蒸蒸日上，遂有了今日之宴。他读书人出身，琴棋书画素来懂得一二，席间觥筹交错之余，因琴声曼妙，也分了心思听了一节两节。现听得妙玉转欢畅之音，见她如此配合，自然高兴。他自思此前并无此热络，今日如此，必是妙姬认出了自己是她家乡人。边听琴边思考，眼看着众人签约毕，牙行老板作为这些合约的见证人，也一一签上名，心中知大功告成。

魏老板吩咐重整杯盘，再斟浓酒，谢过众人，妙玉此时一曲奏毕，也一起请了来落座。向众人祝酒毕，他举杯向妙玉："多谢妙姑娘。"魏老板知道，妙姬清高，平素少见笑容，今日不仅十指含春，且艳服与会，已经给了他和客人罕见的面子。经商多时的他如何不知？遂有举杯致谢之举。妙玉微微点头，举起桌上酒杯，浅浅饮了，众人哄然叫好。

众人乘着酒兴，再行酒令，眼见热闹得不堪。魏老板正笑吟吟看众人兴高采烈，忽然见身旁坐着的妙姬眼含秋水，正含笑看着众人，台底却玉手纤纤，将一张小小折纸递在他手中。魏老板心中一动，赶忙接过纸条塞在袖中。心中不无绮思，以为神女有意，把他当成了楚襄王。因在桌下，众人都不理会。

魏老板心猿意马，心中着急，遂以方便之名告罪出来，无人处抽出纸条看了，方知自己所想荒谬之至——那妙姬哪有什么襄王神女想头，她是向自己这个同乡求救来了。

一个能诗文的小姐，出身定不会差，即使入空门，也是良人，不遇大变故，怎么可能到这样的地方来卖笑，来给男人们当玩物？魏老板想着，狎玩之意顿去，怜悯之心油然而生，但细看了纸条，只是说了自家身世，需要他做什么，并没有细说。他是商人，能做些什么，有没有风险，是他答应之前必须考量的。他略一思考，便返回酒席，却见妙姬已经坐回琴凳抚琴去了。

当晚尽欢，魏老板一一送完客人，妙姬过来盈盈一礼，向他道别。

"妙姑娘琴技出神入化，今日辛苦了。"魏老板准备告辞，因为心含怜悯，话也讲得温和。

"魏老板客气。"妙玉行礼毕，立起身来，双手在身前交握，眼神看着魏老板。她留意到魏老板离席，那么多半是看了纸条的。

此时天晚，月亮已挂在庭院里的树梢之上，像一轮光洁的镜子，照着人间悲欢离合。宽大的二楼角落里，弹唱演奏的乐班子累了，笙歌也低了一些，来饮宴又生春兴的客人，已经扶着选中的女子香肩，准备上三楼去继续销魂；碧桃苑的仆役已经一间间雅阁收拾杯盘。见无人注意，魏老板轻轻地说："早闻妙姑娘诗琴双绝，现有所托，在下幸何如之。不知有何吩咐？在下定酌处。"

妙姬知道碧桃苑人多眼杂，故今日专程找了个由头，没带椿儿与宴。听魏老板这么说，知道是先听听何事，再考虑帮不帮的意思。这也是意料之中的事儿。她展颜一笑，福了下去："魏老板义薄云天，久已仰名。妙姬只是想请魏老板八月十四，去一趟夫子庙旁的翰墨书斋。打扰阁下中秋佳节，妙姬有愧。"她不待魏老板回言，再行一礼，便提起裙裾，转身上楼去了。

她如此急促的原因，是因为眼角余光看到椿儿已经自三楼下来，手臂上搭着她的披肩。

老鸨原来是叮嘱椿儿盯紧了妙姬的，这些日子见妙姬见客人多了，故管束松动了好些，也不再整天叮嘱椿儿。故而妙姬今晚留她在屋绣手帕，椿儿也无别想。怕姑娘夜晚风凉，故接了来。

魏老板听清了八月十四、翰墨斋几个字。来不及细问，那妙姬就离开了。魏老板下楼结账，心中琢磨，妙姬托他的事，看来不简单；时间上又是八月十四，阖家团圆的中秋节前一天，颇有为难。

此处按下魏老板心中各种揣摩不提。单说柳湘莲在杭州给将军后院送了信之后，连夜到了雷峰塔下，找了间小客栈胡乱睡了一觉，次日一早便打马出东门。守门的军士这日查出门的人特别严，他们得到上司传下的命令，不许道士出城，统统圈起来待讯问，尤其注意有两人同行的。军士不了解为什么要找出家人晦气，有听岔了的，有顺便作威作福的，便把欲待出城的和尚道士拦了一堆。湘莲穿了陈豹衣衫上的路，虽衣服不华不贵，但看上去俨然一落拓江湖的公子，气质高贵，眼神带霜。守门军士虽见他腰悬长剑，但怎么也联想不到道士身上去，又是一人一马，是常见的行人打扮，便也未盘问，径自放了他出城。

不一日，湘莲来到宁波，听得海上有普陀仙山，不觉动了游兴。那普陀山据说是佛家观音菩萨道场，有所求多有灵验。湘莲自是不信。他知道道家仙班里，也有一位专门救世人于苦难的神仙，叫作慈航道人。他又知，佛家传说中，观音菩萨乃男身女相。佛道两尊神祇关联与分别之处，湘莲不甚了然。他昔日和好友宝玉一个样，看书专务杂学旁收，所知甚杂，所习则不精。山顶修炼多时，对待世间，他的心中已是大变。

只有人是真实的，世上哪有谁见过神仙，慈航道人也好，观音菩萨也罢，都是世人有所求，从心里创设出来的救世主。湘莲这样认为。从前觉匍匐在泥胎木塑像下叩头的乃是愚人，现下所经事多了，也理解了世俗的世界，也许人们真需要一个心里的神仙，也好有个寄托。那塑像之前的喃喃请求，就当了人们内心苦楚的倾吐，有个出口也是好的。

湘莲想起了救他入观，教他剑法的老道。师父是活生生的，但所做的事，与神仙菩萨又有什么两样？救他的人，医他的心，也把他的眼界打开了。可见人有仁善之心，又不独善，即是菩萨；愿当他人急难之时的及时雨，那就是神仙。湘莲一路想老道士，一路前行；向东驰了百里路，终于看到了大海。

正是日落时分，只见落日熔金，海面上波涛鼓荡，拍击在沙滩上的千层雪，转眼又回落消逝在大海深处。世间皆说花开时间最短的是昙花，湘莲至此方知，昙花还有一两个时辰的开放，这浪花，才真正是稍瞬即逝。转头一想，这浪花滔滔不绝，花开即逝，逝去复来，不依人的意志为转移，也许，这才是真正的永恒。

湘莲一人一马，面朝大海，心潮起伏。不见海，不知海之大。他脑海里一节一节涌出庄子的《逍遥游》：北冥有鱼，其名为鲲。鲲之大，不知其几千里也；化而为鸟，其名为鹏。鹏之背，不知其几千里也；怒而飞，其翼若垂天之云……鹏之徙于南冥也，水击三千里，抟扶摇而上者九万里……湘莲心中想，口中不觉大声诵读了出来，面对浩瀚大海，真是一个爽字了得。是的，是鱼，就要做鲲；是鸟，就要做鹏；做人呢？做人，就要做胸襟如大海一般广阔的人。

湘莲思绪稍平，放马在海岸附近的山包上吃草。他坐在海岸边，默默看着夕阳落下，又看到明月初生。海上明月共潮生，他懂了。这是天地间的韵律。山顶孤灯，海上明月，其妙处，都是用心才能体会出来的。天地之间，人，才是让山海有意义的存在，胸襟辽阔之人，就是南华真人笔下的鲲鹏。

急雨随着夜风刮落在头脸上，打断了他的沉思。他看看远处，有一两艘船的影子被船灯照亮，还在海面上行，顿觉天地间，不止他一人而已。

雨即落即收。湘莲拿出行囊里的披风，裹了身体，在避风处直睡了一夜，清晨听见海鸟鸣叫才醒来。早晨的空气清新得如滤过了水一般，海腥味一点点飘过来，湘莲闻来，却是如此甘甜，仿佛他自小生在海边一般。他打定主意，收拾好行囊，沿岸找船。

朝廷对渔民的迁海令至今未取消，接南洋的福建广东严上许多，浙江一带则略有松动。湘莲一路在打尖吃饭之时，曾听闻浙江沿海，在隐蔽处还有渔民偷偷下海捕鱼。湘莲既是闲人，便无妨一路看海，一路找船。过了大半天，终于看到一艘船的桅杆。再继续前行，终于看到整艘渔船，就泊在崖下一隐蔽的小湾里。

走海路的多是体魄健硕见闻广博之人，那船上的船家正收拾船帆，准备出海打鱼，听见有人走近了喊，说要雇船，顿时大喜。他下了船，趟开过膝的海水，走上岸来。看看近前，那刚才喊他的客人，那气度身姿，一看就不是琐碎讲价的。问过客人雇船何往，便直接报了个高价。

湘莲听得渔船主人要二两银子一天，知道这是看他独自一人，抬高了价喊。他听了也不还价，只是看着船家。那船家姓傅，家中行三，脑子好用。他见客人手牵马匹，又有所思，猜客人顾虑他的马。他弯起拇指、食指放在嘴里，呼哨一声，不多时，不远处也传来同样的声音。不到半炷香的工夫，一个庄户人打扮的彪悍后生从小山后大步走出，来到湘莲眼前。两人模样颇为相像，一看就是兄弟。

来人正是傅老三的二哥。他俩并肩一站，湘莲倒没觉出什么。那傅老三可不同，他知道，一般旅人如在荒海野岭，见两陌生汉子立在面前，肯定考虑自己有无被打劫的可能；胆小的说不定手脚为之酸软。眼前客人如此淡定，想来不是等闲人物。他看了看身边的二哥，二人交换了眼神，心下有数。傅老三遂与湘莲介绍了自家兄弟；又殷殷勤勤与之商量：船价略高，但有一个好处：如愿意雇他的船，马匹可交给他的二哥，牵马到附近村子照管，两三日的来回，船回岸，马匹原样奉还，保证不掉膘。又说，结账时客人如满意，可添些草料钱。

湘莲听眼前这位叫傅老三的船家说话精明爽利，心中倒是一赞。他微微一笑，把手中缰绳扔给那来的老二，转过头来对傅老三说："就是这样。走吧。"自己率先向海水走去。远处海湾里的那艘渔船，此刻像一匹海上的战马，在温顺地等待它的主人。

第二十五回

普陀暮鼓

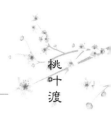

桃叶渡

湘莲蹚过齐膝深的水，直往渔船方向走。傅老三赶忙嘱了哥哥几句，跟了上去。渔船上本有两个本村小子与他一起出海的，见来了客人，赶紧往水里放了小划子，喊着让湘莲上去，准备拖着小划子另一边接近渔船。不料湘莲摆摆手，一直走到船跟前，这才由船上两人一人一边，拉了上去。船身一时失了平衡，摇了又摇。

这艘船不小，但也不大，前后大约二十步出头不到三十步，船身最宽处约十来步，三条桅杆空着，底下堆着帆。湘莲上得船来，目测了一下，心中有数。两侧船帮有镂空木板，固定有船桨，方便划船。船尾有舵。船中间有个小小简易木头与竹篾搭起的棚子，内有一竹榻，已是陈旧不堪，旁边放了几个鱼篓，鱼篓旁堆着渔网，网上的铅坠看着沉甸甸的，闪着蓝黑的光。

傅老三跟着湘莲上了船，安排了客人进船舱坐下，又拎了鱼篓、渔网出来，放在船舱外。安顿好客人，他告诉了两伙计此行目的地，那两小子跟着傅老三非一日，驾船都是熟手，到了桅杆那里，片刻就将三片船帆升得老高。

这个季节，海面上吹的是东南风。老三调整好船帆，径自走到船尾，握着尾舵把控方向。两水手分别到船舱两旁坐下，开始划船。船只得风力之助，像只轻灵的鱼儿，劈开波浪，轻快地往东边而去。

湘莲此前既未见过海洋，自也未坐过船。那波浪上的颠簸，颠得他觉得五脏六腑都翻腾起来。他强自压下心头烦乱，坐在船舱中，按照老道师父教他的方法运起气来，几次吐纳之后，方觉好些。待到海岸在天边只剩一线的时候，他已适应了波涛起伏。

海真大！真蓝！

湘莲适应了海上风浪，便一步步走出船舱。衣服晒了半天，下摆还在滴水，鞋袜一脚下去，船舱的木板上就是一个印子。湘莲一笑，此刻正好在正午的阳光下晾晒，遂脱了鞋袜。赤足走到船首，只见蔚蓝海水的正前方是一个又一个大小不一的海岛。湘莲知道，这应该就是沿路打听时，当地人所说的舟山群岛。他所去的普陀山所在岛屿，想必又在眼前的这群岛屿之外。

因为禁海，更兼水路复杂，夏季又常有飓风，此刻如他一人坐渔船出海的旅客，就湘莲一人。傅老三和两个水手自管行船，看海风吹着客人英俊的脸庞，想想此人刚开始显然晕船不轻，不多时即适应风浪颠簸，不由得有些佩服。

海鸥鸣叫着，在海浪上方滑翔游戏，有的直接停在桅杆上歇脚。湘莲对这新鲜的一切饶有兴趣，他从船头又走到船尾，在掌舵的傅老三旁边盘腿坐下。

"船家，这么走，多久能到普陀呢？"

"客官，今天天气好，约摸两三个时辰能到。普陀山虽小，除了佛寺，也还有几户人家的村子，今晚就歇在那里吧，回程是来不及了，走夜路，我们是不敢的。"

湘莲点点头，又问："朝廷禁海日久，你们的船只下海，如何躲过巡查呢？"

"哎，天高皇帝远，说的就是我们这儿。皇上管着陆地，这海上他老人家又不管。现在朝廷不用兵，水师的船都停在乍浦呢。我们打鱼的，偷偷几艘船下海，没人理会的。客官放心。"

湘莲见老三回答得清楚，没甚废话，心中满意。转眼看俩水手划船。两人熟练，划一阵船，歇息一会，又不时去调整船帆。老三一直稳坐尾舵，掌握船只行驶方向。

太阳彤红，斜照的光线将迎面而来的岛屿涂抹得金红一片。岛上原有树林，在光色的变幻中，颜色渐成灰蓝。渔船灵巧地穿过几个岛屿间的水道，又绕过了几个小岛，在太阳跌落海平面之前，终于靠近了一座大一些的岛屿。此处显然水深，海水差不多是蓝黑色。不多时，一个青石板垒成的小小码头正在眼前。码头长条形状，一路延伸进海中，两头临水，皆可停靠，码头侧面的石头中间镶着几个铁环。

水手将绳子缠上了码头上的铁环，打了个结，便拉绳爬了上去。湘莲跟着上得这青石码头来，只见眼前一片树林，远处传来几声暮鼓。湘莲知道，诗人庾信名句"戍楼鸣夕鼓，山寺响晨钟"，大约就这意思了。晚间鼓声一起，黑夜来临，待到清晨，佛寺便鸣钟，宣布新的一天开始。

鼓声传来的那一刹那间，湘莲有些恍惚。自跟老道士学剑学八卦，湘莲自认是道家弟子，然而此情此景，这山林里传来的鼓声，和着浪涛轻轻拍在码头上的声音，竟然让他有一种说不出来的恬静和安适。

老三和两个水手收拾好船只，下了锚，走到湘莲边上。

"客官，这码头是南天门。可惜现在天晚了，看不到右边的紫竹林。传说观音菩萨平素就在那里听取世人祈求呢。"

"你们在海上讨生活，也拜菩萨吗？"湘莲问。老三带路，沿着眼前道路往前走，那里有一个小小渔村。他边引路，边回答湘莲："我们什么都拜，拜菩萨，也拜妈祖。"见湘莲不解，他笑了笑，接着解释："就是保佑航海不迷路的神。说是妈祖神常常在海上现身为一条大鱼，在船头指引回家的路。我们渔民图的就是出了海能够安全归来，据说碰到妈祖，就不会迷路。"

太阳的光线彻底不见了，空气骤然冷了起来。天空乌云在卷，月亮想必升起来了，但遮蔽得不见踪影。湘莲裹了裹披风，跟着老三和两水手，走近一个点着两三星火的小小村落。显然，老三不是第一次来这里。

是夜，湘莲就宿在南海观音菩萨道场的波涛声里。几间柴房就是卧室，一锅稀粥几个馒头就是晚餐。他并不以为苦。起初还提防着老三几个人和了这村的主人一起对他不利，防了半夜，实在太困，湘莲便抱着剑，蜷缩在柴火堆里睡着了。

在湘莲开始他的海上漫游的同时，海盗郑直正在舟山外侧一个小岛上，整顿他的部属。这个小岛在群岛外缘，天然呈月牙形，月牙对着陆地方向，拱侧对着正东，中间有一座狭长平缓的山脉贯穿。这种半包围的岛屿，天生就是避风港。海盗们平素就叫这里半月岛。他们熟悉这一带，知道东面不到十五海里，就是普陀山。过了普陀山，可以落脚的岛屿就少了。因了这里天生隐蔽，树木苍郁，又有一个自山里泄出的小小溪流汇成的水塘，故成为海盗们常来的一处落脚点。在航道上打劫得来的金银货物，多驶来此地分赃。海盗们分得的物事，也常常在这里山壁的某处打个洞藏起来。

清晨的海风经过山峰树林的过滤，已弱了一些，但还是微有凉意，但对于久在海面上漂泊的海盗们，简直不值一提。不少人还只是穿件对襟无袖裋，黑黢黢的肩臂，便是海上长期生活的标志。近百号人听了吆喝，集中在岛上一块稍平的地，等头领说话。

在江村，郑直首提改盗为商的主意，他知道，当时反对的声音肯定有，只是没发出而已。这是大伙儿的事，要充分协商思想一致才行，现下到了安全的落脚处，便提出来，有反对这个方向的，便这个时候开声。他一言既出，底下交头接耳，嗡嗡嗡一阵。显然，虽然老二老三支持他，反对的声音还是不少。他

桃叶渡

心中叹了口气：大伙儿明明是过不下去了才来做海盗，现在可以脱离打劫的行当，结果有些弟兄还魔怔了，还不愿意。是惯性，还是打劫这件事情，已经从根上改变了他们？

他从坐着的小土丘上站了起来，两手抬起，往下压了压。众人声音渐小，陆续原地坐了下来，听头领讲。

"弟兄们，大伙儿有的还有顾虑，我明白。这样吧，有不愿意经营海商的，便站出来，有一个是一个。我拨船送了上岸。"他停了停，加大了音量："只是有一条，离开之后就不能回来；要紧的是，走的人必须守住入伙时立下的誓言，任何时候都不能出卖兄弟。否则，家法，任何时候都有效。"

常天柱站了起来，接着头领的话说："大伙儿听清楚了，想清楚了。"他抬头看看天，继续说："今儿天色不错，两个时辰之后，午时，这里会有两面旗子，立在船旗下的就留下，另一面旗子就是要离开的。大伙儿想清楚的就站队。清点了人数之后，要走的就走；要留的，听头领安排。"他的嗓门大，海盗们都听得清楚。

海盗们三三两两散开，为去留问题自去讨论。看看日头升得老高，常天柱看看地上树木的影子，知道时间差不多了，他便拿出准备好的海豚旗，绑在一根树枝上，插入土里，另解下额头上绑着的褐色布条，扎在另一树枝上，离开几步，也插入土里。

三头领董青山此前在江村时，已受头领委派，自己挑了十二人自去干事，江村海湾不远处，有一海湾最是隐蔽，已藏好了一艘船，董青山留了两人看守。待他们办事回来，便可乘船归队。董青山带走的十二人郑直已经问过了，皆是愿意跟随头领海上经商的。余下跟随他上岛的，加上他和常天柱，正好八十人。此刻，郑直静静地看着从远处聚拢来的群盗，等着他们的选择。

显然，愿意跟随两位头领的还是大多数。头巾拴着的树枝那边站了十来个人。也有犹豫的，去了另一边又回来，回来了也一脸的犹疑不定，后来终于站定了。郑直看在眼里，眼见众人心意已定，便走了过去，数了数，十四个人想走，海豚旗下站着六十四个人。加上他和二头领，留的人六十六个，是个吉利数。

他点了点头。回身取了一个包裹，打开数了一数，分好了，便交给了常天柱。常天柱拎着包裹过去，交给头巾旗下众人，说："这是头领分给你们的安家费，每人五十两。"准备散伙的十四人纷纷聚拢来拿自己的一份。有人心下嫌少，但看看己方是少数，遂也罢了。

郑直看到一只只文着各种海洋物事的手臂伸手拿银子，蓦地想起妙姬说的螃蟹和怪鱼——妙姬在碧桃苑曾随手画过图样给他看。郑直知道妙姬说的这怪鱼就是海豚，自己兄弟中确有人文着与船旗一样的图案。他沿着一条条取银的手臂看过去，看到了文在臂上的螃蟹，也看到了文在手背上的海豚。嗯，这是……怪鱼？妙姬说这两人与她有渊源，又不详说，显然藏着不为人知的事。既然妙姬不说，他倒得弄一个清楚。

郑直想清楚了，便开口："老七，老八，我这还有个事需要兄弟帮忙。这样，其他人拿了银子就开船走人，你两个就权且留一阵子，跟着我办完事再走。"他停了停又说："作为补偿，办完事后两位离开，兄弟我会从自己的份例银里各拿出二十两，补偿两位，如何？"郑直因着这两人决定要走，自己要留下他们，便把话说得客气。

多得二十两？还有这种好事？其他的人纷纷羡慕应大山和韩驹子的好运气。头领带着去做事，多半是发财的事。但既然头领没挑自己，也就是自家运气不好。这些想法也就一念之间，要走的十二人纷纷到各自掘的藏宝洞里拿物事，收拾好行囊，来向二位头领行了礼，行前发誓决不出卖兄弟。与应大山、韩驹子一起去京城的老五、老六也在离去的队列之中，他们见识过京城的热闹，不想再窝在海岛，天赐良机可以离开，心头倒是一松。诸事就绪，一行人转身走向海湾，船停在那里。他们知道，此后山阔水长，与岛上众人多半不相见，但想想怀里揣了五十两银子，上了岸，回乡也好，另行觅地也罢，田也可买到几亩，房子也可盖得几间，心中又觉欣然。

郑直看看应大山和韩驹子，吩咐道："二位离开之前，还和弟兄们一道起动行止。"

惯性之下，老七、老八躬身说："听头领吩咐。"

第二十六回

佛道难分

岛上的鸟儿扑棱棱从树林里飞起，它们的翅膀被寺院一下接一下的钟声惊得四处乱扇。普陀山不大，但三大佛寺在同一时辰敲响晨钟，着实令人震撼。宏大，幽远，一声接一声，仿佛在唤醒海上生灵。

湘莲早已醒来，步出村子，正在海边向东眺望。一切都是新鲜的，海上有雾，最下的一层如同乳白色的牛乳，越到高处，便越清淡。湘莲极目远眺，思绪飘得很远，这海岛天成，难道是上古之时共工怒触不周山，碎片散落在海里形成的？那补天的女娲如今在哪里？思绪随着晨风一飘再飘，湘莲进而想到，那海的尽头会是哪里？也有街道，集市，也有佛塔道观吗？那里的芸芸众生，也同样会有忧愁，有烦恼，有欣喜，也有如同自己的顿悟感悟吗？

湘莲袖手看着远处雾气弥漫的大海，傅老三后脚跟了出来。他像一个好向导，略带一点骄傲地带着自己的主顾，先看临海的观音菩萨道场紫竹林。一路走一路说，如数家珍。

湘莲步入竹林，看那竹下的紫竹石，一个一个大小不一，圆润可爱。他拈起一枚小小石子，淡紫色的纹路，清清爽爽，确系天成，当即收入夹袋中。此行出自临时起意，不期有如斯胜景，这枚石子，就当个纪念也好。

竹林轻啸，风中微微摇摆。千竿翠竹万重绿荫中，湘莲见在晨光的照耀下，翠绿的竹林隐隐紫雾，弥漫之处几乎淹没了双足，不觉心中大奇，接着又是一荡。紫石出翠竹，观音度众生，海角一隅有如斯浪漫，不能不说是天造。他当即口占一绝：

紫石紫气紫竹林，

纶音玉旨凤尾森。

渡尽劫波天接海，

佛道从来不分明。

湘莲不乐举业，于诗词上不曾下功夫，此时触景生情，也是聊以记事。那傅老三不懂诗的好坏，但他看着眼前腰悬长剑，口诵诗文的客官，心中油然升起钦佩二字。自己一辈子出海打鱼，偶尔接送人前往普陀礼佛赚点外快，本来挺知足的，此时见这能文能武之人就在眼前，那挺拔，那气质，不觉心中矮了一截。读书人一旦佩剑行走江湖，那就是有胆有识啊，比起自己，那是天差地远。

二三句听了个囫囵，第一句大白话，听懂了，但最后一句诗听得半懂不懂。傅老三不甘心，便不管莽撞与否，开口问湘莲：

"客官，为什么说佛道从来不分明呢？这里就是菩萨道场啊。我听说道士不拜菩萨的。"

湘莲从自己的世界回过神来，他转过头来看了看傅老三，考虑该怎么回答这个问题。后来一想，心中怎么思考的，就怎么说好了。

他先问："船家，我听伙计叫你傅老三对吧？我可以这么称呼你吗？"

老三赶紧点头："那还用说，我爹娘、哥哥都是这么叫我的。"

"好吧。傅老三，我问你，你说过经常往这里跑，拜过这里的菩萨，对吧？那你见过菩萨真身吗？"湘莲问。

"没有见过。不过菩萨么，这个岛上一直有传说。说这个岛菩萨来过；施了神通，将这里的石头变成紫色的，又让这里长出了竹林。"

湘莲点点头。"那也就是说，你没见过菩萨真身，但照样拜菩萨，对吧？希望菩萨保佑你，帮你实现愿望？"

"是的。"

"道教也有各种神仙，比如真武大帝，这个，你知道吧？"

"听说过。我就去过家附近的黄大仙庙烧香，但真武大帝没有拜过。"傅老三笑了。

"一样的祈求神仙保佑，对吗？"

"是的。我全家都是见神就拜。我拜的时候，多半是保佑爹娘好好的；自己出海，能够顺顺当当回家；还有就是，多赚点银子，多打点鱼虾。"老三一口气说完，又忙找补一句："每次平安到家，我也还愿的。"

湘莲笑了，接着往下说："所以，你看，当你每次平安到家，也打到了鱼的时候，是不是觉得，佛和道两派的神仙都保佑了你？"

老三挠挠头："是这么回事。"

"所以我说，佛道从来不分明。因为是你的心，让神仙们存在。神仙们在你心中，也没分得这家那家那么清。你想想，是不是这么一回事？"湘莲知道，在渔民心中，妈祖是专司海上引路的神，那重要性说不定比其他神仙都要紧，因此言语间绕开了，没提及。

老三恍然，觉得这读书人就是有学问。但他并未觉得拜菩萨神仙有什么不对，只是觉得湘莲的说法，像是给他打开了一扇窗户。他见湘莲和气，与自己说这么一堆话解释，心中温暖。他所在的村庄没人读书，偶尔听到富庶的邻村有考上秀才的，在渔民心中，那就是天上的文曲星，凡人哪敢跟天上的星宿说话呢。

湘莲见傅老三听进去了，心下也欢喜。两个人谈谈说说，出了紫竹林，又一路沿着平缓山势北上，先到普济寺。

普济寺在明代万历年间原名普陀寺。万历皇帝钦赐为"护国永寿普陀禅寺"，山以寺名，此为普陀山名之始。康熙八年，荷兰人曾入侵这里，普陀寺除大殿未毁外，其余均荡然无存。康熙帝兴佛教，遂于三十八年修建护国永寿普陀禅寺，并赐额"普济群灵"，始称"普济禅寺"。雍正时普济禅寺得以扩建，此时为最盛之时，僧众近千。

湘莲对于佛教寺院不予置评，自普济寺后，接着又游览了法雨寺、慧济寺。傅老三则见寺即拜，湘莲也不管他，只管自己看山看建筑，佛像的雕塑与京城一带风格也有不同，想来是雕塑的师傅们技艺传承不一之故。

因了湘莲的讲解，傅老三对着各寺的佛陀金身塑像各种礼拜时，心中有了些不同的感悟。要说佛度人间苦难，但度了千年，人间苦难几曾度完？单说自家世代打鱼为业，一家子辛辛苦苦也就混个温饱，遇到朝廷禁海令下来，全家不得不离开渔村安土重迁。然而浙地多山，自家所分到的田亩为山地，土壤瘠薄，春种秋收，一年到头粮食怎么也不够吃。只得出海打鱼补贴粮食之不足。但每次出海都得偷偷摸摸，提防官家来查，来收船。这还是自家三兄弟正当壮年，可以大着胆子瞅个空子，捞个闲钱贴补家用。那些没有儿子的、人丁少的、家有病人的人家，那饥一顿饱一顿的，日子过得如何惨淡，傅老三不是没有见过。以至于有人卖儿卖女度日，也不算啥稀罕事。这些人间苦难，佛祖菩萨看在眼中，就不度一度他们吗？

傅老三忙着想自己的心事，湘莲走前一大截，他才反应过来，赶紧跟上，履行其带路的义务。这普陀岛从高处看，像一只爬在海边的鳄鱼。站在岛中部的佛顶山天灯台，只见八面是水，阳光下蓝得仿佛琉璃一般。海风吹着，湘莲衣襟带风，鼓荡不休。腰间长剑压着襟袍下摆，袍动剑移，似急待出鞘一般。傅老三在后边看着，眼前之人丰神俊朗，飘飘然有出世之概。

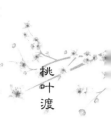

普陀山不大，用步子丈量，走起来却耗时不少。看看红日即将落在舟山诸岛的后边，湘莲这才从海天一色中收回目光，脚步回转，与老三回到歇脚的紫竹林边小小村落。两个伙计和家主夫妇一起，早已在小院里煮好了一大盆鱼汤，又烤了几条肥美大鱼，配了几色家常小菜，温了一壶村里酿的酒，在等着他们。

这是湘莲自离京城之后吃得最畅快的一餐。盐是海盐，煮出来的鱼汤鲜美无比；海鱼剖开一分两半，在大炉子上被木筷子夹住，翻来覆去地烤。湘莲他们到时，正烤得焦熟。木炭烤出来的鱼香，隔着老远都闻得到。

饭后安适，湘莲本想再到紫竹林走走的，抬头一看，不知不觉间，原本晴朗的天色罩了些乌云，风也大了几分。遂罢念。众人收拾，准备次日回归大陆。

湘莲不再像头晚一样防守之心重，在柴房酣畅一觉直到天光。清晨出得门来，看见老三和伙计已在等他。

见湘莲出门，老三看着他不无忧虑：

"客官，今儿天似乎变了，风大了许多。"

湘莲明白，这是让自己做决定。他看了看天，又看了看老三，简单地问："可以走吗？"

"海上起风是常有的。如果客官不怕风浪，当然可以走。"傅老三看着湘莲说。

湘莲从褡裢里取出散碎银子，与站在一旁的家主人结过账。转头看看傅老三："你说可以走，那就走吧。"

老三点头，自去收拾物事。他是一细心之人，在湘莲未醒之先，早已用皮袋补充好了淡水，又问这家歇脚的家主人买了一布袋晒干的鱼干。那家主夫妇厚道，附送了自制的酱菜，用油纸包好了一并放在布袋里。

走出村子直向码头，大海的轰鸣愈发浩大，这样的天气出行，对于海上讨生活的任何人来说，都是考验啊，老三心中想。但既然客官说走，他自然不能掉链子。

第二十七回

海上风云

黑压压的乌云飞快地从天边涌来，海水从往日明媚的蓝色逐渐变成藏青。渔船在越来越大的风浪里颠簸。两个水手赶着落帆，傅老三拼命把住尾舵，确保船只保持大致西行的方向。

湘莲不待请求，已经坐到了划船的位置。雨点开始落下，砸在他的脸上，脖颈上。他不顾别的，只顾用力划桨。一名水手协助落帆完毕，坐到船舷的另一边也开始划船。尾舵风浪中吃力，另一名水手赶去帮助。四人齐心合力，船只艰难向前，还好出海前，傅老三加固过船板，目前船身还没事，但已经有风把浪头刮了起来，不多时，船舱已积了一层水。

傅老三知道，今天如果运气不好，他们四人很有可能船翻人亡，葬身海底，自己和伙计还可以坚持一阵子，那客官不会水，第一个死的就会是他。想到此，傅老三有些内疚。是他答应客官可以出海的，现在，显然风浪比原先预料的更大。他想了想，吩咐水手把住舵，趔趔趄趄蹚过船舱积水，来到湘莲身边，蹲下附耳对湘莲说：

"客官，风浪太大，要不我们避一避？"

"有避的地方吗？"湘莲眼神如电，打在老三身上。

"前方不远有个岛，现在看不见，我们加把劲，应该可以在风浪更大之前去到。"

湘莲刚才还在懊悔，不知海的威力，才忽视了如此厉害的风浪，坚持出海。现听老三如此说，赶紧点头："你现在就是船长，你说了就算，不必问我。"

老三看了看湘莲，站了起来，又回到尾舵。看天间风浪瓢泼而来，浪头大的，直接打到人身上。船在波峰，转瞬又到波谷，海水灌了进船，比原先更深几分。四人衣衫尽湿。老三尽力把住船舵，那船只不停高低上下摇摆不休，有好几次差点打横。

"嘿哟哟，划起来……"忽然一声高亢的号子响起。是傅老三！

"划起来！"两个伙计应声。

"嘿哟哟，把家还……"号子在继续。

"把家还，把家还！"两个伙计继续和着跟唱。他们单调而雄壮的声音和着风的呼啸、浪的拍击，听起来有一种苍凉的劲道，又有股排除万难一定要回家的坚毅。

湘莲听着听着，心中像是燃起一把火。这样危急的时候，有老三这样的船家，还在给自己和伙伴鼓劲，这就是人的力量。他听了几节节奏，也跟着傅老三大声唱和起来。以往唱惯戏曲的嗓子来唱船工号子，开始时声音不对，湘莲很快适应过来，压着嗓子跟着吼："嘿哟哟，把家还！"

这一刻，没有公子哥儿，没有道士，没有客官，没有持剑人。这艘渔船上，茫茫大海间，只有四个患难与共的彪悍男儿。

四人奋平生之力掌船划船。约摸两炷香的功夫，前面隐隐有深色的山脊线透出来。老三停住号子，他的声音穿过风浪："前边就是半月岛！我们划过去，岛的内湾有个地方可以停船。"

风把傅老三的声音削去了半边，湘莲听个大概，他边用力划桨，边大声喊："知道了！"那一刻，他觉得自己就是一个水手，在听从船长的指示。他们要并肩协力，冲破雨雾，冲破风浪；他们对海立下了誓言，要回家，要回到安全之地。

岛屿的轮廓越来越清晰。傅老三腰身半躬，全神贯注操纵着舵，他知道沿岛有许多暗礁，船撞上了就完了。他小心翼翼操纵着舵，绕过半月岛弯曲的海岸，那伸出海面的拱，又沿着岛屿靠南边的一翼，将船驶进了背风的内湾。

有了岛屿正面的遮挡，内湾的风没有此前那么大了，雨点的势头也弱了许多。傅老三的伙计已过来接替湘莲，开始一桨一桨慢慢划。

湘莲直起身，看见船舱的积水里漂浮着一只木匣，上边开着口，两头还有提手。他猜到此物的功用，便拿了起来，一兜水一兜水地向外泼。积水泼得差不多时，他感到船头轻轻一碰，抬头一看，船停了下来。

一名水手早已放下船桨，轻捷踩上船头，跳到船下略微平整的石头上，又牵着船缆，牢牢系紧在海里站着的一棵树上。傅老三离了船尾，到船舱的榻上拎起普陀山带来的食物口袋，还有装水的皮囊，过来对湘莲说："客官，下船吧。待风小些，我们再离开这里。"

湘莲点点头。他看看自己，浑身落汤鸡一般。没想到昨日还海天湛蓝，今日就黑云巨浪，可见天有不测风云。他跟着老三跳落船头，发现落脚的几块石头，倒像是有人堆砌成简易的码头。这么弱的视线，傅老三居然能找到停船的地方，看来这地方，他熟啊。

海上风雨来得快，去得也快。眼看着头顶现出一抹蓝天。虽然很快又被乌云遮盖，但天色已不像海中风浪滔天之时那般黑得让人害怕。

四人心下稍安，此行算得上是逃得大难。站在坚实的海岸土石之间，说不出的欢喜。

老三前头带路："客官，岛上有座小山，山下有一块平整的地方，又避风。我们去那里歇歇，吃点东西。"他看了看湘莲，见没反对，便走到前头带路。

湘莲抖抖长袍上的水，一路跟着走，脑子超然地想着：傅老三这个人，到了这种时候还讲起码的礼仪，带路之前还记得征求他的意见，礼数不缺，难得。如此人读过书，不就是个现成的内外俱佳真君子？转头又笑自己迂腐，没读过书又怎样？市井有云：仗义每多屠狗辈，负心多是读书人。可见学识高低，与一个人的人品并没有必然相关。自己刚才这一闪念，狭隘了。

四人走了约一炷香工夫，森林渐密，转过几株大树，一片平坦的山坳出现在众人眼前。

只是，不远处这片山坳，搭了十几个大大小小帐篷，外头有人抬头看天，三三两两站着，还有人跟旁边的同伴说话。这些人显然没有注意到这大风雨的天，还有外客来到。

湘莲倒还没觉出什么，还在往前走；身后的两个伙计已经停下脚步，轻声喊："老三，老三……"

老三也看到了眼前一幕。显然，岛上有人。他退后几步回到树影里，放下手里拎着的包裹水囊。回过头来，右手往下压了压，悄声说："你们在这儿等我。我去看看。"不待回答，他便一个人走出了树影。

湘莲和两水手看着老三直接走向那帮人。一开始，帐篷外的人见老三到，如临大敌的样子。后又见几个人比比划划，老三卷起衣袖，似乎把什么东西给他们看。然后，那几个人走进中间的帐篷。老三回过头来望着他们这边挥手，做手势让湘莲他们几个出来。

湘莲看看两个伙计，两个伙计也看着他，显然让他拿主意。到此时还有什么主意好拿？湘莲信得过傅老三。他率先走出遮挡身形的树阵，迎着老三走过去。边走边想，这老三，莫不是认识这伙人吧？这伙人，会是什么人？

傅老三见湘莲走来，步履依旧沉稳，心中佩服。腰悬长剑行走江湖的人，大难临头不一定就有胆；但刚才在海上拼风浪，现在在逃生的孤岛又见到一大帮陌生人，眼前的客官竟然毫无惧色，此人是真有种。

那几个人进去的大帐篷，外头看过去像是油布盖的，正湿漉漉地往下滴着水。里头有人撩起了帐篷中间的帷幕，一个人走了出来。后头又出来两三人，是刚才进去的那几个。显然他们是去告知里边的人，有人上岛这事儿的。

首先出帐的人与湘莲劈头一个照面，湘莲愣了；那人也愣在原地。

这不是胜棋楼上下棋的那个人吗？湘莲马上认出了对方。来人认出湘莲的时间倒晚了一些，因为湘莲换了俗家衣衫，头发胡须也剃过了，又全身湿漉漉的。

是哦，两人在胜棋楼下过棋，还在碧桃苑一起喝过酒。如果不是因为湘莲的眼睛太亮，任何人都不能不留下深刻印象的话，还真一下子想不起来。

一愣过后，来人率先哈哈笑了起来："萧道长，什么风把你吹来了？"边笑边拱手。

湘莲也微笑回礼："这不是郑公子吗？东海龙王掀起了一阵风，专程送我来找你下棋呀。"

帐篷出来之人正是郑直。

自群盗大会之后，海盗伙送走了十二个人；剩下的，郑直依着与常天柱商量的主意，召集在一起，讨论海上经商的路线和具体事宜。他们决定设四条线路，北上渤海湾，东北上扶桑国，南边下福建和广东。目前不必分得太细，南方北方两个方向即可，待老三董青山回来后即两路出发，带少部分货物先探路子。海盗们要组队，也要一一熟悉海图和罗盘，因此破例多在半月岛上盘桓了两天。要在平时，海盗们不可能待在一个地方连续超过三天。今儿正要出发换个地方，没想到海上风雨起，只好又窝在这儿，不意碰上了外人。

真是山不转水转。两个萍水相逢的人，居然因了一场飓风，在一个无人居住的小岛上碰到了。湘莲和郑直心中暗暗称奇。

此刻的郑直自然以岛主身份自居。他起先还踌躇了下该如何介绍自己和一大帮手下，后来又想，自己一大帮人独占海岛，怎么介绍都可疑。自己不愿撒谎，就干脆来个囫囵。那萧道长双眼看着那样灵慧，瞒也瞒不过他。

"萧兄远来是客，请进来喝杯酒如何？"既然眼前之人不再着道袍，郑直也改了称呼。

"最好，最好。"湘莲跟着郑直走向帐篷。这帐篷显然常用，有门有帷，四角用四根木桩固定住，罩上了油布，油布上有孔，用绳索串起来拴住。走进帐篷，见规整谈不上，但还宽大，总可以容五六个人。

此时其他帐篷的人也陆续出来，站在空地上，什么话也不说，就看着傅老三和两个伙计。老三略一踌躇，他看了看脸现惊惶之色的两个伙计，心中不忍，便安抚道："你俩就坐在帐篷前，不要走开。我进去看看客官。"他还恪守着船家的职责，担心湘莲的安全。

两伙计刚才战天斗地一身是胆，现在存身于一群陌生人中间，倒生出了怯意。那领头的人看着威势，雇船的客官居然与之相识，还真是搞不懂了。还有傅老三，刚才先到这里，与人又交谈又比划的，不知捣的什么鬼。看来只有他俩蒙在鼓中。围站着看他们的那些人看来不是善类，两人心中嘀咕，对看了一眼。想想也无别法，当下只得依着傅老三的话，在帐篷前坐了下来。仿佛越接近客官和傅老三，他们的安全便越有保障。

第二十八回

剑气纵横

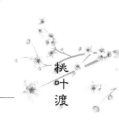

湘莲跟着郑直走进帐篷。帐篷里没有桌椅，除了一个大背囊挂在木柱上之外，别无长物。角落里倒是有一堆手掌那么高的小酒瓶子，木塞裹着油纸塞得瓶口紧紧的，就放在一个砍下来的粗壮树桩上。显然，郑直拿这木桩当了他的桌子。另有几个小的树桩，估计是拿来当凳子的。

郑直双手搬过一个木桩，请湘莲坐；又搬来一个，自己坐对面。他看到湘莲打量酒瓶，也不解释。海盗们图的就是大块吃肉，大秤分银，酒到哪里都少不了，要不这孤悬海外背井离乡之苦，何以开解？故虽是暂居，郑直作为海盗头领，他的帐篷里依旧有的是酒。

待湘莲目光转回，郑直伸手从木桩上拿过几支酒瓶，拔开一瓶酒的瓶塞，递到湘莲手里。外边风雨渐停，但海盗们所在的地盘是山坡下略平整的地面，坡上流下来的泥水不停地从底部冲进帐篷，又流向账外。

"需要在下验毒么？"郑直也开了一瓶，拿在手中，笑着问湘莲。

"不用。"湘莲拿起酒瓶来，喝了一口。这可不是女儿红，而是高度的烧酒，一入口湘莲就知力道。这一口下去，喉咙顿时火辣辣的。

郑直见湘莲如此豪爽，深为满意。他拿过另外一支酒瓶，抛给了立在自己身边的傅老三："傅春，你也来支酒。"傅老三眼疾手快，接得准准的，拔开塞子就喝。

湘莲这才知道傅老三的名字：傅春。他早看出傅老三与郑公子及手下早有认识，但不想说破，只举起酒瓶，向傅老三举了举，算是致意。

三个人在帐篷里闷了几口，身上渐渐暖和。湘莲才醒悟过来，郑直既是以酒来祛除陌生感，又以这样的方式为他和傅老三驱寒。湘莲眼中，眼前的郑直与莫愁湖畔那个斯文有礼的公子，面容一样，但说不出哪里的差异。似乎多了一种把控全局的意志，又有一种洒脱在里边。

"……这位客官，雇了我的船。"傅春望向郑直解释由来，他开口本想称"头领"的，一想，这种称呼不能随便泄露，便结巴了一下。

郑直笑了："不打不相识啊！傅春，你还不知道吧，差不多一个月前，我和萧公子一起下了一下午的棋。哈哈。"想起当时的胜负，郑直觉得好玩。海上生涯太久，胜棋楼棋局是他人生中一次有趣的偶遇。

湘莲知道，傅老三介绍自己给郑公子，转头就会介绍这个人给自己认识，便不开口，只是喝酒。果然，傅老三转向湘莲："客官，也不瞒您说，这位……郑公子经常照顾我的生意，有时候也派些活计给我两个哥哥。"

湘莲笑了："香山居士说得好，同是天涯沦落人，相逢何必曾相识。是吧？我们仨聚在一起，也是天意。那就顺了天意，碰一个。"他伸出酒瓶，与郑直、傅老三碰了一下，一仰脖，把剩下的酒一饮而尽。

傅老三不知道香山居士是谁，但郑直懂。他笑了笑，也一口喝干。

"现在风弱了一些，但海上还是不安全。萧兄不嫌弃的话，就在岛上过一夜。明天应该能晴开，那时再走不迟，如何？"郑直说。

湘莲看着傅老三，老三点点头。他知道头领说的没错。

湘莲放下手中的酒瓶，双手一拱："那就有扰郑兄。"他从头到尾，不曾问及郑直为什么在这里，外头的几十号人与他是什么关系。

三人说定，郑直掀开门帷，湘莲和傅老三紧随其后走出了帐篷。郑直招了下手，旁边有人过来听令。他吩咐了几声，不多时回来回话。郑直这才转向湘莲：

"岛上简陋，屈就仁兄在帐篷里权且安身。傅春嘛，就和伙计一起，在隔壁帐篷里挤一夜，另搭个帐篷也行。"他看到了帐篷外两个眼生的水手，知道定是跟随道长和傅春一路来的。

湘莲见逃得大难，上岛不但有酒喝，当初的萍水相逢之人还单独给自己安排了遮风挡雨之处，心中感激。他忙说："不拘我在哪里都罢了。有劳仁兄。"

郑直点点头，引着湘莲到场地边缘。离郑直最远的帐篷，里边的五六个人正背着褡裢走了出来，准备另外觅地方，再起个临时帐篷。

天色果然如郑直所料。风时而强时而弱，山林摇晃，海上的浪涛声，虽是隔着山岭，依旧听得轰鸣。雨也随风时大时小。湘莲划船耗力不少，身躯困倦，到此放松，便不管外头郑直们做些什么，也不管雨水泥水，靠着帐篷里的一条横卧的树干睡着了。

湘莲睡得正酣畅，忽然抱在怀里的剑似乎一动。他一睁眼，一个鹞子翻身跳了起来；"锵"一声，宝剑抽出。定睛一看，有两个人正跳离他的身畔。湘莲再不容情，飞起连环腿，一边一个，将两个人踢翻在地。再赶过去，一足踏定一个，另外一个垂下剑尖指住："尔等什么人？"

踢打声惊动了隔壁帐篷里的傅老三，他也不管伙计，三脚两步抢进屋来。看到眼前一幕，惊得说不出话。

"傅老三，去报你们的头儿吧。"湘莲脑子里转了几道弯，此刻遇贼人盗剑，只道傅老三带自己上岛是故意的。他认识这里的人，他见郑公子时恭恭敬敬，这一切只能说明一个问题，他是他们一伙的。盗了剑，自己就是任人宰割。湘莲的心硬了起来。他冷冷喝出这句话之时，那就是敌我分明，再不给傅老三留余地了。

傅老三一听客官道出自己身份，知无可解释辩驳，只得默默退出，去报郑直。

郑直那边，见天色晴开了一点，便抓紧最后机会，与常天柱一起，和分出来的两条线上的兄弟，一组一组落实最后的细节。在半月岛待得时间太久了，他们急于换个地方。待次日离开半月岛，两条线就是两个新的组织，得根据路程远近，确定运货及回程的大致时间，另外还有接头的地点、联络人等。因为这是首发之旅，大伙儿心里也没底，原先已经讨论过几轮，现在要明确下来。

郑直和海盗们讨论的地方就在他的帐篷外，离得湘莲甚远。帐篷的安排，固然有照顾湘莲让他好好歇息之意，也有海盗们的商量尽量避开湘莲的意思。郑直正忙着，看见傅老三踏着泥浆水，一滑一跌地跑来，便知有事。他止住众人，走出海盗围起来的圈子，迎向傅老三：

"怎么了，傅春？"

"两位兄弟和萧公子打起来了。"傅老三停住脚步，喘了口气，指着远处的帐篷。

常天柱一直关注头领，现也跟着过来。郑直向他偏了偏头："我们去看看？"

三个人走向帐篷，一进去，见帐篷中情形，不觉呆了。湘莲见郑直进来，冷冷地说："郑公子，这是你的手下吧？刚才来盗我的剑。这是怎么说？"湘莲不提是否要取他命的猜想，先说盗剑。

郑直看看卧在地上的两人，正是被他留在岛上的应大山、韩驹子二人。因为他俩已经表示不愿金盆洗手出海经商，因此群盗讨论时，他俩留在帐篷里，没让他们参加。

郑直看着这两人，沉声问："老七、老八，你俩怎么回事？"他依然沿用了旧日的兄弟称呼。

应大山被剑锋指住，倔傲的双眼看着郑直，不说话。韩驹子被湘莲一条腿死死踩住，挣扎不起，见郑直到，只好回言：

"老七看见这客官腰间佩的剑，说像是值钱的古剑，我俩……就想拿过来瞧瞧。"他说得含糊，郑直听得清楚。拿来瞧瞧？这分明就是盗过来据为己有的意思。

虽然只是一场棋局一场酒，但郑直钦佩湘莲的棋艺，也珍惜难得的脱掉海盗身份之时结下的这段情谊。韩驹子说完首尾便低了头，应大山也没有反驳，那就是了。郑直摸完底，抱拳向湘莲郑重行礼："萧兄莫怪！是兄弟我管教不严。还好没有伤到萧兄。看在兄弟面上，就放了这两个糊涂人吧。我会管教他们的。"

湘莲看郑直眼神真挚，心中信了七八分。又见旁边的傅老三一脸的气急败坏，想及渔船上大浪及身，船只在波涛中左右摇摆随时倾覆的惊险，心不由得软了。是傅老三救了自己一命。这样的人，是不会平白无故勾连别人来害自己的。想到此，他收剑入鞘，脚从那倒霉鬼身上抬了起来。

应大山阴沉着脸，当先出了帐篷，韩驹子向湘莲草草行了个礼，也跟着出外。郑直摇摇头，再次为自己兄弟的无礼向湘莲道歉。又请湘莲到他帐篷安歇。

湘莲见郑直其意甚诚，便也收了戒心。既有邀请，不去反倒显着自己小器，便跟着他走了出来。

不料刚一出帐篷，不远处站着应大山，正虎视眈眈看着湘莲。他右手拿一柄明晃晃钢刀，左手握着一柄斧头。郑直还没出声，那应大山摆个招式，斧头向着湘莲连点，出声招呼："刚才出其不意，被你小子占了便宜。爷咽不下这口气，你有种就过来，与爷大战三百回合。"

郑直喝道："应大山！你还有规矩没有？这位萧公子是我的朋友，你怎可如此无礼？快放下了刀斧。"

应大山平日最是凶狠，有蛮力也有几手功夫，平日里不少同伙怕他。此刻他仗着郑直留下他，显然自己还有用的这一点，肆无忌惮，下场向湘莲挑战。原本他也表过态度要上岸的，自然也不怕得罪了郑直。此人一生好勇斗狠，刚才被踢了一脚吃了亏，便恨不得立时找补回来。

此时等候头领的海盗们，见应大山跳到场地中间要决斗，纷纷挤了过来看热闹，人群不多时围起了大半个圈子。湘莲见眼前一幕，便知郑直为难。他从腰上解下剑，"呛啷啷"一声，双剑出鞘。他把剑鞘扔给一旁的老三，双剑剑锋朝下，握剑向郑直拱手："郑公子，刚才得罪了仁兄手下。既是要与在下比试，那就恭敬不如从命。"不待郑直回应，他转身轻飘飘一个滑行，应大山眼前一花，湘莲已经站在面前。

"进招吧。"湘莲一手一剑，剑锋斜斜指向地面。

应大山已甩掉外衫，只穿无袖褂子，一身横肉黑黝黝的。他见湘莲轻功如此，便存了个先发制人的想头，湘莲说话时，他已一斧一刀砍了过来。

刀斧力沉，眼看应大山直欺过来，湘莲走起老道士教的八卦步，围着应大山转，边躲刀斧，边瞅他的破绽。应大山开始还舞动刀斧甚急，几下砍不到人，眼前一大片都是湘莲的身影，知道危急，此时只有舞动刀斧护住自己。刀斧耗力，应大山的速度渐缓。忽听"啪啪"两声，众人只见应大山在原地晃了几下，最后刀斧离手，人倒在了身旁的泥水里。

原来湘莲不想跟应大山动蛮，又顾虑着是郑直手下，不愿刺伤见血，便考虑以巧取胜结束战斗。他绕了几圈，步法越来越快，绕晕应大山之后，双剑齐出，分别在应大山的左右太阳穴，用剑面各击打了一下。当下力透剑身，应大山太阳穴受力，脑袋一晕，就此刀斧脱手直甩了出去。

群盗惊得鸦雀无声。有几分功夫的，见湘莲使剑到此境界，平生未曾见过，心中叹服。分寸拿捏得那么好，不用剑锋仅用剑身便制服了应大山，真好功夫。只有蛮力的，还没搞清楚应大山怎么倒的地。沉寂了几秒钟，不知谁喊了一声"好"，众人便跟着喝起彩来。

这群盗不喝彩还好。给外人叫了好，让一旁的郑直脸往哪儿搁？本身确是应大山、韩驹子不对，盗人剑，又挑战，现下被人轻易卸了兵器。群盗在此为萧道长的武艺叫好，待他们回过味来，岂不是自己一方在外人面前丢了脸面、堕了威风？

他心下叹了一口气，应大山败得如此窝囊，逼得自己不得不找这道长打一架了。尽管他知道，双方都不情愿两人之间有此一战。

郑直想定，走到应大山和湘莲之间，笑了笑："是我这位弟兄见事不明，不自量力了。这样，老七，你先下去歇着。我来接萧兄几招。"

群盗果然如郑直所想，他们叫好之后，脑子灵光的早已后悔不迭，心中颇不是滋味。现见头领飘然下场，心头一喜。毕竟，大伙是风里来雨里去的兄弟，关键时刻，头领还是护住大家的。

郑直下场，倒是湘莲没有想到的。现在骑虎难下，不得不战。他见郑直空手，便分了一柄剑，剑柄朝上递了过来："郑兄赐招，再好不过。兄弟这把剑可合可分，郑兄不弃，我二人就习练练习。"他有意说得轻描淡写。

郑直知道，萧道长这是表示对自己并无敌意的意思。他心中，萧公子远没有萧道长那般令人印象深刻，故心头想起来时，还是道长。

他接过剑，食指中指抹上去，一痕秋水一般；弹了一下，声音清朗而低沉，便知是难得好剑，这应大山盗古董，看来眼光确是不差。他抬头看着湘莲玉树临风，微微一笑，左手捏个剑诀，剑尖朝下，双腿不丁不八，取个守势。

湘莲知道，这是礼让，也是让自己先进招的意思。此刻他大致明白了郑直出战的苦衷。那就配合他吧，打个平手是最好的。想定之后，湘莲不再犹豫，剑锋直指郑直。

郑直自小习武，父亲给他请的师父中，有一位是杨氏太极拳、太极剑的高手。郑直聪明，关节处一学就会，习练又自律，因此进展神速。那师父起初教了几个月，离开后还是放不下这苗子，又回头教了他三年。离开清江浦时告诉他，所欠的只是火候，让他勤加练习。此后多年，郑直一直背着众人练剑，练得越久，领悟越多。这次出手，一方面是势所必然，另一方面，也不无试试道长功力的意思。

见湘莲出剑，郑直接招，两剑不及相交而剑招已变。两人行行走走，踏的方位都是八卦。两人步法轻灵，翻翻滚滚，间或一剑刺出，皆是点到为止。外行看来，就像两只大鹏鸟飞翔之中的偶尔交汇；内行看来，这是旗鼓相当的试招。两个人都非心浮气躁之人，开始还存了不伤对方的想法，下手尽留分寸，后越战越奇，便一点点放出真功夫来，剑锋相交的回数也密集了起来。

湘莲自离山出道，这是第一次以八卦剑与人认真对战。老道士教他的身法心法，随着时间的流逝，一点一滴在他身上发挥出了功用。对方使的剑显然也是道家一路，只是路数不同。拆过几招，湘莲大致知道了对方的路数：以慢制快，先慢后快。出剑时看似慢，但双剑一接近，便是一个快字，仿佛剑锋突然长出来一般。有趣有趣。湘莲心中边看招，边改变自己的打法，既然他先慢，那就得在他变快之前克制住他。

傅老三在旁看得目眩神驰，头领称客官姓萧，那么就该称他萧公子了。这位公子初上船时，蹚过没膝深的海水，那是一点都没显示出功夫来呀。以眼前的功夫，他初上船时大可不必如此狼狈，灌自己半身的水。此人可真沉得住气。

二当家常天柱功夫不弱，他看头领持剑与人对招，还是第一次。那客人此

红楼续书·红流三部曲（中）

前轻松两下击打,应大山即倒地不起,足见剑身传过来的力道。现见头领与客人剑身相交,只有轻微的"啪啪"声,知道两人功力相差无几,都是一试即走。又见两人身法差不多,虽是看不出走的什么步子,但显然尽有相似之处。地面凹凸不平,时有积水,但二人仿佛脚下有眼一般,落地轻捷,不曾有踏进泥潭拖泥带水之时。

正边看边思索,只听"啪啪"声越来越密,两人对攻的剑招显然多起来了。看来头领与那客人到了决胜的时刻,便不错眼睛地看。

围观的众人此时眼睛眨也不眨,看着头领斗剑,心悬在半空。忽然,两个人侧身停在了场中间,两人的剑尖不约而同指向对方的肋下。郑直哈哈一笑,先撤了剑:"萧兄神剑,兄弟不如也。"

湘莲闻声一笑,也收了剑:"郑公子剑招如神,兄弟我不及才是。"

原来两人斗了两三百招,均无明显破绽。湘莲起初被撩起了好胜心,想一决雌雄,后来便自责,老道士师父告诫自己凡事谦冲为上,怎么对战之时便忘?一念甫起,便缓缓收了功力。他一收,便攻的少守的多,那郑直见对方并非不如自己,多取守势,乃不愿胜他而已,就像胜棋楼对弈一般。既然心中了然,便当了二人切磋剑招。二人心意相通,以攻收招,平局结束。

目睹这一场稀罕斗剑的海盗们见客人虽然厉害,还是赢不了自己的头领,面上有光,顿时赞声大起,岛上一片欢声笑语。

湘莲记挂着争斗的缘由。他走到已避到远处坐地的应大山面前,平和地说:"这位兄弟,不是萧某看重财物。这柄剑一雌一雄,乃是家传。故不能舍弃。改日遇到好剑,萧某定买下赠与兄弟。此事就此了结,如何?"话说得清晰和缓。周围的海盗们固然此前抢劫成习,但在群里,基本的秩序还是有的;现见应大山盗剑在先,挑战在后,客人皆不计较,现今还如此说话,这是给应大山台阶下了。

那应大山到了此时,心中再不服,已是非低头不可。他站了起来,低头向湘莲拱手行礼:"是在下错了。公子莫怪。"那韩驹子早已看到,见应大山认错,便赶忙挤过人群,也来赔礼。湘莲一笑,拱手离开。

斗剑时风渐息,郑直与湘莲斗完,雨也渐渐停了。天色已暗,群盗自帐篷里搬出几支松木做的火把,褡裤里掏出油纸包住的打火石,击了几下点燃,又在地上挖了洞,把火把插将进去。顿时山坳一片暖红,松木熊熊燃烧,不时有哔啵哔啵的声音传来,那自然是燃到了松香之故。

闹腾了一阵，众人腹中饥饿，便纷纷入帐篷拿出干粮，围坐地上，一块硬馒头就一口酒地吃起来。虽是简单，倒也豪迈。众人纷纷评点刚才的剑战，都觉得目睹了自家头领真功夫，实乃幸事。跟着这样有本领的人走，心里踏实。

湘莲有意与群盗化敌为友，又喜郑直心智为人，待郑直还剑之时，便说："在下与郑公子萍水相逢，又在风雨中的海岛再次相遇，算是有缘。有个不情之请，不知郑公子意下如何？"

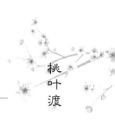
第二十九回

义结金兰

那湘莲此前从未有过与他智识武艺旗鼓相当之友。宝玉、秦钟于他，是不同流俗的存在，然而宝玉是女儿丛中娇养出来的公子，少了一些飒爽之气。秦钟死得早，可是到死都维护不了谁，无论是馒头庵的智能儿，还是父亲留下的薄田几亩、老屋几间。更可叹者，秦钟还在卧病，族中人就像秃鹫一般守在家里，专坐等秦钟死，好分绝户家私。湘莲帮着料理的秦钟后事，后来去祭奠时，坟头早已是荒草蔓生，老鸦儿甚至在墓旁的枯树上做了窝，一声声叫着，瘆得人头皮发麻。

如今风雨将自己送到荒岛，居然遇棋友，得他帮助，斗剑又在伯仲之间。此君人物潇洒，处理事务干净利落，心下便生出想法。

"仁兄心意，我猜着了。"郑直冰雪聪明，他从湘莲的双眼中读懂了他要说的话。"只是在下有个计较。萧兄和我一起入帐，把酒细说如何？"

"郑公子不必担心。江湖人行事，自有其理由。只要不滥伤无辜，就是道义。"

郑直知眼前之人猜到了自己和一帮子兄弟做的什么营生。不要自己的解释，是一种尊重。此刻要待推辞，便显得自己不够磊落了。他略一思考，当即抱拳："如此，咱兄弟就在此结义。"

湘莲见郑直已心下了然，心中一股豪迈之气霎时涌了上来："是，咱兄弟就在此结义。"当即展了袍袖，对着郑直跪了下去。

郑直也跪下双膝行礼。二人在海盗们的面前义结金兰。

二人均倜傥不群之辈，又各有苦衷，遂也不叙年齿，不通真名，拜完起身拱手为礼；一个叫郑兄弟，一个叫萧兄弟，均不胜之喜。

海盗们目睹此一幕，纷纷停下嘴边食物，围了过来。见头领与这位手段高强的剑客结拜，也觉欣欣然。有行礼的，便叫道长"萧大哥"。湘莲一一应了。

傅老三见此，心中一块石头落地。他是浙江沿岸渔民不假；出海打鱼，偶尔送香客到普陀山，赚点快钱也不假。他还有一个身份，就是郑直在陆地上的眼线。自禁海之后，傅春全家生计艰难。郑直渡海时与之偶遇，见其为人敦厚中透着机灵，又衣衫褴褛，便给了他十两银子安家。傅老三知道无功不受禄，再三请问有何效劳之处。郑直再三观其色，知其可靠，便直言了自家身份。游弋在杭州湾海域的盗贼，目前虽然官兵不来，但这事儿总悬在心头。他交给傅春的任务是，如见官府动静，可及时来半月岛报讯。傅老三当即应了；又按了郑直要求，在左手臂上文了一只海星。

渔民们在数十年的岁月里，离开世代居住的海边弃船去耕地，各种不适应；又兼土地瘠薄，产出甚少，不少内迁的渔民过得贫困潦倒。郑直给的十两银子足以改善全家人生活，傅老三心中感激。要知当时一家人粗茶淡饭，一年五两银子足矣。傅老三受人之托，便忠人之事，他未告诉家人银子来由，只说一位好人所赠。随后跟着郑直来到岛上认路。郑直单独说给他，报讯之时，如岛上有人，以手臂上的文身为联络记认，人不在时，则在山侧一块大石上画两个圈。郑直说得详细，大圈套着小圈，他一看就能知道。

傅老三一一记下，回去后照样和两位哥哥一起奉养父母；又依着头领的吩咐，村落里四处散播半月岛上有海上冤魂纠缠，自己登岛，差点回不来云云，编得活灵活现。这些谣言随着年深日久，与傅老三一样偷偷出海的渔民也都宁可信其有，从此出海皆绕着半月岛走。因了此故，虽然半月岛就在普陀山对面，除了海盗们偶尔到此，其他人并不上岛。如果不是这一次遇到大风雨，为了救命，他也不能带雇船的客官还有水手到此地来。

他待众人行礼毕，来拜湘莲："客官，小子傅春，是郑大哥的手下。您与郑大哥结拜为兄弟，那也是我的大哥。"他是一警醒之人，见郑直未吩咐，便未公开叫"头领"，只叫大哥。

湘莲自然早看出郑直与傅春之间的联系。他含笑扶起傅老三："兄弟请起。不是因为你的引路，我还到不了这座岛，也遇不到我郑兄弟。大哥正要谢谢你呢。"

傅春见说，心中温暖，没想到自己孟浪行事，却带来了意料不到的好结局。他带来的两个水手早已躲得远远的，并未过来。但这二人素知傅春为人，故也不担心今日之事会殃及自己。

郑直让手下人打开全部酒浆，庆贺自己与萧大哥结拜。群盗们哄然叫好。郑直则拉了湘莲的手入帐，二人分坐木墩上细谈。

"萧兄弟，我与外头的兄弟们做什么营生的，相信你已猜到八九分。如此不避斧钺，又不说穿，兄弟我领情。"说完，郑直仰面，将小酒瓶的酒一饮而尽。

"郑兄弟不也不查我之底细，即与我结拜？"湘莲微笑，也仰脖将一瓶酒喝了。

二人哈哈大笑，皆心照，又伸手拿过两支酒来。

"我上船干这营生之前，一直在想一个问题。都说康熙爷六十年盛世，可是江南富庶地方，依然有人吃不饱饭，还有卖儿卖女之事。盛世之盛，不该泽及众生吗？外头的许多弟兄，是活不下去了才来投奔的。萧兄弟是有见识之人，可有教我？"

这个问题，湘莲其实考虑很久了。现郑兄弟问起，便也说出了心中所思所想：

"以两江富庶，实不该如此。我从北向南，一路上看了许多市镇。高楼大户，低矮屋檐；朱门酒肉，路有乞儿，恐怕不是一个富庶二字可以囊括可以解决的。我看关键是：财富不均。而财富不均的原因，恐怕不止是勤力不勤力。"

"正是！"郑直一拍大腿。没想到这个新结拜的兄弟三言两语说到了重点。"起初，我接家父的担子，让众兄弟靠着大海讨个活路。但毕竟商人无罪，我心中也时时感到不公。可是这弱肉强食的世间，如果不当抢夺者，那就等着被宰割。如此，我又心有不甘。"这是郑直首次在人前吐露家世。

"我一路上看见，兵丁如同阎王，当街就可行凶；小吏贪墨，上下盘结。那么，那些我们看不到的大贪巨蠹，是可以怎样的恣意妄为？你说，圣天子在位，犹然如此，如果换个朝代，那不定人间更如水火？"湘莲想起了杭州府那卖花的女孩，险遭无妄之灾；又想起淮安府的贪吏，不但贪国库，还垄断了淮安府的河工衣食。是何缘由让他们狗胆包天？

"萧兄弟说得是。兄弟我管不了那么多，现在首要的，是要将兄弟们引入正道，图个堂堂正正地赚钱养活自己和家人；不但养活，还要体面。不瞒萧兄弟，你来之前，大伙儿就在讨论这件事。"他将自己海运经商护航的事儿大致讲给了湘莲听。

湘莲眼睛一亮："郑兄弟，你这是正道啊。丝绸之路自汉代张骞开凿以来，已历一两千年，让我华夏之物远通大漠；同时商贾往来，也带来了上下游的受益，以有余补不足嘛。据我看来，使人间富庶免于饥寒的，正是商路。一条条商路如同人身上的奇经八脉，通则不痛，痛则不通。郑兄弟想得没错。至于如何免于被凌虐，这个，我还未想清楚。我想，大海如此之广，这世上该有不同的国度，也会有不同的国情吧。如果能四处漂洋过海去看看，也许，在别的地方，能找到答案。"他虽在帐中，但悠远的双目似乎已望向了远方。

郑直也被他感染了。"兄弟，不瞒你说，待我另一个兄弟来汇合，我分的两条线就开始试水。南下南海，北上扶桑，看看海路如何；将来也许可以走得更远，像前朝的三宝太监郑和一样下西洋，登陆去看看，沿路的国家有什么不一样。"他拿着空空的酒瓶，在泥沙地上划了两条线路；出发点就是舟山。

"扶桑国现在叫日本国。听说这个国家是岛国，大小岛屿无算。旁边不远处就是高丽，现下叫作朝鲜。也许，还有其他未被世人所知的岛屿国家。郑兄弟可以让手下的兄弟们一并去看看。不过国有国情，不能蛮干，但可以边打听边行，毕竟是商路，要和平不要刀兵。"湘莲一边看线路图，一边低头补充。

"嗯。我们叫惯了扶桑国。"郑直一笑，"如果要北上，势必进入倭寇的势力范围，虽然听说本朝倭寇较前朝少了，但据我所闻，并没有彻底清除，还有部分盘踞在邻近黄海东海的海岛。我们护航的力量是不够的。不过，今年中秋之后，我们的力量应该可以得到加强。"郑直指的是他订做的两条船，那船实际上是按照战船尺寸、规格来订的，为防着有人警觉，做了一些似是而非的变通。

老三董青山还接了郑直一个秘密任务，就是暗地里与绿营军官取得联系，私下买一两尊火炮来，火炮如买不来，多买几支火铳也是好的，装在新的护航船上，战斗力显然可以直线上升。郑直知道，这些兵器都需日常保养，而朝廷养的军士长期不战，军营内部早已开始衰朽。不少火器因缺于保养使用而报废，浪费惊人。如是，营官便有了上下其手的机会。大规模的不敢，报个报废，弄出来一两尊小口径的火炮几支火铳之类，还是有可能的，只要价钱合适。这些，郑直认为尚无必要告知结义兄弟，故一语带过。

这些消息，有的来自于郑直布在外边的眼线所报，有的，就在碧桃苑令老板的酒馆里听到的一言半语推测出来。划船的艄公说，那酒馆喝的是酒，但其座头常年不空的秘密，听说正是因了那里是一个信息交易场所。郑直想到此处，不由想起了董青山，该是他回来的时候了，不知此行有没有眉目。

单是说出口的这些话，已经让湘莲由衷敬佩。这文质彬彬的斯文男子，不但剑术高强，还有胆有识思虑深远至此。看来这兄弟，结拜对了。

他站起来，又拿过两支酒开了，一支递与郑直："如此，祝郑兄弟心想事成，做出一番事业来，也不负了这男儿身。"

郑直一笑接过："萧兄弟既有救民之志，又有四海壮游之心，可否考虑，你我兄弟一起呢？"他这时才托出他的想法。

壮游四海四字打动了湘莲。他想了想回话："容我上岸后，思量一段时间。郑兄弟看如何？"

郑直知道这不是托辞。毕竟海上风浪，对于长年居住大陆的人来说，单论此事即是难以逾越的障碍。他把酒瓶口与湘莲轻轻一碰："那就以今年中秋为期，告知兄弟你的决定如何？还在我们上次喝酒的金陵桃叶渡，碧桃苑那家酒馆。"

湘莲想起了当日豪饮，也记得自己与陈豹的早走。他见郑直眼睛灼灼放光，便轻松下来，笑着调侃："怎么？郑兄弟是放不下那里的酒，还是那里的人呢？"他记得酒馆里有人说过，隔壁院子有秦淮河的花魁。

没想到这瞎放一箭，倒换来郑直一番心底的话。他对着湘莲，诚恳地说："萧兄弟，也不瞒你说，兄弟只此一事，算得上没出息。自那日饮酒，你先行离去之后，我见到了碧桃苑一人。平日我只笑那些花丛中迈不动腿脚的人，可是到了我身上，竟然也没法免俗。"他的语气之中，混杂有遗憾，有回味，也有惭愧。

湘莲哈哈大笑："郑兄弟当真可爱！食色性也，孔老夫子早就告诉了天下人。天生阴阳，不是让人独善其身的。郑兄弟想必见了个绝色，从此念念不忘，又有什么可笑的呢？"

郑直从未与人说起过此事，没想到当日的斗棋人，现在是唯一可以诉说，也是唯一可以了解他的。

"绝色倒还在其次，是那种幽幽的气韵，最合我心。虽然她说话不多，但是，我跟她讲起任何事来，她都是可以理解的。我看她的眼睛就知道。"郑直顿了顿，补了一句："觉得与这女子相处的几天，我才有了人味儿。"说到此处，郑直的头略低了一点，他回想起碧桃苑那销魂的三天。这种话，也只会跟眼前之人说得。

"明白了。那么，郑兄弟是约我中秋之夜在碧桃苑见面吗？"湘莲善解人意，马上转另一个话题。

"是的。萧兄弟到时可以告诉我，你的答案。"

"为什么非要中秋节呢？"

"那女子说，中秋节是她生辰，希望我去与她度过生日这一天。我未曾答应，但心下想着，还是去见一面。"

"可以告诉我，这名得到郑兄弟如此思念的人儿，芳名是？"

郑直踌躇了一下，还是说了："妙姬。想必这是碧桃苑的花名。她的真名，我并没有问。"

湘莲感受到郑直心底的波动。他们结拜尚未超过一个时辰，如此倾囊告知，包括未来出现的时间地点缘由，这已经是最顶级的信任了。为了安郑直之心，他也首次披露了自己的一点信息：

"兄弟别觉得不好意思。我，也曾经一时气盛，逼死了一位好姑娘。"他低下头，解下自己的宝剑，轻轻抚拍，慢慢地说："她伏剑而死，就在我的面前。"

这是湘莲心底最深的负疚。对于尤三姐，他往日未见，谈不上一个情字；他匆匆下定，并没有别人逼他；可是他听信了传言，尤三姐因此而死。他没想到的是，众人眼中的淫奔无耻之尤，死于尊严被辱，死于对人世的绝望，这比那些苟活者实在强百倍啊。

在尤三姐倒下的时刻，湘莲知道了，他辜负了道义的义字。虽然他不知情，但他毕竟给了一个女子希望，然后又亲手剥夺掉这份希望。所谓我不杀伯仁，伯仁因我而死，不外如是。

正因如此，他给了他所能给的一切：他承认了她。承认了她是他的贤妻。尽管尤三姐自刎之日，才是他的初见之时。

湘莲一生声色犬马，但他有底线：不害人，不伤天害理。可是，一个女子苦恋他多年，因为他的匆匆落定礼又匆匆收回，不堪幻灭而死，这就成为了他摆不脱的心灵重负。他害死了一个无辜的人。

一个人并无害人之心，可实实在在害死了一个人。那这个人是不是有罪？他一路上问自己，直到自己糊涂掉；他走了又走，发现这样简单的问题居然答不上来，自家岂不是废物？他在自我怀疑中走过京城的大街小巷，脑中回放着自己无所事事没有目标的纨绔一生，直到遇到了坐在断墙边的老道士。他抢过老道的褡裢说"走吧"那一刻，湘莲才确知，自己自父母去世后，早已滋生的弃世心思，其实早已深埋；如今只是长成了心中一棵树，像要撑破他的胸膛。

他早已是一个孤儿。无人牵挂无人羁绊的孤儿。红尘于他，似乎彼此都是过客。他实在并不爱任何人，甚至不爱他自己。那么，他来尘世一遭，究竟有何意义呢？

这最深的自我怀疑，最深的负疚，在与老道士的对坐习剑中，慢慢淡去了，湘莲获得了平静的自我。然而在坦诚的郑兄弟面前，潜意识覆盖着的这一道沟壑，他愿意露出来。像一道伤口。

郑直沉默了。他懂了为何应大山、韩驹子偷剑的时候，为何湘莲如此暴怒，绝不容情。萧兄弟的剑，实在是承载了太多故事。

他把瓶中酒干了，向着湘莲比了一比："萧兄弟，我懂你。"

第三十回

祛恶从善

男人的酒，是治愈往事的药浆。萍水相逢而又直指内心的友情，因为没有
往事的牵绊，在一饮而尽无需解释的对酌中更加纯粹。

半月岛上的郑直和湘莲，他们甚至并不知道对方的名，就连姓氏也不一
定真实，可是，却无妨于他们从彼此的眼中，看到了对方超越于流俗的见识
和品质。

他们二人，此前很长一段时间里，其实并不止在为自己而活。这一点，除
了他们自己，即使身边的人也难以了然。现在，湘莲懂了郑直要把弟兄们带入
正道的所有苦心；郑直也洞察了湘莲欲寻求世上人更好生存方式的眼界和努
力。是的，某种程度上，他们是相似的；他们都超越了一己之得失，将目光更多
地投向周围的人，以及更遥远的未来。

真正的朋友，仅仅看到彼此的优点是不够的。从他们放下戒备，在对方面
前袒露出自己虚弱的时刻，他们就已经是朋友了。无论道义还是情感，无论欲
望还是向往，他们也都和红尘中的普通人一样，有着自我的感受。袒露自己的
内心固然是一件不容易的事，但经由此举，或可获得内在的力量，来正视和剪
除自我的怀疑，以及因此导致的内心虚弱。

岳武穆所作的《小重山》中曾有两句词，一直留在郑直心中，硌得他隐隐
作痛："知音少，弦断有谁听？"他是一名海盗头子，可是，吸引他的却是精忠
报国的岳飞；他一直鄙弃无法控制自己意志的人，然而他自己却曾短暂沦陷于
一名青楼女子。这些矛盾与自责，是他无法言说的。然而，与萧道长的一番坦
诚对话，却让他站直了，可以正视自己的心理，尤其是碧桃苑的三天经历。是
的，哪怕有一刻的真心依恋和珍惜，于他都是可贵的。自己是人，不必以此为
羞耻。即使依恋的是一名青楼女子又如何？她曾给他人生的美好，不是吗？

坦诚与互信，同样填补了湘莲缺失了的内心一角。为一位声名狼藉的女子
之死，自己如行尸走肉般走过京城的街道。这在世人眼中，无需别人说知，他

也知道是如何的惊世骇俗。一句"萧兄弟，我懂你"，拯救了他。无需解释。懂就是懂。他曾放弃过自己的人生，甚至想放弃自己的生命，是老道士带他到山顶疗伤。当他为往事隐隐作痛之时，郑家兄弟告诉他，一名女子伏剑而死给他带来的强大冲击，他完全懂得，完全明白这一份痛苦。

一场酣畅淋漓的大醉之后，郑柳二人在清晨的鸟叫中醒来。他们在泥地里醉滚了一夜，醒来对视，不禁好笑。两人的衣服早已泥浆一层一层糊住，但他们的双眼在晨光中无比清澈。

这世上的同道者，找到了真好。

常天柱已经在外边集拢海盗们，临时搭的帐篷已一一卷了起来，放进了他们原先开凿出来的山洞。一切准备就绪。郑直掀开门帷，外头无论是信赖他还是心存犹疑的海盗们，此时都背着包裹，准备转场到另外的岛上。即使在茫茫大海上，他们是捕食者，掠夺者，但他们的内心其实一刻也没有摆脱过恐惧，恐惧于被偷袭，被捕获，被消灭。这个岛待得如此久，内心的不安早已驱动着他们的离开。

湘莲出了帐篷。暴风雨已经远去，头顶的蓝天一点一点露了出来。可以预计在未来的几个时辰，将会是风和日丽。傅春和两个水手依然记得他们的职责，一见他出来便连忙走近，站在他的身边。

"郑兄弟，风雨停了，我该走了。"湘莲走向郑直，长施一礼。

郑直知道，萧道长这是要避嫌；他和他弟兄们其后的行动不参与之故。他想起了自己的邀约，笑着回了一礼："昨晚真是一场好酒。萧兄弟，莫忘了你我约定，届时再同醉一场如何？"

湘莲知道，郑家兄弟说的是拉他入伙之事。他回答："无论答案为何，兄弟我定当赴约。那么，这就告辞了。"

湘莲说完，团团向四周一揖，便带头向昨日来时的那排树林而去。他记得路，知道从那里走过去再转，便通往海湾。

郑直见自己的结拜兄弟走也走得如此洒脱，不觉嘿嘿一笑。待四人身影消失在树林背后，他转向常天柱："老二，半个时辰后，我们出发吧。"

常天柱躬身听令："是！头领。"

郑直看着眼前望着他的海盗兄弟们，各种复杂的念头又浮上心来。他的父亲招募了这些人，他留下来继续担起后继者的使命，这是他父子的命运。只是，他所希望的与父亲有所不同。这些人中，除了手上沾满无辜者鲜血的贼人，也还有生活无着只能投身海盗的可怜人。他现在对自己的要求，是要对罪恶予以压制，带领那些心存良知的人，走父亲没有走过的路。

尽管抢劫过无数的过往船只，但是神明之前，总有金盆洗手浪子回头的余地吧？郑直自问。如果罪恶是一条不归路，那么对面的普陀山观音菩萨，还劝人祛恶从善做什么？既然可以祛恶，那么改变海盗船的走向又有何不可？

他从常天柱手中接过海豚旗，高高举起，向着海盗们再一次强调未来的主张：

"兄弟们，从今以后，我们走的路，是商路。妈祖保佑我们走到今日，也请神明做个见证：从今日起，不再干老本行，不再抢夺过往船只。我的希望是，过个三五年，兄弟们积攒下了钱财，可以上岸做个正当商人，和其他人一样娶妻生子；我们可以给后代留一条正道。"他的目光从左到右扫了一遍，"同时，我也将约束各位兄弟，不得再伤害无辜之人。如有，家法侍候；首恶必严惩。"郑直知道，要让海盗们短时间全部从善是不可能的；他只希望通过对首恶的惩戒，来威慑约束众人。

常天柱懂得头领的意思，他眼睛从左至右一扫，在旁接过话，大声问大家："大伙听到了没有？"

海盗们经过江村的训练，又进行过充分的讨论，纪律性有所强化；对于头领的决定也理解多了些。此时见二头领问，便大声回答："知道了！"

没有加入队伍的应大山、韩驹子，此刻颇有外人之感，二人对视了一眼，心情复杂。应大山在心里嘀咕，幸亏早已声明要脱离队伍，否则这样的约束怎么受得了。这不许那不许，怎不去做官军？他打心眼里不信海盗们还能变出花样来。

从京城荣国府盗来的物件，他和韩驹子昧了几件值钱的首饰，一直没有机会出货，此刻就背在行囊里。他俩打算待办完头领交办之事后，便远走高飞，把东西兑了，过快活日子去。韩驹子隐隐有点懊悔，不该贪图头领的二十两银子，应该和前边离开的人一起走的。但事到如今也没办法了。

应大山隐隐也有此念。但他当初决定再留下一阵子，固然是因为头领发话，彼时不能不听；也想着自己一身本事，头领既然让他俩留下一起经办，想必是大事。海盗们有何大事？无外乎钱财，他打算捞一票再走。现虽有所不安，但海岛上没有船只，寸步难行，只有随着头领一起走，到得陆地上再做打算。

至于那飘然而去的头领结义兄弟，应大山深知自己武艺与其相差甚远。所

147

幸以后行走江湖，也不一定撞上此人。倒是剑没偷着还挨了一顿打，实在气不过；想想无法，也就算了。

郑直半月岛整理队伍之时，湘莲与傅春三人已找到船只，解缆起航。昨日天怒海怨的巨浪，今日已经是平常波涛。海风吹干了四人的内外衣裳；阳光透过薄薄云层，暖洋洋地晒着人的肩背。海鸟们叫着，朝船帆俯冲下来，又迅速回翔，仿佛在玩一个乐此不疲的游戏。一切安宁得仿佛启程的那一天。

傅春见识过客官的身手，心中崇敬无已。这萧大哥知道了他与郑直的关系，但并未有何问题询问于他。他心中感激，隐隐然比前几日更亲近了几分。

"萧大哥，我们再过两个时辰，就可以回陆地了。"他熟稔地掌着尾舵，看着帆吸饱了风，满意地说道。对湘莲的称呼，从最初的客官，到现在的萧大哥，他喊得自自然然。

船顺风而驶，走得比来时快多了。两个水手一下一下划着船，船只灵巧地穿过一个个岛屿之间的水道，绕过海岬。云层渐散，太阳升得老高，海面上闪着连绵不断的银光，又仿佛大海就是盛放着银两的蓝色盘子。在经历了一场暴风雨之后，此刻的天空蓝得清透，又像是在被长期遮蔽之后，被造物主一把掀去了帷幕的辽阔舞台。

湘莲心情大好。他已适应了海上的颠簸起伏，便试着学水手们的样子，通过密密叠叠的绳索调整船帆的方向。听得傅春船尾的大声说话，他点点头，也大声喊话："傅老三，你驶船的本领了得啊！我来学你把舵怎么样？"

"好啊！"傅春得到称赞，快活地应声。湘莲调整好船帆，一步步走向船尾，坐在甲板上观察傅春的操作。开始是看，后来见绕过了海岛，海面空阔，便试着自己掌舵。傅春在旁指导，眼见萧大哥已弄清船舵的原理，不觉心中欢喜。

地平线越来越近。湘莲将舵交给傅春，站起身来，望着越来越清晰的大陆。他内心激动地看着陆地的靠近。是的，只有经历过海上的狂风巨浪，才能知晓陆地的宝贵。永恒的不变的陆地，果然才是最适合人类生存繁衍的地方。湘莲转而想，陆地提供了人类居住的可靠地方，可是，也是陆地，限制了人的活动空间。如他本人，如果不是乘船浮于海，也不会知晓海的狂暴与温存，不会知道海的深处有怎样的故事。

傅春的眼力惊人，他稳稳地把着舵，船只驶向他们出发时的小小海湾。在高高的山崖上，只见一人一马立在蓝天下，像一幅剪影。

船只慢慢接近山崖下的海湾。两水手从船舱里拖出了小划子放下水，送湘莲上岸。湘莲此刻已平静，他坐了上去。两水手蹚过膝盖深的水，将客人送上了沙滩。傅春在船尾放下铁锚，又到船头，将缆绳扔给重新走回来的伙计。看着客官，他脑海里浮现出湘莲和头领的斗剑，心里想："这萧大哥的身手，恐怕从船上再踩着划子，几个纵跃就到岸了吧？难得他一点都不炫。"

山崖上的人牵着马下坡迎了上来。湘莲当然记得，这是傅春的二哥。"客官，昨天的风雨大，我担心了一夜。回来了就好，就好。"一张淳朴的脸上全是笑意。湘莲看看自己的坐骑，膘肥体壮。那青骢马见到主人，便打着响鼻，蹄子一刻不安分地踢着脚下的沙土。湘莲眼尖，看到马的四蹄好像钉了新马掌；鬃毛也刷过洗过了，光色照人。他很满意，便微笑着点点头。"客官的马没瘦吧？"傅春二哥自豪地看看马，用手拍了拍马背，将缰绳交在了湘莲手里。

"好样的！"湘莲简单地说。一看傅家二哥脸晒得酱紫，就知他等了很久。马儿将头挨过来，在湘莲肩膀上蹭了又蹭。阳光下毛色清亮，锦缎一般流淌着光。

傅春站在二哥身边，知道湘莲即将离去，心中不舍。湘莲从褡裢中摸出一锭银子，也不分多少，放在傅春手里："傅兄弟，此番风雨同舟，我们也算是患难之交。他日再图相见。"他微笑地看着眼前兄弟，拱了拱手，自行牵马上坡。

傅春看看手中银两，分明是五十两的大元宝；他抬头看着湘莲上马，再扬鞭而去，看到身影消失不见，怅然若失。一旁的二哥捅了捅弟弟的肩："客官走了，我们回家吧？"

傅春答非所问："二哥，你知道这位客官，身手有多厉害吗？"一语甫出，迅即发现自己说话的漏洞。半月岛上，这位客官与头领比剑之事，他该如何向哥哥说呢？

桃叶渡的日子，总是那样旖旎，转眼就到了七月。青楼女子被圈在妓院里，不停地迎新弃旧，重复了又重复。心如死灰的，于她们，这皮肉生涯何等乏味；心存挣扎的，那清醒的痛苦又是何等深切。也有及时行乐的，便把自己被圈禁的命运，当作了夜夜有新郎的自欺。

旖旎还是乏味，看对谁来说。秦淮寻欢的各位大爷们，追欢逐笑，求新，求艳，求声名，仿佛能跟艳名四播的名妓一番绸缪，便可抵却自己平淡人生的不堪。而这些，秦淮河水流了两千年，都吞咽下去了；又都在来年春天化作花红柳绿，供来往客商赏玩销魂。

秦淮河中段的夫子庙旁，立着江南贡院，每三年乡试便在此地进行。那时鼓乐喧天，当地官吏、士大夫们行礼如仪，在此恭迎主考官一行。这乡试中了，寒窗苦读的秀才们即可参加会试，也就是国家最高级别的抢才大典。没有人认真想过，如此肃穆的考试重地，供奉孔夫子的庄严处所，却与上下游鳞次栉比的青楼妓院相接，是否有着不协不妥之处。是的，诗酒风流，文人情事，江南人早已安之若素多时了。

由于沾了书卷气，夫子庙旁许多卖笔墨纸砚的铺子开了一个接一个。徽州墨，宣州纸，湖州笔，端州砚，还有镇纸，朱砂，刻印章的寿山石，许许多多的玩意儿，吸引了逛夫子庙赏秦淮河的客人们。即使手头不需要的，来一趟，也往往买上一套两套文房四宝，带回家中给子侄，好沾个好彩头。因了这一层，夫子庙一带的笔墨纸砚生意一向都不错。

今年不是会试之期，夫子庙不封禁。因着天气渐凉，水岸两旁的铺子，客人比春夏两季少了好些。夫子庙西边的翰墨书斋，本占着一个极好的位置，奈何老板近年来整日闷头写字，不怎么打理店铺招揽生意，故年来收入渐少，一天赚不到几个钱。好在还有些老客户，知道这家铺子老板实在，货物品质稳定，价格也公道；尤其是其独家进货的宣纸，色白滑润，笔墨写在上头常有飘逸之感，故常来照顾生意，店铺这才勉强过得去。

"吴老板，我家小姐来订百张画画的宣纸。"一个少女的声音从门外传来。

刚刚拿下门板，准备开业的老板，听到有生意，赶紧迎了上来。抬头一看，是几个月来经常照顾店铺生意的小姑娘，便打着招呼："椿儿姑娘，是你呀？"

"这是订金。给。"椿儿从荷包中拿出一角约有四五钱的碎银，递在老板手心。

"太多了，太多了！"吴老板忙退回去，"订金用不了这许多。"

"我家小姐说了，她只用贵铺的纸作画，一定要您收下。来取货时，再付五两。"椿儿认真地说，又把银子推了回来。

这位扎着双髻的小姑娘常来店铺里买东买西。一些无人问津的摆设物件，这位小姑娘总是说小姐要，也一并买了去。故吴老板早已心存感激。此刻又听说订金之后还要付五两银，便很过意不去："椿儿姑娘，你家小姐画画很好是吗？看中我家的纸张当然是惠顾了。可是一百张宣纸，怎么也要不了五两银子呀！"吴老板是读书人出身，屡试不第，这才来开了店铺；但又保留了些读书人的学究气，做事常以不欺心为底线。

"我家小姐画得好不好，我也说不上来；客官们倒是都说好。"椿儿先回答第一个问题，继续拣要紧的说："半个月后就是中秋了，小姐吩咐，中秋前一天要这些纸张有用，到时我来取。可能耽搁老板提前回家团聚，因此才多付一些银子的。"椿儿口齿清楚，吴老板听明白了。

吴老板家就在离桃叶渡不远的陋巷里。他本安徽全椒人，自幼读书，人人皆道是天生的读书种子。然而此后多次乡试皆不第。因家道中落，自觉无颜在家乡立足，几年前便移居金陵秦淮河畔，租了一间屋子安顿家小。金陵固美，然离乡无物不贵，看看即将家用耗尽，经友人指点，狠狠心，抛下读书人身段，来夫子庙一带租赁个铺子，卖读书人所用物品，赚点小钱度日。

桃
叶
渡

自从商以来，吴老板中举之心渐消；在秦淮河畔观各色人等，倒让他大开眼界。那些家境优渥的读书人，初来秦淮河时，无不衣冠楚楚气宇轩昂。他们结识同道，谈经论典。不多时，便往往抛了圣贤书，从街头巷尾听来的流言里物色各色名妓，接交不多时，身边银两耗尽，又被青楼护院狠狠赶了出来。这一类人物吴老板见得多了。他也见过张榜之日，名落孙山的落寞士子，跑进酒馆大醉，把《论语》《孟子》扯得粉碎，扔进秦淮河中。更有甚者，一名姓范的考生，据说考到了四五十岁，获知中举消息之后即当街癫狂……消息传回秦淮河，成了夫子庙的笑料。吴老板心中块垒难浇，尽留无尽叹息，便把眼中看的、当街见的以及听闻的一一记录下来，他心中有一种隐隐的渴望，要把这些亲历所见所闻，写成一本书。书成之日，对于沉溺于科考一辈子的读书人或可作个警醒。自己读书半辈子，写这样一本书，何尝不是对自己过往人生的一个自嘲。

自有了这个念头开始，吴老板诸事无心，他的记录本和以此作为素材的故事，已经写满厚厚两叠。吴老板视为自己的平生事业，用棉线细细地装订了起来。写时不觉得，装订起来方觉，已经写了好几册。铺子的经营在他心中早已散淡。尤其时中秋节前几日，家家置办节货，订月饼，秦淮河畔谁会再来买纸笔？吴老板本想过几日就关铺子的，今儿听椿儿如此说，倒让他不好意思。

"一百张宣纸，目前铺子里怕是不够，但过几天就有送货的来，不用等到中秋的。"他诚恳地对椿儿说。

"我家小姐说了，就是中秋前一天来取。还请吴老板等一等，不急的。"椿儿按照姑娘的吩咐回答吴老板。她其实也不知道为何非要那一天来取宣纸，但妙姑娘给了她一钱银子，告诉她办完事后可以拿着买东西吃；又答应可以在外玩半天，因此椿儿记得牢牢的，将妙玉的说话不走样地告诉翰墨书斋的老板，务必要他答应，中秋前一日在此等她。

吴老板看了看手中的银子，他正需要钱付房租。见椿儿如此要求，虽然不懂其中的道理，但是对于自己来说，离家不远，那天铺子开着专门等她，又有多大关系呢？便答应下来。

椿儿见事办妥，便要离开，旁边不远就有一家糕饼店，香味直扑过来。吴老板被此事引发了好奇心，便请她暂停一下，问："椿儿姑娘，你以前说过，你家小姐是碧桃苑的姑娘，是吗？"

"是啊，就是碧桃苑的妙姬姑娘。她很漂亮的。"椿儿有些自得，自己跟的姑娘有头有面，于她也是小荣耀。见吴老板再无别话，便蹦蹦跳跳往糕饼铺去了。

吴老板这才得知一直买自己东西的客人名字。妙姬？他当然知道是秦淮花魁。抬头看到不远处的夫子庙，他心中一动。这名儿，他怎么听上去，像是"庙妓"呢？

一股悲凉之感笼罩了他的心头。一个通文墨，长相美的女子，为何会在碧桃苑这种地方过活？她的芳名又如此古怪，像透着对天下所有读书人的嘲笑。吴老板摇摇头，将刚才的念头驱逐出去，返回他小小的桌子，开始磨墨。刚才这单生意，买主奇，要求也奇。即使他不想再参加考试，但刚才脑海里冒出来的那个念头太怪异，简直是对孔圣人的不敬。他得把这一念记录下来。

第三十一回

仁者慈也

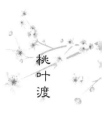

　　经商的魏老板自与金陵的八大水果行老板签订协议之后，各方合作顺遂。从夏天到秋天的短短时间，低价倾销初步显示出市场垄断的威力。八大行的水果，在原有销售量的基础上，批发与零售量均有显著提升。可以预期，在更长的时间之后，小贩们可能不受影响，但卖相同应季水果的商行就会受到冲击。魏老板现在还不准备赚钱。他等着这八家水果行开枝散叶，将水果铺子开到金陵城的各个角落，那个时候，魏老板将取得好几类水果的定价权。因为在他签订合同时，已经明白约定了八大行禁止擅自提价；也就是水果的价格，锚定的是魏老板的供货价。

　　魏老板盘算好了。他一签完约，回到家乡就将自己的想法付诸实施，开始广招人手。他派出的人在太湖沿岸设立各个收货点，再与各地广有田亩的有名士绅联络，由他们与供货的果农直接联系。新鲜水果昼夜不停，通过密如蛛网的水路，送往苏州大本营，还有重镇金陵；南边的杭州通过运河可以快速抵达，销售线也在魏老板的筹划之中。

　　本来还想染指水产的，但鱼鲜没有长途保鲜技术，很难做到低损耗，魏老板只得罢了。待一切分派下去，家族原先经营的底子也差不多被掏空了。还好第一次结算，八大行信守承诺，资金回笼理想，他这才舒了一口气。八家水果行的老板从合约中获利甚丰，也有动力维持这条己方省力省钱、利润又可观的经销链条。有两家老板甚至将水果的毁损率打个对折结算。显然，这是明着让利给魏老板。魏老板心中有数，越发认定，确定合作商家老板的人品，至关重要。

　　妙姬在碧桃苑塞给他的条子，起初魏老板颇有为难，回苏州后又忙于铺排生意，故条子放在办事的屉子里，此事丢在脑后。待一切差不多分派下去，这才想了起来。自己迈出这一步的大生意是在碧桃苑谈成签约的，他可没忘记。妙姬显然是颗福星，给他带来了好运。另一面，同乡女子如此沦落风尘，他心下不无怜悯。

一日，他招来父亲留给他的老管家，问起尼姑妙玉之事。

"来福叔，问你个事儿。"魏老板便把金陵城见到一人，像原来在蟠香寺戴发修行的尼姑妙玉一事，大致说了。

管家在魏家干了二十年，又是苏州本地人，熟悉地方各种事儿。见少东家问，也不问少东家在哪里见到的这女子，只是收拢了下记忆："回少东家，这事我知道些。这妙玉因自幼病弱，这才送到佛寺出家的，算是许给佛门了。她的家族世代做官，又是金石玩家，收了许多古董宝贝；到她父亲这一代便差了许多，听说以前做过知县，身体不大好，致仕之后一直住在苏州；家资世代积累，算是富户。可惜香火不旺，只有一女，还不得不舍了给佛门。后来听说妙玉跟着她师父去京城了。"

"她父母现在还在吗？"魏老板问。

"这个，我还真不知道。记得拙政园旁边有个园子，景致也还不错，当年她家住那儿。如果少东家想知道，我这就去打听打听。"来福是个精细人，他说的只是苏州人都知道的事实。一个豆蔻年华的女子，又是官宦之后，冷清清在佛寺出家，这样的事儿任是谁听了，也难免会议论几句。故来福知道。

魏老板点点头。管家退下，自去打听。魏老板从抽屉里取出妙姬给他的字条，重新看了一遍：

本是姑苏人，奈何故乡事。误落尘网中，昼夜苦迟迟。

君子自端方，冒昧求济世。千言诉难尽，密语人不知。

嗯，纸条上的信息，关键的词汇大致是：姑苏人，误落，苦，求济，密。

嗯，本地人爱称故乡苏州为姑苏。跟他自己沾边的，其实只有这苏州二字。看来妙姬是把所有的希望，都寄托在他这个同乡身上了。

管家处事沉稳，两天后回话。据他拙政园一带打听，这妙玉父亲姓杜，只此一女；园子现在还住着，只是看上去颇为萧条；大门油漆剥落，大白天也关着门。对面的铺头也问过了，说还是有人出入，但门庭冷落，好像仆人也辞了好几个。

魏老板心中有数，无子的家庭，是这样子萧索的。唯一一女还必得送去出家，这才祛得了病，真是不幸。如果那妙姬就是妙玉，她的父母知道她已沦落到烟花卖笑的地方，还不得哭死气死？

"蟠香寺有消息吗？"魏老板想了想，又问。既然妙玉父母在城里，管家过了两天才来回复，那他多半也去了寺庙。

来福脸上漾开笑意，这少东家聪明，就知道他会去那里。

"那玄墓山蟠香寺，我打听了一下。说是自妙玉师父走了，也没什么正经住持。就几个原来的尼姑住着。还好这玄墓山的一寺一庵上下道场，康熙爷第二次南巡时来拈过香，赐过供奉的田庙。如今老尼们雇人种着田，寺院香火尚好。"

身为吴人，魏老板自然知道苏州近旁的玄墓山来历。明《姑苏志》："玄墓山，相传郁泰玄葬此，故名。"墓主人郁泰玄在东晋时期曾做过青州刺史。相传，他性仁恕，多仁举；墓葬之日，有数千只燕子（玄鸟）衔土来堆其墓。因此玄墓既是指郁泰玄之墓，又是指玄鸟衔土而葬的墓，玄墓山由此而得名。

从管家口里，魏老板知道了大概的情形。如果妙姬是妙玉，她的父母家一旦知晓女儿如今的身份，也未必容得她回去。不说别的，自己见过她都眼熟，那苏州其他士子、客商到金陵的可不少，说不准也有其他人也见过。如果妙玉回来后被认出，那口水都得把她家给淹了。

可怜人啊！

既然妙玉没有回乡，那么她就是妙姬的可能性就大增。魏老板是个厚道人，他已在考虑那妙姬，不，妙玉的安置问题。

转念一想，魏老板又踌躇了。无论如何行事，得弄明白此人的身份才行。大千世界，长得像的女子不少，弄错了就不是一场笑料的问题。魏老板决定下次收账时，和账房先生同去金陵，顺便把这事儿弄清楚。

七月将尽，盛夏已现出颓势，早晚空气中已透出了凉意。秦淮河两岸的树木，从春天的嫩绿青绿，变为现在的深绿浓绿。有些树叶已经变黄，夹杂柳树之间的槭树，好些叶尖开始发红。魏老板到金陵后顾不上赏玩夏末初秋风景，一连忙了几天。各种理货结算，冗杂事务一桩接一桩。还好账房得力，他只需在旁监督，听个数即可。

这日忙完，他让账房去接洽一下牙行，看能不能在金陵添置一所小房子，作为金陵城的落脚之处。说到底，人流最大的地方，江南就数金陵城了。既然长期要在这里施展拳脚，有个地方也方便。天天住客栈，客户拜访也不像样。

管家遵命自去办理。魏老板雇了艘小船，从夫子庙西边到桃叶渡一带顺流行去。放眼看秦淮两岸，柳绿莺啼，杂花生树，人流密织。早开的桂花，香味扑水面而来，令人神志为之一清。真是一座美丽的城市啊！忙完事务的魏老板，心情放松，在船上欣赏着沿岸花木倒在水中的影子，小舟划过，河水荡漾激滟。此时正午早过，阳光斜着照在秦淮河上，波光起伏，光色变幻无定。河流两岸的酒楼、青楼挤挤挨挨，幌子高挑，一家接一家；兜售桂花糕、海棠糕的小贩挑着担子沿河叫卖。

上船之时，魏老板想起那妙姬最后说与他的话：她请他八月十四务必到翰墨书斋。既如此，上船后便仰头细细端详了夫子庙旁的店铺。这里显然是秦淮河一带唯一与脂粉酒气不搭的地方。与幌子高挑的青楼、酒楼不同，大大小小的书斋，有装潢考究的，有简明清雅的，大都使用木制的横匾，写着字号。江南的斯文元气，无论朝代如何更迭，总不熄不灭，与夫子庙，还有旁边绵延的众多书斋应该多少有关吧，他心中想着。又想起了自己寒窗苦读的时代，数次考试名落孙山的沮丧心酸绝望，不由得心底长叹一声，果然往事不堪回首。

拂开心头阴霾，魏老板在林林总总的店铺招牌里，终于看到了翰墨书斋的木牌子。黄木作底，黑色字体未凿，就那么写在木板上。显然这是一间不善推销自家商品的店铺，从招牌的简陋上就可以看出。不管这家铺子繁简，那么，是有这样一个地方了。这家书斋，与妙姬或者妙玉什么关系呢？她为何指定来此？

船家轻轻摇着橹，不打扰客人。与魏老板乘坐的小舟不一样，河上到处有华丽的高大木船上下游穿梭。那是专门供身份尊贵的客人游览秦淮河的。船舱里有茶有酒有美食，豪华些的座船还有笙簧。相熟的船家对面相逢时，认识的，便打个招呼。河畔的柳叶偶尔掉落水中，在船带出的旋涡里打转。一切如此生动鲜活炽热。魏老板想起妙姬的求救信，不禁心情变黯，沉了一沉。

船近桃叶渡，远远听见琴声、笛声、琵琶各种乐器的声音交织一起，热热闹闹传过来。魏老板下了船，在碧桃苑停靠船只的小台阶上立住，打量眼前布置得似雅非雅、似俗非俗的碧桃苑大门。只见门旁立着几个用彩纸绘成、又贴在木牌上的人物景致，中间是月亮，两旁是云朵，还有一个脚踩祥云的美人，显然那是嫦娥了。那嫦娥画得居然还不错，有点吴带当风的气韵。门口迎客的见魏老板来，赶紧迎了上来，大声向院子里的老鸨通报："有客来啰！"声音悠长，颇有节奏，早已喊得顺溜了。

陶老鸨正在二楼看着众人排戏，这客人到也就是财源到，于她比任何事都重要。她扭着腰肢，赶紧带着几个姑娘下楼。一看是常客魏老板，便赶上来，一边媚笑，一边手里甩着手绢给魏老板衣服掸灰，口里说着："魏老板，您老来得正巧，我们院正在排戏呢。中秋节如果您老在，可得来捧场啊！"

魏老板袖子里摸出二两银子，放在老鸨手里："老规矩，来听妙姬姑娘的琴。"

老鸨掂了掂手中的银子，笑容一丝不改："哎呀魏老板，照理呢我不该说这话。这个……我们妙姑娘要扮演戏里的嫦娥，怕没空儿见您老。"

魏老板知道，这是妙玉的身价涨了，老鸨顺便指的借口。他笑了笑，又摸出二两碎银，放在老鸨的手中："我就想念妙姑娘手中的那把琴了。这样，既然妙姑娘忙，那我听一曲就走。"

那老鸨的一番拿捏，本来就是敲魏老板的竹杠。她见魏老板只要来碧桃苑，必找妙姬，照她看来，那就是迷上了呗。以往在他身上没有捞到大钱，便在小钱上卡一卡也是好的，也为后来敲他的大钱铺垫个地步。现目的达到，便把银子一捏，满脸堆下笑来："那就多谢了！魏老板请。"

那碧桃苑的主人倪二，在京城开大车店之时，三教九流都打过交道。中秋节讲究的是阖家团圆，届时秦淮河各青楼院子想必客人要少上许多。他想着，总有商旅之人滞留金陵，如果把这些人吸引到碧桃苑，那倒是个好主意。他本身就是不知规矩为何物之人，便从热闹上下功夫，满金陵找了个自称顾氏传人，擅唱水磨腔的戏班子来演戏。

倪二哪懂得什么叫水磨腔，只是把一锭五十两银子扔出去，让排出一个《嫦娥奔月》的戏来；嫦娥不用说，他看不上戏班子的人，便自家决定由碧桃苑的头牌妙姬来演。不会唱？有何难哉！妙姬在台前舞舞水袖做个样子，真正的坤角在帘幕后唱就是了。倪二脑子活，他想着，中秋既是拜月亮的，便命师爷在蓝色的纸张上贴上一个白色的圆纸当作月亮，又涂抹些线条当云彩，放在门前招揽客人。再琢磨着，嫦娥这个得好好画，画丑了，客人一看可就不进来了。画工到处有，他也不去找，那妙姬不是诗书画俱佳么？让她画一个，画大一点，最好就是画她自个儿的像，然后放到门口去。这样一来，看到妙姬绝色的，还能不进院里来？

那托名顾氏后人的戏班子班主，听了碧桃苑令老板的各种野路子命令，不禁哭笑不得。现成的昆曲并无嫦娥奔月的戏，这可如何演？但他领的班子，年来在金陵唱戏颇为困顿，角儿、乐工半年没开工钱，眼看众人吃饭都成问题，现在有沉甸甸五十两银子在前，哪还有推出去的道理？他看令老板也不懂戏，便想着胡乱用个现成的《游园惊梦》的调子，自己熬夜写出了一折戏，让众人排上新词，好歹糊弄过去也就罢了。

魏老板到的时候，正是戏班子在排戏，乐工们演奏得起劲的时候。妙玉穿上定做的白色纱裙，在临时搭成的小戏台上走走停停，依着班主的指点，把水袖甩来甩去。听到魏老板来，这些天提在嗓子眼的一颗心，终于怦然落地。

老鸨见戏排得像模像样，碧桃苑好不热闹，心中欢喜。想着中秋节那天，这来的客人可得狠狠宰上一刀。眼见二楼太吵，便示意妙姬和旁边伺候的椿儿带客人上楼。

妙玉一双妙目看着魏老板，同乡这个时候来，显然与她塞给他的纸条有关。自魏老板那天接了她的纸条，她没有来得及细说缘由，便匆匆离开，便一直担心她的这唯一指望石沉大海。现在魏老板来，看来希望还在。她轻松下来，浅浅笑了一下，在前引路。

没想到单独见面如此容易。魏老板跟着上楼。他从未到过三楼，但知道那是青楼女子有些名气身份的接客所在。他抬步的时候，脑子里有些犹疑：自己这是在干什么？他来碧桃苑，如果是招待客人，父亲如知道了，那还说得过去；但到青楼女子房间，老父亲若知道了，肯定不问青红皂白，罚他长跪天井都算好的。

胡思乱想间，三楼的楼梯走到了尽头。妙玉引魏老板转入自己的房间，椿儿上茶上点心完毕，一直在旁立着伺候。魏老板无法，只得将听琴的要求说了。

妙玉知道魏老板有话对自己讲，也知道椿儿在，这一点是没法做到的。她自自然然坐到琴凳上，开始奏琴。听琴本是借口，但妙玉的纤纤十指一拨琴弦，《阳关三叠》的音符，一弦一弦流淌了出来，犹如清水流过心间那般令人清亮舒适。魏老板闭目听了一会，平静了好些；那一刻，他的思绪在曲声中飘得很远，二楼的喧哗声似乎都远去了。

一曲毕，妙玉吩咐椿儿去打盆热水来，给客人擦脸。趁着椿儿端盆下楼的时机，魏老板赶紧问要紧的：

"妙姑娘，我只请问一句，你得实在回答我。姑娘……是不是苏州玄墓蟠香寺的妙玉姑娘？"

一听魏老板如此问，两行清泪流下了妙玉的脸庞。她在这里过着不死不活的日子，多少次都恨不得自己已经死了，又多少次告诉自己，要坚持，要复仇。是的，只有活着才能记住仇恨。她在绝望中，将仇恨当作了生存的目的；至于她自己是谁，甚至已经模糊了。现在有人喝破了她的原名，怎能不激动？什么妙姬？她，不是荣国府大观园内栊翠庵的妙玉吗？再远一点，她不是苏州玄墓蟠香寺的妙玉吗？

"到底是不是？"魏老板要的是确认。

妙玉点点头，她晶莹的双眼像含着两颗宝石："是的，我是妙玉。恩公救我！"她双膝委地，拜了下去。

"八月十四要交什么东西给我？"魏老板不忙扶她，赶着问。

"恩公莫问，到时便知。还请恩公一定援手。"妙玉跪在地上磕了三个头，如同她当年拜在菩萨面前一般虔诚。

远处椿儿的脚步声近了。妙玉赶紧起身，用衣袖抹干眼泪，又坐回琴凳上抚琴。

魏老板得到了他想要的答案。那么，剩下的事，就是救不救她了。显然这是一个泥潭，搅进去了，无需怀疑，一定会给自己带来想不到的麻烦；换言之，他若不管，那么这潭浑水自然也溅不上自家。

他告辞出来，一路想着妙玉洁白如玉的脸上挂着的泪痕。一个女子得有多绝望，才能将自己获救的希望，寄托在他这样一个萍水相逢的同乡身上？

可是，人活一世，草木一春，不也都会遇到难处吗？哪怕是陌生人，彼此的支持支撑，才构成了温热人间，不是吗？他是商人，可是商人也是人。他不能一味趋利避害，完全摈弃自己心中对于同乡人的怜悯。

魏老板的内心在交战。他决定，那就看看八月十四，翰墨书斋会有什么发生吧。如果妙玉让他做的事情超过了自家承受风险的能力，那么，他也只能爱莫能助了。

第三十二回

洛阳伽蓝

天上月圆，地上月半，月月月圆逢月半。随着桂花香越来越浓郁，中秋节一天一天近了，妙玉的心一天一天跳得飞快。好几次梦中醒来，觉得自己那颗心随时可以跳出胸口。

为安老鸨的心，自塞求救信给魏老板之日起，妙玉格外柔顺，来碧桃苑见她的客人也不像此前那样挑得厉害。老鸨让她见的，差不多她都见了。又每天精心梳洗打扮。冰雪一样的人，微微一笑便是倾城。以至于这些时日见过妙姬的人，无不为其顾盼之间的容光所摄。

令老板为揽客让她画的嫦娥，她也画了。这个要求于她倒是合上心来。为着她经常派椿儿去买笔墨纸，远胜过买胭脂花粉货郎担子点心，老鸨早已觉着出奇，如果不是看在妙玉是摇钱树的份上，说不定早已出声干预。老板的命令，正好给了她借口：平时习练书法绘画，不只是名妓风雅，还可派上用场。毕竟碧桃苑当家的老板是令家父子，她遵从命令，老鸨也不能挑出错来。

顾家班众人虽日日排戏，但都以到青楼妓馆出堂会为耻。虽说戏班青楼同属下九流，但角儿们唱戏之前，身家都是清白的；那琴师就更不用说了。如果戏班子不是走投无路没饭吃，也不至于接了碧桃苑的活。那班主领着众人排上几日，自然明白此次的堂会，主角就是碧桃苑的头牌姑娘，客人来了多半也是看她。既如此，这单活计戏班就热热闹闹当好陪衬就行了。大家通同一伙，表面上卖力吹拉弹唱，实际上新填的词也没准备唱几句。反正在不识戏的老板、老板娘眼中，估计也无甚差别。

倪二倒察觉不出戏班子的敷衍，他只觉得中秋节有个戏班子热闹，又有妙姬出演嫦娥，无论如何是一个招揽浮浪子弟来花钱的好噱头，到时不愁门前清冷。果然，秦淮河上往来如梭的船家和客人就是上好的喇叭和吹鼓手。他们在船上看到碧桃苑门前立着的巨大招牌，新鲜有趣之余，也把这个信息带到了金陵城的大街小巷。至于那画上嫦娥的形貌，早已在他们的口中经过加工，说成是仙女下凡，传得活灵活现。辗辗转转，又将嫦娥联系到碧桃苑的妙姬身上。

果然如倪二所料，自立了嫦娥画牌之后，便有不少人来打听，何时可以见此嫦娥？老鸨心花怒放，早已定了价，中秋节上演嫦娥奔月，来碧桃苑之人，入门即交十两银。她心疼丈夫甩给戏班的五十两，恨不得中秋一个节庆翻着倍数地挣回来。倪二知道她的小九九，笑了笑随她去，心下也为自己脑子好使而不无自得。

桃叶渡

令兴家倒是觉得父亲此举太过招摇。倪家父子一路出京城，到了金陵方立定脚跟。城门上的通缉画像他当然见过，虽然父亲早已剃了胡须改了装扮，守门军士面对面都没能认出来，但现今如此大肆布置招揽客人，如果遇到从前京城里相熟之人，弄不好就会有无穷麻烦。瞅个空儿，兴儿把父亲拉到后院角落，把自家的担心说了。

倪二差不多已忘了他本是朝廷张榜捉拿的犯人，得儿子提醒，倒是一怔。想了想，自己在秦淮河混迹多时，也没见过有谁面熟的，遂不以为意。他自己的真姓连枕边人都没透露，这金陵城也就他父子两个知道掘墓被张榜缉捕的往事。但儿子的提醒毕竟唤醒了他不愿回顾的过去。待儿子离开去张罗添置护院之机，他特地到后门，打开门闩。门外就是青溪，他原安排好的一条小舟依然昼夜停泊在那里。倪二想着，若有不测，他父子两个完全可以从这条不宽的水路西去逃生。只要船从青溪转进了扬子江，那就安全了。至于那陶家寡妇，他压根就没想过要带她一起走。

八月十四日一早，妙玉将早一日写好的两封信，夹在一册明刻本《洛阳伽蓝记》中，又把书用丝线扎好，放在平常让椿儿外出买糕饼的提篮里。书上放了一张叠好的宣纸盖着，外面看上去，只见纸张不见书。待仔细端详看不出破绽后，妙玉便唤来椿儿，让她去翰墨书斋去取预定的宣纸，就以篮子里的宣纸作为对照，纸色必得是一样的。又嘱椿儿，篮子里还有本书，是给书斋老板的。告诉那老板，这本书文字刊印时有些缺损，请帮着看看，有没有更好的刻本？如他家没有，也请与朋友商量着问一下，看哪家书斋有。如有，节后会来买。妙玉又特别交代，书不必带回，就留在书斋，好让书斋老板觅书时有个比照的样本。

妙玉边说，椿儿边点头。为着不放心的缘故，妙玉又让椿儿复述了一遍。看看妥当，便把五两银子放在绢制的小囊中，交给椿儿贴身收好，让她届时交给书斋老板。手中又递过几个铜板，说是椿儿来回的船资，多的便让椿儿回来时自个儿买东西吃。

吩咐椿儿照办的这些细节，妙玉已思虑多时。她自己花销的钱，当然是客人来见时，有大方的，赏上几两胭脂水粉钱，她一一攒起来的。

那椿儿凡出外必有点心可买，看这次取货，路不远，可姑娘给了船费；眼见又可买桂花糕吃，心中快乐。听完姑娘吩咐，便哼着歌儿挎着篮子下楼去了。妙玉跟着出了房门，栏杆上直看着椿儿走远，深怕她被老鸨截住。还好老鸨一大早开始忙次日的中秋宴会采买，不在院子里。守在门口的护院，看了看篮子里的宣纸，椿儿说了是去照了样子买纸的。椿儿出外，那护院见得多了，便也没细看，放了她出门。

那翰墨书斋的吴老板一直记着碧桃苑的妙姬姑娘今日要来取宣纸之事，一大清早便来开店。周围好几个书铺都关门闭户，显而易见都回家准备过节去了。刚把铺子的门板一块块卸下来放在一边，就看到椿儿挎着篮子从不远处直往书斋而来。吴老板庆幸自己来得早，不曾让客人等。

"老板，我家姑娘让我来取宣纸。颜色要一模一样的。"椿儿到得书斋，将篮子里的宣纸拿出，递给吴老板。

一百张宣纸早已准备停当。吴老板实在，见椿儿如此说，便接过纸张来，把自己早已打包捆在一起的纸打开来，与样纸比了比色，看看一样，便含笑再用油纸包好，递给椿儿："给。纸质颜色一样，请你家姑娘放心。"

椿儿掏出绢囊，拿出银子付了账。又取出篮子里的《洛阳伽蓝记》递给吴老板，把姑娘教的话学舌了一遍。

吴老板看了封面，就知这本书是明嘉靖年间如隐堂刻本，此书一函两册，椿儿拿来的是其中之一。他的书斋里也兼卖书，但没有这本书的其他刻本。吴老板抱歉，对椿儿说："请回复你家姑娘，敝铺没有更好的刻本。"

节日下，椿儿忙着去买东西吃，左手拎着篮子右手夹着纸卷就走，边走边回头说："我家姑娘说了，不急，老板可以问问周围的朋友。这本书就留在这儿。如果找到了我家姑娘要的版本，节后我来取就是。"说到最后一句时，人已走了好远。

吴老板笑了笑，将书本拿了过来。这本佛教史籍本就冷门，比这更好的刻本，可上哪儿找去？看看柜台上的银子，明儿过节足以丰盛，心中倒是欢喜。无论如何，这碧桃苑的妙姑娘算是最照顾他的主顾了。

日影渐高，书斋并无半个客人。吴老板正准备上了门板，关了书斋，去市集买些节货回家。忽地眼前一暗，有客人走了进来，此人身材高大，遮蔽了铺面好些光线。

　　来人正是魏老板。为践妙玉之约，他让账房先回苏州，告知父母他有事耽搁在金陵，办完即回家。头晚他一夜没睡，几次想着不理这档事算了；然而心中又谴责自己，孔夫子的书读了不知多少，这仁者爱人，真的只是书中的道理，而不能是现实的践行吗？自己虽已弃科举，但书中做人的道理是对的。一夜辗转反侧，天明之时，他终于下定决心，来到夫子庙找这家翰墨书斋。

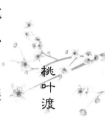

桃叶渡

　　"掌柜的有礼了！"魏老板读书人出身，来书斋，自然斯文起来。

　　"客官要些什么？"吴老板迎上来。

　　魏老板不知怎么开口，他也不知妙玉要交什么给他，便愣在那里，不知从何说起。吴老板善体人意，以为客人一时口边忘了要买什么，便也不催，在旁边静静地等着。

　　"有一件事不知从何说起……"，魏老板终于开口了，"碧桃苑的妙姬姑娘，让我今日来掌柜的这里取件东西。"

　　吴老板听得莫名其妙："妙姬姑娘？"

　　"是的。"

　　"哦，妙姬姑娘今早倒是派人来过，来买宣纸。"他想了想，"对了，还送了一本书来。"

　　魏老板听了，眼睛一亮："什么书？"

　　吴老板把《洛阳伽蓝记》推到魏老板面前："妙姑娘说想要我帮她找一册比这本更好，内容更完整的刻本。"他脑子一闪，那椿儿怎么说来着？"老板可以问问周围的朋友"，莫非这句话里的"朋友"，就是眼前来问的人？

　　"恕在下失礼了！在下是否可以看看这本书？"魏老板看到藏青色的书面上细心捆着细细的丝线，心中一动。

　　吴老板想了想："客官请便。"

　　魏老板拿过书来，解开丝线，拿起一翻，两张薄薄的纸张叠着，掉了下来。

　　吴老板想不到书里边居然夹着信，心中大为震惊。魏老板不管书斋老板如何反应，拾起两封信，打开粗粗一看；随手将其中一份递给吴老板，两人各拿一张细看。

　　纸上写得密密麻麻，字体小而娟秀，显然出于闺阁之手。吴老板来不及考虑，交给他的书中夹着的信，由一位不知哪里来的客人看是否合适，就被信里边的内容吸引住了。

这两封信，一封是写给魏老板的，一封的抬头，则写着"知府大人台鉴"。魏老板递过来的，正是给知府的这一封。

"妾本客居京城荣国公府大观园之栊翠庵女尼妙玉，去年被贼盗强掳而来，至今陷苦海多时也！掳我者四人，其中二人手有刺青，天幸查得线索，贼人或于中秋之日到碧桃苑，万望府台大人垂怜，救妾于水火之中。妾身已被强盗所污，复遭卖至碧桃苑为妓，被改名妙姬，卖笑度日。数次不欲存活于世，但贼盗依旧为害世间，碧桃苑主人与其勾结，逼良为娼。此等伤天害理之事，如不见其消亡，妾死不瞑目。故暂留无用之身，以指数人之罪。妾原籍姑苏，入京前于玄墓蟠香寺戴发修行，家人并不知妾此刻已陷囹圄中。此间悲苦难述，泣血难书，唯愿府台捉拿贼人，为妾身复此仇，为乡梓肃匪盗。妙玉泣拜。"

吴老板看完，惊在原地。他抬眼看魏老板，那魏老板也看完了妙玉写给他的信，也正拿眼看着他。两封信内容差不多，但这一封请求的是魏老板，恳求他看在姑苏同乡的份上，拿着给知府的信去报官，务必于八月十五当天到碧桃苑捉拿贼人。

"光天化日朗朗乾坤，居然有这等事！"吴老板看完先开口，脸气得通红，一掌拍在案桌上。

"在下魏良铭。敢问仁兄贵姓？上下为何？"魏老板前向对妙玉在此地卖笑的缘由，本就有各种揣测，但读了信，方知她居然被强盗从国公府里掳出，这太骇人听闻。尽管如此，他还是比书斋老板冷静许多。妙玉托付求救信至此，信任书斋老板显而易见，后续也许可以与其商量，故先请问姓名。

吴老板回过神来，两人同看书信，显然都牵进了写信的妙姬之事中。通名乃应有之义，便忙拱了拱手："在下吴谨，字敬之。兄台请坐。"他拉过自己平日的座椅给魏老板，自己拿过方凳坐了对面。接着问："敢问魏兄认识那妙姬姑娘否？"

魏老板简单说了碧桃苑识得妙姬似故人，后往来酬酢间，妙玉递书，请他八月十四到翰墨书斋之事。吴老板明白了，妙姬为何一直照顾他生意，而又将如此重要的信函传递给他的原因。这女子聪慧，也许，也在多次让椿儿购买物件的过程中，觉着了他的可信，这才有了这冒险的一出。

他跟魏老板一说，两人对坐嗟呀。这女子是把全部希望都赌在他二人的人品之上了。又或者说，她既是逃不出碧桃苑，那么也仅有这条路可试可走。

两人交换书信，又看了一遍。越看越心惊。若妙玉所吐为实，那么碧桃苑逼良为娼就跑不掉；如果那令老板真与在京城作案的贼人勾结，那么他的罪就绝不仅仅只有一条。

信，还是不信？

以那一手好字看，这妙玉神智清楚；以所叙内容看，叙说自己为何流落在此，脉络清晰，写得明明白白；以情理看，那就是杜鹃啼血，其所遭遇之事令人发指。

到此时，魏老板方将自己前向已遣管家调查妙玉原住的蟠香寺，自己又到过碧桃苑，确认妙姬就是妙玉本人一事说了。吴老板听在耳中，心中暗思，这魏老板是个精细人，难怪妙玉向他求救。

"那在下问魏兄，救与不救？"

"此事既然我已闻知，不救良心难安。"魏良铭说完，顿了一顿："难题是，今儿就是八月十四，衙门是否休沐？这封信又如何投得进知府衙门去？"

吴老板久在金陵，他知道两江总督府、江宁府衙门都在此地；负责刑名缉盗的江苏按察使衙门则在苏州，确实，这么短的时间，只有向江宁府台求救是最直接的。他沉吟了一下："魏兄可是真要救这女子？"

"不瞒兄台，我乃生意人，又非金陵人士，往衙门递状纸，如此行事确实有顾虑。但妙姑娘既是同乡，遭遇如此悲惨，在下自不能袖手不理。"

吴老板得此肯定答复，跺了跺脚，站了起来："也罢。魏兄高义，在下佩服。妙姑娘既传书信到敝处，在下也不能置身事外。有一个主意与魏兄商量下，看是否使得？"

吴老板俯耳在魏良铭说了几句，听得他连连点头。吴老板见无异议，便拿过门板把铺面关了。二人忙忙走到夫子庙门前桥边，雇个车直往白下路一带而去。

吴老板的主意，是先去找府台大人的师爷。

俗话说流水的官铁打的师爷。地方官如新到任，对管辖地方风土人情不明，便在当地聘通世故、察民情、熟悉律法的师爷帮助自己理政。江苏、浙江尤兴这股风气。久而久之，师爷竟然成为了一个职业，一个家族往往数代相传；官爷调迁，师爷有的跟了去，有的家在当地不愿走的便留下来；等下一任到，若未带师爷的，往往再继续聘。

吴老板要去找的师爷姓田，是其多年文友，出身于师爷世家。本想读书图个出身的，但与吴老板一样，屡试不第。同是天涯沦落人，二人因缘相识，书信往来非止一日。吴老板离开安徽全椒来金陵，正是田师爷的主意。田师爷钦佩吴谨满腹学问，既是乡试同样一直不中，知录与不录之间其实无甚道理好说。料想在人才济济的江南，吴谨在故乡恐难以立足，故邀其来金陵散心；后又建议在夫子庙一带开个书斋，全家人就留在金陵过活。吴老板听了进去，便把书斋开了起来，卖书卖文房四宝。那田师爷平日闲了也来书斋谈天说地，对吴谨多有照顾。因随时候着衙门点卯，师爷就把家安在府台衙门后街，方便上司差遣传唤。吴老板来过田师爷家，故今日拉了魏老板一起直接来寻。

田师爷老父去世，老母在堂，一家三代住着一小小两进院子，眼见是小康之家。今日虽未休沐，但衙门无事，便点了个卯，折回家来料理中秋节家宴之事。吴、魏二人进门，那师爷正在前院指挥家中雇的小厮收拾东西，见老友来到，忙命看座上茶。

吴老板问候毕，便把今日前后情形说了一遍，递上妙玉信函。那师爷看了又看，长叹一声："二位也是善心了！但府尊明日也要全家过节，不好打扰。且这样一封书信，又无证据，怎好递得！"

魏老板一听，连忙把他从前识得妙玉，来金陵前也打听过，又亲自去碧桃苑确认一溜儿情形说了一遍。三人说话期间，田师爷的一双小儿女跑进来，在三人身边只管玩乐打闹。魏老板见了，心中一动，便从袖口里掏出张银票放在男孩儿的手心，说是让两孩子街上买糖吃。

田师爷一看，忙着从儿子手中取回还了回来。魏老板如何肯收回？口中只说初次见面，不及置办节礼，小小意思，是给小孩子买个糕饼吃的，万勿见怪云云。田师爷见魏老板其意甚诚，只好收了。既收礼，心下过意不去，便重拿过妙玉书信，细细看了一遍。

沉吟再三，他对吴谨说："敬之，你我老友，客气话就不说了。今日二位急公好义，又看得起田某，那我就勉为其难，现下就去找府尊。一二个时辰后当有确信。二位先请便，我随后来，或是派小厮来回话。"

吴、魏二人见田师爷肯施援手，大喜过望，站了起来，说定就在翰墨书斋等讯。

田师爷自去办事。吴、魏安步当车，转回夫子庙书斋等候。那魏老板等得无聊，心内又急，便把吴老板放在台上的书翻来看消遣。不料越看越有味。看到辛辣妙处，忍不住拍案叫绝。

吴老板写的故事从未示人，也不知好与不好，见魏老板边看边击节赞妙，心中欣慰。二人细细谈来，一个时辰下来，直如莫逆。称呼上也拉近了许多。

"敬之兄，我看你这本书写尽儒林面目，真乃奇书。写完之后，刊刻天下，对陷于科考无出头之日的士子，可算得功德无量。"他联想起自己的经历，心中满是感慨，话说得真诚。

"魏兄谬赞了！"吴谨见自己心血所凝的文字得到如此首肯，心中高兴。

"敬之兄，他日写成，我来出资刊刻如何？"他见吴老板门面简陋，料收入不丰，如何能够刊刻这样一部书？便主动开言揽过此事。

士农工商，魏老板和吴谨都算士人，然而他们现在都在从商，世俗的社会地位上已跌到底层，只比下九流稍微好上一点。还好江南素有经商传统，商人的社会地位还不至于像北方一样被普遍轻视。在魏良铭看来，作为人，图生存、让家人过上好日子乃应有之义。比起皓首穷经，只知朱子《四书集注》，无甚生存能力只知应试的读书人，他和吴老板的经商之路，算得上一种对生命自身的忠实。吴谨之书，是行过漫漫科考路，梦醒再回头之人的反思和呐喊。他欣赏这种态度，并愿意将来为这样一本书的刊刻面世出一份力。

吴老板正待回言，只见刚才田师爷家中见过的小厮忙忙而来，不时已在书斋前站定。他口中只管喘气，只说了声"家主人有信给吴先生"，手中一封信函递给吴老板，不待回言即转身走了。

吴老板不怪小厮礼数不周，赶忙来拆手中信。信封裁开，内中只有一张纸。抽出来看，只有一个字在上头："可"。正是熟悉的田师爷草书字迹。

桃叶渡

第三十三回

桃叶渡口

不可避免的八月十五中秋节，终究是到了。

此时，循康熙爷木兰秋狝成例，带领正黄旗军士巡视塞上草原，会见蒙古王公的皇帝陛下，已中了化名吕四娘的秦可卿一箭。那见血封喉之毒随着箭头已深入他的血液。待四处寻觅得来的解药到时，皇上已经病入膏肓，一日一日衰弱下去。近旁的军机大臣们心中明白，天下易主已在眼前。

朝内外俱已默认的皇位继承人宝亲王弘历禀告其母，即主事的皇贵妃后，已秘密派人巡视皇陵，以备不测。京兆尹府已接军机处密令，严防京城治安。九门提督已派出得力兵将，接过城防之任。

京城里外弛内紧，亲贵们已在揣测新朝各部主事人选。天子脚下，就连市井中人也分外敏感，各种小道消息流传。但远在江南的庶民百姓哪知朝廷大事，依旧家家户户忙着扎彩灯，迎接除了春节之外最为看重的中秋佳节。

团圆之节，谁能不爱呢？华夏最重天伦，一家人一年无论多辛苦，在外跑码头的，还是在内烹煮洗衣的，都把这团圆的节日看得意义非凡。如果不是有特殊理由滞留他乡，这一日，外出之人是一定会回家的。拜月，拜先祖，拜高堂，小儿女们手拿月饼，堂屋里绕膝打闹，那是民间最令人心醉的时刻。

节庆风俗，在秦淮河两岸的青楼妓馆里，便是另一派想头。青楼卖的是假感情，图的是真银子。阖家万户皆团圆去了，那他们的钱上哪儿赚去？好在金陵城大，总有回不了故乡之人。如此良夜，一个人度过岂不是倍加冷清？倪二看准了这个商机，他要赚的，正是这样漂泊在外的人囊中之银；不但要赚，还要大赚一笔。

一连忙了多日，碧桃苑把桃叶渡上下皆装饰一新。倪二想得周全，让儿子兴儿准备了荷花灯，准备月上柳梢头之时，一一点燃放在河里。到时天有明月，河有莲灯，上下辉映，琉璃世界能不销魂？

这中秋节讲究的是月亮绽放大光明，因此，碧桃苑把赏月的诸项准备列为重头戏，感慨良辰对月抒怀之时，正是人内心软弱放纵欲望的好时机。为此倪二早已提前重金挖了金陵城有名的厨子来指导晚宴制作，用足材料做了碧桃苑专供月饼。倪二下了本钱，要求务必要精美可口，成为金陵城多年以后还津津乐道的盛事。至于好酒，倪二早已囤上了。隔壁的酒馆，一溜儿全是酒坛子，都封着红布，看上去就是喜气洋洋的。

早先一日，陶家老鸨召集了苑里的姑娘们训话，中秋佳节务必要好好打扮，好好侍候；见客人时，脸上的笑容必得拧出水来。总而言之就一句话，要让来的客人无尽满意，要让他们多多打赏。说完这些，老鸨又强调了，客人打赏的银子一律不许私藏——如发现此类事件，立时拖出打死云云。

妙玉站在前头恭听老鸨口吐芬芳。她耳朵听着，心思早已飞到天外。她，一个自小养尊处优的女子，被绑到这不见天日的地方，真能凭借两封信，解救自己吗？那书斋老板从未谋面，他见了信，会不会烧掉？或者，直接书都不打开就扔在一旁？是啊，大节之下，谁还会理会伽蓝不伽蓝的，而且还出自于肮脏的青楼妓女之手。那书斋老板也不会知道，为得到一本可以捎信的书，她又花了多少心思。

还有，那魏老板会不会如约而来？即使书斋老板看到了信函，没法交到魏老板手中，终究也是不行的。一个书斋老板，即使心存天良愿意救她，可是他又怎能够有给知府大人递状纸的胆魄？

最担心的是，那手臂上文有海螺的郑公子，他会来吗？妙玉内心，早已把劫夺她出大观园，又将他卖至碧桃苑的贼人，当成了郑公子一伙，尽管三人从气质、行事方面大不相同。但是，当她试探问他，那手上文着鱼蟹的人是不是他的兄弟时，那郑公子不是眼神复杂了一小会儿，才回应她的吗？他们即使不是一伙人，至少有渊源。而且，除了这条路径，她也无法再追究下去了。

只有官府能够查得清他们之间是什么关系。那么，那郑公子，他会来吗？

想起二人缱绻的三天，妙玉心情复杂。比起那在船上把她当牲口样蹂躏的贼人，郑公子可算得上举止有礼珍爱有加。他喜欢她的每一寸皮肤，珍惜与她一起的每一个时辰，妙玉心知肚明。她虽然清楚，自己的迎合只是通向复仇之路的必要举动，但是，她的内心，还是恨不起他来。她知道，他是把她当了一个美好的女子来爱怜的。那些假意迎合里，为什么在内心深处，也曾经荡漾起了那么一丝丝情意。这是为什么呢？

是她的悲苦人生，有了那么一丝丝被珍视的甜吗？她想不明白。

想到此处，妙玉掐了自己一把。如果那郑公子与贼人是一伙，那他就是自己的仇人。自己怎能为仇人开脱呢？她谴责自己。她看看四周，到处是护院在走动。一霎时灰下心来。她既然逃不出去，如果这次不能得救，那就干脆自我了结算了。这世上，连她的父母都不知道女儿在这里。她若死去，定像蝼蚁一样悄无声息。

碧桃苑常有的护院有七八个，平时兴儿领着四处巡查；为了嫦娥奔月这出盛大的中秋演出，或者是搂钱盛事，他在外又临时雇了几个。喝酒闹事的，胆敢不付钱的，那他们的存在就是让那些不识好歹之人好好听话、乖乖掏钱的保证。

碧桃苑的老板倪二溜溜达达，从酒馆和妓院，见布置热闹，客人陆续进来，心下得意。他已经在畅想中秋一天的收获了。

十五日午时，戏班子早早来到，在里头吹拉弹唱，热闹非凡，银子的力量果然妙不可言。经过前期一番宣传，秦淮河上游下游都不停有船来，就停在碧桃苑，那来的一个个客人，在倪二看来，都是行走的财神。他脑子里盘算着，过了节，干脆把斜对岸的得月楼收了，再造一个天上人间。

倪二不知道的是，那一船船来的客人中，不只有专程来销金的纨绔大爷，还有一个个捕快混在其中。

头一日，那田师爷既受了魏老板和吴谨之托，便去找了他的东家江宁府台。为着说动府台，一路打叠了许多言辞在腹中。知府大人姓赵，原籍山东，刚领江宁府不到半年。江南丰饶富足，江宁又是前朝故都。到得这紧要处，又是肥缺，那师爷知道府台朝中定当有人。那么，京城事务应不会太过陌生。果然，当他到后堂行过礼，递了妙玉给知府的状纸后，知府大人看了沉吟良久。

"田师爷，你这状纸，是从哪里来的？"赵知府先问来历。

这个是模糊不得的。田师爷忙一五一十说了。

"据信中这女子所说，她是从京城荣国府里被掳来的。可能吗？"他用指节敲了敲信纸，抬眼看了看师爷。

"据帮助这女子的苏州客商魏老板说，此女诗书画琴皆绝，尤其抚琴；长得天人一般；那神情举止，断不是未见过世面之人所能有。去年碧桃苑推了她出来，夺了个什么花魁。"师爷大致说了下写信的女子，继续介绍："据说她挑选客人，一是对诗，二是手臂上有刺青。"师爷小道消息向来灵通，故连这个也知，此时说了出来。他靠近一步，低头说："如果不是为着找贼人报仇，哪家青楼女子会提出这古怪要求？"

府台微微点头。

师爷又掏出妙玉给魏老板的信，告知那妙玉送出两封信来，这一封是给同乡的，也一并带来请府台参看。那府台看了，心下略动。这女子身陷不堪之地，不忘报仇；一个同乡也成为她依仗之人，看来信中所述十有八九是实事。

"那如果贼人明日不来呢？"府台考虑，在他眼皮子下，有人报官，说是匪盗到境，如他不理会，传出去便是失职了。他当然不能不闻不问。但信中意思，匪盗是可能来的意思；若官兵出动扑了个空，那岂不是惹人笑话？

"府尊，在下是这么想的：京中荣国公府是今上贾妃娘家，居然被掳掠了人，显然匪夷所思，但我曾与来金陵的京中故友闲聊，这国公爷府经了削爵，已大不如前。前向不是贾妃薨了？想必府里更是江河日下。那匪盗之说，据此未必无影。如有其事，想必已报京兆尹府。"师爷一口气说得口干舌燥，歇口气，他继续说："再说，民间女子要杜撰，也定扯不到这么远去；也断不敢虚言欺官府。即使匪盗不来，府台追回京城被掳人口，不也是协助京兆尹府结了一案么？"师爷长篇说完，退后一步，低眉弓腰，候着知府发话。

师爷的意思府台听得明白。如果管了这件事，进则京城人口失踪案、匪盗掳掠案，两案一起破了；退，则至少找回了京城失踪人口，也是功劳一件。知府没有告诉师爷的是，他与京兆尹府的现任长史是同科进士。他心下自然明白，同年关系，这在有科举以来任何朝代都是重要的。今日我投一个桃，将来可能别人就回报一个李。江宁府解救了京中被掳女子，京兆尹府的案子，一半就破了。匪盗来不来，他给京兆尹府的这个人情，都是现成的。还有一层，自己上任不久即能洞察民情解救民女，打击逼良为娼不法之徒，于他以后官声可谓有百利而无一弊。

看来中秋节不能好好过了。他心下有了主意，便折起信纸，抬头对师爷说："本府既主江宁，理当为民做主。你这就去唤捕头来。"

师爷知事妥，心中高兴，忙着出后堂，唤了捕头入内。此事他不能详细说给吴谨和魏老板，便瞅个空子拐回家去，提笔写了一个字；又亲手封进信封，交给小厮去送信。

那捕头在金陵城多年，一向知道碧桃苑。听了府台亲口交办事情，便知重大。他一心想在新府台面前立下功劳，便决心把这事儿办漂亮了。想及自己属下有去碧桃苑酒馆喝酒的，便知此事关键是消息不能泄露。如事泄，那碧桃苑老板跑了，或者把那妙玉一刀砍了扔进秦淮河，到时死无对证，事情就办坏了。

他想了想，到得办理公事的地方，先下令，传府台命，所有差人两天内不得离开，全部在衙门听命。

差人们一一听唤到来，听闻中秋节不能回家，便有底下嘀咕的，那捕头听在耳内，当即让人剥了那嘀咕的捕快衣服，命扔进黑屋关了起来。余人见此，再不敢有违。

人手安顿好，捕头唤了心腹王二、张三，一路往秦淮河中段来。雇船到得桃叶渡，让船家绕了碧桃苑四周一圈，又与船家闲话一回，心下有数。回衙后，便在头脑中调兵遣将，待次日宣布。那王二、张三纵是心腹，捕头也不敢大意；三人当日食宿俱在衙门，二人随时都得在捕头眼前。

次日正午过后，捕头将自己筹划好的计划一一付诸实施。他将手下人分了四队，一队十人，由王二带着，先便服去碧桃苑，扮作客人入内。那王二兜里揣了一百两元宝，是捕头临时交给他的。他知道，这便是昨日船家告知的碧桃苑入场费了。他的任务捕头亲口说得明白，那就是锁定妙玉，以及碧桃苑老板、老鸨。这些人将来都是府台要细审的。还有一个重要任务，那就是，如果妙玉说的手上有刺青之人出现，不论几个，当即拿下。

捕头派出的第二队，是扮作了船上游秦淮河的客人，不得走远，就在桃叶渡一带，随时配合苑内的一队行动。青溪那条水路，在碧桃苑后有一个曲折，是个小小的隐蔽码头，捕头昨日绕过去发现了，便指令放两艘船在后门巡游，随时捉拿从后门出入之人。此队非自己人不可，便派了张三带队。

捕头自引第三队，稍后出发，在酒馆喝酒，指挥全局。

第四队留守衙门，有讯快马来报。

那些衙役见此阵仗，心内知晓这是重要行动。捕头见第一、二队已经出发一个时辰，料布置停当，自己也带了第三队到了酒馆。

却说柳湘莲自离开半月岛后，去了会稽兰渚山，观兰亭遗迹；又访无锡、苏州、湖州一带，深觉"苏湖熟，天下足"名不虚传。他想起海上打鱼人家出海捕鱼，又想及土地虽然富饶，但世人祖祖辈辈被拴在土地上，看天吃饭，往土里刨食，两种生活截然不同，如果能够相济，该有多好。又或者在天涯海角，藏着未知的国度，无需日日劳碌即可丰足，也未可知。

想起大海，湘莲顿时神采飞扬。那雄阔大海，才蕴藏有无限可能。

一路上湘莲都在思考。虽然探寻大海的欲望于他而言如此强烈，但对郑家兄弟的邀请，他心中尚无定论。

湘莲此前只愿做个独行侠，但自己在杭州救了一卖花姑娘，次日就得变装逃走。可见一人之力何其有限。但是，郑兄弟走的路，会走到什么地方去呢？他无法想象。看看中秋将至，便沿了运河往金陵来。八月十四到的淮安，看看日头，打个尖，又继续纵马赶路，次日午后进了金陵城。

湘莲与郑直分别时，约好的是酉时在碧桃苑酒馆里碰头。他看看时辰还早，便找了家客栈投了，槽上拴了马喂料，自己则一路往桃叶渡来。

当他走进酒馆，发现里边好几桌都坐满了人。不觉有些诧异。按说中秋节，秦淮河不应有很多客人的。后听旁边的客人谈论隔壁妙姬今晚上演嫦娥奔月，又听见不远处传来的丝竹声时，便微微一笑，知道了衮衮诸公为的谁来。

等得不多时，郑直带了董青山，还有应大山、韩驹子进来了。四人皆是客商打扮。应大山一见湘莲在座，脸色一变。郑直看了他一眼，那应大山再不甘心，也只得低垂了眼睛。郑直见四周人多，初时也颇为讶异。店小二送上酒来，说了他们家的妙姬姑娘今晚要出演嫦娥，心中这才明白热闹的由来。

湘莲知他心事，便斟上酒来。老三董青山知局，拉了应大山二人别桌喝酒。又让店小二上好的牛肉切几块，糟板鸭也端上一盘来。这等吃喝豪迈之士，店小二见得多了，忙忙应下，自去后厨告知大厨整活。

郑直如约而来，固然为妙姬之事，但与结义兄弟约定秦淮河见面，于他确是大事。二人见周围人杂，便找了个角落移过去聊。湘莲告知，自己暂时未作决定。郑直听了，倒不意外。

"萧兄弟，一个人在世，最重要的是依了自己的心意。兄弟既是未决，说明此事火候还不到。今日就当我两兄弟在此一聚，也是好的。"他抬起酒杯，与湘莲碰了一下，两人痛快喝了。

"你我兄弟就在金陵城相识，今儿中秋佳节，在此重聚，也是应了节气。来，再干一杯。"见郑直豪爽，湘莲一股豪气上头。又喝了一杯。

小二送上菜来。郑直吃了几样，便放下筷子。"萧兄弟，不瞒你说，我原是要回老家见我娘的……莫笑我没有志气。"他双眼朝下，抬起眼时，湘莲看到他流露出一丝自责。

湘莲看着郑直："英雄气短，儿女情长，有些事儿，人世一遭总是要走的。"他忽而有些怅然，"兄弟我至今不知迷恋一个人的滋味。"从远处收回眼光，笑了笑，湘莲继续安慰："有情有义真豪杰，又有什么笑不笑的！把眼前事处理完后，再回家见伯母大人吧。想必老人家也不会怪你。"

桃叶渡

173

郑直得这几句话，背直了起来，眼睛也明亮起来，显然这个问题已折磨他多时："兄弟，你我二人结义，真的是我郑直的幸运。"他心中激荡，自己真名告知了湘莲。

湘莲见郑直如此，心中也感慨："郑兄弟，我知你尚有事。你去吧。好好安置。"他猜郑直有赎出妙姬的想法，便助他作个决断。

郑直知道湘莲意思："你我兄弟，就心照了。萧兄弟如改变主意，或要寻我，可去江村找傅春，他自会告知我。"

湘莲当然记得那做事周全的傅老三。他正想告知郑直自己的真姓名，那郑直已经站了起来："如果萧兄弟不怪，我喝完这杯酒便告辞了。别忘了，有事找傅春。"他再次叮嘱。郑直给自己和湘莲面前的酒杯加满了酒，自己先喝完。

湘莲只得把自己想说的话咽回肚里，下次说吧，他想。湘莲拿起酒杯站了起来："郑兄弟，你我天涯海角，到何时都是兄弟。"他说完，把杯中酒也一口饮尽。

董青山见头领站起，便抢先去柜台付了账。湘莲看着四人出了酒馆，往碧桃苑而去。不知怎的，他心中隐隐有着不安。便命店小二收了杯盘，自己走了出来。

此时的秦淮河波光潋滟，如同熔了一池碎金。夕阳往西边落去，另一头，淡淡的月亮已经爬了上来。果然圆得无可挑剔。他踱过去，看了看苑门口巨大的嫦娥奔月招牌，那嫦娥，嗯，画得确仙气飘飘。

碧桃苑门口的小厮见湘莲在门口，便忙上前来邀请入内。喧哗之声传出，想必来者云集，湘莲不想入内，便摇摇头。那小厮见又有人来，便热情迎了上去，刚刚邀请的客官瞬间已丢在脑后。

碧桃苑再往西边，便通往扬子江。湘莲不想坐船，此刻时候还早，便折回酒馆，找了个看得见外头的桌子，让店小二再整几色小菜来，酒也再来一壶。这二次折返，他留意到，座中好几位客人，长袍下摆凸出一块，料想藏了刀剑之类。湘莲见自己出入，那些人并不理会，知不是奔自己来的，遂坐下喝酒。酒馆四周的帘子已高高打起，此处视野开阔，望月再好不过。

戏还没有开场。戏班子见来的客人众多，也不自觉地兴奋起来，想着老板今天生意好，说不定散宴时，还会有打赏。众人见碧桃苑生财有道，遂收起不少鄙视之心，演奏卖力多了。唱旦角的在扎好的小戏台帷幕后面坐等，心中想着，待会儿开唱，如果班主新填的词不够，那就将《游园惊梦》的词儿移过来，好歹不能穿帮。再说，游园惊梦与嫦娥奔月，不都是妙龄女子的梦中故事么？

郑直四人刚进门，老鸨就堆着满脸的笑迎了出来，这一花就是几百两的客人，她可不会轻易遗忘。既是今日到来，少不得再斩一刀。

"哎呀，郑公子，您可来了。"老鸨一靠近，就是手绢帕子扬了起来。

郑直退后一步："今日专想见见妙姬姑娘。"

"妙姬姑娘要演戏，这会儿可不得空。公子请里边坐，待会儿嫦娥出来，您就见着了。"老鸨一边说，一边引郑直上楼。

郑直袖内递过一锭一百两银票："请妈妈行个方便。不耽搁妙姑娘演戏，说几句话就好。"

老鸨最是见钱眼开，见了就不能撒手："既是郑公子开口，那就说几句话。这就引公子到妙姑娘屋子里去。"她看看董青山几个，"这几位爷就在二楼喝几口酒，如何？今儿我们这里做了全金陵城最好的菜式，正好尝尝。然后就在院子里歇了，也是过节，好不？"她看了看跟着她的几个姑娘，抬高了声音："今儿得好好伺候几位爷，听到没？"

几个姑娘忙答："是"。忙着过来搀董青山、应大山和韩驹子。

郑直笑了笑："妈妈不必太多操心。我带兄弟几个来，是让他们来认嫂子的。"

此话一出，不但老鸨，董青山几个也愣了。这是要把碧桃苑的姑娘赎出来然后娶了的意思？

老鸨人虽发福，但脑子转得飞快。妙姬是摇钱树，赎出去？自是断不能同意；她是碧桃苑所有姑娘的主人，如她不点头，这郑公子还能强赎了不成？但这四个人此刻就站在面前，立马拒绝势必起纷争，来的客人们听见了不好看。她脸上横肉一动，马上又露出笑容："哎哟，郑公子看上我们院的姑娘，那是妙姬天大的福气呀。各位爷们要见妙姑娘，那就请吧。只有一件：各位爷只得一盏茶的工夫，妙姬可要下楼来唱戏呢。"老鸨引开话题，此时众人已走到二楼大厅入口。她胳膊比画了一下："今儿这满楼的客人可都是冲着她来的。"

此时，妙玉在三楼自己的屋子里，身穿戏服，直坐着发呆。戏班子鼓乐喧天，她听不到外头人言语，只沉浸在深深的悲伤里。她期盼了那么久，公差未见影子，那郑公子也没来，难道说她的一番心血筹划，都是注定了竹篮打水一场空吗？她想起了自己被送进佛门的那一天。看来她命中是不祥之人，所以父母把她送出家门；送入佛门，说不定也不仅仅是因为生病的原因。

绝望让人自我怀疑。妙玉正是如此，无人到来，便是计划失败了。

正在这时，门"呀"地一声推开了，椿儿探进头来："姑娘，郑公子来了。"

第三十四回

天网恢恢

应大山、韩驹子随着头领迈进妙姬的房间，一进门就觉着不对。

屋子中间亭亭立着一位通身雪白的女子，头发梳得高高的，发髻用玉簪簪住，四围垂着珍珠流饰；玉颈微露，双眸闪星；腰肢一握，粉面含忧。那丽人眼光扫过郑直、董青山，又落在他们二人身上。这女子的体态神态……不知哪里见过，一下想不起来。二人对看了一眼，眼神里满是狐疑。

"郑公子，您来了。"妙玉见郑直进来，恍惚了一下。她扶了扶身边的桌面，方才回过神来。

"妙姑娘，我和我的兄弟一起，来恭祝姑娘芳辰。"旁边的董青山已经递过一个扁平的螺钿盒子，一看就好生精致。郑直接过，拿在手中递给妙玉。那是上午董青山去金陵最大的首饰店选的，里头是一整套的红珊瑚首饰。郑直看过很是满意。此刻，他期待着妙姑娘的梨涡笑容。

董青山双手抱拳："恭祝妙姑娘年年岁岁平安喜乐。"

旁边的应大山和韩驹子见二位头领如此，也不情不愿抱拳，随口咕哝了几句。董青山在旁，也没听见他俩说了些什么。

妙玉当初告知郑公子八月十五是她的生日时，内心并不确定他会来。现在见人就在面前，而且还带着他的弟兄，心内百感交集。她想起了问过他弟兄文身的事。现下见另外三人行礼，一双妙目看了过去。

她看见了！尽管稍瞬即逝，她还是看见了。其中一人，手背上文着怪鱼，另外一人，臂上依稀文着螃蟹。她看过无数次，让她噩梦连连的螃蟹。

她全身颤抖起来，手里托着的盒子几乎拿捏不住。椿儿赶快过来扶着，把盒子放到桌上，又扶着妙玉坐下。

"你……"妙玉的脸瞬间变得惨白，眼神定定地盯着应大山。这双手，曾撕开她的衣服；这双手，落在她皮肤上的粗粝感，至今让她午夜惊魂。这个人是了，那么，他旁边站着的人，都是那艘船上的吗？

应大山的脸色也变了。这尖尖的下颌，这白腻的肤色，这眼前的颤抖，让他一下子想起了大运河的日日夜夜。掳来的女子双眼虽然被紧扎着的布条蒙着，但她的脸，她的身躯，他再熟悉不过。他忽然明白了今日头领要带他和韩驹子来这里的原因。

他的眼光凶狠起来，往后跳了一步，抽出了腰间的短刀。"臭娘们，我就知道是你。"他扑上前来，一刀刺出。

变起仓促，周围人都呆了。应大山的手腕突然被一只有力的大手握住，一下动弹不得。刀子"当"地一声掉在地下。

韩驹子有些明白过来，他看看妙玉，又看看头领，忽然转身往外就跑。董青山见他身形一动，便知有异，立马闪在头里，拦住了他的去路。

应大山见头领出手，知道再不拼死挣扎出去，就得被清理门户。刀子既已脱手，便一拳挥向郑直。

郑直虽然一头雾水，但他应变神速，一个后空翻，身躯飘出几尺。"呛啷"一声，他腰间的长剑出鞘。剑尖起处，直抵应大山的咽喉。

"说！怎么回事？"他声音低沉，问应大山；眼睛一转，又问着妙姬。

"郑公子，我就是被这两个贼人从京城掳来的。"妙玉全身发抖，她见来的四人转眼分成两队，不确定董青山是不是船上一伙人；但从两拨人行事看，确是不像，因此只能确定应大山、韩驹子二人。她眼神里有恐惧，有仇恨，眼睛直盯着应大山："郑公子，这个人的手臂上，是不是文着螃蟹？如果有，那么他就是那个把我打入地狱之人！"

郑直当然知道应大山手臂上文着什么；他也能猜到从京城到金陵，妙姬落在他们手上会发生些什么。妙姬眼中的恐惧说明了一切。他转过头来，眼神里像要喷着火，只问了三个字："是不是？"

应大山知道他不是头领的对手，此时只有强辩："头领，是你派我们到京城，是不是？是你派我们抢大户，去偷去盗，去弄弟兄们活下去的本钱，是也不是？"他眼睛里满是嘲弄，"现在为了一个婊子，与兄弟翻脸。"他"呸"地往地上吐了口痰，脖子一扭，满脸鄙夷："来呀，你这做头领的，今日就朝兄弟脖子上砍上一剑。不敢了，是不是？心虚了，是不是？"他往前一步步挪，郑直一步步退，剑也随着退。

"没错！是我派的！但我没让你们欺压良善！没让你们掳掠良民！这是家规，你们都忘了，是吗？"郑直咬着牙，立定在桌子跟前，恨恨地说。

董青山一听，腰中剑也抽了出来，架在韩驹子脖子上。韩驹子腿软，扑通一声坐在地上。

妙玉听着他们的对答，心一直一直往下沉。原来她的噩梦，就从这姓郑的派这两个贼人掳掠盗抢开始。他是他们的头领！

她想着自己可悲的一生，被侮辱、被损害、被不当人的一生。在大观园的日子，那都是梦！那不是真的。在船上被欺辱的那个女子是她；被卖在碧桃苑，丢在悬挂着皮鞭刑房里的那个女子是她，被推出来卖钱的也是她。现在，她终于和她的仇人面对面了！

她全身抖得像筛糠一样，努力扶着桌子站了起来。刀子！地上的刀子！以血还血。

妙玉弯下腰，握起了应大山的短刀。郑直的眼睛像着了魔，一眨不眨地盯着她。那应大山何等狡猾，一见郑直分神，他两足未动，身躯活生生地移开半尺，来了个铁板桥，接着缩身又一个前滚，从剑锋下滚了出来。

郑直一晃剑，直指应大山的背心。应大山不管不顾，一把揽过妙玉的脖颈，右手抢过刀，横在妙玉的脖子上，侧身转了过来。

"放下剑！否则我一刀割了她脖子！"他凶狠地对对面的郑直说。

郑直本来可以在一开始就剑尖直刺应大山的，但他不愿杀自己的兄弟，故一直犹豫。现在妙姬在他手中，应大山知道她在自己心中的地位，该怎么办？

他收回剑锋，插回剑鞘。负手淡淡地说："应大山，这女子只是青楼妓女，你道我当真？你要怎样随便你。你已表示不再追随我，我自也不能轻易杀你。"他踱了几步，又回过头："只是，这里杀人，你以为逃得出去吗？"

"能不能逃得出去，是我的事！总比死在你手上强！"应大山有所动，但话音依旧凶狠。

"手上莫再沾血了。放下刀。你我二人从今以后大路朝天各走一边，再无瓜葛。"

椿儿在旁早就吓得缩成一团，爬到桌子底下抱着头，只顾瑟瑟发抖去了。

应大山看看，韩驹子被董青山制住，在这里杀了这女子，头领定饶不了他。不如就此罢休。他想定了，便一只手把妙玉推在一边，一只手握着刀子站了起来。

那应大山才把妙玉推到一边，说时迟那时快，郑直抽剑出鞘，长剑疾如电闪，一剑把应大山刺了个对穿。应大山圆睁着大眼，刀子"当"的一声掉在地上，身子转了几转，仰面朝天倒在了地上。

"我个人跟你可以再无私怨，可是你犯了家规，我得清理门户。"郑直说着，一剑拔了出来，应大山胸口喷血，眼见不活了。

郑直这一出剑，心中也不好受，只觉万事空茫。他收回剑锋，看也不看，低头插入剑鞘。

董青山与韩驹子都想不到郑直会再次出手。韩驹子一愣神，不知哪里来的胆气，趁着董青山一瞬间的分神，拔出藏在靴子里的薄刃，一下站了起来，整个身体猛扑，手中的白刃向妙姬身上扎去。

妙玉站的位置在郑直左手边，韩驹子在她的正前方。这一动手事起仓促，董青山再出剑，即使刺得到他，也救不了妙玉了。

只听"啵"的一声，白刃插入一个人的胸口，直至没柄。妙玉睁开眼睛，血，她满身是血。她的身上倒着郑直。

是郑直救援不及，直接抢过来闪在她和韩驹子中间，替她受了这一刀。

董青山的剑锋随后就到，当场在韩驹子的脖子上一抹，那韩驹子幽魂一抹，脚跟脚地找他形影不离的伙伴应大山去了。

妙玉坐在地上，看着满手满身的血，是郑公子的，他救了她。他用他的命抵了她的命。

一霎时，妙玉心中空空，那个轻怜蜜爱的枕边人，那个看重她，来为她庆祝生日的人，那个记得她说过的话，不问缘由，把手有刺青的匪徒带来给她的人，如今，倒在她身上，口吐血沫，正在拼命想说些什么。

刚才，她恨他，他是她沦落到此的仇人。但此刻，她不恨他。是的，尽管他是这两个贼人的头领。她怎能再恨他。他已经把自己的命交给了她。血债血偿，以他的血。

外头楼梯传来杂乱的声响。董青山知道，虽然有戏班子，但打斗声终究惊动了楼下之人。他蹲下身躯，把郑直的手臂放在自己的肩膀上，试图将他背起来。

"别……别管我了。去清江浦收船。记得……记得带弟兄们走回正道……还有我娘……"头一歪，他晕了过去。

外头有人打斗，一人冲了进来，再迅速插上门栓。进来的人几大步来到郑直面前，他瞥了妙玉一眼，一言不发，双手托起郑直的身躯，站了起来。

"萧道长！"董青山喊了出来。一出口，用的却是胜棋楼上的称呼。

受到震动，郑直悠悠醒了过来。看到湘莲，他的嘴角动了一下："萧兄弟……"

179

妙玉突然伏在地下，给湘莲磕了个头："大侠，请你一定救活他。"她的头发凌乱，珠饰玉簪不知甩到哪里去了，一张脸比满月还白。眼泪滑过妙玉的脸颊，一滴滴落下，一身曾经雪白的衣服上全是刺眼的鲜血。

此刻的湘莲依然是冷静的："你是谁？"

"我被贼人从京城掳来，真名妙玉。"她看了看地上躺着的两个人。妙玉此时除了实话，没有别的。

湘莲眉头皱了一皱，妙玉？他仿佛听过这个名字。但已经来不及细想了，外头的刀剑穿过木格扇，正在乱砍乱剁，破门即在眼前。

"这里来！"董青山在门对面的窗口对湘莲说。道长说话的工夫，他推开木窗，底下是长流的江水，江水与房子之间有着窄窄的石头砌成的石岸。不远处，在古老的石头中间，孤零零地长着一棵枝干虬节，不知有多少岁的老树。树上的叶子正在飘零。

湘莲抱着郑直抢到窗前，看看离地足有数十尺。

董青山解下背囊，拿出一捆绳索，一头牢牢拴着一个铁钩，钩子有五爪。他快手快脚，将背囊斜背在身上扎好，一手拿着铁钩甩了几个圈，试试手劲，"呼"地一声，那铁钩牵着绳子甩了出去，正落在老树的枝丫中间。他手上使劲，那头纹丝不动，董青山知道已经抓牢。

柳湘莲知道他的意思。他放下郑直，大踏步走向房间内里的卧室，将帷帐几把扯了下来，撕开了一一打上结。董青山见湘莲动作，便知他的用意。湘莲才一接好帷帐绳子，便蹲了下来。董青山抱起地上的郑直，让他趴在湘莲背上，用这堆绳子将郑直绑牢。

外边的喊声越来越密，越来越大，有叫"官差拿人，贼人休逃"的。妙玉抖抖索索，狠命去推桌子，想推过去抵住门。椿儿在底下被推动，脑子发懵，钻了出来，见姑娘满身鲜血，不由大叫起来。

她这一喊，妙玉反倒镇定了些，她命令："起来，我们把桌子抬过去。"椿儿完全不明白刚才发生了什么，下意识地听命。两人把一张花梨木的桌子又抬又推，挪到门边抵住。

那边董青山扶着湘莲上了窗台，湘莲双手拿着一截帷帐，正准备搭上去，妙玉从门边急冲过来，抬起手放在郑直的鼻下，呼吸微弱，但还有气。她从袖中掏出手绢，揩了揩郑直口鼻处血沫，低眉说了声："去吧。"便站在另一旁托住湘莲背上不断下滑的郑直。

湘莲两手抻了抻，还算结实。他把帷帐布条搭上绳索，身体腾空，背着郑直从窗台向大树溜了下去。董青山也拾了一段帷帐，他深深看了妙玉一眼，一言不发，也一样溜了下去。妙玉在窗边，看着三个人消失在树影中。

只听"砰"地巨响，门和房间周围的门板被砍破，整扇门倒了下来，正砸在三楼的楼板上。她和椿儿好容易抬过去的桌子，也翻倒一旁。

桃
叶
渡

第三十五回

悲欣交集

正如所有的小儿女一样，我曾经得到父母无尽的宠爱；正如任何一个家境优渥知书识礼的孩童一样，我很早就受教于我的父亲，还有母亲。我有过苏州河巷的记忆，有过春天百花盛放芳香的记忆。然而，命运终止了这一个版本。我不知佛为何物，就被送去了寺院；然后，在我长达十来年的打坐修炼之中，内心深处各种疑惑，像野草一样蔓生出来。

蟠香寺。师父是我最大的疑惑。她不知要逃避什么，带我匆匆北上；又不知想为我祛除什么，嘱咐我不要回乡。在她临终之时，她嘱咐我。

大观园的生活如此富丽而模糊。贾府的娘娘要省亲归宁，我的任务是，她拈香之时，我需要在旁边双手合十；我需要主持一个小小的道场，为贵妃祈福。这样一个人，还需要祈什么福呢？

看着这样一个光华耀眼，明黄色的礼服晃得人睁不开眼的人物，我并无羡慕之情。有所求的人，再高贵，也是有缺憾的。果然，贵妃娘娘年纪轻轻去世了。据小丫头子们私底下传说，贵妃娘娘曾有孕，然而，那个孩子还没降临人世，就没了。为这，我真心实意地在听到消息那天，在菩萨面前点了一炷香，念了几卷经，为了消解这场冤孽。没有她的省亲，我也不会住在大观园这么久。

我纵目四望，确实，大观园里锦衣玉食，但不快乐者比比皆是。黛玉，林姑娘，秉子建之才，然而困于双亲过早去世；寄人篱下的孤女，怎能有幸福。掐尖的还有宝钗薛姑娘，据说她的哥哥是少有的粗鲁，天生的败家子，这姑娘，也可惜了；家世中落，聪明只会让她在坠落中更加痛苦。还有老太太的侄孙女史姑娘湘云，多么令人羡慕的品格，可是也跟黛玉一样，失去了父母，失去了心灵的那一份依仗，也是个薄命的。至于其余贾府中人，何足道也。

只除了一个，二爷宝玉。

他有少见的尊重，对姑娘们，也包括我这个佛门女尼。

我以为可以一直岁月静好下去，与诗仙们偶尔交集，与宝二爷偶尔洽谈。

我不忍离开这里。这里是我自出家之后唯一觉得安适的地方。安全，美好。栊翠庵是我心中的小小净土，我不愿离开。再说，我能到哪儿去呢？回蟠香寺，与几个老尼为伍，终日枯寂，老死于斯吗？

再然后，就是命运的翻云覆雨手，将我打落尘埃。何止尘埃，是打入了地狱。我受到的岂是屈辱二字可以表达。是佛祖将我置放于地狱，受阴间之火炙烤；是锁链，穿过我的琵琶骨，让我每一步，都听得到令人毛骨悚然的铁链撞击声；那锁链，牵动着我全身的每一处，让我痛不堪言。

死在我面前的那两个贼子，就是地狱里的鬼卒，就是人样行走的牛头马面。当他们倒在我眼前的血泊里之时，我没有恐惧，也没有复仇的快乐。我只知道，属于我的仇恨，不可能扩大更多了。因为，他死了，为我挡住利刃。

他被背下窗台之前，我试过他的呼吸，细微，还活着。但我知道，他活不了了。流了那么多血，我白色的长裙上都汪满了他的血。在我无数次祈求佛祖保佑我，让我找到仇人报仇之时，我并没有想过，命运会给我安排这样一个结局。唯一一个看重我眷恋我的人，会因我的复仇而死。

仇人是他带来的，仇人是他的手下兄弟。所以，他不能不死。

坏人的头子，怎能是好人呢？郑公子，当你赴幽冥之乡之时，我希望你明白，你对皮相的执着，你内心要做好人的挣扎，正是你的取死之道。我的迎合，我在青楼学来的那些迷惑人的把戏，都只是为了复仇。但是，我确实没想到，你为我，可以付出生命。

对我，你没有践踏，而是恰恰相反。在你用身体抵挡刀刃之时，是不是也在为自己的手下兄弟赎罪？罪孽并非由你直接造成，既然你拿自己的命换了我的命，那么，我又岂能无动于衷？我的生命已经是空茫一片，未来无处可去，要了结自己吗？可是，我又怎能放弃你用命换来的自己的命？

我想明白了。从前的出家，是身子出了家，心还在红尘；佛祖为了惩戒我，给了我这样的命运，让我跌到最低处。我的不诚是不洁之物，是侍奉不了佛祖，侍奉不了菩萨的。心没有在佛门，念破经书黄卷，又有何用？我内心以槛外人的身份，遥遥看着周围的一切。我明白了，以往的不动心，不动情，并非出于自身的佛门修为，而是因为我自己内心的傲慢。

我以为的不堕红尘，实质上是一种高高在上。实则，我是一个凡人。被侵害，被践踏，被囚禁，被当作牛头马面发泄欲望的器物——是的，在我短短的人世经历中，蟠香寺，我是愤懑的；京城生涯，我是傲慢的。自落入贼人之手，我就不再被当作人。可是，傲慢之人世间定不止我一个；但傲慢，就必须承受这样的代价吗？究竟，是什么摆布了我？我除了能够归结于佛祖的安排，现实之中，我能够得出什么样的答案呢？

一个女子，不曾损害过任何一个人，然而，她的命运，却可以堕落到地狱。谁能告诉我，是我错了，还是周围的人和事错了？又都错在哪儿了？还是都没有错，这才是生活的真相：满目锦绣，遮蔽的却是沼泽泥泞衰草寒烟断碣残石满身蜘蛛网，甚至地狱？那么，在我目睹了地狱的面目之后，在我用红尘中的力量报了仇之后，我，又该何去何从？

妙玉睁着双眼，黑暗中想着自己的命运，一遍又一遍。她的眼泪，早已将双眼灼烧得红肿。这是凡人之泪，她冷冷地想。

终于得面对，终于得承认，自己是凡间之人，是普通人了。别的女子遭遇的命运，自己凭什么可以游离在外？纵然躲在贾府，权势也不能庇护始终。

灾难犹如巨灵之掌，可以轻易将一个人打落泥泞；灾难也让人成长，也让人觉出以往从未有过的生命的甜，不是吗？自己挣扎的呼声，那书斋老板听到了，那同乡魏老板听到了。如果没有他们的正直，没有他们施与援手，官府不可能知晓她的存在，听到她求救的声音。这份恩情，难道不值得一感，不值得留在心中，成为自己在人世间行走下去的力量吗？

那么，我将往何处去呢？我的父亲母亲，他们知晓女儿的遭遇，会不会肝肠寸断？

妙玉彻夜难眠。

在她思考自己的恩仇之时，已经从吴谨的口中知晓妙姬，不，是妙玉被救的魏良铭魏老板，在客栈也心潮起伏。那妙玉作为首告，将碧桃苑逼良为娼揭示于天下；她同时披露的身世经历，同时掀开了京城隐秘一角。一个为深宫贵妃拈过香的女尼，居然被从贾府这样的世家掠出，辗转卖入娼门，这太骇人听闻。这贾府，金陵繁华地还有老宅，虽然听说只留了几户下人看门，自己路过之时，外面看上去也还有氤氲之气。没想到在京城，在天子脚下，贾家已经落寞至此。孟子说：君子之泽，五世而斩。

果然如此。可见人间富贵并无定数。

行走世间，凭的是良心，成败置之度外即可。魏良铭得出自己的结论。他准备次日就回苏州。妙玉之事，既然官府已经处理，作为同乡，他该做的，也都做了。此番结识吴谨，倒是收获。此人古道热肠，与自己是同路人；他写的书才华横溢，简直是一本科举破执之书；等手头宽裕了，是该为这本书的刊印面世出个力。想到此，他决定，次日到翰墨书斋一行，与吴老板道个别。

此次中秋节的碧桃苑行动，官府差人得力，算得上大获全胜。

那碧桃苑老板倪二，在官差动手之时就想逃。当时二楼正在笙歌热闹之时，赏月赏佳人的客人们怀抱温香软玉，手中觥筹交错，起初头顶的一两处响动并未引人注意。但接二连三的巨响终于让所有人错愕。改名叫令兴家的兴儿，当即领着几个护院上了三楼。扮作客人的王二一看不对，往四周扫了眼神，众差人当即亮了腰牌，抽出腰间佩刀，命所有人原地待命不准离开。王二派了两人堵住二楼楼口，又让其去窗口放出烟火给外头的同伴示警。几句吩咐完毕，便引着其他人直奔三楼。

兴儿见人跟着上楼，一看是官差，便以为是他父子两个京城事发，官差专门来拿人的，当即回手，手中棍棒与官差干了起来。楼梯上一上一下正打得热闹，忽有一人从一楼持剑飞跑上来，与其说是跑，不如说是在几级楼梯处轻点飘行，转眼就到两队人面前。

王二不知道这是什么来头，一愣之下，判断是与今天到来的盗匪有关，便调转刀锋，与来人交上了手。兴儿见有机可乘，瞅个空子，赶紧下楼，边跑便喊"爹"。倪二在二楼里头听见，见事急，便也不再遮掩，撞开慌乱的众人，冲破两个把门的官差，与兴儿一道下楼。两个官差挡不住，跟着下楼来，眼见那父子二人不出大门，往后边院子一晃就不见了；当下与外头冲进来的第二队官差合在一起，往后院找去。

天上明月照着地上纷乱。倪二父子仗着地形熟悉，四处躲藏，见官差四散查找，便边躲边行，总算来到后门。墙角处有一块砖头早已松动，是倪二故意撬开的，此前他掏空了里边泥土，放了一兜金银在那里，外头用花木遮盖。现在看逃命时刻到，当即不再犹豫，搬开砖头，取出包裹拎在手中；开了后门，二人直奔停泊在屋后的小船。

往常小船泊着的地方空空荡荡。倪二一看傻了眼。走近一看，一截绳子挂在码头铁环上，显然，绳子被砍断，小船被人驶走了。

正愣着，有灯火被点燃，一艘船挂着灯，从淡黑的河面驶过来。"什么人？"一声喝问。倪二还没回答，那船快速接近，两个人影从船头跳到窄窄的石码头上，倪二只听得一连串的"官差拿人！站了！"当下心里慌得七零八落。

"噗通"一声，倪二身边的兴儿跳下了河。他一个闷子游了好远，才冒头出来喊了一句:"爹,我先走,转头来救你。"又接着一个猛子扎进水中,顺水游向下游。划船的船工是官差征集来的,看着呆住。两个官差上岸,见水里跑了一个,当下也顾不得了,冲了上来,两人先把倪二按住。

倪二见官差现身之时,一闪念间也有跳河逃命的想头。自到金陵,他父子两个靠水近水,倒学了一身水中功夫。只是自己提着沉甸甸一兜金银,如果提了跳河,只怕直接沉底;扔了又舍不得,就那么一踌躇,便再没有机会逃脱。

"这龟儿子!"见兴儿丢下自己跑得干净利落,倪二不知道该恼还是欣慰,心中骂了一句。开店多时,他学得几句川白,此时骂儿子,倒是正合适。

此时张三带着众多差人已赶到。倪二被捆了个结实。他心中咒骂着,那兜金银,反倒成了自己逃生的羁绊,倒是未曾料到的,内心懊恼不已。

听说逃了一人,张三往远处一看,河面上早已不见人影。想想抓住了碧桃苑老板,其他小角色跑了就跑了罢,遂兴兴头头押了人回去交差。

三楼的那几个护院,见兴儿一逃,便纷纷作鸟兽散。王二带着自己一拨人把这帮狗腿子一一追上拿了。刚才与之交手的那人趁机进了屋。王二待外头把逃走之人收拾干净,旋即去推房门。见里边抵住了,众官差奋起群力,终于破门,只见里头四处是血,两个汉子倒在楼板上,一个白衣上全是淋漓鲜血的女子全身发抖,站在他们面前。

王二顾不上问姓名,抢到洞开的窗口一看,一条夹着铁丝的绳子通向远处的大树。他明白有人跑了,包括刚才上楼那剑客。

想起此行任务,王二回过头来问,他放缓了声音:"姑娘,逃走的是什么人?"

那女子只是发抖,一双眼睛怔怔地看着他。

王二换个问题又问:"逃走了几个人?"

那姑娘还是发抖,头摇着,一句话也说不出。旁边一个使女模样的女孩儿,坐在白衣女子脚边,只是抱着头哭。

王二见问不出来,又看了看窗外。除了月光打在河面上,哪有人的半点影子?他叹了口气,跑了就跑了呗。就刚才那剑客的身手,自己肯定不是对手,真要追上,可能自己命就不在了。眼前这女子被惊吓成这个样子,现在逼问,估计也没结果。想起捕头临行前的叮嘱,想必,此人就是府尊要找的首告之人。

那促成此事的田师爷知道,府台今日的大动作定有收获,便一直待在衙门听候传话。果然,官差收队回来不久,府台让人来唤。

"这碧桃苑的老板不是本地人，又逼良为娼，又私通盗匪，这么胆大包天，说不定还有其他事儿夹杂在里头。师爷去查查？"府台不准备当晚开审，他命将捕获的碧桃苑老板、老鸨、护院全部押到牢里。客人登记后放了，一干青楼妓女全部圈禁在碧桃苑里，派人看着；碧桃苑门口贴上封条。

"是。府尊。"田师爷恭谨地答应。

"申冤的那女子嘛，牵涉到京中贾府，又原是贵妃家庙里的女尼，不宜收在牢里，你看着找个地方安置，明天一起审。"

田师爷见府台心思细密，心中佩服。他俯身领命，自去安置。又让家中小厮去给吴谨报讯。忙完妙玉之事，师爷没回家，他折回衙门放置公文的库房，将历年来未破获的案件卷宗一一摊在桌上，挑了灯芯细看。通缉逃犯的文书画像也一一放在桌面上，明天一早，他要去牢房里对上一对。

第三十六回

月葬孤魂

在王二带着差人撞门之时，湘莲背着郑直从上而下滑到了大树粗大的枝丫里头。好在有那么一棵大树，足以隐蔽他们的行踪。接踵而至的董青山帮助湘莲，三人顺着树干，安全到达地上。右侧水湾处泊着一条小船，二人正在惊喜，忽然不远处有声音传来："什么人？"

正是衙门在后门派下的公人。

"抢船！"湘莲低声说。

董青山猫着腰，石头码头上快速接近小船，此时天已昏黑，天上的月亮大放光明，但照到水边，却是朦胧。

捕头派下的四人，分乘两艘小船，黑暗中早已等候多时。现在看有人从树影中闪出，便指挥着被他们征用的小船接近。董青山见青溪里有埋伏，不及解开小船的缆绳，当即拔剑一砍为二。他本海盗出身，跳落船中，划动船桨接应同伴，自是一气呵成。

湘莲背着郑直上船，董青山迅速调转船头，驶向下游。董青山臂力强劲，越划越快，起初后边的船还有一艘紧贴着追，划上不到半炷香功夫，前后已是茫茫，只有船桨拨开河水的声音在暗夜里一声声响。

郑直被湘莲放在船舱。船在逃脱追踪时，湘莲开始还守在船边，预备与追来的人交手。他心下寻思，多半是官差的埋伏。看看暂时安全，他松了一口气，抬头看见船头似乎有一盏灯挂着，便走近摸出火石，擦了几下打着，果然是一盏气死风灯。一点亮，他回看向郑直，被吓了一大跳。

郑直身上全是暗红色的血！

他抢过去，一手扶住郑直上半身，一手掐人中。郑直不醒。湘莲低头，见那没柄的小刀还在郑直胸腹间，他的心颤抖起来。

"郑兄弟，你醒醒。"他连声呼唤，又去鼻端试郑直的呼吸。

董青山看着这一幕，内心无比酸痛。没有萧道长冲进来救人，他们是跑不了的；即使董青山自己能跑，电光石火之际，他也不忍抛下大哥独自逃生。

碧桃苑一幕闪回脑海。显然，他们中了早已准备好的埋伏。从房门外边的呼喝声、打斗声、破门声，到树下小船不远处有人候着抓捕，只能说明一件事，是官府早已得到消息才动的手。否则，怎么可能知道他们会来呢？追根溯源，无疑，是那个叫妙姬的，勾去了大哥魂魄的青楼女子。一定是她告的密。

愤怒让董青山的心口起伏得像要撑破衣服。他也不知道大哥为何要带应大山那俩狗贼来，但显然，那女子与应大山、韩驹子有仇，最终大哥为了保护这女子，看来要把命送到这里了。

小船拐了个弯，前头水路为之一阔，船灯照耀，眼前有一个小小石堆伸向河道，像个简易的渡口；过了这渡口，眼见即可汇入扬子江。董青山知道，官府差人再厉害，也不可能短时间内在扬子江上找出一条普通的船来。也就是说，他们安全了。

他边划船，边看着船舱里的郑直。入伙以来，他一直追随他；内心深处，郑直就是他的大哥。老天，他不会真的挺不过去吧？虽然他知道前景渺茫，但还不肯放弃游丝一般的希望。

"兄弟……"郑直在湘莲的连番呼唤下，终于睁开了眼睛。他的手徒劳地在空中摇晃，像要抓住什么。

"我在 。"湘莲低沉地应答。他的手握住了那空中的手。

郑直扯开嘴角，想笑上一笑。可这个笑容如此无力，半道上就消失了。船头射过来的昏黄灯光照着他蜡黄的脸。

"莫笑我。"郑直低声说。

"我明白的。不笑。兄弟放心。"湘莲前边一直蹲着撑着郑直，见他醒来，大喜过望，一屁股坐到船舱底部。他挪了挪郑直的身体，让他躺在自己的怀里更舒服一些。那刀子一直插在郑直身上，湘莲不敢拔出。身边没有郎中，怕一动，血喷出来，郑直的命一下就没了。

"青山……"郑直艰难地偏头。

湘莲将郑直轻轻放下，到船尾船桨旁接手，董青山得了替换，忙向郑直扑了过来。

"大哥，你说。"他把郑直同样抱起，靠在自己的怀中。

郑直闭了闭眼睛，再次睁开，眼神明亮多了："带领兄弟们走正道。"他的声音低微而有力，停了停，他接着说："可以请萧……萧道长援手。"他的头微边划船，边望着船舱里的郑直点点头。无论什么要求，他都应了。

渡口在望，那垒起的石头码头已在眼前。过了这不知名的渡口，船只就将汇入扬子江。

郑直的嘴角又开始冒出血泡，身下的鲜血已经在舱底汪了一滩。他的眼神开始涣散："我母亲……"

"我会搬到安全的地方。"董青山双目含泪，马上应道。

郑直心事已了。他合上了眼睛。最后几个字像留在空中的叹息：

"不要怪她。"

董青山清楚地感觉到郑直生命的突然消失。怀中的身体一下子失去了活力，沉甸甸地倒在自己的身上。他的手是那样无助，软软地垂在了身体的一侧。

"大哥！"他低喊道。董青山知道，大哥终是去了。他将郑直平放在船舱，自己单膝跪地，低头默哀，心中像跑过千军万马。这个指引他成长的人，这个信赖他的人，这个有着一身武艺的人，就这样走了。

不要怪他？不要怪她？董青山混乱着，他的脑子里回旋着郑直最后的遗言。他明白了。哪怕是重伤垂死，大哥心中依然明镜似的，知道定是那碧桃苑妙姬向官府告发了。他担心董青山此后的复仇，因此留下话来：不要怪她。

董青山的心脏仿佛僵住了。大哥，你怎么临死前还惦记着这个女子？你顶天立地，为何为这女子白白送了自己一条命？他咬着牙，手用力捶着船舱，"咚咚"的声音沉闷地回荡在船底，回荡在空气中。

大哥确实死于背叛，但不仅仅是妙姬的背叛。他死于自己曾经的兄弟之手，不是吗？

说到底，大哥死于维护海盗帮的规则：不准欺压良善。不是应大山两个狗贼，谁能伤得了他呢？一身功夫，居然就这样为别人挡了刀子。

柳湘莲学着董青山的样子划船，开始方向掌握不好，东一窜西一窜地，好在有在大海航行的底子，不多时即领悟到不少诀窍。他静静地看着郑直，看着他身边的董青山。他的脑子伤痛之余，也不乏悲悯。在人间的悲喜剧里，也许，这一幕不算什么。民间传扬开来，顶多就是一出狎妓与兄弟争风，然后被反杀的故事。谁在乎一个生命消逝的背后，有着真情，有着担当，有着仗义，甚至，有着救赎呢。

可是，我在乎！柳湘莲心中大喊。虽然当时他不在眼前，但他扫一眼现场，就知道郑直之死，绝不是风流传奇。以他的武功，怎么会被一刀入腹。那全身鲜血的女子，最后推动桌子挡住门的女子，郑直多半是为了她吧。

为了一个女子去死？

他想起尤三姐，想起了她同样如此决绝，眼中有泪有笑，就这样自刎于自己面前。即使是此时的自己，知晓三姐的情，又有几分呢？

郑直和三姐，他们都是有黑暗过去，然而在追寻光明的过程中骤然凋落的。像一片树叶，被一阵骤风吹落。他和她，追寻光明的代价，不可谓不惨烈。看看郑直，湘莲知道了，他并未后悔。湘莲从一听到，他就了然"不要怪她"四字指的谁。

"莫笑我。"郑直这样对他说。我怎能笑你，兄弟！此刻，通过你，我知道了情之所起，我知道了情之沉重。

过去真的是黑暗，真的是不可救赎的吗？黑暗到一旦转向，就无可置疑只能走向毁灭的吗？难道人们眼中的坏人堕落之人，就没有学为好人的机会了吗？

还有，善恶、好坏之间的轮转，非得用性命来献祭吗？

湘莲沉默着。他联想起了自己。以世俗的标准看，他从前顶多是个误入歧途的纨绔公子，然后在某一日，为了尤三姐而出家，就是这样。可是，后来的自己飞越衙门，绑了贪官，在官府案卷之中，是个贼人，是个坏人了，但他真的是坏人吗？他是为了自己，才那么做吗？显然不是。那些得到所赠银两的人们，起码他们可以过上一个不惧寒风的冬天；他们因为他，可以添得了炭火，添得了冬衣，甚至，可以保有希望。

躺在船舱里，已经摆脱了世事纷扰的郑直，他曾告诉自己，力求让兄弟们走上正道，有口正当饭吃。这个他，就一定因为过去，而只能成为一个不可翻身的坏人吗？他说过，兄弟们多为禁海内迁，田少田瘠，一家人吃不饱饭，才去海上讨生活的。他未来的目标，是以海路当商路，摆脱最底层的耕农靠田吃饭、无田落草的命运。他甚至还想去海的尽头，去看看都有些什么，有没有富庶太平的世界。湘莲想到这些，心脏绞得痛楚。郑兄弟，你真的是一个眼中有未来、心中有担当之人，可是，你这样一个人，就这样在桃叶渡陨灭了。

"是朝廷的政策！是这个过时的政策造成的！"忽然一个念头出现在柳湘莲的脑海。绵长海岸线，海禁，开禁，又复禁。几代人的生活就此发生了颠覆性的变化。渔民们就此失去了养家糊口的技能，又在后期的土地分配不公里失去了活下去的路子。没法生存，没有出路，当海盗，能全部是他们的错吗？纵然海盗们良莠不齐，有应大山这些作孽之人；可是，郑直已经用自己的血，来捍卫了自己的准则。

可是，朝廷，不也养着一大帮尸位素餐、与民谋夺口中食的贪官污吏吗？京城所见，地方所见，比比皆是。郑直以自己的生命清理了门户，那朝廷，他们的门户，由谁来清，又能清得了多少呢？

"道长，我们怎么办？"董青山的话，唤醒了埋头划船的湘莲。

湘莲从沉痛与沉思中抬起头来。是的，黑暗里还不妨事，但一旦天明，他们非被发现不可。他停止了划船的手，四周看了一看。渡口之后，那黑漆漆一片应是桃叶山，他大致看过金陵城的地图。郑直的尸身是带不走了。他既死于此地，埋骨于此，也是合适的。

他把自己的想法说了。

董青山知道，这已经是最妥善的办法。他用衣袖擦了擦眼角的泪水，点了点头。

湘莲将船靠向码头，此刻，他操控船已经灵转如意。夜晚的码头空无一人。秋天的风穿过水面，凉浸浸的只扑人的脖颈。小船后头寂然，显然官差已经放弃了追捕。只有他们的小船，还有月亮的倒影，在水波中荡来荡去。

湘莲提了船灯，董青山将郑直背在背上，两人相扶相帮着上了渡口的石板，走向后山。在一处密密的山林里，湘莲与董青山二人拔剑，砍断两根胳臂粗细的树枝，削尖了，拣一处松软的地面，开始挖墓地。董青山心中悲哀，挖着挖着，树枝断了，他拿过剑继续挖，手中剑"啪"地一声，剑尖折断。他抹抹眼泪，一言不发，翻出背囊，取出刚才抓树的爪头来挖土——他离开之时，绳子放弃了，但爪头是铁铸的，他舍不得，一剑斩断绳索带了回来，此时正派上用场。

两人忙碌了一阵，终于完成。郑直安静地躺在黑夜的树林中间，他的双眼闭着，一切都离他远去。湘莲和董青山在郑直面前拜了八拜，然后把郑直抬着放进了土坑。微弱的光线下，坑里的郑直显得那样孤单。湘莲拿过剑，将自己袍子的前襟割下了一大块，覆盖在郑直的脸上。一旁的董青山把郑直的佩剑，还有自己折断的剑拼合了，恭恭敬敬地放在郑直身边。有了故人之物陪伴，郑直阴世之路，但愿不会走得那样孤凄。

湘莲看了又看，忽然闷哼一声，双手推出土堆，泥土纷纷洒落，直到覆盖了郑直的全身。董青山眼中热泪滚滚，百感交集，心中知道了兄弟二字的分量：

大哥的兄弟。

两人安静着，沉默着，将土堆夯实。四周四棵高大粗壮的树，他们记住了。

离开了这座埋着他们兄弟的山林，就像终结了一段人生。董青山跟着湘莲，离开了郑直。一块墓碑都没能给他。他心中念叨着，强忍住的眼泪不自觉又溢出眼眶。董青山一时恍惚，大哥之死是如此不真实。他抬头看看八月十五的月亮，是怎样照耀在山顶上，如何洒在密密的树林里。他要记住今晚的月亮，是如何的凄凉。

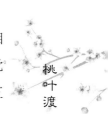

"我们将船划出去，划到江里去。"二人先后跳落船舱，湘莲拿过船桨开始划，对还在恍惚的董青山说。

董青山知道，这是要将船驶离青溪，预防着官府天明后顺着桃叶渡来追查踪迹。

"道长，以后，大哥的海豚旗怎么办？"董青山终于回到了现实之中。

"你和二当家的继续扛起来。"

"我担心大哥没了，众人不服。"他没有明说的，是大哥死时，除了那两个贼子，只有他在场，只有他还活着。他回去号召众兄弟，这是老大一个疑点，人未必信他服他。

"我帮你。"湘莲简短地说。

天上的乌云刚才遮住了月亮，此时正好散开。清亮亮的月光洒在河面上，映着湘莲的眼睛。董青山看见一下一下划着船的道长，脸庞的轮廓那样分明。他的眼睛那样亮，月光下都减不了的光亮。

小船右拐，从青溪汇入了扬子江，直往下游而去。江上大大小小的船比白日少多了，但依然一盏盏船灯照耀着江面。一江秋水，在满月的光耀和沉默的两岸之间，明明灭灭。

第三十七回

玄墓古寺

　　应天知府上任不到半年，就擒获了京城国公爷墓地掘墓的通缉犯人，破获了盗匪盗窃抢劫案、逼良为娼案，登时声名大振。据公人说，那掘墓的倪二被捕快拿住时，他提的包袱里，还有未销赃的器件——是件难得的古董，用犀牛角做的珍贵茶杯。金陵城有的是段子手，有人认为倪二是个雅贼，这多久了还捂着盗来的古董在手，定是喜欢这物事；有人认为，也许正因为稀有，他不敢轻易出手——因为物件太稀罕，一旦有买家买走了，迟早一日，这出处就可能牵连出倪二来。在众多的传言里，一致的是，倪二其人如此胆大妄为，这人就该死；其潜藏金陵多年，大摇大摆开酒楼妓院，居然没被拿获，足见奸猾。不是现任府尊明察秋毫，还不知此人还要祸害多少人家。

　　田师爷等于送了一件大功劳给他的东家，因此，他出入衙门之时，心中如拂春风。像这样不昧良心，救了人，惩处了祸害，还受到全城百姓拥戴的案件，在他的师爷生涯中，还是头一桩。

　　知府对自己的筹划调度也很自得。虽然与那倪二同行的贼子——多半是他的儿子，没有拿获，但他已经唤人来画像，即使天涯海角，这个人迟早逃不掉。即使拿不到，也不影响整个案件的完美。

　　那狡狯的倪二开始不认，待田师爷找出的朝廷钦犯画像抖落眼前时，他终于知道了自家掘坟的报应。历朝历代，掘坟都是最招众怒的罪行，而且，他掘的还不是古墓，而是下葬不久的世家冢妇之墓，这何止让人愤怒，简直是不齿了。一个青年女子不幸去世，死后还招盗墓贼翻尸——天知道这坏种还有没有做其他令人齿冷之事。

　　知府从捕快、田师爷口中，收集到了市井评价。他很满意。这政声一树，多年之后都是他在任的口碑。他亲审倪二时，听得倪二嘴里不干不净，说那棺里是空的之类，他便停止询问，直接让倪二画押。四大家族之首的贾府，虽说沦落到如此地步，但亲朋故旧哪里都可能有，金陵是国公爷原籍，有些事传出去不雅。因牵连着私通盗匪、逼良为娼案，因此知府也不把倪二移送京城京兆尹府，只具文给长史，将倪二牵连其他案件，故押在应天府一事告知。

同处一城的江苏巡抚自然也听闻此事。他召了知府过去，看座之后，泛泛询问勉励了几句，算是对发生在驻跸之所、众口纷纭案子的关切。知府禀报倪二私通盗匪，论罪当斩。巡抚微微点头。知府知巡抚对于处置无异议。见抚台关切此事，他汇报完案件后，特意挪了下身子，靠近巡抚，低声说了他的推测：他怀疑死在碧桃苑的盗匪非一般人，有可能是海盗。理由是，两具尸体上都有鱼蟹刺青；据老鸨交代，逃走的一个为首的，手臂上也有。又补充道，此人受伤，地上流了许多血，多半也活不了。

这是一股盗匪，而且与海有关。巡抚听懂了知府想说的话，点点头。

"慢慢查，要有实据。"抚台大人说。知府听完，拱手退出。他知道如牵连到海盗，那就牵扯大了。这种事，不能靠推测；否则，宁可放在脑海里，放到肚子里烂掉，万不可形之于文上报。

倪二对于掘墓在逃低头认罪，但对私通海盗不服。他怎么也没想到自己会落了这个罪名，也知牵连海盗的分量，便一直声称卖人给他的不是海盗，而是此前的熟识之人。一来那倪二口中的熟识之人没处找去，二来妙玉本人被卖到碧桃苑属实，未在娼籍登记属实，妙玉被强盗掳到应天府属实。这么多的属实，倪二已经辩无可辩。这么个盗墓的毛贼，在应天府花天酒地多年，潜藏如此深，既然被发现了，那就惹了金陵人的众怒，人人恶之。拿了倪二，封了院子，那些竞争不过碧桃苑的青楼老板一个个拍手称快。他们心中甚至藏了小心思，等那些姑娘们被放出来，自家院子是不是去捡个漏。妙姬是没指望了，倒是有个叫九香的，据说模样不错，回头客不少。

既然是半路夫妻，那陶家老鸨与倪二自然能撇多清是多清。仗着她的无双演技，她把自己成功洗白成一个被盗墓贼欺骗了的可怜寡妇。对于妙玉，还有几个不清楚来历的姑娘们，她的手自然是白的，她没有买卖过他们；海盗么，听都没听过。她在堂上呼天抢地令人厌烦，知府亲手处理这些从犯本就不耐烦，便丢开了手，让田师爷看着处理。那师爷想想，同是本地人，坏事被倪二顶了就成，拿个老鸨也没啥意思，便给她定了个杖责二十的惩罚，打完之后放了。

至于倪二，知府定了斩罪，行文刑部待核，人羁押在牢房。才在牢房几日，这风光不可一世的贼人，就被同个牢房的犯人轮番打了个半死——不是因为他私通海盗，而是掘死人坟墓，实在是丢贼祖宗的脸。纵使是小贼，也看不上这类勾当。

　　只是这妙玉不好处置。她的血泪史,她的控诉,固然是掀开这一场罪案的缘起,然而,面对堂官的询问,已死的两个贼子她认得,手上的印记也说了;但对于逃走的贼人则讳莫如深,统统说不记得。那小丫头椿儿倒比她说得多。据这丫头口中言,逃走的是三个人:一个为救姑娘,受了同伙的一刀,被背走了,此人名唤郑公子,以前来过;一个跟捕快在房门外打过架,背了郑公子下窗,此前从未见过;另一个人,和倒地上的两个人是跟郑公子一起进的屋,也一起走了。再问面貌细节,她说自个儿只顾躲在桌子底下抱头发抖,实在说不清楚。知府细细一听,外头与差人交手的人,那定是接应的同伙了。可是,这妙玉为何不说呢?控诉贼人掳她来此的是她,隐藏贼人姓名行踪的也是她——这显然是岂有此理,令人恼火。

　　对于首告,对于这么一个身份的女子,知府也不好怎样,回到衙门后堂生闷气。还是一旁的师爷一句话说开了:

　　"多半是对这个人有情了吧。"

　　知府想想也是。如果不是彼此有情,一个海盗也不能从海上跑来给一个青楼女子过生日;而这个女子,见此人受伤,自然也就怜悯心大起,对官府一概不说了。知府看了师爷一眼:"这老狐狸,倒懂得人心。"心中一笑,也就丢开手。他现在顾虑的是,此事会在民间传扬多久?一个戴发修行的女尼,被掳到秦淮河做妓女,然后还滋生了凡人的情感,为自己的情郎隐匿踪迹——这都快成说书先生口中的故事了。

　　这些都是闲话了。知府想通此节,心头一松,便跟师爷讨论起来妙玉的下文来:"田师爷也辛苦了!这几天案件审得顺当,也算了了这桩金陵城的公案。只是,妙玉这尼姑这么安置?"

　　师爷知道府台心中所思。送回京城肯定不妥。他想了想,回府台:"这妙姬,不,这妙玉既然是苏州人士,那就送回她原籍父母家,任由安排,府尊心下如何?"

　　"也好。"应天知府转眼就想清楚了得失。这个妙玉,引发了这场大案,送京城回国公爷府邸肯定不妥,留在金陵城无疑也不妥。许多人见过她,此后到哪里都是唾沫星子淹没的人物。僧不僧,俗不俗,既然没有嫁人,那就送回她的父母家,正是理所当然。

　　"师爷所说有理。那就安排下去吧,着个妥当人送回去,善始善终嘛。这样，我手写一封函给苏州府台，一起带去。对了，你那姓吴的朋友仗义，不减读书人本色，本府意思是要褒奖于他，这也是培育金陵风化之举。哈哈。"

府尊欢喜，田师爷心里头自是高兴。吴谨是他老友，有奖掖于他，将来做个晋身的铺垫也好。师爷赶快走到府台前行礼，替吴老板谢了。见府台今儿高兴，好事做到底，也顺带将魏良铭也一起出力之事说了。

知府听了，心中感慨。只要江湖还有义人在，何愁民风不淳。魏良铭？这名字就该着奖励。摆明的为良民呀！知府让跪着的师爷起来，他心中已有了计较。

短时间内树立了政声口碑，被上司赞许，被下属仰戴，被子民拥戴，府台心中快慰。上司要提拔自己，同年要拉拔自己，都得有几件实打实的政绩。这桩案子结得如此漂亮，为民做主的青天大老爷之称，从此就挂在了他的履历榜上了。既如此，就做个完美。当晚他写好了给苏州知府的信，信中写了案件的由来，也把魏良铭仗义救助本籍女子的功劳细细说了。

田师爷肯为魏良铭说那么一句话，固然有自家钦佩之意，但魏良铭给他塞的银票，也是必不可少的因素。得人钱财，自当有报，何乐而不为？田师爷自得于自己两全其美。次日安排衙役，拿着府台的信，雇了一辆车，送妙玉回苏州。至于倪二留下来的一兜子金银还有值钱玩物，师爷度府台意思，造册登记时写了一半入公库；另一半，就拿块包袱皮包了起来，借故留在了府台的书房里。后来府台再未提起此事。

辚辚的车声，伴随着妙玉不堪回首的记忆。当马车驶出金陵城时，她掀开车帷，回看城门口"金陵"两个字，当真有重见天日之感。这座城池，虽然现在改了名应天，可在所有人心中，它还是金陵。这里有她的痛苦，她的无助，她的绝望，也有她的救赎。她为自己没有机会向吴老板、魏老板致谢而觉不安。同时又觉着，像他们这样的义人，也未必会在意她的道谢。

在她二十年的人生里，她首次感受到了平凡人的温热。非关金钱，非关家世。自己那么多年，何曾有一日眼睛朝下，看看凡俗的人生是怎样的？这场磨难能够逃出生天，倚靠的不是贾府。她曾经放出那么多线索，皆如石沉大海。是她自己的自救，是书斋老板、魏老板救了她。会写两首诗没什么了不得的，往来皆金玉也没什么了不得的，佛经懂得再多，也没什么了不得的。最终帮助了她的，是善良之人的良心，还有勇气。

妙玉不再天真。她知道，一个商人，一个书斋老板，无权无职，在这个状元多出的科举大省里，什么也算不上。他们为她花的气力，肯定是她难以想象的。

她知道自己无以为报。她只知道自己的余生，会念着这两位恩人，直至她走入坟墓。说是恩人，其中的一位，她甚至没有见过面。

她终于能够设身处地地为他人着想了。

近乡情更怯，不敢问来人。车子走走停停，在路上走了三天，终于到了家乡。这座旖旎的流水包围的城市，是她的故乡。她离开之时并无眷恋，可是，如今扑进眼帘的，全是柔软，全是满心的酸楚和眼泪。世间再大，只有这里是她的原籍。也只有这里，才是她的去处。

苏州府的知府看完应天府台的信，对于魏良铭的义举，心中也好生相敬；自己治下出了如此良民，不正是自己的教化之功？他心中感叹，从来商人重利，不料春秋时的义人，复见于今日。他当然记得孔子的学生子贡带回流落在外鲁国人的故事。圣贤之道，出于士，也出于商，他要表达自己的心意，更要借此作篇好文章。

至于妙玉，应天府的供词里她已经说了家所在，应天府台也在信中详细写了。这个好办。转念一想，这女尼出家在苏州，又入青楼，恐怕其父母未必知晓。这苏州府台心细，考虑到风化问题，便命府中衙役带上妙玉走一趟，并嘱咐，衙役先行，告知了妙玉父母此事后，再让妙玉进家门。

魏老板在本地小有名气，找到他并不难。苏州府台打发人送妙玉回家之后，令人备笔砚，亲手写了几个字，盖上他的私印；又让他的师爷拿了，和衙役同去魏家。

那魏老板自回苏州便未外出。此刻正在账房核对数据，只听外头锣鼓喧天，门子来报，说是官府来人了。他心中诧异，连忙放下账本，整了衣服，来到门口，只见一队衙门里的公差带着吹鼓手，正在门前起劲地吹奏。

那师爷站在魏家门口。他知东家心意，看看围观的街坊人群越攒越多，心下满意，直待吹鼓手整吹了一曲，方才对门前惶恐作揖的魏老板说：

"府尊有令，苏州人氏魏良铭慷慨仗义，救助良弱，堪为义人。请各位父老乡亲多多传扬，也是我苏州之光彩。"他口中宣布，双手向四周团团作揖，人群中传来叫好声。他回过头来，笑吟吟地拿出手中长卷：

"魏良铭请接府台墨宝。"

魏老板尚未反应过来。站在他身后的父母见如此阵仗，开始也懵住了；见让他接府台墨宝，魏老板的母亲在后边推了推他，魏老板这才整整前裳，跪了下来。他微微低头，高抬双手，等着这份意料之外的礼物。

师爷将府衙来人的范儿抖得十足十，见魏良铭已经跪好，他才展开手中那卷纸，团团向四周的人群展示毕，交到魏良铭手上。魏老板接过，只见雪白的宣纸上写着四个龙飞凤舞的大字：

义薄云天

卷的左下角盖着苏州府台的私人印章。鲜红的印泥，显然刚刚写完不久。

师爷半宣半唱，对着周围的人群说："魏氏良铭救助本籍人士，有古贤之风。府台说了，仰君上之恩，拔本土之士，下一次拔贡定当为国举贤。"他放低了一点声音，对魏老板说："府尊美意，不要忘记才好。请起。"

魏老板听了才知，定是妙玉被救之故。他站起身，谢过师爷，谢过衙役。他老父亲知机，心花怒放之际，没忘了礼数，早已遣人拿了一袋子碎银来，门边上悄悄递给了师爷，让分给众人，又让道乏。

师爷一笑收了。这报喜的，收礼应当之至。此事办得圆满，可以回府复命了。

"义人"魏良铭从此声名大噪。苏州诗书昌隆之地，诗词大家历朝皆有，但出"义人"，却是少见。此后消息传开，魏老板的生意伙伴都放心与之通贸易往来，数年后魏老板横跨多个行业，终成巨贾。至于拔贡，魏老板早已无心功名，府台也不强迫于他，遂未报于朝廷。这都是后话了。

应天府的吴老板，虽然没有府台题字之赠，也得到了礼遇。次年正值六年一次的拔贡。说起来，这是朝廷为未中举的生员开的一扇天窗，专门选拔在野的贤能之人。应天知府未忘记这个开书斋的读书人，向上报了吴谨之名。然吴谨已尽知科举之弊，无意做官，遂辞去不就。后来，坊间有一部奇书出版，流传在读书人中间，书名《儒林外传》，一直传至后世。桃叶渡畔他的故居，后人建成了纪念馆。这也是后话了。

红尘热闹白云冷。与吴谨、魏良铭受到的彰扬不一样，历经劫难的妙玉得到的不是亲人的接纳和慰藉。

那日马车送她回到苏州老家。陪送她的衙役拍门入内，让她在车中等。从正午等到了夕阳西下，那扇紧闭的门，一直未走出她的父母。

那进门的衙役是个老成之人，进了妙玉家门后，如实说了妙玉之事。堂上，妙玉之母已两鬓微霜，听完之后只顾以袖拭泪，看看夫君，却不发言；那父亲长吁短叹，直道家门不幸，接妙玉回家之事，却一句不提。

衙役陪坐了一个下午，心中悲凉。家有女儿，身体不好，送出去做尼姑；女儿被掳入了青楼，刚刚花了多少人的心血解救出来，做父母的却是拒而不纳。

桃叶渡

199

即使有万般为难，也不能不让女儿进家门吧。这衙役越等心越凉。眼前是前任官爷，不好冲撞，他只得忍住气：

"这是应天府台救出来的人，二老就不考虑一下吗？"

"公爷，小女自入了空门，那就不再是家中的女儿了。还请见谅。"妙玉的父亲下定了决心。他眼朝着地，谨慎地选着词。

母亲抬起泪眼，想说些什么，又不方便说，终于低下了头。

"在下倒也懂得。只是骨肉之情，难道就忍得下心？"衙役说的话锋利了起来。

"如果四邻知道小女在秦淮河之事，只怕我们风烛残年，也没法在此地居住了。"父亲狠狠心，终于说出了他的顾虑。

衙役也知此事尴尬，但府台派他送人，总得有个着落。

"二位的意思是？"他决心问到底。

"从哪里来，到哪里去。"父亲答。他的头像是坠有千斤，说完后不再抬起。

衙役看看堂中，原本名贵的陈设，看上去灰扑扑的；雕花木椅，覆着陈旧的锦缎；正堂挂着的对联与画作，早已熏黄，一切散发出衰败的气息。他心里叹了口气，站起身来，简单地说：

"在下明白了。这就告辞。"

车中的妙玉看到家门开了，衙役出来，门又重新阖上。她明白了，父母不要她。她本来也不指望的，只想进家门，看父母一眼，哭诉一回，此后或生或死，都没有遗憾了。可是，父亲母亲，连见她一面都不肯。或许，她自出生起就是个不祥之物，活该今生无家。

妙玉当晚到了苏州城边上的玄墓山。她一个人上得山道，推开蟠香寺的门，恍如隔世。她的师父原本是这里的住持，师父既已去世，她回来也是自然之事。好在这里的几个老尼姑还记得她，她们像呼吸一样自然，接受了妙玉回来这个事实。

只有妙玉心中知道，大千世界，也就这里，还可以暂时是她的容身之地。佛寺也在红尘之中，她的经历，说不定有一日也会被揭开。那时候，这里也庇护不了她。

生而为人，惨淡如此。走一步算一步吧。既然逃出了性命，就不能白白去死。

佛门广大，古殿青灯。

一滴眼泪滴落下来，砸在青砖上。从前的自己已死。但所受的恩义，不能释怀。佛，她是不信了，但这殿里供奉的菩萨，也许还可以给心存希望的其他女子一个念想。

从此之后，蟠香寺多了一个蒙着面纱的束发女子。来寺里上香的女子，无论长幼，在殿前的哭诉，都会引发她心底的同情。无家可归的女子，被丈夫欺凌逃出来的妻子，被父母丢弃的女童，她都收留了下来。庙产的经营重新被拾起，种桑养蚕，耕地织布，聚在一起的女子们自食其力。菩萨静静地看着这一切，她慈祥的，若有若无的笑容，在夜晚，常常被一个女子所仰望。这个女子，被远近之人称为"玄师父"。她不做祈祷，只把佛经上的字，教给夜晚无事的女子们。

她也记得，在桨声灯影里的桃叶渡，有一个男子为她而死。她曾试过他鼻端的呼吸，那样微弱；他不可能活下来，毕竟流了那么多血。这个答案或许永远也不会知道了。她不知道的还有，这名为她挡刀子的男子，是因为从她这里得到过从未体会过的幸福。而幸福的三天，换了这个人的一生。而她，用这个人换来的生命，点燃了山上的一盏灯，让周边无路可走的可怜女子，心中有个指望。

她想起之时，心中常常掠过深深的内疚。与郑公子相处之时，她的情是假的，可是，郑公子却认了真。他为这份真，送了自己的性命。泉下有知，会不会后悔？会不会怪她？

要怪我，就来找我好了。她对着虚空喃喃道。

"我居然不知道你的名字。郑公子。"孤灯的灯焰跳了几跳，她走出供奉着菩萨的大殿，殿外月色皎洁，庭中如积水空明。

桃叶渡

第三十八回

躬身入局

柳湘莲一抔黄土安葬了结拜兄弟郑直。此事刺激颇大。他自己出家，甚至潜意识里放弃自己的生命是一回事，看着一个鲜活的人，不久前还与他谈论剑道棋道众生之道的兄弟死在自己怀里，是另一回事。沉重之时，他有些明白了佛家的众生皆苦，这四个字是何意。

宗教有一种力量，许给世俗之人一个难以证实也难以证伪的来世，或者说是死后的避难所，以缓解今世的苦痛。在巨大的痛苦中，柳湘莲甚至希望，无论是道家的修仙，还是佛教的转世，都不是创教者的谎言。但理性的头颅不允许他自己全心全意去信奉虚无。失去一个志同道合的朋友带来的冲击，于他，无法通过已知的信念得以缓解。

湘莲要什么呢？作为一个世俗之人，他曾挥金如土；作为一个尝试释放自己本能与天性之人，他曾五陵年少斗鸡走马。以至于偎红倚翠眠花宿柳，而在这一切厌倦之后，他借由一个女子的死亡放逐了自己。

这条命被道士捡回，柳湘莲自然而迅速地滑向自己命不该绝的宿命感之中。他打起精神，试图做一些有益之事，做一些可以改善生活悲惨之人的境遇之事。但神州四处不平，朱门酒肉臭，路有冻死骨，而这些，还发生在没有烽烟的太平盛世。他如何能够削去所有不平？一个人的力量何其有限，一个人的耳目所及何等狭窄。因此，在半月岛上与郑直的夜谈，于他，是漏进来一道光，一道找出以往未有道路的曙光。

嗯，盗跖。《孟子·尽心上》：孟子曰："鸡鸣而起，孳孳为善者，舜之徒也；鸡鸣而起，孳孳为利者，跖之徒也。欲知舜与跖之分，无他，利与善之间也。"也就是说，圣徒与大盗之间，趋利还是趋善，行为不是差别，动机才是根本的区别。郑直为盗，但他准备洗恶从善，带众人走出一条不掠夺不为恶的商路；湘莲为盗，他走的是一条有限的均贫富之路。他们在世俗的眼中是一路人，皆为盗跖，但这并不意味着，他们思考的出路就无意义。比起郑直来，湘莲自思自己的格局颇有不如。

这也是柳湘莲钦佩郑直的地方。也许，在追随的众人中，被郑直人格魅力所吸引的，虽然都不一定明确自己在追随什么，但从董青山身上，从常天柱身上，从半月岛上众人对郑直服从的行动上，柳湘莲看到了郑直身上的闪光。

这么一个人，可惜丧于宵小之手。

那么，后继之事，就由自己来办吧。

湘莲曾反复思索，自己行走世间，端的为何？时间如泼天之水浇了过来，太阳一晒，干了；前路茫茫，不知何时，又会来一场大雨。怎么办？人的一生，未来总还有挥不尽的雨丝飘来，也总有大风刮来，自己无妻无子，在风雨中行走，究竟有何意义？

这个问题缠绕了湘莲多时。现在，他想清楚了。

据董青山说，中秋后的三日，就是与清江浦主事约好的船只交接之日。主事是否履约，接私活造船是否被官府发现，又或者是他接活本身就是圈套，这些都是不得不考虑的问题。还有，郑直开船回去的水手如何安排，并未告知董青山，即使顺利接了船，如何掩人耳目地把定做的船只驶回去，也是一个回避不了的问题。

湘莲未尝不知道董青山的用意。难题是真，让他接手郑直的未了事务躬身入局也是真。那又如何？他已答应会相帮。好在董青山背囊一直未失。两人在策马前往清江浦的路上大致作了计议。一天一夜之后，终于到了清江浦。次日就是接船之期。

郑直的家董青山来过。进城时已是二更时分，他带路，引着柳湘莲来到巷子，叩开了郑家的门。中年失子，是任何一个母亲都没法一下子接受的，所以在行过礼，郑母看座之后，董青山只说郑直有要事不能前来，派他们二人来接前往南边。

郑母中秋之日起就在等儿子，不见儿来，本来就忐忑不安，见儿子派人来接自己，书信却没有，便犯了疑猜：

"我儿不是出了什么事吧？"

"没有没有，就是一桩生意绊住了。"董青山忙欠着身子回话。

"那为什么急急要离开啊？他上次来没有说过。"郑母的眼睛是迷茫的，她看看董青山，又看看头一次见面的萧公子。她听着话里话外，这是要让她搬家的意思，还不是平常的出门。

董青山一时踌躇，难以回言。以萧不平之名拜见郑母的湘莲见状，赶紧接过话头："老夫人，实不相瞒，郑公子与在下是结拜兄弟。他在金陵，生意是有些牵扯，确走不开，还有就是，他染上了风寒，所以董兄与我来接老夫人。兴许您到了，郑公子的病也就好了。"

郑母听儿子生病，心中担忧一起，疑惑倒是散了，便只顾着问请大夫了没有，是否好转之类。湘莲一一答了，一边编着话回答，一边心中难过。

郑母看看屋里家具，都是不好带走的物件，心下为难。但儿子既是病了，来接自己都不能，这些家伙什权且丢下也没什么。便安排了湘莲两个住下，自己和小丫头子去收拾衣物细软。

交船的地点在何主事表弟私开的船厂所在河湾。一大早，董青山检点了付尾款的银票，和湘莲一道前去。那个河湾路途不算远，但知道的人不多。一路打听，颇费了点时辰，正午才到达。深秋季节，河岸的风吹起来满是凉意。在一片绿树背后，一个不大的船坞静静出现在眼前。旁边宽阔的河面上泊着两艘船，岸上搭着一溜棚子，木头铁钉锯子榔头地上四处堆放，铁锅炊具土灶一溜俱全，一帮工人正忙着收拾。

一株大树下放了一张木桌，旁边一个躺椅，躺椅上斜躺着一个人，捧着一壶茶在啜，正眯着眼睛看着头顶从树缝里洒下的阳光。已经变黄的落叶在风中起舞，飘飘摇摇落下来。

湘莲止步，牵着马隐身在树林之中，由董青山前去接洽。董青山走近木桌，躺椅上的人直起身来。看清楚了，正是上次接洽的何主事。

还好没出意外。董青山心中咕哝。

何主事见董青山走近，招手让不远处的工头表弟过来，三人交接了银票。按照与湘莲的商量，董青山多付了三百两银子，目的是请何主事帮着物色几个水手，将两艘船送往浙江。具体的目的地是江村，董青山自然不会说出来。

何主事四十来岁年纪，外表精明强干。这段时间他一直担心客人订作的船被发现。见董青山按日子来接，心下松了一口气。虽说清江浦私人船厂船坞到处都有，但造这么大型的双层船，他担心带来不必要的麻烦。见客人提出雇水手送船的要求，又见有银票，心中计算了下水手来回的天数，估计十天管够。要紧的还不是人手，倒是此事不能泄露出去。想想船工大多数是他和表弟平时用了多时的旧人，也都会起帆行船，虽有风险，但看在银票分上，似乎也可，便点头答应下来。

董青山听了答复，手放在口中嗯哨一声，远处的柳湘莲这才从树林中出来。此前商量过，自己一方只有两人，如果遇到埋伏，是很难全身而退的。湘莲留在林里，就是起到一个观察哨的作用，也当奇兵，如有危险，可以及时救援。凭他手中一柄青锋剑，即使遇敌，当可杀出一条路来。现听得董青山信号，知道安全，方放下了心。

做生意的人，钱到位，一切好说。何主事看到柳湘莲现身，并不意外。他不问上次订货的那位公子为何不来，只是简单的见了礼。打过招呼，便放下手中茶盏，带湘莲青山二人上船验收。

好漂亮的船！上下两层，一色崭新，停在河湾里，像两匹千里马，正扬蹄待发。

湘莲佩服郑直、董青山二人看人的眼光。果然，交给靠谱的人，委托的事才能办得漂亮。

河湾中有小划子可以载人登船，船边悬有绳梯。湘莲和青山登船一看，此船比远望之时更为高大，前后一走近四十步，船悬双帆。主桅自下而上有主帆、上桅帆，前桅和船首斜桅之间还有支索帆、船首三角帆。所有这些帆，都由一套复杂的动索来控制。看看船帮，看看绳索，看看帆，结实又簇新，两人对望一眼，心下满意。

对于船，湘莲远不及青山内行。在董青山看来，这艘双桅帆船的船体，体形上已近于三桅全帆装船，吃水线深，比起他们原来用来劫掠的船只来说，那是高明了不知几个数量级。原来造船工艺已经如此先进了！董青山炽烈的眼光掠过船帆，结实的船身，船帮最上沿甚至包着一小圈铁皮，钉着铆钉。

又看了另一艘，结构同样。按照他们预先的要求，船舱双层，底下一层开了诸多孔洞。在造船的人眼中，这是窗子；在董青山眼中，这是可以向外射击的窗口。他想起当时与郑直的计议。这底舱的空洞，待此前派出去的兄弟把枪买回来架上，眼前的双桅船就是海上战舰。

这造船的人有本事！

何主事的表弟复姓东方，单名良。见客人满意，在旁自信又自得，介绍了他用上好的椴木做的龙骨，又叙说了船底的木板除了使用上好的胶之外，还有铁钉密密钉实。

他说得唾沫横飞。最后骄傲地说："这两艘船，用上十年没问题！"

何主事也满意，他看着表弟："石头，真有你的！"表弟的名太雅，所以他一直唤他小名。

石头得表哥称赞，顿时满脸都是喜色。造船上，他算得上有天赋，从当学徒开始，在船厂干了十来年，便可以独立设计船只指挥造船。此次客人定的双层船舱，他此前没有造过。好在他看过表哥带回来的双桅船西洋图纸，自己开动脑筋，把船只的尺寸和稳定性这些通盘考虑了。因此从选龙骨开始，他投入了巨大心力，一心要造出结实好用的船。

一个人沉浸到一件事之中，便把成本这些抛在脑后。造这两艘船，石头热情高涨，不但没有偷工减料，反倒材料要求甚高。不但龙骨木板，甚至船帆船钉，他都要求用最结实的。好在要紧物事表哥可以从官家的船厂里弄来。日以继夜，他指挥着手下的熟练工匠，终于造成。此刻站在船上，船身微微摇动，石头满脸自豪，意气风发。

何主事见表弟能干，脸上有光。想起客人追加的要求，便拉他在一旁，把船主要求选水手送船到浙江之事说了。

石头沉吟了下："开一艘船起码要有六个人。到未知的地点有风险，一个人一天估计得一两银子才说得动他们，十来天跑个来回，起码得发出去一百多两。既然是远行，还需要考虑封住他们的口，可能费用还要多一些。"

石头说的与何主事自己估计的差不多，见肯派人，何主事心中高兴："客人的银票已经给到了。"他背过身，从袖中摸出银票，露了个角给石头看。

石头见了点点头，便无异议。两兄弟与客人一起下船，到船坞里挑水手去了。

青山与湘莲见一切顺遂，便将购买淡水饮食物资之事一发交给了何主事，请他务必备好，次日一早起船。何主事巴不得船只早点离开，便连声答应了下来。他是地头蛇，置办这些方便。所花费用，无疑是眼前大方的主顾来出。

柳湘莲一直警惕接船之事会引发额外的风波。路上董青山告诉他，船的图纸是一次自海上，嗯，劫夺货物时发现的，郑直就一直珍藏起来，故拿来造造看，没想到还真不赖。湘莲听到海盗帮往事之时，自不吭声，他原担心的是接船是否顺利，毕竟双桅船不是朝廷定制，太过显眼，会招来注意。既然接船之事已谈妥，心放下了，当天下午回到郑家，便说服了郑母，遣散了小厮，当晚悄悄接了郑母和随身小丫头，到清江浦城边不起眼的地方找了个客栈，准备次日一早从客栈启程。

郑母此前隐约知道郑家父子所行之事，见儿子没来接自己，现在又说要连夜离家，心中突突的。好在当年来接走郑直的就是董青山，她信得过他。经过离乱之人，对世事的风险有着本能的警觉，故郑母没有执拗，听了董青山两人的安排，锁了家门，连夜住到了客栈。

何主事那边是否会有变数，湘莲以他眼光看去，倒是没太大担心。董青山曾有顾虑，担心船银俱失，他的萧大哥宽慰道，生意人求财，不是为了舍命，定做这样船只的人，他一个船厂主事是惹不起的。此事不怕他精明，就怕他不精明。

董青山听了一笑，服气这萧道长的胸襟。也难怪，这是头领的结拜兄弟，能差了多少呢。他眼前的道长，一眼看去，明明是浊世佳公子，但董青山一直觉得此人有仙气，故心中一直以道长称呼。头领有此结义兄弟，也算是九泉之下的安慰了。

桃叶渡

第三十九回

运河初遇

湘莲在淮安绑过污吏作过案，清江浦隔着淮安，也就一条清江，要说没有警惕是不可能的。还好这里市集热闹，从里运河通往大运河的水道，帆樯重重，无数沿河而筑的建筑，以及祭奠河神的庙宇道观，将水道周围簇拥得热闹。运河的浪花一簇一簇涌过来，拍在船帮，在船头形成一个个漩涡，又散开去。看久了，心情也平复坦荡了许多。

为避免招人注意，船过临岸人多的市集时，湘莲让船工降下一帆。好在船顺河而下，新下水的船只轻盈快捷。

船行一日一夜，人不停船也不停。那何主事给挑的船工，一船六人，总共十二人，大多是做伙计做了几年的青年船工。年轻的劳动力最值钱，他们被招揽到船坞做活时，东方良，也就是何主事的表弟石头，已经拣选过一遍：最好是无家累的。所以两兄弟受托招人行船回杭州，开出了一天一两银子的价，这些单身汉们便欣然应招。

种地的农民在家刨食，见过的，使过的钱大多是铜钱，哪有整块的银子可以拿？到船厂做工，练出的是手艺，领的是串钱，而这出一趟差，便可以收获一年两年甚至更多的工钱，简直是肥差。何主事为着让他们为可能的风险保密，先发放了一半，说好了回来还有一半。银子到手，故船工们心情愉悦，心甘情愿接受雇主的指令，即使晚上连夜轮班行船，也并无怨言。

一天一夜过去了，清晨，水鸟的叫声唤醒了运河。湘莲担心郑母一直在船上待着老人家会闷，便趁着早晨，在一处沿河的小小市集靠岸，准备补充一些新鲜菜蔬，也让老人家上岸走走活活血脉。

岸上有几家支着棚子的简易食铺，边上还散着几家一个炉子卖早餐的。一架车放着食料燃煤，一个铁炉放地上，上边座着热腾腾的包子、馒头蒸笼，这就是流动餐档的全部家当。一旦有客人下船，卖东西的便掀开蒸笼，吆喝着客人买。

郑母踏着踏板走下船，先下来的柳湘莲伸手扶着，到棚子内坐定。后边船上的董青山和两船工也下船来。空空的棚子里顿时有了人气。

出门在外，也说不上礼不礼的。况且棚子地方不大，众人便不分尊卑，坐了一桌子。老板忙着送上粥饭点心，还有开胃的自制咸菜。几日来，郑母见儿子的结拜兄弟待自己恭谨，心中亲近了几分。

棚子上头的油布遮挡住初升的太阳，三面棚布垂地，扎得紧紧的，一面朝着河面，既揽客，又通风。湘莲看见前头卖包子的大娘，带着一个小女孩，在清冷的风中艰难叫卖，心中不落忍，正想起身去买一屉包子，忽听小女孩嫩嫩的声音响起：

"婆婆，你看那位姐姐好好看呀！"

湘莲顺着声音望过去，看见一艘装饰华贵的大船正在靠近木制的简易码头，几个人站在船边，正在准备下船。站在头里的女子云鬟高耸，钗环精致，一袭鹅黄锦缎披风下，一身淡绿色衣裳，身材窈窕，河风吹起她的裙脚，浪花轻拍船帮，堆她的脚下，看上去衣袂飘飘，有如仙子。

那女子后头的丫鬟扶着她走下，踏板甚宽，可以两人并行。湘莲看得近些，觉得这女子算是平生绝色。淡绿色的衣衫犹如初春嫩芽，衬着有如凝脂的肤色，在刚刚升起的太阳照耀下，半透明一般。这女子倒不单单眉目如画，走下踏板时，颈挺背直，行走雍容，她一言未出，但看那下船的轻盈从容步态，便知非庸俗脂粉等闲人物。

晨曦中走来这样一位美人，难怪那小女孩说好看。

同桌的董青山和船工一时也看呆了。一名船工馒头吃了一半，另外一半夹在筷子中，被主人忘记在嘴边。

"妹妹，你先别急呀。等一等我。"声音起处，那艘船的船舱中掀帘又走出一男一女。发声的是前边的青年公子。紧跟着他的女子，看挽起来的发髻，又看二人神态，像是一对眷侣。

那女子此时已下船站在岸上，她一双妙目，看了看四周，又仰头看看河上飞翔的白鸟，一丝笑意凝在她的嘴角。她转头站定，双手拢在袖中，等待船上唤她的人到来。

郑母也看呆了。她看看湘莲，又看看青山，笑了："这是谁家的小姐？真个好看。"

湘莲收回目光，恭敬一笑，埋头吃饭。吃馒头的船工回过神来，颇觉不好意思，赶紧夹块碟子里的酱菜，就着吃下去。

他们所在的棚子，棚布簇新，白底绿纹，显然店家新置办不久。那女子等到了她要等的人，一起说说笑笑，来到了湘莲他们所在的棚子。显然，她们也是来吃早餐的。

老板见有客来，忙另开一桌。见客人如此气派，便加意殷勤，把桌子、凳子用干净布擦了又擦，才请落座。老板娘赶紧托着木盘，来送各色点心。

棚子里顿时满满当当。那女子和后下船的一男一女坐下，旁边的两个小丫头子忙着进后厨，要店家拿水盆，打热水；然后再端出盆来，盆里不知何时，已经多了雪白的绢帕。她俩躬身站在两位女主人身边，等她们擦脸。

"妹妹，这里市集小，干嘛非要在这里停船？"那男子耐心地坐在一旁等，看着那丽人。

"哥哥，你看这里河岸微弯，水流舒缓，对面青山，多美的画面。停一下，赏赏美景也是好的。"丽人首次开口，声音娇憨婉转。

旁边的另外一名女子衣饰华贵，面目平和清秀，此时温柔接言："妹妹说得是。这里坐一坐，休息一下也好的。"她转过头来对着那男子，又说："夫君，你说是不是呢？"

那男子哈哈一笑："是的是的，妹妹开心最紧要。"见二人盥手毕，便在身边的那女子盆里顺势洗了手。

湘莲听三人南方口音，又夹着些京腔，料想是自北回南之人。不干自己事，便忙着请老夫人多吃些，又让先吃完的船工去买些水果蔬菜，放到船上。

棚子本不大，那丽人听见湘莲说话一口纯正京腔，便掠了一眼。湘莲不管她，自顾自吩咐，船工接钱去了。

棚外又走进三个穿公服的人，进门就嚷嚷，让老板赶紧摆桌子上点心，大爷们要吃早餐。

老板看看湘莲这一桌，又看看丽人那一桌，棚子内已经摆不下第三桌，便赔笑说："公爷，今儿天气暖，您老看，摆在外头，赏个河景也是好的，不知公爷意下如何？"他停了停，又说："今儿的餐点小的孝敬，还请公爷笑纳。"

那领头的公人一听不快，转头看看两桌人，又看看那丽人，心下一动。见店家还在躬身等回话，便大手一挥："出门在外，谁带了家出来的？没地方么，与这边人少的拼一桌就行了。"说着拉了一把椅子，就要往那丽人身边坐。

那青年男子气得脸都白了，忙说："且停一停！这位爷台，凡事讲究个先来后到，店家既是说外头摆桌，为何要挤占我们的座位？"

公爷见一群女眷，只有一名男子在旁保护，这才起心相欺。拖凳子之前他看了另外一桌，显然两边人不是一起的，这才起衅。此刻见男子出言，他根本不理会，懒洋洋地一屁股坐凳子上，手臂托在桌上，离那丽人不盈一尺，眼睛直勾勾地只管看。意思再明白没有："我就坐了，你能为之奈何？"

那青年男子深为懊悔，不停船就好了。这僻壤远离京都，简直是虾米也称王。想想起了争端，己方人少，又一堆女眷，再待下去，吃亏就不好了。他准备带着夫人、妹妹离开，不跟地痞一般见识。

那丽人一直在观察周围，见哥哥恼怒之中有无奈，她明白下一步就是离开。那粗鲁公人明显是打自己的主意，冲突起来，哥哥怎扛得起。她心中不快，眉头一皱，忽然笑起来，半侧身对公人说：

"这位爷台要与我们拼桌子，大家出门在外，也没什么。只是你需问过我们的大哥。"她努努嘴，朝向湘莲。

湘莲正对着她这一桌，也一直关注事态发展。眼角余光看见她朝着自己说话，心中大吃一惊。这小妮子，这是看自己一方人多，借来吓唬那三个公人的。

此时推脱不是，承认也不是，他低头喝粥，在想对策。

那公人也很疑惑，明看着两桌人打扮不像。他顺着丽人的眼光看过去，看见一个剑眉入鬓的青年男子正在淡定喝粥，心下倒有了三分忌惮。看看那一桌，除了一位老夫人外，全是大汉。心思自己倒不能莽撞了。

这丽人见剑眉男子不应，身边的公人也愣在那里，便加了一句："别惹我们大哥不高兴，爷台还是请吧。"

这公人本来是淮安府的税吏，刚上任不久，今日带着两个雇来的小子沿河而下来到此镇，准备吃过早餐之后就四处找商家收税。这个位子是他老爹四处钻门子塞钱得来的，故颇不知天高地厚。身边的漂亮姑娘刚下船时，他在远处便瞧见了，这才跟了来。此等平生未见的美人，他倒也没打定主意要怎么着，就是登徒子亲香亲香的意思。

现在看那一桌子的人无人出声，他心下有数，便不再顾忌，喊着店家上点心。店家不远处早已捧托盘多时，见店铺内忽起冲突，心下尴尬。见公人唤，不敢不依，便过来布菜。

青年男子见妹妹拉虎皮作大旗，没甚效果，那边气都不吭一声，心中大急。他站了起来，要带妹妹走。

只听座椅移动的声音，一个声音传来：

"这位公爷，吃饭做事，讲究个先来后到的规矩。大家出门在外，吃早餐谅不是公务。吾妹既是说了不愿拼桌，爷台还是外边请吧。"正是柳湘莲站了起来。

公人见邻桌站起来的男子气宇轩昂，腰间悬剑，不怒自威。这公人入公门时间虽不长，但也知江湖上这类人不好惹。可在小弟面前，人家一开口自己就认栽，这个面子输不起。

"外乡人，我劝你少管闲事。"他看气质装扮，一边华贵精致，一边一袭青衫，不相信两桌人是一起的。但要说剑客这边是下人，又肯定不是。那剑眉男子论气度，自带有一股吓人威势，这样的人是不会做下人的。

既然不像是一起的，那就吓唬一下。

董青山见湘莲出声了，便也站了起来。他说话不亢不卑："普天之下莫非王土，倒说不得外乡人异乡人的。既然人家不愿意拼桌，又有女眷，那爷台，还是请吧。"他的话中有话，实际上是说，此地属淮安府管，既是公人，自必有上司，要横闹大了，公人要吃亏的。

那公人看看湘莲腰间的剑，剑柄上有一雕刻精美的虎头，已摩挲得颇为光滑，刻画处隐有铜绿，知此剑有些来历；刚站起来的男子，看来也是有丘壑的。这下惹不起了，便仰天打了个哈哈：

"这位仁兄说得是。我们就给个面子，外头坐去。"说完站起，带了两小弟到外头去。店家舒了一口气，赶紧和老板娘去摆桌子上点心。

那丽人的哥哥见邻桌仗义化解，忙双手抱拳行礼："多谢二位大哥。舍妹言出无状，还请兄台不要见怪。"

那丽人也站起，微微一笑，向那桌子的人微弯身行了一礼。起身时扭转头伸了下舌头，这是对她哥哥做的鬼脸。

郑母看着这姑娘美丽活泼，心下喜欢，见公人退出，也为她高兴，望着她点点头。

湘莲熟知礼节，知道下边就是通名姓了。他不愿意在路上留下行迹太多，便抢在头里，对那兄妹说：

"萍水相逢，各位不必挂在心上。早餐用过后，早些上船离开，不招惹这等小人为上。"

那青年男子一听，就知道刚刚帮助自己这位剑客不愿意留名，便深施一礼："兄台说的是。我们这就告辞。"便转头吩咐小丫头子将未吃的点心打包，又点了几样，准备带回船上。

那丽人见哥哥出声了，也便服从。小丫头子们和老板娘忙完，她站起身来，望着湘莲微微颔首，这才出棚去了。

外头那公人还在，他见只有这丽人几个出来，剑客没有一起，心知自己猜想得不错。但他也知道，既然剑客留在后头，那就是保护她们先行离开的意思。他转过头去看看宽阔的河面上，靠岸停着的几艘船，无疑，装饰最华丽的，就是那丽人前往的那一艘。他心下倒觉有几分庆幸。乘这样船只的人，非富即贵，自己刚才若不收手，得罪了京中大官家眷都有可能。

那丽人上了船，船工几个掌舵的掌舵，升帆的升帆，转头船只启动，扬帆南下。旁边还泊着两艘很漂亮的双层船，看看桅杆，好像不是平时常见的那一种单桅船，不由得多看了几眼。

湘莲和董青山见那丽人顺利离开，便放下心，结了账，拥着郑母一起走了出来。外头那公人一心想看两艘漂亮的双桅船主人，一直在坐等。现下见了剑客一行人簇拥着老太太出来，直接往两艘船方向去，心下嘀咕了一下：

这打扮如此不起眼的人，乘坐的居然是这样的船只。

湘莲知道那三名公人在看，他不以为意，自顾自上船。刚刚挺身而出助了那丽人兄妹，于他本不愿意，完全是逼上梁山。只是看那公人眼睛一直在那丽人身上打转，激起了他的不平之气，这才出声，顺着她的口吻解了她的难处。

船行路上，湘莲与郑母商量了，说是郑直的意思，安置老母在扬州。郑母于路一直牵挂儿子，有些疑惑，但也不肯说。这几日船上湘莲住二楼，一楼禁绝船工入内，早晚必问安，食物从无短缺，体贴周全，老夫人生出若干感慨。这样的人与自己儿子是结拜兄弟，还真是儿子的福气。

扬州自古繁华，盐商云集，古有"腰缠十万贯，骑鹤下扬州"之说，足见风流富足。只是经嘉定三屠扬州十日，扬州几成白地。经康熙雍正两朝不断移民填城，这才慢慢恢复生机。故此地山水清丽而人流最杂。外来人员多，送郑母去扬州，无疑是合适的。

船到瓜洲古渡，扬州已至。此处乃大运河与扬子江的交汇处，乃千古有名的渡口。因为河水上升，洲面受侵，已经不比前朝富丽繁华，但依然酒家客栈鳞次栉比，不大的街市人流如织。因为次日就要在扬州安置郑母，湘莲和董青山商量了，在瓜洲与郑母好好吃餐饭，也是对老夫人的敬意。

各船留二人守船，湘莲带着大家上岸。临水的楼台亭阁掩映在树林之中，正是接近黄昏之时，一眼望去，远处的楼台近处的河岸，就像金色的画儿一般。倦飞的鸟儿鸣叫着，珍惜夕阳落下的斜晖，在晚风里认巢，纷纷飞去树林里。

一家叫作"瓜洲旧友"的酒楼伫立在运河边。湘莲看牌匾已经显旧，知是有些年头的老酒楼，一见喜欢。他看了看董青山，青山点点头，众人便奉了郑母入内，拣个临水的桌子坐了，小二殷勤抬了茶壶来。湘莲边喝茶，便看了菜单，点了本地的扬州菜。

船工们行了几日，与湘莲董青山都熟了，当下也少了拘束，酒菜上来，敬过郑母，便大口吃喝。

湘莲正陪着郑母说话，忽听一个好听的女子声音说：

"大哥，您也在这儿呀？"

湘莲抬眼一看，小镇邂逅的那丽人，正盈盈在桌前行礼，小丫鬟一旁扶着。

湘莲愣了一下，忙站起来回礼。一双眼睛看过去，不远处的桌子，那丽人的哥哥正起身向自己走来。

真是相约不如偶遇。

窗外丝竹婉转，楼上灯火辉耀，这里没有横蛮的公人，又在这千古留名的瓜洲古渡口，大家的心情都是放松的。湘莲见那丽人大大的双眼里满是惊喜，心中一荡。那青年男子几步到了湘莲桌边，自我介绍道："小弟薛蝌，见过大哥。"他眼睛看了一下妹妹，宠溺之情溢于言表。显然，他是顺着妹妹喊的。

郑母喜欢这兄妹，便邀过来一起坐。那丽人大方，看了看哥哥，便一口答应。

跑堂的赶着收拾出一间大房，把两桌的酒菜都搬了进去。两桌人叙礼毕，房间里热闹了许多。

这青年公子，就是薛蟠的堂弟薛蝌了。他的夫人，就是刚成家不久的邢岫烟；那丽人，就是薛蝌的妹妹薛宝琴。

薛蝌当年带妹妹进京，本来是送妹妹与梅翰林之子成亲。父亲已逝，长兄如父，他义不容辞。到京后投奔了薛姨妈一家。薛宝琴得贾母喜爱，在贾府住了不短时间，与大观园姐妹厮混，颇有乐不思蜀的意思。园子里莺飞草长，美人穿梭，诗酒连日，本是大好时光。无奈薛蟠本性不改，娶了夏金桂之后，家中无日不闹腾，便躲了外头，日日醉酒打闹眠花宿柳，把家私花得如流水一般。祖上的生意倒丢了给家人去做，结果被做事的人以次充好，上下其手，薛家赚不到钱还赔钱不说，采买的宫中物品价高质次，一来二去，弄丢了皇商资格。

屋漏偏逢连夜雨，薛蟠一日在外醉酒，老脾气发作，又把酒楼里跑堂的伙计给打死了。理由简单得不可思议，就是那伙计招呼客人，回应薛大爷回晚了那么一点儿。

酒楼打死人命，证人无数，薛蟠无可抵赖，当日即被拿送京兆尹府。对于薛姨妈和宝钗，这几乎就是灭顶之灾。薛姨妈的长兄王子腾已过世，贾府靠山元妃也没了，贾母也没了，小史侯家早已远离薛家这门亲戚，姐姐王夫人也无力量。物放眼京城，连打点的门路都踏不进去。薛蝌作为薛家唯一的男人，虽非直系，也尽量受薛姨妈之托到处奔走。无奈树倒猢狲散，无人理会。

薛家长子薛蟠这不是第一回出事了。第一次打死冯公子，仗着贾府，不但人没事，还掳了英莲进京，受贾府庇佑，后来在京城圈中完全就是傻大个儿，脾气又坏，人称"呆霸王"，众人皆鄙视。梅翰林最是自命清高，听闻此事，虽知薛宝琴并非薛蟠亲妹，但家风如此，一笔写不出两个薛字，即有退亲之意。梅家儿子听说薛宝琴不错，恳求父亲，故翰林忍了，但对于这门亲事意存踌躇，迟迟不迎宝琴过门。现在薛蟠再次打死人命，薛家的贵戚又已经倒台，估计这呆霸王再无法逃脱王法，便对儿子晓以大义。父子同心，梅翰林便请原来的媒人过来，说了因由。媒人知翰林爱惜羽毛，也无异议。梅翰林见媒人点头，便不再顾忌，让管家陪着媒人直接去找薛家退亲。他自己连面都不露。

薛姨妈听了此事，但哪有心思管。况薛蝌在京，长兄如父，他才是宝琴的主事人。便唤薛蝌来。那管家气愤自家老爷面上有损，来时便没有好颜色，说了些彩礼不要了，只需将庚帖退回，两家自此退亲的话。

薛蝌到此地步，哪有别法？只有入内告知宝琴。

自贾母去世，大观园星散，她自然回了薛家。薛蝌心疼自家妹子，话说得曲折婉转，但宝琴何等冰雪聪明，怎听不出梅家话里话外的轻蔑之意？自然是翰林清华高贵，人家自矜身份，怕沾上了薛家的恶名而已。宝琴没有委屈，没有哀怨，只教哥哥退回庚帖，彩礼在金陵，无法退回，按照时价折算了银两，当即交给管家带回。

那管家本以为薛家会有挽留，会有愤怒，不料薛家兄妹倒是痛快人，心下倒转了一点。他接过庚帖礼金，写了收执，回去复命。

薛蝌自父亲去世，家道中落，此番进京，以为宝琴不久即可成亲，不料贾府接二连三出事，梅家也不着急迎娶。带来京城的银两不多，这一耽搁，又往高里折算礼金，顿时囊中羞涩。京城已无耽搁之理，便带了新娶的岫烟和妹子，一道回南。宝琴见哥哥忙里忙外，知道家中不比先时，便劝着哥哥索性折变了两间当铺的股份，筹了路费，收拾回老家。

薛蝌不愿委屈了妹妹，因此雇船只要最上等的。好在夫人邢岫烟寒微出身，最为体贴，在大观园时与众姐妹包括宝琴在内都有了解的，故对薛蝌爱护妹妹之举决无异议。一路上三人游山玩水，宝琴胸襟开阔了好些。她自幼随皇商爷爷和父亲走南闯北，见的世面大，此等挫折，起初几天还恼，过了几天也就抛开。梅家一门书香，见识也只到此。心想，如果自己嫁了过去才知梅家为人，那才是真正的牢笼。这么一想，自己重获自由，竟然是幸运的。

路遇耍横公人，她随口扯邻桌的青年公子做大哥，于她是顽皮，给那公人出难题的意思，并未想过人家如果不应，自己是否尴尬。在宝琴的心中，她的世界向来哪有不如意三个字。梅家之事，才让她初尝世事的滋味。但自幼养成的娇憨顽皮，哪是一件事情可以改变的。今日再次遇见救助自己之人，见公子丰神俊朗，心中赞"真好男儿"，便大大方方过来道谢。

两桌人一合，再不通名就说不过去了。湘莲见那宝琴乃未嫁女子身份，早在船工行礼之后，便安排他们去了隔壁的房间自在饮食；自己和郑母、董青山三个与薛家兄妹叙话。他既然蒙人家喊了一声"大哥"，那就权当亲眷好了，于姑娘的声名无损。

湘莲当然不会说真名，依前例介绍自己姓萧名不平，薛蝌、薛宝琴便称他萧大哥。当他听到薛蝌说了大致身世，心中突突，难道这薛蝌，与薛蟠是一家子？再一听宝琴闺名，心中疑惑更大。他按住心中疑惑请问，是否认识薛蟠？

薛蝌在此地，居然被认出是薛蟠族人，心中也觉巧了，便将薛蟠是堂兄，以及薛蟠之事模糊说了个大概。妹子被退婚之事自然是说不得的，便只说偕同家人自京回金陵，因妹子想逛瓜洲古渡，故专程来到此地。

嘿！这世界真是说大也大，说小也小。湘莲微笑。当年在平安道上救了薛蟠，现在又救他薛家堂兄妹。自己跟薛家，是走哪里也打不散啊。他不愿细说此事，只说多年前行路，曾在客栈遇见过薛蟠薛公子。其他一言未提。

薛蝌知道堂兄曾南下运货，故也不疑，亦未追问。谈吐之间，见湘莲、董青山二人目光炯炯，英气勃勃，看上去文武兼资，心下倾慕。便将金陵老宅的地址说了给湘莲，说是他日到金陵，一定通消息，薛家要做东答谢云云。薛蝌为人诚恳，与其堂兄薛蟠简直是天上地下，湘莲、青山也喜欢此人，便答应下来。一壁的宝琴看着眼前的两个江湖人，觉得男儿当如是。想想差点成为自己夫君的梅家儿郎，定未有此倜傥气概，心中的结倒是全部打开了。

当晚尽欢而散。不说薛家兄妹次日继续游玩，单讲湘莲到了扬州，赁了房屋，安顿郑母住下。他心中有个盘算，扬州是个货物聚散之地，又是运河重镇，待腾出手来，这里安排两个人开店收货、销货，并通各路消息，顺便照应郑母，倒是各方便利。此时倒先不忙说。

董青山对于此等内务自是全才，一天之内置办完毕。湘莲拜别郑母，临走时交给小丫头子一封信，让她在其走后，交给老夫人。

此时已经是行程第四天。湘莲吩咐船工，务必昼夜赶路，次日到达杭州湾。

在他扬帆起航的时刻，郑母拆开小丫头子递来的信，才知儿子已经逝于金陵，并葬在了当地。她虽然早有预感，但接此噩耗，还是心如刀绞，老泪纵横。缓了一阵，郑母手抖抖地继续读下去，那信写得坦诚恳切，说萧某既是结义兄弟，自当为郑母养老送终，请勿担忧；郑直的祭奠也无需担心，会一力安排；合适之时，会迁郑直墓到扬州。信中，湘莲还附了一张银票。

郑母把银票搁在一旁，泪眼蒙眬，继续看湘莲的信。她读出了字里行间的意思，儿子看来不是病故的。放下手中信，她久经风霜的双眼望向西边，那是金陵，是她儿子去世的地方。

桃叶渡

第四十回

小试锋芒

柳湘莲和董青山告别郑母扬帆南下，薛家兄妹回归金陵城，就这几天，朝廷发生了一件天崩地裂的大事。

军机处以八百里加急给各省督抚传去朝廷廷寄，今上于雍正十三年八月二十三在圆明园驾崩。收到消息的疆臣大吏们觉有些突然，因为今上才五十八岁，平素勤政，并未听说有染恶疾。现突然没了，倒是有些令人不安。事实上，除了朝中几位机密重臣知道皇帝自木兰秋狝后身体日衰之外，知道今上病情严重的，就是太医了。他们接密旨请的脉，观皇帝肩膀受伤溃烂处已蔓延至深，又见黑血，知是中毒，终将不治。太医深明知晓此事，自己下场堪虞，免不了日间惕惕，晚间栗栗。皇帝患病期间，得以面见的数名太医皆知此为朝廷最高机密，如有泄露，抛了自己性命也难保妻小，故个个封缄其口。因了此故，皇帝病重，地方上一丝消息都没得着。

好在皇帝早已在正大光明匾后写下谕旨，安排了继位之人。临终前又当着众人出示怀里的另外一份，两份同交军机大臣阅看了，崩后传位于第四子宝亲王。接位之事顺遂，朝廷动荡不大。宝亲王弘历于同年十月十七日在太和殿登基为帝，传谕次年改元乾隆；上先帝谥号敬天昌运建中表正文武英明宽仁信毅睿圣大孝至诚宪皇帝，庙号世宗。

按朝廷制度，皇帝驾崩后朝臣须服丧二十七天。服丧期间，皇帝对朝臣的奏折，不能用朱笔批示，一律改用蓝笔，称为"蓝批"。各部院衙门行文也要改用蓝印。各地寺、观须鸣钟三万次，诵经和吊唁活动也连续不断地贯穿于整个丧期。自皇帝驾崩之日起，文武官员及所有百姓一百天之内不准作乐，四十九天内不准屠宰，一个月内禁止嫁娶。各省督抚接廷寄震惊之余，同样加急将朝廷谕旨传晓各州县，继而丢开诸事，引领下属投身于为先帝服孝的各种事务中。

薛家兄妹回到旧宅，遇到国丧，见街市萧条了好些，薛蝌与夫人邢岫烟商量了，又说与宝琴，索性趁这段时间将家中账目一一盘查。此前当铺、钱庄、绸缎铺、生药铺各店面亏损甚巨，兄妹二人北上，一直没能理会。现既然生意做不成，干脆命各掌柜关了店面，立时拿来账册总账。

宝琴虽是未出阁的女孩儿，但自小聪慧过人，最得皇商爷爷宠溺，跟着爷爷跑遍了大半个中国，故眼界甚广。最远处她甚至到过广东省的琼州府天涯海角。说来也奇，漂洋过海，于别人是苦，但于宝琴来说，却是甘之如饴，晕风晕浪从未有过。因年幼，宠爱她的爷爷与相熟的生意伙伴谈事时，往往将其抱在膝上。年纪渐长，宝琴便在旁侍立，给爷爷添茶倒水，故她小小年纪，脑子里早积攒了无数生意。此次梅家退亲，哥哥囊中羞涩，她看在眼里。自小无忧无虑，至此才知爷爷与父亲离世之后，家大业大，哥哥一人持家的艰难。

堂兄薛蟠持家不善，其身不修，致使家道中落，这是她兄妹二人看在眼里的。一门同宗，岂不触目惊心。如果不振作起来，那就是前车之鉴。薛家兄妹与岫烟三个人待账册交齐，便一人一册在手，细细看来，将三年来各店铺的账都看了。十七家店铺，居然只有两家是盈利的，其余十五家俱是亏损。宝琴自思，守着繁华金陵城，店铺又是老店，这么多家店面亏损，实在不合情理。

"哥，你看，这家绸缎铺账册，里头有好几处涂抹。"宝琴把账册递给薛蝌看。

邢岫烟抬头，她看的是钱庄的账："我这里也有涂抹。还有，放贷出去，好几处无经手人之名。这应该不对头吧？"

薛蝌手中拿的是当铺的账册。他先放下，看了妹妹的账，又踱步过去看了夫人手中的账，沉重地说：

"出内鬼了。"他颓然倒在太师椅上，声音低沉："我这边的账是当铺的。好多栏目写着赎回，可是后头并没有相应的银子入账。"

"这帮伙计靠不住了。父亲大人一去，他们就不管不顾了。这是挖东家的墙角，肥自己的私囊。"宝琴握了一下拳头，轻轻捶在桌面上。

邢岫烟刚嫁到薛家不久，她家世不是商家，故先前发现问题，并不急着出声，待宝琴开口才跟言。她平素持身甚平，多读书又多思，听了兄妹几句对答，很快明白其中道理。

"夫君，怎么办？"她看着丈夫。

薛蝌心里着急，但想不出办法来。家中他是独子，因父亲执意培养他参加科举显亲扬名，故一路读书，生意一途隔膜，反不如妹子得爷爷教诲，做生意的道理熟稔得多。闻听岫烟问及，不觉语塞，便看向宝琴。

宝琴得了走南闯北之力，从不以幽娴贞静作为自己的处世标准。在京城贾

219

府大观园寄居时，见堂姐宝钗明明一个见事通透之人，偏要装出守拙自愚的道学先生样，心中颇不以为然。故她更喜欢直性子的湘云，还有真性情的黛玉。在她眼中，此二人的真，才是最有吸引力的，也与她最契合。此时见哥哥问，便直截了当谈自己的想法：

"哥，如今比不得父祖在世，我们得挑起担子来，不能光吃老本了。此其一。"她端起茶盅，将碗盖轻轻拨开茶叶，喝了一口。见哥哥嫂子无异议，放下茶盅，接着说：

"我看我们得整顿一番。盈利的两家店铺掌柜的，我们今后要重用。要让他们得利。是奖励，未来也要靠他们。至于不盈利的店铺，我们是不是考虑关、停、并、转四个字？"

邢岫烟听来新鲜，忙追问："何谓关停并转？妹子，你说细些。"

"我们要确定下来今后主营业的方向。比如说，当铺和钱庄，一个揽储放贷，一个揽当。从赚钱一途看，钱庄提供银两流动，当铺提供死当、绝当物品的转现，所以这两类，要保留。"她见哥哥也聚精会神一旁听着，信心也上来了，一鼓作气讲了下去："既然有当铺，那就要保留珍宝斋。值钱的当物，多半是落魄王孙拿来的，既到了当东西的地步，多半也赎不起，所以，到期之后，就转到珍宝斋去卖。得款又转回钱庄。这样就流动起来了。"

薛蝌记得珍宝斋还是祖父在时开起来的，也算老店了。祖父确是经商好手，妹子现在说的几类，他当年就确定下了框架。见宝琴头头是道，比起自己一筹莫展，她才更像是真正的薛家后人。

"妹子，你说下去。"

宝琴嫣然一笑："哥，我就放肆啦。那就顺着当铺说吧。当铺不能只收贵东西，那穷人一时有个急需，拿个袄子来当几串钱，该当还是应该给他当。而且，穷人的东西，价格要公道，不能欺人家。"

"那是。"薛蝌点点头，心领神会："除了做善事之外，他们也会帮着传名声。多几串钱给铺子买个好，也是值得的。"

宝琴见哥哥聪明，一点就通，拍手笑了起来，脸颊上酒窝一闪一闪："哥，这不就想到一起了嘛？那我继续说啊。当铺里到期不来赎的，值钱的物件，就放珍宝斋；不值钱的东西，留着也是麻烦。如果一一估值，一件件去卖，我以为无此必要：太费精力。干脆将一家店铺改做一百钱店，不管值多值少，一概不论，价格就一百钱，放在店里卖。遇到冬天了，那些买不起新袄的，到店里可以比较低的价买个二手的，一样可以过冬。有些器物日用的，也无需买新的，这铺子里一百钱就买了。对我们来说，这部分价值不高的东西也就销出去了。"

"我们薛家做这件事，会不会太有失体统？"薛蝌想到一个问题。

宝琴赞赏地看了哥哥一眼："哥哥说得对，我正要说到这件事情。刚才我们三人不是议到要重用诚实可靠的掌柜吗？我想着，银钱的鼓励，才是最实在的。这家一百钱铺子，就开在同一条街上，方便取货送货嘛。然后就挑一位伙计，让他去当掌柜，让他去自个儿经营，然后一年交几两银子，嗯，就一百二十两吧，交到总账上，毕竟店铺是我家的，他几乎没成本。他卖得多，得的也就多。官府收商家的税也归他。说与他，也可以自己进一些一百钱可以盈利的小东西，就放在铺子里卖，赚的钱还是他的。人流多了，肯定能薄利多销，有钱赚就是了。可有一条要先说在头里，他和他所雇佣的伙计，要负责钱庄的外围安全。有个风吹草动的，东家需要之时，需得立马赶到。"宝琴说到此处，脑海中浮现的是钱庄、当铺被突然打劫的可能。外围有人，可以算是伏下一路援兵。

"这一百钱铺子，可以赚很多钱吗？还可能有盈利交到总账上？"薛蝌担心宝琴要求交得太多。

宝琴住园子里时，听过探春的大观园兴利除宿弊，她觉得这是同一个道理。"哥哥，对于接手的掌柜，这是无本生意啊，你忘了？来当东西的人多了，这货物保管又是一个事，在一百钱铺子里可以迅速处理，少了一笔压仓费，还有人工。更重要的，一百钱铺可以引来人流。"她卖了个关子，故意停住不说。

邢岫烟看看薛蝌，又看看宝琴，见她不说，忍不住开口：

"你这小妮子，卖什么关子？"

宝琴见一向正正经经的岫烟也开起玩笑来，心下欢喜，便噗嗤一笑，接了下去：

"买一百钱铺子里货物的人，手头多半不宽裕，是吧？穷人少的是钱，多的是病，所以，我们在旁边开一个大的生药铺，就卖药草。请个行医多年的大夫来坐堂，一边卖药，一边看病。我这里一发想好了，聘大夫的钱不用我们给，他的诊费就是他的收入，我们只赚药钱。架不住人多，药材流动起来，多转上几轮，银子也就有了，据我心中估算，断不会亏了。"

薛蝌听到此处真是服了。原来一百钱的廉价铺子，为的是引来隔壁药铺的人流，宝琴说得明白，她的目标最终赚的是药钱。

他由衷佩服妹妹。心内想着，这妹子幸亏没有嫁出去，要留在京城嫁了梅家，自己哪拿得出一盘子这样的主意。

他扳着指头算："钱庄，当铺，一百钱铺，生药铺，嗯，对了，珍宝斋保留。这就五家了。那其他的呢？"

宝琴想了想，继续说："我的主意是，只开这五家，其他全部关了。我们只有三个人，太多店铺管不过来。那些掌柜的，敢在账目上做手脚，欺的正是我们没工夫没时间管。现在我们只管留下五家，就开在一条街上，以后看情形是否要添要补。卖店铺的银子，我们一一收回来做流动资金。"她拿起钱庄的账册来瞧，眉头蹙了起来。"这本金，我看都快亏完了。钱庄开成亏本，祖父、父亲若在，恐怕羞也羞死了。"

薛蝌一旁听了，闹了个大红脸。宝琴机敏，一看就是自己不防头，说的话让哥哥多心了。她赶紧补上："哥哥一向留心科举，不曾认真管过这档子事儿。伙计不出力糊弄东家的事儿，这笔账怎么算也算不到哥哥头上。既然家道至此，说不得，妹子愿与兄嫂齐心协力，度过危难。"

薛蝌热血上涌，他明白宝琴说话的真诚。不是这回在京被梅家逼着退了聘礼，他还理会不了家道落魄的困窘。进京一行，一送宝琴，二则也存了投奔堂兄一家的心。看看如果京城如意，那就结束了生意搬了北京去，也有个庇护。见薛姨妈家因了薛蟠败家早已大不如前，投奔立足之说，是谈不上了。又因了国丧查账，这才明白，他们兄妹二人和岫烟，差不多已经站在悬崖之上。如果再不打理，这帮子掌柜伙计，如果等他们一个个捅出个大窟窿让东家来填，那才真是死无葬身之地。

想到此处，他站了起来，向宝琴施了一礼："贤妹说得极是。愚兄这厢有礼！"

宝琴看着哥哥半开玩笑半认真，也乐了。她看看嫂子："我这兄长，你猜今天唱的哪出戏？"

岫烟笑了，过来推薛蝌："看不出还有唱戏的本领！"薛蝌一笑立起身来，正容说："妹子，那我们三人就开始吧！"

自是日起，宝琴三人总不出门，一个店铺一个店铺地核算，涂抹多少处，涉及多少银两，一一算出。宝琴一双纤手，打算盘倒打得飞快。一眼看过去，哪像是千金万金的小姐，倒像是账房先生一般。那个大观园纷传的踏雪寻梅图的美人儿，薛蝌在外头早已听得，如今看着妹妹，觉得无论如何不能是一个人。

账目理清楚了，薛蝌将亏本的十五家店铺掌柜分别招来，一一问话。说得清楚，属正常亏损的，一笔勾销；说不清楚的，写下欠条字据，打个指模，立时轰出家门。他们明白，那些涂抹背后的窟窿多半填补不上了。但纵然如此，也要给那些坏了良心的掌柜伙计一个惧怕。字据在手，将来看情形，也有个说法。

本分做事的两个掌柜被招来客厅谈话。宝琴本是立在屏风之后听哥哥谈的，后来看哥哥还是脸皮薄，又往往说不在点子上，便干脆走了出来。

这两位掌柜一位姓金，一位姓尹，都是跟随薛蝌宝琴父亲多年的旧人，宝琴自小见过几回的。故她出来，虽在两位掌柜的意料之外，也还不算突兀。二人当即给东家小姐见礼。

宝琴坐在哥哥下首，听哥哥继续谈。重要关节处，她便补充说几句。二位掌柜领命，金掌柜掌钱庄，尹掌柜掌当铺，这二人听小姐说话，句句务实，俱在要害，不由内心生敬，心下明白，眼下薛家的主心骨就是眼前这面如春风颊现梨涡的美人。二人正思间，又听小姐说，年终盈利，二人可提店铺利润五个点，不由大喜。

宝琴此时行的正是重赏之下必有勇夫之术。既然钱庄当铺是第一要紧之处，掌柜的要求第一可靠，第二能干。要掌金银的掌柜廉洁，除了他们的品质可以自我约束之外，其他实在是难以防范。再好的人守着银子堆，短期也许没事，时间一长，那就难说了。这就像是让猫儿枕着咸鱼睡觉，你让它吃还是不吃呢？

宝琴想得通透，只有让掌柜的明白，他们平稳的收益远大于玩猫腻的收益，又安全，才有可能让他们长期为东家出力赚钱。东家多赚钱，他们的收益也随之水涨船高，这才可以最大限度地同心同德。

见二人踊跃，宝琴又谈了一百钱铺与生药铺隔邻开在同一条街的设想。二位掌柜不待宝琴开言，对视一眼，便将选址之事揽了下来。珍宝斋，二人理会得，那最好就在钱庄边上。一条街要开薛家的五家铺子，一时半会儿不好找，不过二人受东家激励，准备无论如何达成目标。二人对薛家伙计知之甚多，正事谈完，言谈之中也说了几个可靠的。为着避嫌，自己的原手下一个未提。

他们与宝琴对谈之时，薛蝌已提笔记下了所推荐的人姓名。他见二位掌柜如此自重自律，心下欣慰，便将与宝琴商量好的话说出来：

"二位掌柜是我们兄妹的长辈，薛家今后，靠的就是老臣，说不得要多多仰仗你们。你们的手下用惯了，信得过的，一样带过新店铺来。薛家给你们二位每月发总的薪水，二位给你们的伙计发薪水，这样层层负责，不至于临事互相推诿。"这是将人事权完完全全放给掌柜，明确东家不在伙计中掺沙子了。

二位掌柜心中高兴，连连点头。耳边只听薛蝌话音一转："相应的呢，每家店会派一名银监。每天收铺前，就负责到店铺核对账本，然后押银子到银库，交到库上。钱庄需要贷出去银子的，亦由银监送银到庄上。当铺也是如此办理。以后顺了呢，核账三五天半个月的，再商量吧，先把头开好。至于人选，此时还没有想好。这银监一职，我兼任也好，另外选人也罢。或者我先干着，以后再定。"

钱与柜相分离，是宝琴与哥哥想了一夜想出来的。好处是钱款一日一结，做手脚的机会少，发现也快；不好之处是，钱库需得找个密实可靠的所在，且需要专门保护。好在银票通行，银锭和碎银不会太多。

在想出可靠法子前，薛蝌其实已经决定了，就由他自己任首任司库。

二位掌柜看东家立下了新规矩，起初有点不快，毕竟手续多了两道，交接耽搁时间，又夹杂着不信任自己的影子。但转念一想如经营得好，年终自己收入大增，那么这点不快也就没什么了。换个位置站在东家一边想想，立这个规矩也是情理之中，银庄的银子亏成那样，伙计们都知道，多半不是钱庄真亏损的缘故。自来家贼最难防。东家吃一堑长一智，亦可理解。眼前的少爷此时倒有点乃祖之风。好吧，就这样办也无不可，自己作为掌柜还少了保管钱银之责。二人想得差不多，对视了一眼，便一起应诺下来。

二位掌柜自去干事。薛家兄妹待国丧除尽，便开始忙着作价出售店铺，回笼资金。薛蝌明里出面，宝琴暗中相助。邢岫烟带着仆人丫鬟们理家，选了冷眼看中的多年老仆带着年轻小厮看门，又添了两条腰背浑圆的大狗，随时由老仆牵了四处巡视。家里整肃一新，外边倒是传得沸沸扬扬，说是薛家彻底败了，快卖完祖上留下来的铺子了云云。薛蝌咬牙当未听到。

足足花了三个月时间，薛家的钱庄、当铺、珍宝斋、一百钱铺、生药铺才万事俱备，一齐开张。金、尹二掌柜选址不错，找了一条长长的街道，顶下来五个铺子。东边开钱庄当铺珍宝斋，西边开一百钱铺、生药铺，彼此不犯，五个店铺的人手一条街上又可以随时接应。开张之时，薛蝌邀请了旧交芳邻，在大街上一溜儿地炸过鞭炮去，满地红纸，到处是火药味，闻上去，蛮有热闹喜庆之感。

不出宝琴所料，人事上一调整，规矩又新立，五个店铺甫开张便是新气象。金掌柜此前探听了金陵城各钱庄的活期存款利息，自己琢磨着加了一厘，又分出揽储的一个月期、三个月期、半年、一年期定期，利息相应定了不同，存的长的，利息则高一点。金掌柜有些奇妙想法，他将当日利率写在钱庄的水牌上，路过的人看得明明白白，这事儿新鲜。这里办事明白，利率公道，有的便回至家中拿了钱来存。

因这一厘的差别，散户存款人数日渐增多。起初还是存短期的占多，后来长期的多了，金掌柜便开了三年期的折子。存钱的客人拿着薛家折子，掌柜的与自己账本核对无误，便能取钱，金额大的，隔天取钱。有了存，就有放，客商、店主遇到周转困难的，拿着房契、珠宝来抵押贷款，金掌柜总热情接待，核实准了再贷款；珠宝的价值，送过珍宝斋去估。放出去的款，利息自然要高过收进来的两厘，也根据还款时间略有调整。就这么一进一出，银钱便在钱庄滚动起来。有值钱物事急用钱的，或者手边只有不值钱小物件，钱庄不收不肯贷款的，客人便会拐到隔壁的当铺，依旧可以当出钱来。

桃叶渡

这条大街，因了薛家的重新入局而日益热闹。人们提到这条街道，往往说薛家街子，原名逐渐被喜新厌旧的人们慢慢淡忘。

钱庄的信用渐渐建立起来，薛蝌与宝琴极其欣慰。兄妹二人商量了，今后就以钱庄为主要经营业务。当铺可以解决人们急用银钱的问题，亦不能偏废，就当一正一副吧。西边的生药铺得着邻接一百钱铺的地利，整日人流不绝，草药、成药售出极快。一个医术不错却因为人古怪少人问诊的大夫被请来，掌柜要求诊金只收平常市面的一半，这大夫开始还颇有微词，抱着聊胜于无的心情坐诊，后来人流汹涌，发现一日赚不少，从此眉开眼笑。药材商人中有眼光的，便以送货上门、先货后结账种种优惠，向薛家生药铺大量供货。他们看准的，一是卖出药材快，资金使用周期短，回笼也快，几个批次下来，优惠出去的钱就赚回来了；二来就是放心，谁能信不过开钱庄的药铺呢？他们深知，钱庄老板是不会欠区区药款的。

薛蝌得宝琴出谋划策，如今见家族生意重上轨道，心中感叹。一个好主意确抵得上万千奔波，看来妹子的脑子就像祖父的一样好使。薛蝌下了商场，才知父亲墨守成规，远不是经商之道；自己手上的家业实际上父亲在日便开始了下坠。他记得父亲偶尔讲起早先时薛家的辉煌，祖父的才干。看来，薛家的商业才能重现在了最不可思议的人身上。中兴有望。

这段时间，手中过银子，耳中听算盘，薛蝌大有长进，不再是当年只会读书的夫子，害羞脸嫩的后生。此前，他悄悄让管家坐船北上，打听了个制作机关的巧手，据说其祖先的祖先曾参加过造帝陵的，找到了，然后重金聘请了来，在薛家祠堂的青砖地下造了个四方形地洞做银库，然后铺上青砖。这覆盖银库的青砖与四周的一模一样，银库一边设机关，用细而强韧的铰链通过坚固的轮盘连通墙壁，只有按动墙上机括，青砖才能移开。届时地洞会伸出支架将保管银票的箱子送上来，至地面为止。银箱之上青砖之下，中间设有强弩，这是防着有人用蛮力破开砖块取出钱箱。如果这样，弓箭就可以射中贼人，将其手臂或者身体的其他部分钉在地洞里。

建造这个银库花了三个月的时间。师傅从接来金陵，吃住都在祠堂里，工作时，薛蝌菜饭亲自一个人送至祠堂，其他任何人不得入内。建好后，薛蝌又给了一笔银子，又让管家悄悄晚间送出门，马车在城里兜了好一阵圈子，后又乘船，一路送回北方。

这管家祖孙三代都是薛家养活，人信得过。他得着少爷吩咐，接送过程中跟师傅几乎全程不提这是银库，也不称东家姓氏，只是偶尔说起，少爷是个书迷，得了几本珍本就像得了宝贝一样，全程不提薛家，更不提曾经是皇商的身份。那匠人自然理会得，也不追问。

薛蝌又聘用了金陵城最大镖行的两个镖师和他一起，每日早晚收送钱银到薛家一处离老宅两条街的货仓。按照约定，保镖护送到门口为止，不得入内。货仓里，薛蝌照样在隐蔽处将地挖了一个地洞，放置了一个箱子，他收来的散银便存放在这里，大金额的银票则随身带出，回到家中自己再去祠堂安置。这个也是防着镖师有意或无意间泄露秘密。薛蝌此事想得明白，虚虚实实，诡道才能长保。

薛家老宅前后五进院落，占地颇广，建有祠堂、亭台楼阁，祠堂在莲花池的东边，一向少人行。自银库建好，薛蝌便告知家下人，薛家的兴旺要仰仗祖先保佑，因此他许下心愿，每日祠堂里祖先灵牌前的灯烛由他自己亲手点燃，为表诚心，清洁打扫也不假手于外人。因此，除非他准许，任何人不得入祠堂。

祠堂藏银库之事进行得极为隐秘。薛蝌只将地方以及机关所在告知了宝琴一个人。他并非信不过邢岫烟，而是认为兄妹二人，自己成了家，与岫烟就是一体，妹子功劳极大，是再造薛家的功臣，她应该知道这个秘密。

一个能念好书的读书人，一旦心理上可以放下子曰诗云的架子，混社会基本上脑子够用。经几番历练，薛蝌筋骨结实了许多，走在太阳下，步伐坚定皮肤黝黑，不复早先的文雅书生样貌。每日往返几地，薛蝌很是辛苦，但想到薛家收缩了规模，但通过整顿主业，势头蒸蒸日上，算是摆脱了困境。想到这些，他有时觉得，没有什么苦是自己吃不了的。想想这些日子的成绩与辛劳，心中又酸楚又骄傲。

这日，他在街上与相熟之人寒暄，得着一个消息。一个念头在胸口如小鹿般直撞，让他心跳加速。他放下别事直奔家里，招来妹子商量。

宝琴见薛蝌一脸的想法，一脸的有话要说，不觉噗嗤一笑："哥，发生什么事儿了？说来听听？"

"妹子莫笑。是这样的……"

原来薛蝌得着的消息是，桃叶渡口旁的碧桃苑，因着国丧，官府一直未处置。前日衙门贴了告示，那碧桃苑因沾了官司，财产全部没入官。人就遣散了，房子眼下要发卖，变成银两入官库。

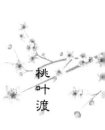

宝琴一时还拐不过弯来，她疑惑地看着薛蝌："哥，你该不会是想接手过来，也开个院子吧？"说到院子，她嫌恶地皱了下眉头。

薛蝌被妹妹的话说得面红耳赤。薛家虽是商人世家，但断不至于堕落至此做这样的生意呀。这宝琴简直口无遮拦！

"妹子，你想到哪里去了？"他咽了口唾沫，平复了下心情，慢慢说给宝琴听："这桃叶渡口位置极好，一面是秦淮河，一面是青溪古道，都通向扬子江，是两条河的连接点，我以前坐船经过。现下有个主意……"

宝琴一拍手笑了："哥，你真厉害！你的意思是不是盘下那块地，拿来做码头，做船运生意？"

薛蝌吓了一跳，他这妹子是妖精变的？自己才说了个开头，她就全明白了。

"我也没想全，模模糊糊的。就是我们从运河南下折回，感觉包船……嗯，租个船，蛮贵的。还记得出发时，我三人见到的那个要搭船，到处问船价的人吗？码头上，此人背着一个大包袱，大太阳的跑来跑去，看上去很是狼狈，所以还记得。所以我想，是不是我们可以帮着每日要坐船到大运河的人解决这个问题，嗯，明码实价，大小船只搭配。多的多走，船费少出；少的少走，船费多出。弄好了，客源稳定了，那就……固定时辰开船？"

宝琴听完，心中已如明镜一般。她美丽的大眼睛灼灼发亮："哥哥，你知道吗？你是一个天生的商人。"

第四十一回

六朝烟水

兄妹讨论桃叶渡的航运，两人皆年轻，说起来又投机，都有些兴奋。薛家人丁少，只有他兄妹二人，难得为振兴家业同心同力。薛蝌虽然看着钱庄日益上道，心中欢喜，但大手笔地将祖父、父亲留下的商铺卖了一多半，心下还是隐隐不乐。如果不是精力有限，管不了那么大的摊子，又有为钱庄回笼资金的考虑，铺面是万万不会卖的。

他唤来丫鬟，让请奶奶去。

待邢岫烟来到，薛蝌便将计划大致说了。岫烟自无异议。夫君振作奋发，自是为妻的福分。她听了之后，又提出一些细节上的问题，比如主事的人选、船只来源，还有走航道要不要得官府的许可。

自进薛家，邢岫烟幸福满足，她感激薛蝌。儿时不受父母待见，长大也无好嘴脸，她早断了倚靠娘家之想。现在她只顾着一心一意打理家务，尽量不让杂事分了薛家兄妹的心。能出主意的，她也尽量帮着，权当凑足三个臭皮匠。能不能重新让薛家在金陵重新站定，她知道，眼前航运之事是个关乎薛家命运的大事件。此前未听得有人办过，是得稳着来。

"干脆，今晚我们夜游秦淮吧？"薛宝琴跃跃欲试，想到哪儿便说到哪儿。

"不妥不妥。秦淮河虽然供着孔夫子，又是贡院所在地，但四周都是勾栏瓦肆，你俩怎能去？传出去会坏了名声的。"薛蝌连忙摆手。妹子没嫁出去，他既感激多了个好帮手，又不时心中感到沉重。

宝琴自小被祖父父亲娇养得无拘无束，又四处去，各地风俗见得多了，礼法在她心中极淡。她看了看嫂子，忽然心生一计："秦淮河这么美，那是全金陵城的，不能就被那些人霸占了呀。这样，我和嫂子扮上男装，跟着你去当个小厮，这总成了吧？"

邢岫烟噗嗤一声笑出来，她真心喜欢这个小姑子。不用说，宝琴想出这主意，定是想到了史湘云雪地扮男装烤鹿肉那一幕。有共同的生活经历还真是好啊，姑嫂完全可以做朋友。

见邢岫烟不反对，薛蝌无奈，只好屈服。

当晚，宝琴和岫烟着了薛蝌的衣衫，头上扎了辫子，又戴了帽。夜色朦胧，不注意还真看不出来是小子还是姑娘。只是宝琴腰肢太细，穿起哥哥的衣服颇为宽大，一走动就摇摆得厉害。薛蝌不得不找出腰带，让她自个儿束住，免得外人看上去不像。

桃叶渡

薛家有马车，但为着不漏风，三个人决定雇车前往。老仆可靠，外头叫了车辆在侧门等候。薛家兄妹和岫烟常衫之外穿上褂子，又罩了风帽，趁了夜色出门。

此时深冬已至，再过几日就是腊八，金陵城依旧萧瑟。尽管没有下雪，但出门北风吹来，冷得厉害。轿厢里还暖和，到了秦淮河畔下车，河里的凉风裹着水汽扑来，让人全身发冷。

薛蝌看着岫烟，又看看妹子，两人的脸色在秦淮河的灯影里倒是红扑扑的。站在桥上看汤汤静流的河水，薛蝌心中涌起对这座城的热爱和眷恋。有山有水有河流，江南元气，确实就聚在此地呀。

青楼是没有冬天的。才下得车来，远远近近，琴声，箫管声，笑声，还有行酒令猜拳声就一溜儿贯进耳朵，将这座还没到春天的金陵城渲染得太平迷醉。南朝四百八十寺，换个头面，竟然是醉生梦死销金窟。那位崇佛的南朝皇帝，他定想不到所钟爱的金陵城，早已勾栏处处替代了晨钟暮鼓，及时行乐替代了佛光普照。是啊，眼前的秦淮河，哪里还有佛光。看看这里，国丧一过，便早已迫不及待，又恢复了千金买笑朱门酒肉的生涯。

到底是冬夜，桥下待客的船只比平日少了些。薛蝌不敢依着妹妹的性子，带着她俩去酒馆喝酒。他直接下桥，雇了一艘泊在河面，灯笼打得高高的有门窗的游船。他们仨到底是来看桃叶渡口那座碧桃苑位置的，要由着妹妹，那估计酒馆一家家进去再一家家出来，逛到天亮也说不定。祖父的宠爱呀！他心里感叹一声，说不清是羡慕还是嫉妒。

秦淮河水由东向西流，他们的船自夫子庙一带逆流而上，船行甚慢，好在河水不急，艄公摇橹稳稳当当，看上去不甚吃力。宝琴岫烟待在舱里，薛蝌坐在靠近船家的舱门口，听他边慢悠悠摇橹，边摆故事。那船家夜晚还等到生意，心情不错，听客人口音含了一点京腔，以为是北方来的，也是从了夜泊秦淮近酒家的风雅才来，便怀着对自己赖以生存河流的热情，给客人讲发生在此地的各种掌故，历朝历代都有。薛蝌三人一时听住了。

一家一家青楼酒馆从眼前滑过，春梦是做不醒的，醒的大抵也不是做梦人。那船家从明末八艳讲到本朝，又讲到花国状元，愈发有味。宝琴拼命忍住说话的冲动，不去打听细节。

走了一阵，不远处灯光黯淡下来。船家停下摇橹的手，对薛蝌说："客官，桃叶渡到了。这里就是大名鼎鼎的碧桃苑。早先几个月，这里可是秦淮河最热闹的地方呀。"

薛蝌此前只告诉了船家东行走秦淮河，转青溪，直到扬子江口折返，并未说起碧桃苑，没想到船家随口一提，正是他想看的地方。眼前灯火全无，只有河对岸的酒馆青楼灯光隔水照过来，朦朦胧胧有个影子。

"船家，这里停一下。给我们说说，这里原来热闹，怎么现在就没人了呢。"薛蝌拐着弯地打听。

那船家听了，移船近河边小小台阶，熟稔地将拴船的绳子打个活套，借着船头的灯笼透出来的光线，抛向拴绳子的石狮。既是客人有问，套好船，他正好歇口气。

船舱内置着小火炉，煨着茶壶。船家抛了锚进舱，柜里拿出洗好的几个杯子，斟茶给客人喝。他倒没注意看宝琴岫烟两个，递过茶后自己又出去了，守着舱门，拿出烟袋抽了起来。袅袅烟雾中，他说了前任花魁妙姬的故事。

"哎呀，那个妙姬，长得真美呀，我见过一回，就是竞选花国状元那天。人呢，长得怎么样的美倒不好形容，就是觉着一点人间烟火气都没有。那天我载着客人从这里过，客人也是要我停船，说要听妙姬姑娘弹琴。我看着，心里想啊，这样的姑娘，怎的就入了这行呢。后来官差来了，才知道这个女子原来是被掳来的。可怜哪！"

船家上了年纪，一条条皱纹深深刻在脸上。他一口一口抽着他的烟袋，眼睛望向碧桃苑的大门。"对了，门口还画着她的像呢。后来有客人说起过，就是那妙姑娘自己画的。"

宝琴好奇心大起，看了哥哥一眼。薛蝌理会得，便问船家："那我们就借了你的灯笼，上岸去看看？这花国状元到底长得怎么样，既然来到，那就不能错过呀。"

船家见客人对他说的话感兴趣，心里得意："你去你去，我上岸先抓稳了船，你们去看。"

他将烟袋的烟丝在鞋底磕了磕，倒了出来用脚踩灭。然后将绳子一下一下往里拉，船自然跟了过去，乖巧地停在上下客人的小台阶旁。薛蝌三人踩着船家放好的木踏板，提了灯笼，一个个相扶着上了岸。

正如船家所说，碧桃苑的门口立着一大幅的嫦娥奔月画像，只是纸张早已被风雨摧破，几条残纸在风中凌乱无力地飘着。好在嫦娥的脸还没破损。薛蝌举高了灯笼，好让妹子两个看得清楚一些。

宝琴初看，只觉眼熟。那面容虽然只是几条线勾勒，但那眉眼，仿佛自己是见过的。心下又疑，这样的青楼女子，自己怎么会见过呢？

身边的岫烟忽然伸过手来，捏了宝琴的手一下。宝琴转过头去，看岫烟眼里都是话。她突然明白了，这不是……那个谁吗？

两人再无心情看下去，这里汇着两条河道，水汽寒气比下游更浓，宝琴不觉打了个寒颤。薛蝌见她二人表情有异，便也不问，忙着扶了二人下船。

"那姑娘美吧？"船家接着，笑呵呵地问。

"夜深了，看不太清楚。我们这就转向扬子江吧。"薛蝌忙说。

船家觉奇怪，这客人前边那么有兴趣，看了一眼画像，回船仿佛变了个人。他也不理会，径自收了绳索，摇橹转向西北，过了青溪岔口，顺流驶到入扬子江的河口。

薛蝌一路看得明白，碧桃苑这地段，确实是秦淮河接入扬子江的连接点，他的记忆没错。上岸时，他看了院门后的层楼，可惜看不清楚。据那船家说来，这里封住也就是几个月前的事，那么想必楼房也还完好，可以用得。

船家按了客人的指令，逆水将船驶回桃叶渡，这次是顺流了，他长舒了一口气，划近夫子庙旁的石桥。冷不丁，一个清脆的声音响起来：

"船家，您老知道那花国状元去哪儿了吗？"是宝琴开的口，她等不及由哥哥转述，便直接问了出来。

船家见客人问，边摇橹，边头也不抬地回道："这个就不清楚了。好像听隔邻那院子的姑娘说起过，说官府送她回了原籍。"

被拐来，送回原籍，还有画像。一切若合符节。薛宝琴与岫烟对视一眼。她俩自然是认识妙玉的。大观园咏雪联句那会儿，宝玉还去栊翠庵找妙玉讨了两枝红梅来，一枝就赠的宝琴。邢岫烟那就更密切，进京前她曾寄住在玄墓蟠香寺，妙玉于她可以说是半师之谊，大观园相逢，也曾去栊翠庵拜访说话。后来薛家搬出了贾府，很多事就不是很清楚，只是偶然一次听得黄莺儿说，她随姑娘到贾府问安，听二太太的丫鬟悄悄说与她，大观园内闹鬼，把个妙玉给摄没影了。宝琴现下明白了，闹鬼云云，是贾府主子说来遮丑的。多半妙玉是被掳来此地了。

幸亏自己搬出了贾府。宝琴心中暗想。人说侯门深似海，贾府这样的人家，居然有贼人进得来，又将一个大活人大摇大摆掳出去，真真令人不可思议。那其他人，还能敢睡个安稳觉吗？老祖宗一去，那贾府看来是一日不如一日，一蟹不如一蟹了。

三人回到桥下，准备原路回家。薛蚵心善，见大晚上的，船家又划船又说故事，便给了双倍船钱。船家手上脸上出汗，心中快慰，忽然想起一事，算是馈赠慷慨的客人：

"客官，老汉这里还有个花边故事说与客官听。那妙姑娘以诗挑客人，对得上来的，她才见。我听客人说起过一回，心下倒没忘了，说给客官听可好？"

"好啊。船家听了一回就记住了，这可了不起哪！"薛蚵接言，不忘夸上一句。

"人说金陵有六朝烟水气嘛！读书人游秦淮的多，我撑船听得多了，都熏出来了。"船家哈哈一笑。

"快说呀，什么诗句？"宝琴又好奇了，追着问。薛蚵在旁看了她一眼，她伸伸舌头，又觉不妥，干脆用袖子捂住嘴巴，黑眼珠子乱转。

那船家笑了："那我就说与这位小相公听。妙姑娘的诗有两句我还记得，是这样说的：钟鸣栊翠寺，鸡唱稻香村。就写在碧桃苑外头的水牌上。这妙姑娘要求客人写出上两句。对上了才得见。"

栊翠寺，稻香村。邢岫烟默默念了，心中凄苦。妙玉于她有恩，她为她难过。也明白，妙玉这是在向外求救啊。她期盼着有人知道这两处地名，明白她的意思，告知贾府来这里救她。

她转身独自走向桥头，薛蚵一愣，赶紧招呼着宝琴跟上。那船家今晚生意做完，他弯腰拿起舱里的竹篙，撑过水面，抵着石桥座墩。一篙之力下，船远远地荡了开去。

宝琴听得他的声音渡水而来："宝钗分，桃叶渡，烟柳暗南浦。怕上层楼，十日九风雨。"声音逐渐远去，停了一停，又有两句隔水传了过来："春水碧于天，画船听雨眠呀！"那韵味，那抑扬顿挫，简直不输与读书人。

六朝烟水气！

忽地听到了堂姐宝钗的名，宝琴心中突突的。这词儿好像应在堂姐身上，好像不怎么吉利呀。这辛稼轩，这划船老汉！怎么他就偏记得这几句呢。

第四十二回

磨心为镜

却说柳湘莲董青山连同临时雇的水手,自扬州到镇江,又自镇江到常州、苏州,到达杭州地界。那些雇来的水手本来以为已经可以返回了,但这位萧老板说了,每人一天加二两银子,次日经钱塘江送到东南部海边,返回时另有路资相赠。众人见这位老板大方,行海的风险也是他的,此时也不是钱塘潮起之日,便也无妨多耽搁一日两日。众人驾着两艘双桅船,自杭州湾入东海,再贴着海岸线南行,送到了江村,停在上次湘莲上船的湾里下锚。海里风大水急,湘莲亲自牵着两条船的船缆,乘着小划子近岸,牢牢绑定在礁石上。

水手们一路行来,见各处风物大异,越往南,临河的街市码头越繁华。过杭州湾,见到大海,深觉海阔天空,比清江浦有意思。有人便偷偷来找,表示愿意跟着萧老板干。湘莲权衡之下婉言谢绝了,但说话间留下了余地。他保证,如果经商赚了钱,需要扩大他的船队,定派自家兄弟持他的信物到清江浦招他们来。

江村是郑直经营多时的联络点。待打发走各位水手,董青山联系上了这里的兄弟,又找来傅老三兄弟两个,总共八个人。当晚歇在江村。湘莲晚间坐在悬崖上,吹着海面上刮来的风,不由想到了郑直。

兄弟,你这死的不值啊!湘莲安置了郑母,又接回了船,心思稍定,这才有时间来释放他的难过。

你引领原先活不下去的生民活了下来,又将引领他们走上光明之路,可惜你倒在黎明前的黑暗里。

作为兄弟,我能为你做些什么呢?未来难明,董青山能够统领你的队伍么?无论如何,我尽力帮助他,还有二当家常天柱,让他们沿着你规划好的路线向前行吧。否则你的兄弟们做海盗多年,不少人戾气深重,一旦重入人间打散了,失去了约束,不是自己被官府拿了,就是祸害当地生民。无论哪个方向,都是你所不愿意看到的吧。

海边天空明净，天上的星辰闪耀，一颗一颗眨着眼睛。郑兄弟，你也在天上么？在遇到你之前，我踽踽独行蝇营狗苟，差不多对人类快失去信心了。遇到你，成为知己，我好欢喜。可惜你死得那么突然。好吧，现在，就让你的目标成为了我的目标吧。我不能保证能够做得成你想做的事，但我愿意一试。

那句诗怎么说的？滚滚长江东逝水，浪花淘尽英雄。作者是前朝的杨慎。他因坚持自己的观点触怒君上，被发配到云南，在那个地方了此一生。这首诗写得好啊！但我猜他没有见过大海。如果他见过海的广大，可能他诗中的气象就不止于长江，不止于大江大河了。

也是，自有史以来，天下兴亡，都只为逐鹿中原。所有的史书记载的都是帝王将相。陈胜、吴广，也是自封王了才被记上一笔的。千百年来，谁来记录草莽，草莽里的英雄？谁会来记载那些朝代更迭吏治昏暗给小民带来的冲击与苦痛？别的不说，这辽阔大海，出海就是鱼虾满舱，偏偏官府禁了放，放了禁，这是让生活在这里的渔民无所适从啊。他们的本事不在种田，朝廷迁海补偿他们的田，也远远不够一家子吃用。这不是让他们守着聚宝盆，自己饿肚子么？

湘莲隐隐听过郑直说过几句他的家世，语焉不详；董青山闲谈之中也偶尔有口风露白。所以他大致明白。郑直是因为家世带来的不安全感，还有为人子的孝心，不得已才接过父辈的担子。他们父子两个，是被朝政牵连的恐惧逼上海洋的两代人。

走上自食其力，不打劫不放火的道路是对的。大海无边无际，眼睛望得有多远，它就有多广。商业之道沟通南北，这是既造福地方，又合理赚钱的方式。即使将来兄弟们年纪大了，离开了海洋，他们也能攒下来安身立命的本钱，可以有尊严地在人世间活下去。

那么，我来想想，该协助你的手下，做些什么呢？

湘莲坐了很久，霜气深重，打湿他的肩膀，头发，面颊。深邃的大海在他面前，像一锅冻住的黏稠的糊糊，不表达什么，只有永恒的潮水声打破静默。靠近悬崖的地方，他可以看到白色的浪花，不知疲倦地拍击着礁石和海岸。他仰头看星辰，低头听涛声，脑子越来越清醒，前前后后想着一路董青山告诉他的郑直的计划。他明白，董青山说给他的原因，正是因为对未来没把握，希望自己助他，助郑直留下的队伍一臂之力的意思。

乱想之中，脑海中忽然蹦出让他解围的那薛家小妹。那么美，那么好，那么任性。这样的女孩子，一生都少有不如意吧？深闺大院金尊玉贵的小姐，居然被地痞流氓欺负，也算是薛家破落衰败的一个征兆吧。

湘莲笑了一下，这是什么时候什么地方，自己脑子里居然出现这女孩儿如花笑颜。可惜了，虽然她不是呆霸王薛蟠的亲妹妹，但贾史王薛四大家族，原来地方官夹袋里的护官符，如今已是情势大异。京城里的人差不多都知道，连他自己也知道，王家自王子腾去世，再无人可以顶门立户，史家也不成。贾家沦落那就是眼前的事儿。那薛家只算是藤萝挂在大树上，大树倒了，藤萝的枯萎也在所难免。那薛蝌薛宝琴兄妹，除薛蟠一家外，与其他家族并无直接的亲戚关系。靠山一倒，那就更抵受不起风浪了。

贾府还有宝玉呢。他在这样的大潮中，恐怕也无计可施吧。湘莲了解他的玩伴，这是一个只知玩乐，只知牵挂姐姐妹妹的人。真有变故时，一点办法没有的人。

各人有各人的命运吧。

按说累世家财，再不济亦可安身立命，所谓"瘦死的骆驼比马大"。偏这四家，各家子孙皆无成器像样的，家族内囊被糟践得早已不成样子，偏偏还在外边充门面，铺张一点不减。一荣俱荣一损俱损，是古老的规律，也是攀亲带故世家的宿命。

宿命。是的。看看自己就知道了，父亲也曾着朱紫入庙堂。父母一去，因着自己的前期孟浪，把家产丢了差不多一清二白。现在自家满世界地逛，其实只是不能放弃老道士给的一条命，自己寻找生存的意义罢了。

湘莲一夜没睡，想了一宿。想不动，便倒地裹了披风睡，像他上次来海边一样。

次日一早，红日越过对面海岛，跳出海面，湘莲在海鸟鸣叫中醒过来。看见海天之间霞光万道气象万千，心情复又振作。海鸟们飞着叫着，在空中反复玩着俯冲与冲入云霄的游戏。董青山昨晚不打扰道长，早晨醒来召拢了人手，来与道长汇合。湘莲看看，人数是少了点，好在都是熟手，又是好船，操作船只应无妨。趁着天晴，水手们试了下新船，很快熟悉了，遂分了两拨，将帆挂满，驶向半月岛。上岛之前，柳湘莲与董青山商量了，船只先绕到普陀岛以外勘察一回，想看看深入海洋深处，还有没有比半月岛更大更安全的岛屿可以落脚。

还真让他们找到了！

在普陀岛的北部偏东一些，有一个面积颇大的岛。岛的南岸，有着平坦的海岸线，有可以登陆的简易码头，显然这里曾经有人住过。下船上岸，众人分散开来绕了一圈，确定无人在此居住。岛的东南部有一座海拔不超过两千尺的山，山脚下歪斜着一块石碑，上书"凤凰山"三字。这座山的路早已被荒草所覆盖。待众人上得山来放眼一看，发现此山的西面还有一个小一些的岛，也有隆起，想必是一座差不多高的山。

湘莲大喜。他看了看董青山，青山也微笑着看着他。湘莲明白，他俩这是想到一处去了。脚下这个岛，是难得的战略要地。与杭州湾一带海岸的距离远近正合适，补充粮食淡水不算难，中间又隔着一岛一山。如在西边的岛上放置一个哨所，遇陆地方向来的朝廷水军来剿，值哨之人只需用草木点燃烽烟，凤凰山就可以看到。无论是迎战还是撤退，都来得及。

湘莲又细看东边，那里也有一个小岛，嗯，那里完全可以作为暂时落脚之地。一遇风吹草动，左中右三岛并列，北上、南下之路，尽可以敞开了走。那海岛有多大，目测不准，干脆上去看看就成。位置理想，要紧的是有没有合适的靠岸停泊船只的地方。就目测这个距离，岛屿离开海岸已经够遥远，不曾听说朝廷的水师到达这么远的地方。

安全，必须是第一位考虑的。

湘莲率了众人下了凤凰山，先上得西边的岛，发现一样的荒无人烟。岛上那座山，坡脚一样有字，上书"磨心山"。看到此处，湘莲心有所动，也涌出疑问。为何两岛空置，那普陀岛上还有人烟呢？想了一下，不得而知，说不定岛上寺院受过皇封，其岛民也受恩赦，活得下去，也不必内迁吧。这个就不去管它了。

众人上得山来，见山顶平坦，中间有个天然的凹地，长满了不到一人高的杂草灌木。大伙儿见了才知道，这座山为什么叫磨心山——这应该是以形取的名，凹陷下去的，确实像一盘磨的中心。不过这名儿，湘莲体会的却不一样，他脑海里想的是王阳明说过的修身养性法门：凡事总在心上磨。嗯，磨心山，磨心岛。这山名岛名，正合上心来。

傅老三沿路悄悄问过董青山，大头领在何处，为何这次未一起来。董青山不准备瞒他，早晚也要告诉大伙的，便说了个大概，碧桃苑救妙玉这些就略过了，只说大头领仗义救人，被贼人刺中不治。现在是头领的结义兄弟萧大哥主事。傅老三听了，心中感叹了一阵。他见过萧大哥的本事，心中也服，原先忐忑的心又放回肚子里。

他和二哥从海盗帮里分到的银子拿回了家，现在，哥俩已经成为养家的顶

红楼续书·红流三部曲（中）

梁柱了呢。他不敢想象一家子靠两亩薄田的收成，可以纳税，可以充役，还可以养活全家。他和二哥，尤其是他，实际上已经回不到土地了。莫说家中还有大哥照顾，就是没有，他们也不愿意回去。

这次傅老三出海，带来了村里的一个小小子。父母没给他取大名，指着家中不多的家具，只叫他"小板凳"——这小子十三四岁，是家中最小一个，人生来机灵，一直缠着要跟傅老三出来跑海。问过董青山，允了。这时他也站在磨心山顶。看看大海茫茫，海鸟翔集，与平日内陆所见大异其趣，心中高兴。

"大海为什么是蓝色的？"他忽然大声问。众人一听，面面相觑，都答不上来。

傅老三一时尴尬，拍了这小子脑袋一下，笑骂道："大海嘛，天生就是蓝色的。小板凳你问这些干什么？"他拍的是那小子的脑袋，眼睛却看着他心中的萧大哥。

湘莲听了这问题，心中一动。这个问题有意思，以前居然没想过。可是，这题自己也不会啊！怎么办？他忽然童心大起，反问回去：

"那你说为什么是蓝色的？"

小板凳认真想了一下："嗯，王母娘娘穿蓝色的裤子，一洗掉色了，洗衣服的水倒下来，大海就是蓝色的啦！"他想出一个答案，脸上得意洋洋。

大家快乐地笑。

"我说错了吗，傅三哥？"他看看众人，又看看带他出来的三哥，眼睛里满是惶惑。

"嗯，我猜你说得没错。那么，王母娘娘自己洗裤子吗？"

"王母娘娘会让人洗呀。"小板凳认真地说下去。

"很是很是。大海就是掉色的水。"傅老三忍住笑。

众人经此笑闹，气氛轻松了好些。下得山来，天色已晚，夕阳已经西斜。还好这日浪不大，海面上浮光跃金，把大家的眼睛都耀花了。

他们决定继续探路。双桅船挂起的双帆，吸饱了风，傅老三和他带来的水手分别掌舵，径向东行，赶在太阳西沉时，终于到了他们在山顶远远看到的小岛。

船只轻快地滑进岛的南面，停进小小海湾。这里没有码头，没有人来过的痕迹。嗯，不错。麻雀虽小五脏俱全，可以靠岸停船，无需摆渡，就是最大的优点。

这岛很小。但作为设想中的战略预备地点，已经够了。此时太阳落山速度加快，海风吹来满是凉意。众人忙找山石，在背风后坐地。傅老三准备了拿手好戏，此时该上场了。

他叫上小板凳几个，去船上拎了两只大木桶下来。揭开桶盖，一只桶里有好几条鱼，大约有两个巴掌那么长，鱼身五颜六色，众人大多没见过。带来的还有一口袋木炭，一个旧的铁炉子，还有几根铁丝。

董青山一见这些家伙，笑了："看来今天不用吃冷馒头了。老三，你这是玩的哪一出？"

柳湘莲上船之时，已经看到两艘船后各拖着一张大渔网。显然，傅老三提上来的就是船行一路的渔获。这老三确实是个有心人，湘莲想着。他看着小板凳从随身的背囊里拿出一捆小木条，在炉子里用木条生上火，加炭，在炉子上架上铁丝，快手快脚。这小子伶俐，一旁的傅老三可也不慢。他蹲在水边的平整石头上，口袋里抽出一块布，左手包住鱼，右手持小刀，一条条取出鱼的内脏。完了，又用另外一只桶的淡水把鱼冲洗干净。一切就绪，再拿到炉子这边，一条一条放在炉火铁丝上，摊平了烤。

嘿嘿，海上吃烤鱼！众人欢呼。傅老三甚至带来了一包盐。他摸出盐包，细细撒盐在海鱼上。众人大喜，一起围坐在火炉边，边烤火，边等鱼吃。

这一餐，八个人坐在小小海岛上，被海水包围，吹着海风，热热闹闹吃了一餐鱼鲜。

"萧大哥，给这座小岛取个名字吧。"董青山两手抓着烤鱼的首尾，快活地说。

"这里是我们看到的最东边的岛。嗯，就叫东极岛，如何？"湘莲兴致也上来了。

"就叫东极岛！"董青山与大伙儿都满意这个名字。

湘莲吃完了，他走远一点，想找个离海面近的地方就海水洗手。董青山跟了上来。

"大哥，您的计划拟好了吗？"他问。此时的董青山眼睛发亮，望着他心目中与郑直一样值得他付出忠诚的人。眼前的道长，他的智慧，是可以引领兄弟们走出一条光明之路的。他相信。

柳湘莲站在海滩里的礁石上，等着下一波浪花拍上来。他抬头看了看与他视线相平的蓝黑色的海面，扭头看看董青山，愉快地笑着："明天，我们回半月岛吧。与兄弟们约定的时间还没到，但我们可以先做一些事了。"

第四十三回

南渡北归

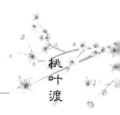

"我想，我会想念这段岁月的。"

柳湘莲神思天外，站在半月岛的礁岩上，面朝大海，突然对身边的董青山说。

"我懂。"青山微笑着，不惊不乍，回了一句。

三个月来，他俩和常天柱一道，整顿了海盗队伍。剔除了应大山韩驹子这样的杂碎，他们商定的计划推行顺利许多。

当二人带回了郑直去世的消息时，留守在半月岛及周围小岛的海盗伙炸了。一直以来，郑直是他们的头领，也是他们的精神领袖。海盗们差不多都是走投无路，聚到海豚旗下才得以苟活的，有不少人抱着有一天过一天，过不去了就歇菜的心理，拦截客商，抢夺物资。他们在海上是海盗，上了岸，江洋大盗的行径也有不少。郑直之父也是如此维持郑成功去台后，残留兵士及其后人的活路。但郑直不同，儒学的底子让他思考，也让他明白，纵使不能兼济众生，这条靠抢夺抢劫的道路，终究是不能持久的。因此他及时回头，以全员充分讨论的方式，决定了海盗船未来的走向。海盗们经过前一轮的站队选择，心中已经接受了从商走正道的想法。

可是，准备带领他们走出泥潭的头领不在了。

群情鼎沸之后，常天柱说明，头领是为了救助弱小而死的。这与他一生为人一致。他已经安眠在青山绿水所在，不必挂心。至于弟兄们，待北去南往的两队船只回来，对于何去何从，大家再抉择一次。众人听了，虽是唏嘘，但对头领会为他人挺身而出这一点毫不怀疑。

一旁的董青山补充了一些细节，又说了头领和自己受萧道长所助之事。除了实话，多余的他一句没说。至于应大山韩驹子两个狗贼，他怕激起事端人心生变，又牵涉其他人，故暂时隐去未言。以后吧，以后某一日，他终将向弟兄们宣布应大山韩驹子违反规矩以致头领身死的恶行。董青山叙述之时平静，但他心中无时不涌起强烈的恨意：死于兄弟之手，郑大哥不应该是这样的结局。

众人见常天柱在，董青山在，还有头领的结义兄弟也在，心逐渐安定下来。柳湘莲看得清楚，这是郑直素日的威信所致：他所信任的人，也是大伙儿信任的。这也是众人长期服从于规矩的惯性使然。

北行、南行两条海路的队伍是由董青山此前亲自选人派出去的，两队方向不同，经历也大异。往南行的船队顺风到达广州，船只所载货物，因为没有报税，价格低于市面不少。南队领头的诨名"十三燕"，身材削瘦，以往习得些轻功，头脑最是灵活。他的商队到达之后，先派人上岸了解广州的风土人情，货物堆栈，接着与绸缎行、瓷器行、古玩行接触。广州十三行经营的最是繁荣，十三燕耽搁了一段时间，与码头混混们混了个脸熟，又由此与当地的船运大佬结上了关系。用过功夫之后，得以与十三行下辖两三家门店的掌柜接触恳谈。了解了大致行情的十三燕销货迅速，又派船上兄弟上岸四处探访。时间虽然耽搁了不少，好在大致摸清了同类商行进货的渠道与价格。十三燕为人精明，他要求弟兄们问得细致些，把市场反应的要求也一一记下来带回，总结了一下，北方来的货物，景德镇的白瓷、龙泉的青瓷、苏州丝绸制品、苏绣屏风摆件等最受外国人青睐，质料上乘、器物配套者尤受欢迎。

说起十三行，这是与海运贸易相伴而生的商人群体。康熙朝延续明朝隆庆以来的开放政策，开海通商。康熙二十四年，伴随着日益频繁的国际商业交往，最早的官方外贸专业团体——广州十三行应运而生。它是朝廷设在广州口岸的洋货行，特许经营进出口贸易。说白了，这是半官半商性质的外贸垄断组织。十三行起得晚，但体量日益增大，到本朝已与两淮盐商、山陕商人并列，被称为三大商人集团。十三燕也是到了广州，才明白了十三行为什么如此威势。南方贸易日益发达，眼见十三行已是国内最富有的商人群体。

此行只是探路，又无当地根基，因此他派出的人所能接触到的，也只是十三行下边的分支。十三燕倒是信心十足。货物首次到达广州就销货顺利，又搭上了几家贸易行的线，摸清了大致路数，他心中欢喜。在与船上弟兄谈论时笑言，他这十三燕就是专门与十三行对接做生意的。

踌躇满志之余，本来还想下南洋看看，后琢磨着首次南行，又是冬季，海上风寒，航行不可走远，因此放下此念，准备载些广州的钟表、紫檀、象牙、珐琅、鼻烟、仪器、玻璃器、金银器、毛织品等洋玩意儿回去。装船的数量不多，多是些样品。十三燕盘算先来半月岛交令，然后再上岸销售，看看这些稀罕物事的市场反应。

与南路相比，北路一路曲折得多。因为季节的缘故，海上吹的是西北风，即使船队悬挂的硬帆得力，随时调整风帆角度，划船辅助的兄弟们依然非常辛苦。

北队一行在侧逆风的吹拂下，到达的是日本鹿儿岛南部的一个小小海湾：小津港。指引他们到达的，正是日本人。

北队领头的姓谭，是个武勇之人，为人粗中有细，因左颊眼睛下方有块不大不小的青斑，自名"青眼豹"。他本来没想到走得那么远的，只因船队过了黄海口，遭遇了一艘刚刚劫夺完船商的掉队倭寇船只。

说起倭寇，这些凶残之徒也就是在日本本土待不下去的混子浪人，自明代开始肆虐中国沿海。在被名将戚继光带领的戚家军收拾得服服帖帖之后，不敢轻易南下，只有零星船只还隐蔽在黄海海湾干着老本行。待德川幕府颁布了"锁国令"，清廷又将沿海居民内迁，之后攻下台湾，海军力量强大，倭寇遂绝迹。随着日本德川幕府统治的结束（1867 年德川庆喜被迫宣布还政天皇），因了康熙雍正两朝的繁荣，虽禁海开海反复了几次，但黄海东海一带总有商船往来。日本一些临海的彪悍岛民见此垂涎，死灰复燃。他们虽然只有零星几艘船，再没有明代那样的规模，但也不时南下劫夺。

青眼豹一队遇到的正是其中的一艘。这艘倭寇船数月未开张，这天刚刚掳掠了一艘满载货物从黄海欲进入渤海湾的商船。正在回程路上，又见商船一队来到，船首挂着海豚旗，看着不识，便秉承小胜之威，意欲再施洗劫。一名倭寇在船头手持倭刀，呼叫着叫停船队。

青眼豹站在领头的船上，他虽然听不懂乱喊些什么，但那船头所站之人持刀喊话，额上勒着布条，身上穿着异服，心中再明白不过。这不是传说中的倭寇是什么？还以为他们早已消停了，没想到还在作恶。他一招手，船帮上架起七八支铳，一齐开火；又取旗摇动，让后边的船只逼近包围。火铳的火力压制住了对面的船只，青眼豹举手叫停，他手持利刃，待两船相近，搭上木板直接跳了过去。迎上来的倭寇，青眼豹亲手砍翻了几个，紧跟着他跳过去的兄弟在他身边围成一个圈，一面护住青眼豹，刀刃向外又是一阵乱砍。那艘船上本来就一二十个倭寇，以为会与刚才抢劫一样顺利的，结果大意了。他们以为是绵羊的，结果是豹子，万料不到馋到了曾经的同行，还是铁齿铜牙的。不多时就已兵器就地；每个倭寇头颈处横一把明晃晃的刀，再也不能好勇斗狠。

青眼豹看看眼前的倭寇，这帮人渣真乃猖狂，船上连火器都没见到一支，就敢公然入中国海来打劫，不觉又好气又好笑。那堆人中却有两个会说汉语的，一看己方大势已去，赶紧大呼"大王饶命"。青眼豹脑子转得快，当即刀勒倭寇头颈，让喊"大王饶命"的俩汉语通，用本国话说与其他倭寇，要他们自行跳海，否则一刀一个横尸此处。

跪在甲板上不服的倭寇，青眼豹手起刀落，一连砍翻两个。这一立威甚是有效，其余的看对方比他们更凶，只得听命跳下海去，能不能逃得性命，只有看天意了。那说汉话的两人，青眼豹让跪在一旁。这两人明白，眼前之人不折不扣是狠角色，遂乖乖听青眼豹说话。

青眼豹押了这两人，又令手下全部搬回倭寇船上物资，再点一把火将船烧毁。在两个倭寇指引下，顺利到达小津港。青眼豹许以重金，又派人牢牢跟住了，上岸出货。那说汉话的倭寇见有了活路，又有重金，知道他们二人是因通晓中国语言才得以活命，因此不敢生异心，带着青眼豹，把他们平素销货的网点都走了一遍。销货之前，青眼豹说了，只要银子，不要其他，销不完，就杀了他们，不收的店家也逃脱不了性命。两倭寇看看实在逃不掉，只得乖乖听命传话，故收得的货款都是银子。青眼豹没想到这么顺利，心头估摸着离头领吩咐的时间差不多了，便带了两人，补了淡水，一路南下。

那柳湘莲和董青山踏勘了三个岛之后，来到半月岛与常天柱汇合，又派船只出去，召回弟兄们。对常天柱，董青山没有隐瞒的必要，便前前后后说了郑直之死，也说了因为湘莲的相救，自己这才逃得出来，郑直没被衙门捕快抓获，也是因了道长。

他们二人谈话的时候，湘莲避在一旁。这是半月岛的家务事。他明白，目前，只有这两位头领同心协力，才能渡过难关了。

出乎董青山的意料，常天柱听了消息，没多说话，只是一声叹息。他知道，郑直骨子里是个重情重义之人，死于一个"情"字，也算是理所当然。斯人已逝，不必评说，现在要紧的是将来怎么办。

论排位，论资历，显然，如果弟兄们不解体的话，那就只有常天柱接位合适。董青山也表达了这个意思。虽然他内心深处另有想法。

常天柱是个务实之人。他明白董青山希望自己临危受命，又担心他担不起这个担子。他心中也升起一点对于眼前这年轻人的钦佩：董青山似乎一点都没考虑到自己的利益。不争权、不夺利，嗯，有这境界，难怪头领喜欢他，信任他。

沉默一阵，常天柱开口了：

"散与不散，待弟兄们来齐，集体决定吧。其他事也一样。"

"好。"董青山答得干脆。

二人商量定，常天柱、董青山这才召集岛上兄弟，将郑直去世的消息告知。如他们所料，岛上的兄弟虽然心情激动，但说明原委，又告知待南北两队兄弟们聚齐之后再行抉择之后，众人的情绪迅速平静下来。

萧大哥为何带着众人登凤凰山、磨心山，又为何登东极岛，青山心知肚明。这是半月岛外，为弟兄们谋求更安全基地的举动。由此，他愈发觉得，由萧大哥来继任，带领大伙儿前行是最理想的。这战略眼光，以前郑直有，现在，可能只有萧大哥有了。既然常天柱持公心让兄弟们抉择，那他也不妨直言，便把来岛前的一路勘察说与了。

常天柱听完，心下默默琢磨。他不发一言，与湘莲一起时也不提起此事。三人边等待两队人马，边筹划未来之事。常、董二人心知，海豚旗下的兄弟一旦散了，一些人马上无家可归，另一些人散落江湖，一旦惹出祸端，他们所有的人都不会安全。毕竟，每个人身上都有文身。一人吐口则人人自危，最安全的还是要为大家找出路。

一日，三人坐当日比剑的场地边上再次磋商。湘莲既把郑直的遗愿当作自己致力的方向，他便把这段时间的思考倾囊而谈。常、董二人的眼前，不约而同浮现出是那日郑直与萧道长的比剑英姿，可惜一人已不在了。

湘莲自然不知二人此时心中所想。他先从商道讲自己的构想："下一步，要确定下来几个主要的贸易点，要派老成可靠的人驻在那里，由他再去发展下一个贸易点，人也由其招募。做生意嘛，不必报出后边的东家。"湘莲笑了笑，顺手拣了根地上的木棍比画："比如，太湖沿湖各城一向贸易繁盛，就由这个兄弟，去建起一张贸易网来，金陵是江南的中心，可以设一个总的网点。南边的兄弟回来之后，也让他们下次去时，在当地留下两个人，一样办理，北边的也选一处，建个贸易网。这样，北边、南边都有了，中间，就以金陵和太湖为中心建网。"说起网，这还是湘莲见傅老三用渔网网鱼得到的启发。

"这些人逃了怎么办？如果，我是说如果啊。铺开的点，人肯定会多出好些，彼此的联络怎么办？还有，官府这边，联络时混进探子怎么办，如何保密？"常天柱冷静地一一提出问题。

"郑头领去世不久，一开始的半年一年，众人的忠诚大致无问题。后续的忠诚，则不能靠原来的规矩约束。"湘莲开始回答第一个问题。

"那靠什么？"这次问的是董青山。无疑，常天柱问的是一个现实的大问题。

"靠激励。可以这样，贸易点建立之后，每三个月或者半年，半月岛或者凤凰岛，就叫总部吧，派人派船去送货，顺便盘账，盈利的，留下一成直接给负责的弟兄本人，再留一成做他给手下的激励。这一点，在分派任务时一并说与参与的弟兄知晓。亏了的，再给三个月的考验期；三个月不能转为盈利，换人，总部派人接手。至于其余利润，用在何处，多少留作资本金，由总部决定。"

湘莲说完，见说起凤凰岛常天柱不觉讶异，便知董青山已然告知其踏勘之事。

"资本金？"这词第一次听到，董青山不觉问出声来。

"商家不是总说老本老本，本钱嘛。又有一个词，我听传教士说过，西方做贸易起家的，有一种赚钱的方式叫投资。我琢磨着，用本钱做生意，叫作贸易，将来也许有一天，我们也可以通过投资别人做生意来赚钱，所以就统一叫作资本金。也就是个词，一个代号。"湘莲眉头舒展，讲得快。

"为何不叫资本银呢？"青山听明白了，又问。

湘莲被逗乐了："金子总比银子值钱吧？要赚我们就朝着金子赚，不好么？"他哈哈一笑。

常天柱听到"传教士"三字，也没思考，就问湘莲："道长，我听郑头领说，您原来是道士？"

湘莲愣了一下。他知道对于常天柱这样的朴直之人，回避问题会影响到彼此的信任。而常天柱问的问题中，也含有考较他过去的意思。领悟到这一层，他马上豁然：

"这个道字，实在太大了。道士我谈不上，就算是学道之人吧。况且，什么是道呢？天地之道，也并非一家一派所能言尽，所以，我不是道士，虽然我穿道袍；算是纪念一段特别的经历吧。刚才说的传教士，是我在京城时遇到的，因为好奇他原来国家的风土人情，问了一些，听了一些。至于传教，传的什么内容，我没兴趣，也没细问。"他回答的是关于洋人传教与自己信仰的问题。回答的时候湘莲忽然明白了，常天柱不仅问他的来处，也担心他是教民。

这也是柳湘莲第一次向他人坦诚他的来处：京城。

董青山此前早有多次疑惑，因为萧大哥的说话就像是"官话"，也就是做官的通用语言。官话是与地方口音，比如董青山自己的江浙口音，所对应的那种说话的语调、遣词用句，二者是有着显著差异的。听得道长如此说，心下明白，这是萧大哥为免隔阂，向他二人推心置腹了。

"说到资本金，那眼前要铺开这摊子，四处需要用钱，怎么办？"常天柱得到回答，倒也没有多想，他的脑子现下被所需要的银子塞满了。郑直这一去，当家的责任便落到自己和董青山头上来了。嗯，一定要拉住道长，这人不知多有主意！

他的难也是董青山的难。是啊，要展开贸易，船队目前只有两队。贸易规模要扩大，要财富积累，需要多少时间才能够让资本金充裕呢？可是，按照萧大哥的说法，那显然现在就得铺一笔出去。

"我可以问问两位么？现在半月岛还有多少银子？"湘莲忽然歪头问青山。

"我这边的银票和碎银，也就两三千两了。二哥这里还有没有？"董青山说完，看着常天柱。

"郑头领走的时候，留给我一笔银两。不多，除了派出去备物资的，现在也就一千多两了。看看两路船队，能带回来多少。"常天柱忧心忡忡，他一直担心两路船队能否安全回来。

"那我们就按这个家底来做事。"湘莲作了结论，"至于常二哥刚才说的联络，这个倒是个事儿。海上与陆地相隔大海，联系确实不便。岛上做总部，在岸上得设一个次一级的枢纽，比如，就在金陵吧，刚才不是说那里也设一个贸易点么？就合在一起好了，这样决策、统筹都会快一些，毕竟江南富庶。岛上总部统管全局，也负责南北两路船队，运货销货靠岸分货都管，金陵作为枢纽，则负责内陆货物的销售钱银进出，还有贸易网点的管理，向总部负责，听从岛上总部指挥。这样安排如何？"他站了起来，"在大陆上，可以使用信鸽吧？弟兄们中有养过信鸽的吗？没有的话，就去找这样的人才。总之，要驯养出一批信鸽来。信鸽覆盖的点嘛，就先在太湖一带，比如苏州，常州、无锡，还有江村，金陵当然要设，杭州也要设，江村这个点至为紧要，由傅老三他们负责。各路消息，由他们驾船及时送至总部。"

常天柱边听边点头。心中想，这道长，不愧是京城来的，思路这样活，自己可没这样的脑子。人家如今身份是客，已筹划至此，其余细节，自己和青山一道必须得一一落实下去，办好了，才不算负了这份情谊。

湘莲见二人认真听了，又无异议，心中欢喜。"至于防探子这事儿，也就是联络的保密方面，这样……"他从地下捡起一根树枝，在松软的沙土上写下了一排数字：27、69、78。

常天柱、董青山不识得这一组弯弯曲曲的线条，齐声问："这是什么？"

湘莲哈哈一笑，扔了树枝，拍了拍手上沾的沙土："这个也是那传教士教我的。他说这叫阿拉伯数字，从 0 到 9。说早就传到中原了，不知为何没被普及采用。我觉着比我们的算筹，还有苏州码子方便，一时兴起便学了。好处在于书写简单，别人看了也不识。兄弟们学起来快，书写也方便，接头之时，或者传消息时，使用这种别人看不懂的方式，识别身份倒是妥当。"

"萧大哥，您真是无所不知呀。"董青山真心钦佩，不由得说出口来。

一句话勾起柳湘莲心中往事。他当年心无所住，杂学旁收，无用之学学了不少，结果黯然离京，差点倒在山麓离世。现在这些杂学居然能够用上，怎能不令人感慨。

他抑制住心中的起伏，郑重地说："二位，你们要开辟新天地，就从阿拉伯数字开始学起。货物贸易、钱款往来，用数字计算也很方便，不比算盘差。前朝万历年间有个叫李之藻的人，与一位教士利玛窦合译了一本《同文算指》，书中有如何使用这种数字进行计算的方法。将来我们做生意做到金陵、做到北京时，可以搜罗一下，找找这本书来看。"

常天柱被折服了。他心中默默地说："道长，是我们要一起开辟新天地。"这话，当然是针对湘莲刚才所说"二位，你们要开辟新天地"这一句，在自家心里回应的。他知此时不是说出口的机会。想了想，常天柱问了最后一个问题："道长，为什么是这组数字呢？"

"这是刚才我脑中随机蹦出来的数字。没有规律，也就不能被轻易记住，我们当然也可以另设几组。作为消息传递的识别符号，就是从 0 到 9 这十个数字。设定多少组数字，数字怎样组合，可以由总部根据不同的需要、不同的时间段，调整次序以资识别。二位看，这样还算安全否？"

青山脑子灵，一下听懂了。他看了看常天柱，常天柱也侧头看他。二人心意一致，一起对道长点头："这组数字既是随机蹦出来的，就用它们吧。"

这次谈话后，二人说干就干。常天柱和董青山带着留岛的弟兄做各项准备工作，后勤的后勤，学习的学习。被选出到贸易点的，还有负责传递消息的需要学习，数字和简单的算法由道长教导，其他事二人分头安排。小板凳人机灵，董青山安排他帮着道长做个小跑腿。一切在紧锣密鼓启动。还好冬天和初春季节天寒地冻，海面安静，少有船只经过。湘莲们一帮人的踪迹因此并无人注意到。

远处驶来船队，海豚旗顺着东南风飘来，是十三燕的船队。过得两日，北边的海豚旗也到了岸，正是青眼豹一队到了。

海豚旗聚齐，便是郑直留下来的兄弟集体决定自己前途的时候。常、董二人相信，这段时间以来，他们按照道长建议所做的工作，一定不会白费。

看着水湾处海豚旗靠岸，弟兄们忙忙碌碌卸下物资，湘莲心下舒坦。他在一块平坦的礁石上练完剑，抬头看看天空，万里无云；又看看足下碧水，游鱼无数。这是春天要到了呢。正在惬意之时，只见一只黑脚信天翁掠过他的头顶，向南飞去。他忽然想到了郑直。

"兄弟，我们萍水相逢，但我现在，把自己当成了你。有朝一日老去之时，我会想念这段岁月的。"湘莲在心里重复着。

桃叶渡

第四十四回

首开航运

薛家回笼过来的资金确实见效。应天府拍卖倪二在桃叶渡的地产，薛蝌参加了。虽然薛家中落，但皇商的名声金陵人还是知之甚多。另外几个参拍的商人掂掂实力，又看看薛蝌志在必得的样子，抬了几次价后就不作声了。

在台面上主持的是应天知府派出的小吏，真正拍板的是吴敬之吴老板的老友田师爷。桃叶渡口这座宅院发生的事情，他其实一直置身其中，没有他的出手相助，妙玉也不会得救。作为一个老金陵，他当然知道薛家——尽管皇商的名号是薛蟠一支承袭了去，但薛蟠、薛蝌有共同的祖父，那才是皇商名号的创立者。薛蝌卖铺子扩钱庄之事，他是知道的。看薛蝌年纪轻轻，居然有拿下这块地的魄力，他有点刮目相看。卖铺子是收缩，这拿宅院，可是扩张。

拍卖会名义上是公开的，实际上，参与的商人事先都先向衙门报过备，被审核过一遍。因此宅院在知府衙门指定的一间牙行进行时，只有几个商人得到了通知。薛蝌报了最后的价后，再无人追加，牙行内一时静默，只等落槌。那小吏看看侧面，一直隐身的师爷从窗帏里走出来：

"薛少爷，眼下是你喊的价最高，一千两银子。在下冒昧问一句，您拍下这座宅院做什么用呢？"话说得和气。

薛蝌从条凳上站起，恭恭敬敬作了一个揖："禀大人，我想……开一家航运行。"见眼前师爷打扮的人捋须沉吟，他连忙又补充道："我看金陵城通运河的水路，船虽然多，但是经常一两个人雇一艘船，一方面耗费银钱，一方面，时辰上也不固定。所以我想……"

师爷捋须的手停顿了一下，嗯，这个主意不错。眼前的少爷看来与那个打死人逃逸的薛蟠还是不一样。他满意地笑了下，望了望主持的小吏。小吏省得，口中说道：

"桃叶渡口倪二宅院一座，酒楼一处，连同土地，由薛家拍得。"他边说，边把自己手中的槌子往桌子上那么一敲。

话音一落，周围的人便纷纷站起，向薛蝌道贺。他们想拍下来，无非是继续原来的花柳生意，只是觉得屋子被官府查抄过，有些不吉利，故拍的时候有些犹疑，加价没那么坚决。现见薛蝌想的主意是另一头的，便深觉自己眼光浅了。可不是嘛，这个渡口在秦淮河中段，通往扬子江就有两条水路，算得上得天独厚，而扬子江又连通着大运河。

桃叶渡

田师爷听出了薛蝌此番筹划的手笔。他走近薛蝌身边，点了点头，自己出去了。

士农工商，商是阶层最低的，但交税最多。这薛蝌拍下地块，识不识相，那就要看他将来了。且说薛蝌如愿拍到碧桃苑，喜滋滋回家，高兴劲儿一过，马车上不免琢磨，那师爷向他点了点头是什么意思？鼓励，还是另有暗示？

本来一直惦记此事的，回到家一见妹妹，还有邢岫烟，把此事就抛在脑后。三个人年轻，又有一番重振家风的雄心，见拍得宅院，便兴致勃勃讨论起来。

计划是有了，步骤得定下来，细节得推敲。

家里的管家历事多，薛蝌有时也向他请教。在管家眼中，事故人情，薛蝌比起祖辈父辈来，那是差远了。他凡事谨慎，不肯多言，少东家问到就说，多一句则不肯。薛蝌也不以为意。

薛氏船运就这样开始了。薛蝌招了十艘运河以及扬子江上行驶的航船，称给予船主固定的收益，其自驾也好雇人也罢，无论春夏热季还是秋冬冷季。又在碧桃苑原先树嫦娥奔月的地方，立一个大牌，上边写着发往淮安的固定时辰，白天一个时辰一艘，大小船只不论，到了时辰，人满不满都发，又添置一艘货船，专门运货，货主凭刻有薛蝌印章的发货单，到淮安薛氏堆栈提货，发货单上写明了，过期则由薛氏自行处置。

这一切，都是薛家小妹和哥哥商量出来的。这航运的客人，对的不是豪门，而是中下段的旅客及商人。兄妹俩相信这是善举，也是商机。邢岫烟贤淑而已，但对商道所知有限，只把精力放在家宅后勤上。

人！需要大量的人！

一位在市井混，挣俩小钱度日的说书先生被请到碧桃苑发船时辰表下。他每天穿着长衫打着快板，可以一连说上两个时辰，直说得口干舌燥。此前他接了一锭十两的银子，东家要求他说足三个月，讲什么都行，但有个要求：每天一定要插播不少于十次的薛氏船运内容。那说书先生为了方便，开动脑筋，每日快板一打，便念念有词：

249

薛家船运通运河，
又运人来又运货。
时辰准点还不贵，
青春作伴且放歌。

这说书先生自命有点墨水，韵脚押不押得到倒不在意，关键是说齐活了。他告诉自己，为人要有良心，要对得起给了大钱的东家，所以咬笔杆了半天才敲定。最后一句尤其得意，那是他从杜甫诗句"青春作伴好还乡"得来的灵感。

每日打着快板念完这几句，然后就是他的拿手节目，《薛丁山征西》《薛平贵与王宝钏》等等，凡是内容有薛家的，便是优先的段子。有时候，也把自个儿改编的《西厢记》，还有市井上流传开来的《西游记》故事编了，一一说来。好在雇他的东家不挑，听了他一回之后便不再理会，说书先生乐得在秦淮河边表演，时间长了，倒成秦淮一景，不少游河的客人专门指引了船工划船来，临水听上一段，说得好的也扔钱上岸。秦淮河岸边居住的人家，小孩们常常结队跑来，趴在地上听他说书。

一开始，薛家船运每每坐不满，一天一天地亏钱，货运的船往往无人雇，空飘在青溪岸边。薛蝌咬牙坚持。幸得说书先生一连说了几十天，金陵城逐渐知晓薛家船准点，且人货可以分开的消息。眼目下即省了一份押运货物的人工钱，经扬子江过镇江再到淮安，薛家堆栈提货，何等方便，时间上也准点，主人家就可以空手走路，何等轻便。一传十，十传百，客人逐渐多了起来。游金陵的，还有往运河发货的商人，走了薛家船运一两次，便成了回头客。货船一艘已经不够，要再添一艘。

一时间，薛蝌在碧桃苑忙得不可开交，一楼被他全部改造成一个大厅，手下添了掌柜、伙计、账房一大帮人，有的是他从原来铺子里抽调来的，有的则是陆续雇的。尽管如此，随着业务的扩张，人手依然不足。

宝琴脑子活络。船运开始不久，她见大量的银钱每日发出去，知道这是花的卖铺子的钱；一旦花完，就得用钱庄上吸收来的存款，这是要给利息的。她也知哥哥每日为此忧心不已，苦无办法解决，便想了个主意。

"哥，前期我们办航运垫的钱太多，如果到了从钱庄上拿钱之时，怎么办？"她递茶给刚回家的哥哥，瞅个空子紧着问。

"现在手边还有几个钱，还虑不到那里。"薛蝌接过茶，用盖子拨开浮在水面上的茶，边回答妹妹。

宝琴眼睛眨也不眨看着哥哥。薛蝌看妹妹实在担心，不觉笑起来：

"放心，你的嫁妆钱我留好了，不会动的。"

一听此语，宝琴飞红了脸。这是梅家退亲后，哥哥第一次提到她嫁人的事儿。

薛蝌把茶盅放回小几，看妹妹表情，便知不妥，赶紧解释：

"这个这个……哥哥说错了话，给你赔不是，成不成？"一边说，一边偷眼看妹妹。"要不，妹妹有什么好主意，赶紧教一教你这愚鲁的兄长，如何？"薛蝌懂得嫁人的话不好说下去，赶紧转移话题。

宝琴知道哥哥对她的心，便略过前情，直接说出她的主意：

"哥哥，我薛家钱庄信用不错，对吧？"

"对。"

"要不，我们推出一个特别的存款项目，或者叫投资的，就是存款一年或者两年不能提出，到期给利息加航运红利，你看如何？就像是，借钱给我薛家，到时分红。钱庄专门推出这个，就叫债券如何？"

薛蝌吓了一跳："我说妹子，你的头没发昏吧？这些个想法是怎么冒出来的？"

宝琴笑了，脸上梨涡在灯影下深深浅浅。她拿起灯盘上的小银签，挑了挑灯花，又转向哥哥：

"我让嫂子陪同，去了一趟钱庄看账本，发现大量的存款是短期的。而贷款的客商目前量不大，抵押的地产也不多。"

"然后呢？"薛蝌听出了一点味道，追着问。

这时，邢岫烟带着丫鬟送晚餐过来，看着丈夫消瘦的面庞，心中疼惜。她一面让小丫鬟摆桌，一面接过话头：

"要说宝琴就是天生经商的料子，她一看账本就懂了。我在旁边同样看半天，就什么也没看出来。"

薛蝌知道夫人出身贫寒，那商贾之道肯定差妹子老远。现见夫人称赞宝琴，心中温暖，姑嫂相处如此，真是幸事。他接过小丫鬟递来的帕子，擦了擦脸，又接过邢岫烟递来的筷子，开始吃饭。镇日在桃叶渡忙碌，钱庄、当铺、珍宝斋、一百钱铺、生药铺的掌柜有事，都到那里去找他，又要总账当司库存好库银，每日疲累不堪。只有掌灯时分回家之时，才是一天最舒坦的时候。

251

他边吃饭，边琢磨妹子提出来的建议。

"妹妹，你告诉我，你的这投资啊债券什么的，是从哪里听来？我怎么就没听说过？"

"我听过南洋商人与爷爷闲聊时说起有这样的方式，是不是这个名，我也拿不准。当时我还小，听不懂。看了钱庄的账本之后，好像明白了一些。后来我跟掌柜的聊了一阵，觉得未尝不可一试，就回来与哥哥商量了。"

薛蝌看看岫烟，又看看宝琴，他们三人如今顶门立户，才知道当家的做决定真难。

他脑子里不停地完善这个方案，想着风险。"如果航运亏本了呢？"

"利息照给，红利为零。"宝琴很快答。

薛蝌明白了，这是保底投资。关键是储户要信得过才行。

"岫烟、宝琴，我是这么考虑的：我们看看航运有没有大的起色。如果薛家航运的名声打出去了，不愁没有人投资。那时钱庄再配合推出这款利息加红利的项目，估计信得过我们薛家的会更多。"

宝琴看看嫂子，眼光又回到哥哥脸上。她点点头："听哥的，这样稳妥。"

那说书先生三个月的快板打完，薛蝌又添了十艘客船，关于钱庄出台债券的考虑也趋近于成熟。在与宝琴、邢岫烟商量之后，他招来钱庄金掌柜，说了大概的计划。

那金掌柜自从薛蝌重整钱庄以来，他在薛家街子日益成了人物，内心得到极大满足，现听东家有此手笔，思考了下，点头同意照办。在他看来，存一年的那批人，都是手头不缺钱，又信得过薛家的，他们应该可以成为这项计划的第一批客户。毕竟，同是一年，可以参加分红利，谁不愿意呢？在此基础上，款项放长一些，放到两年三年，说不定也有人愿意。毕竟航运是在蒸蒸日上，明眼人一看就知道，这多半是稳赚不亏的生意。

第四十五回

世道沧桑

　　这日，薛蝌正在碧桃苑招录薛氏船运人员，将名单上的应聘人员一个个作注，好后边挑选。刚见完一个写完，旁边的管家唱名："下一个"。薛蝌抬头一看，吓了一跳。只见来人丰神秀目，风姿卓然不群，只是眉目间有些紧蹙。

　　这不是贾宝玉吗？薛姨妈寄居贾府之日，薛蝌带妹妹投奔而去，贾府家宴上曾见过的。这个衔玉而生的公子，薛蝌到京都之前，早已听得无数次。宴会上，宝玉只在贾母及姑娘们群里混，故二人不曾亲近。薛蝌说严格了是外男，姑娘们出席的宴会，本无机会参与。好在贾母给薛姨妈面子，特意说一家子骨肉，又是远道而来，礼数不必分得那么清，这才摆了内外堂。薛蝌在外头恭陪末座，怕里头的姑娘们不自在，故略坐一坐就走了，因此只远远地见过宝玉。现在见宝二爷忽地走进来，心头一震。

　　他赶紧搁下手中毛笔，站了起来。

　　来人在案前施礼。站直身体，等薛蝌发话。

　　管家今日随东家来挑人，此前几个应聘的闲汉，大概只能做运河上搬东西的粗活。他看了看来人，又对照手中提前登记好的名单，心中一动。这管家老于世故，一言不发，只在旁将名单递在薛蝌手中。薛蝌接过，下意识地看了一眼：甄宝玉。不对呀，这不是贾府的二爷。名儿倒是一样：宝玉。

　　他心头疑惑，慢慢坐了下来，眼睛看着眼前人，一眨不眨：不但面孔一样，连气质、风度，也并无差别。

　　来人正是金陵旧家大族甄府家的公子，甄宝玉。

　　说来也奇，这位爷，京城的贾宝玉曾经在梦里见过。二人不但长得一模一样，脾气性格儿也差相仿佛，都是姐妹群里混大的，又得祖母宠爱，不乐举业，父亲管束不了。甄府与贾府祖上原是老亲，在金陵时两家来往甚密。待贾家长居京都后，逢年过节礼尚往来也没疏了。

　　新主登基不久，安抚宗室，树立权威，手段多样。甄宝玉之父枕祖上余荫，任着金陵的官，向来崇尚魏晋风度。只因偶从管家口中听市井之言，说是无锡一带，有人传言吕四娘与木兰围场之事，不合与同僚诗酒话中传了几句。雍正木兰秋狝回来即泰山崩，新主本就担心民间闲话。甄父几句话被传了几传，传至朝廷安插在江南的耳目，密折一上，大祸遂至。甄府被找了个由头，阖府被查抄。除了留一座小小宅院供安置甄宝玉祖母及女眷之外，甄家所有田产抄没，宝玉之父免官，刑部立时拘押了去。甄府太夫人因受过前朝诰封，故幸免。甄府女眷虽暂时免予被拍卖的命运，但仆役星散，官府卖的卖，遣的遣，只有旧仆几人愿意跟随。一大家子遂挤在小小府中，度日维艰。有剩下簪环首饰的，便变卖了买米粮度日。太夫人手边几个体己，也江河日下，撑持不了几日了。

甄宝玉因未成年，故免予受父亲牵连。只是遭此家变，数日之间，天翻地覆，最初几日木木呆呆。失去了往日的琉璃世界，他几乎看不懂周围的人和事。围绕身边的丫鬟固已散去，见姐妹们啼哭之余，已拿起针线当绣娘，绣品着老仆拿出去变卖几个钱，心直如刀割。傻痴数日之后，方醒悟人活世间，哪有永远的富贵。以往，自己是活在梦中矣。

一个须眉男子，还托庇于祖母和姐妹们的针指之下，甄家宝玉不由得道一声惭愧。老仆躲躲闪闪，在少爷面前说些市井之言，言及以往皇商金陵薛家虽然倒了，但旁支似乎有出息，且正在招贤纳士。甄宝玉听在耳中，知道招贤纳士云云，实际上就是在雇人做事，老仆担心他放不下少爷身份，故有此说。宝玉想了一晚，遂下决心，与其在家做一个只知白吃的废物，不如当自己一介白丁，去赚一点钱贴补家用，最起码，不能再让祖母和姐妹们养活了。

老仆得了准信，提前到碧桃苑报了名，今日又送少爷来到，自己在外头候着。那碧桃苑毕竟临水，堂屋通着院子，院子接着秦淮河，那风是一刻不停的。甄宝玉站在堂中，长袍被风吹得起伏不已。见面前主事的不问，便也立定，不发一言。

"这位爷台，您是甄家的谁人？可以告知一二么？"薛蝌定定神，先开口。作为金陵大族，他怎会不知道甄家。只是一向忙碌，对于甄府巨变，薛蝌并不清楚。

甄宝玉微微一笑："甄府小子，见过公子。家宅有变，乃大不幸之事。闻得船运招聘，故来应聘，书写之务，谅可胜任。"话说得磊落，不遮不挡。他与京城的宝玉一样聪颖绝顶，又有些左心牛性，两人直如镜子的两面。这样的人物，如果不是自个儿想通了，是不会来到此处受雇甘于仆役的。而一旦想通，那就是磊落本色示人。

"甄家乃世家，何敢劳公子大驾？"薛蝌边问，边苦苦思索。他有点印象，好像这甄府与京城的贾府祖上曾经连过亲。也是薛姨妈随口提过一句,留下个印象。

甄宝玉明白,这是担心他少爷心性,不能为人仆从的意思。他眼前掠过父亲被锁拿时回头看他的眼神,还有祖母灯下的垂泪,姐妹们的强颜欢笑。尽尝世态炎凉,他知道,自己不低到尘埃里,是不可能活下去的。

想到此,他再次深深一揖:"还请放心录用,还请公子成全则个。"

薛蝌看看管家,管家欲言又止。薛蝌意识到,既然连着远亲,这样待客是失礼的,便忙着让座。待甄宝玉落座,这才道声恼,与管家走到屏风后私语。

"有什么话,现在说吧。"薛蝌知道管家肯定有想法。

"这个……少爷,甄府前向坏了事。您看……"

薛蝌知道,这是担心牵连薛家的意思。

"这样的世家公子,必是知书识礼的。船运日益繁忙,粗活好办,缺的是读过书之人。我只是担心甄少爷心性,怕耐不了这个烦剧。"

管家知薛蝌说得是。船工、河工有的是人干,但记账、算账、往来案牍,非读书人不可。但读书人耻于做此等佣工,宁摆书摊,或当清贫塾师,也不愿做这样与贩夫走卒为伴、有辱斯文的活儿。

薛蝌想了想,拿定了主意,与管家走了出来。他心里告诫自己,当东家,就得有东家的决断。

待走出来,看到如宝似玉的甄家少爷坐椅上看着他,薛蝌心中不由一软,他知道家道中落的滋味。硬了硬心肠,薛蝌坐下,缓缓开口道:"按说甄家少爷肯屈就,是我薛家之幸。叵耐本小利微,开不出许多薪水,请不动大贤。甄少爷还是另寻高就吧。"说完拱拱手。

甄宝玉内心沧桑。他知道这是拒绝之意。奈何这是平生第一次下定主意要养活自己,助家中一臂之力,现今被拒,只得忍住心中波涛,再次请求:

"薪水不拘,只求录用,断不误事。"他低下了头,看着地面。他此时终于知道,人前低头是什么样的滋味了。

薛蝌本拟再拒绝,可是看见和京城贾府二爷一模一样的脸庞,他无法将话说出口。他吸了一口气,也罢:

"甄少爷既有此诚意……那就委屈了。以后,我就称呼甄先生吧。"他看了看管家,管家无奈地笑了笑。东家心软,他是知道的。

见管家不再反对,薛蝌长舒一口气。甄宝玉站起,微微一笑,拱手道谢。管家在旁忙打圆场:"甄先生愿意帮忙,再好不过。明日此时请来此地,由我来给

255

甄先生介绍事务。"这意思就是说，具体的工作会由他来安排。

望着甄宝玉朝院子外走去的背影，薛蟠感慨："这么赫赫扬扬传了几世的甄府，落得个少爷来应工的凄凉……这世道是变了吗？"

管家整理着少爷的文牍没有应声。他心中回了一句："这世道早就变了。"

晚间回家，薛蟠将甄宝玉应聘之事说给妹妹听，宝琴默然不语。贾府衰了，京城的宝玉不知安在？据哥哥说，两个宝玉长得一模一样，那处境差不多也是彼此映照了。当年在园子里赏雪时，贾母还曾有意于她做孙媳呢。薛姨妈半吞半吐回了已许梅家后，回来说给了薛家兄妹听。料想不到如今又闻宝玉事，只不过贾的成了甄的。这真真假假虚虚实实，老天爷是在玩儿的嘛？

邢岫烟在旁听得感慨万端。今日父母曾有信来，说姑妈邢夫人和姑丈着大理寺拿了去，二人飘落京城无着，想来金陵倚靠她。一想起颟顸粗陋不把自己当人的父母，岫烟都不知道如何开口说与薛蟠。现见薛家兄妹二人都垂头不语，谅是想起了往事，便打起精神笑说：

"不是有句古话说世事无常嘛？管他甄家贾家，眼前的事儿眼前说。二爷既录了甄家少爷，就按常人看待。这事儿我倒要赞一赞，高门大户的少爷肯出来做事，比起坐吃山空做祖上的不肖子孙，算是有大长进了。"

薛蟠听了一笑："还真是。既是贾府旧亲，平常我尊重些个就完了。我看甄家宝玉那样清秀，一定是内心清明的。做好了，今后当我的一个帮手，倒可以帮着分忧。"

一宿无话。次日起，甄宝玉便到碧桃苑学习记账。管家看东家脸色，知道终究要尊重，故教时不忘礼数。那甄宝玉泯了自我，忘却前尘，权当自己躬身入世；每日船行几班，货运几船，盈亏多少，船工几人，工钱多少，不多时便上手，与管事的一一核对，总账记得明明白白。日子久了，薛蟠卸下许多担子，口中不说，心中满意。后连船只排期，船工轮换，货物发运这些，薛蟠一发交给了他。

那甄家太夫人见孙子遭逢大变，忽然换了个性子似的，居然愿做以往视作禄蠹之事，牵挂吃官司的儿子之余，心中不无喜慰。薪水固然薄，总是一个进项；每日宝玉回家，说些秦淮河边见闻，家中诸人晦气日久，也添些新意。

甄家老夫人是经历过大事之人。眼见新主如此雷霆万钧，儿子罪料难免，如若判罪下来，子孙永不录用，那宝玉作为犯官之后便不能参加科举。真到了如此糟的局面，但愿孙儿能够借此历练可以自立。老太太知道，孙儿天资聪慧远在世人之上，现肯抛却以往顽皮，懂得个安身立命之道，自己百年之后，也可以安心。

第四十六回

信鸽高飞

柳湘莲在岛上和陆地之间，来回几个月了。为了布局脑子里那张贸易网，他不辞辛劳，一次一次来往于海波之间。

常天柱与董青山，作为海豚船帮的第二、三号人物，他们面临的是帮中人随时星散及其后带来危险的问题。他们不约而同，想的都是留下萧道长。董青山忧心忡忡，他担心的是，道长打的主意，是整顿好北上南下的秩序，作为对朋友郑直的回报，然后就会离开。青山冒昧揣测了一下，萧道长除了他可能有自个儿的打算之外，说不定也有避嫌的意思。设身处地想去，郑直没了，道长接手，倒像是他鲸吞了郑直的人马。道长那么高傲，他内心肯定是会在意的。董青山把这想法半吞半吐与常天柱一说，后者深以为然。

道长带着跟班小板凳，一直在江村、凤凰山、磨心山之间来回倒腾。他画了大致的图纸，找常与董商量了，趁着这段时间风小，组织人力在凤凰山、磨心山建低矮的掩体和简易木房。好消息是，磨心山上找到了废弃的一口井，是淡水。湘莲大喜。他心中琢磨，既然磨心山有，凤凰山此前有人定居，也应该有淡水才是。他命大伙儿仔细找，结果在残瓦散梁之间，还真找到了。两口井派人清理疏通了，后头涌出来的淡水可用。那东极岛也去看了，淡水应该有，但没找到，看来只能做个辅翼，当个过渡地。

沿太湖布置的网点，人已经派出了十几位，他们能不能站住脚跟发展壮大，那就靠他们自己了。

因了岛上物资转运不便，江村作为一个重要的周转基地，不断得到了加强：无主房屋修补了几处，又拆下些梁木砖瓦，搭建起几处仓廪。傅老三带了几个人，受命专门经营此地。村口一边通大路，搭了个凉水铺，专营放哨。

守凉水铺的兄弟姓罗，跛着一条腿，是傅老三兜兜转转找来的。跛子生来不幸，唯一长项是擅养信鸽。前些年全家荒年闯关东，只剩他一个未走照看鸽子，一直在本地瞎混。如若不是养鸽这项技能被老三辗转发现，估计都快饿死了。他听老三说有活干，鸽子有粮养，还有伙伴说说话，不由大喜；来到江村，找个破房角落放下铺盖卷，便当自己窝了。大伙熟了，都叫他"罗圈腿"，简称"罗圈"，他本人倒不以为意，倒是柳湘莲见过他一次，听"罗圈"觉得有点不尊重，便为他改名"罗全"，跛子心中感激。他守着凉水铺，给搬运物资的弟兄们递水解渴，偶尔加个青橄榄，脖子上挂着一枚大海螺，一旦有事，就吹响报警，好让村里的弟兄撤到后头的大山之中，山崖下的船只及时隐蔽。凉水铺子后头还有一个鸽房，来往的信鸽在这里停留，也都是罗全在照顾，傅老三试着带鸽子出去，走了几座城，还行，都飞了回来。

柳湘莲重视此地。按照他的吩咐，上岸的人碰到官府来人，如果没法躲过，便说是禁海之后，地里收的粮食不够吃，回到老家来重操旧业混个温饱的。这个借口倒不是柳湘莲信口开河说来。康熙朝前期禁海，后又解禁，理由就是"勿使黎民失地挨饿"。解禁之后船运繁忙，清江浦、泉州等地造船业因之兴盛。不少沿海居民下南洋，十停人出海，回来也就五、六停，因此雍正又禁。然而渔民转渔为农，多有难以生存以至卖儿女者，故地方官揣摩两朝旨意，睁一只眼闭一只眼，现新主在位，各官员不得圣意，多维持旧状，大体以稳定为主。一句话：禁海的松弛与严格，只看地方官的意思。浙地向来一半山一半水，耕地本就严重短缺，禁海迁民，所分的地多有不足，官吏上下向来知晓。江村荒废已久，尚未见地方官派遣人来查看，如果遇到官家，以回来捕鱼谋生这个理由，应该说得过去。

湘莲如青山所想，他确实是把郑直留下来的事业当作自己的事业在做。飘荡半世，经历生死，他不知一个人留在世上，人生有何意义。既然遇到郑直，又目睹他之死，便把继承他的事业当作暂时的意义。他打算在金陵理清了贸易网，待一切顺当了，便交给常天柱董青山他们，自己便飘然远走。出于对郑直的尊重也好，出于对同道者的相惜之情也罢，这些事他是非做不可的。

现在所缺的就是银两。不能盗，不能抢，那就银钱没有来路。几个月来，海豚旗下的兄弟粗粮白水，为了走道长给他们指的从良之路，已经极大克制。湘莲知道，没有本钱，北上南下的路虽已大致开拓，终究还是不成气候。

刚将大本营不多的器物用船搬到了凤凰山，初初整顿完毕。小板凳奉他之命，把在各处带领人施工的常天柱和董青山请来。

"常兄，董兄，这一向辛苦了。"湘莲递过去两小瓶烧酒，那是傅老三给他从岸上带来的。

待二位头领拔开瓶塞喝了几口，湘莲也把手中酒抿了半瓶，这才将自己的隐忧告知。

"道长，你拿我们当兄弟吧。别那么客气。"常天柱直人快语。他指的是"常兄"这个称呼。

湘莲一笑："那我就叫当家的。"

常天柱看了一眼董青山，放下酒瓶，站了起来："道长，我就打开天窗说亮话吧。大头领走了，说实在的，以后怎么办，我和老三都没有想法，幸亏大头领有您这样一位结义兄弟。前期安排弟兄们这么南北一走，我心中明镜似的，没有您，弟兄们估计走到半路，还会抓瞎。所以，我想说，请道长带领我们吧，把这面海豚旗打下去。这辈子封妻荫子是不成了，只求今后堂堂正正做人，能够让家里人有饭吃，有衣穿，不再为我等担忧。"

董青山站起拱手："道长，您是一位有大胸襟的英雄好汉，兄弟我虽然眼拙，但这一点我确信。规矩岂有为好汉而设？你救过大头领，又接着帮了我们这许多兄弟，这份仁义心肠，我是知道的。我只请求一件事：千万不要为一些世俗的想法而丢下大伙儿。"

湘莲愣了一下，听懂了青山言外之意，他倒没想过鸠占鹊巢这个可能的人品污点。一个临过死亡的人，名声看得比鸿毛还轻。这一节倒不忙着说破。

"二位兄弟请坐。"湘莲虚抬了抬手，常董二人落座听他讲。

"实不相瞒，在下年少时父母即双双仙去，因此失了管束。后遭遇一两件事，遂生出家之心。修炼经年，未窥门径。南下遇郑兄，发现他热血尚在，我之不及，因此结成好友。现郑兄不幸，故在下尽故人之力。承蒙兄弟们抬爱，故得以滞留至今。我师当年救我教我，又忽然离我远走，到今日不得音信。在下曾想过，也许终有一日，他会再来点化于我，或者考教亦未可知。青山兄弟所言，天柱兄弟诚挚之意，在下懂得。"他顿了顿，想着如何继续说下去。

"道长，出家人讲究的是济世度人。尊师想必也是此意。如今道长非只度一人耳。如道长时日不定，兄弟们终究不安，铺下这安民劝善的摊子，不是可惜了么？"青山插话。他在郑直身边日久，必要时，话也可以说得文绉绉的。

常天柱接过董青山的话，对湘莲说："人生天地间，不能说一辈子走的都是正道。正道走不下去了，总得活下去，歪道也是道，也得走。有时是自家错了，有时是生活所迫。但无论如何，有错就改即是善。依我看，圣贤书说了半天，也就是说这个事。道长刚才讲起热血，郑头领的热血其实就洒在了弟兄们身上。

道长就不要推辞了，我们携手同度，大好男儿做些正事才是道理。我观这一久海面上货船来往增多，道长指引我们走的海上商道，正是正道。不损人，又可获益，干脆，道长就带着弟兄们干下去吧。也未尝不是一番事业。我常天柱也想着将来到海的四面八方看看呢，也不枉了来人间一场。"他发心中所想，一口气讲了一大段，语气甚为豪迈。

湘莲被此豪气所激，站了起来："两位兄弟说的是。海角天涯，仙山缥缈，干脆我们都去登临一番！"他拿起手中酒瓶，"来，我们仨干了！"

天柱与青山不期然说动了道长，二人大喜，对视了一眼，满眼都是喜悦；也拿起手中烧酒与道长相碰："干了！"

当晚，岛上人马聚齐。月光之下，海涛阵阵，风吹树摇。在一个背风的山坳，群盗点燃了数支火把，听常天柱、董青山讲述请留道长之事。大伙儿早已明白，现在所做的一切都是为了未来，而筹划这一切的正是萧道长。听完二位当家的介绍，心中踊跃。众人高举火炬，众口一词，拥道长接替郑头领，从此引领大家向前。

柳湘莲青衫一袭，一直站在常、董二人旁边，面色如水。当众人欢呼时，他走前一步，用手压了压，待众人平息下来，他从容对大家说：

"兄弟们抬爱，在下领受。在此郑重向大家承诺：愿尽全部心力，为大伙儿蹚出一条活路来。中间会吃许多苦，也会受各种累，但我许给大家两个字：希望。富足的希望，活着有价值、有创造的希望；乘着海船走遍天涯的希望，眼界超脱于父辈的希望。希望，可以让我们度过艰难；希望，也可以让我们将来那一日，不后悔来世上一遭。我们聚在海豚旗下，彼此信任彼此守护，一个个地去实现这些希望。"

他用的是众人听得懂的大白话，说得简短有力。几十号人都听住了。在此之前，吃饱饭、穿暖衣、照顾家人就是他们的终极梦想。但现在听了道长的演说，他们心中隐隐泛起光明。什么是希望？坚定地往前走，那种做事有目标的劲头所延伸向的远方，就是希望。

是啊，大海那么大，那么蓝，不乘船去看看四面八方，看看天的尽头海的尽头有什么，来人世一趟，不是亏了么？

当夜，一轮皓月照着一个小小岛屿，那座岛屿的一个小小山坳里，有一堆人举着火把，心情激荡。沐浴着月光的他们，从今天起，会有一个共同的梦，那就是背靠背，手拉手，一起从黑夜走向光明，他们希望从陆地开始，从岛屿开始，从脚下开始，走向海洋。

确定了身份的三人，道长还是道长，天柱还是天柱，青山还是青山，但再聚在一起继续谈正事，气氛就不一样了。湘莲此前一直未说他的真名，现特意说出似乎也没必要。倒是最重要的资金问题，现在可以拿出来讨论了。

待两人落座，湘莲开口："二位兄弟，现在再走第二波船，显然现有的本钱是置办不了多少货的。我在想，我们是否可以向江南的钱庄去贷款？"他看看天柱，最后目光落在青山身上。

"我看使得，还得多贷一些，钱少了也做不成事。只是……钱庄贷款，需要抵押。"青山挠挠头皮。

"我们的船只就可以抵押。"常天柱同意，补充了意见。

"我们的两艘新船是悄悄定做的，如果钱庄我们不熟，恐怕他们不肯以此为抵押放款，别忘了海禁还没有正式废除呢。再说了，那几艘旧船抵押了也出不了几个钱。而且钱庄还要来人看船，这个……不好让他们看的。"董青山提出自己的看法。

湘莲沉吟了下开口："江南最富足者，就是金陵城和太湖沿岸苏、湖、无锡几座城。按照我们起先的筹划，金陵城会作为一个总的陆上枢纽，总管货物进出。我的意见是，我们仨留一人看家，哪位随我去一趟金陵，看看各种热销的货物行情，把货栈兼联络点先建起来。也联系一下各钱庄，看看再说，如何？"

常天柱知道，青山一向随郑直走南闯北，文武兼资，在外的话由他跟随道长最好。便开口说："青山，那你就随道长去吧。"

青山自无异议。三人意思一致，又选了几个精干的兄弟同行，只待次日一早动身。

夜深，鸟儿都静下来了，一声不吭。湘莲手持一支小火把，在月光照耀下，带着小板凳，在岛上巡了一遍，也查了西岸东岸的哨岗。自承诺做海豚旗下头领开始，他就把这座岛屿以及隔邻的磨心岛，看作了未来的前进基地。海涛和着他的心事，声声不歇灌进耳鼓。打发小板凳去睡后，湘莲弯腰进了简陋的木屋收拾物件，又摸摸颔下胡须，还好，长了不少。他知道自己俊朗的面容以前害人不浅，现在外形粗野一些，好事。

第四十七回

光天化日

重返金陵城，对于柳湘莲和董青山并非易事。差不多一年前，他俩曾在碧桃苑协助郑直逃离。尤其是董青山，出现在碧桃苑两次，时间也耽得久，见过他的人不少。而柳湘莲本人与官兵交手，他脸上未来得及作任何化妆。一张俊美的脸，在需要隐身时，便会变成显而易见的障碍。

他们坚持选择金陵作为销售网的中心，不仅因为此地人口密集，更因为这里的商业发达，是江南的货物集散地。这个中心位置，是前明留下来的遗泽，更是多少代商贾锱铢累积而成的。其他城市再繁荣，都没有这样号令周遭城池的龙头地位。

进金陵城之前，湘莲携了一笼信鸽，和众人走了一趟镇江，瞻仰了南朝昭明太子读书处，与众人编写《文选》的招隐增华阁，感慨万端。昭明太子仁慈，孝顺，才华横溢，虽然三十一岁过世，却给后世留下一部璀璨的诗文合集。湘莲回顾自己近三十年生涯，算得上是一无所成。人生如长河，自己离开的时候，当留给世上什么呢？湘莲想着，心中暗叹一声。

镇江对过就是扬州，湘莲和青山乘船过江，悄悄拜访了郑直之母。看到老夫人头发白了好些，面色还算平静，二人稍稍安慰。

这里置一个贸易点已在他们的计划中，联络是必须建立的。出了郑家，董青山在小小的纸卷中写了几个字，放进一个小筒里，绑在鸽子脚上，到得郊外，开笼放飞了信鸽。鸽子往东南方向飞去，不多时，天空只剩下一个黑点。

扬州市井虽说不上恢复了旧日繁盛，但元气有所恢复。因了临大运河的货运便利，街市上琳琅满目，甚至有西洋物件，自鸣钟、老人戴的眼镜等稀罕物件摆放出售。二人傍晚在街上闲走，见到眼镜铺，简直又惊又喜。湘莲懂得这东西，这不是绝好的化妆术嘛？戴上眼镜，半张脸就遮住了，别人一眼看来，能记住的多半是镜框，其他五官定绝少留意。湘莲与店主攀谈半晌，弄懂了老花镜的功能，那店家说得开了，便把店里的眼镜一一摆放出来，其中居然有两副平光眼镜。湘莲大喜，说是图稀奇好玩，买了下来，与青山一人一副戴上，果然容貌大变。两人对视，不觉莞尔。

不一日，到得金陵。此时离郑直过世，堪堪过去一年。湘莲想起郑直之墓至今隐藏在山林中，定是芳草萋萋了吧，可叹墓碑都没有一块。下定决心，时间充裕时，要将郑直的遗骸带回扬州，择个好地安葬了才妥帖。郑母在那里，时时可以去看儿子，即使天人永隔，也好过逝去的魂魄渺无所依。

去年桃叶渡闹的事件不小，不知现在怎样了？二人谨慎，装作平常秦淮风月客，多给了船家船资，雇船长游；又绕着弯儿打听秦淮旧事。得知薛家顶下了碧桃苑，又开了船运行，柳湘莲心中倒是意外。

回到客栈，湘莲找了老板来喝酒，听到现在顶热闹的薛家街子，便细细打听了一晚上。得好好去勘察一番。合适的话，海豚帮的总贸易行就放在那里，人流足，行当多，这都是有利的，要紧的是，与薛家还有交情在，保不齐什么时候就有照应了呢。

嗯，薛家。那个美丽的姑娘。湘莲想起这可爱的女郎，一点笑意在心中荡漾开来。比起她的哥哥，这个女孩自然天真，无拘无束，更像是清晨茶尖上的一滴露珠。

忽忽又是十数日过去，树树黄叶落，秋意满金陵。这日，董青山上街采买了礼物，与道长一起，准备正式拜访薛家。此前在薛氏钱庄走过几趟，皆未碰到薛蝌来，不得已问金掌柜，问了好久，那掌柜的就是不说，湘莲无奈，说是薛家兄妹旧识，那掌柜这才吐口，说了薛家院子所在。

二人雇的车到薛宅对面停下，湘莲看过去，这所宅子的门开得不大不小，是商人的做派，"薛府"二字立在门楣。嗯，是这里了。湘莲刚撩起帘子准备下车，只见大门中忽然飞跑出几个女眷来，打头的双手提着一袭粉衫的裙摆，眉目清丽，好像就是薛家小妹。

宅院拐弯处，一辆马车疾驶过来，车夫到了门前，"驾"的一声，勒住了马缰绳。那马喘着粗气，双蹄在空中踢了几下，又重重地落在地上。一个少妇模样的人赶上前，牵着薛小妹的手，也不用后头的丫鬟婆子扶，一头钻进马车车厢。马夫见主人已经上车，便松了缰绳，扬起马鞭"啪"的一声。那马吃痛，跑开了小碎步，直往街头而去。

看姑嫂急成这模样，想必薛家出事了。湘莲脑子还没转过弯来，不远处又驶来一辆马车，薛府数人慌慌张张，一见马车停，一股脑儿钻了进去，也不知塞了几人。第二辆车也很快走了。门房在门口搓着双手，望着两辆马车远去的方向。旁边的小子牵着马儿站在府前，不停地用袖子揩汗。是他来报的信，现主人走了，自家不知如何是好。

湘莲放下帘子，对车夫说："尊驾，请跟上前边的两辆车。"车夫得令，马鞭甩得脆响，跟上了前边的两辆车。湘莲看看青山，从夹袋中摸出眼镜来戴上，青山懂得，两个人瞬间变了模样。

车辆左弯右拐，停车的地方，正是秦淮河东边。湘莲坐车上，看到薛家众人下了车又上船，便也跟上。事情不明，便也不想跟得太紧。

水路西行，画舫东穿西游。笙歌处处，不时有娇笑声从临水的窗里传出来。湘莲摇摇头，这与一年前没甚差别。船家的竹篙使得出神入化，左侧一篙，右边一点，船只像只燕子一样在画舫中穿梭。董青山坐道长身边，眉头隐隐皱起。去年中秋，这条路，便是郑直的赴死之路。

一路跟着，眼看前边的船放缓了速度，湘莲越看越讶异，这不是碧桃苑嘛？看来是船运行出了事。旁边的酒楼房子还在，外头有一堆人在乱嚷嚷地围着什么吵。

到这个地步，避耳目这些已经谈不上了。湘莲让船家拢岸，青山在船等，自己一跃上了台阶。前艘船的几个女眷已经上岸跑了进去，湘莲看见有人边跑边哭，那应该就是薛蝌的夫人了。

一楼的大厅一片混乱。桌子掀翻在地上，账册扔得遍地，几处血迹，涂抹得地上一片可怖。薛蝌斜靠着椅子躺在角落，几个下人模样的人围在他身后。屋子中间几个彪形大汉，正在走来走去。

"今天不拿出一千两银来，你休想出得这地方。"一个头上扎着根猩红色布条的粗野汉子背对着大厅的门，向着对面的薛蝌大吼。"装死？把爷惹急了，把你扔进秦淮河喂鱼鳖，你信不信？哼，在这里又雇船又运货的，有没有给爷说过一声？今儿个，爷给你定规矩来了。"

"光天化日，你想干什么？"一个娇嫩清脆的声音在粗野汉子背后响起。

那汉子转过身来，眼睛顿时一亮。他上上下下把来人打量了一番，围着转了一圈，叉腰站在面前："这里说话都没个有气力的。还好还好，有个人出来应声就行。"他的眼神逐渐邪起来，"嗯，你是什么人，告诉爷？"

冲在头里的，自然是宝琴了。她看见不远处的哥哥人躺着，嘴角有血，直气得发抖。"该你说！你是谁？为什么在我薛家的地盘撒野？"嫂子邢岫烟也赶了上来，扶着她的手臂抖得更厉害。看看不远处的丈夫窝在角落里不知死活，她放开宝琴，冲了过去，把手放到薛蝌鼻下试鼻息。薛蝌脸色发白，闭着眼睛，但呼吸尚有，已是晕了过去。

"爷是谁？问出这个问题的，无论是谁就该打！看来你是薛家人了，那我说给你听。你薛家懂不懂规矩？在这里拉船工，运货，有没有经过爷的允许？多少次弟兄们要来端了这里，我拦着，说是要看看你薛家的斤两，看看你们识不识数。"他转了一圈，加大了音量："这秦淮河边，哪一家像你薛家一样不懂规矩？"

这汉子越说越气，把手一伸："拿来！"

"什么？"薛宝琴听不懂，下意识地问。

"保护费呀，看院费也行，你高兴怎么叫就怎么叫。一千两，少一个子儿都不行。怎么？你薛家不是有钱嘛？拿不出也行，姑娘长得这样好，拿你抵债，我看也不吃亏。"周围和他一伙的汉子放肆大笑起来。

门口被扯得只剩下半截的门帘一动，一个身影飘了进来，这粗野汉子左肩、右肩、胸口各挨了一脚。他还没搞懂发生什么事，就已经仰面朝天躺在了地上。

自是柳湘莲出手了。

他原本隐在门口，想听听发生什么事，见宝琴受辱就在眼前，便没有再等。几脚踢翻那为首的，他腰间顺势长剑出鞘，剑光划过，围上来的六七个汉子胸前衣服皆被划破。

众人看看胸前，又看看眼前账房先生模样的人，正气定神闲地收剑入鞘，这才回过神来。这些人虽然是泼皮无赖，此刻都明白了此人的厉害：对方如此从容，一出手，招式都没看清楚，老大就躺下了，至于自己的小命，其实都是人家剑下留的。那剑尖只破衣服不伤人的分寸感，啧啧，出娘胎来就没见过。

"这个地方，轮不到你们这群人渣说三道四。"湘莲站在宝琴之前，冷冷地说。"要说规矩，今儿我也来立一个：今后薛家人出现任何三长两短，哪怕走路扭了腰崴了脚，我都拿你们是问。自称爷？不是说秦淮河边你们都收保护费吗？那好啊，查到你们不难。各位不信试试？还是给你们再留一点记号？"

没人敢出声。有几个胆大的去扶起老大，指望他扳回一局。那粗野汉子站将起来，甩开众人手，想想这么丢脸，以后还怎么带兄弟，顿时恶向胆边生。他弯腰从靴筒里摸出一把匕首，和身刺了过去。

只听"呛啷啷"一声，匕首落地。那老大的双手手腕被掰折，人痛得顿时歪倒在地。

这几下手法快极，奇怪的是，动作又清清楚楚。几个泼皮霸蛮日久，大大小小打的架可不少，但像今天这种没有交手，仅仅单方面被割韭菜且行云流水的功夫，还是第一次遇到。他们识货，眼看人家戴的眼镜都不见歪上一歪，自己老大就躺倒两次。还能打吗？又换个说法，这样窝囊的老大，还跟吗？

其中一人出声了，声音萧索："我说，我们走吧。"听到话的，有几人跟上，掀帘子出去了。那老大一看被弟兄抛下，赶紧忍着疼痛又跪又爬地站了起来，趔趄着跟了出去。

宝琴在旁看呆了。这戴眼镜的先生出现，固然是意料之外，那身手流畅得……像丝绸一样的滑爽，也是她闻所未闻见所未见的。此人是谁？

待此人回过头来向着她的时候，那清明的眼神，不会有旁人有。她认出来了。

"萧大哥！"

湘莲点了点头："去看看你哥哥吧。"

外头院子一阵喧闹，又涌进来一堆人，看打扮都是划船的。湘莲听了一听，都是要东家结算，他们不干了的声音。还没弄清楚怎么回事，只见一个人从后头挤过人群，伸手拦在头里，不让众人往厅里闯：

"东家今日遭逢不幸，各位不该落井下石，天下没有这个道理。各位请回，有事明天再来，行不行？"

一大片声音顿时压倒了他："不行！这船行都被打成这样了，说不定明天就倒了。我们今天要结算，要拿到工钱。"那拦住众人的身躯背影看上去那样单弱，但挺得笔直。他摇摇头，转过身来。

湘莲一看，这不是宝玉吗？他大吃一惊，上前两步准备相认。但那名男子似乎不认识他。外头的船工们呼啦啦进来，围站在薛蝌身边，大有不结账不撤的意思。

邢岫烟又羞又急，又没主意。薛宝琴看看躺在地上的哥哥，又看看眼前众人。忽然间，她意识到自己现在已是薛家唯一的主心骨。

她忘记了自己是一个没出阁的姑娘。宝琴整整鬓发，看看哥哥周围的几人，冷静地问："哪位是账房？"

一个手拿算盘的老先生抖抖索索地站直了："是我。"

"来，把桌子都扶起来。答应他们，今天就给他们结账。"她的眼睛一个个看过去，众人有了主心骨，离了薛蝌，去收拾大厅。

宝琴站在大厅的正中，对着众船工说："我薛家不曾薄待各位。不讲春夏了，冬天不挣钱的时候，各位也都是全额拿到钱的。对不对？现在你们要走，可以，但我薛家的门，以后你们就叩不开了。各位可要想好了。"她的话一字一句说得清楚，双眼清澈而坚定。

听闻此言，人群中起了一阵低语。站在头里的人还在喊着："今天不说明天话。我的辛苦钱，拿到了再说。"

湘莲冷眼旁观着这一切。他见那眉目如画像极宝玉的年轻人，站到宝琴身边帮着劝说船工们，声音那样年轻真诚："各位不顾道义，不觉得惭愧吗？薛公子还在那里躺着，你们于心何忍？"

这几句话大有对牛弹琴的天真，湘莲有点好笑，也让他迷惑。是的，论模样是一样的，但口音与他熟悉的宝二爷确实不同。

他当然不知道，此地有一个宝玉，与他在京城的朋友一个模样。

那甄宝玉遇事出头，又对船工讲道义，原是他早已忘记自己受雇于人的身份，只觉此时此刻应该如此，本该如此。他自自然然往宝琴身边那么一站，就连湘莲也不得不从心里喝彩：好一对璧人！

那账房先生得东家主持，又见从天而降的大侠稳稳站在旁边，心中大定。所幸屋子被打乱得不成样，银两铜钱倒还没被洗劫。当即咳嗽两声，算盘一响，账目一清，拿到钱的船工签个押按个手印就出去了。也有人听了宝琴的一番话，给自己留个余地，未领钱，已退了出去。

湘莲看看一切恢复有序，这才走至薛蝌旁边。他蹲下去给薛蝌把了把脉，转头对宝琴说："送家吧，请大夫来，有事明天再说。"

宝琴点头，一双明亮的眼睛感激地看在他身上："萧大哥，您怎么在这？是专门来救我们的吗？"

湘莲哑然失笑："我不是说过，来金陵会来拜访贵兄妹的吗？今日到得薛府，正碰上尊府有事，所以就一路跟来了。"他停了停："小妹，不忙说这些，先把令兄送回府如何？"

邢岫烟用手绢擦拭干净薛蝌嘴角的血沫，站起来向湘莲行礼："萧大哥，今日多谢您了。"话未说完，她的眼里已全是泪花。

第四十八回

宝剑护航

红楼续书·红流三部曲（中）

湘莲毕竟是碧桃苑中露过身段露过脸的，所以惊鸿照影般赶跑了地痞，此地也就不能再待。他嘱咐了邢岫烟几句就抽身离开。转身时，湘莲眼角余光掠过已避在边上的甄宝玉，看他自自然然站在那里，目光清澈，不觉称奇，一屋子错乱之中，也唯有他站得玉树临风一般。湘莲心里叹了口气。这光彩照人之处，确像极了故人。

薛宝琴不期这位旅途中强行认上的大哥，居然解了薛家今日大难。这位大哥临行前，望也没望她一眼就此离去，倒让她怔了一忽儿。看看对过的甄宝玉，一个文弱的落魄子弟，关键时刻居然敢站到自己身边面对强梁，心中不免感动。看看嫂子邢岫烟看着自己拿主意的样子，她知道，这段时间，她将不得不代替哥哥，成为实际上的当家人了。

桃叶渡这一场地痞砸场且打伤了薛家主事人的事件，秦淮河一带众说纷纭。有说薛家得罪了道上人的，也有说薛蝌终究年轻，不懂得打点上头的。后一种观点的依据就是，当日薛家派人报了官，来了一队挎刀的衙门中人，四周看看，问了问，就走了，再无下文。可怜薛家纵然有两个钱，在衙役面前，连说个响亮话的地儿都没有。

薛家早已理会不了这么多。薛蝌自那日起伤了，一直昏昏沉沉，薛家上下哪敢再到府衙问。

不提薛宝琴暂停船运，薛家忙着请大夫治疗薛蝌之事。单说湘莲离了碧桃苑，下船与董青山汇合，小舟即刻起行。湘莲三言两语只说了个大概，青山已明白，道长撤得快是必要的。董青山不由想起，当日郑直到访碧桃苑妙姬，这本属私人事务，就他二人知道，后来也就是到酒馆时，多了道长一人知晓。可是，衙门里的官兵是早就换了便装，埋伏在里边的，后来应天府出了通告，他派人抄了一份拿来看，里边明明白白，说是缉拿盗匪，起得赃物，兼破获了盗匪在应天府的窝子。那么，谁泄露了郑直的身份，谁透露了中秋之夜会到碧桃苑的风声？

道长是不可能的，无论从哪一方面他都不可能是。不是道长出手的话，郑直毫无疑问会被官府拿获，就他那个伤，说不定当晚便会在监牢里像狗一样地死去，自己也免不了同样的命运。想到此，他看了道长，面上依然沉静如水。红尘之中救人，真得道之人啊！青山不禁想，也不禁为道长担忧起来。中秋夜出现时，道长手提三尺剑如神兵天降，虽说打斗中不一定看得清，但官府中画个三四分像的图出来都会是麻烦。公开的缉拿倒还有个预防，如果设的是暗局，外松内紧，那还真不好防。想到此，青山离开船舱，来到船头，学湘莲一样盘腿坐下。

"道长，要不，我们还是不在此地逗留了？我瞧无锡也是热闹地方，总部设在那儿，也是可以的。"

湘莲坐着，浑然忘记了刚才的事儿。他眼望着流水旋出的漩涡出神。船夫在船尾，依着客人先前的指引，摇着橹进了青溪河。不远处的小码头越来越近，从那里上去不远，就是郑直的安眠之所。

湘莲胸膛起伏着。"兄弟，我一定带你到你的母亲身边。"他心里对已经永诀了的兄弟说。

他听到了青山的话，知道青山担心什么。

"金陵这块地面经营千年，有着其他地方无可比拟的地位。所以，陆上贸易中心还是先设在这里。"他停了停，转过脸来对着青山，平静地说："我们开拓出一个局面来，然后，让二哥带几个兄弟来坐镇，如何？"

这二哥，自然指的是常天柱。湘莲尊重这位重大局、镇场面的元老，自入伙之日起，人前人后，他都管常天柱叫二哥。

"还有……我觉得船运业有前途。只是薛家人丁少了，怕独自做不了这一行。不过，薛家这商业眼光真心不错。"他这才把薛家的船运以及船夫们的出走细说给青山听。

董青山是个有本事且乖觉之人，他在外守住船只，也听得碧桃苑里的喧腾声，但他相信道长无需相助，而自己的任务就是守好后路。待道长回船也不曾细问。他知道该说的时候，道长自会告诉的。

船行顺水，走得很快，船夫在船尾喊："客官，下边就要进扬子江了。这艘船小，恐怕行不得。"

湘莲青山相视一笑。青山扭头吩咐那船夫："找个地方靠岸吧，我们换船。"

薛家那些退出的船夫引发的后果是连锁性的。在这个纸醉金迷与路有冻死骨存不悖的城池，谣言在贩夫走卒船家的口中到处传扬。连带着薛家街子上都多了不少到钱庄提款之客。官府至今不查出打人的地痞来，摆明薛家官场无人。一个商人，没有官府的背景，那是如同纸糊的窗纸，一捅就坏的。

连日来，薛家街子的钱庄、当铺、珍宝斋、生意都淡了好些，生药铺与后开的绸缎铺还好，没受影响；一百钱铺以其低端依旧受欢迎，但来钱的几个店面都不约而同受到波及。船运一停，杂事多了无数倍，退货的，重新雇船送货的，平添了许多支出。宝琴咬着牙，一一应付下来。薛蝌被打，伤得重的还不在筋骨，而是胸口上被踹的那几脚。大夫开了药方，药房里拣来煎了，一碗一碗地灌下去，人是醒过来了，但整日昏昏沉沉躺着，眼见一时半会好不过来。偏偏这时，邢岫烟那对琐碎势利的父母来到了金陵，住到了女儿的家中。邢岫烟忙了照顾夫君，又忙安顿父母，还要管家中仆人杂务，不几日就瘦得脱了形。

邢家两口子本来就是到处依傍人的，京城邢夫人入狱之前，他两口子就叽叽咕咕，嫌着给的零花钱少了，后贾府长房被查抄，两口子才听闻邢夫人出事，便赶紧带上不多的行李，走了水路，来投奔不待见的女儿邢岫烟。进了门，看见女婿半死不活，二人口中少不了聒噪。邢岫烟担心薛蝌之伤，又担心二老的说话传到薛蝌兄妹耳中不好，又怕下人笑话，不得已人前人后百般掩饰，心下只叹自己命苦。

清醒的时候，薛蝌也知这是薛家生意去留的重大关口。他趁夫人不在身边之时，嘱宝琴将藏银拿出来应用，打发了眼前的事情再说。缺了银钱周转，薛家的摊子也是说倒就倒的。权衡之下，薛蝌也顾不得了。

邢岫烟的父母来到，宝琴见过一次，见嫂子将其安排在薛家后花园里用来赏花的几间屋子里，心下倒觉妥帖。这么清雅的嫂子居然有这样的父母，想想都为她难过。彼此少见反倒是最好的方式。见哥哥单独嘱咐自己，心下知道，哥哥是把全副担子都压在她身上了。

宝琴吩咐了众人，说要代哥哥给祖先上香，摒弃侍女陪同，一个人去了祠堂。她看到哥哥苦心营造的地下银库，心中一股酸涩。父母早逝，疼爱她的爷爷也走了，此时哥哥又遭遇此般无妄之灾，她感到前所未有的孤单与无力。

此番如果没有萧大哥，还不知怎么收场呢。她的眼泪不知不觉流了满脸。擦了擦眼泪，她找到机关打开了，抱出沉甸甸的箱子，一一检点了一番，拿出几张数额大的银票，又将箱子放了回去。

宝琴走的地方多，见过的人也多。商人之家，对于礼仪本没那么重视。她虽年纪小，但眼界打开之后，再不会安于四四方方的天井。书生式的酸腐，或是精明商人的算计，她道上见得多了，心中都不值一提。此次薛家场子被砸，缺的是武力值。哥哥终究是读书人，面对地痞流氓，他是没法招架的。奇的倒是那甄家的宝玉，遇到这样的事，还敢出头，看来与哥哥还是不同。

见到萧大哥长剑出鞘的那一刻，她顿时明白了：只有这样的侠客，才是她所欣赏，所心仪的。那剑眉，那朗星双目，那一剑制服群小的潇洒，全是她平生未见。这萧大哥自识得他之日起，面上一直冷冷的，但出手不含糊，这才是侠士行径。侠……侠骨柔情，这样的爷们，内心里不知压下了多少深情，才能修成这样的冷。

风从高高的祠堂外吹过，外边的树叶呼呼响，打断了宝琴的沉思。她铺好青砖地，再到祖先牌位前燃了香，祝祷了，这才离了祠堂。返回屋的路上不免乱想，如果萧大哥是真的大哥就好了，有他在，薛家断不会被欺负成这样子。

薛家的院落是祖居，五进院子，一到夜晚，除了正房，周围全是黑魆魆的。这日，宝琴刚和账房先生盘完账，忽听门房来报：门外萧先生来访。宝琴大喜，本马上想开口说"有请"，转头想想自家女儿身份，便徐徐正了正身子，边说一个"请"字，又吩咐侍女海棠去请夫人，请嫂子来陪同自己见客。

来者正是柳湘莲。本来夜晚是不适合拜访人家的，但他有要事，不宜在白日，想想自己既然是名义上的义兄，别人眼中算得上半个自家人，也就来了。董青山牵着马，见薛府管家迎出来，便将手中拎着的几盒礼物，还有两匹马的缰绳一起交给了管家身旁的小厮。

薛家祖上虽不曾贵，但富有二字绝非浪得虚名。湘莲跟着管家，院子一进一进走过去，眼中看得屋檐下的琉璃灯迎风摇动。到得正房前，只见大玻璃门透着烛光，明亮柔和，就知仅凭这大块的玻璃，就是天价——这些都是西洋之物。薛家置办如此洋气，当年的财力可见一斑。

邢岫烟和宝琴早已在正房前降阶相迎。岫烟谢过道长救援夫君之德，宝琴也谢过，湘莲一一谦谢了，又问候薛蝌毕，这才进屋，升座看茶。对于身边的董青山，他只介绍了是他义弟，青山向主人行过礼，再无别话。邢岫烟觉姑嫂二人皆是女流，夜晚见客人不好，便决定请管家也在场。那管家待客人坐定，也来正式见了礼。

湘莲此行目的，当然是为海豚帮找资金，但薛家现在如此，只能见机行事。

寒暄毕，便把自己和几个结义兄弟，准备在金陵经商之事说了一个大概。宝琴冰雪聪明，又想起薛家最近之事，便把她此前说给哥哥，初定名为"债券"的计划说了出来。湘莲听了，心中赞这女孩儿思路开阔，也隐约知道了这小妹子此刻说这个的用意。是啊，这到期给利息加航运红利，只要航运利润稳定，这发行的债券何愁不火呀？他看了看董青山，又看看眼前灯光下艳如海棠的宝琴，先开口赞了一回。

"真的行得通么，萧大哥？"宝琴期盼的双眼看着湘莲。

"我看这个想法很好。但有一点，这个叫作债券的东西，大家能接受么？债嘛，总是要还的，谁愿意出钱去欠债呢？"湘莲试探着问。

"萧大哥说得也对……那换个名儿好了，叫基金如何？专门投向航运的，到期按利润分红，当然也可能亏损，这个要说清楚。嗯，分两种，一种是保底的，利息与分红，但利率定得低一点，如果船运亏损了，分红为零；一种不保底，全靠分红，但分红的点数高，如果亏损了，保本金，但无利息，如何？如果怕风险呢，就是正常的存款，有利息可取。嫂子，萧大哥，你们觉得行得通么？"她活泼的眼神扫过屋内众人。

管家知道眼前的萧先生救主人之事。他见这么夜晚还来拜访，便知定有要务，丫鬟奉茶之后他即示意全部离开。见主客谈到了生意，他知道事关重大，便出来执壶给客人添茶，又到门窗处不动声色地巡查了一轮，归来依然站在少奶奶身后。

湘莲慢瞟过一眼，自然接过话头："基金这名儿是不错。"他看看对面的薛蝌夫人，又看看身边的董青山。

宝琴不管这些，她准备把她所想直接说出来："大哥，我兄长与人无仇怨，此次受此无妄之灾，官府至今没有给个说法。实话实说，我家尚无头绪。"她停了停，终于下定了决心："我有个不情之请。因兄长至今卧病，嫂子处也忙碌，所以也还未商量。萧大哥今天来，干脆我把主意说出来，看看萧大哥能否答应，行吗？"

邢岫烟一听，这就是只是宝琴她一人所想的意思。自己不懂经商，忙也是事实，这薛家小妹未与兄长商量过就告知外人，这是要正式当家作主了吗？但她贤惠惯了，外人面前也不便反对，只好微微点头。

"我薛家想邀请萧大哥入伙，一起合伙做航运，大哥，您看如何？"宝琴开口了，"当然，我想兄长也会同意的。是吧，嫂子？"

邢岫烟想了想,这确实是一个不错的主意。现在航运停了,薛家的风评下降,影响到了客人的信心,所以各处的损失每天都会继续。自己不是经商的料子,薛蝌何时康复也没个准,看来支持小姑子是唯一的出路。想清楚了,她点点头:"只要是对薛家生意有益,你哥哥和我肯定是支持的。"她又转向湘莲:"您是小妹认下的大哥,您看,可以助一臂之力么?"

桃叶渡

湘莲将宝琴说的话前后连起来一想,就知这个主意,是邀请他,以他本人力量护持薛家航运作为入股。这股,是不出本金的股。除了实实在在护航的需求之外,怕也有感谢他出手相助的情分。看来宝琴对于航运,哪怕场子被砸过一回,依然抱有极大的信心。他是大家子弟出身,不会在薛家首次倡议下就作结论,而且,薛宝琴说了,还没跟她哥哥说,这如何使得。

顿了顿,他回答说:"薛家小妹的想法总是让人激赏。听起来,基金和航运,都是捆绑在一起的,也大有作为。我身无长物,身边只有一柄剑,几个兄弟而已。这样,盛情难却,具体的事情,三天后再谈好么?我还有些事在身,后边就由我的这位兄弟代我来与各位商定。"他诚恳的双眼看过去,宝琴眼神发亮。显然,她对这个答复已经满意,等不及地跃跃欲试了。

董青山三天之后依约再去薛家。果然薛蝌同意妹妹的做法,

由萧大哥派人来保障航运,桃叶渡一切重新开张。至于股本,湘莲授权让董青山看情况定。薛家有诚意,一定要送两成股,青山应了。又商定了若干细节。出门时,董青山亲见了薛蝌,摒弃众人后,他转告了萧大哥的一句话。这句话是:警惕官府;可以考虑改善这方面的联系。

薛蝌经过几日医治将养,虽然还不能下地,脑子却是清楚多了。他回应附耳说话的董青山:"一语惊醒梦中人。多谢!"青山一笑,立起身来告辞。

第四十九回

天意人心

薛小妹提议入股扬子江航运，湘莲如何不知这个主意的价值。他次日一早和董青山直奔码头，包了一艘江面可以行驶的大船，一路到镇江，再到淮安，找到了码头边挂着"薛氏堆栈"帏布的一块场地。

这块场地足有两亩，一边是露天，一边盖着简易的大棚，地上铺着油布。显然，这安排是为了防江南的烟雨天气的。堆栈里空空荡荡，只有少许箱笼还在院中。几个人懒洋洋坐在大棚下，小竹凳上嗑瓜子，还有的靠着粗大的竹柱抽旱烟。

这规模不错了！显然，薛家受冲击的风波，至今还卷不到这里来，工钱也还正常发放，所以还有伙计值守。

湘莲和青山不远处看看，二人对视一眼，回头沿着大运河岸不紧不慢地散步。快到秋日了，大运河的波光澄澈了许多，映着天上的白云，上下对应，空间仿佛扩大了许多。河道蜿蜒伸向远方，又消失在树林掩映的平原。走水路永远比旱路费用低廉，只因河流川流不息。艄公们，船工们，借了水流的力道，可以安全地南来北往。尤其是南下的，东南流的河道，那天生就是借助自然之力。

"道可道，非常道；名可名，非常名。"是的，可以说得出，可以理解得了的力量，还能是天之力吗？所以，老子只能强名之。这种在人类有记载之前就已存在的江河湖泊，甚至于蓝色大海，天上星辰，人类可以运用智慧巧用它，借助它，但决然不可能决定它们的出现与消失。

"道长，您笑了？"一旁的青山发现，冷面示人的大哥，居然此时嘴角上扬。

"青山，你不觉得很神奇吗？我是说星辰大海，河流山川，是谁造了它们？"

"玉皇大帝？观世音菩萨？或者那些信众口里的上帝？"

"那谁见过菩萨玉帝？还有上帝？"湘莲哈哈笑着，停下脚步看着青山。

董青山也停下了脚步。"这个……我答不上来。"他实话实说。

"你知道吗青山？我年轻时曾四处浪迹，找不到方向。我不明白人在世间做什么。读书吗？游乐吗？都不是。后来我看到了大海，爱上了那片蔚蓝，深蓝，浅蓝，爱上了海上的日出和日落。"湘莲眯起眼睛，看着太阳的方向，午后的阳光还是强烈，他低下了眼睛，继续说："在某一个夜晚，我确认自己，我来到世间，想看的是天地的辽阔。而海，是最接近这个词的。"

青山很少听道长说过这些。道长在他心中，是剑法出神入化，身影神出鬼没，几次挽救了海豚旗的人。今天不知为什么，他终于愿意甩下冷面，跟自己说他的经历了。

他顺着道长的思路，想起了他们共同发现的磨心岛。道长的思绪，是被"磨心"二字触动，从而伸向大海的无边无际吗？

"道长，您的世界，我一直不太懂，也没敢问。兄弟我只是在郑大哥弃世之后，认定了跟随您。但我也有些囫囵的想法，一时也说不好。"

湘莲嘴角一动，又笑了。他迈开腿继续漫游。"说说看，青山。你我生死搏杀出来的兄弟，尽管说。"

"道长，您显然出身富贵，满腹诗书，又剑法高明，为何浪迹天涯呢？我问过自己这个问题。在胜棋楼上，我就有这个疑问了。还有，您一直助人，又一直郁郁不乐。我有时在想，也许您在想一个答案，寻找一个答案。"

聪明如青山，敏锐地捕捉到了道长的改变。他愿意开口，愿意说一些个人的心思，这是从前从未有过的。

是什么促成了道长的改变？

董青山的脑海里迅速掠过与道长相处的日子，尤其是郑直死去之后，他俩一直在一起的日子。

空气清透，阳光很好。湘莲看看河里穿梭不停的帆船，他的目光少了些平常的锐利，更多的是平缓温和。说实话，他也不知道今天为何说这些。

"最浩瀚者，在我看来，一是大海，一是人心。"他聊着，继续自己的思路："从普陀山到半月岛的那天，我领受了海上风暴的威力，那是在京城，在陆地上所不能领会的。就是……天地间有一股力量，不知何时聚集，又不知何时爆发，它可以掀翻一切存在的物事，人，或者船，一切。我可以活着登岛，开始，我认为是傅春傅老三一个人的功劳，后来一想，如果暴风再大一些呢？大到人的力量不能抗拒的呢？这其中，是不是有着一种偶然？"

青山当然知道，如果不是傅老三本来就是海盗帮的一员，即使劫后余生，众人上得岛避难，多半也会因撞破了海盗帮的据点而被清除，多半是扔进大海。而傅老三明知这是犯忌的事儿，依然带道长来，说明什么？说明他甘冒着被责怪的风险，要救这个人。

确实，道长通过暴雨风浪来到半月岛，里边有一系列的偶然，或者这可以说是无法解释无法预计也无从判断的天意。

"道长，我解释不了这许多。也许您的结论，就是我的结论。偶然之中还蕴含着什么我们所不懂得的，也有可能。"青山停了停，继续说："道长，我从十几岁起就跟随郑大哥。他这么年轻，又这样走了，我心中一直存有疑惑，您能帮着解惑吗？"

看道长心情不错，青山决定抛出他内心萦绕多时的疑问。

"说说看。"

"碧桃苑当日官兵埋伏在那里，显然是准备好了的。那么，会是哪个环节出的问题？"

湘莲知道，青山这么问，显然已经将他们俩排除在外了。郑直虽然死于应大山韩驹子之手，但官府那么多便衣潜藏在楼下，这显然不可能临时起意。还有，官府怎么一个活口没抓住，就笃定破获的是盗匪团伙呢？那碧桃苑的令老板，罪名顶多也就是买卖良家妇女。如果还有罪行，也就是窝赃销赃这些罢了。

"那个女子。那个被从京城拐卖来的女子。她的来历不凡。只有她知道郑直可能会赴约。"湘莲眉头皱紧，说出了自己的结论。

"这则我也想过。但一个被限制自由的青楼女子，她有什么力量去惊动官府？又有谁去信她？毕竟，郑大哥不会表露自己的身份。"

"一定有人帮她。"湘莲思索着，"至于她为何认定了郑兄身份，倒要想一想了。是不是什么标记，是应大山他们和郑兄都有的？"

青山内心深处佩服得一塌糊涂。才几句话，他就转到了自己从未思考过的领域。

"是的，兄弟们为了互相识别，也为了让人不生异心，每个人在手臂、手背各处，纹上海中物事。"青山撸起袖口，卷了两卷，他的手臂上是一条尖嘴鱼。

湘莲看了，心中了然。"这就是了。一定是那名叫作妙姬的女子，被掳来的路上，看到了这个标记，然后又从郑兄身上看到了类似的纹路。她把郑兄当成仇人一伙了。"

青山想起了那妙姬见客提出的古怪要求：手上有刺青。敢情，这女子在茫茫人海中以此为线索，将她的仇人找了出来。她找到了郑直。而郑直，显然是因为妙姬的要求，带了应大山韩驹子同去。她的殷勤，她的款留，她的风情，她约在八月十五庆祝生日，这一切的一切，都源于这手上的刺青。或者说，是胡作非为的应大山两狗贼手上的刺青。

想到这里，青山又冒出了疑问："那妙姬为何最后顶住房门，帮着我们，放我们走？"

湘莲低下头，意气萧索。"青山，这是一个奇女子呀。郑兄为她挡了一刀，她才改了主意。看来这是一个心存柔软的女子。这样的人出身差不了，这样被污，被卖在青楼，又过了这么久，还能不堕心志，一心一念复仇，又在最后关头恩仇分明。大丈夫也不外如是。"湘莲隐藏了他曾从贾宝玉处偶尔听得妙玉之名这事儿，京城荣国府大观园掳来的尼姑，还能是谁呢。是的，让一切安静下来吧，不必再深究了。

青山想想也是。他心中未尝没有这样的推断，只是没有道长这么明澈，这么洞察罢了。

"道长，那您看，兄弟们手上刺青，以后怎么办？"

"郑兄当时的决定，当然自有其道理。但从来约束人，仅靠恐惧是维系不了多久的。现在我们金盆洗手，招兵买马走贸易之路，走大海之路，肯定不能沿袭当年的旧俗。这样，你广为留意，看有没有药草可以洗掉这些刺青？至少洗淡一些，纹路模糊一些。另外，我琢磨着，我们最好有自己的造船工匠，甚至有自己的造船厂，隐蔽一点，不引人注目的那种小厂子。这一点兄弟可以留意一下。可也不急，慢慢来。"

湘莲的思路跳跃得很快。

"是，明白了。道长，我还是想知道，不靠刺青识别和威慑，靠什么维系兄弟们呢？这些人一旦失去约束，江湖上难免大大小小闯出祸来，那样会连累许多人；许多家庭可能也会受到波及。官府对草民凶狠，如果顺藤摸瓜，是不会放过大伙儿父母兄弟姐妹的。"青山一边在心里记下道长的指示，一边又不肯放弃刚才询问的问题。于他来说，今天的谈话很重要，足以开启自己的心智，涓滴不可放过。

"靠什么？靠激励，靠希望，靠兄弟们协作带来的改变，靠正当的财富带来的成就感。"湘莲被青山一问，他内心的思考喷薄而出。侧站在渐渐西斜的太阳光影里，他的头发，衣服，全身都打上了金色的轮廓。青山看过去，道长的眼眶凹陷之处，在金色的笼罩下，有着浓重的阴影。

"大海，是比陆地更辽阔的所在，而比大海更辽阔的，是人心。我有一种感觉，我们或许可以改变这世界上的一些东西。"湘莲面向东边，他的右胳膊在夏末秋初的空气中，无声地画了一个圈。

青山静静地听着，他咀嚼着道长的话，琢磨着。道长的道，还是不是道家的道？如果不是，那么这个道，又是什么道呢？

当晚，二人买了一只烧鸡，再加一包牛肉、一坛酒，裹了披风，远离渡口，坐在大运河边空阔处，看千帆竞渡。北上南下的船只纷纷在船头点燃灯笼，既照亮前路，也让对过的船只看清自己。点点灯火处，像天上银汉。湘莲看看天上，果然，一带长河淡淡横过，里头不知云集了不知多少星辰，在天上密密照耀。

那么，我是找到了自己当行之路了么？湘莲问自己，也问天上的星辰，河里的灯火。

第五十回

利善之间

薛家小妹一直在寻找一个机会，与萧大哥谈一次。

柳湘莲也一直在寻找机会，与宝琴谈一次。

她当然不知道他身边的兄弟叫他"道长"的事儿。在她面前，她听到的都一个样，人人叫他大哥。她只知道，自她出娘胎以来，萧大哥是唯一的，她可以感受到信赖及力量的人。她看着他的眼睛就欢喜，那里头是深邃，神秘，是一个男人的全部精华所在，平静而蕴藉。

至于湘莲，他的心情复杂得多。

一个经历过从朱紫富贵下坠到四壁空空的世家子弟；一个曾眠花宿柳，赢得青楼薄幸名，又不时登台客串角儿，大把挥洒光阴的浪荡子弟；一个拳打过薛蟠，平安道上又救了这个蠢蛋的自性任情的武林侠儿……他还是一个痴情女子为之伏剑，受过激荡，无处找寻自己，最终去踏了八卦数年的那个出世者。

还不只。他还是那个收过徒弟，指点过经商之道，又夜闯官府后院，劫富济贫的强盗；还是一个加入了海盗帮，想带领郑直的弟兄们脱离泥沼，走向光明之路的引路人。

从他决定做群盗头领的那一天起，他就自己脱离了独往独来的生活，扛上了责任，同时也决定放弃了自己的生活。

他弃绝儿女情长，已经很久很久。

但是，谁能对清晨盛开的鲜花无动于衷呢？

他当然看得懂宝琴看他的眼神，崇拜，信赖，那种凝视。桃叶渡打退那些青皮流氓的时候，他看到了宝琴眼中裹在泪水里的热望。正因为此，他离开时不看宝琴一眼。他不能鼓励她继续下去。

但这女孩儿是多么与众不同啊！她的天才的想法，她处变不惊的态度，关键时刻挺身而出的勇敢，是他平生所不曾见过的。何况，这个女孩那么年轻，那么美，就像初春绽开的花蕾，秉承着四季最深切的希望。

他也知道，他无法超越他和她所处的时代。宝琴终究是要嫁人的。自己唯一能做的，就是果决，不耽搁了她。对于这一点，湘莲其实也很怀疑。这么一个有主见的女孩儿，她的将来，能够安心做一个相夫教子的主妇？何况，薛家的未来都在她一个人肩上，她经商的才能和天赋，恐怕在不久的将来就会传扬出去。那门当户对的人家又怎么敢向这样的人家提亲，求娶这个少不了为娘家抛头露面的女孩儿？

湘莲摇摇头。像要祛除自己头脑中的杂念。他怎么为她着想了那么多？扪心自问，面对这样的一个好姑娘，他真的心如止水吗？

那日在淮安，沿着大运河，他破例与董青山谈了很多，谈了很久。他愿意敞开心扉，下山后还是头一次。是什么触动了自己？他也曾细想过这个问题。他生命中的节点，都是有迹可循，跟着内心的抉择走的；唯有这件事，那就是宝琴的出现，是那样突然而美好，让他感觉到了生活的开阔和惊喜。她是如此与众不同。她不是普通的闺阁女子，也肯定不是遵循三从四德的古板之人，她是鲜活的，美的，独特的，有着跳出规则因而更令人着迷的魅力。

风吹过来，胸襟就会打开。

董青山代表他，去和薛家谈对双方都有益的合作。此前，湘莲不是没有踌躇过，他们身份的隐瞒，对于薛家是不是公平。虽然应大山韩驹子已经魂归幽冥，陆地上，再没人知道海盗帮此前曾经的劫掠，但大海上，常天柱董青山，他们曾经是海上的猎人。只是，现在改弦易辙而已。

当他惊讶地自省，这早已不是从前的思维时，自己默默地笑了。一个人一直走在光明之路上，这是圣人，而圣人，在这样因为出生的种族，出生的阶级，生来就不平等的社会，恐怕没有成为众望所归圣人的机会——说不定很早就会死于饥饿，官府的税赋，疾病得不到医治，地痞流氓的殴打，文字狱，以及上头阶层以各种借口进行的压榨盘剥。因为圣人是曰善，而不趋利的，如果不谋求自己的生存之利，虽好人圣人而难活。

儒家的理想国，从来不曾在地面上出现过，看看孔子就知道了。他周游列国，有哪位国君重用过他吗？没有。因为他们知道克己复礼这一套，可以拿来嘴上说一说，但到底是行不通的。没有利，只有礼，礼由谁尊？享祭之牺牲，到底还是必须要有供奉的具体物事。空谈从来谈不出公平，也谈不出生存。人活一世，还是需要贴地。

以道德来绑住自己的手脚，会有利于谁？薛家会因缺乏庇护而衰弱下去，宝琴也不能幸免。尽管她已经是薛家最聪明最有担当的人。想到这样的前景，湘莲不禁黯然。

流氓们不讲道德，可是，他们可以威慑讲道德的人，肆意伤害他们。这，合理吗？是谁纵容了他们的胆子？在流氓们的背后，是否还站着衣冠禽兽？

改变众人的人生轨迹，改变那些不公，重新给兄弟们善待这个世界的机会，也同时寄希望于被善待，不正是他一直以来在做的事么？他在犹豫什么呢？

好吧，那就做一个当下的柳下跖吧。盗亦有道，这个道，是天道。

湘莲思考的这些，董青山倒没有顾虑。孔孟之书读得少就有这个好处。当道长与他敲定各种计划、细节之后，他代表道长再次登门薛家，表面上谈航运，实际上，他有更深一层的想法。屏退下人们之后，他与薛蝌、宝琴兄妹谈了成立的商行并向薛家钱庄贷款之事。宝琴的基金计划无疑是个新东西，但需要配合航运的业绩，所以，航运业一定要取得官府的支持。这一切，需要一段不短的时间。如果钱庄的业绩不只来源于航运，那必须让他们明白，自己一方成立商行的前景。

目前禁海令各处执行得虽然有紧有弛，但到底还是明面上并未废除，所以董青山只说了商行北上南下的贸易。现在的盈利基础，在各地建立网点的布局，以及未来的发展。没有担保是弱项。但好在有萧大哥背书。

董青山谈得越来越激昂。不到这一刻，他都意识不到，原来回归正常而充满希望的生活，于他多有吸引力！与薛家航运的合作，贷款利息的偿付，这一切实现的信心，是因为，他们立足的这座城在长江边上。有了东西向的扬子江与南北向的大运河，这得流动起多少物资多少财富。如果他们的合作顺利，那意味着水运秩序的建立，以及货运成本的降低，想想看，那得多有竞争力。

薛家兄妹听得认真入迷。薛宝琴先于哥哥，敏锐地觉察出这份合作的远大前景。薛家街子上的铺面，会因此有南方广州来的充足时新的洋货，北边来的山参、貂皮、鹿茸，更重要的，是有了足够安全稳定的渠道。那么，薛家的铺子可以扩大，将来再造第二条薛家街子也不是没有可能。

薛蝌听着，这一久的经商让他明白，成功的商家，也意味着会被官府盯上。商人，首要的是生存和发展，其中最重要的就是要避免成为肥羊，面临被宰杀的命运。从古至今，江南富甲天下，不怕官，就怕管，重重税收，抬不上台面的冰敬炭敬火耗，说不出名头的各种捐纳，还有各级胥吏从中上下其手，不知多少商行铺头被敲骨吸髓，从昌盛到崩塌。薛家失了京中的靠山，不就是这样败落的么？如今稍有抬头，又被地痞践踏，航运被迫歇业。那么，该如何避免重蹈覆辙？

薛蝌身体好些了。但显然，胸口挨的几脚给他留下的内伤远未痊愈，说几句话就要喘上几喘。薛蝌心中恨，可是，恨又有何用呢？

据董青山说，他们在金陵的商行名唤"雷记"，取大雨下在田中，孕育丰收之意。宝琴信得过萧大哥的为人，但雷记显然在金陵开张不久，向钱庄贷款两万两那么大额，没有财产担保，不合行业规矩，也是有大风险的。她看看哥哥，等薛蝌决定。

薛蝌知道，宝琴的这位大哥对他们薛家的现状有着多大的保障。他从头到尾回忆了两次会面，确定不是这位大神故意设的局。相反，他到场两次，两次都解了他薛家的危局；说奇也奇，对阵的都是青皮流氓之流。看来，只有像萧不平这样的人，才是地痞们的克星，才能在纷乱的江湖保护他薛家。

只是，这萧不平，他都不能确定是否是其真名。一般人的姓名是由其父母所取，富贵一些的，就是各种祝福吉利字眼；诗书传家的，便是用典，名也好字也好，各种出处；等闲人家的，便指个物事，或者出生时间，不拘什么便叫上了。但像这个名，几不靠，且有明显的意思，确实少见。

不是江湖人，怎管江湖事？薛蝌又想。是个号，不是真名又如何？这个人是具体的，是两次帮了薛家大忙的，这就行了。薛蝌想起祖父曾经讲过的话：有侠气之人，必不能做非侠义之事。

想定之后，薛蝌允了，朝宝琴点点头。这意思再明确不过，具体的事项，得她拿主意了。

"董先生，萧大哥还在金陵城吗？"谈完正事之后，宝琴按捺不住内心的想法，当着哥哥问了出来。

"萧大哥一直在忙商行之事，附近几座城来回奔波。近日往南边去了。薛姑娘要见他的话，我带话给他？"

宝琴明亮的双眼闪了一闪，以女儿家的身份，她本拟说"不用了"，结果出口，却成了"那么，有劳了。"

董青山看了看薛蝌，起身告辞。他分寸感天生强，从来不做无谓的揣测。于他来说，作为属下，他的忠诚是属于团队，是属于大哥的。待回到薛家街子，雷记商行刚刚盘下的一处外铺内院的所在时，他原原本本地将会谈的结果说了一遍，也包括宝琴要见他的话。

不出意外，听完他的话，道长只是"哦"了一声，再无第二言。显然，这不是见宝琴的合适机会。

当晚，二人讨论的是，从钱庄借到的钱，该置办几条船，该进什么样的货，还有北行、南行的船只下一次出海的日期。还有，让二哥常天柱带人过来接手，他们应该信鸽通知下去了。

宝琴是个精细人。萧大哥前一次登门，他的眼睛曾随着管家的身影转动，自己又从哥哥那里听到了董青山的建议，她心中大致有了轮廓。她找来在薛家当了一辈子管家的老者，尊敬地询问他，对于薛家遭遇的桃叶渡风波怎么看？薛家下一步，又该怎么做？

那管家姓崔，随薛氏一族度过了漫长的岁月。作为管家，他对金陵城极熟，对于市井人情也极为了然。宝琴如此下问，他心中感动。思考再三，他决定坦言相告。管家的建议是，不再追问官府为什么没有捉拿人犯，重点要放在未来，也就是，必须结交官府以为奥援。薛家从前地方官是高看一眼的，皇商一族，谁能忽视呢？但现在一切都说不得了。铁打的营盘流水的官爷，伏低做小也罢，韬略也好，先得结交现任的应天知府。薛家不比朝中有亲戚可通天的时候了，该低下身段，就得低下，不求作威作福，但求无灾无过。

话直白说到这份上，宝琴也知恳切，纵使老管家用词颇多粗粝。她也知其意而纳之。果然家有老，是块宝啊，俗语说得不错。见管家如此通透，便全盘交给他去打理。

管家领了东家之意。此前眼见薛家式微，不禁起了兔死狐悲之感；后见薛蝌、宝琴京城归来兄妹争气，心中感慨。见宝琴如此重视自己的意见，便从是日起四处打听。过了大半个月，终于打听到了现任知府的师爷家所在地。下一步怎么办？他来请薛蝌兄妹的示下。

薛蝌听管家提到府衙的师爷，忽然有个猜想。他想起了中标碧桃苑那天，那个据称是知府师爷的人离去之时，特地向他点了点头。回思起来，颇有点意味深长的意思。在他有限的认知里，青皮流氓怕的就是官府，但有些地方，官府也用他们来做一些烂事，也就是俗称的白手套。那帮打人的流氓如此猖獗，在秦淮河那么霸道，没有官府中人在内里撑腰，不可能横行那么久。嗯，宁可多拜拜吧，庙里边的菩萨边上不也立着个善财童子么。二者是否有关联并不重要，重要的是，要改变自家被动挨打的局面。

世代经商的薛家当然知道，万事离不开钱。但如果托付非人，不但所用银两可能打了水漂，更严重的是耽搁了事儿。而薛蝌纵目四望，眼前可以信任的，实际上就是夫人邢岫烟和妹子宝琴。夫人困于她那贪婪又搅扰的父母，所以很多事也不方便说给她听，宝琴妥当，但是未出阁的姑娘，怎合适抛头露面？可恨自己一身病体，出门困难。说不得，再难，也要勉为其难。

招来大夫，用药扶着，薛蝌又喝了两天参汤，带了管家去拜访。见了师爷面，那师爷面上堆笑，眼却不笑。薛蝌不管，恭恭敬敬奉上见面礼。过了几日，再去。再过几日，又再自己独自进屋拜会。见那师爷脸色渐和，这才奉上一千两银票。那师爷推了几下收了。薛蝌抹了抹汗，这才袖口中另抽出一个红纸包着的信封，说是薛家得金陵父母官关照，经商从业，皆是父母官照顾生民得力，故此感谢，将前向航运获得的利润如数孝敬，请转交府台大老爷，并请继续关照云云。

那田师爷见薛蝌终于懂事，心中一笑，接了过来，端着架子骈四俪六说了几句，薛蝌也听不太懂。只听得那师爷说话中，有祝愿薛氏航运兴旺发达之语，心中理会得，这怕是同意他薛家继续经营了，这才再次感谢，躬着身退出来。

果然有钱能使鬼推磨呀，薛蝌感慨。一回到家，告知了宝琴，自己再撑不住，直接躺倒了。宝琴与管家在前堂日日计议，他在后堂心中欣慰。想想这是萧大哥此前提到过的，不禁佩服：这个人，怎么就从地痞骚扰之事，直接跳到劝他重视与官府的关系呢？这其中可能隐藏着的联系，现在他算是明白了，但是，足足晚了萧大哥好几节。这个人怎么就懂这些弯弯道道呢？

转头想想给出的三千两银子，薛蝌又不自禁地肉疼。这个钱，是薛家卖了多少铺子筹集起来的资金，又用了多少人，费了多少心力才赚来的钱，却为了一个平安，全部给出去了。

他不禁心酸。从前不觉得，现在薛家失去了皇商招牌的庇佑，他才觉察到商人的地位何其之低：一个师爷，他薛家都得去巴结，去躬着身，去求人家收下银票，攒起来的财富是那么脆弱，简直不堪一击。而薛家中兴的这段时间，功劳最大的是妹妹宝琴，是她首倡航运，也是她盘活了钱庄，盘活了薛家街子。她这段时间的辛劳，也算是付诸流水了。想到此，薛蝌作为兄长，心中觉着亏欠，低头难过。如果自己不快点好起来，往后的日子，妹妹一人她能扛多久？还有，宝琴这样出出进进管理偌大的家业，名声能不传到外头吗？有哪家门第相当的子弟还敢向薛家求亲，求娶妹妹呢？

第五十一回

非梧不栖

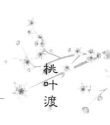

　　湘莲忙着理顺商行之事。既然是正儿八经开业，那就要拿出正儿八经的样子。他知道，经商对于兄弟们，肯定是一时难以适应的行当。毕竟不是做没本钱的生意，毕竟不是动刀动剑。要动的是脑，是心。方向这一转，是换道，是换人生。各人秉性不同，戾气重的，就海上漂去，扶桑也好，南海也罢，海路需要彪悍；内敛和善一些的，就挑了来做生意的门脸。谁又天然什么都会呢？权当重新出发。他坚信一点，人是环境造就的，也会在环境中改变。自己就是一个例子。

　　他知道，自己一个人，即使加了常天柱还有董青山，也就三个，凑起来一个巴掌都不够，岛上也就罢了，上了陆地，他们怎么管得过来这一大摊子？口头说教没用，风一吹就散了，要用规矩来管。是的，海豚帮的未来海陆商路网，要的是规矩。规矩还得落在纸上，如有可能，还应该刻在石头上。

　　这个规矩，叫什么呢？

　　凡事该有个章程，湘莲想着。对，那就叫章程好了。他脑子到处，笔墨也到。当下提笔写了各种章程，对外的、对内的；海上的、陆地的；该做什么、不该做什么；怎么做算做好了、怎么做算不好，做不好的，会被换掉，一一写上。他写得尽兴，使用的也尽是通俗易懂的字眼。写完了，再一页一页看一遍，猛然间想起一个问题：兄弟们大多不识字，这些个，写给谁看呢？

　　湘莲自嘲地笑了笑，甩了甩头。一口气不落，转头继续想：不识字无妨，将来招几个品行端方识字的人来，一边当伙计一边教大伙认字，不就解决了？薪水不妨开高一点。这年头，诗书世家的破落子弟不少。到江南一带时日不短，他知道前朝牵连甚巨的明史案文字狱，不少读书人家族当年被全家斩没；此后江南文气一蹶不振。经历世事变幻的老学究们，胆小的，往往嘱咐儿孙千万别著书立说，那是招灾引祸的根源；做个小生意就好，等等。这些子孙就此蹉跎，进不了学的，一来二去，志气也散了。没了生计没了活路，这样子的读书人请了来，教几个字，记个账，应该可以胜任。像甄宝玉那样的，就很合适。

金陵这地儿，招人这事，就留给常天柱吧。文的武的一起招，会拳脚功夫的，他领着护航当保镖；识文断字的，就当账房，当识字先生，辅佐他做雷记商行的生意，量也不差。

又想起了北京城的虎豹兄弟。他们有现成的货栈，有成体系的供货与销售渠道，如果与他们连上了，那么京城一路，甚至山东、辽东一带都无需再铺排人手。如果北上的船只不再南下运货，直接从山东、辽东装船，来回之间，那得节省多少时间和运费。湘莲当然明白，银钱滚的次数越多，收益越大。从薛家贷来的资金是扛着利息的，人家不要担保，这个情分不能辜负。想到此，湘莲搓搓写僵了的手，提笔再写了一封信给陈虎、陈豹。尤其是陈豹，跟随自己的时间不算短，有他在北京配合，应当可以放心。而且，这也是彼此有利的事。海上的货陆上的货，货畅其流，可谓双赢。他们虎豹行的触角延伸到江南，对于商家来说意味着什么，相信这两兄弟懂。湘莲一口气写下来，说完正事，本想信末问上一句，兄弟俩如今还练剑否？后来一想，算了。

自己还是放不下那段山中岁月啊。师父不知去哪里了？今后还能见到吗？

湘莲摇摇头，收回思绪。算算日子，常天柱应当已接到发出的信，该启程来金陵了。信鸽放飞次日，湘莲即已派董青山踏上回程，去接替常天柱。时间上衔接，应该差不多。

罗圈培养的鸽子认路真是准。此前信鸽已经试飞过两回江村，都有报平安的"27、69、78"三组数字传来。摊子一铺开，什么样的人才都需要。派在江南的几个点，负责的弟兄们人人负有开枝散叶的使命，但愿他们在历练中能够担起肩上的担子。单打独斗永远比不过团队行动。当然，前提是团队中人团结、目标一致，不能互相扯后腿。

令已发出，就看推动吧。初期有不同程度的磨合，容错也是必需的，人总是在历练摔打中成长起来的，不是嘛？

为着章程，湘莲一连忙碌了数日，不断完善，又重新誊抄了一遍。旧的纸张撕得粉碎，放在火盆里烧了。当夜睡得香甜，是他自来金陵后睡得最好的一晚。

次日一早，一只白鸽在天空盘旋了几回，最后准确地落在雷记院子里。小板凳一路跟随湘莲到金陵，平时院子的洒扫、房间的收拾这些都是他的活。他起得早，正满院子扫地，见信鸽落地，便轻轻放下扫帚，蹑手蹑脚接近，那鸽子口中"咕咕"的，却不跑不飞，雪白的脑袋微微侧着，小小的圆眼睛望着小板凳，一点不怕的样子。

说起来，这都是罗全的功劳。海豚帮上岸做事联络增多，信鸽的需求量显著增加了。那跛了脚的罗全不负信任，他爱鸽子，懂鸽子，培育、训练出的信鸽出色，至今还没有一例飞丢了的。

从咕咕叫的白鸽身上解下小小竹筒，小板凳不敢拆看。他一手拿着信筒，一手轻轻抱起鸽子送进院子里的鸽笼，里边有清水和玉米粒，让这只长途飞行的鸽子可以好好进食歇一歇。湘莲正要出房门练剑，见小板凳恭敬送来信筒，赶紧拆开。

抽出来的纸条上，用针戳了"27、78、69"三组数字。数字后一横，紧接着一个"2"。这是常天柱的代号，见"2"标志，就代表是他捎来的信。

常天柱些须识得几个简单的字，写是不会的，所以湘莲和他，还有董青山三人约定，这三组数的第一个数字连起来是增序的话，就是平安；降序的话，就是海豚帮内部出了大问题，赶紧回；而"78"这组数字如果在中间的话，就是出现海豚帮之外有关联的重要事件，需要赶紧回。

湘莲思考过这个简易的通信系统，觉得万事以简明为要。考虑到弟兄们多不识字，他一力推行学数字。教就很简单，岛上到处是沙滩，在沙上用树枝画出图形，手中比画口中念叨。大伙儿倒是学得快，又被督促勤加练习、互相考较，现在基本所有的弟兄都能够掌握 1 至 9 的数字和顺序了，就连傅春那边也被湘莲调回，学会了才放回江村。只是大伙儿 9 个数字是认得，也会写了，但以数字为基础的简单计算，大部分人则还不会；只有少数如董青山这样天资聪颖之人，入了一点门。湘莲想，弟兄们习练的深度虽不够，好在普及，对于传递信息的简洁与保密性来说，这几个数字堪堪够用。

苏、湖、无锡几个城市，分部的负责人已经先派出去了。湘莲出发来金陵前，和常天柱、董青山一起，召集了平时看在眼里，如今赋予重任的几位兄弟，密授了各自的数字代号，让他们发信时作为落款加以识别。并说明，不能传递的重要信息，飞马报来金陵。

简短有力的谈话中，湘莲授予他们接收当地人加入的权力，但前提是，对于海豚帮的存在只字不提，对于自己与伙伴来自何方，从前做何事，必须准备一套公开的符合身份的说辞。核心机密，包括供船只北行南下的货物，眼前必然是要发到浙江湾汇总的，这真实目的地便不能透露，还有信鸽的来历，所飞的目的地，统统不能外传。除此之外，分部就是普通的商行，招普通的伙计，正常收发货物，开铺子赚取价差，趸也好散也罢，正常经营这样子。湘莲额外强调，各分部经营的同时，应正常记账备查，不是信得过信不过的问题，定下的规矩如此。总部承诺的按比例分红，经核查后分文不少。

说话时，他按剑而立，星眸闪耀，面沉如水。各位兄弟躬身领命，心中又敬又怕。他们都见识过道长剑姿，那是飞花摘叶，风过无痕；也见识过道长各项不知哪里来的本事。他们信赖他的引领。故道长虽不曾吐出一字，比如有泄露违规情事，处罚会是怎么样的话，但弟兄们都知道，如有辜负，凭道长的那脑子，那冷静得令人生畏的眼神，那肯定天涯海角也要被拿获，绝对逃不掉。再说，道长给了他们挺直腰板重新做人、重入社会且独当一面正当致富的机会，他们为什么要违背禁令？

且说湘莲看到常天柱发来的信息，立即叫住小板凳，收拾行囊，准备上路。又嘱咐跟来的傅老三的二哥，自己去后，商行照样开门，该办些什么事了，然后就等常天柱来主持大局，先把薛家的航运业护起来，多沟通，促着他们尽快复业。

傅老二就是湘莲初航普陀寺出游大海时，在岸上将马匹喂得膘肥体壮，毛皮清洗得干干净净的人。湘莲看在眼里，认为他笃诚可信，这次便带了来金陵，也是给他一个锻炼的机会。傅家老二不及弟弟灵活，但性格沉稳。他见湘莲倚重信任，便也给自己打气，为人处事，万万不可因自己乡下来的少见世面，弄丢了道长的脸面。年轻人学得快，在金陵住了一段时间，学了些当地口音，又换了衣装，习了些城里人的问安道乏，走出去说话行事，已经很像样了。

湘莲说完，手臂上搭着披风，佩好剑，正要出门，忽听铺子前头的伙计来报：薛家钱庄的金老板来拜，留下一个帖子，说是希望在钱庄见一见萧先生。湘莲一听，这应该是向雷记发放贷款涉及到的具体事宜，需要见自己，正常，同一条街子上，去一趟就是了。看来自己不露面，一味让董青山去办，还是不近情理。

大清早，街上来往行人不多。各个铺子的伙计纷纷拿着长柄扫帚，在扫门前的地；有的还提来井水，把门前冲得干干净净。一条街走过一半，钱庄就在眼前。薛氏钱庄、当铺是连着的，明显讲究一些，门前一溜铺着青石板，早已被冲洗得干干净净，门口还有脚垫，早有伙计在宽大的门前站着迎客。湘莲一到，已受过嘱咐的伙计就迎了上来，打着躬陪着笑问："请问是萧先生吗？"得到肯定后，这伙计也不多话，走在前头带路，去往后院。

湘莲还在奇怪，怎么钱庄掌柜不在前头会客的房间与他谈，也不出面，直接往后院？正想着，只见伙计到了院里最左侧的厢房门前，打起帘子，手上已经做出了"请"的姿势。

一进门，一个丽人婷婷袅袅从桌边站了起来，正是宝琴。

一旁的丫鬟海棠知趣，向湘莲行了个礼，低头出去了，又在外头轻轻地带上门。透过门缝，可以看见她就站在门首，为她姑娘站岗放哨，摒弃闲杂人等。

"萧大哥，您……请坐。"宝琴见湘莲进门，愣了一忽儿，这才想起待客之道。

湘莲回礼："薛姑娘好。"边说边摘下了眼镜。那是他出门必备的物件，但到薛家拜访时，他向来是摘下的。

见宝琴一直不说话，湘莲只得开口："薛姑娘今日来，是为了雷记向贵钱庄贷款的事务吗？萧某前向失于礼数，让姑娘见笑了。还请谅解。"说完，便向宝琴拱拱手。

"我信得过萧大哥的为人。虽说在商言商，可到底是与人打交道，对于萧大哥，还有董先生详说的雷记经营规模，我薛家是信任的。也相信一年之后，会带来可观的收益，像约定的那样。"宝琴平静下来，她嘴角漾开微笑，酒窝微凹，秋波流转，一双妙目盯着湘莲，接着说："萧大哥，难道不是吗？"

湘莲一听，让他来这一趟，显然不是说贷款之事，但是，又算是说了。这姑娘！

"萧某自到金陵，和弟兄们经营雷记，贵庄能够如此通融支持，感激不尽。"湘莲只得继续接着说场面话。两个人从未单独相处过，一向淡定的湘莲居然有了一丝尴尬。

宝琴不答。她提过桌上白底蓝花的细瓷茶壶，斟了一杯茶，双手托着放在湘莲面前，一边斟酌着该如何说出自己想说的话。

湘莲混迹红尘多年，女孩儿的心事多半猜得出几分。但对宝琴，自然不能唐突，只有端起茶杯喝茶，边喝边等。

外边院子里越来越亮，街子上的喧闹一点点传进来。湘莲看宝琴不说话，心下倒是一叹。父母双亡，哥哥养伤，她一个小小女孩儿，连替她递话的人都没有。不过，凭借着对眼前姑娘的了解，他很怀疑宝琴是否愿意与哥嫂分享她的心思。

不忍心让宝琴煎熬，湘莲开口了："萧某父母早逝，别无亲人。浪迹江湖多时，多有不羁之处，人间疑惑，面壁多年不得顿悟。如今各种飘摇不定，譬如今日就当远行。想起来，也是无法在某一地安身立命之人。"这话是试探，也是自白。如果他猜错了宝琴的心思，这段话也不至于让宝琴难堪。

这段话信息量很大。宝琴听在耳中，如何不知？就是人生虚无，尚未找到着落处；江湖飘摇，不准备成家立业，也许一辈子也不会的意思。至于不羁嘛，可以解释的就多了。

她低头听着，待抬起头来，眼睛里蒙了一层薄薄的雾气："凤兮凤兮，非梧不栖。人间终有梧桐树。也许萧大哥还未寻到，又或者不愿落脚。"

"萧某一介布衣，身无长物。昔日在山中一道观，看天上云卷云舒，观山峦起伏跌宕，然自身愚钝，尚未悟道。至今孑然一身，终究自家是顽石，可自误，断不敢误人之故。梧桐藏于深山，如何不知？但恐雷电轰击，毁了良材美质。"湘莲听宝琴如此直白，心中感动，说话也坦直了一些。他有分寸，一直拿自己说事。这话已经说得太明显了。他的经历，他的想法，都一字不漏传达了出去。

"小妹不打机锋，亦非卓文君之流。但其勇气，则深为仰慕。想来凤栖梧桐，梧桐待凤，都只因了舍此无他四字。萧大哥以为然否？"

湘莲心中跳动。如此美好的姑娘，如此倾心于己，却囿于礼教不能直抒胸臆；又因不愿辜负了自家内心，才把自己请过来这样子婉转说话。尤三姐的血痕慢慢淡去，可终究还在那里。但纵使当年，他也无此心神激荡的感觉。准确地说，是前所未有的激荡。

他的鸳鸯剑，还能再送出一次？这不是亵渎了宝琴吗？

礼教岂为我而设？转念间，湘莲心中涌起一股豪气。古人怎么说的？人生得一知己足矣。眼前的宝琴说出这一番话来，于她，已是何等艰难，又是何等勇气。真的不允许自己有真正的幸福么？可是，自己的幸福，能在大海上飘一生一世吗？

踌躇着，矛盾着，百转千回。他硬硬心肠。

"薛姑娘，凤凰有翅，飞越大海，且以大海为家，纵然灵犀有约，终究难以安定，又当如何？"

"愿随大海。"宝琴干脆地回答。她端坐着，头微微低下，发髻上插着的步摇一动不动。

湘莲不能再说下去了，他孤独多年，漂泊多年，又面壁日久，早已习得内心波澜不惊。但面对如此坚定的意志，不畏风险的决心，他动摇了。看着宝琴低垂的头颈，那样好看，她的身形裹在窗外射进来的光线里，朦朦胧胧，漆黑的一头秀发，此刻是金色的，是那样的灿烂夺目。上天没有辜负任何一个生灵，此刻给了他机会，让他的心死而复活。

他心跳得很厉害，似乎随时会跳出胸膛。可是，海豚旗的影子飘过眼前，令他清醒。是的，他扛着的，早已不是一个人的责任。上天的祝福，终于还是不得不舍弃，

宝琴的心也在激烈地跳着。有生以来，她不曾想象过自己能说出这样的话来。二人对坐无言，时间似乎过得很慢很慢。

终于，她抬起了头，双眼凝视着湘莲：

"萧大哥，我有一句话相送。"

她站起来，走到门边的书桌上，裁了一条宣纸，拿起笔来写了几个字。背对着湘莲，吹干了，再叠成一个方胜。宝琴裁纸、写字、叠纸，湘莲一直看着她的背影。那样纤弱，脊背又挺得那样直。

转过身来，宝琴的眼神是坦诚无畏的。她走近湘莲，微微仰着头，双手递给站了起来的萧大哥。

"宝琴幼年时曾随祖父到过岭南，乘船出海，见过大海辽阔；也闻听水手说起海上各种艰险。但宝琴认为，心存向往，风险何惧。有道是江河归于海洋，水路连通四方，也许大海就是江河湖海的宿命。大哥请细细体会。"

湘莲轻轻接过方胜，看着眼前梨花带露的容颜，期盼的双目，他有许多话，但说不出口。

他定定地看着她的眼睛，像要记住里头全部的信任与深邃；他能感受到此刻自己内心喷薄而出的激流。

宝琴没有回避他的眼神。她在湘莲的眼中，看到了同样的懂得和信任。那双如电双目，如今荡漾着波光。她知道了，自己没有错付。她不需要什么保证。那么，剩下的，就是一个等字。

时间是他们的朋友。他们可以在时光里改变许多事。他和她，都知道。

湘莲咽下了说话的欲望，双手想触碰她双肩的欲望。他朝下点了点头，深深看了宝琴一眼，打开门出去了。

回去的路如梦如幻。到得雷记，湘莲叫上小板凳，踏上了回归大海之路。他必须过扬子江，转运河，和无数流连江湖的人一样，继续奔波在神州大地。但什么东西在他心里改变了。

291

扬子江水面开阔，江风吹拂。他站在船头，风卷得长衫飘飘，船头扬起的浪花打在他的襟袍上。湘莲拿出宝琴留给他的字条，迎风打开，只见上边写着："莫将生命付予虚无。"

江里的水汽滋润着扑打着他的脸。一阵大风吹过，将湘莲手中的纸条卷进了扬子江。湘莲目送着纸条盘旋在风里，最终消失在他的视野中。他知道，这八个字是如此振聋发聩，今生今世都是忘不掉的了。

第五十二回

仙方除疫

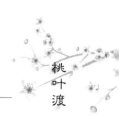

常天柱在岛上一直督促着建立新基地。凤凰岛背风山坳处，建立了一处处低矮的木桩搭盖的房子；为了掩人耳目，并没有全部排成行，而是高低错落，建在山坡、山脚；海面上若有船只经过，远看凤凰岛，就是一个渔村落。山腰上觅得一处干燥的大石洞，则整理出来，又点燃火把除却秽气，作为储货之用。洞口外不远处则大量移栽小树，好让茂密的枝叶隐蔽洞口。海上风雨太阳一样不缺，不多时，小树杂草开始郁郁青青，不是自己人带领接近，即使到达山脚，也很难看得出这里有个岩石仓库。

磨心岛作为接近陆地的哨所也建立起来，西面北面沿着磨心山脚建了树屋。岛上寂寞，常天柱设立轮班制，专门派人负责守望这两个方向的动静。两个岛平行相邻，成掎角之势，凤凰岛可以看到遥远的东面大海，而磨心岛则成为凤凰岛的西面门户。常天柱不懂兵法，但当半月岛的全部储备搬到更靠北的这两座岛来时，他不得不承认，道长选的地方确实不错：更安全。毕竟，距离香火鼎盛的普陀寺远一些是应该的，半月岛上的鬼怪之说，有可能被人们的好奇心所破。现在迁移，正是时候。

既是禁海令还在生效，陆地上的浙江官府，乐得对这些散布在茫茫大海中的无主小岛弃之不管。常天柱与道长、青山曾经闭门讨论过，知道这只是暂时性的，新主待朝纲稳定后，不一定还延续前朝政策。如果正式取消禁海令，那么现在海面上航行的船只，就会成倍数地增加，而官府收税、巡航也就随之而来。所以，这几年，就是海豚旗下的兄弟们转型的最佳时段。待到那时，他们的身份登记的就是商人，朝廷也无处查去。这样子的洗白，无疑是最理想的。

这一年的春夏之交，浙东特别炎热，热之后又时常大雨滂沱。先是负责中转的傅老三上岛来报，江村留守的弟兄病倒了几个，肚痛、恶心、腹泻、发热不止。据他说，因着担心爹娘，忙赶回家，两位老人已经倒在炕上，呕吐得胆汁都出来了，吃啥吐啥，守家的大哥急得团团转。他着了忙，遂打马深入腹地几十里，去各村镇找医生抓药，发现附近的几个村子，甚至大一点的镇寨，都传闻成片地有人倒下，有些地方还因拉肚子脱水死了人。开始还有好心的邻居村民帮着掘土下葬，但随着这种怪病的传播，村庄里健康的人越来越少。有的在田间地头倒下，家里已经没有了人的，便如此弃之荒野。春苗无人耕种，大地一片死寂。打马经过时，看见远远的天边，几个黑点直飞过来，到得近处收拢翅膀，站在田埂上踱着小步，嘴巴向下，不停地左啄右啄。

老三说到他所见情景时，脖子不由自主缩了一缩。忙喝了一葫芦水才好一点。又继续。

他看得脊背冷汗直流，不敢停留，鞭子不停地扬起，慌不择路，不管大道小道，拍马快走。

这块土地怕不是受了诅咒！他心慌乱着，脑子里飞快地想着各种野路子传说。路边有晚开的桃花，在死气沉沉的旷野中，艳丽得分外诡异。

纵马乱走，终于前头出现了炊烟。这是还有烟火气的村子！他牵马步行入内，一个老者蹲在墙边抽着烟筒。老三拴好马，也蹲了下来，隔开一点距离询问。那老者吐出口烟，脸庞在烟雾里时隐时现。他眼中有一点忧心忡忡，又有一点听天由命，对这位不知哪里来的后生说，这怕是瘟疫，历朝历代都有，怕是阎王爷来人间收人了。傅老三听完，心中绝望。他吃带来的干粮，去喝山上的泉水，不敢沾上这块土地上的邪气。一路上马奔波，一个一个镇子去，却哪里请得到医生。

一无所获回到江村，看看染病的兄弟们脸色青白，旧的兄弟伙，新招揽来的后生，有几个看着衰弱至极。再这样下去，恐怕命将不保。他没了法子，只好一叶扁舟来到凤凰岛，报告常天柱。

常天柱接到金陵的信，刚刚安排完事务准备动身，听老三这么一说，深知情形严重。他知道，瘟疫之所以历朝让人生畏，就是因为超强的传染力。他有生以来第一次遇到这棘手的事儿。既然傅老三来到，他可能身体健壮没事，但说不定这邪气，已经从他身上带来岛上了。

"罗全，不，罗全和鸽子怎么样？"他来不及问其他的，先问紧要事。

"罗全还算警觉，他一发现身边有人脸色不对，就搬着鸽子笼到村子的另一边远远地去了。那鼻子嘴巴捂得牢牢的，我去送饭时，他都摆手让我不要靠近。"傅老三原原本本说来。

"好样的！做得好。这瘸子以后得好好赏他。"常天柱忍不住赞一声。他想了一想，又问："官府有没有来赈灾救人？"

"我打听了，这病说是州府以下的衙门中也有差役得了，都慌了手脚。我走了几个村镇，还没有看到官府派人来。"

常天柱知道，这已经不是他能解决的事了。道长既是大哥，又是修仙道之人，拿出来的主意应该比其他人强。他让傅老三等着，不多时拿出一张叠好的小小纸条，让傅老三贴身收好，嘱咐他回江村，马上发信给道长。

傅老三接过郑重收好，又忍不住问："那病了的弟兄怎么办？还有，"他低了一低头，"我父母也染上了，命保得住保不住，我心中一点底都没有。"

"熬粥！不管他们吐多少，都要吃下去。人不吃东西会饿死，不吃就灌进去。"他本想拍拍傅老三的肩膀鼓劲，手抬到半空又放了下来。"等道长来，一定会有办法的。"

傅老三擦擦脸上的泪水，赶紧下船回岸边。这是天意吗？要亡他们家吗？自己身上，是不是也沾上了瘟疫，性命只在早晚之间？

常天柱的纸条上，刺的正是"29、78、69"三组数字，他记得顺序。此时，能指望的，就是道长回来拿主意了。但愿染病的兄弟撑得住。也但愿自己不要被刚才的接触传染上。从这天起，来向他汇报说事的兄弟们，他都让他们远远地站着说，不让近身畔，他不想惊吓了大家，也不说明原因，只是一心一意等道长回来。过得几日，董青山先到了。显然他从江村已经了解到疫情的吓人。

岛上临时拿了几块木桩，敲敲打打，给他在山背后临海的地方盖了一间简易的小屋子。饮食皆有人送去，远远地搁在外头，由他出来自取。这是青山自己要求的。毕竟穿过了疫区，如不自我隔离，岛上无医少药，那大伙儿只好等死。

常天柱的纸条，数字次序的改变，湘莲当然懂得。船到杭州，集上买了几匹马，他和小板凳几个快马直奔海边，沿着海岸线又一路往南。他知道，常天柱是个稳妥之人，不是遇到难以解决之事，是不会轻易启动紧急密码的。帮中兄弟没有问题，那是哪一环有问题？官府派兵进剿？一路也没听说。一路寻思不得要领。

未到江村，村村寨寨的情形让他大致明白了，招他回来的原因，恐怕是瘟疫。在一个大一些的镇，他看见街边上有衙役模样的人，架着大锅，底下烧着柴火，在煮着什么黑漆漆的东西；然后有负责分发的，舀起一勺，浇在伸出手的灾民的碗里。这条等着讨药的队伍像蛇一样，排得真长啊。排队的人差不多都是瘦骨嶙峋的样子。恐怕他们已经是情况还好的了。有一些瘫在炕头的，恐怕来领药的力气都不见得有，湘莲完全可以想象得到。他下了马，站大锅边上闻了闻，一股难闻的味道直冲口鼻，不知是些什么东西。衙役本就担心自己染上，布条蒙着口鼻，见他衣饰干净，腰中悬剑，也就不来多事，任他接近。

"大哥，家里来的信，是不是因为这个？"旁边的小板凳低声在旁边问。

湘莲看了看小板凳备受惊吓的目光，点点头。他抬头看见，刚才还伸出胳膊抬着碗的一个老人，接了药还没来得及喝，跟跄了几步就摔倒在了不远处。湘莲从衣襟上撕下一条布条，蒙住自己口鼻，走近老者一看，那脸色青得可怕，眼睛深灰色，死鱼一样瞪着天空；嘴角不停地流着口水，有腥臭的气息。还有喘气，急促得像拉风箱，这老人显然已经在挨命。可怜的老人身边摔着刚捧着的碗，汁水已经翻倒，碗底不剩几滴了。湘莲皱着眉头蹲下，伸过指头，在药汁里点了点，放进嘴巴尝了一尝。

这不是熬得很浓的苦丁茶嘛？里边还有一股子怪味，不知这锅汤里还加了什么。他扶起老者，让他靠墙坐着，好歹舒服一点。那老者的眼神竟然没有变化，还是那样的瞪着，那样的深灰色。湘莲心下难过。显然，这个人，他是救不到了。

湘莲明白，这是官方在救济灾民。可是，这个药，对症吗？湘莲一路看着灾民，一路观察，有的在街边已经开始吐了，更有远处，有人拉稀拉在了裤子里，一阵臭味，在逐渐热起来的空气中随风乱飘。这人等不到茅厕就拉，说明病情已经很严重了。

正在这时，一队衙役从远处列队走来，一到大锅边上，便呼啦啦将排队领药、旁边喝药的人围了起来。领头的头目挥舞着佩刀，让所有人都到镇西边的打谷场去。他说，那里有仓房，所有人全得去。有病人听了，当即说不愿意去，拖着身子摇摇晃晃往外走，那头目脑袋摆上一摆，便有手下提着鞭子过去，劈头盖脸就是一鞭。

"谁不去，就在这里把他抽死！"头目吼叫道，"县老爷有令，得病的，统统去，一个不许留。进去再不准出来。"

有为父母来领药的年轻人出声："我是来替父母领药。这要去了，父母怎么办？我们不准出来，谁管我的父母，谁又管我们？"周围的人能出声的，也一起抗议。

眼看秩序要乱，那头目冷笑几声："大疫之前，你还违背老爷的命令？来人呀，先把这个人给我绑起来，第一个先扔进去。"转脸，他又对着大伙说："放心，这里的药，也会送进去给大家。好了不就出来了吗？"

众人敢怒不敢言，有虚弱的，受此刺激，原地倒了下去。有衙役过来，直接拖走。

湘莲眼睁睁看着这一切。这关起来的病人还有没病的人，真的有人给治病，有人送饭吗？看那头目的狰狞模样，他不敢心存奢望。心下猜想，恐怕是县太爷为了控制疫情传染，要把这些人圈在一起任其生死了吧。这帮可怜的人，可惜他此刻没法救。

他衣袖里握了握拳头，握了又松开。最后领着众人退走几步，无人处吩咐：

"你几个别乱走了。在镇的东头空旷无人处等我。"湘莲低声命令道。除了小板凳，此行另有两个兄弟跟了来。

湘莲脑子里空空荡荡，恨自己平时对医道所涉不多，碰到如此严重的情形，只有束手无策四字可以形容。枉自己一身武功，到此全无用武之地。

想起用武二字，他突然想起师傅在山中时，难得的闲话中，曾略说过一点医道：人秉阴阳二气而生。一个人病了，便是阴气重，所以病魔缠身；如果阳气旺起来，自身强壮，可以舒缓症状，或可驱邪。

一丝亮光出现在眼前。什么药材可以培本固元，让人阳气旺起来呢？他寻思着，在脑海里搜寻记忆。附片！对，这味药材，据说没煮熟是毒药，煮熟了便是大补之药，最是提元气的，又常见，还不贵。这还是远在京城的陈豹，当年跟着他，路过药材铺时随口说起的。现在，与病魔抢的就是时间。要找到适合的方子已经来不及了，先提升人的元气再说。

主意已定。湘莲四周看看，这个镇有一条南北通向的大街。他知道药铺一般在街上人流密集处，便一直找过去，内心期望着或有药房还未关门。他牵着马边走边找，路上见有行人就走近去问，结果人家见他一接近便立马躲了。还好，走了不多一阵，在街子中间，他仰头看到了一块牌子，"石蒿镇"三个小字居中，下边有"时珍行"三个大字，显然，石蒿镇就是这里的地名。迈进门槛一看，果然是药铺。里边两个伙计都用布帕扎着头脸，见湘莲进来，只是看着他，也不搭话，显然已是畏疫如虎。

湘莲不管。他从褡裢中掏出一块约莫二两重的碎银，放在手上掂了掂，然后才开口，让把店里的附片统统卖给他。那两个伙计能不张口搭话就不吭声，见客人价钱都没问，出手又大方，便赶紧将药柜里的附片用布袋全部装了，其中一个还把脚边的一袋，准备补货的，也一并提了出来，搁在柜台上让客人自取。

湘莲也不多说，袋口扎好了，提了就走。镇东头汇合了小板凳几个，打马就往大海边赶去。夜行不歇，只让马儿吃了一次草料，次日清晨赶到了江村。

那傅老三在村头日日盼，终于听到远处传来马蹄声。这个村子，除了弟兄们往来，闲人几乎没有。当他在清晨的晨曦里，看到道长几个飞身跃下，每个人的眼睛都是血丝密布时，心中骤然一暖，像有了主心骨。他迎了上去，略说了说，就听道长说："赶紧架锅，烧火，把这袋药材倒进去，加水煮了。煮上几个时辰，煮得透透的，给弟兄们喝下。"

傅老三二话不说，当即照办。当天，村头的大树边临时垒起来的灶就没熄过火，一口袋附片倒了进去，小板凳拿着一根木棍不停在锅里搅。煮到中午，湘莲拿破了边的碗盛了一点，放到嘴边尝了尝，吩咐："不行，还要煮。"这一煮，便是日落西山。

湘莲再次尝了，又将药材捞起来几片，拿过木棍来戳了戳，见附片一片片的已经粉烂，这才放心。他让没患病的弟兄一碗一碗盛了，去喂那些奄奄一息的病人。

说实话，湘莲心中也七上八下。他不是医者，自己揣摩的药是否有效，其实没底。只能死马当作活马医了，现下，哪里还请得到大夫呢？大夫要有用，还会这么大面积的瘟疫肆虐吗？他想起那些被圈起来的人，在那里，没病的也会传上；有病的，如没有对症的药及时服下，多半也就是挨日子了。

说不得，只能顾眼前。说也奇，那些得病的兄弟喝下了一碗碗药，虽然吐和拉的症状还未根绝，但一晚上过去，脸色似乎好了些，上吐下泻也没那么频密了。湘莲心中有数，让患病的人挪挪地方，出来晒晒太阳，看看悬崖下的蓝色大海；又让大伙继续喝附片汤，火不要停，加药一直熬下去。就连躲得远远的罗圈也抬了药过去，让他喝了几碗。两三天过去，有几个人脸面已经回了一点血色，只是身体依旧虚弱，还有一两个全身发热的，烧尚未退，但没此前那么烫手，整天说胡话了。

那吓人的濒临死亡的恐怖气息，一日一日淡下来。

傅老三心中欣慰，告了假，包了一小包附片，飞马赶回家熬药给父母。湘莲见初步稳定，这才下船过海，来与常天柱汇合。那二哥常天柱整天提心吊胆，见道长回来，心总算落下。湘莲先不管别的，命把剩下的药也熬了，人人来喝。董青山到此才见天日，从海边的小木屋走了出来。

待忙完，三人这才在树下坐定，可以好好说话。但开口闭口还是疫情。

"周围的村镇染病的人如此之多，已经死了这么多人，官府再救治不力，很可能就是大疫。我看这个药不能除根，仅仅可以起到提神固本的作用。好在可以赢得时间，让人多撑一段时日。我的意见，是不是我们先买了药去各村就地熬了，对周边的村民先救上一救？"湘莲边思考边说。

"道长，此举自然甚好。不过，这会不会泄露我们的存在？去舍药，又以什么样的名义呢？"董青山谨慎地问。

"我想过了，我们的粮食、淡水甚至菜蔬，实际上一直是从江村附近的村镇买来的。有些田地也以化名租在那些村子里，让村民耕种。如果这些村子十室九空，或者整个村都没了，我们在岛上，补给就会严重不足。即使再推进内陆一些，还是会有问题，因为补给线拉长了，破绽也会更多，泄露的机会更多，招来官府注意就麻烦了。何况，救人一命，也是弟兄们的功德，看这个情形，我们能救的又何止一命。"湘莲回答。

常天柱在旁点头，以什么样的名义救助乡民，他心下有了主意。董青山也点头。他心中尚有不解，便趁此时干脆问个明白："官府也熬了汤药发放，是不对症还是怎么的？没起到效果呀。"

"不会有效的。我尝了，里头的谈不上药，那锅汤主要是苦丁茶，这是清淤去火的。性寒凉之物，喝到拉肚子呕吐的人的胃肠里，不是雪上加霜吗？"湘莲说出他自己的看法。"这瘟疫症状是上吐下泻，成因我们自然不知，但肠胃寒凉，阴气过重是肯定的。所以我反其道行之，用附片温补，想着也许可以起到培本固原的作用。这还真不是应症的药方，只是增阳气，靠人自身的体力驱邪辟邪。这个汤，早些时我师父曾说过，叫独附汤。他老人家说，关键时刻用上，药力最是强大。"

青山与常天柱第二次听到道长提师父，两人彼此对望，都不知是何方高人。既然道长不往深了说，二人默契也不追问。当日三人计议明白，遂派船登岸，四处去买附片，依法炮制，各染病的村子都去招呼来喝。派去的兄弟得了常天柱嘱咐，施药之时，只说是杭州有位善人萧公子，特地拿了药，专门派了来救济乡亲的。此时各村差不多都有死人，显然官府的救济药不灵，此时见有善人来施药，那就是救命稻草。众人不管不顾，染病的不染病的，能爬起来的，都去排队领药喝。那圈人的谷仓，回来的弟兄说，远远地看了，门口有兵丁把守，他们进不去。

湘莲听完，心中长叹一声。

十天半个月下来，病患虽然未除，但浙东各村死人的节奏渐渐慢了下来，没有先前那么令人恐惧了。只是人与人之间的传染还是严重。好消息是，喝过药的人即使新染上病，其症状比起疫情初起时，还是大有减轻。

湘莲在岛上日夜忧心，只有听着海涛练剑时，神经才稍有松弛。有时练得累了，长剑入鞘，抱着就能睡着。一个波涛声比平时更为轰鸣的正午，太阳明晃晃挂在天上，湘莲在树下练剑，不觉犯困，头一歪睡去。忽见当年救他上山的老道师父从山道小径轻捷走来，拍了拍他的肩膀，放了一张纸在他手中，把他的手心合上。湘莲迷迷糊糊展开，只见上边写着：

雷丸四两，飞金三十张，朱砂三钱，明矾一两，大黄四两，水法为丸，每服三钱。

湘莲看完，大叫一声惊醒。看了看四周，海天皆蓝；再看看手中，空空如也。大白天的，他全身汗毛耸立。四周看看，青杉在上，小径蜿蜒，却哪里有师父？正是南柯一梦。但梦里的处方，每一个字他清清楚楚完完整整都还记得。湘莲闭了闭眼，重新照着梦里背了一遍。不错，就是这个药方。

他此前虽然知道师父本事大，又神龙不见首尾，但从没有从其他路数上想。可是刚才梦中赠方子，这岂是凡人所为？

甩了甩脑袋，湘莲抱着剑站了起来。既是梦中师父来助，那湘莲必得遵命。他派人渡船上岸，去照方抓药。凤凰岛上煎了，自己喝下。看看一夜没事，这才让患病的一位兄弟尝试喝下，一天三剂不落。这位兄弟喝下次日，又拉又吐，湘莲心都揪起来了，奇的是，拉彻底之后，这人烧开始退，也不吐不拉了。湘莲有数，药方子的高明，只怕是反其道而行。这怕是仙人师父来成全他一片救人之心。

既有底，湘莲开始让兄弟们喝。见病症无论轻重均有效，便把这张方子抄写几份，"除疫方"三个字写在前头，写得特别大，让弟兄们分送出去。有些村庄，一大清早看到大树上钉着处方，大胆的便照方抓药服下，三剂药下去，先是大泻，泻完之后，身体反倒慢慢好起来。此药有效，遂一传十，十传百，都说上天有好生之德，不知派谁人送了救命的药方过来。联想起前边有善人来送过药，便在乡民的传扬之中，把拯救黎庶的功劳一并归到这位妙手仁心的萧公子身上。

他们猜得确实没错。

董青山看患病的弟兄们逐渐好起来，心下欣慰。他走南闯北的时候多，略懂一点药材，看过这个方子后，便找了个空儿请教："道长，这个方子里有大黄，我记得，这不是主清热泻火的吗？前边苦丁茶没有用，现在为何用大黄，反倒有用了呢？我脑子愚钝，请大哥开解。"不知不觉，他对湘莲的称呼不再是道长，而是大哥了。

这个问题，也是湘莲前边思考过的。现见董青山问，便把自己的想法说了出来："大夫们常说要阴阳兼济，或许这个方子，几味药材君臣佐使，达到的就是这个效果。还有，我寻思着，不破不立，物极必反。前边的附片撑住了身体，后边大黄再把邪火泻尽，人方能慢慢好起来。我也不知是不是这个道理。至于官府熬来发放的药汤，我觉着里边肯定用错了材料。里头是不是全是药材，说实话我也拿不准。经办的人瞒天过海，扔些什么草进去糊弄都有可能。当时我尝过，很奇怪的味道。"

青山听了，默默咀嚼。方子的事先是明白，转念一想又糊涂起来。萧大哥这说的，好像不是他开的药方似的。"道长，您的医术了得，救人无算，小弟拜服。"他边说边行了一礼，又重新叫起道长来。

此刻，海面上浮光耀金，正是太阳下山时最辉煌的时刻。湘莲站在山崖上，看着海面，又看看青山欲言又止的样子，心情大好。他哈哈大笑："青山，这个药方不是我开的，是梦中得的。"

第五十三回

海陆商道

人在黑暗中摸索，是最痛苦，也是最焦虑的。而一旦清晰地看到前方的曙光，哪怕羸弱的人都能够奋起全部的热情，朝着那个给予光亮给予希望的地方前进。

凤凰岛上曾经的海盗们就是这样。在郑直父亲执掌的时代，因为时局不安，无论是朝廷意欲荡平郑氏余党的明抚暗剿，还是因了文字狱牵连的恐惧，众人落草为寇的理由各自不同。躲避追剿的也好，随波逐流也罢，或者干脆只是流民为了混口饭吃，他们都在海上的抢夺生涯中练出一身肌肉，一身船上功夫，水里能耐。好勇斗狠在弱肉强食里，被视为勇武；心软良善的，多半受欺压，久而久之，无论他们心底如何，外表都是太阳酷烈下的一身黑肉，面目乖戾，一言不合就开打。

大海很大，永恒的潮汐起落，但留给他们生存的空间很小。他们仅凭本能活着，所有的一切都让给了生存。一个又一个海岛换来换去，都是一个特征：不通人烟。这群人聚集在一起，生活又如此逼仄，大海是他们的战场，也是他们的囚笼。前路茫茫，不知西东，思考明天是一个让人痛苦的问题，于是干脆托付给了上头，只需盲从，只需混沌。

带领这样的队伍必需勇者，弹压那些破坏秩序的人，同时保证队伍生存下去。郑直接手之前，就是这样的状态。

被保护得很好的郑直，他的少年和青年是在岸上。接过父亲的衣钵之后，他首要考虑的不是壮大，还是生存；他所受的教育与他的身份，二者的冲突从未停止从未消失。归家吧，如果做得够隐蔽，让弟兄们有足够的衣食保障，从商道上走出一条曲线上岸之路，安全，不被追究。郑直在波涛汹涌明月高悬时，不止一次想过如何达成这一目标。父子两代都系在海盗船上，不是想跳船就跳，想上岸就上的，他得驾驶着这艘大船，缓缓地转向。正因如此，为筹来启动资金，他不惜派人上岸劫财，却因此失控；又因了应大山韩驹子两人，在桃叶渡枉送了自己的性命。

接手的湘莲，他是郑直的左膀右臂以及所有的弟兄们选出来的。此前，他斗鸡走马浑浑噩噩；离开京城，也只想做一个独行侠，能帮一个是一个，能救一人是一人。当磨心岛三个字进入眼帘时，沉睡大脑中的某一部分开始苏醒。人世间已无亲人，习惯了孤独的他，至此才算找到了自己的方向。磨心为镜。也许，他能做的，不只是带领郑直的弟兄们平安着陆；也许，他也能在茫茫寰宇中终结掉这份孤独。

没有比灾难更能考验人心的了。在瘟疫中不失一人的海豚旗下兄弟们，见肆虐一时令人谈虎色变的疾疫从身边掠过，没带走一片云彩，那种庆幸，那种跟对了人的安慰，迅速转化成对于道长的热望。董青山清楚这一点，他更打算利用这一点。与岛上兄弟谈谈说说之时，他不经意间透露，道长治疗疾疫的方子是从梦中得来的。说者仿佛无心，但听者无不又惊又喜。仙人给的方子！给了谁呢？给了他们的大哥。神仙眷顾，那说明什么？说明岛上的生涯通往光明的前途。既如此，自己也得自觉自励，不能烂泥扶不上墙不是？

人心在不知不觉间凝聚。巩固他们这份热望与崇拜的，还有南来北往的船只带来的实实在在的利益。

北行的青眼豹与南行的十三燕，往来好几回，海面平静，飓风都未遭逢一次。装来的满满货物，在凤凰岛上卸下，又由小船分送到岸上。岛上供应充足，一些有生以来没有见过的物件，如西洋钟、望远镜、怀表、航海罗盘等，也出现在了队伍中。即使只是摸摸看看，心中都是满足：多精巧的设计，原来天外还有天，开眼啦！每一个人的内心都升腾起一个希望：也许，在有生之年，他们可以跟随道长，跟随常天柱、董青山他们，终究可以过上从前想都不敢想的生活。也许，不仅自己能够善终，还能在祠堂给祖先敬上一支香火，如果一路跟随道长，终有一日，可以抬头挺胸衣锦还乡。

凤凰岛上，大量的货栈被搭建起来，因为石洞已经堆不下，一片一片的山边荒地被开垦出来，原本的农家子弟动手种活了洋番芋，甚至还有苜蓿，会一点木活的被当作师傅，一堆人跟着学习，简易的屋子被一排排造出，配上削皮的木块做成的粗糙木床、桌台。这些海上的流浪者，第一次有了家的感觉。虽无异常，但磨心岛瞭望台上的哨兵每天值勤，腰背依然挺得笔直。

凤凰岛西北边一个适合的湾口，被打造成简易的方便大型船只进出的码头。从这里，一艘艘船开出，或者北行，或者南下。掌舵的行家愿意拿出航海图，分享航海经验，划船的伙计主动学习如何升帆，如何根据风的方向调节绳索。他们都被不知名的目标或者希望鼓舞着，一切的行为有了意义，每个人因此变得生机勃勃。

瘟疫在浙东持续了三个来月，逐渐减轻，最后，像田野上的轻烟，消失在风中。没有人记得那些瘟疫中死去的人们，除了他们的亲人，也没有人惦记石蒿镇那些圈起来的人们，无论他们有病还是无病，最后出来的还有几人。他们只不过是灾民的数字而已。官府在疫情初起的时候，夸大了疫情往上报，为的是向朝廷讨要赈灾款，当疫情结束的时候，真正的死亡人数又被刻意压低，为的是彰显扑灭疫情的功劳。

但浙东那些曾经无助的村民们没有忘记自己因何获救。众口相传的萧公子是谁，他们不知道，但他们记得神秘出现没有落款的治疫方。肯定不是官府！他们唯一肯定的就这。否则怎么会没有落款，没有敲锣的里正通知。恢复了生产生活的村民们，抓紧时间补种秧苗，期待秋天能有一点收获。他们日出而作日落而息，本身就是被忽视被遗忘的角落；现在亲身经历了一件拯救了自己和家人性命的事件，如何能够不谈，如何能够不猜想？谁家少了人，邻村哪一家子圈进去没出来，说着说着，终归谈论到终结疫情的药方上。众人口中乱猜，心里早已不自觉地跟随先人的脚步，把天降药方归于神怪传奇一流。官府束手无策之时，是仙方救了地方救了自己救了亲人，这送方子的人，能是凡人吗？

乡民们的反应，最先是由傅春傅老三的团队收集到的。傅老三手下管理的运输后勤团队散布在民间，直接间接的，已经差不多一百来号人。他从前一直在岸上海上两头讨生活，头脑本就灵活，又兼被道长赋予重任，从手下各处听闻这民间舆情之后，心下便琢磨开了。启发他的，是儿时所听过，进不了学的老童生讲帝王将相故事之时提过的一个词，叫做"民心可用"。嗯，民心可用。一个念头升了起来。但他有所行，还需要得到道长的首肯。为这，他驾船穿过重重海浪，从半月岛与普陀山之间的水道穿过再向北，绕了半个圈，才在凤凰岛的东北部隐秘湾口登岸。不走捷径直接在岛南登陆的原因，当然是为了安全起见。

凤凰岛的顶部有一个长草青青的天然平台，应该是早些年岛上居民整理过的，有小径通往山下。这山顶灌木稀疏，多的是草；常年海风吹拂，坡上草离离，根根强韧；风吹便伏，风过又立。因道长常在这个平台议事，便被称为"议事台"。小板凳勤快，他闲了到处找，搬来几块略平整的石头，给头领们当板凳。傅老三今非昔比，他此刻不仅仅是保障江村后勤的头目，因了从各地发来的货物转运以及信息传递，隐隐然已经成为这条交通命脉与信息通道的管理者。他一到，小板凳便知有要事。晓得道长和董头领正在说事儿，小板凳便直接领他上了议事台，顺便给他搬了块石头坐。

"道长，我的意思是，现在衙门管海域比较松，我们的运输线这么长，是否可以在浙东直到胶东还有福建沿海岸线多勘察，再设几个点？直接上船发货，到北到南，这样能省下不少时间，周转也快。"傅老三看着下坡了的小板凳，确认安全之后，才说了各村镇关于萧公子的传言；话锋一转，便紧接着说运输线。

董青山奇怪："老三，这两件事，你认为，能联系在一起吗？"

傅春有点不好意思，他笑了笑，看看董青山，又看看道长："嗯，我的意思，是能不能利用这个名头，把临海的村子，甚至可以深入腹地一点，把它们动员起来，成为我们一个个安全的运输点？"

湘莲笑了，他理解了傅春的想法。国人自古有崇尚强者或者神仙的习俗，这观念于民间来说，深刻强韧的程度，某些时候比官府还管用。什么是安全？得人心就是最好的安保措施。

"这个名头也就是一个萧字，你要用，尽管用。"他鼓励的目光像是直接看到傅春心里。

老三见道长无需解释便如此理解他的想法，顿时精神大振。得了许可，他无多余废话，在山下歇了一夜，第二日一早，便叫醒跟来的几个人开拔回程。

自薛家钱庄贷来的银两陆续注入湘莲的计划，凤凰岛的贸易网便快速运转起来。金钱流入悄无声息，但影响却是巨大。有了充裕的资金，仅浙江一带，丝绸绢帛的定向收购便源源不绝。之所以定向，是傅老三受道长之命事先派出的人员，已经在启动之前，先将生丝、绸缎、刺绣的行情、工艺以及丝绸户行的品质作了尽可能详尽的了解，然后订下三个月或者半年、一年收货。履约的时间尽可以由卖方定。被选中的商家并不清楚雷记背后进行过考量，见生意上门，固然是喜；又见不是熟客，有一视同仁的，也有坐地起价的。三言两语之后，发现来者对自家经营规模、价格、质量、货色特点掌握得八九不离十，那显然是做足了背后的功夫才来的。客商的交货时间可以选择，琢磨一下，就知这是旱涝保收于己有利的方式，可能卖不到最高点，但一定是安全的选择。最有吸引力的，是签约之后即可收到货款的三成定金。如此具有吸引力的契约，无需多少衡量，接到邀约的散户和商家无不同意，并在对方要求之下签订纸质契约。

如果说签订合约的商家有什么嘀咕的，那就是契约之中货物的数量、成色、交货时间、验货形式都有具体明确的约定，甚至还包括诚信条款，并写明了违反契约的惩罚性内容。但嘀咕是嘀咕，明晃晃的定金在面前，买家的诚意十足十，那些思虑都不足考量，无非是要求自家履约尽心罢了。

这份契约的底稿，自然是傅老三在市场调查之后，反复考量，又与自己的若干心腹多次商量而形成的。他记得民间有句话：好记性不如烂笔头，说的就是避免口说无凭或是记忆有误。用在商业上，那就是纸面契约一定高于口头约定，而且不开口子：商户必须全部理解契约条款，签了字，写明家宅及铺面位置才作数。每一份契约买家一栏，都盖有篆体萧记的红色印章。与别的契约要保人不同，萧记直接跳过了这个旧俗，只需要签字加手模。

采购计划在不断完善。每个萧记经营点均得到指令，收货之后，需将卖家商户的履约情形做个记录备查。根据是否按期交货、质量是否上乘、经营态度是否良好三个方向分为三等，上等的列入一个名单，供来年选择；织布技艺出挑、花色新鲜好看的，追加一笔货款奖励。次等履约的，即成色不合格、商家不诚实的，则按约办事，该收的违约金派人上门去收；再给一次机会，如合格，升为上等，反之则弃。列为下等的，除了收违约金之外，名单上从此注明不再交易。雷记主事之人在当地久了，便将是否向官府正常纳税也记录下来作为参考——这样的交易更安全，毕竟，雷记不想被卷入无谓的漩涡。傅老三聘的师爷人可靠，也有心，将上中下等名单采用不同的颜色，上等白色，中等粉色，下等紫色。传开之后，商家都以上了萧记的白名单为荣。

这是一个优胜劣汰的过程。见利起意以次充好的，发现对方签约时友善，追索违约金时，派来的佩剑武士可是一脸严峻，不怒自威。想想自己理亏，差不多的也就认了，该罚多少是多少，从货款中扣除。个别有大户撑腰或者与官府沾亲带故的，看看手中的契约白纸黑字，折腾半天不一定能讨得了好，也多半从了。倒是那些养蚕抽丝织绸的农户桑户本分朴实得多，少有需要后期跟进的。道理也简单，雷记定金付得痛快，让他们的心更踏实，作为回报，尽心养蚕织布诚实交货，也是应该的。这一块富庶的土地产出的上等丝绸，至此不断通过海运，与其他货物一道，被运到北边南边销售获利。

三年过去，公道的价格、契约的明确、执行的坚决有力，萧记的口碑越来越好。远处的杭州府、济南府甚至都有商家来与萧记洽谈生意。傅老三理会得界限，他只跟沿海一带的城镇村落的散户或商号谈，来自太湖圈还有金陵城的，总是婉言谢绝。

作为采购计划的配套措施，傅老三推动的萧记经营点计划，让凤凰岛上货物的运转效率翻了一番。离江村最近的街市石蒿镇首先被选中。作为计划的第一步，他买下镇上大街尽头一处前铺后大院的屋子，作为各处运来的货物聚散地点。悬出的幌子上印了一个斗大的"萧"，后边才跟了一个通常的"记"，字体小上许多。任谁在大街上路过，映入眼帘的，便是这个萧字。这个镇，当初是疫情高发的一个地方，被湘莲的药方救活的人不少，传言也最多。店铺的掌柜和小二自然是自己人，他们早已得到嘱咐，在其他店铺打听，或者上门购物的顾客闲聊问及的时候，含含糊糊，将老板姓萧、是位急公好义的公子、杭州来的这三个元素打散了透露出去。傅老三是这么打算的：让人猜出来，比直截了当告知别人，效果要好。诀窍就在是与不是之间。人总是有好奇心的，那就满足他们的好奇心，而且注意不要一次到位。

经过一段时间的发酵，果然，萧记商行成为后起之秀，同类货物，萧记销得最快；别家没有的东西，萧记多半有。傅老三花了心思，很长一段时间在后院坐镇，听闻有店铺经营不善，便让掌柜的上门劝慰，火候到了便亲自出马，表明愿意注入资金，帮忙店家盘活，条件也很优惠，半年之后再盘账分利，附加的要求只有一个：在店铺前插上一面印有"萧"字的青旗。店家走投无路又不愿放弃店铺的，听此好事无不大喜，又隐约知道这是济世救人的萧公子派来的，一颗心先就放回肚子里。最令其放心的是，入股的契约签好，银钱就到手。

萧记的旗子是天蓝色，得其入股的店家插的是青色旗，除了字样之外，下方还有一个剑柄的印记，以示区别。这个剑柄，是傅老三自己凭记忆手绘的，上边有一只虎头。他画得在似与不似之间，也不以为意；找了个刻字先生，给了二两银子，让用块大一点的石头，不拘什么料，照着绘图刻成一个碗大的石印。刻字先生得了话，手边正好有一块品相一般的寿山石，便用上了。石头内里晶冻不匀，故卖不上价，好在软硬适中，那刻字先生买进来没花几个钱，算是发了一笔小财。

傅老三的行动是缓慢的，但卓有成效。他知道，一个镇市场有限，石蒿镇并不处于交通枢纽，所以，他起步的模式，实质上是萧记商行挤垮了同行，然后再入股。结果如他所料，便是萧记扩大了店铺覆盖的范围。商家的嗅觉是最灵敏的。半年一年之后，效应开始明显，周围百十里范围内大一点的市镇，都知道萧记的名气，也听说过萧公子的传说。有的店家找来，希望扩大经营规模，老三经过面谈，看台账记录，另外暗地派人去那店家所在地打听查看，几轮过后认为妥当的，十来天就签契约放款。有卷款走的无良商户，老三私下派了体己人组成的卫队，无论如何也要把人给找到拿获，卷走的货款得吐出来，加上处罚的款子。与此对应的，这家店面上的青色旗也会被拿下。往来客商，还有当地买东西的人，逐渐认识到一个道理：从前有旗现在没了的，不是货不好，就是店家的信用不好。萧记既然取下了青旗，等于取消了其认证资格。萧记如此，众人自然也跟着疏离唾弃。

傅老三的行动起首慢而收效快，商品流动加速，又扩大了市场。一年之后，他的参股店铺向北向南推进，北到山东，南至福建，都有虎头青旗迎风招展。这期间老三上过一次凤凰岛，与道长、青山商量后，又推出认证商家优惠计划：插有青旗的店铺，可以得到萧记优惠价格的供货，北边南边来的稀罕货品优先供应。青旗商家被要求的就两点，就是不可向官府偷漏税；向萧记按期支付红利。这样的条件在可以预知的利润面前简直不值一提。所有的青旗商家知道在萧记网络中可以从中获利，又风闻萧记追款手段雷厉风行，所以自然选择了守约为上策。

这傅老三为人豪爽仗义，他心中认定道长是自己的贵人，便也不藏私，每三个月便将账目派人上岛报一次。湘莲阁后自然欣慰。心想，这傅春不期倒是个商业奇才。从他的纵横手笔来看，哪里看得出从前只是个偷渔的船工，可见人有了适合的机会，可以释放出多大的能量。按照海豚旗下与兄弟们定下的章程，傅老三得到每年利润的一成，另外的一成留作他给手下的激励。

得了道长的首肯，还有利润分成的实在奖励，傅老三自然喜悦。根据道长意见，在沿海符合停泊船只的要紧地方，各选择一两家大一些的店铺，或者出个高价股权收了，个别可靠的干脆拉了老板入伙，全面安排收货发货，配合凤凰岛上派出的各路船只就近上下船。

三年下来，变化巨大。董青山负责的清江浦私人船厂，各个环节经过金钱的滋润，一切驾轻就熟，已经有五六艘交货下水；而新的船只还在制造。果然资本的力量巨大。

萧记招揽水手的消息也得益于青旗商行的传播。失地或者少地的渔民后代，还有运河上的船工，不少人背着干粮来投。在他们眼里，这是一份可以养家糊口有前景的工作。人人感激萧记。不久之后，石蒿镇在人们的称呼中已经简化成了"萧镇"。当地的里正、官府派来收税的税吏自然知道萧记。他们眼中，不但萧记，就连插青色旗的店家，一律交税实诚，又交得爽快，省了自家不少气力；又知道萧公子的传说，这一省力一畏惧，连带着对商户的骚扰也少了许多。

在这块远离京城的沿海一线，萧记成功而低调。除了最核心的傅老三几个，无人知晓这萧记与金陵城的雷记本是一家。

董青山的态度与湘莲有别。对于傅老三派出卫士追拿卷款私逃之人，他还有担忧；既担心惹来官府注意，又担心傅老三就此坐大今后不好管束。道长几句话解除了他的疑虑，先说追拿之事："商家最是无利不起早。如果没有雷霆手段促使他们守约，那么，签下的契约就是废纸一张。老三这么做，是必要的。"

"会不会阵仗太大，惹来官府注意？"青山担心的最是这个。

湘莲哈哈一笑："国人皆轻商重文，图的是做官好封妻荫子，图的是家族荣耀。我们不图这些。江南本是重商之地，雷记按时交税，参股的店家也是，官府不会防范的。他们会防造反，不会防商家。至于卫士嘛，不是还有镖行吗？对外可以说是请了镖师追款。"

董青山点点头，手中把玩着傅春送来的旗子，又提出一个问题："这青色旗上有大哥你的剑柄，会不会太暴露、太冒失？"

这个问题，湘莲倒考虑了一下。"剑有威慑之效，老三画的虎头也没那么像。他喜欢用，就用吧，就是个标志。没事的。老三组建卫队这主意不错，岛上也组建一支，船队出海时，每队派上几个卫士。不过这一重身份先不要公开，免得平白无故伤了兄弟们的和气。嗯，就叫剑卫如何？"

董青山现在负责船队，十三燕和青眼豹就归他调度负责。两支船队现在已经扩大到每队三艘船，新添的船坞各处也都派出人员专门负责。确实，摊子大了，如何监督也是个事儿。毕竟，人上一百形形色色，新人太多，还是要防范意料之外的事件。听了道长这个主意，倒是一个好办法，便点点头。两人既合拍，便把这个问题涉及到的细节都商量了一遍。萧记既然经营得法，干脆也就半独立出来，无需向常天柱那边报备。这个是必得去知会的，也听听他的意见。湘莲准备自己去一趟。

此时的海豚旗下，海上的岸上的，已经超过五百人，但需要的各类人才，识字的不识字的，还远远不够用。信鸽已经不能覆盖所有的地盘，除了紧急要务，主要靠的是各网点的快马递送消息。每三个月，岛上会有人沿着海岸线一路巡查过去，汇总的情形再报到岛上来；至于每年的对总账、收回各个点的利润，那是董青山亲自带人出马办的。每个点的负责人不称职的，就会按照最先开始的约定予以撤换。被撤换的回到岛上，接受董青山的培训再作分配调整。岛上已经成为调度一切的总部，每一个人都忙忙碌碌，长大了的小板凳也分配到任务：信息汇总。他有这个才能，自然是因为湘莲有空就教他认数、识字、写字之故。

董青山喜欢剑卫这个名称，有股英气在内。他还有一个顾虑："大哥，还有，如果傅老三这个经营模式继续推广下去，会不会出现有一日，嗯，他们完全独立出去的情况？"这话里的意思倒不好表达，青山说得吞吞吐吐。他的意思，自然是傅老三以后撇开总部单干的可能。

出乎意料，他的道长大哥答得很痛快："青山，你没看出来吗？这就是我的打算！弟兄们每个人都努力，他们不再走老路，不再走在过去的阴影里，这就是我希望达成的目标。至于青山你，将来，我们还清了薛家的贷款之后，你也可以走自己的道路。薛家的利息，我们一直在按月支付；本金嘛，按这个势头，年底我们可以先还一半，我估计再有一两年，甚至更短时间，可以全部还完。弟兄们已经适应他们手上的工作，也就是说，他们都能够自立了。无论胶东还是广州，浙江还是金陵，弟兄们可以靠本事吃饭，这是多好的事儿！我还想着，在岸上的兄弟，贷款还清之后，可以允许他们在当地娶妻生子了，也就是说，他们有选择生活的自由。海上的兄弟，也可以上岸，留在港口；经营雷记萧记也好，自起炉灶也罢，都可以。新人加入，他们没有包袱，完全可以接手。我们要做的，是把握好这个替换交接的过程，不能急，得一步一步来。"

董青山一路追随道长，但到此时，方知道眼前这位大哥的胸襟格局。他本以为道长会成为商业巨子，无冕之王，不料他心中丘壑如斯。他想说点什么，又一句话说不出来。

湘莲像是看透了他的心思，微笑着说："青山，你想象一下，金陵城以及太湖一带，常二哥带着；沿海一溜，傅春带着；海上，你带着。这三年下来，关联的都算上的话，带动了多少人，又改变了多少人的命运？这就是道，这就是我们走出的路。"

湘莲说到此处，心中激荡，意气风发。他从议事台的石头上站起，看着远处蔚蓝大海，阳光下浅绿翠绿深绿，迷人的奇幻，一层又一层的海浪奔腾到眼底，浪花雪白，一簇一簇盛开在沿岸的礁石上。

多美的大海！

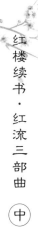

"来，我们来看看，还可以为未来做些什么。"他的声音坚定而有力，像头顶的阳光一样明亮。

青山立起身，与道长并肩站在一起。东边是熟悉的辽阔海面，晚上，除了星月，四周将会是漆黑一片。但现在，阳光正好，海风吹拂，山崖下的飞鸟们高声叫着俯冲下去，又迅速高飞。他心中涌起一股豪气：这大海，就是他们兄弟驰骋的疆场，如果一直这样下去，没有什么是做不到的。

桃叶渡

第五十四回

南海献策

湘莲知道，他的剑，他的警觉，他的坚决，他的经历所造就的、超拔于众人之上的眼光和思考，是海盗兄弟们的定心丸，同时也是对他们潜在的威慑。人性本善还是本恶，他不想做圣贤做学问研究。他只知道，如果没有利益，仅靠一个义字，大家团在一起肯定是暂时的。否则原来的郑家父子，也不会给大伙儿手上刺青了。反过来说，仅有利益没有畏惧，那也不成。利益足够大的话，这帮子早先散漫粗野惯了的乌合之众，要求他们个个守身如玉是不可能的。这个问题，他躬身入局的时候就考虑过了。

现今湘莲做的，能做到的，就是尽量把每一个人都纳入到合法盈利，而且盈利还不错的体系中来。与此同时，让大伙自个儿琢磨明白，脱离了这个体系，就会失去利益；如果出卖兄弟，会被千里追杀，哪怕运气好也得终生逃亡。更重要的是，其本人也将从拥有可观的资源和利益逐渐变成单兵作战，直至羸弱消亡。应大山韩驹子二人违反帮规已毙命一事，董青山在人心平稳之时告诉了大家。背叛是如此下场，忠诚却可获得长久利益，看看道长大哥的布局，大伙心中明白。待道长通过层层传达，告知他们，不远的将来，他们可以凭自己的意愿在社会中获得一席之地，富足或者小康全看他们的努力时，兄弟们对于道长的拥戴到达了顶峰。按青山的说法是：这个前景，是道长大哥许给他们的。

有威慑有希望，这就是湘莲治岛的鸳鸯剑。

那些种上的洋番芋，还有苜蓿，作为食物的补充，在岛上调剂着众人的营养。后勤队在岛周边撒网打鱼，网上来的鱼虾蟹便是美食。只是盐巴昂贵，运到岛上来更贵，但湘莲知道，盐商是官府造册在案的才能经营，这一块他不必挤进去。贵就贵一点吧，这一点还可以忍受。

随着运输队伍的扩大，希望不止为凤凰岛的所有兄弟们所独有。两条航线上，新人不断加入进来。这些人主要承担的是划船、搬运工作，至于升帆掌舵，自有凤凰岛人掌控。他们不知道雇主具体是谁，只知道船只在哪里，他们的岗位就在哪里。尽管是后加入的，这些船工伙计依然感受到了齐心合力带来的归属感。这种体验是新鲜的。一起在甲板上对抗风浪，饭在一起吃，风险一起扛，领头的船只上，船长永远打头阵，这让他们安心。显而易见，他们找到了一份有前途的工作：有培训，又稳定，薪水总是不错日子按时发放。最令新人们满意的，他们不需要留出惯常的学徒时间。这意味着，被白白剥削半年或一年的习俗，他们无需经历。上船之时，他们得到承诺，划满三年，只要肯尽力，做事不出错，离开时会有一笔额外的奖励，当作未来的安家费。

卖一身力气，就是新加入的伙计所需要做的。湘莲嘱咐过十三燕和青眼豹，最核心的部分，只能限于凤凰岛上的老兄弟。至于海豚旗，倒可以解释给新加入的船工听，这是保佑他们的旗帜。海豚会带他们回家，这样去说。但凤凰岛的所在，只能老兄弟们知道。湘莲甚至还为驶在头里的那一艘船起了个名。他说，既然悬挂了海豚旗，那这艘船就是每一队的旗舰；而青眼豹和十三燕本人，必须在旗舰上带领指挥全队。这一要求，得到了不折不扣的执行。

南行的十三燕特别得到嘱咐，他带领的船队，可以在台州、汕头停留、交易；在泉州，人可以上岸补充淡水粮食，但一定不可以出货进货；至于厦门，就连上岸也不可以。无他，湘莲不愿意把现在的凤凰岛与从前的台湾往事联系在一起。要做事干净不留尾巴，就得与前尘往事作个切割。毕竟，兄弟中有年长的水手，他们还记得这些。也许几句瞎话闲聊，就可能招来麻烦。草蛇灰线，伏脉千里，从开头就保持谨慎，这是必要的。

十三燕了解道长本事，也为他布局开商路的魄力所折服。既然重用自己，那自家的目标就不只是萧规曹随。他领头跑广州航线以来，眼观六路耳听八方。每一次到港，在布下的经营点都不厌其烦强调，扩大交易量、扩大经营品种、尽可能地提高利润。航行途中，十三燕一路想个不停，既然浙东有萧记，长江及太湖一带有雷记，他一路想着，干脆把自己设立在广州的商铺通通叫做燕记，也算是鼎足而三。他身边有一个小账房，是他从兄弟中拔擢出来的，学数字学得快，又另识得不少字，平常在身边料理杂务，又替他看账管账。这小子脑子活，考虑得也多，听了十三燕有这个想法，便提醒他，燕字在读书人的眼里，往往联想起北方，这还是前朝燕王朱棣称帝之后留下的印记。要在南国扩张，就不宜造成北方人来本地抢食的印象。这小账房接着出主意，说不用燕，而用谐音延字，倒是福禄绵长的好兆头。十三燕听完有理，哈哈一笑允了。从此广州他地盘上的商铺，就准备全叫延记。今后发展的路子也想好了，那傅老三经营的萧记便是现成的模板。

想到萧记，十三燕心中呵呵一乐。这小子，取个名字罢了，还拍道长的马屁，谁不晓得道长本名萧不平呢。不过这傅老三开创的连锁店经营，还真是不赖。这次在泉州补充淡水食物，上岸的兄弟回来报，居然在热闹街市看到了青色旗。十三燕听后好奇，还专门去瞧了，看那剑柄上的虎头画得不伦不类，但插着旗的店家似乎不以为意，待人接物蛮有底气；被问到青色旗的来历时，那老板还说了个口沫横飞。

每次至广州珠江口，船队都要南行又北上，绕很大一个弯才能进去。但周围只有这个市场最巨，看在这一点，花时间入港就得忍受。十三燕知道，那广州十三行经营已久，根基深厚，老板们自然隐在高处。他们经营洋货，出口丝瓷茶漆器香料，又总揽了广州沿江沿海的造船业，基本已形成垄断之势。要在其中分一杯羹或许不难，毕竟市场空间广阔，但要有大发展，那就会撞上冲不破的墙——来港卸货挂洋旗的货船，只跟十三行交易。怎么能够壮大自己呢？十三燕一直在琢磨。在逐渐熟悉了这座城之后，他的志向也不断水涨船高。别人吃肉，自己喝汤，毕竟差点意思，还差得有点大。有句话怎么说来着？王侯将相宁有种乎？这句话有王气，问得真好。

十三燕留在广州主管店铺的兄弟，自然是他挑选的机灵人。船行波涛，这日终于靠岸。十三燕指挥众人卸了货，上岸到总店坐下，桌上有沏好的功夫茶，几盏茶下去，心头为之一爽。这岭南之地，习惯喝福建来的大红袍，还有潮州来的单枞。十三燕起初觉得这里的茶与龙井、碧螺春大异，颇不习惯，喝久了，渐渐觉出好来：这心旷神怡口齿噙香之处，算得上是别有洞天。

北边已是秋风萧瑟，这南国何止温暖如春，正午、午后几个时辰简直热气蒸腾。因了此地通向南海，空气湿度大，人差不多身上总是汗涔涔的。喝完茶，十三燕松快了些。旁边静候的账房递过来一厚册账本。

"燕大哥，这是我们八个铺面这三个月的货物进出账本。您老看看？"坐在一旁为十三燕打着扇子的兄弟花自在说。他本姓花，没有大名，小名爹娘没好生起，他也不肯对外说。爹娘过世之后，无着无落，一次机缘巧合，干脆投了郑直。海盗船的弟兄们见他有姓无名，平常便叫他小花，他心头别扭已经不是一天两天了。爹娘过世得早，也埋怨不了。他不愿终身当个笑话，因此南海航队选成员时，便求了十三燕，愿风里风里来，火里火里去。十三燕知道这个人，看他虽谈不上膀大腰圆，但也是肩宽腿长，堂堂男子汉一个；顶着个小花的名头，确实难为他了,遂心生怜悯,同意带上他。

首航之前,董青山一个个去看过兄弟们。听闻十三燕说过此事,遂在众人面前,为他取名花自在。小花现在有了名头,知恩图报,做事特别尽心尽力,十三燕也着意提拔他,首航离开时留下了他在广州。这小子有些能耐,三年过去,把十三燕置办下的八家铺面经营得有模有样。语言是个障碍,他用重金聘了北方来广州多年的一位师爷做账房先生,闲了就跟师爷学白话,现在已经可以与本地人对谈了。

对他来说,十三燕就是老板。老板来了,要紧的就是报上自己经手的账目。花自在有信心,八家店铺大多卖的是十三燕船队带来的货物,所有的店铺现在都是盈利状态。

"嗯,不错。卖得最好的是什么?"十三燕边翻边问。

"广州这边洋货虽然多一些,但质地好花样新的丝绸依然受欢迎,所以定价也高。定价低的市场,我们不去经手,也占不了什么份额。本地有一种布料,叫香云纱,说是用一种叫做薯莨的植物作染料,穿起来最是凉爽,夏天炎热不粘皮肤。出自本土,价格又低,老百姓爱穿,走的量大,这个,我们就不去竞争了。买我们货的多半是官宦富商之家,还有一部分在广州做生意的洋人,也常来进货。瓷器有产地来的专门店在经营,渠道比较固定,只是规模不大,应该是运输条件受限的缘故。我们的瓷器价格有竞争力,选样又别致,加上店铺名声好,卖下来利润还可以。至于茶么……"花自在停住不言。

"茶如何?不好卖,是么?"十三燕喝了一口杯中茶,有点明白了。

"是的,燕大哥。这里喜欢喝的是福建茶,据说上层人士还喝从南边印度运来的红茶。我们的碧螺春、龙井、云雾茶走量少,又卖不上价。我看着存货多了,心里着急,就让账房算了下成本,保本全部倒给了茶行。希望大哥别恼。"花自在一口气说完。

十三燕算是听明白了。丝绸利润大,瓷器尚可,但茶叶因为地方风俗之故,营业量接近于零,简单地说就是不赚钱。

"小子,可以啊,把这些弄清楚了,下次来就不运茶叶了。"本来十三燕准备好好给这小子说说萧记的,看他把经营脉络说得头头是道,心想倒也不忙说这些,乱了他的思路反倒不好。

"是的,岭南饮茶风气,主要是潮汕人和闽南人带来的。他们喝什么茶,这里就什么茶卖得好。我询问了下工艺,他们管自己喝的茶叫乌龙茶,是半发酵而成的。具体怎么发酵怎么做，我还问不出来。我估计茶的品种也不一样。"花自在接着说茶。

这下十三燕来了兴趣。"自在，那我们北上的时候，除了洋货之外，可以带一些乌龙茶去，看看销路，如何？"

"这个我可说不好。这里喝茶的器具与浙江那边都不一样。要普及这样一种喝茶习惯，还是难。这相当于培养一个市场。茶叶运过去，量小了无用，量大了，压的本钱就多，周期也长；是否合中原口味，那也两说，毕竟岭南历朝历代被看作瘴疠之地，直到本朝才有改观。但民间的风俗不是说改就改的。本地的东西运到另一地，一时半会怕是适应不了。"花自在一口气说完，拿起功夫杯来浅酌一口，接着又说："不瞒燕大哥说，就那香云纱，我都曾打过主意，到产地顺德去囤一些，然后让大哥运去北边卖。后来，我看夏天大街上老百姓都穿这个，就打消了念头。"

十三燕越听越有味，见花自在停住，忙接口让说下去："你说你说。"

花自在得鼓励，继续说："燕大哥，我琢磨着，我们的货船算得上是寸土寸金了吧？是大哥领着兄弟们风里浪里运来的。那么，货物当然要卖出大价钱才对得起这份风浪。那么，可以这么说，谁出得起高价，谁就是我们货物的买主。谁有钱又肯花大钱呢？那就是官府中人，大户人家，有家人侨居海外的也算。他们有钱，有闲钱，不计较，而且多半钱是现成的，不是自己挣来的，花起来不心疼。再有一个群体，就是富商，他们需要装点门面，需要与官府世家保持一致。那么，这香云纱既然如此普通，满大街都是，这，还卖得起价吗？要让香云纱值钱，就得增加花色，增加品种，这又涉及到制作工艺的改进，我们没有这个时间。"

十三燕的双眼灼灼发亮，他看着眼前的这小伙子。想不到把他放在广州这商贸之地，三年过去，历练如斯。难能可贵的是，他不因自己提出了建议就简单附议，而是合情合理地分析，在分析中不知不觉把自己的念头打消了。就这份心思和胆气，就值得培养。

而且，说得那么有吸引力！能够一番话说服别人，这是什么本事？这个人得用好了。

十三燕心念转动，口中不言。他舒适地靠在红木椅子上，看着侧面的花自在。

"自在，你还有什么建议，可以一起说出来。我带回去，与大哥三哥商量。

嗯。干脆这样：你这边有没有可靠的人可以顶你一段时间？我的意思，你随船走一趟。我觉着，你向董三哥当面说一说，他会有兴趣的。"十三燕突发奇想，身子也坐直了。

当晚，十三燕留下了小账房在铺子里盘账，自己和心腹的几个兄弟，在珠江边上摆开桌椅，好好地吃了一顿海鲜。这里的烹饪风格主要以蒸煮为主，能最大程度地保留食材的原味。十三燕来回多时，差不多习惯了此地饮食。

"自在，你对广州很熟啊。那个叫做澳门的，是什么地方？上岸时候，耳边飘过那么一句，居然我听懂了，也是稀罕，哈哈。"

花自在自然知道，那定是说话的人并非本地人，这才让十三燕听懂了。这个问题，那可是问到花自在心里去了。他早已想谈，又总觉不是时机。既然十三燕问起，那正好敞开了说说。介绍完所知的澳门大致情形，花自在紧接着说自己的想法。话打开了口子，便越说越兴奋：

"大哥，这个地方，我觉得我们可以考虑，把贸易做到那里去。地理位置不用说了，珠江口西侧，就卸货的便利来说，路线上就比广州港近很多。前朝万历年间，据说是西边来的洋人，他们叫做葡萄牙国的，从南边一个叫做马尼拉的地方来，到了就占下地盘做生意。这生意一做就不得了。那些洋人在广州当地收物资，又源源不断用大批货船运回西方去，那澳门就是他们的基地。据说他们沿途贸易也做。我觉得，如果我们尝试一下直接与他们贸易，会是大笔生意。"

"有地图吗？"十三燕没想到自己听了一个地名，再随口一问，便引出了关乎延记未来贸易方向的大问题。他来了兴趣。

"有。这有一幅广州府的地图，大哥一看就能明白。"花自在从左手衣袖夹层里掏出一张叠得整整齐齐的纸来，又一层一层打开。折叠处已经毛了边，显然这张图打开收起了不知多少回。他的手指从广州两个字向下划，在一个标注着澳门的地方停住了。

地图展开在眼前，十三燕顿时明白，在花自在口中此地为什么是良港了。

"你说的啥葡萄牙人，他们的语言，我们听不懂吧？"十三燕考虑的是交流的方便，这也是成本。做生意的，语言不通是最大的障碍。像广州本地居民说的话，与中原人的发音半点相似之处都没有。

"大哥，广州、澳门两地有很多天主堂，好多传教士是来了中国许久的，也会说中国话，也会说其他国家的洋话。本地风俗，如果需要与洋人打交道，就去找教堂的传教士。他们也乐于提供帮助。生意成交之后，或者捐一点钱给教堂，不捐也行，都无所谓的。"

"还有这等事？"十三燕有点疑虑。想起道长教大家学习弯弯曲曲的字，据他说也是京城的传教士教的。看来，这教堂和传教士，北边南边都掺和进不少。

花自在看看正在吃喝的其他弟兄，把椅子拉近了一点，低声回答："是的。不过……大哥，非我族类，我们还是要多个心眼。还有，跟这些人打交道，没有经验，也不知道信用为何，可能要悠着来。我的意见是，可以先小一点试试。我跟您回浙东，这边的兄弟负责收集信息，也可以去一趟澳门，先接触一下，搭上线再说。"

"妥当。"十三燕对于自己选中的人，至此放了心。走出自己的路才是最牛的。那萧记模式，看来不用提了。

返航时，十三燕有意少装了近一半的货。现在已经西北风吹袭，南来固然省力，北行却是顶风。虽然风帆的构造已经穷尽人力，可以通过调节帆的方向助力，但大自然的力量不是轻易可以抵消的。小账房与广州商铺结了账目，银票收下清点了，也交给了十三燕；此刻在他贴身衣袋中，拍上一拍，心中踏实。

此次出发之前，董青山给他露了个底。他们这些人，待还完借来的款子，打定了未来兄弟们吃饭的基础之后，就可以选择自己的生活了。十三燕明白，这意味着，每一个人，包括他自己，在不久的将来需要考虑，自己要在什么地方生活，开始什么样的人生。于他来说，广州是这样与众不同的城市，它有海洋的味道，是一个冒险家的乐园。这与以农业为底色的中原城市大相径庭。金陵够大吧？杭州够大吧？可是在十三燕眼中，只有广州是最大的，因为它流动的是商业的血液，而商业，它通往无数可能。到了散伙那一天，他希望能够来到这里落脚。花自在是个靠得住的帮手，又年轻，哪怕其他兄弟们散尽，只要他俩在，就可以随时召集船队，海上岸上通吃。

十三燕记得海豚帮的前前后后。道长接手不过几年，回头一看，自己和弟兄们的命运已经发生了巨大变化。这变化，最大的力量就来自于商业。从前的海上跳船抢夺，现在来看，颇有点不堪回首。像现在这样，堂堂正正地与其他商家竞争，拿来的银票才是真正有分量的，也更值得珍惜。

此行的船上秘密派有四名剑卫，混迹在船工中。十三燕知道他们，是因为董青山跟他挑明了：这是为了预防风浪里的不测。剑卫的任务，是留意船上其他船工的动静，也负责保护十三燕的安全；当然，他们每一次的任务，完成之后最终会向道长报告。十三燕知道，这是埋了一柄剑在船上。董青山本来可以不告诉他，但既然向他推心置腹，那就是信任。毕竟，自己率领的三艘船，装的货物价值上万两银子。任谁主事也不敢说高枕无忧。海上哗变之事并不鲜见，或者遇到什么意外事件，都是有可能的；作为领头人，多一个信息渠道，就多一重保险。

十三燕带了花自在驶出了广州湾，一路艰难北行。浙江、江苏沿海不起眼的几处码头已经修好，可供停靠，补充淡水物资。这地点的选择，除了水文条件之外，一色的偏僻少人地面。以往都是董青山掐算着时间，安排人在约定的码头等，但这次不同，因为冬季快到不宜行船，大伙儿会有两个月左右的休息期。所以约好的是直接到凤凰岛。虽然顶风行船辛苦，但好在太平无事。进入浙东，船队左拐，在渔村停靠，将新招的船工送了上去。这些人会得到妥善安置，休整之后，有的参与运输，有的则去附近租来的田栽种冬天也可以生长的豆子，并在此等待征召他们上船的消息。

这属于常规操作。船工们几回下来，已经习惯了。离开时，心头都记得十三燕的言语：擅自离队即不可再回。他们满心惦记做工期满可以获得的那一笔安家费，没有一个人愿意离开。

十三燕懂得如此安排，当然是对凤凰岛的保护。毕竟，凤凰岛作为核心，其位置不是外人可以等闲得知的。

十三燕一行的船只离了江村，紧赶慢赶，终于在太阳落山之前赶到凤凰岛。一靠岸，就有岛上的兄弟们迎上来。这是到了家了，船工们收了帆，放下船桨，疲惫地走下了船，走向他们的营地。后边的卸货，登记造册，再装上小船分送到各港口，就是岛上兄弟们的事情了。

十三燕紧了紧披风，从南方来，一时半会居然适应不了北方海上的寒风，想想也是好笑。北队的青眼豹差不多也应该在这段时间回了吧，但愿自己拿回来的银票，不会输给他们。他看了看自信地走在身边的花自在，有这小子在，南队是不会输的。

董青山早已听到消息，从营地门口迎了出来。管好人，让出外的弟兄们心中暖和踏实，是他的责任。一见十三燕，青山就是一个拥抱。像他们这样两个人，多余的话都不必说。十三燕的后边，两个兄弟抬着一个大箱子，那是广州上船之前，花自在预先派人送上船的，他说是广州产的腊肠，给北边的兄弟们尝尝，看看与家乡的味道相比怎么样。十三燕笑呵呵地说了此事，董青山笑了，吩咐让后勤队开动起来，当晚煮上一大锅苜蓿加腊肠，大伙都来尝尝味。十三燕知道，海岛土咸，蔬菜生长不易，只有这岸上用来喂马的苜蓿生长得好，掐个尖，煮的汤还是不错的。董青山此举，领了刚回来的弟兄们的情，又让全岛的人尝了味，是很妥帖的做法，遂一笑，连称最好最好。

账本董青山次日借着晨光看了，很是满意。这春夏秋三季，南队差不多带回了一万银子，刨去货物成本的五千，还有五千入账，这就是说，赚了一倍的钱。他知道，这是因为船只不算、兄弟们的工钱不算、岛上岸上分装的人工不算所得的毛利。纵然如此，这个数字依然惊人。航海存在风险，但朝廷禁海之前，大家纷纷走海运，为的是什么，看看眼前的账本和银票就知道了。现在凤凰岛不上税，兄弟们只年底分红不拿工资，正是资金积累的最好时期。董青山参与了道长的设计，他大概知道道长的想法，就是要快速打造出一个商业帝国，用海运的低成本来赚取最大利润，然后，让弟兄们每人拿上一笔像样的启动资金，用他们学会的海上陆上商贸技能，再加上团队各环节的协作，最终可以自由选择自己的人生。

南队如今回来了，北队预计的日期差不了多少，如果带来的银子也一样可观，那么，翻过这个冬天去，来年可以好好规划一番了。喝苜蓿腊肠汤时，十三燕告诉他，他亲自起名的花自在有些经营上的想法，问是否可以听听。董青山看完账本想起此事，便通知花自在来见，十三燕自然陪着来。才听了一听，便决定引他去见道长。

葡萄牙人，澳门，传教士……湘莲一路听着花自在的想法，他的脑子也在高速运转着。国人向来信奉佛教，道教，西方的神，中原接受得很少。康熙朝就有教士被圈禁的旨意，前朝则有和缓迹象，把那些关了好些年的教士又放出来。这说明什么？说明朝廷对于西方的教会始终是防范的，但宽严程度不同的朝代有所不同。他看了花自在带来的地图，被这块适宜远洋经商的天然口岸吸引住了。确实，这是一个有创意的想法。眼前的小伙子没有轻举妄动，说明他有脑子，赚钱重要，更有华夷大防这根弦在。

他满意地望着眼前的小伙子。三年的经贸生涯，他身上海洋气息少了，商人的精明气质多了，一双眼睛明亮、坦诚、真挚，又有些深。嗯，这棵苗子不错。看来十三燕带来的银票，多半因了此人得力。

"自在，你这名取得好，你燕大哥说了，你干得也好。"他开口，首先夸的是名字，然后才是功劳。

山上的树林沐浴着清晨的阳光，空气清透，是个难得的好天。鸟儿们的叽叽喳喳像是跳动的音符，听在耳中，格外悦耳。道长在花自在心中，往日那是神一般的存在，现在亲耳听得对自己赞许，心中舒展。他感激地看了看旁边的董青山和十三燕，转过眼神来方回复："多谢道长！以前我因为姓花，又无大名，平白添了不少烦恼。是董三哥给我取的名，燕大哥带我出的海。今日得道长赞许，看来是这名字给我带来了好运。"

会说话！湘莲心里给了对方一个评价。正一正色，开始谈正事："你刚才提到的澳门，还有周围的几个岛，想来商贸往来是可以的。朝廷既然没有逐出那些葡萄牙人，他们又一直在那里做生意，与他们做买卖，没什么不可以。不过，我的意思是，找一家可靠的中间商，会比较合适。"

"是十三行里边找吗？"花自在知道，这是道长明确同意了。他决定把问题都问清楚。

"十三行是龙头老大，如果用他们，中间费用不会低，那我们的成本就上去了，拿什么来与其他商人竞争？你用当地人开的商铺，可以暗地入股，但明面上不要显露出来，甚至你商铺雇用的伙计也行，以他的名义开个商铺，然后再跟洋人交易。注意，不要用你们自己的商号，也不要用萧记、雷记，就重新起个商号的名。这么说吧，就像……一堵墙，有扇门。做生意时开门，但平时一眼看上去，是有墙隔开的。"

"懂了。就像一堵防火墙。倘若风吹草动，有个说法，也有个缓冲。"花自在举一反三，马上明白道长的想法。

"我们与洋人没有做过生意，所以最好是现货现金交易，不要期货，时间久了，有了信用再说。具体的，你和你燕大哥商量着办就是。还有就是，与洋人打交道，不上他们的圈套，也不要失了我中华上国的气节，不逢迎，不谄媚，堂堂正正赚钱。能做到吗？"说到此处，湘莲的眼神锐利起来。

"道长放心。"十三燕听到此处，马上从石头上站了起来，与花自在一起抱拳回答。

"道长，还有一个信息，也是从洋人那边来的。"花自在问的问题基本得到了明确的回答，他心中有底了，还有货物的方面，他也想讨个示下。

"嗯，你俩别多礼。坐下来，好好说。"湘莲手往下压了压，示意二人。

"我听闻葡萄牙那边有宫廷，我琢磨着跟我们京城有龙廷差不多，说是宫里经常开宴会，宴会的礼服需要上好的生丝，还有各种花色的织锦缎。嗯，说

321

是夫人小姐们穿的是长裙，用料特别大。告诉我此事的商家与葡萄牙人做过生意，与我打交道多时，介绍得比较详细。他说，本来一直是印度绸缎销往葡萄牙的，但印度的是黄色蚕茧，那边觉着黄色的丝颜色单调，又嫌着印度织出来的绸缎粗，所以，我琢磨着，这是我们丝绸卖给他们的好时机。"停了停，他又补充道："葡萄牙的北边，听说还有一个国家叫英国，那边也有宫廷，据说也喜欢我们的丝绸。英国人买去的价，差不多一匹丝绸十两黄金，都是葡萄牙人运过去的。"

"自在，你还有什么信息，不妨一起说出来。"董青山见花自在似乎还没说完，在旁插话。

"说那边的宫廷，还有富贵人家，他们叫贵族的，喜欢丝织的有图案的大幅挂毯，挂在大客厅里做装饰。我们运的没有这个货，所以……"

湘莲明白了："你的意思是，我们是否开发这种挂毯，让织户织了，卖到葡萄牙去，卖到英国去？"

"是的。"花自在如释重负，他想说的就是这个意思。这对织户算是提出新要求，他没有把握，所以说得不畅快。

湘莲想了一下。眼前的小伙子有着敏锐的商业嗅觉，他会是一个成功的商人，眼前缺的只是魄力。不过这也算不得什么缺点，因为他还没有当家。这样有想法又忠诚的人，真是不知道该怎么奖励才好。也罢，他一身经商的本事，就是上天给他的奖励。

"很好。江南的生丝最好的出在苏杭，织户最好的也在那里。这边先准备着，你回去后打听葡萄牙人喜欢什么花色，报过来，最好画出图样来，这边织了送过去当样品，供你去商谈用。这样如何？"

"多谢道长！"花自在看自己提出的，道长全部答应，心中喜悦。他始终觉得道长像神仙一般，大哥二字太亲近，怕亵渎了，所以轻易不出口。

这一场会面，益发坚定了湘莲的信心。十步之内必有芳草，看看傅老三，看看十三燕、花自在，短短数年，爆发出多大的能量。正好要去金陵会常天柱，也顺便看看扬子江护航一事具体开展得如何。织毯样品之事，此行就一并办了。花自在说的这条路，很值得一试。他印象中，丝毯市场上没见过，多半早已无人织，但他早年在京城琉璃厂时，看过据说从唐代传下来的挂毯，那就是丝织的。那琉璃厂古董店老板不知道怎么保存的，拿出来的挂毯颜色虽然变了，又暗又沉，但花色还完整认得出，可见从前有过这门手艺。既然葡萄牙人英国人有需要，又是稀缺，蚕丝的质量在这里，只要织得精美，这挂毯的价格还不是由着自己一方定么？宫廷就是皇家，天下最有钱的，不就是皇家嘛。他们口中的贵族，多半就是皇亲国戚，那也是花钱如流水的主儿。宫廷喜好流入民间，自然会跟风形成潮流。弄好了，真就开辟出一款独有的货物。湘莲知道，这就是商机。市场要是做好了走通了，那西方的宫廷恐怕不止一个，银钱往来的规模一定小不了。

花自在此行可谓圆满。他在岛上住了几日，挂着广州的事，住得不踏实，便辞了十三燕董青山要走。他计划坐船到江村，从那里走陆路回广州。董青山到底不放心，派了两个剑卫一路护送，毕竟，这样的人才应该得到保护。这边刚送走，眼见磨心山顶旗帜摇动，左三下右三下，心知这是值班的哨卫看到了海豚旗，那就是北队青眼豹到了。

董青山正准备迎出去，山上的旗帜又连连打出道长设计的旗语，那意思青山看得明白：请求增援！强度：紧急。

桃叶渡

第五十五回

抗倭激战

董青山看到旗语的同时，湘莲也看到了。他此前虽然也忧虑过岛上营寨的安全问题，但他考虑的多半是朝廷的军队。即使他们已经上岸经商，但朝廷一日不正式废除海禁，这风险就一直存在。他看到旗帜疯狂摇动，就知敌军来袭，所不知道的就是，敌人是谁。

小板凳看到道长示意，拿起挂在脖子上的海螺，用尽全身力气吹响。这号角声从未在凤凰岛上如此响过，长长的，拖着尾音。所有在做事的凤凰岛人一愣之下，旋即意识到危机来袭。他们放下手边事，飞快下山下坡，以最快的速度聚在营门前。

湘莲命先到的兄弟到北边码头去，解开缆绳准备好开拔。待得大部分人到齐，他正要下令带队先走，董青山拦住了他：

"大哥，哪方敌人还不清楚，不如我先去抵挡一阵？后续的兄弟们大哥带领来殿后？"

湘莲这才想起，海战自己是个白丁。这危急当口，青山愿意领阵冲在前线，还说得那么婉转，果然是个妥当人。他点点头，拍了拍青山的肩，然后下令聚结起来的百来名弟兄，跟着他们的三哥走。

这凤凰岛上留下的，大部分是故旧兄弟。少部分是新增的，也是重重考察过信得过的。他们不像老兄弟一样沉着，但看着头领领队在前，也在前往西北面码头的路上平缓了许多。

码头那边，无需千里镜，已经看见远远的几艘船，在海天相接处团团裹在一起，有艘船帆已经起火，风吹着火，那帆燃得通红一片，上头冒着黑烟，直入天际。相距太远，从凤凰岛上看去，已经分辨不清海豚旗悬挂的船只是哪艘。

青山看了看身后跟随的弟兄们，下令："一到五队的兄弟，跟着队长，到兵器库抄家伙，会什么就抄上什么；拿上之后集合听我口令。出发！"

这一幕，全岛此前演练过，指挥的正是董青山。他口中的兵器库，是修码头的时候修建的，是一半在地下一半在地上的一个土堡。上边一层，就是守码头的哨兵居住的地方。只有湘莲和常天柱、董青山和几个队长知道，这一层的墙面还有暗道，通往地库，他们收集的火器和常备的弓箭、大刀和长矛，就集中放在这里。此刻火烧眉毛，这个秘密地库，对所有人开放了。

待所有人持枪持刀站好队列，青山站上一块礁石，对大伙儿作了简短的动员：

"各位兄弟，北边有我方船只遇到敌情，应该就是谭兄弟带领的北队归来遇敌。我命令你们，按照此前操练过的，分队迎敌。我在第一艘船上，各位队长看我船头旗帜执行命令。"

青山说完，跳下礁石，领头走向不远处的码头。今日在港船只八艘，所幸郑直当日所订的上下两层可以开火的船只保养得宜，今日即将仗此杀敌。他招了招手，让有火枪的一队和二队上了这两艘战船，自己则踩着踏板，走上第一艘。小板凳几年来跟着道长学剑，此刻得了道长之命，跟着董青山贴身保护。青山之前已经瞧见，此时也不是多话的时候，他瞥了瞥小板凳，拔出腰间佩剑，大喊："出发！"

青山一打头，其余四艘船只跟上，升帆的升帆，划桨的划桨，直冲向北边燃火的战船。

越来越近。青山看到火团越来越大，上下几层的帆布不断掉落海中。所幸燃烧的不是海豚旗，但可以看到，前方悬挂海豚旗的三艘船已被团团围在中间，周围是几艘不明来历的船。有的船只已经挨得很近，那艘最大的船应该就是旗舰，已经被敌人搭上了船板，显然，已经失去了远攻之力，剩下的就是肉搏了。

青山站在船头，他的脸被火光映红。他让旗兵打出号令，命五艘船只截住东面，航成一列，然后掉转船头向西，直往前行。待看清敌船上的人，他命令上下两层的火枪开火，其余弟兄放箭。每队配的鼓手，此时擂鼓助威，划船的兄弟拼命划船，帆手调整船帆的角度，借着风力，一鼓作气包抄了过去。

被困的大船上，确实是青眼豹。他带领的三艘船，在傅老三布好的沿海萧记各点卸下货物，又满载东北、京城来的货物回程，船行顺利。不料到了东海海域，被藏在不知名小岛后突然冒出的几艘船缠上了。青眼豹带的是货船，吃水深，航速慢，眼看对方来头不对，立刻下令让所有能战的弟兄们拿起武器走上甲板准备对敌。此时是北风吹袭之时，他只盼早到凤凰岛，便可得援兵，不料还隔着一段距离，终究还是被赶上围住了，心中只盼打的旗语岛上能够看到。青眼豹早先跟随郑直之父，又随郑直，算是一名水上老将。他看看船上挂的是白底黑骷髅旗，就知道遇到的多半是倭寇。

青眼豹判断的没错。

这帮倭寇平时就聚居在鹿儿岛以南的屋久岛一带，以走私、抢劫来往货船为生。因被抢的货船少有人到岸报官，故朝廷内部少有人知，只有出海渔民偶尔从客商处听闻。青眼豹北队不断北上南下，被这帮子倭寇打探发现，此次便聚齐百十人手，倾巢出动五艘船只，一路追了下来。倭寇不想持久战，本以为是手到擒来的事儿，不料对方三艘货船，居然备有火箭，船工们人数虽少，但好像都是蛮子，己方船只一靠近就遭遇长枪砍刀乱戳，致使久战不下。

船帆被射中着火的只有一艘，还有四艘可以机动。倭寇仗着多出一艘船，船轻速度快，追了一路，总算是包围了这批货船。领头的唤作奎木郎，他见对方射来的箭已经稀稀拉拉，知道这是快没箭了，便命令船靠近，自己手持倭刀，命令手下搭上踏板，准备跳过去对方领头的船。按照他的经验，一旦上了船，拿下船长，差不多对方的抵抗也就结束了。

青眼豹见搭板过来便知不妙，正要去掀，谁知那边的倭寇动作快，人已经随搭板而来。他知这是生死关头，操起一柄刀，直扑过去。那为首的倭寇已然跳下甲板，后边几个源源不断地跳下，一时间，两边人都白刃翻动，刀剑摩擦的声音随着鲜血飞溅。没有思考的空间，只有短兵相接的凶狠。周围与他并肩抗敌的兄弟射箭已久，手臂乏力，此刻再已撑不住，不断有人倒下，划船的船工们早已放弃船桨站上甲板战斗，船只被风浪推着，在海心里打转。青眼豹杀得眼睛都红了，他知道，船破只是时间问题了。

倭寇们看看眼前的肥肉即可吞下，心中狂喜，手中扁平的倭刀使得又狠又快。收割的时刻就要到来，人人心中盘算，这帮子中国人不知死活，抵抗了那么久，一旦得手，必当全部诛杀。一名倭寇偶然侧了一下头，发现自己一方的船后有阴影；再回头，发现他们的侧翼不知何时靠近了四五艘船，船头的旗帜和被包围的船只一模一样，一只微笑的海豚。他不觉大喊一声。

奎木郎一回头，瞬间明白了对方的援军已到。他是个狠角色，知道眼前最要紧的就是拿下这艘领头的旗舰，另外两艘见没了头领，意志也撑不久。拿下这三艘船，到时候他拥有的就是七条船了，回过头来，再打这五艘船。奎木郎这一回头一愣神，肩上被青眼豹的刀锋带过，肩膀上血流如注。他登时大怒，倭刀刺出，青眼豹躲闪不及，手臂上已被拉了一道长长的口子。

董青山的船只已经接近倭寇船，他看到眼前敌人不防自己这边，只攻击被包围的船只，知道这是关键时刻。火枪不能连发，此刻只能用火。他手中剑扬起，又落下，一阵带火的箭一轮一轮射过去。有几支落入海中，有几支射上了倭寇的船。船只逼近，眼看敌人又一艘船的船帆被射中点燃，毕毕剥剥的声音近得似乎都听得到。

董青山的强攻，正是为了吸引对方人手火力。果然，倭寇船上的人分了一半来对敌，待他们的脑袋出现在船舷上，青山命令火枪开火。一阵硝烟飘过，倭寇脑袋缩了回去。青山知道，拼的就是时间，他目测自己的船高过对方三四尺，便命令向前，待接近了，涌身一跃，跳上了倭寇的船。队长见头领如此，那还有什么好说的，领着兄弟们纷纷跳过去，挥舞着手中刀剑长枪，与倭寇战在一起。另外几艘船依样学样，船高的就跳，船身与倭寇船等平的，便搭木梯木板，海上风浪急，稍有不慎便会掉落海中，但众人知道，一旦倭寇得手，那就是大伙儿死无葬身之地。

那边旗舰上，青眼豹受伤的左臂越来越沉，他的身下已全是鲜血。锥心的痛袭来，他的眼神已迷离，咬牙忍住，右手的刀向前舞成一团，死死封住对方刀锋。死吧死吧，今日就战死此地了！这该死的倭寇！

董青山带领的兄弟要救援围在中间的青眼豹，必须先扫除眼前的倭寇。但倭寇凶狠，一时拾掇不下，眼看搭救青眼豹已然来不及，此时太阳西沉，海水青里透红，不时有两边的人落水。船随着一波波的海浪打着转上下浮沉，激斗之下，人站也站不稳，这水上的激战比岸上实在是凶险百倍。好在青山带的全是生力军，扫平船上倭寇只是时间问题。可是，眼看青眼豹在那边船上激战，差不多已经是同归于尽的打法，救他是来不及了。

青眼豹汗水鲜血混落，刀法已经散乱。忽然一个影子从头上掠过，转眼自己被拉了一把，护在一个人的身后。那个人一手扯退青眼豹，手中剑直接递出，只听"呛"的一声，那强悍倭寇手中倭刀落在甲板，紧接着又是连环脚，奎木郎还没反应过来，不知不觉自己已跪了下来。一柄剑锋冷冰冰勒在他的脖子上。奎木狼眼神狰狞，挣扎着要起，那柄剑毫不客气横过他的脖子，顿时尸横就地。

正是湘莲到了。

湘莲在董青山之后收拢人手，跳上剩余的三艘大船直赶过来。看看敌船旗帜，已知倭寇。见董青山摆出阵势，已经拦住了倭寇向东向北逃窜的退路，知道胜负已定。他站在船头，远远望见被敌人包围的旗舰，知道这是最凶险之处。他命解下船尾系着的小船，四个弟兄一起划动，他站在船头挺剑来救。也幸好大船上的倭寇被董青山队缠住，小船顺利穿过大船间隙。抵近船头之时，湘莲奋起平生功力，船头一踩脚，小船一沉之下，湘莲纵身而起，在空中一个鹞子翻身，剑尖在船帮上一插，借力翻了上去，抓住了船头的铁锚，上了大船。他眼神如电，看到青眼豹已在生死之间，合身飘了过去，左手一把扯退青眼豹，右手同时递招，两个回合拿下奎木郎。

湘莲得势不饶人，啪啪两脚踢走眼前还睁着怪眼的倭寇，一溜儿刺过去。剩余的倭寇被一人一剑一脚踢下大海。他带来的三艘船此时在十三燕的带领下已经到了。这队人一跳过船，配合董青山，就是砍菜削瓜，不多时战斗结束。

这一仗，除了十来个带伤的倭寇躺倒甲板之外，其余尽被击落大海。让他们葬身海底吧。这就是下场。董青山早已带领弟兄们清扫完战场，过来请示，剩下的倭寇怎么办？

"他们不是好勇斗狠吗？那就扔进大海，去跟龙王爷的虾兵蟹将去斗吧。"湘莲冷冷说道。

董青山一听道长命令，正合心意，这帮子倭寇不扔进大海，还真不好处理。他带了人三下五除二，把倭寇一个个扔进大海。至于有没有命逃出来，那全靠自己造化了。那些倭寇口中呜里哇啦的话听不懂也无需听，直接无视。那两个会说汉话的倭寇，青眼豹带着做个不时之需，一直跟着在船上；此番见倭寇来，最后时刻居然帮着对方砍杀船工，这种人再也留不得，被董青山一起料理了，一脚一个踢入大海。

青眼豹在倭寇的刀口下捡了一命。他默默地躺在甲板上，看着弟兄们收拾战场，联想起自己往事，心中道声惭愧。前些年自己不也曾劫夺客商吗？虽然手段算不上狠辣，也不伤人命，毕竟抢就是抢。现在轮到自己被抢，轮到自己被威胁被剥夺，才真正体会到被抢的凶险和屈辱。此番被倭寇一路追杀，如果不是道长率弟兄们及时赶到，恐怕今日就交代在这儿了。

此时太阳已接近海平面，很快天色就会灰黑，湘莲看看倭寇的船，与自己一方的外形颇不相同，心知留不得，便下令凿沉倭寇船只。北队的货船先走，其余船队跟着返航。他的眉头皱得很紧。知道这里离杭州湾不远，那里就驻扎着浙江乍浦水师。船帆起火，海面上一览无余，还好距离远，岸上不一定瞧得清楚。但凡事有个例外，如果被海面上过路的船只瞧见，再辗转被官府知晓，就不是什么好事儿。

可惜了，凤凰岛。可惜了，磨心岛。经营了数年的大本营，恐怕不能不放弃了。他心中叹息一声。好在货物未失。刚才粗略查了一遍，弟兄们不少带伤，掉到海里的，多半已经无幸。这也是没有办法的事情。

待全部船只回到码头，天已暗灰。湘莲一一看望伤者，见均已裹伤涂药；又获知水中救起了两个兄弟，心中大慰。这一役，弟兄们经受住了考验，合力抵抗了倭寇一波接一波的进攻，这就是胜利。他心中还有一个想法，经此一战，对于那些匪气尚在的人，这是最好的警醒。

虽然设在各地的萧记码头已经分流了不少货物，但凤凰岛作为北边南边货船货物的调度和聚散地，一时之间是少不得的。朝廷一旦发现有人占岛为营，还有火器，更与外敌发生过规模不小的战斗，说不定就会把海面巡航重视起来。那时，就无自己一方的容身之地了。

一大早，湘莲来到山顶平台，让小板凳找来十三燕，与其商量此事。董青山自然也在座。青眼豹休息了一夜，吊着手臂，也一起请了来。

十三燕明白头领的担忧。做生意的最怕的是航线不稳，货运渠道受官府干预。这一场与倭寇的战斗，虽然大获全胜，但同时也带来了隐患。不足谋一时者，不足谋一世。他虽然说不出这一整句话，但大略知道这个道理。

"我们的凤凰岛，套个江湖话，差不多可以称之为总舵。南来北往的货物，不给官府交税，又自己航运，货物不管是否稀缺，价格上都有竞争力。"十三燕总领南部航线和货物聚散，他的思考已经明显带上了全局观。

董青山赞许地看了他一眼，又看看道长。显然，这个总舵的说法道长是认可的。

见两位头领都听他讲，十三燕继续厘清思路："倭寇久不犯边。这一场海战，显然是他们途中拦截，也就是说，是有备而来。我想了下原因，是不是上一次我们到鹿儿岛上销货，刺激了他们？"他头转向青眼豹。

"有可能。"青眼豹也在琢磨这件事。还不到杭州湾，还要更北一点，我们就被盯上了。如果不是弟兄们死战，在未接近凤凰岛之前，肯定全部人死船空。

"我们先假想就是这么一回事吧。这帮子倭寇注意到我们，说不定还分析了我们的航行路线与规律，在秋冬季节吹北方的情况下设伏。那就意味着，这几艘船虽然被我们给凿沉了，但他们的老巢说不定还有倭寇。不过，已不足为惧。这些年来少有听说倭寇大规模入寇之事，要吃掉我们三艘船，这帮倭寇应该船只人员大部分都派出来了。所以，我的结论是，目前我们该防备的，其实不是他们，是官府。"

青眼豹担心他的北行航线受阻，听了十三燕这番分析，心中觉有理。但自己的船队遇袭，还暴露了老巢，与南线相比，那可就被比下去了。想到这，心中不觉一阵堵。他干脆闭紧嘴巴，不再说话。

"北边是我们销售的大本营，这三年来，北线兄弟功劳很大。至于倭寇觊觎，这是地理位置决定的。大海没有边界，两边距离又太近了。我看过这一带的海图，杭州湾与他们的鹿儿岛，差不多就在一条线上，就隔着一片海。"湘莲说话了。一开口，就给了北线兄弟很高的评价，又解释了为什么北队会被倭寇盯上。青眼豹心中舒服。湘莲收紧了笑容，继续说下去：

"十三燕兄弟说得极是。我今天招来几位，谈的就是未来。常二哥不在，我们商量个意见，我自当上岸去与他商量，最后定下来。未来就是，这一场海战，也许一段时间之后就会传开。招来朝廷水师注意，我们的生意就不好做了。这些荒岛，那些官员们未尝在意过有没有人住，但海上有力量，有交战，这个一定会成为关注的焦点，朝廷也不能无视。那些官员们升迁的渠道，军功最快。只怕那时海面再没有平静的时候。清江浦的驻军，乍浦驻军，甚至南边的福州驻军，都会把水师开出来，巡视海面。我们不得不预做谋划。"

青眼豹这才意识到严重性。是啊，朝廷不会注意商人，也一向对海贸睁只眼闭只眼，但如果得知做海贸之人有武装有力量，估计就不会听之任之了。

"大哥，那您的意思是？我们要放弃这里吗？我们又能到哪里去？"他急迫地问。

"青山，你说呢？"湘莲还没有想好，便询问旁边的董青山。

"大哥，俗话说，天高皇帝远。十三燕走广州，花自在前几天又说了澳门这个天然港口的事儿，我在想，不如我们迁往南方，如何？我琢磨着，岸上的官府即使得知信息，他们作出反应，又办公文牍有来有去的，怎么也得是三两个月之后的事。我们利用这个时间，到广州、澳门寻觅一个地儿，总舵干脆迁过去，时间上也是来得及的。毕竟我们重要的人和货物，都可以运走。"董青山在道长发问的时候就开始考虑这事儿，现在初步成型，便托了出来。

湘莲点点头。这些年来一直走的都是转型之事，不好听的，就是洗白。海战只是加速了这个时间段。待弟兄们上岸有个奔头，立住脚跟了，他也就该走了。这一层，他当然不会说破。

"青山说得很好。那就十三燕带兄弟们先行一步。如果花自在上回说的那澳门可行，我看可以搬过去那一带。岛上多为老兄弟，他们也是好水手，好战士，到了南边，可以继续航运、护运。到得南边，跟那十三行比看掰掰手腕。我觉着咱们有人有船，到哪里都吃不了亏。"说到这里，湘莲不自觉地笑了。对于自己一手建立起来的商业帝国，他很有信心。虽然被逼了一下，不得不提早离开，但好在预先安排好的大局还在。

十三燕知道，这是他的机会来了。广州或者澳门一带即将成为大本营。他离开石凳，躬身向着道长就是一拱手："大哥，遵命。我这就安排出发。"

"以后这一块，青山具体与你联系，待他理清楚岛上事务，他就会到南方主持。十三燕兄弟，希望你尽快找到大伙儿的立足点。到了南方，语言不通的问题要重视，最好先留意一下，找几个通晓语言的备着，到时候教弟兄们说。还有就是，到一个陌生地块，取得当地的地头蛇认可，是很重要的。"湘莲笑了笑，"不过，我希望你可以在将来，做好这个地头蛇。我派四名身手好的剑卫助你，他们的任务，就是保护你的安全。"湘莲边说，边抬手让十三燕起身，是还有话要说的意思。

"完全明白。"十三燕响亮回答。这剑卫的存在，不只是保护他，肯定也有监督整个过程的意思。只要他不叛，这些剑卫就是可靠的保镖。道长把话说在明处，他反倒释然。南线掌握了将近凤凰岛四成的资金货物，如果总舵放任他大权独揽，反倒无法说服其他弟兄。这样安排，也可以堵上其他人的嘴。何况，他心里怕的哪是剑卫，他怕的是道长。这半人半仙的，自己若真有贪心，恐怕也没有消受的命。昨日道长神威凛凛，飞身上船，两招救了青眼豹，他可是看得清清楚楚。

"我还有个计较，各位兄弟看看妥当不妥当。据十三燕兄弟和花自在送来的账本，那边已经有了八家商铺，那就干脆成立一个燕记。就当是一个商业集团的雏形吧。我想，南下后，大家的收入，就从利润里边分。南方的兄弟辛苦，岛上的弟兄也在拼命，大伙儿就当入股，分六成股份；留四成给金陵的雷记和傅老三的萧记。同样，我跟常二哥商量之后，也会推动雷记和萧记明确股份，道理一样，燕记也会持股。各位必须明白，我们建立的是一个纵贯南北沿海的商业网，单干必然式微，只有精诚合作，才有最大的赢面。"

董青山不料道长想得那么深远。他衷心拜服，益发觉得道长非常人。他按下思绪，沉吟了一下，问道长：

"南来北往，股份收益这些，时间上恐怕不好结算，一年两年的没事，久了难免有矛盾生嫌隙，怎办？"他考虑得长远。

"商场上的事情，就在商场上解决。以后三足鼎立，合则强大，散则满天星，都很好，天下哪有一定之规。再说，这种交叉持股的方式，以后三家股份置换什么的，都可以谈出来，定下来。我们这一代人上岸了，弟兄们安置好了，他们自然有他们的生活。我对于郑直兄弟的承诺，也就实现了。"湘莲微笑着说。

青眼豹一直细听道长的话，他知道道长说的股份什么的，实际上首先安置的就是他们北行一队人马的利益。他为之感激。待听到后边，道长似乎有功成身退的意思，便不由得说出来：

"道长，这些事情总会做完的，弟兄们在您教导下，也自然懂得合则强的道理。只是……待这些做完，你是要离开我们吗？"他首次有了离了主心骨的惶恐。

十三燕的心里也是一样的。去澳门与葡萄牙人打交道也好，在广州与十三行抢食也罢，他的底气一直足，细想想，有多少是来源于眼前这位掌舵人的？道长负责想路子，自己和青眼豹只是执行而已。如果少了这颗定盘星，他确定自己能走多远走多久呢？想到此处，他也抬眼定定看着道长，等待他的回答。

众人之中，只有董青山最不吃惊。他很早就模糊知道，会有这么一天。一个出世的道长，来做如此入世之事，他又不谋求自己的利益，那么，只能说，他所做的一切只是在酬郑直这个知己。事了拂衣去，深藏功与名，这是侠客的行当啊。

他钦佩地看着道长，正想说点什么，忽然听到半山腰小板凳的大喊声：

"大哥，快看海上。"

湘莲说话时背对着海面，听到小板凳的声音，回过头来往下一看，只见清晨的海面之上，一道道海波被劈开，藏蓝色的海面纷纷翻起雪白的浪花。浪花翻起的地方，有一种从未见过的灰色大鱼浩浩荡荡碾波奔岛而来，海鸥们被这股气势惊得四散高飞。那大鱼远看是灰色，近了，又仿佛有一层幽蓝幽蓝的光芒；它们时而脑袋埋在水里，时而半身昂出水面，尾巴在划水，口里咿～呜～咿～呜地叫着，一起一伏，像是在唱歌，又像在舞蹈，那么欢乐。

这不是海豚旗上的那……大鱼吗？

"大哥，是海豚！是我们的妈祖！它们来了！"青山脱却了往日的稳重，站了起来叫着。

自接过郑直的担子，湘莲夙夜忧心，很少开颜欢笑。此时见从未亲眼目睹的海豚浩荡奔来，心中激动。他站了起来，像个孩子似的，眼望大海，双手合在嘴上，模仿这精灵的声音，跟着海豚一起大叫。

"看！海豚跳出海面了！"小板凳兴奋的声音传到山上山下。

天地间全是海豚的歌声，欢笑声。

那一天，全岛上的弟兄们，都看到了海豚！

桃叶渡

第五十六回

出世入世

"你知道吗，宝琴？当我面对大海，面对每日太阳升起又落下，看到无边无际的海水，我觉得此前自己的认识太局限了。

自小，我们阅读的书里，一直讲的是大江大河，讲湖泊，讲重峦叠嶂，最终讲的是逐鹿中原，泰山封禅。但是，魏武帝看到大海之后，那种日月之行若出其中，星汉灿烂若出其里的豪迈，好像早已消逝。早些年，我读儒家的书，看来看去，就是人与人之间那点事。又读道家的书，大有天地辽阔之感，但是，我也知道，扶摇九万里之鲲鹏，终究也是虚的。这儒与道，一个入世，一个出世，就像我们的生活和心灵，追求的目标都不一样。

再说史书。我一直在纳闷，二十四史，讲的全是帝王将相。那么多杰出的人物，研究的仅仅是朝代兴替，角度无外乎帝王心术。我就纳闷了，那些一代又一代的生民呢？有没有人来研究他们？他们生若蝼蚁，死如枯叶。每一个朝代走到末路之日，都是生灵涂炭之时。倒过来也成立：生民涂炭之日，朝代末日之时。既然如此重要，怎么就没有人重视这个问题，把百姓富裕社会繁荣当作研究、当作记录的方向呢？早先有一部《齐民要术》，算是从农业的角度，讲民富的道理，可是，自秦汉以来，整个社会重农抑商，把商人经商当作与国争利。还动不动迁移去守陵，整个家族连根拔起。

宋朝，商人的地位因了两税法，算是喘了口气，不再作为国家财富的对立面，尤其是江南，尽得商埠之盛。因此也没了豪强，没了游侠。这说明什么？人但凡可以光明正大地挣钱养活妻儿老小，谁又有必要去走刀尖舔血生涯？但是，到了本朝又不同了。八旗子弟整日斗鹰走马无所事事，尤其是京城黄带子们，还有他们的后人，一年到头聚赌包娼，提笼架鸟，完全是吸血的一个阶层。我在京城看见，四两银子就可以买一个女孩去当丫鬟当奴才，但他们五月玩水，买的一种金鱼叫做蛋种珍珠，市面上甚至一条就要五百两银子。人命何其贱！他们讲究的是什么？是熬鹰，是玩鸽子，还要讲究飞出盘来。宝琴，你想想看，他们的锦帽貂裘，他们的孔雀毛，天鹅羽，他们手上的扳指，佩戴的成堆宝石，是从哪里来？所有人都视作理所当然。不但旗人如此，汉人何尝不如此。

可是，从来这样，便对么？"

玄武湖的一艘画舫上，薛小妹安静地听着。从别后，忆相逢，她终于等来了萧大哥。这次长谈，是他与她见面之后，两人多次长谈中的一次。这一次，没有更多的儿女情长，有的只是萧大哥的披肝沥胆。

"萧大哥，我懂得你的意思。"宝琴抬起茶壶，为眼前的意中人添茶。舱后，小板凳和宝琴的丫鬟海棠正在煽火煮水。宝琴的嬷嬷在舱里，并未出来打搅他们。

湘莲与薛蟠打过交道，知道薛家不少事儿。但他自出京修道之后，前尘往事在他心中，已是白云清风。名字只是一个符号，身份只是一只暂寄的壳，他没兴趣提起此前的岁月。他关注的，只是他所感兴趣的。但他所感兴趣的，这世上无人感兴趣。

山中岁月，海上生涯，无时不在的孤独吞噬着他的生命。他接过郑直的担子，不唯是为了友情。在他百无聊赖的生命中，他想试验一下，恶能否向善；穷能否变富；人能不能站着，不夺不抢，平平静静安宁泰裕度过一生。还有，他的思考，他的行动，能多大程度地帮助到周围的人。

宝琴的出现，像是上苍慷慨的馈赠。她不仅美丽非凡，又通商道，有眼界，有担当；作为薛家实际上的当家人，薛家的钱庄提供的贷款支持了他的试验。甚至那个叫做基金的计划，也经营得颇有成效，认购的金陵人络绎不绝，苏杭一带还有专门来认购的。她已经成为了他试验计划中最重要的一环。这样一个女子，历朝历代前所未见。她的思维如此活跃超前，不仅如此，这个人还懂他。

自海豚们争先恐后游向凤凰岛之时，湘莲决定了：确实，海上才是他的世界。不是暂居，而是永久。他不可能舍去眼前那么深邃那么有活力的蓝，他也不可能忘怀海豚唤醒他内心的那一刻。他属于大海。

一种不可描述的感觉瞬间流过他的全身。让他惊惧，又让他最后安然。也许，这是上天降下的神谕，他，可以爱这片蓝爱这个世界，他还可以幸福。

关于幸福的联想，他脑海中第一个浮现出来的，正是宝琴。

三年多了，她嫁人了吗？作为女子，生活在这块世俗的土地，这个年龄早该生儿育女。湘莲的内心跳得厉害：她是这样非凡的人，也许，她还在原地。

作为一个内心认定自己早已出家的道士，即使他感受到了来自于宝琴的信

桃叶渡

任、凝视，以及绵绵情意，他也不可能给予一个世俗的承诺。遑论他还在海上，领着一帮曾经纵横海面的昔日海盗。海豚旗飘扬多年，他终于见到了真正的大海的精灵，他怎能不激动？那些有着温柔眼光的精灵，阳光下那么快活，海面上展示它们的舞姿，还有自由的欢叫。他的内心终于许可了自己，确定了自己。在这个美丽的世界上，心爱的姑娘，我要和你相伴一生。

不要将生命付予虚无。她写的，她送给他的。她是多么聪明啊。不管是因了什么，她就可以这样，自自然然将他一眼看穿一语道破。玄武湖波光粼粼，冬日的阳光淡淡地洒在湖面上，他讲的京城斗鸡走马的生活，何尝不是自己从前生活的投影。那个纨绔子弟，那个败家子，一切的缘由就是虚无。生命的虚无。而在她说破之后，那些零散的，依旧散发活力的，散布在每一寸骨骼里的生机在他身上渐次苏醒。是的，此前，他是虚无的。现在，他的生命因了一个目标而不再虚无。

此刻，在玄武湖的小船上，他的思想，向她打开了。这是倾诉。

见宝琴之前，湘莲在雷记耗了不少时候。那个岛上的常二哥，一辈子在海上漂泊的常天柱，来到金陵水润地美之地，三两年的时间，完全改变。他仿佛从睡梦中觉醒，遂把往事扔在脑后，一头扎进稳定和平的生活。忘了海上，也几乎忘了弟兄们。他娶了街坊一位秀气普通的女子，买了一所小小房子，一心一意过安定的生活。常天柱退步抽身是渐进式的，他从生意上的事慢慢淡出，近几个月来则几乎全扔给了傅老二。傅老二有其实无其名，许多事也不好扩展了做，雷记人心涣散。道长的到来，对于常傅两人，都是解脱。

"道长，我本想早一些告诉你的。一则没有最后想好，二则，对于你，对于岛上的兄弟们，我也不好启齿。"在常家的院子里，常天柱对来访的道长说。他的娘子温温柔柔，挺着个肚子给二人端来茶水点心。

"二哥，我理解你。你要退出，我支持。弟兄们也不会有意见的。"湘莲喝了一口热茶，微笑着说。

常天柱此前也觉，道长此人如此不凡，他不一定会拦阻此事。说不定，甚至都不会提半点异议。但道长这样真心诚意心境平和的回答，还是让他意外。毕竟，他说过要与道长还有老三一起走下去的。他抬起头望向道长，看到的是一双清澈温暖的眼睛。道长改变了！从前，他的眼神是高远的，甚至是清冷的，现在，里边有了温热。

"二哥，你的股权分配好之后，每年结算完毕，弟兄们都会将红利送过来。

嗯，我猜，按我们现在的经营业绩，明年，你的院子可以扩一扩。你的未出生的孩子，也会有一个好一点的环境。"

"不不不，我离开了大伙儿，心中有所亏欠。怎么还能分红利呢。这个，我不能要。"常天柱坚决地说。

"二哥，郑公子走之时，是你拢住了弟兄们。现在你选择了隐退，但此前你的功劳，足以换取这一份安家的福利。"湘莲微笑着说，"放心吧，我们经营得很好。"他伸出双手，握了握常天柱搁在茶几上青筋暴露的手。这只手，写满了海上风浪漂泊多年的艰辛。

离开了常家院子，湘莲漫步在莫愁湖边。这铁打的汉子，一生没有过上好日子，进了金陵城就改变了。可见渴望安定几乎是每个人内心深处的愿望。看看自己的内心，也许，自己也会在某一个时刻，像常天柱那样渴望安定。

常天柱送他出来之时，告诉他，郑直的墓，已经迁回到了扬州。让他放心。湘莲点点头，心中叹了一口气。是的，与头领感情最深的，应该就是这位原来的二当家。这样安排，原是最好的。

与傅老二盘了几天账，又长谈数次，湘莲认定这是一个值得培养值得信任的继任者。雷记此前主要负责金陵城与太湖一带货物的收取，以及岛上船只运来货物的分销，再有就是薛家航运的护航。因了常天柱之故，除了护航做得不错之外，其他业务可谓平平无奇乏善可陈，因而这一块盈利不多。好在航运每年分红丰厚，薛家做账并不藏私，因此，雷记的盈利与萧记、燕记最终差不了多少。湘莲很满意。他知道，当傅老二获得与他的管理权限相匹配的身份之后，他会做得更好。

"傅老二，往后你就是雷记的掌柜。对了，这个名喊了许久，说来惭愧，还不知你大名。"湘莲坦然问。

"我父亲说，母亲生我之后，他从屋子里出来，抬头看见启明星亮亮的在天上，回头便给我起了这个名字。"傅老二不好意思地说，"不过也没人喊。家里人，村里，一直就傅老二这样叫。我都快忘记了本名。"

湘莲拍手笑了："好名！傅启明，嗯，不错。那你兄弟就是生在春天，所以叫傅春了？"理清了雷记的头绪，湘莲少有的好心情，开起了玩笑。

"哈哈，不是的，父亲指着富春江起的名。穷人家，不拘什么名，叫着就是了。辈分排字这些，乡下人不讲究。"

湘莲猜错，呵呵一笑。他看了看眼前的账本："雷记的账目清楚明白，账房先生字写得也很好, 启明, 看来你选对了人。"他开始叫傅老二的大名。

"是甄府的少爷, 被我请过来了。"

湘莲一怔, 想起了桃叶渡, 一介少年挺身而出护住宝琴一家的一幕。难得这样门第的子孙有这股胆气。脱离了祖上的余荫, 能够靠自己活下去, 就凭这份打破阶级的见识, 此子不枉与京城的宝玉同一个相貌同一个名字, 都不是凡夫俗子。

他不想多说, 点点头, 又嘱咐道: "启明, 现在你管着雷记, 你兄弟管着萧记, 与南边的燕记又是交叉持股的关系, 所以你要谨记: 不以私废公, 才能服众; 南北的兄弟们抱成一团, 才能长久。"

傅老二见道长如此郑重, 他的表情也严肃起来: "大哥, 您放心。我理会得。不仅我可以保证, 我家老三那里, 我也可以保证的。他若有不合规矩的地方, 我第一个饶不了他。"

大本营即将南迁, 涉及到航运交货方面的不少具体事儿, 也包括开发花自在上次来岛所说的丝质挂毯。不试试, 怎么知道行不行呢。多一个货物品种, 别人无, 自己有, 就多出一份竞争力。湘莲既然把未来的重点放在澳门, 他当然知道对于市场必须有敏锐的回应。就这样, 他一连数日盘桓在雷记, 各项商量齐备, 又交代了未来会由董青山主持三方的具体股份分配。一切妥了之后, 才造访薛家。

湘莲来金陵, 和以往不一样, 他恢复了在京时翩翩公子的形象。胡子剃了, 头发束起, 帽子间镶着一块明净的白玉。世人多为先敬罗裳后敬人的, 他懂得。到薛家之前, 湘莲前所未有地在镜子前整理仪表, 他端详着青铜镜里的自己, 那样陌生, 又那样熟悉。三十而立。嗯, 立在何处? 如果她在, 如果她不在。

薛府门前, 一丛早开的迎春迎着凛冽的寒风, 在门外金黄一片。湘莲牵着马站在街对面, 百感交集。此时深冬, 桃花还没有开, 但他面临的结果, 会不会是"人面不知何处去"呢? 他想起了崔护的诗, 心中居然有了一点忐忑。

小板凳上前投了门贴, 湘莲等待着。他预先准备的帖子里夹着一张窄窄的纸条, 上边写的, 正是当年薛家小妹送给他的原话。

门开了, 他在睡梦中见过无数次的脸, 笑盈盈地立在门口。

是的, 宝琴没有嫁人。是的, 宝琴在做她自己事业的同时, 在等他。

薛家迅速膨胀的财富, 早已将她这个实际当家人的大名传遍了金陵。到底是皇商的后代, 哥哥遭了劫难, 妹妹接手, 还有这么红火的发展, 怎能不让人垂涎。金陵虽世家大族遍地，但富商巨贾同样多有。有儿子尚未定亲的，不少人打着如意算盘央媒来薛家提亲。娶了宝琴，几乎就是家业有靠。宝琴已近20虚岁，这个年纪的女子年份上虽然大了一些，但薛家女儿的当家才能尽可以弥补这一点。三年多来提亲的络绎不绝，但结果都一样。拒绝的理由各式各样，但没有一个人真正知道谜底。

薛蟠爱他的妹妹，尽管隐约猜到了妹妹的心意，但他没把握，也不好问。倒是夫人出于关切，旁敲侧击提过几次，都被宝琴一笑滑过去了。也罢，妹妹不嫁人，是他这个做哥哥的福气。有宝琴在，他这个哥哥可以安居二线，从容调理身体了。

宝琴在哥哥养病的时间里，恢复了薛氏航运；又在钱庄推行基金的认购。一两期之后，投资的人获得的利益超过了预期，一传十十传百，薛家钱庄声名大噪，隐隐然有执金陵牛耳之势。薛家定下规矩，每个月的头一天，也就是月旦日，作为基金的认购日，但凡那一天，钱庄门口总排了长长的队，都是来认购基金的。人流密集，附带着薛家的当铺、药铺、珠宝行生意都大好。宝琴根据客户的反馈，完善了基金计划，投资者买定的基金份额可以提前赎回，当然前提是红利的减少。这种可以提前回款的贴心安排大受欢迎，原本有顾虑的投资客人，如今放心地将银票存进钱庄。

这个计划随着规模的扩大，日益影响深广。集来的资金，每个月都转到雷记；雷记用来购货，回款后又将该还的贷款利息，以及上一期的基金利息结算给钱庄。良性的循环源源不绝，给两家带来了巨大利益。至于雷记镖行护航的股份分红，则是每年年底结算一次，两边的账目算清楚了，该抵的抵，该付的付，因为前期湘莲与薛家谈定的条款清楚，基本交接平顺。

当雷记的傅老二提起需要一个好账房时，宝琴没有犹豫，向他推荐了甄家宝玉。有些人的人品一件事情即可确定。甄宝玉早已脱落了当年豪门的公子哥儿形象，但举手投足间，自信日益增长。傅老二待人恳切，宝玉过雷记后，他的职责有时不仅仅限于账房。两人一起商量事情多了，倒多了些相契的情谊。

父亲免官去职，还好没有入刑。对于甄家来说，已经是最好的结局。抄家抄没了的财富不能复回，这个被祖母惯坏了的少年，终于在磨难中成长起来，用自己的薪酬养活全家。太夫人拿出最后几件首饰，交给孙儿去变卖贴补家用。甄宝玉知道薛家钱庄的基金，便在隔壁的当铺当了，全部买了基金。他希望将来有一日，可以赎回交还祖母，所以是活当。宝琴怜其家世，也为了感念他当日的挺身而出，得知此事后告知当铺掌柜，多算了银两给甄家宝玉。甄府虽然破落，但靠宝玉的薪酬还有每期基金的红利，全家人还能赖此生存下去。此是后话不提。

宝琴经商的成功，给她自己赢得了平常女孩子没有的行动自由。萧大哥终于出现在她的眼前。他的变化，她看在眼里。他不提他们的未来，但她心中知道，他终究会提的。这份信念，早在那个呼吸相接阳光明朗照进窗子的清晨，已经有了定论。他若不来，她就自己走下去，和哥哥一起光大祖父的事业；他若来了，那么，海角天涯决然相随。

宝琴将生意交给哥哥管，带了丫鬟嬷嬷，和她的萧大哥游遍了钟山，采石矶，鸡鸣寺，无梁殿。或席地而谈，或小径并肩，湘莲从未有过如此强烈的倾吐愿望。这一日，他们决定泛舟，穿过鸡鸣古寺，来到了玄武湖。尽管为了避康熙帝的名讳，这里被改名元武湖，但他们还是觉得，朱雀玄武，还是这个旧名才配得上这潭碧水。也是在这里，湘莲面对着宝琴，将他多年来的疑惑和思考，一一说给宝琴听。从她的眼中，他看得出，她全部听懂了。

宝琴眼中，她心目中的英雄剑眉入鬓，双目湛然，眉宇之间英气不减。与此前的变化在哪里呢？她思量着，最后确定，是他身上那种淡远的气质少了；还有，最显而易见的是，他这几天所说的话，比他们相识起来说的加起来还多。

面对萧大哥一口气诉说的社会不公，她知道，这是他的心中块垒。面对他最后抛出的问题，宝琴整理收拢了裙裾，抬起头，望着对面的大哥。她的脸上，笑容闪闪烁烁："我知道了，大哥的名为什么叫不平。你想凭借你的剑，有形的剑，无形的剑，削去它们。对么？削去人间不平。这是大英雄的功业啊！"她停了一停，继续说下去："你的雷记，我家的商铺航运，我想，正在改变这一切。我们帮自己的同时，也帮助了无数人，不是吗？中原、海上货畅其流，银钱流动起来，流到需要的地方，每一个环节都在受益。养蚕的，织布的，采药的，坐船的，做买卖的……每一个环节。我们不必掀天凿地，我们一直走下去，就可以帮助更多的人。这就是……商业。对，这就是商业的力量。商铺，商业，集市，市场……它们也是一柄剑，一柄无形的剑。可以逢山开路遇水搭桥的剑。剑锋所指，金石为开。当更多的人明白货物银钱的流动带来的好处，我想，这个不平，至少可以稍稍砍削，甚至于改变。可以想见，也会有更多的人仿效我们。当更多的想法付诸行动，聚成了势呢？大哥，你想想看。我可以想象的是，人们会逐渐富裕起来。虽然会有差别，但是，改善是完全可能的。"

湘莲敬佩地看着眼前这薛家掌门人。人能尽其才，地能尽其力，物能尽其用，货能畅其流，这就是他的理想。眼前眉目如画的女子，看似娇花软玉，却在自己的经商生涯中，得出了和他一样的结论。还有什么比这更值得庆幸的呢。她会是一个同行人，同路人；是知己，更可以是伴侣。他如此笃定。

"至于大哥你刚才说的旗人汉人之别，我是这样看的：天之道，以有余而补不足。太满了，就会溢出来。京城的贾府是这样，金陵的甄府也是这样。我不相信，旗人会有什么不一样，可以逃脱这个规律。时间就是筛子，会筛去那些不公平不公正的人和事，筛去不劳而获，筛去穷奢极欲，就像阿房宫，终究会烟消云散。只是，这一切，需要时间。我们做我们该做的事情，等待天道的演变吧。"经历过家变，也目睹过不止一家朱门巨族家道中落的宝琴，对此有自己的看法。

"如果，如果某一天，我们所做的一切招来注意，不容于官府，怎么办？"湘莲问出了最后一个问题。是的，官府就是小民最大的变数。无论他们的经商如何成功，他们始终是牛马犬羊，长肥了，是随时可能遭遇磨刀霍霍的。那些贪官污吏，他们最擅长的就是打着官府的旗号，饱自家的钱囊。这个，湘莲可是太清楚了。

宝琴一双妙目看着湘莲，看的时间如此之久，像要看到他的心里去。湘莲静静地迎着她的目光，等待着。

"如果有那一日，如果大哥不弃，我们可以远走天涯。"宝琴说，"天下之大，总有我们落脚的地方。在哪里落脚，我们就可以从哪里开始。如果陆地没有落脚之处，那我们可以扬帆出海。我们去找属于自己的桃花岛。不是桃花岛，我们就把它种满桃花，或者什么花。我这个回答，大哥，你看行吗？"

湘莲感觉有泪水溢出了自己的眼眶。他没有擦。隔着泪眼，他仿佛看到了宝琴口中芳草鲜美落英缤纷的桃花岛。他从船头上站了起来，按了按腰间的剑柄。

"宝琴，因为你，我与命运达成了和解。"他低声说。湘莲伸出双手拉起了宝琴，目不转睛地看着她。

他眼中都是笑。泪水沾湿的长长的眼睫，完全不能隔阻那双清澈的眼里传递出来的幸福。

宝琴凝视着他的双眼。她懂了。那个出世的道长消失了。现在，今后，他只会是她的大哥，她的知己，她的伴侣。

他已入世。

第五十七回

平地风波

"薛公子，我不是世俗之人，所以我想抛开礼数，与你讨论于您于我而言都非常重要的事情。我也不是真出世之人，因此，如果我的言辞对您和您的家族有所冒犯，也先作声明，我所说的话定无恶意。"

湘莲的开场白是这样的。

薛蝌已经可以理事。宝琴将生意、家务交给他的这些天，他迅速地接掌过来。辛苦妹妹太久了，而且，终究是他自己的生意。岳父母，也就是夫人邢岫烟的爹娘已经明里暗里提过好几次，薛家当家的应该是他这个男子汉，妹妹再能干，也不能盖过兄长去云云。

道长的归来在他预料之内。毕竟，是道长的雷记派出的护航队保证了薛氏航运的顺行。也是因为道长的提点，薛家才小心翼翼地建立并一直维护了与江宁府衙的关系——明面上，商人该交的税银一两不少；桌底下，老管家借着年节所送的礼都是上上尖儿。按照老管家的说法，衙门那几个人吃得越多，意味着捆绑越深，想甩脱他们薛家也就越发难。何况薛家并未要求非分的照顾，只是想太太平平不受打扰地做生意而已。

那江宁府的师爷伺候过不止一个主子，深知后堂敛财少不了他这样人的牵线搭桥。也像是那个防火墙吧，有个隔离，哪怕只存在于形式上，都较为安心。所以自第一次接收薛家送来的礼之后，后边也就自自然然，府尊一份，他一份；然后自己的手再松些，分给当差的衙役们，也是个花花轿子人抬人，彼此帮衬的意思。他有时自鸣得意，认为自己既未昧了良心，又没耽搁一家老小的生计，算得上红尘中一枚清醒的棋子。师爷地位卑下又如何？铁打的师爷流水的府尊，自己安心赚钱就是。

薛蝌感激道长，这才有了钱庄放贷，妹妹搞的那个基金，倒真为薛家赚了钱，又赚了口碑。几家钱庄老板约了来拜会，表面上说着客气话，实际上都是来探听消息：薛氏钱庄的那个啥基金，究竟投在什么领域，让这金陵城的有钱人趋之若鹜？薛蝌虽然是诚实君子，但也知这是薛家的根基，接待同行的时候礼数周到，倒也没把具体的说出去，只推说是妹妹主持，自己养伤不太清楚。惹得来的同行艳羡不已，知道这事也问不着宝琴；薛蝌说一句妹妹未出阁，不方便见外客就能妥妥地打发。

道长在薛蝌眼中就是一个奇男子，又两次救了妹妹和自己，即使现在是生意上的关系，他也随时能感受到道长智力魄力的气场。妹妹对道长的仰慕，薛蝌心中有数；至于道长本人，他是道士，与妹妹还能有何关联？但妹妹前向几次见道长，他心里自然不无揣摩，所以一直不干预不阻止。今日听道长说得如此郑重，认真打量了一下，确实，道长今日长衫皮裘，轩眉朗目，确实与此前一袭半旧青衫，散发长髯的道士打扮不一样。上次拜访时，鼻梁上戴过的西洋眼镜也不见了。

既然道长不再作道士打扮，那自然也不能再依从前称呼。薛蝌此前常叫的是"道长"，间或也夹着"大哥"这样的叫法。他提醒自己，现下正确的，就是依着宝琴的称呼。

"大哥如此郑重，想有要事。请讲。"

"第一件乃是公事。就是雷记与航运之事。我琢磨着，雷记的那支镖头组成的护航队，可以交给薛氏航运来统领了。一来统一调度有利于薛家，二来么……"湘莲停了一停，又接了下去："雷记有些经营项目的调整，我个人极有可能迁到南方去。走之前安排好，心中也觉妥帖。所贷之款，这几日我就派人到钱庄结清。至于基金对应的投资，请放心，雷记与薛家的合作，会一直继续下去。"

薛蝌没想到，萧大哥要说的首件事，其实是送给他一份大礼。贷款还清也罢了，雷记招募训练了这支护航队，风里雨里忠心耿耿；就是因了这支极有威势护航队的存在，他薛家的船只才昂然行驶在扬子江上。嫉妒他薛家的那些青皮流氓，还有同样跃跃欲试想分航运一杯羹的商家才不敢觊觎捣乱。如果由薛家统一调配，显然可以少了许多协调船期、货仓的杂务。这是手把手地交一支训练成熟的安保队伍在他手上啊！此前薛家受欺凌，不就因为没有一支有战斗力的队伍傍身么。

他想到此，站了起来，向湘莲深揖一礼："如此甚好。多谢大哥成全。"

"此前这支护航队是由雷记负责的，现在转到薛氏，支出增加也是显然的。那么，航运业中雷记的股份，就少一成好了。"湘莲微笑着说，也拱拱手回礼。

薛蝌知道这一成的红利，那是远远超过护航队镖师们的雇佣费用多少倍的数。他意识到，萧大哥接下来怕不是要讲有求于他的事了，便双手搭在膝上，静静听大哥说话。

"第二件乃私事。嗯，与令妹有关。此事按说应该由其他人来代我开口，但确实，此事有不得不自己言说的理由。"湘莲的眼睛晶晶亮，薛家昂贵的玻璃门外，虽是冬日，几棵高大的树枝叶茂盛，在风中轻轻摇摆。

"大哥，您说。"

"在下半生漂泊，生命中除了空虚二字之外，别无意义。直到遇到了令妹。"湘莲正容言道。

薛蝌这才明白，但又不敢相信。敢情这位萧大哥，是自己来给自己提亲。不要媒人的么？

"薛公子，我确实有必须马上离开金陵的理由。但我确定，此生除了令妹宝琴，再无别人可以进得我的内心。我痴长几岁，又蒙令兄妹称我大哥，本不应作此粗鲁之举。但薛公子想必知我一二，知道在下不耐世俗，也深知令妹之不凡。因此请恕我无礼，那么，我可否有此荣幸，娶得令妹为妻？"

湘莲站起，正式向薛蝌行了一礼。

薛蝌听懂了，就是不要那些八竿子打不着的中间人传话，直接向他这个当家人提亲的意思。估摸着那些三媒六礼、定亲成亲需要半年间隔的习俗，也不会在这位爷的心里了。

"大哥此举，着实非凡。嗯，小妹是否同意，作兄长的，需得征得她点头才是。只是我薛家在金陵也算是小有人缘，小妹出嫁也是大事。俗话说，礼不可废。我做兄长的，办事若不周全的话，怕影响小妹声誉。大哥，我这样说，是否见怪？"薛蝌说得字斟句酌。

湘莲微微一笑，他的笑容里有沧桑，更多的是尊重和理解："当然，薛公子如此意见，方是好兄长。关乎令妹声誉，当然必须郑重其事才是。能否对外说，宝琴已聘于南方萧家，需送至南方完婚？当然，这也是事实，我急需回南方，准备先行一步安排，再与宝琴汇合一道走。如此仓促，在下也有隐衷。南方生意我须前往料理。原想布置停当再接令妹的，又怕路途遥远日子久长，耽搁了宝琴，故出此下策。薛公子不妨问过令妹，得消息后再告诉在下不迟。"

薛蝌想想自家妹子才具性情，纵目所及，只怕是仅有眼前的萧大哥才配得上。只是他年龄应大过妹子许多。也罢，听宝琴的吧。薛家在她带领下，不是蒸蒸日上么？她的决定才是最重要的。

湘莲像是看穿了薛蝌的想法。从袖筒中抽出一个小小盒子，打开了之后，他双手捧了放在桌子上："此是在下庚帖。另有明珠两颗，不是名贵之物，是我下海亲自采来的。算不得聘礼，就当是一瓣诚心吧。"

下海？还能入水采珠？薛蝌狐疑地看向盒子，只见紫色丝绒面上，两颗拇指大圆圆的珍珠盛放其中，光洁晶莹，难得一般大小。另有一张折叠的纸条，想必那就是萧大哥自个儿的生辰八字了。

"薛公子，后日我即打算离开金陵，明儿此时，我来听信。无论宝琴是否同意，薛公子是否应承，这珠子在下都不会收回了。至于两家商务，以后会有雷记掌柜与薛家接洽。也请原谅在下公事私事杂在一起说了。那么，先告辞了。"湘莲干净利落说完，剩下的事，就是薛家兄妹的事儿了。

湘莲着急离开金陵属实。他一直担忧海战之后官府可能有的反应。信息不及时，信鸽来往也需时日，不把海上岸上弟兄安排好，他是不能放心的。他也相信宝琴早已允诺了她的一生。如此急切还有一个原因，就是他隐隐有一种不安的直觉，但又不明确。有一点则是知道的，到得南方，应该就是新的开始。那里天高皇帝远，安全感应比金陵要强上许多。是啊，自从将宝琴纳入自己的生活考虑之后，湘莲对于安全感的重视程度是此前所无的。嗯，常二哥退出，自己定亲，肯定对弟兄们有冲击，是时候给雷记、萧记和燕记旗下的兄弟们松绑了，要走的准走，带上银子，从此与总舵无关；要留下的，人员需得好好整合。他脑子飞速地转动着。

说来也是合该有事。湘莲告辞出薛府时，正遇上一个不该遇见的人。

此人是名捕快，三年前参加过桃叶渡碧桃苑的围捕。当日湘莲冲上楼梯，正碰上这人和几个乔装的同伴上楼，还与湘莲交过手。当时湘莲不恋战，几剑荡开伸过来的刀后直冲入内救人。这几个捕快被里边拴上的门阻住了。待最后攻入房门，只有两个海盗倒在地上，都死了，再有就是一个据说叫妙姬的青楼女子，一个婢女，其他没了。上头不想暴露有漏网之鱼，因此在后头的府衙通告里一句未提，只说捉拿了窝藏盗匪的令老板，两名贼人被官府捕快当场击杀；解救了被逼良为娼的女子一名云云。此事因涉名妓，又提到盗匪，当时轰动金陵。外头的老百姓不明就里，在场的捕快可个个心中有数，贼人并不是差人所杀；虽然不知道窗外逃走的究是几人，但赶来搭救的神秘剑客，肯定是逃了的。后来府尊因破获匪盗案并解救被盗卖女子，一举赢得好官声，一把银两赏下来，人人有份，大伙儿也就不再多嘴惹府尊不快；时间一长，此事也就慢慢淡了。

这名捕快姓邱，堂兄弟中排行第八，故大伙都叫他邱八。拳脚上有些功夫，但有一样不好：平生唯爱赌，每月到手的薪水，差不多得在赌场输了一半去。今日不值班，邱八无事，便直奔了往常去的窝点。那赌客早已摩肩接踵，一桌桌的，多为掷点比大小。邱八开始手气旺，骰子一撒，一把麻钱下去，三个六，全赢；再来，还是大点，继续赢。一来二去，不多工夫，居然赢了两小块碎银。到后头赢得越来越多，愈发舍不下，干脆问窝点的老板借了十两银，准备趁手气好，玩票大的。那赌铺老板知道他身份，不敢不依，也就借给他，说好了五分利，三日到期还。邱八往日有输有赢，倒还不至于昏头，但今日运气拍门，正在兴头上，哪里还刹得住。心不在焉听得老板说完，忙不迭接过银子来，又挤到桌边继续赌。不料借来的钱不好使，一铺一铺的只见输，最后连本钱也输光了。邱八垂着脑袋，写了欠条之后出来，寻思自己哪里有这多银子还。他知道赌场借钱的厉害，利钱高还是其次，这些赌场的老板多半养有打手，如果到期不还，早晚自己被打黑闷棍。

这赌场离秦淮河不远。邱八被江风一吹，头脑清醒了好些。这秦淮河里，扬子江上，到处飘扬着薛氏航运的旗帜，他是知道的。靠自己还钱是不行了，得另寻办法。要发横财两条路，不是抢，就是去敲竹杠。抢当然不行，饭碗还得端着；敲竹杠靠的也得是衙役的这身皮，还就得找薛家这样的财主。心思一定，便一径寻了来。到得门前，正好见管家模样的一名老者弓着身子送客。那客人身材颀长，腰悬长剑，俊眉修目，眉眼看上去眼熟。

湘莲自心中定下与薛小妹的百年之约，为着尊重，心下便不愿乔装，因此眼镜取了，装束也为之一变，按说与秦淮河边的那位青衣剑客颇不相同。坏就坏在湘莲双目如电，剑眉入鬓，见之人少有不印象深刻的。这邱八捕快出身，他近距离见过湘莲，又交过手，接近之时便有着说不出的熟悉。他才一警醒，眼睛就去瞄湘莲腰间的长剑。那剑柄的虎头纹上有青绿，似曾相识，但交手时间短，现场又混乱一片，自己也不能肯定。他还未寻思该如何，那公子模样的人向他友善点点头，就此擦肩而过。邱八站着正琢磨，管家已把客人送出门外，转来自己身边迎候。

邱八心中虽然疑云大起。但此时不是盘问此事的时机。那老管家对他礼数周全，微微弓着腰，请问访客尊姓大名。邱八报了，转头薛蝌就迎了出来。

衙门中人来打秋风，薛家一年到头，总要遇到那么几起。要求不过分的，薛蝌也就帮衬一二。如果要得多，或者来的次数多的，薛蝌定不能一味纵着，也会找些理由婉拒。这便是与府尊有暗线关联的底气。他出得堂屋，看邱八觉着眼生，料想着应是首次登门。

这邱八一开始就不准备借钱，他打定主意的就是要。借钱还要打借条，有把柄在别人手上，他心中不爽。那赌场打借条就罢了，惹不起；但商人么，踩就踩了，他能怎么着？邱八心中有所思，口中便说不出两样话。虽说了一堆理由，又绕山绕海的，但话里话外，就是打秋风，开口就是五十两。薛蝌耐着性子皱了眉头听完，心知这是无赖，来要钱，连个好听的都不肯说几句，连个借条都不想打，这如何使得？如果开了这口子，薛家就成提款机了。捕快既在衙门供职，好歹有官府节制。他薛家一年上千两银子打点，无论如何该讨了个平安吧。

邱八不识管家，那管家平素留意衙门中人，倒识得他，好赌斗狠这些都有耳闻。站在薛蝌边上，他本想提醒主人或者善罢，多少给一点；但一来苦无机会，二来邱八说话冲。要钱也得尊重人不是，那种大喇喇的神态，别说主人看了不爽，自己也过不了心里这一关，便闭嘴不吭声。

薛蝌素日不理这些小事，能躲就躲，小钱这些便交给管家去处理。今日正好在堂屋，又看在衙门份上才迎出来，没想到遇到这种不上路的。一个小小衙役开口就是五十两，让他如何忍得？当下也不回复，站了起来，说是有事，让管家陪着客人喝茶吃点心，自己则提脚就走。

邱八顿时紫涨了面皮，只好咬咬牙告辞。他之所以狮子大开口，想的就是既然打秋风，就干脆大一点。他隐约知道些薛家与府尊、师爷的关系，心中虽着恼，但想着如拿不到过硬的把柄，也动不了这种巨族。转念想起刚才出去的客人，便装作闲聊，问陪着出来的管家，刚才先出去的公子看着眼熟，却是谁人。

那管家哪能多嘴，便称是做生意的客商，来与薛家谈事情的。邱八待要问具体为谁、住在何处，又恐管家警觉，想想算了，如果要找薛家晦气，恐怕得下点功夫。倒是刚才那薛家客人，如果真是三年前那人，拿住了可就立下大功，赏银自然少不了。只要坐实，就私通匪盗一项，薛家就得出血，那就不只是五十两银子的事儿了。

想到得意处，邱八把三天后就得还赌场老板钱这事暂时丢在脑后，一心想着拿下此人立功。这来营救海盗的，不是同伙也是同伙。非得按了同伙算计，最好是大头目，这功劳才大。独自擒拿江湖悍匪，想想都带劲。按说这功劳分给其他捕快不划算，但此人那柄剑是领教过的。剑柔刀刚，此人一柄剑荡开数柄刀，那剑锋上的内劲得多强？自己一个人肯定拿捏不下来，弄得不好，先送了自家性命。但要禀告上头大队人马出动，须得有些详实的拿得出手的信息才是，什么人，住哪里，这些是最起码的，总不能自己空口白牙说看到一个人像海盗头子，上头就信了就派兵丁吧。嗯，还是得寻得下落，就近再看看是也不是。转头一看，那人影踪全无。也是，早已走了半日，这下去哪里寻呢？

想了一宿，邱八决定再来薛家大门守。不是客商吗？那一次不一定谈得妥，薛家该有考虑的时间，也就是说二人该有后续的见面吧。这个推断四处漏风，但邱八赌性上来，决定试试运气。次日果然找了个理由跟班头告假，一大早来薛家街对面的一处茶铺盯梢。

却说薛蝌在送走湘莲后，到后院来征求宝琴意见。他料想妹子早已知晓此事，便也不绕弯子，直言告知了宝琴。又说事关妹子的终身大事，他做兄长的，只希望宝琴嫁得良人白首到老；也把萧大哥说的去南方，婚礼也在南方举行这些细细说给妹妹。

"哥，不瞒您说，前些年背着您，我颇看了些坊间刻的书。有一本叫做《三国演义》的书，卖得很好，写得也好，我都看了。书里边有一位女子，叫做孙尚香，就是吴国国君孙权的妹妹。她有眼光有志气，说非英雄不嫁，最后跟了刘备回荆州。这个故事本来让我很动容，那孙尚香至此也是奇女子。但后头她又自己回了吴国，从此一别杳然，至死未见刘备。在小妹看来，这就是首鼠两端，可惜了当初的那份勇敢。"

"那小妹的意思是？"

"哥哥你是懂我的，我们兄妹得萧公子相救，彼此都了解的。他在我眼中，就是一奇男子，也是我平生所见唯一佩服的人。这样子说，哥哥可别见怪。"宝琴调皮一笑。"我看不上闺中女子总是不能畅快表达，说话扭扭捏捏的模样。哥哥是我唯一亲人，宝琴就直说了哈：我愿跟随他到天涯海角，绝不首鼠两端半途而废。休说只是南方，就是真的漂泊海浪，也是食苦若甜。哥哥放心，小妹拿定主意了。就按萧公子说的办吧。我愿意。"

"可是南方炎热，宝琴你能适应得了吗？离家那么远，哥哥很担心你。还有，即使到南方，哥哥也要送你去，时间上得筹划一下。"

"我猜萧公子定有安排。哥哥倒不必动身送我，这个家离不得您。让海棠、海晏两个丫头陪我去就行。奶娘老了，就留她在薛家养老吧，就不让她陪同了。"宝琴想到从小带大她的奶娘，心中一阵不舍。

"那就依了妹妹。两个丫鬟年龄小，陪你去的人也太少了，拨一房老成些的家人同去，彼此照应着，我也放心。还有就是，妹妹如此信任萧公子，虽说一切从简，但哥哥还是有个计较，这说亲定亲可以就简，双边的媒人却是省不得的。这是你一辈子的声名，即使妹妹不在乎，这个礼数可是万万省不得。"薛蝌坚持。

"遵命。那哥哥看着办就是了。只是我走之后，薛家只能靠哥哥一人，我放心不下。"

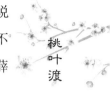

薛蝌抬头看看四周，家宅宁定，窗外吹来的冷风，进了屋子，都仿佛变细了变暖了。他感激妹妹付出的辛劳，便安慰妹妹："妹妹操劳日久，我薛家方能重生气象。现在一切皆已上正轨，妹妹放心。这么说来倒提醒了我，萧公子把护航队交给我薛家，就是备着保护我家宅的意思。这个人，思维真的周全。哥哥不及呀。"薛蝌笑着，他终于懂了，那萧大哥提出的建议，关乎的可不仅仅是商业上的事儿。

宝琴玲珑七窍心，她一听就大略明白，显然萧大哥已经为他和她离开金陵之后薛家的处境作了打算。薛家兄妹没有想到的是，他们的萧大哥确实考虑到了南下之后薛家的安全，但也有当初雷记分成过高，现在是时候返还的考虑。

湘莲自然不知有人盯梢之事。次日午后，湘莲按了约定的时间到来，与他同来的还有傅启明。头晚大哥说请他做自己的媒人，傅老二吓了一跳，后一想，大哥着道袍，又不是当和尚，娶妻有什么不可以的？脑子转过来之后，便是一味的高兴。湘莲也跟他说了弟兄们可以择地安家之事，说得傅老二心中也是痒痒的。想想自己，一个渔民出身的穷小子，自遇见了道长，不，遇见了大哥，现在负责金陵及太湖一带的生意，这条线近百人都是他管着，年终还有分红，将来有望在金陵这样的好地方安家，自己知足了。他心中充满对大哥的感激，一大早便去采买礼物，等到午后，又高高兴兴跟着大哥来。小板凳几个伙计后边跟着，手里捧着大大小小的盒子，个个神气活现。

薛蝌得报，迎了出来，他心中好笑，显然萧公子已确定好事能成，聘礼都带来了，估计媒人也一起来了。他不愿大张旗鼓，头晚便请好了家中的管家做妹妹的媒人。虽说是主仆关系，但老管家是看着他兄妹自小长大的，由这忠厚长者做薛家的媒人，既是抬高管家的身份，借了机会感念他的付出，也是一家人方便说话办事之意。

　　老管家有经验，必要的常识、程序早已说给少爷听。待正式回复薛家允了求亲，双边交换了庚帖，谢过媒人，薛蝌收了聘礼，这亲就算订下了。仪式虽简，但该有的都有。湘莲从未在这些世俗礼法上着过眼，如今因着宝琴，也愿将真诚郑重之意表达出来，故执礼甚恭。说起来，他是薛家的恩人，薛蝌也是叫他大哥的，现在忽然成了亲戚，还有点不适应。湘莲年长过薛蝌甚多，现在求娶其妹，两人又是生意伙伴，就称呼上来说，也是难事。还是老管家晓事，作了个折中，二人干脆彼此简称：萧兄、薛兄，也就罢了。

　　傅启明看看事情办妥，先带着小板凳几个回去料理事务。按照湘莲的安排，宝琴五天后由傅启明带人亲自送至江村，在那里与他汇合，然后扬帆直到广州。至于湘莲本人，次日即出发去傅春处。傅春现在杭州湾一带。鸽子一早已放飞，会先一步将他即将到杭州的消息传过去。

　　薛宝琴心中称意，终究是女孩儿家，又感羞涩，一直端坐后堂，丫鬟跑前跑后，将定亲的过程一一报告。薛蝌与未来的妹婿谈完，又陪同湘莲来到后堂。二人此番见面与此前的共同出游又不同，心中均有异样的甜蜜。湘莲望着宝琴低眉垂眼烟笼芍药一般，又见两颗珍珠已经镶成耳环，就戴在宝琴的如云鬓发间，心中百感交集。他千言万语在心，对着宝琴，只说得"放心"二字。湘莲礼毕辞去，那宝琴离家在即，心田甘美之余，少不了增了些惆怅伤感，邢岫烟陪着劝慰了一回，又祝贺了一回。

　　湘莲离了薛家，才出门，就看见不远处有人仿佛在盯着他。此人坐着喝茶，着灰蓝色绸衫，人多时不显眼，现在近晚，周围人群散去，大冬天的便有些扎眼。湘莲边琢磨边回想，好像与昨日从薛家告辞时遇到的是同一个人。此人眼神阴狠，隔着街道都觉着锋利，那就有问题了。

　　薛家小童已经牵了马过来。湘莲接过缰绳，放慢脚步，往雷记的相反方向走，偶尔侧身，看看那厮跟上来没有。走得数百步，来到十字街口，湘莲大大方方转头，站街角窥视的那颗头"嗖"地一声缩了回去。他明白了，不是自己过敏，是确有人在跟踪他。官府的？显然，这事处理不好，会连累到薛家。他当即牵马回头，朝着那盯梢自己的人走了过去。

第五十八回

一僧一道

那邱捕快一路跟着湘莲，没想到被发现还不说，被跟踪之人反倒大大方方牵马迎来，顿时吃了一惊。在他的经验里，被自己盯上的人一旦发觉，只会像受惊的兔子一样逃跑。而他肯定就是一路追赶，拿住了之后，先是一顿暴打，然后才是绑起来带回衙门。这等牵马迎过来的，从未有过。

这人如果就是那剑客的话，是个狠角色无疑了。那么自己要不要逃？可是一走，不就失去了此人的踪影了么？

他脑子里还在转圈，所追踪之人已经笑吟吟立在眼前。

"这位兄弟，你看来甚是面熟。是有话对在下说么？"湘莲解释道，"看到了你一路跟着在下，想是有事，故来问问。"

"呃……"邱八不知该如何回答，一脸尴尬。

"我的马儿蹄铁有些松脱，正要去前头找家马掌店。兄弟若无事，我们可以一起去；兄弟有事，不妨直说就是。"湘莲说得甚是谦和。

邱八看过去，对方一脸云淡风轻。距离如此之近，确实，与他记忆中碧桃苑那个剑客有五六分相像。可是，那个人如果是这个人，怎会如此淡定？对了，自己今日着便装，此人定不知道自己身份，所以不惧，那也说得通。那就走走吧。邱八放心了。

打定主意，他掸掸衣襟整了整装，有意识把腰间捕快腰牌露了一露。今日他着绸衣布裤，黑底蓝字腰牌一闪而逝。露牌的时间虽然短，但他相信，眼前之人应该看到了。

"最好最好。这位仁兄，我们昨日在薛宅见过的。今日确有事请教。"他转过脸面，堆出笑来，又拱拱手，与湘莲见礼。对方说话体贴，并未质问他为何跟随自己，又建议一起走走，让自己从容询问。这风度，简直了。邱八干捕快多年，识人的本事颇有一些。他收摄起自己原先的忐忑，自己是不必逃了。还有一层感叹，没想到金陵城里，居然有这样气质出尘又风度翩翩的公子。

湘莲站定脚步，马缰马鞭握在手里，双手就是一揖："原来是薛府尊客。幸会幸会。鄙姓萧，兄台是？"湘莲语气中满是客气。

邱八本不想完全暴露自己，给个腰牌警醒对方就是。现在看对方如此从容，他拿不定主意要撒谎还是说实话。心一横，透露自己身份名讳有啥了不得？正好可以正儿八经询问三年前之事。想到此，他脸一板，腰一挺，下巴微扬，说道：

"鄙姓邱。在府台衙门里做点小事。"

"原来是公府中人。失敬失敬。"湘莲微笑道，再次拱手。他礼节到了，便牵着马信步往前走，等着这姓邱的开口。

薛家街子离扬子江边不远，湘莲走的方向，正是朝着扬子江。这条大路的尽头只通江滨，他是知道的。好巧，快走到尽头的一条小巷，挂着一木牌子，上写"钉马蹄铁"。他转脸向着邱八微微一笑：

"兄台看来真是有事。这样，我把马儿放在这里钉马掌，顺便让店家洗洗马，一个时辰后再来取。你我二人正好可以江边转转再回。如何？"

那邱八知道越从容之人越有底气，面前之人搞不好真有大背景。他此时不辨深浅，当然不能冒失。见这位公子这么平和，自然当街不好问什么，江边确实合适，便微微弯了下腰，连声说："萧公子自便。"

湘莲将马儿牵了进店，手中拿了个暗红色的布条出来，那是取马的凭据。他脸上似笑非笑，对邱八说，走吧。

这条街的尽头连着一片石堤，下边是倾斜的长坡。开始还有绿草垫脚，再往江边走，就是光秃秃的沙地了。越走，沙地水汽越湿，扬子江就在眼前。虽是近晚，江里来来往往上游下游的船只还是不少，船工们奋力划船的身影，岸边都能看到。这条浩荡江水，果然是贯穿金陵城的血脉。

邱八一路上转着圈想如何开口。他今日未挎腰刀，只在靴筒里藏了一把匕首。左右看看，四周虽有人，但离开甚远，寻思着不能再走。正好有两块打捞起来的江心石在沙洲上，便建议歇歇脚。

湘莲欣然答应。两人对坐下，脚就踩在沙地里。眼前大河奔流，耳旁风声呼呼。邱八不觉紧了紧衣服。有点冷。他为自己打气，自家是衙门公人，怕怎的！

"昨日在薛家见公子一面，不瞒公子说，有些眼熟。似乎……此前见过。"

他边问边观察湘莲。

"邱兄弟是捕快吧？怎么的，见谁都像贼，是吗？"湘莲笑回。

"萧公子怎么知道在下是捕快？难道公子与捕快打过交道？"邱八觉得找到了对方言语间的破绽。

"刚才邱兄弟不是亮了腰牌么？在下虽然不才，衙门中物还是识得的。"

"萧公子与衙门打过交道？"邱八眼睛紧紧盯着湘莲，右手垂向地面，准备随时拔出靴子里的匕首，攻击或者自卫。

湘莲自思，这捕快不知是甚来路，他还没动手，只是不能确定自己身份，因此还在试探。像这等样人，他吃哪一套呢？

"王府也好，侯门也好，衙门也罢，在下打交道多了，自然识得。"他看看江面，又转回头来，漫不经心地说。

此话听在邱八耳中，字字皆可琢磨。王府？侯门？他拿不准眼前此人，是江洋大盗，还是真的另有身份。江风寒冷，邱八居然全身是汗。他告诫自己，不能再迂回。自己是捕快，怕怎的！他为自己打气，干脆站了起来，双足分开站了，随时准备动手。他站起时已顺手摸出匕首，倒装了藏在袖中。既已准备停当，言语间也就单刀直入：

"不瞒萧公子说，三年前，兄弟奉命捉拿江洋大盗，在桃叶渡碧桃苑与贼人交过手。一句话说白了吧，我瞅着那贼人眉眼间，与公子很像。"他说完，眼睛一眨不眨，盯着湘莲。只要这个人没有机会抽剑，他自思可以制得住他。

湘莲在对方注视下，缓缓站起，腰间的剑他一碰也没碰。

原来是为了此事！

"我说呢。邱兄弟怎么一直跟着我。"他笑了一笑，"不错，三年前的中秋，在下确实去过碧桃苑。"

湘莲一言出口，邱八脸色都变了。他的手抖着，不知道自己该出手，还是该继续听眼前这人怎么说。

"你……你就是救那盗匪的人？你是他的同党！"他不能再等了，他要出手。

湘莲的速度比他更快。邱八隐在袖中的匕首尚未亮出，他的双手就被铁一般的箍子箍住了。远处之人看上去，不会看到邱八的手动也不能动的样子，只会看见两个人面对面站着聊天，一个人抓住了对面之人的手说话。

邱八的手一阵麻木，匕首从他手腕间掉了下来。刀柄甚重，刀口直插沙地。

湘莲像没事人一样，扶着邱八坐下，又捡起匕首，帮着他插回靴筒的暗槽里。

这人，他要干什么？邱八被按住坐下来，脑子转不动。自己一刀未出便受制于人，心中万念俱灰，一霎时以为要被灭口了，转眼又匕首回筒，那这是……没有恶意？他睁着惊惶的眼看对方，这公子还是一样的云淡风轻。

"邱捕快身在公门，尽忠职守，在下佩服。既然问到，"湘莲沉吟了下，继续说："在下本拟不说的，但也不能让捕快难以交差。这样，捕快少安毋躁，待我说个大概，相信听完这事，捕快也就明白了。"

湘莲说了一个故事给邱八听。这事儿是这样的：

几年前，京城肃王府曾走失了一名王爷喜欢的诗伎。据说是个才女，又能诗又能画的，长得又美，时常与王爷唱和，甚是得宠。说来也怪，这诗伎有一天忽然不见了，就像凭空消失一般。王爷为此大发雷霆，疑心被别人绑了去，又疑心此女自己关连外人跑了。无论如何，这关乎王府脸面。负责当晚王府巡逻的家丁被统统责打一顿，撵了出去。王爷觉得丢脸，又不舍这诗伎，一直派了人暗暗查访。后来听得有逛妓院的公子哥儿，手中折扇抄了几首诗到处传，说是风流蕴藉；传到王爷手边一看，笔墨调调颇像这个女子手笔。一问，说是金陵城来的，再细问，说是碧桃苑一个新来的娘子，来了不久就夺得花魁。又说这女子奇，要以诗选客，对得上的她才见。这时间差不多，这擅长诗文也对得上，又漂亮，王爷便起了疑心。因我在王爷身边见过那女子，便让南下来查，如果是那个贱人，就抓了绑了，秘密送回京城。我奉命来到金陵，到碧桃苑时是中秋夜，据说那女子当晚要扮嫦娥，所有人都能看见。此前打听了，那女子就在三楼，便在二楼喝了茶等。不料这花魁娘子还没下来，便听得楼上乒乒乓乓一阵打斗，我担心这女子遇到不测，那就没法交差了，便起身上楼察看。上楼时，与阻拦的几个不知是哪里的人打了一架。我得在众人涌入之前核对这女子的身份，如果是，那么王爷的姬妾哪能让别人在这种地方见到，肯定得裹了头脸带走；如果不是，那就不关我事儿，继续查访罢了。

现在回想，那几名交手的，敢情其中就有邱兄弟吧？

后来我进了屋子，里头两个人躺在地上，想是不活了，我也没看。两个女子在旁边发抖，一主一仆，我看了那衣着华丽的，想必就是传说中的花魁，这小娘子长得虽然漂亮，但不是王爷那诗伎。我问了，是否就是碧桃苑的头牌？那丫鬟旁边战战兢兢应了，说就是她家小姐。我正想撤，看见窗子那里有两个人跳窗逃跑。我不知是谁人，但这样打斗，定不是好人，拿下交给官府，如查实是坏人，也当为民除害了。当即我撇开那女子，到窗边准备拿下，可惜晚了一步，那两人用滑绳溜了下去。我探头向下一看，底下有船有人接应，便也滑下绳子去追，刺中一人，另一人旁边夹击刺我一剑，趁我后退之际，便背着受伤之人跳船跑了。好像外头另有埋伏的人，也没拦住这艘船。

事已至此，我已尽力，便返回王府复命。王爷听了不是那诗伎，只得罢手。这些年也淡了。

邱八听那公子讲到这里，惊呆了。萧公子所述，一切细节若合符节。那晚妙姬的屋子外，确有绳子连着底下的大树，树下也有血迹，次日勘验过。贼人从这里逃走没错了。外头埋伏的兵丁人数少，当晚龟缩一旁，根本没怎么拦，回衙门后还被捕头骂了一顿，这事儿邱八知道。那么，眼前这人确实就是持剑人无疑了。只是，他这一番话，可信吗？

他狐疑地看了湘莲一眼："既如此，后来怎不向官府说明？"

湘莲哈哈一笑，站了起来，眼望着江边：

"谅此区区府衙，也配问我王府之事？"语气间的聘睨不肖，隔着距离都能听得明白。

金陵知府翰林出身，散馆之后才放的地方。他一口京片子，引得金陵府里以口音里带京腔为荣，邱八也就远远听过府尊一次训话。眼前这公子一身华贵，口音只怕比那府尊说得还地道，口音气度这一点是装不来的。他不觉信了八分，心下不觉矮了下来。但还有一点疑虑。他犹犹豫豫又问：

"公子昨日去薛家……"

湘莲回过身来，看着刚才语气里还隐隐风雷的捕快，同是一个人，现在似乎腰背弯了一节，心下好笑：

"我王府之事需要告诉你么？"他傲然说道。又停了一停，声音降低了一点，"既然捕快为的也是公事，不妨也说上一二，免了捕快的疑虑，也是配合地方，哈哈。不过有一件，还请不要对外乱说才是。"他先是温和，最后一句，便带了一点强硬。

"是，是。定不敢乱说。"

"肃王府在北方，听得金陵薛家那钱庄的基金赚钱，命我来看看。合适的话，以在下的名义入股。所以我再来金陵。"他说得低声。歇了一歇，又幽幽地说，"你知道的，这家大业大，王府开销也大……懂了么？"湘莲脸微微一板，眉毛像要飞起来。

邱八万想不到，居然遇到了王府这样大的来头。薛家的钱庄和那个什么基金红火，他是耳闻的。那么，今天萧公子和他的手下抱了许多盒子进薛家，就是王爷的礼了。果然王府气派。礼物薛家收了，那就说明此事已妥。这薛家好大排面，果然有钱使得鬼推磨呀。说回来，既是入股，以王爷身份，那定是大手笔无疑。

想想自家，借了个十两银子，为还本息，逼得就要去薛家打秋风；打秋风也就罢了，还一文钱没打到。这等卑微，这样活着，真如烂泥一般。看看眼前人，只是一个王府中人，光华已经让他睁不开眼。哎，自己这辈子，空负一身功夫，被人家一抓一个拿捏，动都动不得，武艺也就罢了，以前算是自己骗了自己。人家功夫了得，又为王府做事，自然坦荡不惧；自己眼界身段如此低微，世面都没见过多少，真是白活一世了。

一时灰心，又一时感叹，邱八神色暗淡下来。这薛家与王府有这样的联系，说不定府尊处早已暗地打过招呼。要不然那薛公子被打了一顿，后来忽然顺风顺水，官府不干预，地头上的那些青皮流氓也不敢惹。那定是有了大靠山啊。

邱八顿觉豁然开朗。

嗯，萧公子，报给他的这个姓多半不是真的。肃王府，肃字上边有个竹头，人家明摆着告诉了，他是肃王府的砖瓦竹石，那就是护院之人呀。家宅内帷之事都让此人来做，那定是王爷身边人无疑了。邱八忽然念头一转，眼前似乎闪过一线光亮：自己有没有机会也像这萧公子一样，在天子脚下王爷府中做事？没有机会，能不能创造机会呢？

他嗫嚅着微低头问："萧公子，刚才有眼不识泰山，兄弟给你赔礼了。"他的双手紧握，不自觉地在眼前摇了摇，算是行礼，"萧公子如此风采，在下倾慕不已，倾慕不已。多问一句，萧公子能不能……嗯，大人不计小人过，拉兄弟一把，也去看看那皇城根儿呢？在下死也甘心。"

邱八不知道，不仅他怕萧公子消失在眼前，再也找寻不到，那萧公子先前也一样担心他离开自己的视线，惹来麻烦。湘莲知道官府中人，能压得住的，只有更高的官，或者更大的势力，故临时编了个故事唬住了邱八。这个版本的故事，妙处在于八分全属实，关键的两分则模糊颠倒。湘莲自信，事涉京城王府，谅这邱八也证不了伪；只要他心中疑惧，就不敢对薛家轻举妄动。只是把郑直之死这么说了，心头有点堵。

除去此人才是万全之策，湘莲知道。但他刚订下婚约，不到万不得已，不肯轻易取人性命。且这捕快到底是公人，跟踪自己说到底不为罪，也不宜惹出风波。倒万料不到这捕快如此瓷实。听完故事知难而退也就罢了，还干脆要随他进京。他心下不禁莞尔，还没想好怎么答复，忽然眼角余光看见河岸沙地上走来一僧一道，宽袍大袖，迎着晚风，正边走边说着什么，不时还有笑声。定睛一看，那道士，不正是师父么？

他脑中闪出师父梦中赠药方救黎民之事。此前一直记挂着问师父，现在一见，哪里能舍下，赶紧丢下捕快迎了过去。不料那僧道走得甚快，并不搭理湘莲，衣襟带风，一径走过他身边，沿着江岸曲曲折折向东而去。西斜的太阳从江面上来，照在僧袍道袍上，遍身金光；他们的头脸在阴影中，已然看不清面容。

邱八忍住求人的尴尬，正等答复呢，忽然看见萧公子往江边沙地上跑，他愕然之下，也跟着跑。只听萧公子一路跑，一路喊"师父"，但他跑得再快，前边一个和尚一个道士，看似正常行路，但萧公子就是追不上。邱八唯恐错过这艘可以渡他的船，也跟着追。看看近了，看得见萧公子长袍下的灰色长裤和白底乌靴，看得见他步履在眼前翻飞。邱八吸了一口气，鼓足力气直追，萧公子的前边就是僧道，相距不远。跑着跑着，邱八觉得不对劲，萧公子和自己一直奔跑，那僧道只是正常行路姿势，怎么就是追不上呢？再一看，他毛骨悚然，他看得见僧袍道袍闪着金光，可是，他居然看不见那一僧一道的脚！

邱八不相信自己的眼睛，低头定睛望着前边三人。萧公子一直在跑，沙岸上，那僧道，确确实实，邱八看不到他们任何一个人的双足。此时暮霭之下，江水如平，远处有城门的鼓声传来。他身上一阵寒战，不知不觉停下了脚步。大江之上，雾气弥漫，眼看着僧道金灿灿的袍袖隐入了暮色中。接着是萧公子，跑着跑着，也不知跑哪里去了。邱八站在迷蒙雾气中，脑中错乱，不相信眼前的一切。

他平生不信佛也不信道，更不信巫师神汉，但掠过身旁的僧道，自己拼命追也追不上，像是有缩地法一般，这完全没法解释得了。还有，凡人怎可无足？那金色袍袖，那隐入暮色的瞬间历历在目。那么今天，自己是撞邪了，还是遇仙了？

邱八在夜风中站了多时，益发冷了。夜色慢慢笼罩了江面，还在行驶的夜行船纷纷点上了灯笼，就挂在船头。萧公子一直没有回来。师父？那妖道还是仙道是这公子的师父？那萧公子是什么？邱八神智渐复，想了又想，多希望刚才自己在做梦。他掐了自己一把，想起了马掌店。

他慢慢走回，凭着记忆，来到萧公子钉马掌的地方。看看右边槽里，马厩已经空了。马店的师徒二人正在院子里吃饭。他形容了一番萧公子的穿着，问，这位公子的马来打马蹄铁，不知是否取走？

那钉马掌的师傅坐在小桌边，他扒了一口饭，抬头看看邱八："喏，布条都送回来了。马当然牵走了。"

嗯，好吧，这算是一个好消息，看来萧公子还是人。不是神怪。邱八脑子乱得很，踏着沉重的脚步，离了马店回家。

说是家，其实就是一个简单的住处。邱八滥赌成性，也没娶妻，巷子里赁了间房胡乱住着。江边跑了那么久，受了风寒，半夜邱八发起烧来，边上也没个人看顾，水都喝不上一口。次日醒转，扎挣着起来，拖着病体去衙门点卯，支持不多时，一跤摔倒在地上。众人惊骇，敷脸的敷脸，喂水的喂水，摸摸额头还是滚烫。那捕头看看不是事儿，便雇了个车，命人送了回，又问郎中拿了几剂药送去。过了五六日，邱八回来当差，脑子倒是不烧了，但人好像变得笨笨的，凡事听了没个反应。同事问着他，这邱八口里零碎说一些别人听不懂的话，什么"王府"，什么"没有脚"，也没人知道是什么意思。众人听了害怕。再过得几天依然如此。捕头听听不像，又担心"王府"这样的词引来麻烦，便禀了上司，报邱八已疯癫。上头允了之后，立马收了腰牌，开了这满口胡说的捕快。

送回住处后，也无人再理会他。后来不知去了哪里。

这都是后话了。

第五十九回

三生石畔

在杭州西湖的西边，有一座峰，叫做飞来峰，峰的旁边，有一座自东晋修建以来累灭累修的寺院，名唤"灵隐寺"。顺治年间，禅宗巨匠具德和尚住持灵隐，筹资重建，仅建殿堂时间就前后历十八年之久，规模宏伟，跃居"东南之冠"。康熙帝南巡时，赐名"云林禅寺"。此后香火大炽，四方信众无不涌来。

那飞来峰在西面，东接灵隐寺，苏东坡曾有"溪山处处皆可庐，最爱灵隐飞来峰"的诗句。江南靖士有一首《飞来峰》诗，专道这峰之奇："游客到山停步睐，长当一石味玄机。须知物事随因变，莫谓飞来便不飞。"灵隐寺这边的山坡上，遍布五代以来的佛教石窟造像，有西方三圣像、卢舍那佛浮雕、布袋和尚、金刚手菩萨、多闻天王、男相观音，都是历代不可多得的艺术珍品。尤其引人注目的，要数那喜笑颜开、袒胸露腹的弥勒佛，这是飞来峰石窟中最大的造像，为宋代造像艺术的上乘之作。

离开金陵后的第三天正午，湘莲来到了杭州，沿着山路上了灵隐寺。寺门前一条弧形的天竺路，一直伸向后山。沿着山势，本地茶农摆了一溜茶水摊，兼卖进香许愿的香烛。这里春夏秋三季最是热闹，现虽是冬日，人迹少了好些，但依然人来人往，并未寥落，可见佛法之盛。几年前，湘莲曾在西湖闹市边仗义出手救人，当晚又夜闯将军府留条。为此他还遣走了陈豹，自己只身出城，从此浪迹海滨，这才有了半月岛之行。湘莲看着寺院内外袅袅上升的香雾，想起杭州这座城给他人生旅途带来的变化，不由得感慨万端。

苍天之上，果真有着布局芸芸众生命运的神么？他脑子里不止一次闪过这个念头。冥冥之中，总有一些事情发生，推动着人走向一条从未想过的路。对于被推动的来说，也许，一切都是偶然，但偶然背后，有没有被上天被神灵安排的必然呢？

他不由想起扬子江边。那认出他的捕快正恳求他带自己去京城花花世界，正左右为难之际，师父和僧人飘然而来，自己始终追赶不上。这没法解释，是自己的幻觉，还是世上真有不可思议的存在？当师父教他练太极剑之时，师父是鲜活的真实的；当师父梦中送药方时，师父的面庞似乎隐在了清风白云间，现在，与师父几乎面对面，但师父对自己的呼唤充耳不闻，最后隐没在暮霭深处，一点痕迹也不留。这是偶然，还是专为解他的厄难来？是的，他确曾动过杀机，一个捕快盯上自己，最干净的就是这个，但他的内心还有杆秤，剑下不杀罪不至死之人。那么，是他的犹豫，唤来了师父吗？师父为何飘飘欲仙，全然没有了往昔对他的回应？

他目睹师父的宽袍大袖消失在眼前，最后一丝杀心就此平息。他满腹疑窦，也不想再见那前倨后恭的公人。去马场牵了马，寒风吹来，他的神智渐复。他用肃王府这顶大帽子压住了捕快，利用的无非是此人贪慕高枝欣羡荣华之心，但万一呢？万一这厮见他消失了，忽然又要横无赖，也不忌惮京城了，去为难甚至威胁薛家，怎么办？

湘莲躲在内有马场的巷子深处，一直等，见到那捕快来问讯，又失魂落魄离开。他远远地跟着，直到那捕快进了家门，再等到半夜无动静，这才回转。次日即将出发，他没有时间再耗下去；既然不想动剑，那也不能让局面失控。赌那捕快不言不语，这显然太过冒险。他想了想，飞身上马，绕了几圈确认无人跟踪后，才回到雷记。

夜深大哥还不回，傅启明正等得心焦，见大哥回来气色有异，便知有事。傅启明不知碧桃苑风波，湘莲也未细说，只说在薛家碰到一衙门公人，从前见过；此人跟踪自己，似来意不善，现虽被自己的言语镇住，只怕还有后续。如去为难薛府，倒是一桩麻烦。

傅启明人聪慧，乡里城里又历练多时，见事极快。大哥虽然未说具体，他已从神色间猜到一二。那么无坚不摧的大哥，居然神色间有犹豫，看来，薛家大小姐是大哥的软肋呢。他为自己的发现甚至欣慰了下。一直以来，大哥在他心中像神一样，现在居然有了弱点。他欣慰之余，倒生出亲近来。大哥这是回到人间了啊。他的脑子转动，口中只简单地说："大哥请放心，此事交给我。"就未再说话。湘莲看看灯光下的傅老二，一脸从容自信。他点点头，心中踏实。是啊，天地间他不再是一个人，他的身后，有兄弟们。

小板凳作为湘莲信任的人，这几年练剑不错，人也机警。他本被安排了去送亲，现连夜被傅启明派到邱八所住的巷子里潜伏观察。他收到的命令是，如果邱八去薛府，不问缘由，就直接找机会拿下。薛家几年来一直公道做事风平浪静，邱八若一个人去，十有八九就是为难薛家；如果带其他捕快去，就赶紧报信回来。傅老二让小板凳如此行事，是基于自己的分析。如果真有危急之事，大哥的剑早就把那捕快料理了；放任这个姓邱的公人继续晃荡，那就是尚不危急须先观察之意，那么那捕快带人去的可能性就没那么高了。

看着一路成长起来的傅老二吩咐小板凳如此行事，湘莲心知妥当。小板凳出发之前，他告知了那捕快家在何处，哪条巷子哪一侧第几道门，说得清楚；又单独嘱咐了几句。好吧，是时候让身边人独当一面了。这意外事件的焦点其实只是一个人，那就是自己；而他本人只要从金陵消失，那邱八红口白牙想诬陷薛家通匪啥的，也没证据因由，倒是无妨。

已是正午，灵隐寺前卖吃食的小贩多了起来，脖颈上挂着食物架子四处兜售，桂花糕，茶饼，瓜子，一格格地放着。湘莲看着眼前的一切，手端着杯冬日热茶，慢慢喝了一口，收回思绪。茶铺老板坐在小矮凳上煽火煮水，风从山那边吹过来，柴火烟气熏到了湘莲，那老板连声道歉。湘莲一笑，换了个上风口的椅子坐了，继续喝茶。此次金陵被人认出，给他提了一个醒，有些人，即使在人群之中也有那种被一眼认出的特质，自己应该就属于此类；所以，凡事小心，不可再大意了。他今天衣着普通，戴了一顶深灰色的帽子，上边什么也没有镶嵌。

他四周看了看，山路那头，来人多半是进香的，轿子也好，马车也好，为着礼敬如来，都是在老远就下了车轿，然后步行到寺门。女眷较多，人群中只不见傅老三。

眼睛从远方收回，忽觉后头好似有人盯着自己，湘莲警觉，侧了身子看，那伸向远山蜿蜒石头路的尽头，傅老三正向他远远挥手。他既是不过来，显然，这是让湘莲过去的意思。湘莲大奇，便摸出二文茶水钱放桌上，起身沿着小路走去。这条小路通向天竺山，刚才那茶水铺的老板告诉他的。

傅春迎着湘莲，施了一礼。湘莲见此，知定有缘故。便沿着小路继续往前，听傅春细说。

原来傅春自经营萧记以来，除了岛上陆上的生意，平时三教九流市井交游甚广。昨日听得散碎的几条消息，觉得需要告知大哥，又担心大哥安全，便提前来到。灵隐寺里边走了，外头方圆半里一里地也走了，确认安全之后，才在远处等大哥到来。他从一起喝酒的商人之中听得，杭州将军府已被报知海上有船只交战起火之事。据那商人说，他有亲戚在守备林强手下做事，听不太真切，但似乎已准备从内河派船只出杭州湾巡海，派的多半就是离得最近的乍浦水师。另一条消息，也是这个商人说的，说将军府一直留意着杭州往来的道士。准确地说，几年来一直在秘密查访，要捉拿一个功夫了得的道士，派给守备的任务之中就有这一条；只是好几年了，一直未拿到，这守备为此被责罚过多次。至于为什么一定要跟这道士过不去，外头没人知道。

第一条也就罢了，傅春知道这是大哥意料中事，但第二条，他虽不知有什么关联，但涉及道士，还是让杭州将军盯住的，傅老三不觉心惊。他不明就里，又怕寺院里人多眼杂，因此才招来大哥，僻静处慢慢说。

"嗯，引来将军府注意，准备海上巡航，这个在意料之中。我这次来，就是将后续的事情交代清楚，凤凰岛磨心岛已决意放弃了。官府不明就里，未必会去；即使去了找到岛上，他们只能看到几处空房子，这个无妨。"湘莲平静地说。

"懂了，大哥。"傅春放下了心。湘莲与他谈到南迁之事，雷记、萧记和广州的燕记的交叉持股，以及商业网络的连续性问题，他都一一记下了。还有兄弟们可以选择成家立业脱离海豚旗，他也明白。这确实是一个大转折。作为萧记的首创者，他得以分享大哥的思想，听着听着，心中油然升起一股子自豪。澳门的设想，他也记下了。看来，这就是未来的大本营。多亏大哥预先布下南方这局棋，他内心感叹，又告诫自己，确实，人无远虑必有近忧。自己要多学着一点，凡事留条后路总是没错。

至于那被暗中追查的道士，大哥不提也就罢了，无论与他有没有关联。自己提前来踩点是对的，至少今日没有什么大官显宦来进香。大哥一路把他们兄弟提到主事的位置上，他心怀感激。凡有隐患，先行退避，小心驶得万年船，这一准是正确的。

耳边一片流水声，二人站住脚步，发现他们已经远离人群。左侧是长草青青风中摇摆，右侧是座寺院，牌匾上写着"法镜寺"，寺门前一条小溪，水草跟着水流摇动不休。从石子路要进寺门，须得过一小桥。比起灵隐寺香火炽盛来，这里冷清得简直不像佛门。湘莲四处打量，只见远处青山含黛，近处小溪淙淙，真好清幽。

"这是？"湘莲问。正事说完，湘莲被眼前的风景打动了。

"这里原来叫下天竺，是个尼姑庵，法镜寺这名是今上赐的。上天竺，喏，就是沿着这条上山的路走上十里，赐名法喜寺；中间还有一座寺院，叫作法净寺。这个净，是干净的净。这三座寺便合称三天竺。只有这下天竺是尼庵。"

湘莲听着，天竺，这是西方圣境之地啊。此处风物清佳，难怪叫做天竺寺。

"这里因在灵隐寺一侧，香火都被灵隐寺拢去了，又是女子出家的地方，因此一直清净。刚才等大哥的时候，我也到这里溜达了一圈。哎，大哥，这寺院外有个宝贝，听说过吗？"傅老三想起一事，倒可以告诉大哥。

傅春的眼睛亮了起来，脸上还有一点兴奋。

"啥宝贝？"湘莲看着他的表情，不自觉地受了感染，语气也活泛了起来。

"这里有一块石头，叫做三生石。就在这寺院旁边，也就半里地。"傅春指了指法镜寺大门的右侧。湘莲一看，一片齐腰高的茶树后边，是一座不高但林子茂密的小山，显然，这是与飞来峰连在一起的。江南水暖，冬天依然有林有青绿。

"三生石？就是传说中的那块石头吗？"湘莲好奇。

"我没读过书，不知道都有什么传说。只听得说，这三生，就是前生、今生和来生。这块石头主姻缘的。"

湘莲哑然笑了。他记得这传奇。

三生石最早见于唐人袁郊《甘泽谣·圆观》，是关于友情和信义的故事。故事中的僧人名叫圆观（一名圆泽），他有一个朋友叫李源，二人生生死死，留下了一段让后人唏嘘的传说。此二人之事见于历朝吟咏，苏东坡的《僧圆泽传》流传最广，就题刻于西湖三生石上。后人根据东坡作的传记，校订人名，记录了此事：

师名圆观，居慧林，与洛京守李源为友，约往蜀山峨嵋礼普贤大士。

师欲行斜谷道，源欲泝（泝，同溯，逆水而行）峡。师不可，源强之，乃行。舟次南浦，见妇人锦裆负婴汲水，师见而泣曰："吾始不欲行此道者，为是也，彼孕我已三年，今见之不可逃矣，三日浴儿时，顾公临门，我以一笑为信。十二年后，钱唐天竺寺外，当与公相见。"言讫而化。妇既乳儿，源往视之，果笑，寻即回舟。

如期至天竺，当中秋月下，闻葛洪井畔有牧儿扣角而歌曰：

"三生石上旧精魂，赏月吟风不要论，惭愧故人远相访，此身虽异性长存。"

源知是师，乃趋前曰："泽公健否？"

儿曰："李公真信士也，我与君殊途，切勿相近，唯以勤修勉之。"又歌曰：

"身前身后事茫茫，欲话因缘恐断肠，吴越江山寻已遍，欲回烟棹上瞿塘。"遂去，莫如所之。

元人喜看戏唱戏，这故事就拿来用了。久而久之，友情便延伸成男女之情，遂有了戏文中的"缘定三生"之说。

湘莲想起了宝琴，想起了让他摆脱孤独的金陵城那个人。如此独一无二。如果按照佛家的前世今生说法，是不是自己与宝琴，也是缘定三生呢？他们的初识，还有那一张指头宽的，与扬子江永远融为一体的纸条。

"走，我们去看看。"湘莲忽然来了兴致。

傅春并不知大哥定亲之事，但看大哥忽然一脸欣然，心下高兴。赶紧前头带路。沿着田垄，穿过茶丛，来到了树林掩盖下藤蔓缠得密密实实的一块大石头前。

这块大石头黄白色，约二人高，宽度大约也有一两人展臂那么宽，垂在石头上边的藤蔓，开着暗紫色的像小鸟一样的花，下边隐隐有字迹。傅春赶紧上前，将藤萝一把把扯开，上边刻着密密麻麻的字，旁边还有不少印记；因年代久远，刀凿之痕都有些模糊。湘莲凑近仰头一看，刻在正中的，正是东坡那篇《僧圆泽传》。此前看杂书时，说此文刻在西湖畔三生石上，看来不虚。其他地方传闻有三生石，则多半不实。

石头的背面已经隐没在大树中。湘莲绕到后边，双手扯开藤蔓，这里光线更加阴暗，所见不多。这块石头放置这里，确已不知多少年。石苔苍绿，石底潮湿，四围寂静，通往密林的小路残枝败叶遍布，与灵隐那边小贩热闹茶水蒸腾的气象截然不同。这个世道，求三世姻缘，求生死不渝友情的，不多了吧，想必，否则这块石头不会如此寂寞。湘莲心中感叹。又转回到三生石的正面，在石头前行了一礼。

傅春见大哥行事，不明所以，也赶紧跟着弯下腰行礼。

"走吧。我来说个故事给你听。"湘莲对老三道。

一听有故事听，傅春喜笑颜开，道长，不，大哥，现在是越来越有烟火气了呢。

听完圆观和尚与李源的故事，傅老三喃喃地说："大哥，你说这是真的么？这个和尚有神通吧？他知道自己什么时候死，也知道下一世自己将成为什么人？"

湘莲看老三的重点没有放在二人的友情，而在这些神道上，不觉哑然。

"是是是，有神通。不过老三啊，你不觉得，世间这种朋友之间的彼此信任和信守承诺，很令人景仰么？"湘莲微笑着说。他口中虽这样问，但老三说的"神通"二字，未尝没有触动他。江边的那一幕，是不是师父和同行僧人大展神通呢?

老三不好意思,他挠挠脑袋,笑对湘莲:"大哥,您说得对。我就是没找到重点。放心,我傅春无需立誓,定不有负于大哥。"

"不是负我不负我,是对整队的兄弟负责。"湘莲笑着纠正。他越来越喜欢眼前这个老三了。

湘莲转回话题,二人边走边说,此行要说给傅春的话已经说完,该叮嘱的也叮嘱了,江村出发就用不着傅春到场了。事情说完,二人原路返回,眼力所及,那座小小的、黄色院墙的寺院就在他们的左手边。

行路走过小桥时,寺外多了两个着莲青色长袍,戴着同色布帽的尼姑在低头扫地。其中一人的帽檐下滑落了几缕青丝,显然这是戴发修行的。两尼姑一左一右,低头将寺门前的落叶枯枝扫在一起,又拿簸箕盛起来。

湘莲的眼光像被吸引住了一般,驻足瞧看。傅春大惑不解,忙扯大哥的袖子。这里是尼庵,男子等闲是不能进去的,即使他们走在寺外,这样定睛盯着一个小尼姑,也是极不礼貌的。大哥这是怎么了?

湘莲停步的原因,是因为他看到那青丝垂出帽檐的尼姑,身量面庞看上去十分面熟。难道是?竟然是?不可能啊,怎么会?

他心中一阵迷惑。

那扫地的尼姑右手持扫帚,左手抬起了簸箕,抬头往湘莲这边看了一眼。湘莲一震:眼前之人肤色白净,眉目如画,身材长挑,气质清冷。这不是那个令郑直兄弟命丧碧桃苑的女子么?

她怎么在这里?

第六十回

尘埃落定

湘莲眼前的人，正是妙玉。

经历了桃叶渡之变，妙玉回姑苏被父母所拒，只能回到她最初的玄墓蟠香寺，继续她的戴发修行生涯。幼年她出家时，父母给了她珍玩无数，又给了一大笔庙产，安排小丫头子贴身侍奉，不可谓不爱护女儿。妙玉的住持师父见寺院平添了庙产，妙玉本人又是聪明灵透之人，经文一点就透，故也不曾为难，处处方便，遂养成了妙玉既乖僻又目无下尘的脾性。既是避病而来，寺庙的各种规矩对妙玉就不适用，寺里其他尼姑多为家贫被父母舍了到佛门的，也有被丈夫所弃无所依归的，她们见妙玉如此另类，私下未曾无意见；奈何住持喜欢，也就说说罢了，大抵不曾当面为难。

妙玉沦落风尘，早已身心俱损，心上又添父母抛弃之苦，万念俱灰回到佛寺。因她是师父嫡传弟子，家里又是寺院大施主，故众比丘尼也默默接受了她的归来。只是妙玉回来后，不做早课晚课，也不拜菩萨，时日一久，激起了不少非议。蟠香寺建寺之初受过皇家礼敬，故来佛寺进香的白日络绎不绝，也不拘男女。妙玉住在寺中，不敬佛门香火；她怕人认出，又长年戴面幕，加上她去京重返又不作解释，便有些不堪的流言里里外外传了开来。尼姑们私下愤愤，认为妙玉僧不僧俗不俗，玷污了蟠香寺的洁净，也让众人蒙羞。

众口铄金，积毁销骨。如此一来，妙玉再也待不下去。

建于唐天宝年间的蟠香寺历史久远，寺名更迭，历代香火不断。元代有个高僧名唤万峰，虽然身穿袈裟，却不剃须发，自称"束发办头陀，留须表丈夫。"这和尚是个奇人，佛理精湛，明太祖登基后曾招入京。圣谕到时，万峰和尚已圆寂于十七天前。此举自然抬高了寺院的规格，而万峰和尚不剃须发，也成为妙玉戴发修行的凭据，师父一直庇护于她的理由。但现在，没有人能够成为妙玉的依仗了。

她的财宝，颠沛流离中已失去；她的青春，被浪费被糟蹋了；她的信仰，坍塌了；她的父母，在她心中没了。剩下的只有她自己。到了一无所有地步，她反倒坚强起来。按照佛家说法，人有前生来世，如果有询问之处，她一定要问问，前生自己究竟作了什么孽，为何给今世这样的命运？这样的命运是否还要延续到来世？或者干脆说，承认吧，师父从她师父那里听来，又说给她的那些前世今生，这根本就是一套愚弄人的说辞。她，一个因为疾病，不得不安静躲进佛寺读书习字的干净女儿，为何遭遇天地间这样的不公？所有的人似乎都期待着一个结局：她的消失。

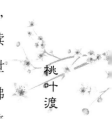

桃叶渡

一个人如何消失呢？除了死亡，还有更直接的方式吗？可是，为恶的不是她，有何理由要她抛弃生命？那个父母放弃的，她捡回来了，那个人间抛弃的，她坚持住了，谁推也不让。她的心头只有一个声音在回旋：不能对着这个脏污的世界下跪。

自己千辛万苦逃出一条命来，就是为了弄个明白，一个女子，如果生来就是被抛弃被践踏的命运，那么无所不知无所不能的佛祖为何不大发慈悲？观世音菩萨普度众生，可是，为什么慈航普度，就看不到就渡不了眼前人？自己不曾荼毒生灵，坏人恶人还轮不到自己来做，但为何世间无一席之地可以容身？

妙玉一腔孤愤万般折挫，除了决不放弃生命，她再无其他的信念。现任住持要顾及满寺比丘尼群情汹汹，又要顾及寺院名声，心下作难。考虑到与杭州下天竺的住持有旧，遂提笔写了一封书信给了妙玉，又给了几块碎银，让她前去修行。这是让她换个地方去生存的意思。于蟠香寺来说，妙玉一走，彼此就两清了。

妙玉没有受戒，所以没有戒牒；不是受戒的僧侣，自然也不能挂单。这封书信的安排于她是唯一的路。苏州是她故乡，离开金陵也太近，再住下去，终有一天她会被认出，继而曝出碧桃苑的经历而当众受辱。去造访下天竺的三生石也好，看看是否真有启迪，真有前世今生来世。就这样，她雇了个车，头也不回，一个人来到了杭州。

一个被扫地出门的修行人无端来投，又能有什么好待遇？妙玉到日，下天竺的住持看妙玉气质高冷，皓肤明眸，又一头乌油油长发，不觉心生嫌弃，看看手中书信，只得收留下来。那信中说妙玉通文翰，明佛法，擅书画，住持平时就让妙玉为寺院的施主抄录《楞严经》《金刚经》，其他时间则打扫担水无所不派。

可巧这一日，妙玉正扫大门口的地，被偶然经过的湘莲看到了。湘莲认出之时，妙玉也是大吃一惊。

面对走向自己的碧桃苑旧人，妙玉心绪纷乱。她拄着扫把，像看见无常一样看着湘莲。

往事在逼近。

"这位师父，请问，我等可以进寺随喜吗？"因还有旁人在身边，湘莲双手合十问讯。佛门之前，他必须开口谨慎。

妙玉见眼前人粗布衣裤，灰色小帽，但眼睛亮得惊人，说话意料之外的温和有礼。她稍稍镇静下来，眼前浮现出郑公子受伤一幕。她记得清楚，正是这个人冲进房间，背了郑公子下窗户的。

"他……终究死了，是吗？"这个问题萦绕在她脑海千百遍，理性告诉她，郑公子流了那么多血，附近肯定不敢找也找不着郎中，必死无疑，但没有准讯，内心还有一点点微弱的希望。是她害死了他。也许，他还活着。她的深沉执念，让她不假思考冲口而出。

湘莲没想到，这个女子一开口就是这么一问，倒让他一时不知如何回答。旁边扫地的另一个尼姑见妙玉与男子说话，眼睛里早已满含敌意，放下扫把走拢了来。

"他死了，对吗？"妙玉坚持，望着湘莲。眼睛里那种凄凉，纵是铁人也会心软。这是她人世间的唯一罪孽，唯一负债。

"是的。"湘莲低头说。他见妙玉不顾身份不顾环境直截了当询问，知道此事对她是个大关节点，不忍心再不回答。

"妙师父，寺有寺规，你不能这样同陌生男子说话。"旁边的尼姑看不下去了，她的声音打破了妙玉心中浓稠的哀思。尼姑边说，边去扯妙玉的袖子，要把她拉向院门的方向。

妙玉手臂一甩，脱却了那尼姑的牵扯。眼睛只管直直地看着湘莲："他葬在哪里？"

妙玉的眼神里有酸楚，有委屈，有负罪，还有绝望，她嘴角牵动着，微微颤动。

那尼姑从来没见过妙玉这样。她听妙玉此刻说的话与红尘大有牵连，哪像出家人的样子，又如此对自己的话置若罔闻，心下恼怒，一跺脚，折身回了寺院报讯。

"郑公子是我结义兄弟。他已葬在扬州，姑娘……妙师父放心。"平素镇定自若的湘莲，说这几个字已是磕磕巴巴。

傅老三起初听得莫名其妙。听叫郑公子、结义兄弟等语，他马上自觉地站到外圈去，四处打量周围的行人。大哥与一个尼姑说话，这个，落在别人眼中可不好。他得警惕着。

两人相对无言，想起了那个惊心动魄的晚上。除了郑母，他们是郑直最亲近的人了吧。现在提起了郑直，湘莲也不知道该说什么。

正在尴尬之际，那回转寺院的尼姑背着一个小包袱皮扎成的包裹，又出来了。她见妙玉还站在原地，眼睛轻蔑地一横，从肩上拿下背囊，一把扔到了妙玉脚下。

"住持师父说了，小寺是清净之地。既然妙师父尘缘未断，又不守寺规，那就请妙师父别寻方外去吧。这里是断断留不得妙师父了。"

包袱"噗"地一声闷响，落在了妙玉脚边，激起了一层灰土。那尼姑不等妙玉反应，横了一眼，自己转头回去。只听"吱呀"一声，寺院的木门被合上了。

这变化来得太快太突然，一时，下天竺门前三个人都愣在原地。周围的流水哗哗流着，声音单调而沉闷。

最早反应过来的是妙玉。她弯腰捡起属于她的包袱，拍拍灰，甩在了自己肩上。她抬起头，对着湘莲说：

"这位公子，谢谢你告诉我这些。确实，我尘缘未了。但现在，尘缘已了。三生石也没有告诉我更多。是我该离开的时候了。"

她的从容镇静，让湘莲心中感喟佩服。莫说她是郑直心爱之人，与自己入海豚帮有着直接的关联，光说因自己的到来而失去栖身之地，他此刻也断不能撒手不管。

"妙师父……姑娘，你要到哪里去？既然此地不留人，那我们换个地方说话，然后姑娘再作决定去留，好吗？"湘莲恳切地说。

"你我萍水相逢，两不相欠，公子请吧。"妙玉的眼睛清澈，看着湘莲。显然，她不准备跟随任何人走。现在，除了尊严，她也没有别的可以捍卫了。

"酒未开樽句未裁，寻春问腊到蓬莱。

不求大士瓶中露，为乞嫦娥槛外梅。

入世冷挑红雪去，离尘香割紫云来。

槎枒谁惜诗肩瘦，衣上犹沾佛院苔。"

湘莲念了这首诗。

妙玉全身一震，她不解地望向湘莲。

"钟鸣栊翠寺，鸡唱稻香村。这句诗，是姑娘对外发出的求救信号吧？"湘莲继续说。

妙玉簌簌发抖，眼泪再也撑不住，不断线地流了下来。原来她的来处，眼前之人早已知道了。来处，她的来处真是贾府，真是栊翠庵吗？那去处又在哪里呢？她还有去处吗？

"世间多有不平，姑娘莫要只顾悲伤。既然姑娘明白这几句诗，也就知道了我的来历。"他扭头对傅春说话，让雇个车过来。老三省得，立马沿着下天竺前的小路小跑而去。不多时，果然两驾马车跟着过来了。

妙玉知道了，一个人哪怕逃得再远，也终究抹灭不了自己的历史。眼前之人所说的话，击溃了她的心理防线。她有太多的疑问要解开。那就去探个究竟吧。

杭州作为大运河的终点，又是吴越国与南宋故都，自古繁华，人烟稠密。傅春早已将他的萧记总部放在了这里。为着开拓市场，也为着显示萧记的实力，他在热闹的大街上买了座三进的院子作为经营中心。第一进，是他与客商的洽谈之所；第二进，是他与萧记各路分支密商的地方，水陆两地的进货、分货，都在这里筹划停当发布执行；第三进，便是老三的住处，以及各分支负责弟兄落脚的地方。他见大哥不娶妻，故也不动这个念头，因此那第三进院子没有家眷。为着保密，第一进的客人是进不了这里的，老三还专门设置了门卫。

此刻他与大哥坐在第一辆车上，大哥不吭声，他也不吭声。他吩咐马车夫去的地点，正是萧记总部。他相信，这是眼前可以想到的最好安排。

"老三，萧记现在的摊子怎么样？还管得过来吗？"湘莲的说话打破了沉闷。四围青翠，车子的辘辘声回荡在弯弯曲曲的山道上。

"大哥放心。既然大哥问起，那我可以这么说：托大哥洪福，萧记的网点，北面已经铺到了山海关外，南面，已经铺到了泉州，数量已经接近千家。小弟愚钝，管理上还是按照从前的模式，目前账目还算清楚，一直在盈利。弟兄们得力，有了年终激励分红，又有大哥派来的剑卫威慑，这两下加起来，小弟管起来还算是得心应手。不少商家以门面上插一杆萧记的旗子为荣呢。"说到最后一句，他微仰起头望着对面的大哥笑了，那笑容里有着灿烂，也有着"大哥，你看我还行吧"的自豪。

湘莲满意，他就喜欢傅春的这股干脆劲儿。有想法，做实事，敢担当，说话还不拖泥带水，而且信息量大，该有的都有。他嘴角展开了一点微笑："你的萧记，有金石书画古董行吗？"

傅老三这才跟上大哥的思路，原来大哥在经营方向上有指示。

"有。杭州是一等一的繁华地面，自然少不了古董行。不过经营业绩平平。主要是金石古玩这些，看不准。买高了卖低了是常有的事儿。"老三老实说道。

"这位女子，是你郑大哥的未亡人。"湘莲终于在脑中想好了妙玉的定位。

"嗯，小弟听着呢。"尽管有许多疑问，傅老三抑制住了，大哥面前，随意表达好奇心不是聪明之举。

"她本是官宦人家女子，雅擅书画古玩，见识广博。命运的无常吧，你看到了，天下之大，几无容身之地。可叹，可惜！"湘莲重重地把最后一个音节吐了出来，像吐出心中块垒。

"小弟明白了。只不过，是萧记把她养起来，还是置办个金石古董行，让她主事，也做个后半生之靠？"见大哥略去了郑直大哥一节，傅老三遂不问，顺着大哥的思路直奔主题。

"这个女子虽然走投无路，但她还有尊严。听说她在金石古玩上造诣很高。我的意思是，杭州物华天宝，可以在这里推动鉴宝，最好形成一股风潮，就由萧记来。财物古玩总要流通的嘛，形形色色，玉石与泥沙俱下，真假需要甄别。甄别之后的买卖，也揽过来，萧记作真品的担保，把卖珍宝的过程公开化，价高者得，这样……可以叫拍卖，对，干脆就叫萧拍。一出一进，萧记又鉴定又作担保，当然要收费。珍宝的主人不缺钱，这手续费能少吗？有这位姑娘幕后坐镇，估计真宝贝走不了眼。她也可以凭此自食其力安心安身。这一点，待会儿我跟她谈。"湘莲平日有所思考，现在思维跳跃，一口气说了出来

傅老三到底年轻，他的耳朵听着，脸板得比桌面还平，听到最后一句，心里拼命忍住笑：一个道士与一个尼姑谈，这是什么画面？

湘莲看老三脸上那古怪样子，脑子一转已明就里，他也笑了，摘下头上帽子打了老三一下："想哪里去了？你这坏小子。"

"大哥，觉得你这回来杭州，开心了不少。"老三躲不开，挨了记帽击，心下倒是快乐。大哥以往就是安静沉默得太多了。现在居然有跟他打闹这一幕，放从前是绝对不可能的。他边躲向后厢，边望着湘莲笑。

湘莲怔住。变化么，想想好像有一些。在金陵，傅老二不也说过类似的话么？从见海豚游向凤凰岛，一直到现在，他不知不觉中改变了许多。嗯，的确，

桃
叶
渡

是那海中的精灵释放了他。

"老三，晚上我要出去一趟。明天我即离开杭州。所以这些话，就在车中给你说了。记住，是你们的郑大哥拢住了兄弟们，也是他把大家带到正路上来。"

"嗯，大哥您说吧。我听着。"傅老三收敛了笑容，知道大哥要说正事了。

"萧记是你一手创立，大哥为你骄傲。现在总部要转移到南边了，具体何处，得我去后定，到时自然通知你。萧记与金陵的雷记，也就是你二哥那里，还有广州的燕记，一定不能断了联系。我安排三家参股，就是这个意思。合力则强，力散则灭。我翻遍历代史书，问自己，为什么老是重复一个规律：兴，百姓苦；亡，百姓苦。我想了许久，最后在你们的经营中找到了答案。战乱时人命如犬，不得已就罢了，但国境安静之时，为何还有那么多的穷人，尤其是种田的农民，养蚕养桑的桑农，还有那些手艺人，早晚操劳不得温饱，还要服劳役，还要交税，实在不应如此。我想，就是因为华夏大地都在固步自封。这个封，就是束缚。我们所做的一切，就是把人，把劳动力释放出来，通过贸易流向四面八方；也通过贸易，让参与的人提高收入改善生活。一个人手里有钱了，吃得饱穿得暖，腰背就挺得直，就少受欺凌。我觉得，这条路是对的。"

他见老三睁着大眼看他，便又解释道："比如一个地方的米，因为产得多，就卖不起价，在缺粮的地方，是不是就可以高价卖出了？这地方的人也不至于挨饿。蚕丝也一样，我们介入之前，太湖一带，桑农都不养蚕了，为什么？因为卖不起价。我们运到南方去，你看到了，价格那是四五倍地上去了。这就是商品流通的威力。就像水，可以平了那些沟沟坎坎。我们还可以走得更远，汉代有丝绸之路，做的是外国的生意。我们现在也可以。"

老三自然熟悉商品买卖，但想不到那么深，也提炼不出来这些词。他崇拜地看着大哥，要不怎么就是大哥呢，人家都想到了朝代兴亡，想到了农民为什么穷，为什么又最受欺凌。他感激地说：

"大哥，我和我二哥如果不是遇到您，我们就是穷得见锅底的渔民，也就偷偷摸摸干点营生，早晚还要担心养活不了爹娘。现在，我看到雷记的旗帜插到了那么多地方，心中想，这样的日子才是人过的呀。兄弟们也一样想法，萧记蒸蒸日上，走路做事，大伙儿都是抬头挺胸的。大哥，感谢你带着弟兄们走到了这一天。"

湘莲没有客套，他只是微微一笑："老三，是我们大家共同干出来的。也是你帮助了我，帮我找到了我自己。要谢，我也要谢你们。"他的话语中有着一点悠远，有一点满足，还有一点即将告别的感伤。他不待老三回味，继续说下去，节奏也快了起来："与京城的虎豹行不要断了联系，他们两兄弟靠得住，商业上是互补的，货物，市场，可以共享。待有机会，你可以北上见见虎豹兄弟。另外，萧记每年的分红要留出两份来，一份给扬州的郑老太太送去；一份给今日这姑娘，记住，要尽量做得不留痕迹。我走后，你可以考虑买个小院子给她居住；平时也要照料好，莫让她被人欺负了……然后，我在南边等着你萧记金石行与萧拍的名头大起来，成为一块金字招牌。到时候，到广州来开分店。"

见大哥嘱咐得这么认真这么具体，鼓励得那么恳切，傅老三郑重点了点头，表示记住了。这不光是经营上的指示，也把照顾郑大哥的母亲，还有刚才的妙师父，不，是妙姑娘的责任托付给他了。这个容易，在总部不远处买个小院子让她住下，把自己爹娘接过来，让娘亲平时不时照料这姑娘的生活，定是妥的。她的未来这些，交给商业吧。杭州遍地锦绣，玉石街上古玩金器书画琳琅满目，自己和兄弟们都是土包子，确实销货进货方面缺了些眼力。这个女子如这么有本事，倒是萧记的助攻。大哥刚才说的拍卖，以前听过他提过一点，大致是估价之后卖出去，价高者得的意思，这个是新玩意，嗯，要拟出个规则来。他脑子迅速转着，想到了新路子，眼角不自觉地笑出纹路来。

半个多时辰后，两辆马车到了萧记，老三破例让马车驶到第二进院子。妙玉下了车，抬头看看天，又看看院子，神情安之若素。她背着她唯一的财产，一言不发，跟着走到了第三进院落。此时午后，太阳暖暖地照着，是个难得的好天。院子中有个石桌，四周有石凳，湘莲请了妙玉落座。老三知局，亲手用托盘托过茶来，自己则回避了，又悄悄通知，将第三进的人从后门悄悄转移。整个院落，就留下湘莲与妙玉二人。

"妙姑娘，我姓萧名不平。不瞒姑娘说，我也算是出过家的人，当过道士。当然现在不是了。所以，我们的说话，完全可以当作对世道的领悟作一个探讨。不知是否可以向姑娘讨教？"为了消除妙玉到陌生环境的不安，湘莲透露了自己的一点点身世，又把这番即将展开的谈话，刻意当作了出家人超脱的议论。

"前尘往事，于我尽是不堪。佛门不渡我，我也不再入。世道人心，救赎之道，于我茫然不知。"妙玉开口，先将论道推到一旁，只是问她所关切的问题："倒想知道一事，敢问公子是如何知道我来自何处的？"马车颠簸的一路上，她想了又想。她的直觉告诉她，这个赶来营救郑直的男人是个可以信任之人。只是这个人，怎么知道荣国府宝二爷的诗呢？

那日大观园赏雪，宝玉和一个美丽的女子名唤宝琴的来栊翠庵赏梅，自己送了两枝出去。再后来，宝玉将他当日写的诗题了《访妙玉乞红梅》，封了起来派人送至栊翠庵，逗自己一笑。这都是多么遥远的事了。眼前这位不算年轻的公子居然知道此诗，那只有一个答案：他是宝二爷的朋友。关系再远的，不会知道这首诗。妙玉知道宝玉的脾性，对于自己，对于姑娘们，他是极有分寸的，这样的诗与知己分享则可能，到处卖弄则不会。

"姑娘冰雪聪明，自然知道答案。我是荣府宝二爷的朋友。从前名姓也就罢了，现下叫做萧不平。"他想到了故人，蹙眉一叹："京城一别，也不知他怎样了。"

"那就是了。贾府处境，宝二爷估计也难。嗯，还有一问，公子是如何知道我是何人的呢？"

"此事是姑娘的伤心事，本不提也罢。既然姑娘已看淡前尘往事，那也无妨说破。"湘莲停了一停，浅浅喝了口茶，平静了下心绪，这才缓缓说出："桃叶渡出的这番大事，市井传言，还有姑娘流传在外的诗句，在下自然收集了。官府的通报也看过，里边就提到了京城国公贾府一女尼被强盗入园掳掠之事。宝二爷从前与我们厮混时，曾提过他家里的几位神仙似的姐妹，还有一位神仙似的栊翠庵住持。我自然猜到了姑娘的身份。相信我，宝二爷待人真诚，他与我说时是随口一提的，绝无亵玩之意，只是感慨这么些好人儿在他家，他在其中自惭形秽。他写的诗我也还记得。如果不是姑娘坚持要知道，这些事，我是永远不会再提的。"湘莲此话是让妙玉安心，他不会在其他人面前提起此事。

这些话一出来，妙玉即知眼前的这位公子，确实是宝玉的挚友了。因为他刚才所说的那些话，活脱脱就是宝玉平日口中之言。萧公子说起自己这段桃叶渡不堪的经历，现在回顾，只如做梦一般。

回思种种，平生自视清高在众人之上，偏偏落入红尘，按照佛家说法，算是果报不爽。如有家破之厄，宝二爷恐怕也顾不了他的姐姐妹妹。这些红尘，这些浮沉，真有因果吗？妙玉自问。另一个声音冷冷提醒：说因果的，只怕是逃避眼前难解的题目罢了。

她沉吟了半日，抬头对湘莲说："宝二爷的为人确实这样。承蒙他一直尊重善待。公子认出我，也是因了他。这么一说，因果说实不实，说虚不虚，非我资质可以解，也思之无益。既然萧公子不提从前名姓，也罢。我自幼入佛门，至今嗔痴不了，大概真与佛门无缘。妙玉，庙宇，此名纠结半生，不终结此名，终是未了之局。公子名不平，大有丘壑，我也想学上一学。父母从前爱我，送我入佛门，后又弃我如遗，羞于承姓。今日得公子启发，从此名不思，取个不思只行的意思，愿今后觅得机会，做个自食其力之人。如此，可算冒犯？"

湘莲点头，这姑娘是要忘记过去，立定脚跟入凡世了。这就是了悟。面临过生命被欺凌剥夺，生的欲望生的本能就此勃发，也是好事。这世间待女子可比男子苛刻多了。他心中涌起一股怜悯，忽然明白了宝玉尊重姑娘们的原因。

"姑娘既打定主意入世，甚好，萧不平本虚名，何来冒犯之说。不过有名无姓，行走世间也有个关隘。不知姑娘是否愿姓郑？"湘莲试探着问。

妙玉当然知道话中意思。她低下头来想了一想，抬起头时，眼神里满是坚定："郑公子爱我重我，也因此丧命，此生是我欠他的。他因我而入彀，又因救我而死，至死也堂堂正正。我心中念他，也许一辈子。但这个姓，我不能玷污了。"

最后一丝疑惑也消散了。妙玉陈述如此直白，就是说，确实是她设的局，引郑直八月十五入的碧桃苑。眼前这位姑娘被摧残被贩卖，现在自己是她唯一的救助机会，在郑直的朋友面前，她也不愿掩饰自己当年作为，这令人佩服。他突然想到了自己取名的初衷。

"姑娘既然不愿做我弟妹，那就做我的义妹吧。"湘莲抬起茶盅，示意妙玉喝茶，也是订交。

这样胸襟的男子，妙玉平生仅见。他不是宝玉那种孩子气的真挚，也不是郑公子那种情种，他是什么呢，就是山岗上一棵沐浴风霜雨露眼望碧海云天的大树。

妙玉看手中杯子，就是普通一瓷，与当日自己手中㼼瓟斝、点犀杯简直是天上地下。想起遥远的情愫，她也曾将自己的绿玉斗斟茶给宝玉喝，心中释然一笑。好吧，与往事干杯。她抬起一口饮尽，嗯，是还不错的西湖龙井，只是茶气陈了些。

"好，此后，我就同取一个萧字。"她对湘莲说。

湘莲明白，眼前的女子同意了姓萧，以应俗事。这是对他的感激与纪念，但也不愿当攀附的凌霄花，留个虚幻的义兄义妹名义。这姑娘到了如今走投无路之际，终究还是本色，终究是一个生活不能彻底剥夺其尊严的人。生活改变了她，可生活到底也没有彻底改变得了她。

此节谈妥，太阳已经远远离开了正中的位置，风吹来几丝寒意，妙玉单薄的布袍微微抖动。嗯，这妙玉，这不思姑娘大难不死，这僧袍，也到了结束使命的时候了。

　　湘莲讲了他的金石行与拍卖行的思路，也明白地告知，他即日就要南下，此后的路，要靠她自己坚强地走下去。

　　"上有天堂，下有苏杭，在天堂里无谓生死，放心。"往日的妙玉说。

　　湘莲欣慰。一个人要被天上掉下的石头砸几遍，才能领会平凡生活的不易。为那些风雨中跌倒又站起的人喝彩吧。郑兄弟，你为这女子而死，是赎罪，但也并非不值得。

　　一切都安顿好了，傅老三接手余下的一切。湘莲从侧院的马槽里牵了一匹马，走出了萧记。今晚，他还有更重要的事情去做。

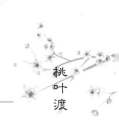
第六十一回

海上眷侣

　　几年前自家院子里被扔了石头，上边裹着无头帖子，由此扯出一堆事来的杭州将军天庆，这晚心绪特别不能平静。杭州这温软地方住久了，他的威棱杀伐之气消磨了不少。武将不在沙场上建功立业，平日照例升迁缓慢；既外海不抚，境内平靖，他也乐得高枕。上月，京中的亲家有书信来，告知他这杭州将军的位子可能要动一动，据听来的消息，不是进京，就是去陕甘，但上意未定。这一喜一忧的信读来，颇让天庆不安稳。回京多好，如果要离开杭州，回到北方，接近白山黑水的满人龙兴之地，那就是回京养老了；如果去陕甘，那里一向山瘠水寒动乱频仍，自己多年逍遥快活的生涯也就到了头。

　　府里今晚开大戏，为他的小妾庆生，他听了一会，锣鼓喧天的，吵得脑瓜子疼，便跟来贺寿的客人告了个罪，提前离了席。到了花园中的内书房，他准备再琢磨下亲家的信。他知道亲家向来说一藏二，平素谨慎有余，即使信写了，里边藏着的信息自己未必全读了出来。朝廷是要派他到陕甘驻防，还是召回京，这个关系重大。如果是前者，他恐怕得派人到京中活动活动。即使不升迁，平调回京也是好的，西部边陲他定不能去，这把老骨头，也不惦记着弓马上再挣前程了。

　　贴身小厮早点亮了灯，又送上了茶，天庆吩咐退下。他从抽屉中拿出信来，准备再读一读。

　　他抚平信封，放在书案上，准备平心静气细读一遍。眼一错，案头上分明还有另一封信，信封上写着"天庆将军台鉴"六个字。他大吃一惊，因为内书房安置在花园里，平时就他自己，还有贴身的小厮能来。这里也是他放私人信件的地方，家下人等闲不得靠近。是什么人不但来了，还大大方方留下了信？

　　他不忙拆信，站起身到旁边的兵器架上取了一把短剑握在手中，然后打开房门，灯光下看锁具完好，刚才确实是小厮拿着钥匙开的门。十几二十步外，几个侍卫分散在花园里站岗，身姿隐隐可以看到，小厮提着灯笼在书房外不远处等候。他折回屋子，看看四周八角窗，窗帏不动。天庆从案头上拿了灯，一扇窗一扇窗地掀开窗帏查看过去，在临水一方，终于看到插销被挑断的痕迹。显然，这是外头有人用刀剑这样的物事插进窗缝，削断里边插销，然后再从此处进屋，给他留的信。

如果此人还在屋里呢？天庆惊出一身冷汗，四周一看，除了放文件的大柜子，其他地方一览无余，不可能藏人。但柜子分明锁得好好的，他制止了自己喊侍卫进来的冲动，决定先看看这封信再说。

很简单，如果是刺客，要的是他的命，此刻早就动手了。

想通此节，天庆将短剑放在案头，放下灯盏，坐在太师椅上读这封天外来信：

将军左右台鉴：

数年前，因军士欺压良民故，在下曾有一纸抵将军处，后听闻肇事之人终获惩处，将军高义，在下仰慕。然又知将军虎威，知必寻在下影踪，上回不至，此回亦然。何也？在下与将军有旧焉。光阴荏苒，余在京时，曾为将军府上客，传扬搜捕，恐于将军不利也。

将军居北而驻南，想必江南江北殊胜了然于心。江南不止地暖，其物流畅达，城中殷富之家实多于北方，民间饥寒虽有，但少于北方，何故？愚以为陶朱公可为一释，兼有运河之利，以有余补不足也。然则尽河道之便乎？未也。杭州湾东临大海，南通闽粤，如非海上禁航，则航行便利更甚于今日。无奈朝廷守台海之局，迟迟不解，致使倭寇仍搅扰黄海东海，我民反不得其利。粤通四海南洋，物资多样且多精奇，自鸣钟及火器等物皆优于中华上国，如能海运畅通，免于政之松弛不一，北方稻粱，中原瓷器，江南丝绸，不亦可放心南行，贸易相往来？而南方所接之技艺，亦能渐为我所用，以替守成之庸。如此，国取税，民积富，仓廪实而知礼，海域广大供驰骋，想此节将军尽知之。

前向海上战火，将军想必已获消息。不必惊问，此乃义民之抗倭也。茫茫大海，非一个禁字可以了结；我之弃，敌之取，实乃憾甚。既有来侵，自当抗击，想将军解此拳拳之意。今日奉信，千言万语只有一言：将军如有回京之日，请促开海禁，并护海防，国之幸也。

晚生顿首

天庆一口气读完，惊惧之意渐去，信中所含信息纷至沓来。据这封信内容，海上数船交战，此人参加了，字里行间，还打败了倭寇；此人与自己府中有旧，如果查出他来，必牵连自己，所以劝自己不必查；他来信的目的只有一个，那就是促开海禁。

此人两番传信入将军府，身手如此，此等人无需诳语，这个天庆心中是有数的。真要查此人，未必得手。打退倭寇的不是绿营，而是海上走私犯或者此人信中说的义民，那么，此节如传扬出去，他这个将军要说失职，尽可以算上了。平乱能不能是一码事，自己眼皮子底下出了民间海上武装，那还得了？如朝廷知道，那自己不是升迁还是平调的问题了，问罪都有可能。

天庆想通想透，心逐渐安稳下来。此人来信似乎并无恶意。要说信中所言所议，颇为不假。海上各关口时松时紧，多年来各地尽有各自为政之处，当日禁海之由又已消失，那么，此时放开海禁，理由未必不充分。至于贸易促国强民富，平素本不关切，但拿来作篇文章，道理倒是可行。

他把两封信拿在手中看了看，甚至怀疑这位深夜来客，是否也看了这封京城来的信件。判断不出，也就罢了。无论如何，这封落款晚生的信件定是写好了送过来的，断不能在自己内书房挑灯从容写就。如此，那就是巧合了。

写这封信的，自然是湘莲。自几年前他在闹市怒惩绿营士兵，杭州此地他本就少来，但一直是他关注之地。傅春在此地设立大本营之后，各类信息传递速度快多了，内容也五花八门，湘莲阅之，了解颇为全面，因此他知天庆惩戒属下，现仍任杭州将军之事。至于与天庆在京府中有旧，倒并非虚言。当年湘莲红尘浪迹，时上台客串小旦生角，天庆之子与其有交情，曾央其在其府中客串一回，因此湘莲见过小戏台下的天庆本人。他透露此节，就是要警告天庆，莫要试图找他的下落，因为那会牵丝扳藤殃及自身。像这种军职高的将军，比普通人更在意这些。而自己之身手，这位将军想必了然，顺水人情免于结怨，做官多年之人，想必会思虑此节。

今晚入将军府，湘莲正是扮了戏班子人来送戏服，趁乱进来的。将军府中拿住个人，口中问来书房位置，倒并非难事。至于天庆会不会照做，湘莲岂可左右，但既于其无损，如果时机合适，未必不肯言之。天庆驻扎杭州多年，按朝廷对于旗人的安置，他迟早调回京。二品将军回京陛见，如遇江南事相询，他将海禁之事上奏，这倒比其他途径更直接有效。湘莲这么想，也这么做了。

事实上，在他这封信送到天庆府的第二年，朝廷下旨，结束了海禁。至于回兵部任职的天庆是否从中出过一份力，那就不得而知了。

"做我自己能做的。"

湘莲打马往江村的路上，一路上回顾了自己这半生。是的，他一直在做自己能做的、能改善的一切。比起京城生涯，他尊重此刻的自己：他知道自己的目标在哪里。己为何人，欲做何事，有何意义，一直是他心头挥之不去的焦虑。现在，这几个问题，随着纷纷被甩到后头去的村庄树影，也被甩到九霄云外。

天上的云层逐渐散开，月光清澈明亮，照在官道上，为夜行人照亮前路。湘莲的马儿似乎懂得主人的心事，四蹄散开，发了兴跑得飞快。越来越靠近大海了，湘莲鼻端闻到了咸咸的气息，那是大海的味道。明天就是约定之期，他要去接他的新娘，他要和她白头偕老含饴弄孙。他允许了自己幸福，他要给她幸福。

露水打湿了湘莲的额头。他睁开眼睛，海平面上升起一轮红日。先是彤红的跳出海面，然后迅速升高，周围的云彩瞬间被点燃。初升的太阳之下，海水幽蓝，蓝得发黑；波浪荡开一层一层的涟漪，先是柔情万种，后如万马奔腾，直接铺到湘莲的眼底。他转头看看四周，才想起自己在树下睡了小半夜。不远处，马儿在乖乖吃草。树上的鸟儿开始朝着太阳唱赞美诗，叽叽喳喳唱得欢乐，像是庆祝新的一天的来临。

湘莲看看熟悉的海湾，不远处就是江村了。头一晚的信件还有一个他希望出现的功用，就是天庆能够从利害关系着眼，做做样子可以，但没有那么快地派兵出海，这样，能够给凤凰岛上的兄弟们以充足的时间撤出。他在金陵，在杭州走这一圈的辰光，想必董青山已经开始安排撤离了吧。这个寄托着兄弟们希望的海岛，如今要放弃了，诚为可惜；但是，将手下兄弟们带至安全的地方，不正是将帅的职责吗？

是的，自己实际上是这一支小小队伍的统帅，他不得不承认。自己从这一段经历中获得的，比他付出的更多。郑直心愿已了，磨心已毕，凤凰南飞，这两个岛，已经完成了它们的使命。

此时的江村已经成为一个人烟稠密的村镇。除了凤凰岛上人，还有不少做生意的客人往来于此。因了杭州大本营的建立，这里的信息情报系统已经升级，鸽子笼添了好些，槽上马儿也拴得满满的。村落隔着小河的一面，建起了一大片简易仓库，表面上是屯物资的，实际上，已经成为凤凰岛人的集中落脚点。跛子罗全一直负责着这里的信息汇总与发送，傅春见他口紧，办事可靠，后边益发将管理此地的摊子交给了他。他知大哥今日会到，更将内外收拾得整整齐齐的，带了手下在村口的大树下迎。

湘莲从杭州方向来，方向是东南行。看着左侧风起云涌的天空与大海，听着海鸟的鸣叫，心头一振。一夜一晨赶路，他本一脸风霜之色，现在见到熟悉的兄弟迎上来，心中顿时踏实。罗全虽然不明就里，但从傅春飞鸽传书的字里行间，他琢磨出要细心安排的意思，食坐卧三方面都安排得极是周全。海湾里停着风帆落下的两艘船，正在海浪的推涌下起起伏伏。船头落下的锚显然颇有分量，那船摇摆而不移动。

日头渐渐升高，已近正午。只听远处弯道上传来马铃铛的声音，抬眼看去，一匹马越众而出，正在快马加鞭跑来。待那骑手接近，湘莲一眼看出，正是小板凳。紧随后边的，是六七驾马车。前头的车厢挂着门帘，门头上拴着小小的红色绸球。正是宝琴到了。

"大哥，我把金陵城的事情交给其他兄弟了，不日就会有飞鸽传信来。启明哥让我护送嫂子来江村。"一跳下马，小板凳就以最快的速度简明汇报。他说的湘莲当然明白，就是监视那姓邱的捕快之事，他交给其他兄弟了。

湘莲微笑着拍拍他的肩："妥当。辛苦了，兄弟。"看到小板凳脸上立时容光焕发，湘莲心中感动。他走向路口，迎接宝琴。薛家从金陵一路到此，行舟换马，忙碌劳顿自不必说；派了好几驾马车来，湘莲初有疑惑，后转头明白过来，想必拉着的是宝琴嫁妆。以薛家兄妹的感情和财力，湘莲知道，这想必已经是各项尽量压缩了。

宝琴脸蒙轻纱，一身白底绣金裙，外罩白狐嫩黄披风，下了车亭亭玉立，色调一如两人初见。纵是周围人多，湘莲一眼已领略宝琴心意。南下的船只，董青山是知道用途的，因此选了最大的两艘，又忙添置了不少物件，尽量安置得舒适，此刻泊在海湾里，静静地等待主人。见诸项妥帖，略事休息饮食，湘莲便安排宝琴和随行家人上船。宝琴心中的思念激荡翻滚，但眼前一堆人，也没法与湘莲交谈。见到江村人来人往，湘莲出入进退均有一群人跟着，面有彪悍之色，她心中不无疑窦，但她信他，一个字也没问。

二人尚未成亲，本拟各居一船的，湘莲考虑到航行安全，便与宝琴陪嫁来的主事老家人说明了，宝琴居后舱，他居前舱，后边一艘船跟着，既运货，也是保护。那主事家人老成，出发前已知要航海远行到南方，现见姑爷说话行事有礼，理由通透，便回了宝琴，并无异议。

帆一片一片升了起来，船开了。隔着后舱的竹帘，宝琴眼望蔚蓝大海在眼前动了起来。她选择的夫君是一个什么样的人，其实并不确知。她只知道，他是一个有情有义的奇男子。在这世上，他不会辜负她。她静静地等待着，很快，他会来看她。待到了南边举行了婚礼，他们就是一家人了。从此之后，生死与共，她有这个信心。他们也将再铸传奇，用他们的头脑，建立新的商业王国。

她望向另一边的陆地，岸上人们挥别的手越来越小，渐渐看不见了，接着是村落，再是高大的树木，最后统统在她眼底变成了一条线。虽然婚期在即，此时此刻，她也忍不住珠泪盈盈："再见了，哥哥；再见了，金陵；再见了，陆地。"

夜已来临。宝琴头枕波涛，怎么也睡不着。她撩开厚厚的门帷，又掀开竹帘，见这一天的云层格外识趣，散得干干净净的。头顶明月，脚踏波涛，像儿时跟随爷爷到处游历时的那种新鲜和安详。是哦，今儿是十五，难怪月亮那么圆。

头一晚照耀湘莲的那轮明月，今晚照着宝琴。海上除了浪涛拍船的声音，别无其他；北风紧时，吹过帆索，发出呼呼声。船得风力，行得飞快。宝琴纵目远望，远处有星光闪耀，但在十五的月亮朗照之下，倒像是打暗语的守夜士兵，又像是影影绰绰遥遥致意。银河淡得几乎看不见，但自小听过牛郎织女传说的宝琴知道，那条天上的长河就在头顶。想想自己此刻，比起那对天上的人儿来说，实在是幸福多了。

今儿天气转暖，比上几日暖和。床边地铺上，海棠酣睡得正好，微微出着声息。一切静谧美好。宝琴正在感受这夜色沉静，忽地听得外头板壁发出轻微的磕碰声。她不由得裹紧披风，探出头去。一见之下，宝琴心中又疼又爱：月光下，湘莲怀中抱着剑，头微微歪着，正睡得香。刚才那一声响，想必是他的脑袋磕到了房间的板壁。

他是她的持剑人啊！在这深邃的冬日夜晚，他为她守夜，抱着他的剑，像是随时准备歼灭来犯之敌。他又有多累多放松，以至于坐着就能入梦。

没有什么比这一幕让宝琴更动容。她提裙走近，月光下细看湘莲的脸。这是一张多么英俊难忘的脸。许是白天太累，心又宁定，湘莲睡得好熟，连宝琴走近也未觉察。宝琴端详着他的眼眉，他高高的鼻梁，棱角分明的嘴唇。这是她第一次端详一张男人的脸，熟悉又陌生。待发觉自己已不知不觉蹲下，这样细看一个人时，宝琴不觉脸发烧。看看四周，只有船头有烟斗一闪一闪的亮光，那是值夜的水手。她轻轻坐了下来，靠着自己的未婚夫，将自己的披风扯了一半盖在他身上。星月作证，他们共沐海风共享披风。

湘莲醒了，见宝琴在旁，他并未惊奇。看了看肩膀上那张明艳动人的脸庞，夜色也夺不了她的光华，湘莲前所未有的安适。目光相接之时，湘莲微微一笑，仿佛早该如此这般。

此刻一切皆多余。他们就这样相互取暖，依偎着沉沉睡去。

眼前云雾缥缈，又有瑶池玉台，宝琴也不知自己来到何方。不远处有一高大的牌匾，但看不清楚，有弦乐的声音隐隐传来，不知是白天还是夜晚。她眼前走过许多人，似曾相识，但又看不确真。有一个像极了迎春的，手中握着一枝茉莉；有一个像是香菱，但像小孩儿一般，头上梳着丫髻，手中捏着拨浪鼓，又有一个，像谁呢？宝琴想起来了，像是宝玉房中的晴雯，那丫头漂亮得惊人，她见过一次。其他的走得太快，看不清楚就走远了。

我这是在哪里？宝琴问自己。

牌匾处似乎有侍女模样的人在招手。宝琴不知不觉走了过去，到了人又不见。眼前赫然出现一道门，上书"薄命司"。门开着，宝琴走了进去。左侧有一排排的书架格子，整齐地堆着册子。她看到金陵二字，这是自己的家乡呀，便走近了，从那一格拿了一册下来。翻开第一页，只见上边写着：

"可叹停机德，堪怜咏絮才。玉带林中挂，金簪雪里埋。"

这写的是……？宝琴细看，字下边画着两株枯干的树木，树木上悬挂着一围玉带，树下有一堆积雪，雪下有一股金簪。

宝琴吓了一跳，书册掉在了地上。她赶紧捡起来，地面上烟云起伏纤尘不染，书册并未沾到尘埃。她再翻开再读，明白了：这一页，写着她堂姐宝钗的命运；还有大观园中她最尊敬喜欢的黛玉。金簪雪里埋，为什么？玉带林，分明写着林黛玉三字，枯干的树木上挂着玉带，这画面太凄凉。

这么说，这二位亲近的姐姐都是薄命之人了。她不忍心。想了想，决定再翻翻后头，因了首页的提示，她一一看懂了，元妃的去世，迎春的不幸，宁国府里头据说美艳不可方物的小蓉奶奶天香楼往事，还有凤姐巧姐，还有探春惜春，还有尼姑妙玉的欲洁何曾洁。

册页上的，除了贵妃元春，还有东府秦可卿，她都认识！这是姐姐妹妹们的命运判词！那么自己的呢？自己又是什么样的命运？她拿下一册，翻翻，不是；再拿下一册，翻翻，又不是。眼前的册子越堆越多。细数下来，每一册都是十二人。中间看到有香菱的，还有晴雯的，她心中明白，这些鲜活的生命都有着同样凋零的结局。

已翻过了九册，没有自己。而架子上，金陵一格已空。

一个好听的声音传来："你不在薄命司里。又找什么呢。"宝琴抬眼一看，眼前不知何时立了一位丽人，满身金光灿灿；后边跟着两个女童，低眉敛袖，看不清面容。

"请问神仙姐姐，册中有许多我的姐妹，为何无我？金陵城如此之大，为何册子只记录了一百零八人？她们也不在金陵城呀。"宝琴拣着要紧的，一连串地问。

"后一个问题，我从前答复过神瑛侍者。就不说了。至于前者么……你真的需要知道么？"丽人沉吟。

"是的，为何我的姐妹都在薄命司里，就我一人不在册中？"

"女子在人世间生存，本就多艰难困厄。但上天有好生之德，也不能尽毁人间精华。你虽无长辈庇佑，但有视你如宝的兄长；虽为女儿身，但有自立自强的担当；你无秋恨春愁之怨，又有天然自在之英气；更重要的，是你有自主之灵魂，不依附，不纠结，可谓率性近道。造物主慈悲，为金陵留一精华，不择你而择谁呢？"

"可是，我的姐妹们一样才情一样聪慧俊逸，为何她们皆薄命？比如，我的堂姐宝钗丰美周全，为何不得好命？还有诗情无二、仙子一般的林家姐姐？"宝琴决定打破砂锅问到底。

眼前的丽人蹙起眉头："情深不寿，故黛玉历劫而归；至于汝姐宝钗，身心相悖，聪慧用于功利心机，不纯粹之处，已非女儿心肠。故不选她，选了你。"

宝琴还待问，那丽人已折身走远，耳边传来她缥缈的声音："你的夫君乃天外散仙，也是天选之人。人世间到底要留希望在。你们凡间好好过日子去吧。"

宝琴还在咀嚼回味，抬头一看，自己已在牌匾之下。此时云雾正好散开一个角，她看到了，牌匾上刻着的是"太虚幻境"四字。但也就是一瞬间，一切又都消失不见。

宝琴身子一颤，从迷梦中醒来。她抬眼一看，她的夫君正握着她的手，看着她的双眼尽是关切，眼仁那么深，那么黑。她定定地望着他，就像认识了几辈子。此时船身起伏，大海曙光初现，他们像安卧在摇篮里边。

第六十二回

怀古诗谜

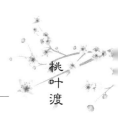

桃叶渡

　　两情缱绻之际，连天气也晴得格外好，像是满满的祝福与成全。薄薄的云彩镀上了金，若有若无挂在天边，远处近处，放眼所及都是一片茫茫无际的海水。不知来自何处的海鸥瞅准了桅杆，飞来两三只站在高处，白色的羽毛红色的尖喙在晨光里隐约可见。帆吃饱了风，船丝滑一般划过海面，一路向南。

　　船上的水手都是旧兄弟，他们行前得过董青山的嘱咐，除了掌舵的，以及随时准备调整船帆的，兄弟们无事都待在船舱的下层，不来打搅大哥的幸福。这艘船原来预备着双层都可以开火的，现在被董青山紧急改造，底下一层除了少部分货物，大部分都用来盛放淡水蔬菜冬令水果。青山是细心之人，虽是仓促之中，船只开出凤凰岛前，他还没忘记，令人抬上了几大箱不知哪里弄来的腊鸡腊鸭香肠，还有浙江出了名的金华火腿。

　　船头值夜的水手姓霍，年纪已然不轻，他很早就跟了郑家父子出海。因家族排行老四，大伙平素就叫他霍老四。南行的线路他走过好几个来回，已经很熟稔，因此三哥董青山令他负责此船。夜晚巡视之时，他遥遥看到萧大哥靠着板壁守在船舱外一夜，布满皱纹的脸上不觉泛起微笑，又回到船头去抽他的烟斗。

　　这个烟斗现在是霍老四的心爱之物，是他上次到广州港的时候，在一家西洋店里买的。这比自己平时的长柄烟锅好用，而且携带方便多了；每当值夜需要提神，他就将揣在兜里的烟斗拿出来，再摸出烟袋子，填上烟丝，背风处打着火绒就可以。

　　道长，不对，是大哥，他守了他的新娘一夜，他也在远处守了他的大哥一夜。虽然他年长许多，但大哥就是大哥。他的身边还有几个助手，他们得着提醒，轻易不要到中舱那边走动。待晨曦照亮大海，霍老四用双手抹抹脸，让自己打起精神。远处看到大哥坐在舱外，旁边还依偎着一个人，他知道了，那是大哥未过门的新娘。这一对璧人真是好看，他从未见过人间有如此相配的一对。

　　大哥向来那么冷峻，现在如此痴情，倒是令人稀罕呢。他眼中的大哥，现在平添了不少柔和。看到这一面，他心中欢喜。自从大哥带领大家开拓航线，北上南下，中原布局，每一个弟兄都从中得着了实惠，看到了希望。自己曾经烂命一条，这条命，不定哪一日就送在海底，但现在，他觉着了自己的价值。他要好好活着，他要好好生活。尤其是看到了广州城的繁华之后，他暗暗打定主意，南方，才是可以彻底摆脱过往，重新开始的地方。

广州就是夏天天气太热了，美中不足啊！不过，冬天就好过得紧。凡事不能求全，不是吗？他感到心足。南国温暖如春，冰天雪地只是传说，就冲着这个，他也乐意南迁。三哥说了，这次他们到广州，就把南方当了大本营；其余兄弟也会陆续来。

有大哥、三哥这样的带头人，他觉着安全。按照三哥透露出来的意思，他们还将富足，成家立业，沐浴在南方温暖的太阳之下。这是多么美好的生活。

北方有倭寇，有官军，他们入睡之时都得提着心。到南方光明正大地经商，也许，大哥三哥还会带着他们找到一块乐土。二哥的情形，三哥没有瞒着兄弟们，说是二哥已经在金陵成家，安定下来了。通过此事，霍老四学了一个词，叫做"人各有志"，也对，生而为人，就该有那么一点自主的选择权。至于自己，他已经想好了，自家脑子不够用，就跟着大哥三哥吧，他们不会亏待兄弟们。

初升的太阳将柔和的光打在湘莲宝琴的脸上，这是一天中最瑰丽的时刻。湘莲宝琴二人忘记了时间，忘记了船上的其他人，他们只顾依偎着，享受彼此的气息。宝琴前额的发丝滑落在湘莲的脸上，湘莲替她理好在了鬓角处。一切都那样自然。

晨光里有轻寒，宝琴缩了缩自己，将身体移向湘莲更多，像小猫一样。湘莲默默伸出手臂，将宝琴揽在怀里，这温热的身体何等美好。鼻端传来她的馨香，湘莲忘记了以往的杀伐争斗，忘记了凄风苦雨，他只知道，现在他怀里的，是他追逐了一辈子的幸福。

"嗯，念首诗给你听？"宝琴看到眼前汪洋一片，心中触动。她仰起脸，俏皮地问。

"唔。"

"不想听？"

"想听。"

"我八岁时曾跟父亲到西海沿上买洋货，那个地方很远，地名很怪，叫做果阿。西洋、东洋的东西都在那里交易，人多极了，好多金色头发蓝眼睛白皮肤的西洋人，也有黑黑的本地人。上船离开之时，岸上树林越来越小，然后就看不见了。月亮也像昨晚，圆圆的，光明四射。我提笔写了一首诗。现在想来，倒像今日写照。"

"八岁的诗，嗯，念来听听？"湘莲低头闻了闻宝琴的发香，笑着回。宝琴的童年，这还是听她第一次开口细说呢。

桃叶渡

> 昨夜朱楼梦，今宵水国吟。
>
> 岛云蒸大海，岚气接丛林。
>
> 月本无今古，情缘自浅深。
>
> 汉南春历历，焉得不关心？

湘莲坐直了一点，看了看宝琴，旋即身体又放松了，头靠回板壁上。

"不是真真国女儿写的诗嘛？原来是你写的。"湘莲笑道。

这下轮到宝琴大吃一惊了。她满眼都是疑惑，从湘莲肩膀上抬起头来，望着他的眼睛。

"宝琴，我一直在找寻一个机会，一个开头，告诉你我是谁。或者说，我原来是谁。但每次都不知从何说起。虽然姓名只是一个符号，但也代表着一段历程。"湘莲将宝琴的脑袋轻轻按回到自己的肩上，微笑着说，语气平静。是的，此前他一直想着要如何告知宝琴，其实他早已以某种方式认识了她。

"这首诗，我只在京城荣国府里念过一次。诗写得幼稚，但是真情实感。在众多姐妹面前，不好意思说是自己写的，便说成是真真国的女儿写的。嗯，她们不能见外男，不可能说给你这首诗，那么，就只有宝玉了，在场的，只有他一个男子。这么说，你认识他？"宝琴迅速完成了自己的推断。

"聪明的宝琴。是的，我本是京城人，与荣府宝二爷是朋友。"

"真的？"宝琴疑惑，"可是，你和他一点都不像。也不对，你俩都很尊重女子，这一点倒是像。"

想起遥远的往事，那个已经被他封存起来的自己，湘莲沉默了。他的声音里有一点低沉："宝玉，他的好，是世俗不容的好。我们成为朋友也是异数。我一直觉得，他不像是凡间之人。"

宝琴想起了自己的梦。那个仙子怎么说的？她说自己的夫君是天外散仙。想到此处，她打了个寒噤，那么，在人间的芸芸众生，难道只是仙人们拨弄的棋子，或者干脆是……玩物？如果命运在出生前就已经决定了，那生命有何意义？

她圆睁的大眼睛闪过一丝迷茫，他看出来了。

她把刚才的梦说了。

这下轮到湘莲震惊了。

一堆神仙，安置了这些人的命运？不可思议。

"宝琴，我没有进过你的梦里，所以我没法评说。至于天意什么的，你觉得，是不是很像缘分二字，难以琢磨？你看，你作的诗句，我很早以前就听过，现在当面听你念出，是不是不可思议？当时宝玉说，他家里又多了个神仙妹妹，祖母爱得不行；诗作得极好；他家里一堆才情横溢聪慧绝顶的姐姐妹妹，可这位姑娘出的谜语，大家都猜不出。我也没想到，命运会有这样的安排，兜兜转转让我遇见你。"他的眼神温柔至极，低头看着宝琴好看的眼眉，语调又恳切又深情。

"嗯，我明白了。可是，我们彼此的选择，是按照自己的心意作出的，不是吗？也就是说，神仙也不能左右我们的心意。如果你放弃了，我放弃了，我们就不会在一起了，对吗？"宝琴喃喃低语。

"是的。我有时候在想，世间会不会真的有神仙，我们平日看不到他们。有时，说不定又能看到。比如教我学剑的师父。"他想起了山上跟随师父学八卦剑的岁月。此后又得他之助，可是，一样的神龙不见首尾。尤其是最后一次见面，师父匪夷所思地消失在他面前，他怎么追也追不上。

"世间神奇之事多了。这不就是我们游历山川走遍红尘的意义吗？看看太阳底下都有什么神奇的事儿，看看我们可以做到些什么。就连这个神字，造字的祖先们，肯定也是见过造化神奇，无法形容之下，才创造出来的吧。"顺着宝琴的思路，湘莲继续说。

"这些神仙，是不是与我们在两个时空？有时会有交集，有时又各自分开？也许，他们的时间跑在我们前一点，所以就提前知道了我们的结局。看到太悲惨的，或者太可惜的，就忍不住跨界到我们的时空指点一下？通过梦或者什么的。你看，这样子说得通么？"宝琴突发奇想。

"依你说，这些神仙还挺好的。不过，就没坏神仙吗？"湘莲忍住笑，宝琴这小脑瓜真是什么都想得出来。

"坏的就不能叫神仙了呢。造字的老祖先们不是发明了魑魅魍魉嘛？"宝琴反应很快。

"那昨晚作的梦，你得出什么样的结论了？"魑魅魍魉都出笼，湘莲觉着自己的思维快撵不上了。宝琴的思路是此前他没有想过的。也许，这席卷八荒六合的想象力，可以帮助弄明白师父与自己之间的关系。

宝琴想起了那些浮云，太虚幻境的牌匾，薄命司，以及那位金光闪闪的神仙姐姐。

"梦里，那位神仙姐姐语气中肯定了我和你，嗯，她怜惜弱者，但肯定的是强者，肯定了纯粹、勇敢、担当这些品质，我琢磨着，太虚幻境出现又消失，意思就是既要看实，又要看虚。实的，是我认识的那些姐妹们的命运，那已经发生，或者必然会发生；虚的，是告诉我，自己命运要自己掌握，天意就是人意。做强者，做正确之事，就要坚定做到底，神仙也会助你。要说涌上我心中的感想，结论就是：神仙不助心弱之人，就这八个字。"宝琴双眼看着海天，她的眼前似乎掠过许多熟悉的身影。确实，仔细想来，她与大观园中的姐妹们各个不同，差异并不在才情上；而自己的变化，正是从金陵振兴家业独当一面开始，从结识了眼前人开始。

"不管这对不对，我就这么理解了！"她眼神放松，一锤定音；眼睛笑得弯弯的，满是俏皮。

宝琴这么不讲理，又这么开心，湘莲没见过这样的，他终于忍不住，大笑起来。

她说的虽是顽话，思量起来倒不无道理。是的，神仙可以助身弱之人，比如倒在山下奄奄一息的自己；但神仙不助心弱之人。相识的人中，比如……秦观。嗯，郑直也是，他在桃叶渡心乱失去分寸之时，就是心弱之时，否则他本可以不死，而这个弱，早已经根植于他的灵魂之中。至于宝玉，那是另一类的存在，他仿佛从不真正属于这个世界；他的路，湘莲可以断定，与所有的人都不会相同，也不适合用人间的规则衡量他。

神仙助强而不扶弱，是这样吗？神之所以被视为神，是因为他们的时空先一步，所以知道了所有人的结局？那么，他们所打乱的，干预的，又会造成新时空的诞生吗？新的时空与旧的时空，是平行关系各自存在，还是新时空吞噬或者替换了旧时空？

没有人可以回答这些问题。但想到这一步，就权当假想吧，无论是否正确，对于萦绕心中的结，都是解开的力。这就是环环相扣逻辑的力量。这些问题所指向的观点，虽然匪夷所思甚至算得上荒谬，但至少让湘莲宁定安适。带着想通了关窍的喜悦,他将披风裹紧了宝琴,扶着她站了起来。坐久了,脚都僵住了,两人扶着船栏,相视一笑,又转头一起面向大海。海风吹乱了他们的头发,可是,他们比任何时候心头都更宁静,更坚定。

"快看,海豚!"船头传来霍老四的喊声。湘莲倾出身子往下一看,可不是,曾经奔赴凤凰岛的可爱精灵们又出现了,正跟着大船游动。它们劈波斩浪,头在水中一起一伏,跟着船向南走。宝琴也看到了,这是她第一次见到海豚,她孩子气地举起右手,跟水里的小可爱们打招呼,嘴里模仿着海豚发出的高亢声音。

宝琴的侍女海棠早已醒来,她在舱内立着,看着自家小姐如此快乐,自个儿也乐。她本想唤小姐梳洗晨妆,转念一想,姑爷与小姐还没成亲就那么恩爱,就不要去打扰他们了。竹帘后,海棠心满意足地看着。她踮起脚尖,隐隐看到一点海豚跃起的身形,耳边回响着海豚的声音。这是什么美妙的大鱼?不要紧,小姐后边会告诉自己的。

海豚们游了一阵,身子纷纷立起在波浪上,像是把大海当成了戏水池。这一场即兴表演,看得宝琴如痴如醉。湘莲的右手握着她的左手,此刻,她容光焕发,天地间最美。

五六天的航程对于一对爱侣来说,也就是弹指一挥的事儿。天气越来越暖,一是地利,一是节气接近春天了。北风吹的间隙,已不时有东风吹来,守帆索的水手不时调整每一片帆的受力方向。越往南,海上出现的船只越多,北行南行都有;靠近泉州一带,海面上已是帆船处处。显然,这里的贸易是繁密活跃的。湘莲想起傅春说过,泉州的街上都立有萧记的旗子,心中欣慰。以后,他或许会来此地,看看这座自前朝以来一直繁荣的城,其市井人烟与太湖沿岸相比,都有什么不同。

湘莲见视野内北船南船穿梭来去,心中知道,他和兄弟们努力走出的海上航线,无疑是正确的。有了南航北运,一个人如果不惜力,在沿海一带,无论如何可以生存。湘莲也知道,这海面上的平静是暂时的,总有巧取豪夺者出现。海路的畅通安全,这需要水师官兵把海防责任实实在在地扛起来。不过,朝廷倚仗的八旗绿营能不能扛起这个责任,他心中存疑。湘莲清醒地意识到,完全指望官军,这是不可能的。即使他给天庆将军的信中提过此事,也只是聊尽人力罢了。

海豚旗!如果要在南方开辟出强大的市场,这面旗帜还是要打起来。没有保驾护航的商船是不可能稳当安全的,这面旗帜只有站在船头迎风招展,才能最大程度地发挥它的功用。在南方重起炉灶，重绘海豚旗，就画海豚站在水中的那个瞬间好了。它们似乎在笑，像是天使，像他们的守护神。

湘莲记得，花自在回凤凰岛时说过，聚居在澳门的葡萄牙人，还有其他西洋人，他们可不是吃素的，他们与本国往来的贸易船，都有全副武装的士兵负责押运，规模大的，甚至还有战船护航。嗯，澳门的地理位置不错，与陆地相接的半岛和氹仔岛都适合出海，据说波平如镜，那么，在西边或者在南边，就开辟一个货运码头。葡萄牙人在海上交易方面既已成气候，那么一方面与他们互易往来，一方面开辟航线，该是必需也是可行之事。花自在上岛时带的地图最后留了下来，他反复看过多次，广州，澳门，香山，珠江入海口，他闭着眼睛都记得位置。嗯，合适的时候，该确定下未来的方向了。这方向里，有弟兄们的饭碗，也有他自己的家园。

对于自己的定位，湘莲心中一直很清晰。既出世又入世，这是最合适的。原本想急流勇退，仔细想来，这心思还是不能过快过激。弟兄们如此信任自己，得扶上马送一程。能干的弟兄得培养他们独立成长起来，在一段时期内，对于雷记、萧记还是燕记，他的存在将会是联结，也会是各路顺畅联合的强有力保证。待市场消化了他们，或者最终他们联合之下，吃下了他们可以吃下的市场，又足够规模，那就是湘莲自己的功成身退之日。进入商业大潮，原本的弟兄感情只是基础，在商言商，指望人性不变是不切实际的。那么，他若隐若现的存在，就会是各方共同发展的保证，对于试图违约者，他也将是有效的震慑。

嗯，宝琴说的，既要看实了，也要看虚了。存在就是他的实，隐就是他的虚。确实，她智慧之处人莫能及。真是一个与任何人都不相同的好姑娘。得妻如此，夫复何求。

离开广州就一天的水程了。船舱中部的栏杆上倚着宝琴，显然她在等他。湘莲看望完弟兄们，从船头走过去，自然地靠在她身边。她始终没有问萧不平是否是他的真名，又为何做了道士；那么，在下船前，他需要给她一个交代。

"宝琴，我们要去的广州，你以前来过吗？"湘莲闲闲地问。

"嗯，来过，就是去真真国的那一回。"宝琴笑。

"真真假假，一听就知道真真国是假的。你这样信口胡诌，大观园里，你的姐妹们没有质疑你吗？"因了宝琴，湘莲对于她曾居住过的大观园都有了亲切感。确实，宁荣二府脏，但大观园是桃花源。可惜，宝玉口中的神仙姐妹们，现在多半沦落了。虎豹兄弟来过信，说起京城大事，顺便提到宁荣二府抄家破败的消息。这些，就不告诉宝琴了，免她伤感。

"她们都冰雪聪明，估计猜到了吧。不过，她们都是有礼之人，不会说出来的。"

"你的十首怀古诗谜，宝玉说谁也猜不出。他写了我看，又烧掉了，说是闺阁笔墨不可以唐突流传在外。有几首我至今还记得，也猜过，猜不出。怎么样，可以告诉我谜底么？"

"宝哥哥真是……他还什么都往外传呀？"宝琴跺脚。眼前人在认识她之前，早已通过她的诗接近过她。

"不好么？有没有觉得，这就是你说的天意？"湘莲一脸笑。昔日的冷面郎君彻底远去了。

"说起来你可能不信。这十首怀古诗，是我在梦中得的。"

"梦中？"

"是的。一个癞头和尚，还有一个道人，都穿得邋遢，但看上去怎么说呢，就是那种眼里有光，骨骼清奇，不是凡人的那种。梦中，我看到他们在山里一棵大树下，在一块树墩上下棋，旁边有几张纸落在地上，纸上有字。我过去帮着捡起来，送回给他们。但他们的棋，我看不懂。"

湘莲见宝琴忽地提到了道士，心头一动："后来呢？"

"我递过去，那和尚不接，让我读一遍，说是诗谜。我看了，上边是十首怀古诗，前头都有地名。嗯，不能说高深，但我就是猜不出。旁边那道士倒是友善，他说诗中十个地方有实有虚，但谜面都言之有物。知我聪慧，此后必然猜出。后来梦就醒了，我始终琢磨不出是什么意思。到了荣国府做客，看到这么多聪慧的姐姐妹妹，我想也许她们能猜得出。梦境之事估计谁也不信，说之无益，便假托我的名义写了出来。结果各说各言，还是没人能破解。"

"我记得有一首《桃叶渡怀古》。衰草闲花映浅池，桃枝桃叶总分离。六朝梁栋多如许，小照空悬壁上题。"湘莲念将出来。明面是献之和桃叶的故事，但他忽然想到了郑直与妙玉。作梁栋的树木，均必须高大挺直纹理密实。良材美质尽管多，不拿来起楼建屋大庇天下寒士，不拿来造船用以客运货运，仅仅用作庙宇的支撑，实为可惜。南朝四百八十寺，多少楼台烟雨中，这楼台耗尽多少良材。树犹如此，人何以堪？六朝金粉，十里秦淮，软了多少人的骨头。名郑直实亦正直之人入桃叶渡，只有被腐蚀消磨的份，安能全身而退？

湘莲继续想。小照空悬壁上题，这怕说的是妙玉了。郑直殒命之日，碧桃苑门口，妙玉的画像在风中飘摇抖动，他一直记得。这一首桃叶渡怀古，要有命运伏笔的话，大概只有自己来拆方解得开。嗯，郑直、妙玉之事又因何入诗呢？

"你想到什么了么？"宝琴左肩碰了碰身侧的湘莲。

"我想到了一个兄弟。以后告诉你他的故事。记得还有一首诗是《梅花观怀古》，这首诗，你怎么看？"

"不在梅边在柳边，个中谁拾画婵娟。团圆莫忆春香到，一别西风又一年。这一首诗明面上说的是杜丽娘，但谜底我实在猜不出。"

"宝琴，现下，我可以说了。我本姓柳，名湘莲。"湘莲将宝琴的肩膀轻轻转过来面对自己，他终究要以自己的全部，包括过去和现在，面对她。

宝琴的眼睛睁得圆圆的，手不由自主捂住了嘴巴，又霎时明白过来。自己原来许配梅翰林之子，因为堂兄薛蟠粗鄙再闯祸，梅家自视清高爱惜羽毛，这才退的亲。当时自己不以为意，但哥哥显然为薛家受辱自己受辱而忧心愤怒。这下明白了，不在梅边在柳边，这说的是自己啊。她终究要与柳家的君子在一起。

"我原已猜到，萧不平不是你的本名，没想到……你姓柳。"宝琴颤声说，头低了下来。她被命运的不可思议激荡得几乎站不住脚。

"是的，我姓柳。父母已逝，飘摇半生，直到遇见了你。如果你愿意，以后慢慢说给你听。"湘莲托起宝琴的脸，温柔地看着她的眼睛。

"你只要是你就好了。名字只是一个代号，符号。你愿意说，不愿意说，都不要紧的。"宝琴情难自抑，埋头在湘莲怀中。

湘莲看看四周，弟兄们都在远处各自忙碌，还好没人瞧见。宝琴懂得他，理解他，他还有什么不满足的呢。

怀里的宝琴忽然抬起了头："诗谜的后半部分，又说的什么呢？"她一脸的担心。

"你刚才不是说了么？要看实了，也要看虚了。西风主冷冽肃杀，我们从杭州湾向南，奔向温热之地，临近南海，一年四季吹东南风，这不正是别了西风么？我们的方向是对的。无需回忆，无需回头，不要说一年，就到地老天荒，有何不可？你看，诗中的团圆二字，早已说明了一切。"湘莲爱怜地抚摸着她的头，低声说："傻丫头。"他的嘴唇在她的头发上碰了一碰。

他的声音多好听啊，那么有力量，那么有磁性。宝琴觉得，在他的怀抱中，真的可以到地老天荒。其他的什么诗谜，不用再猜了，有他，就有了一切，无需怀疑。

桃叶渡

第六十三回

横琴潮声

　　船到广州，十三燕和花自在安排好了一切。十三燕原本用了"延记"作商铺名号，因为大哥亲口说了"燕记"，他回来后，曾想命全部改回来。后来又思，花自在如此得力，对拓展航线商埠有着旁人没有的长远眼光，不如划出几个商号给他管理，继续使用"延记"，算是下属的分号，独立核算。花自在得如此激励，自然激动，各项事务筹划实施更是卖力。这次大本营南迁，他知道，自己的设想在大哥直接主持下，很快就可以实施。

　　湘莲宝琴依礼成亲，二人缱绻绸缪自不必说，广州繁荣的商埠气息也时时冲撞着两颗对商业敏感的头脑。董青山也已到来，兄弟们归于燕记，平时的南货北运继续。待诸项安顿，湘莲与董青山、十三燕、花自在商议西洋航线以及与之配套的码头，花自在知道，他的提议现在正式提上日程了。

　　"大哥，自上次凤凰岛向大哥你们汇报，我带了几个伙计数次到澳门打探。葡萄牙人发音古怪，他们叫澳门 Macau，另外还有英国人，发音有一点点不同，叫 Macao。他们开的商铺招牌上也有各自的写法。"花自在边说，边拿过旁边的笔和纸，弯弯曲曲画了几道。待各位哥哥看过，他又继续讲："前朝时，葡萄牙人据说就有了居住权，本朝沿袭旧例，也不太管束他们，基本是他们自己管自己，大约八百多人。岛上有原住民，与西洋人偶有冲突，但基本上相安无事。澳门不大，北边的一块连着陆地，繁荣一些，南边的一块叫做氹仔岛，东部为大氹山，西部为小氹山，中部是平地。每年四、五月，葡萄牙的大帆船满载布料、棉花、玻璃器皿、时钟、葡萄酒离开暹罗国的果阿来澳门。到达澳门后，往往要停留几个月，等待广州在一月和六月的集市。"

　　"这么大的交易量？"董青山问。

　　"是的。规模非常大。"花自在答。

　　看花自在说得那么详细，湘莲知道，他做的功课一定会有结论。便让花自在继续说。

"刚才说到集市的交易。西洋有专门的人研究风向、气流这些，按照他们的说法，交易结束之后，会在季风气候的七月驶往扶桑国，也就是日本长崎，将货物换成白银；再等到十月刮起东北季风时，再返回澳门。在澳门，大部分白银被卸下，用于订购下一年的丝绸等货物。然后这些船只满载黄金、丝绸和布匹，返回果阿。他们的货船通常有二三年航行于中国海域。航行时间长，再加上季风对航行的威胁，因此葡萄牙人对于澳门这个落脚点很重视。"花自在将他的信息与心得，有条理地讲了一遍。

十三燕显然早已熟悉花自在收集的内容。他接上话："大哥，三哥，自在勘察得认真，他不但去了陆路，还乘船绕行过。这氹仔岛的南边还有一个很小的岛，因为位于靠海的最外边，各国的海盗经常在此地出没。当地人称过路环，也称路环岛。这三块地，南边的路环岛属于四不管状态。"他指着铺在大案上的地图，示意给大哥、三哥看。

"嗯，明白了。那澳门西边的这一块，是什么地方？"湘莲看到澳门的西部有两块醒目的岛屿，画得不是很清楚，但显然面积大多了，差不多是澳门半岛和氹仔岛的三倍。

十三燕看了看花自在，让他来讲。花自在得了鼓励，接过了话头："这是南、北两个岛合称的一个岛，南岛面积大，中间有东西向的山，其形如横于南海的两架古琴，因而得名横琴山。岛以山得名，据说前朝就是这个叫法，这南边的岛称大横琴岛；北岛称小横琴岛。两岛中间有水道相隔。岛上山石坚固，西洋人说是花岗岩。这里以农为主，兼营渔业，多港湾，更重要的是淡水充足。"说到这里，花自在戛然而止。

"横琴"二字触动了湘莲。十三燕详细的介绍，背后的意思听明白了。他看看董青山，后者也正看着他。"十三燕兄弟，自在兄弟，我和你们三哥听明白了。从地形、淡水供应来说，这横琴岛可作为我们货运的大本营，以后条件成熟了，总部在这里安营扎寨也合适。"他先定了个基调，接着说："横琴岛的东边，这个路环岛，既然有海盗出没，那就是个风险因素。怎么样？我们驱逐掉这些人。从我们的角度，这是大本营的屏障之地，必须拿下；从我国民的角度，虽然官府不管，但既然我们到了，那就有责任收回来。"

董青山点点头，补充道："这两块地我们占也好，从当地的村民买下来也好，西边可以远航自果阿，就这里。"他指着地图上印度半岛西部中端的一个点，接着说："东边是广州湾入口。还有对岸这群岛屿，叫什么？"他扭头问十三燕。

　　"是一个运送香料的港口，叫香港。"十三燕答。

　　"嗯，这个位置非常好，简直为海贸而生。"董青山握紧拳头，轻轻砸在横琴岛上。

　　湘莲见董青山与自己的心思暗合，心中松快。他很少见到青山表露强烈的情绪，显然，他也考虑到了他们这支南迁队伍的前景，这才情不自禁真情流露。湘莲看看几位兄弟，他们都信任地看着他，等待他的决断。

　　"既然我们意见一致，那就干吧。驱逐海盗之事，青山负责；在横琴岛建码头以征西洋，十三燕兄弟牵头，花自在兄弟实干。如何？"

　　董青山、十三燕和花自在站了起来，抱拳行礼："是。"干净爽利的作风，像在凤凰岛时一样。

　　湘莲也站起向各位兄弟答礼。待众人坐下，他开始谈具体的问题："至于此项计划的经费……"

　　董青山沉稳接过话头："大哥放心。我南下时盘过账，总账上够钱。"他说话向来简明扼要，他说有，那就一定有。

　　"那好。内子带来了银票，是她哥哥给她的嫁妆。添在里头用吧。"湘莲从怀里摸出几张银票，四张五千两的，总共两万。

　　"怎么能用嫂夫人的嫁妆呢？"十三燕急了，立马开口。

　　"嫂夫人乃经商奇才，埋没了可惜。大哥，我们干脆在广州成立一个钱庄，一方面把金陵薛家钱庄这条线接过来，两地可以互兑；一方面，这两万银子，加上我们这边带来的，可以入钱庄作为本金。我们先从小打小闹开始。我想，凭借嫂夫人的经商头脑，这个钱庄很快就能立住脚跟。"董青山不急不缓说出他的看法。

　　湘莲笑了。这确实是个好主意，闲着理家，显然浪费了宝琴，她也志不在此。他所担心的，倒是底下兄弟们会不会有看法。好在宝琴的才能，各位弟兄们是了解的，在她手上，钱庄的发展显然要顺利得多。

　　大丈夫何须自证清白。他一想，心下豁然："这样，青山拟出个章程来。因为金陵钱庄也是她薛家的，公私还是要分清楚。钱庄好好起个名，要设监事董事经理，把职责都定下来，一为防止权力的滥用；二为让弟兄们安心。我提议，监事一职由青山兼任。经理，就是北方叫的"掌柜的"，如有损公肥私行为，或者不称职，监事可以召集董事，讨论罢免更换之事。至于董事，在座的除了我，都是董事。内子既是股东又是经理,那就叫执行董事吧。另外再选一名诚实能干的老兄弟作为代表进董事会。如有一日需要讨论变更经理人选,过半者提议通过。如何?"他想了想这章程的大纲还有何漏洞,又补充道:"如果监事不履行职责,两名以上的董事联名发起动议,即可召开董事会。"

花自在崇拜地看着湘莲。大哥的脑子怎么装着那么多奇奇怪怪的东西,想得那么周全,那么有远见?来广州不过几个月,他似乎就把本地钱庄内部的这些弯弯道道整明白了。只有董青山知道,大哥自到广州,一刻也没有闲着,一直以来又有多拼。他心下猜想,解决了路环岛的海盗与横琴码头,大哥怕是要去周游世界了。那么自己该何去何从?他想着,如果一生能与大哥一起开疆拓土,看看大海的尽头天的尽头,不也是人生一桩幸事?

湘莲倒想不到董青山的思绪都飘到哪里去了。他见大致的方向已定,兄弟同心,心头高兴,他指向地图上的横琴岛,又抬头说:"自在兄弟,建码头时,我会在岛上建个小窝;看着码头,我心下也放心些。所需钱款我出,这个地点,就交给你来选吧。"湘莲心中想,幸亏他们不知道宝琴的闺名,否则这帮家伙说不定会暗笑。别人不一定会想多,青山读书不少,估计瞒不了他。

十三燕见大哥如此器重自己麾下将领,他心中高兴:"自在,大哥说的小窝,你可不要真的只糊弄建一个窝。"他笑吟吟地看着花自在。

"哪能呢,我理会得。"花自在不好意思了。

两年之内,路环岛的海盗陆续被肃清。各国的浪人海盗都知道了,岛上有一帮特别骁勇的村民,他们一见海盗上岛过路落脚,便是一顿刀剑棍棒招呼;个别海盗还见过村民的火器,那可不是吃素的。关键是,这帮子村民训练有素,并不像平常农民渔民。风险如此之大,渐渐地,他们也就远离此地,不敢再来。

这些村民,自然是凤凰岛人。他们的使命,已经转向了卫护岛上的码头,还有西侧的横琴岛。两个岛屿成掎角之势,上货卸货都快,横琴岛走大船,路环岛走小船,搭配得宜,配合默契。湘莲脑海中的海上航线是时候拓展了。靠着广州毕竟有着巨大的便利,燕记又订了两艘大船,适合远航的,指定船厂用最先进的造船工艺制造。

岛上兄弟们的聚居之地,都插有海豚旗。有本地居民或者偶然过路之人相询,便会被告知,这是他们的守护神妈祖。为使这份原始崇拜更像样子,他们还建了小小庙宇不时祭拜。原凤凰岛上人住得久了,逐渐跟本地村民通婚,成家立业。他们的后代有的留在村里,有的当了水手,有的外出经商读书,这都是后话了。

宝琴负责钱庄驾轻就熟。广州得风气之先，女子出外做事，虽然不多，但并无别样刁难不便，比起金陵来更顺遂些。十三行虽然资源巨大，也涉足钱庄，但从市场上分一杯羹，宝琴的钱庄还是做得到。对外，燕记是钱庄的股东，有点规模的商铺都知道这家商行的名气，也隐隐约约听得，这燕记背后有一柄出神入化的剑护持。老于江湖的人听了自是知晓，剑的威慑力不在于剑锋，而在于它象征的武力值，以及遵守剑道的君子风度。

宝琴将钱庄理顺了，交给董青山代管一段时间。她准备实现儿时的梦想，绕行大海，抵达西洋。祖父、父亲虽然不在了，但她现在有了良伴，可以共赴海天。这是他们的首次出行，四艘大船已经停泊在横琴岛南岸准备启航，船舱里除了满载香料绸缎瓷器丝毯之外，当然还有坚定追随大哥远航的凤凰岛人，着意招聘来的西洋向导兼翻译，四艘船也配置了，其中一人还是牧师。航行计划准备先到果阿，再向西行，归期未定，当返则返，看航行的情形再说。

码头背后不远处，有一个小小的庄园。透过四周半人高的围栏，可以看见一座石头建的大屋。大屋四周，鲜花一簇簇开放，看似疏疏落落，实则点缀有致，花海的中间，有几块奇石，旁边是成片的蕉林。房子前有三叠小瀑布，循着水流沿石阶上去，就是大屋的入口。房门前有花岗石立柱，屋宇高大，西洋风格。设计自然是湘莲学习建筑的成果，这花岗岩自然是就地取材了。

正午，宽敞的大门口立着湘莲。身后，是隆起的横琴山，前方，是波涛大海。他的胸膛微微起伏。他和她，还有弟兄们，明天起就要开辟新的航线。他要把生意做到海外去，做到航船所能抵达的地方，如果可能，还要将海豚旗插到他能够抵达的商埠码头口岸城池。

背后有一双手抱住了他的腰。紧接着，一张温热的脸贴了上来。不用说，天地间只有宝琴一人能这样做。他没有回头，只是将她的两条手臂拉得更紧些。

"哎，看什么呢，这么入神？"宝琴享受此刻，她说话时，也不舍得离开那厚实挺拔的背。

"宝琴，考一考你，我们的家背后，立着什么山？"

"横琴山呀。"宝琴随口答。

湘莲笑了，他将宝琴的手抬高，自己旋了个转，又交替了手，与宝琴来了个面对面。

"知道我一开始，就选择这个地方做窝的原因不？"他的眼虽然不在太阳底下，但一样火热。

宝琴懂了。

"你这么个人……居然会说这样的话。"宝琴又闹又笑，要去捶湘莲，无奈双手被箍得死死的。这个人！

"我说，你想邪了知道嘛？"湘莲的笑声在石廊里回荡。他放开宝琴的手，宝琴顺势拧了他的手臂一下。

"怎么邪了？"宝琴作势又要拧。

"几百年前，有一个诗人叫做伍乔，他有两句诗写得好：石楼待月横琴久，渔浦经风下钓迟。你说，是不是我们的生涯写照？"

"你还说！"宝琴一听，又是可以四处联想的。

"那你来！"湘莲笑得弯腰讨饶。

"雷起鼻端秋枕石，泉鸣指下夜横琴。陆放翁的。如何？"

"你在笑我。这下我可不放过了。"他张开手，要挠痒痒的样子，宝琴吓得提裙向台阶下跑去，轻捷得像一头小鹿。湘莲在后边大了一点声音："要我说，你我半斤八两，你细想想！"

园门开处，花自在提着一堆糖果箱笼站在栅栏前。他疑惑地看着眼前这一幕，喃喃自语："我这来的不是时候？"